U0015804

# 夏志清夏濟安書信集

## 卷五
### (1962-1965)

王洞 主編
季進 編注

# 目 次

夏志清（左）和麥克法夸爾（Roderick MacFarguhar）

左起：韓小姐、陳世驤、陳夫人美真（Grace）和夏濟安

李田意在耶魯（1955）

左起：何凡、夏志清、林海音和瘂弦

左起：夏志清、水晶、孫述宇、馬泰來和鄭培凱

左起：劉若愚、
夏志清和高友工

左起：夏志清、蔡
濯堂（思果）、潘
希真（琦君）和李
唐基（琦君夫婿）

左起：金介甫
（Jeffrey Kinkley）、
劉賓雁和夏志清

左：夏志清
中：卜乃夫（無名
　　氏）

左起：王洞、夏志清、
狄培理（de Bary）、狄
培理夫人（Fanny）

左起：琦君、夏
志清、林海音和
齊邦媛

夏志清、王洞夫婦
與劉再復全家

夏志清、王洞夫婦
與梅家玲、楊慶
儀、劉宇善

左起：彭歌、夏
志清、張蘭熙

石純儀和母親以及
王洞

前排左起：夏志清、
張佛千；後排左起：
瘂弦、何懷碩、高信
疆

左三：錢思亮，左四：趙元任，右四：楊步偉，右一：夏濟安

# 卷五中的人與事

王洞

　　本卷最後一封信是編號663，夏志清1965年2月19日寫給長兄濟安的信。這封信寄到柏克萊時，夏濟安已撒手人寰，向這個令他迷戀的世界告別了。2月14日是美國的情人節，1965年的情人節，濟安沒有和心儀的女友在一起，而是孤獨地伏案寫信向弟弟述說感情受挫的困境。情人節過後，志清接到濟安同事蕭俊①先生的電話說濟安倒在辦公室，已送醫院。志清即刻從紐約飛柏克萊，趕到醫院時，濟安昏迷不醒，不久告別人間，時為1965年2月23日，享年四十九歲。志清把哥哥安葬在附近落日墓園（Sunset Cemetery）後，於2月30日飛返紐約，也帶回來濟安的遺物。其中包括濟安的兩本日記和志清給他的信件，最讓志清感動的是濟安對心儀女子的癡情及對弟弟的關愛。兄弟二人自1947年分離，歷經戰亂，濟安把弟弟給他的信連信封，從北京到上海，經香港、臺灣，到美國，都帶在身邊。同樣的，志清也把哥哥的信，從紐黑文（New Haven），到安娜堡（Ann Arbor, Michigan），經奧斯汀（Austin, Texas)，波茨坦（Potsdam, New York）到紐約，也都帶在身邊，為

---

① 蕭俊（Gene T. Hsiao, 1922-1990），上海人，1962年從孔傑榮（Jerome A. Cohen）在加大柏克萊分校讀法律，課餘在中國研究中心兼職，畢業後去伊利諾州（Illinois）一所大學教法律，1990年辭世，著有 *Sino-American Détente and Its Policy Implications, The Foreign Trade of China: Policy, Law and Practice, Sino-American Normalization and Its Policy Implications*, etc。

節省空間，志清往往丟棄信封，僅保存了信件本身。志清一直想把濟安的日記和他們兄弟的通信公諸於世。

夏濟安日記，經志清整理後，在臺灣《中國時報》連載，沒想到濟安暗戀的女生，李彥，也在臺灣，已結婚並育有子女，其夫向報社抗議，中華民國53年（西曆1964年）出書時，只得以英文字母R. E.代替。2009年我有幸結識當年中央研究院副院長王汎森博士，說他在讀中學時，看了夏濟安的日記，很受感動。我讀了濟安給志清的信，也是感觸良深；濟安才華橫溢，想像豐富，看書一目十行，為文也是瞬間即就，無論談到任何議題，都有很多設想與意見，他給志清的信，都很長，平均五、六頁，有時竟達十五、六頁，甚至二十頁。誠如他信中所說，他的設想與意見都可做博士論文來研究。濟安這些高見，在此無法細述，讀者若有興趣，敬請詳讀濟安的信。志清的信往往比濟安的短，通常二頁到六頁，報告家居生活，親友往來，讀書心得和影劇新聞。兄弟二人均醉心英美文學，愛看外國電影。除了美國電影，濟安更愛看日本電影，也愛吃日本飯，竟想做日本人（見信編號359，《夏志清夏濟安書信集：卷三》），卻從未想去日本遊歷。可能潛意識裡對八年抗戰的國仇家恨，未能忘懷！

濟安終身未娶，一面是他把婚姻看得太神聖，一面是對心儀的女子不知怎麼表達愛慕之情。在北平時他暗戀一個中學生，董華奇，在臺灣又愛上了自己的學生，董同璉。1958年到了美國，已年過四十，身為教授，很怕失戀丟臉，便決心不交中國女友，竟愛上了同事B和R，又愛上了酒家女Anna，周旋於三美之間，好不令人羨慕？自己似乎也很得意，把約會的經過都描繪給弟弟看。志清對哥哥戀愛往往是一味地鼓勵，從不加分析，導致濟安不能面對女友退書的刺激而中風。緣起1965年情人節，濟安送了女友，R，一本價值昂貴的、有關日本藝術史的好書，並且在扉頁上寫了幾句自以

為得體的話，重申二人「靈犀一點通」的友誼。不料R在接受贈書次日，將該書退回，否認二人相知的友誼。我1961到1963年在柏克萊加大讀書，想來B我是應當見過的，可惜當時沒注意，因為濟安信裡常提到的吳燕美，我在中學就認識，我曾去中國研究中心找過她，也參加了她的婚禮，至今我還和她有聯絡。

濟安信裡提到的S，我也見過，她確實像濟安所描寫的，有幾分姿色，喜歡婀娜作態，吸引異性。我當時住在國際學舍（I-House），常在飯桌上，聽男生說長道短，言及這位S小姐。她甫自大陸來美，尚未入學，不知怎麼認識了陳世驤並認做乾女兒？後來去「機器翻譯工作室」（Machine Translation Project）做事，是接我的事，想來是由孔傑榮（Jerome Alan Cohen, 1930-）教授引薦。孔教授與我的上司藍姆（Sidney Lamb, 1929-）教授是耶魯同學，孔教授知道我即將離職，一通電話便把我的工作給了S。據我了解，S並不像她的表象，實在是個有中國傳統道德的好女子，在此要為她說幾句公道話。

濟安1916年生，長志清五歲，出生於一個中產之家，父親營商，曾任銀行經理。父母都是蘇州人，但在上海成長，他們還有一個幼妹，名玉瑛。抗戰時，濟安不肯留在上海，為日本人服務，隻身經西安，輾轉逃到昆明，進入西南聯大，擔任講員。勝利後，1947年隨校遷返北平，入北大西語系任教。抗戰時，志清與母親、幼妹留在上海，滬江大學畢業後，考入上海海關任職，1946年隨父執去臺灣港務局服務。濟安認為志清做個小公務員沒有前途，便攜弟北上。由於濟安的引薦，志清在北大做一名助教，得以參加李氏獎金②考試，志清有幸奪魁，榮獲獎金，引起「公憤」，落選者聯袂去校長

② 李氏獎金是紐約華僑企業巨富，李國欽（1887-1961，祖籍湖南），1947年捐贈給北大的留美獎學金，文、法、理科各一名。

辦公室抗議，聲稱此獎金應該給我們北大或西南聯大的畢業生，怎麼可以給一個上海來的「洋場惡少」？胡適雖不喜教會學校出身的學生，倒是秉公處理，尊重考試委員會的決定，把李氏獎金頒發給夏志清，志清得以赴美留學。胡適不肯寫信推薦志清去美國名校讀書。幸賴一位主考官，真立夫（Robert A. Jeliffe，原是奧柏林大學教授），建議志清去奧大就讀。志清1947年11月12日乘船駛美，十日後抵舊金山，轉奧柏林，發現奧柏林沒有適合自己的課程，去俄州甘比亞村（Cambier, Ohio）拜望新批評元老藍蓀（John Crowe Ransom, 1888-1974）教授，由藍蓀寫信給其任教耶魯的弟子勃羅克斯（Cleanth Brooks, 1906-1994)，志清得以進耶魯大學英文系就讀，三年內便獲得英文系的博士，更於1961年出版了《近代中國小說史》③（*A History of Modern Chinese Fiction*），為中國現代文學在美國開闢了新天地，引起學者對現代文學的重視，不負濟安的提攜。

　　濟安不僅對志清呵護備至，更引以為榮，常常在他的朋友學生面前讚美志清，是以他的朋友都成了志清的好友，如胡士禎、宋奇、程靖宇（綏楚）。濟安過世時，他臺大的學生來美不久，尚在求學階段，濟安和志清的通信裡，對他們着墨不多。按照時間順序寫來，濟安認識胡世楨最早，他們是蘇州中學同學。胡世楨博聞強記，對中國的古詩詞，未必了解，卻能背誦如流，參加上海中學生會考時，便脫穎而出，獲得第一名，來美留學，專攻數學，在洛杉磯南加大任教，很早便當選中華民國中央研究院院士。不幸愛妻早逝，一人帶着兩個孩子生活，很是辛苦。我1970年與志清路經洛

---

③ 耶魯大學出版社發行的第一版（1961）及第二版（1971），扉頁內的中文書名譯作《近代中國小說史》，中文大學發行的譯本（2011、2015），名《中國現代小說史》。

杉磯，曾去看望過胡世楨，他價值六萬美金的房子，建在一個山坡上，這個山坡，已不是當年草木不生的土坡，而是一個樹影扶疏的幽徑。他的兩個男孩，大概十幾歲，都很有禮貌。濟安信裡寫了世楨與來自香港某交際花訂婚又解除婚約糗事，讀來令人噴飯。據說世楨的亡妻，霞裳，秀外慧中，是公認的美女。後來世楨追求的女子，也都相貌不凡，可惜沒有成功，最終娶到的妻子，看照片似乎資質平平，倒是賢淑本分，夫婦相守以終。

　　宋奇（1919-1996）是名戲劇家宋春舫（1982-1938）哲嗣，原在燕京大學讀書，因抗戰返滬入光華大學就讀，與夏濟安同學，常去看望濟安，因而與夏志清熟識。夏志清從小醉心西洋文學，很少閱讀中國當代作家的作品。他寫《近代中國小說史》時，很多書都是宋奇寄給他的。宋奇特別推崇錢鍾書和張愛玲。錢鍾書學貫中西，精通多國語言，是公認的大學者。張愛玲是暢銷小說家。《小說史》裡，對二人的作品都有專章討論，推崇錢著《圍城》是中國最好的諷刺小說，張著《金鎖記》是中國最好的中篇小說。把錢張二人提升到現代文學經典作家的殿堂。志清1969年請到古根罕獎金，去遠東遊學半年，我隨志清去香港住了三個月，常去宋家做客，記得頓頓有一道醬瓜炒肉絲，非常好吃。宋奇曾在電懋影業公司任職，與許多明星有交往。志清想看玉女尤敏。宋奇特別請了尤敏和鄒文懷夫婦。當時尤敏已息影多年，嫁給富商高福球。尤敏膚色較黑，沒有電影裡美麗。宋夫人鄺文美，畢業於上海聖約翰大學，中英文俱佳，也有譯作出版，但為人低調，把光環都給了夫婿。她和張愛玲在香港美國新聞處工作，她倆因背景相似，成了無話不談的摯友。宋奇夫婦是張愛玲最信賴的朋友。宋奇善於理財，也替張愛玲經營錢財，張愛玲晚年，並不像外界傳說的那樣窮困潦倒，她身後留下240萬港幣。宋奇夫婦過世後，由他們的公子，宋以朗接管，在香港大學設立了張愛玲紀念獎學金，頒給港大學習文

學科及人文學科的女生。

　　程靖宇（1916-1997），出生於湖南衡陽，西南聯大歷史系畢業。抗戰勝利，隨校遷返北平，繼續攻讀碩士，住沙灘紅樓，是夏濟安的好友，也與夏志清熟識，為人熱忱，頗能文墨，筆名金聖嘆、丁世武、一言堂等，著有《儒林清話》。此公不拘小節，「吃、喝、嫖」樣樣來，只是不「賭」。他在北平時，曾帶濟安去過妓院，他指導夏濟安怎樣去與女友接吻。1950年濟安初到香港時，程靖宇在崇基學院教書，後來如濟安所料，因生活浪漫，以賣文為生（見卷三，信件編號351第319頁）。我1970年在九龍中文大學宿舍住了三個月，程靖宇已脫離教育界，靠在小報上寫文章餬口。他追日本女星失敗，倒娶到一位年輕的日本太太，並育有子女各一，他每個星期都會來九龍看我們，請志清去餐館吃飯，有時也請志清去夜總會聽歌，他太太高橋咲子在旅行社工作，他們包了一輛巴士（bus)，請我們遊覽香港，吃海鮮。盛情可感，雖然他請的客人，除了劉紹銘夫婦我都不認識。1978年中國大陸開放，程靖宇欲向志清借七千美元接濟大陸的弟弟，孰不知志清薪水微薄，奉養上海的父母妹妹，毫無積蓄，無錢可借，得罪了朋友。靖宇不再與我們來往。他1997年大去，我們不知，自然也無法對他的家人致上由衷的哀思。

　　我1961至1963年在柏克萊讀書，與夏濟安有數面之緣，在趙元任家，在小飯館Yee's，在「中國中心」，多半是與洪越碧在一起。越碧（Beverly Hong-Fincher）是來自越南的僑生，濟安在臺大的學生，華大的同事。他們有很多話可說，濟安絕不會注意到平淡無奇的我，更想不到我會成為他的弟媳，在他身後，把他的書信公諸於世。發表他與弟弟的通信是志清的願望，志清生前發表過他與濟安的兩封信（《聯合報》，1988，2月7-9日）後，一直沒有時間重讀哥哥的舊信，2009年，志清因肺炎住院達半年之久，每天叫我

把濟安的信帶到醫院，可惜體弱，精神不濟，未能卒讀。康復後，因雜事纏身，無法重讀哥哥的信，於是發表兄弟二人的通信便落在我的肩上。將六百多封信，輸入電腦是一個大工程，於是我向好友王德威教授求救。德威一面向我盛讚蘇州大學季進教授及他所領導的團隊，一面懇請季教授幫忙。季教授慨然應允，承擔下打字做注的重任。濟安與志清在信裡，除了談家事，也討論文學、電影、國事。他們經歷了日本侵華、八年抗戰、國共內戰，他們除了關心留在上海的父母及幼妹，更關心自己的志業與未來。兄弟二人都是英文系出身，醉心西洋文學，但也熟讀中國的傳統文學，信裡隨手拈來，點到為止。若沒有詳盡的注解，讀來費力乏味，只好放棄。但有了注解，讀來會興趣盎然，信裡有文學、電影、京劇，有親情，還有愛情。濟安雖終身未娶，但認為世界上最美麗的不是綺麗風景，而是「女人」。

　　我終於完成了志清的心願，出版了夏氏兄弟的信件，首先要感謝王德威教授的指導與推動。德威是好友劉紹銘的高足，但與志清並不認識。他來哥大也不是由於紹銘的引薦，而是志清看了他的文章，一次在西德的漢學會議裡，特去聆聽他的演說，看見他站在台上，一表人才，侃侃而談，玉樹凌風，滿腹珠璣，便決定請他來哥大接替自己的位置。志清有一次演講，稱請德威來是繼承哥大的優良傳統，「走馬薦諸葛」。原來志清來哥大是由於王際真教授的大力推薦。王教授原不認識志清，只因在耶魯大學出版社讀了即將出版的 *A History of Modern Chinese Fiction*，決定請志清來接替他的教職，為了堅持請志清，還自動拿半薪（見卷四，信件編號492，1961年2月17日，夏志清給濟安的信）。德威在哥大繼承了志清的位置，也繼承了志清的辦公室。德威多禮，讓志清繼續使用他肯特堂（Kent Hall）420的辦公室，自己則坐在對面蔣彝的位置——志清和蔣彝原共用一間辦公室，二人隔桌對坐。德威放假回臺省親，

必來辭行，開學回來必先看我們，並帶來他母親的禮物。我們也視德威如家人。志清愛美食，吃遍曼哈頓有名的西餐館。我們去吃名館子，總不忘帶德威同去。德威去哈佛後，我們也日漸衰老，提不起去吃洋館子的興致了。

　　好友楊慶儀原是我耶魯大學的同學，慶儀畢業臺大國文系，有文采，我1967年來哥大工作，慶儀也轉來哥大就讀，上過志清的課，很欣賞夏老師，因為二人都有童心，不拘小節。慶儀聽說王際真為了請志清來哥大，自動拿半薪的壯舉，很是感動，也知道德威為夏老師舉辦過許多活動，慶祝夏老師九十大壽，開夏氏兄弟文學研討會等，使夏老師退休後，生活仍舊「熱熱鬧鬧，快快樂樂」，德威對我也是百般照顧。慶儀寫了一篇文章，題目是「夏老師享三王之福」，以「賞花閒人」的筆名，發表在紐約《僑報》，寫道夏老師得王際真的賞識，繼承了他哥大的教席；夏老師又把這個教席，傳給王德威。而我王洞照料夏老師起居，使夏老師長壽。對夏老師事業、生活最有貢獻的人，都姓王。

　　夏濟安自1950年10月受聘在臺大任教直到1959年2月來美，除了1955年在印第安大學進修一學期，一直在臺大外文系教書，培養了不少人才。劉紹銘、白先勇、洪智惠（筆名歐陽子）、李歐梵、王文興、葉維廉、謝文孫、楊美惠、莊信正、叢甦、陳若曦等④都曾受教於濟安。白先勇，原本在成功大學攻讀水利，自稱因在書攤上，看了《文學雜誌》，甘願降級，重新報考臺大外文系，追隨夏濟安學文學。濟安的這些學生，如今都是文學界響噹噹的大作家。可惜濟安1965年棄世，未能看到他這些高足的成就。後來他這些高足都成了志清的忘年交。與志清通信最多的是劉紹銘，推

---

④ 1955年，夏濟安來美，在Indiana University進修，所以沒有教過陳幼石和楊沂（筆名水晶）。

廣夏氏著作，出力最多的也是劉紹銘。志清大去後，濟安和志清的學術著作，統歸香港中文大學出版社出版。劉紹銘不辭勞苦，精心校對，功不可沒。感念紹銘為夏氏兄弟的付出，《書信集》本請紹銘作序，可惜紹銘近有微恙，不能動筆，祝他早日康復。

# 編注說明

李進

　　從1947年底至1965年初，夏志清先生與長兄夏濟安先生之間魚雁往返，說家常、談感情、論文學、品電影、議時政，推心置腹，無話不談，內容相當豐富。精心保存下來的六百多封書信，成為透視那一代知識分子學思歷程的極為珍貴的文獻。夏先生晚年的一大願望就是整理發表他與長兄的通信，可惜生前只整理發表過兩封書信。夏先生逝世後，夏師母王洞女士承擔起了夏氏兄弟書信整理出版的重任。六百多封書信的整理，絕對是一項巨大的工程。雖然夏師母精神矍鑠，但畢竟年事已高，不宜從事如此繁重的工作，因此王德威教授命我協助夏師母共襄盛舉。我當然深感榮幸，義不容辭。

　　經過與夏師母、王德威反覆討論，不斷調整，我們確定了書信編輯整理的基本體例：

　　一是書信的排序基本按照時間先後排列，但考慮到書信內容的連貫性，為方便閱讀，有時會把回信提前。少量未署日期的書信，則根據郵戳和書信內容加以判斷。

　　二是這些書信原本只是家書，並未想到發表，難免有別字或欠通的地方，凡是這些地方都用方括號注出正確的字。但個別字出現得特別頻繁，就直接改正了，比如「化費」、「化時間」等，就直接改為「花費」、「花時間」等，不再另行說明。凡是遺漏的字，則用圓括號補齊，比如：圖（書）館。信中提及的書名和電影名，

中文的統一加上書名號，英文的統一改為斜體。

　　三是書信中有一些書寫習慣，如果完全照錄，可能不符合現在的文字規範，如「的」、「地」、「得」等語助詞常常混用，類似的情況就直接改正。書信中喜歡用大量的分號或括弧，如果影響文句的表達或不符合現有規範，則根據文意，略作調整，刪去括弧或修改標點符號。但是也有一些書寫習慣盡量保留了，比如夏志清常用「隻」代替「個」、還喜歡用「祇」，不用「只」，這些都保留了原貌。

　　四是在書信的空白處補充的內容，如果不能準確插入正文相應位置，就加上［又及］置於書信的末尾，但是信末原有的附加內容，則保留原樣，不加［又及］的字樣。

　　五是書信中數量眾多的人名、電影名、篇名書名等都盡可能利用各種資料、百科全書、人名辭典、網路工具等加以簡要的注釋。有些眾所周知的名人，如莎士比亞、胡適等未再出注。為避免重複，凡是前幾卷中已出注的，本卷中不再作注。

　　六是書信中夾雜了大量的英文單詞，考慮到書信集的讀者主要還是研究者和有一定文化水準的讀者，所以基本保持原貌。從第二卷開始，除極個別英文名詞加以注釋外，不再以圓括號注出中文意思，以增強閱讀的流暢性。

　　書信整理的流程是，由夏師母掃描原件，考訂書信日期，排出目錄順序，由學生進行初步的錄入，然後我對照原稿一字一句地進行複核修改，解決各種疑難問題，整理出初稿。夏師母再對初稿進行全面的審閱，並解決我也無法解決的問題。在此基礎上，再進行相關的注釋工作，完成後再提交夏師母審閱補充，從而最終完成整理工作。書信整理的工作量十分巨大，超乎想像。夏濟安先生的字比較好認，但夏志清先生的中英文字體都比較特別，又寫得很小，有的字跡已經模糊或者字跡夾在摺疊處，往往很難辨識。有時為了

辨識某個字、某個人名、某個英文單詞,或者為了注出某個人名、某個篇名,往往需要耗時耗力,查閱大量的資料,披沙揀金,才能有豁然開朗的發現。遺憾的是,注釋內容面廣量大,十分龐雜,還是有少數地方未能準確出注,只能留待他日。全部書信分成五卷出版,本卷為最後一卷。由於時間倉促,水平有限,現有的整理與注釋,錯誤一定在所難免,誠懇期待能得到方家的指正。

　　參與第五卷初稿錄入的研究生有姚婧、胡閩蘇、王宇林、周雨馨、彭詩雨、張雨、王愛萍、李琪、曹敬雅、馮思遠、許釳宸、張立冰,特別是胡閩蘇、姚婧和王宇林付出了很大的心血,在此一併致謝。

2019 年 2 月

# 543. 夏志清致夏濟安（1962年4月25日）

濟安哥：

　　信兩封和在Las Vegas寄出的卡片一張都已收悉。這兩個星期我忙着寫那篇《水滸》paper，一口氣寫了四十頁，現在把它整理成二十多頁的文章，但negative criticism太多，措辭較困難，恐怕聽眾不服也。文章兩三日內可整理完畢，那時再寫長信。因為恐你懸念，先寫這封短信。

　　李鈺英的事，你處理得很恰當，你願意資助她來美，很好，但她能否出國，還是問題。我上封信上把這種事看作「天作之合」，亟望有「奇跡」的發生，但這種奇跡是不大可能的。假如我還沒有結婚，父母幫我做媒，我想我自己也要緩詞拒絕他們的好意的。所以我那封信，憑一股熱情，亂說了一陣，很使你讀信後，被perturbed了一陣，是很不應該的。可能我寫信時明知你不會答應這段婚事的，所以敢放膽亂說。最近父親有信來，覺得李小姐個性方面不妥處很多，已由母親和李小姐談妥，把此事作罷了。父親寫信時，還沒有看到你的覆信。父親信下次附上。（胡昌度太太最近逝世，也是致命於胡世楨太太一樣的那種腦病。）

　　你和世驤夫婦去玩Las Vegas，玩得很痛快，甚喜。Desert Inn的show，美女如群，是紐約看不到的。在紐約nude girls根本不能上臺，night clubs祇有一兩家大的，以前Billy Rose的Diamond Horseshoe都早已關門了。你喜歡沙漠地帶的氣候，Harley對desert climate也極愛好，住在沙漠地方，可體會到宇宙之靜穆，結廬人境而無車馬之喧，人真可變得性平氣和了。紐約城實在是hell，住在那裡，我的nervous system一定變得更壞。上星期我去看了一場burlesque，因為Mai Ling又在登場，離開Pgh.後，沒有機會再看到

她了。Mai Ling 貌不美，但身體很結實，她掛二牌，頭牌是 Justa Dream，是 blonde。她們兩位真是一絲不掛，裸體跳淫舞，是以前我所沒有看到的，但戲院極擠，觀眾極下流，comedy skits 都聽不入耳，到這種戲院去，實在是受罪。月前 *Time* 介紹 Mexican border 幾個小城，專供美國軍士娛樂，你有機會，倒可到那些地方去 seek adventure。

春天到了，氣候很和暖，Pgh. 城樹木不少，有些開着花，看了很有鮮豔的感覺。我們去看一次 flower show，希［奇］怪花車有不少。枇杷樹放在熱帶室，室內開放了暖氣，humidity 極高。江南有枇杷，大概 humidity 要比美國與日本諸城高得多。哥大房子沒有消息，大概非得自己去紐約一次不可。建一身體很好。隔兩天再寫長信，專頌

春安

弟 志清 上

四月二十五日

# 544. 夏志清致夏濟安（1962年5月2日）

濟安哥：

《水滸》一文寫好了，今天晚上翻看《企鵝英國文學史》*The Modern Age*消遣，的確如Walter Allen在*N.Y. Times*上所說，是Leavis徒子徒孫包辦的enterprise，想不到Leavis在目前英國徒弟這樣多，但Leavis祇管英國文學，對歐洲文學有仇視態度，美國批評界近況也不大熟悉（他贊許的有Winters、Trilling兩人），比起Eliot來，實在沒有做「一代宗師」的資格。Eliot一直着重全歐的文化和文學，使人擴大眼界，Leavis祇着重英國的幾個大詩人，大小說家，approach實在較狹，而企鵝文學史執筆諸公，把他的每句話，都當作經典，豈非怪事？Leavis我一向佩服，從他的文章裡，得益匪淺，但他學問不夠廣，也是事實。最近他大罵C.P. Snow，我特找出*Spectator*①那一期把全文讀了，他罵Snow罵得很有道理，他是文化界「俗氣人」「官僚派」的代表。但Snow的小說，我一本也沒有讀過，不能發表什麼意見。

我就要準備寫「婦女與家庭」。這種應酬文章，我不預備多費氣力，但材料總得要找一些。匹大中共書籍太少，無法做研究。在Berkeley時，參觀你的辦公室，中國文學作品你們Centre搜集了不少，可否你選擇幾本與「婦女家庭」看來似乎有關的小說、選集之類（作者也似較有名的），寄幾本給我作參考（郵寄可用Special Handling的rate，較快，而郵費不大）。1949年前的婦女家庭我了

① *Spectator*（《旁觀者》），英國著名記者羅伯特‧潤特爾（Robert Stephen Rintoul）創辦於1828年的政治文化週刊，是英國歷史最悠久的週刊之一，主要發表政治、文化、時事評論，也發表一些圖書、音樂、影視方面的評論，其政治立場偏向於支持保守黨。

解得很透徹，1949後的作品我實在讀得不多也。丁玲、趙樹理的作品，我已由interlibrary loan去借，所以你不必寄來了。《水滸》一文打好後，當寄上，Indiana大學前兩日有信來，paper限半小時讀完，我的paper可讀一小時半。倫敦的conference大約也只要半小時讀完的paper（見到Birch，可問問他，我預備寫封信給他），準備了長paper，也無法讀完。下星期我們要去紐約，研究一下housing的情形，哥大如無apartments可出租，尋房子必大傷腦筋。在哥大時，可能把全套《人民文學》借來翻看一下。多看了舊小說，新小說的文字覺得很生硬，沒有興趣多讀。

　　前信曾托問《毛姆短篇小說集》，不知你已向臺灣通信否？附上彩色照片五張，是二月間攝的，父親看到後說建一瘦了，那時她病後，也難怪。現在她已長得很結實了。照片上可看到我們所住apartment佈置及apartment house的外形。印度小孩是鄰居Epen的千金。父親信上討論李鈺英的問題的一段，剪了寄給你，不必寄還了。

　　上星期四下午我去apply for passport，passport今天（星期三）收到。華府辦事如此迅速，令人吃驚。Kennedy大約很講究efficiency，但他的「小暴君」面目已完全露出來了，Cuba和Big Steel兩事對照，正可看出他「欺內懼外」的膽怯心理。你近況想好，長信隔兩天再寫，即請

　　近安

弟 志清 上<br>五月二日

# 545. 夏濟安致夏志清（1962年5月5日）

志清弟：

　　兩信並照片父親來信都已收到，悉一切平安，甚慰。上海李女士的事這樣了結，亦是不差。我做人所企求的是心境平和，誰能幫助我保持心境平和的，我總是感謝的。

　　你的《水滸》一文已完成，很好。關於《水滸》可說的話很多，要擠在半個小時內說完，的確是大不容易的。中共統治下的「婦女與家庭」，那實在是太難的題目了。

　　我還欠 Center 一篇文章，現在題目已想定，但尚未動筆，大致有關「公社」的現況，是跟着我的「下放」研究（尚未複印）而來的。《人民日報》是天下最 dull 的報紙（它的 misquote 美國報紙地方很多，常常故意錯誤，我未曾加以特別研究，美國人很注意在「海外的 image」，中共把各種新聞歪曲的報導，實在值得美國嚴重的注意。如 Kennedy 勸人吃牛奶，中共給他添了一條：說是牛奶太貴，很多人吃不起；好萊塢影業蕭條，很多人反對製片家到歐洲去拍片，但中共報導，偏偏對於歐洲，隻字不提，只說好萊塢製片家貪求亞洲、非洲、拉丁美洲的高利潤云）。只有像我這樣興趣廣泛的人，才能對它發生興趣。我現在對於公社的近狀，已經知道得[的]很多研究算是 terminological study，其實我最有興趣描寫的，還是人民的生活也。那些「社會科學家」有幾個像我這樣肯詳細讀《人民日報》的？

　　但是我對於中共的了解，還有一些大缺陷，即我不大讀他們的 imaginative literature。中共的長篇小說，我一本也沒有讀過（包括《桑乾河》、《李有才》等）。《人民日報》上的短篇小說（都帶有教訓性的），我讀了一些，覺得文字不壞，廢話不多，描寫得亦蠻像

一回事，對白亦像人話，──可惜它們並不告訴我們多少關於中共社會的「真相」。要從中共現在的Socialist Realism文學中了解「婦女與家庭」的情況，只能看見根據中共ideology所描繪的「光明面」與「黑暗面」──而我們所認為的黑暗面，是看不大到的。

你要借的書，待我到我們的Reading Room去翻閱一下，只能胡亂借幾本，因其內容我大多不知也。很多長篇小說是描寫'49以前的中國的──中國的「進步史」、共產奮鬥的「光榮史」。我幾時有空，倒很想來讀一讀。李劼人的長篇小說（他改名為李六如①？）已出版（重寫了？），去年雙十節附近，JMJP曾轉載過他的一節。這些對於你不知有用否？我先借關於描寫'49以後的小說，你看了把印象告訴我，亦可作為我將來讀書的參考。（日本平凡社出了一套《中國新文學大系》From《孽海花》To趙樹理、周立波，共90卷。）

關於婦女的地位，每年三八節，都有文紀念。至於家庭，那是和公社太有關係了。他們的文學如何反映之，我還不知。共產黨似乎喜歡強調過去鄉下的長工等，沒錢結不起婚，解放後都可以結婚了。最近看到一篇什麼〈三傑〉（是在《人民日報》1962三月份，佔一版，很容易找），用評話體寫，文字就像說書，很有趣；三傑中有一傑，叫駱仁，是四十以後結婚的，結婚之後，居然有點privacy，很多朋友平常來打擾他的，都不來了。你那裡如有《人民日報》，可檢出一看；如無，我可照相寄上。（JMJP，3/17/62，p.5，張慶田②：〈山村三傑記〉）

---

① 李六如並非李劼人的別名。李六如（1887-1973），湖南平江人，小說家，早年參加革命，1955年開始寫作三卷本長篇小說《六十年的變遷》，第一、二卷分別於1957年、1961年由作家出版社出版，第三卷出版於1982年。

② 張慶田（1923-2009），河北無極人，作家，早年參加革命，曾任《河北文藝》副主編、河北作協副主席等職，代表作有長篇小說《滄石路畔》、短篇小說集《老堅決集》等。

公社的現況，可說者：大約是把食堂取消了，農民又可以在家吃飯了，這點對於家庭生活是很重要的。過去有食堂時，婚禮就在食堂舉行，大家順便吃「喜酒」，加跳秧歌云。（婦女於下田之外，縫補衣服紮鞋底，做鞋子等事恐很忙，非但為自己一家，恐怕亦幫別人做。）

關於婦女與家庭，我知道的事情不少，但只是報紙的報導，不是文學的反映。MacFarquhar出的題目實在太難，有一件小episode：一個婦女從武昌坐船到漢口，碼頭上很擠，把她帶的兩個小孩子擠失了。她報告了警察局，警察一時找不到，她在漢口事情辦了也回去了。過了一些時候，警察局寫信叫她去領孩子。原來那天孩子走失後，孩子說不出自己的姓名地址，就被送進幼稚園，幼稚園不管來者是誰，就給他們吃，讓他們住，讓他們穿上幼稚園的制服。後來警察局發現他們可能就是那兩個走失的孩子時，他們已經成了幼稚園的人了。中共當局對此事很得意：這足以證明警察辦得的確好（這點是他們想說的）！還可以證明：孩子可以用不着母親，國家可以代替家庭的地位（這點也許他們不想明言的）。（詳見JMJP 3/5/62，p.2。同版有警察幫家長管教孩子的故事。）

這種小episode能告訴我們的事情，中共的creative writing亦許反而不能告訴我們。這種小episode其實可以作為很好的「得勝頭迴」。

我現在亂七八糟的東西看得很多，除《人民日報》外，還看了二十卷陳誠的microfilm——有關江西共產（1931-1934）的資料。我初看是為了 "Five Martyrs" 研究之用，後來完全為了好奇。我們的Center舉行過一次座談會，請我和Hoover Library的吳文津來報告該Collection的內容。吳文津（Eugene Wu）為人很好，幫了美國學者很多的忙。那天的報告我看出來我同他的approach的大不同。吳文津為人亦很謙虛的，但一報告起來，儼然是authority的樣子，一副指導別人研究的樣子。該Collection是Hoover花了很大的

心血弄來的，當然要暗示：研究中共江西period，非此莫由的。我在報告前，亦做了一篇講稿，懷疑該Collection的用途（因70%以上是共產八股，並不新奇，並無多大研究價值的），後來怕得罪吳文津，沒有說。我所講的倒亦很有趣：一是強調我在這裡不懂，在那裡不懂──我只是草草地把機器搖過一遍，實在並未做什麼研究也；再是約略介紹江西蘇區的生活情形。相形之下，我的approach是我個人的，我的報告中有我的個性在；而吳的報告則是一個學者的報告而已。在美國做學者很多人是把個性抹煞的──如張琨等。

你批評Kennedy是小暴君，很得當，但我在U.C.有個印象：U.C.一些年輕有為教授，有意無意地都是在學Kennedy。或者說，Kennedy是這一類人的代表。這一類人很smart，講起話來頭頭是道，但絕不謙虛。他們最為enjoy的，是authority──在學校裡的發言權，對於foundation的影響，以及在學術界的權威等。得到這些東西後，他們很引以為樂。對於學問本身的興趣，似乎反居次位。因為他們如真愛學問，至少應該承認the little known, the unknown vast等也。尤其對於研究中共一門，非得人人謙虛不可，因為中共過去和現在搞些什麼鬼，實在無人知道得完備或清楚。我們現有的evidence，我稱之為archaeological evidence，實在是雞零狗碎得很，誰敢說是把中共的「底細」都「摸」清了呢？我是個satirist，psychologist，moralist，見之自然很覺amused，但我同他們並無利害衝突。我的朋友們得意了，對於我自然是只有好處的。（陳世驤還是中國舊式讀書人那樣的厚道，不是那一類人。）

我現在閒事少管，生活可說是以intellectual life為主。我能注意的，和你似稍有不同。我在文學方面花的工夫實在很少。我現在的野心是想寫一部《中國革命史》，把辛亥前後以來，中國人的無知莽撞以及犧牲等，好好地寫一部大書。但我亦很貪求享受，寫大書太吃力，非有人逼着，很難寫出來。其實要寫這樣一部書，我

還算是個合適的人。我的長處是sanity，對各方面的了解，亦相當
夠，而且很肯做research，只是怕吃力。

最近看的書，有本Meridian Book，*The Varieties of History*③，
很好，集印了很多大史學家的文章，很開眼界，很多人的文章亦
寫得好。還有一本Vintage Book，Stuart Hughes④的*Consciousness
& Society: The Reconstruction of European Social Thought, 1890-
1930* ——歐洲在那個時期的思想，很是豐富（Croce和Mussolini的
關係，很想［像］胡適之與老蔣），可是對於同時期的中國思想的影
響很小。還有一本*Freud & the 20th Century*（Meridian），裡面亦有
很多好文章。還有一本*Freud：The Mind of the Moralist*，似還不夠
深刻。我的興趣主要還是在ideas方面。看看這些東西，再想想中
國近代社會，覺得有很多話可以說。

程靖宇的《獨立論壇》於今天收到。封面上的題詞，大約是從
我那篇文章裡轉錄過去的。我那篇文章，冒充是香港一個學生寫
的，批評五四時的前輩，反而捧蔣介石，大約不對他們編委會的胃
口。其實不登亦好，我很怕再發表中文文章，甚至不願賤名在中文
報紙雜誌出現（你上次剪寄的《海外論壇》把我嚇了一跳；後來
看，沒有出大亂子，方才放心），但程靖宇盛意難卻，只有用這個
辦法使他不敢向我要稿子。《獨立論壇》封面上的「自由，民主，
科學」和下面的「成見不能束縛，時髦不能引誘」實構成強烈的諷

---

③ *The Varieties of History: From Voltaire to the Present*（《歷史的多樣性：從伏爾泰
到現在》），由著名歷史學家、哥倫比亞大學教授Fritz Stern（弗里茲・斯特恩，
1926-2016）編選，紐約Meridian Books公司初版於1956年，後多次重印。

④ Stuart Hughes（H. Stuart Hughes，司徒亞特・休士，1916-1999）美國歷史學
家，代表作有《美國與義大利》（*The United States and Italy*）、《意識與社會》
（*Consciousness and Society: The Reorientation of European Social Thought, 1890-
1930*）。

刺也。個中道理，程靖宇是不會了解的。（程靖宇強調你的「博士」和「主任」，亦很可笑。）

　　最近電影看了不少。*Experiment in Terror*⑤你大約猜得到我很快會去看的，但並不頂緊張。法國片看了兩張Fernandel，兩張Jean Seberg⑥：*Breathless*⑦亦不夠緊張。*Five-Day Lover*中，Jean Seberg非常之美，她頭髮留長了好看得多。她說法文另有一功，我都會學她了。非常細膩，描寫愛情之熟練，好萊塢是達不到的。Fernandel並不特別發鬆，不知怎麼糊裏糊塗的我把他的片子（來過美國的）大約都看全了。他的法文腔調我亦很喜歡模仿（可惜無人欣賞）。Debra Paget⑧最近和孔祥熙的兒子結婚。（*The Bridge*很好。Rhoades Murphey說，我的"Five Martyrs"像這個電影裡的故事。）

　　希望你們在紐約找到很好的房子。胡昌度所住的附近並不太髒，只怕Joyce沒有地方玩。像我這裡（Berkeley）那種鬧中取靜的街，花樹多，紐約恐怕是很少的。反正你同Carol都很energetic，在紐約花幾天工夫好好地找吧。吃飯是我主要的樂趣，紐約的中國飯是不比舊金山差的。再談　專頌

　　近安

濟安

五月五日

　　〔又及〕臺灣好久未寫信去，今天一起發出一信給吳魯芹，討

---

⑤ *Experiment in Terror*（《晝夜驚心》，1962），驚悚片，布萊克‧愛德華茲導演，福特、雷米克主演，哥倫比亞影業發行。

⑥ Jean Seberg（珍‧茜寶，1938-1979），美國女演員，代表作有《聖女貞德》等。

⑦ *Breathless*（《慾海驚魂》，1960），法國電影，讓‧呂克‧戈達爾（Jean-Luc Godard）導演，楊波‧貝蒙、珍‧茜寶主演，UGC發行。

⑧ Debra Paget（黛博拉‧佩吉特，1933- ）美國女演員，代表作有《十誡》（1956）、《鐵血柔情》（*Love Me Tender*, 1956）。

## 546. 夏志清致夏濟安（1962年5月7日）

濟安哥：

寄上《水滸》文一篇，請指正，有幾段譯文，可能不妥，請查原文對照，如有譯錯之處，可以早日改正。全文把《水滸》批評得很凶，讀者可能不服，但文章已太長，優點無法多討論了。Indiana Conference大概衹好讀Section I，Section II可否能出〔在〕Conference Proceedings內登出，尚成問題。Section I所討論「fiction」和「history」兩個concepts，我覺得很有道理，雖然我舉例不夠，說理恐怕也不夠清楚。Section II使我想到周作人《人的文學》，周氏兄弟曾大罵舊禮教、舊文學殘酷不通之處，想不到我和他們有同感。我覺得《水滸》的sadism實勝其他小說。

前日收到程靖宇的《獨立論壇》，雜誌內容很單薄，一半倒是文摘，兩篇討論胡適的專文，也毫無見解，看來程靖宇朋友不太多，雜誌似不易維持。預告上把我大捧，居然不出你所料，「……博士原著」等字樣，看看很肉麻，倒是你筆名投稿較妥。程靖宇的「書評」，想必也是亂捧一陣，不會有什麼道理的。隔兩天即去紐約一行，星期四動身，星期六返。即祝

近好

弟 志清 上
五月七日

# 547. 夏濟安致夏志清（1962年5月9日）

志清弟：

前日寄上這些書：

(1)《女副社長》　　(2)《呂玉華和她的同學們》

(3)《杜大嫂》　　　(4)《雙喜臨門》

(5)《第一年》　　　(6)《新中國的新婦女》

(7)《中國婦女第三次全國代表大會文獻》

(8)《1957年短篇小說選》

(9)（上海）《十年短篇小說選》（上、下）

(10)《苦菜花》　　　(11)《創業史》（第一部）

其中長篇小說不多，有些長篇小說描寫的似皆為1949以前的社會，與你所要寫的題目不合。這批書中有些是non-fiction，可能亦有點參考價值。

Birch給我電話說，MacFarquhar已決定請我去英國，題目是《中國文學中的「英雄」》。這個題目比你那題目好寫多了，蓋中共任何小說中皆有「英雄」也，但是好好地寫一篇文章亦不容易。中共的小說我從未看過，現在得好好地看了。我勸你對於共產黨，不妨罵中帶些幽默（英國的環境亦許不便大罵）——共黨的虐待婦女破壞家庭是太明顯的事，不必罵它，其罪狀自見。

關於出國事，移民局方面我已去打聽過，毫無問題。照我現在身份，我一年可以出國四個月，只要不去東柏林就可以。

現在要談談我們的旅行計劃。世驤和Grace可能亦從東部起飛；我到東部來join你，一起飛最好。你八月中在匹茲堡抑紐約？

到歐洲去，我們預備去逛哪些國家（亦許得跟世驤他們分手）？我得報告移民局。法國是總該去看一下的，雖然據說巴黎在

熱天毫不好玩。西德和義大利如何？

這次他們請我是完全出於你的推薦。我雖然當初並不起勁——我是不喜歡「挨上前八尺」①的，——但是既有請帖來了，我還是非常高興的。和你一塊作長途旅行，當是極大的樂趣。Carol和Joyce是否一起去？她們一定亦會enjoy this trip。

論文總得寫20頁——預備一個鐘頭講的。這個研究加上我的「公社」，是夠我忙一陣子的了。你如沒有空，請不要寫長信。假如我們能一起去，一路上可有說不完的話。再談　專頌

近安

濟安

五月九日

[又及]哈佛有個研究生Mrs. Merle Goldman②寫信來借我的〈魯迅〉一文，我手邊只有一份原稿，其中塗改頗多，footnotes又添了許多，不便借出。她可能寫信來向你借，你如有，不妨借給她。

---

① 吳語方言，意思是水準不夠還要逞強出頭。

② Merle Goldman（戈德曼，1931- ），美國中國史研究教授，哈佛大學博士，曾任教於衛斯理學院和波士頓大學，代表作有《共產中國的文學異見》（*Literary Dissent in Communist China*）、《在中國播撒民主的種子：鄧小平時期的政治改革》（*Sowing the Seeds of Democracy in China: Political Reform in the Deng Xiaoping Decade*）、《從同志到公民》（*From Comrade to Citizen: The Struggle for Political Rights in China*）。

## 548. 夏志清致夏濟安（1962年5月15日）

濟安哥：

　　知道你也要去英國，大喜。TWA已同我接頭，我預備八月十一日下午（or evening）的飛機，十二日晨抵倫敦。TWA和你接洽時，你最好也定這一班。八月中我們早已搬到紐約了，你可先乘飛機到紐約，玩兩天，我們一同起飛如何。我暑期工作相當緊張，預備conference結束後，再玩一個星期，在歐洲多留恐怕沒有時間，巴黎我是想去的，西德、義大利也應去一看，假如有時間的話。你可在歐洲多玩一些時候，玩三個星期也是值得的。

　　上星期四我們開車到紐約，星期五晨即找到房子，是學校的房子（Apt.63, 415 W. 115th St. N.Y.27），房租特別廉，僅102元（Rent Centre的規定：tenant換一次人，房租可漲價15%，那apartment的tenant住了十八年，房租僅八十多元，所以我們的apt.特別便宜），地點在115號街上，between Morningside Drive and Amsterdam，離哥大極近，對我是極方便的。Joyce可能進附近一家聖公會辦的小學（St. Hilda's School），功課較緊，不知她吃得消否？此外，有teachers college自辦小學more progressive，不大講究讀書，或者對她較適合。Apartment在頂高一層六樓，二間臥室，一間living room，一間study，kitchen較大而無Dinning Room，對我們當適合。較大較好的公寓房子，大概非200元以上租不到。我們這次運氣很好，Housing Bureau恰有兩個vacancies，暑期開始後，搶的人多，恐怕就不很容易。

　　書一大包已收到了，謝謝你找到這許多材料，對我很有用，我從哥大借到了十年以來的《人民文學》（1960年後的匹大有），這兩天一期一期翻閱，極感興趣，可惜distractions較多，不能專心研

究「婦女」問題。有一期吳興華發表了兩首詩，同期沈從文寫了
一篇文章。看了不少小說，覺得艾蕪的幾篇超人一等，真是大不
容易。他的《百煉成鋼》想也可一讀。艾蕪抗戰期間和1949以前
寫了很多自傳小說，我沒有讀到，我想他在我書內是 deserve 一個
chapter 的。師陀有一篇也不錯，自己的 style 還沒有走樣。那些新
人的技巧文字都是較拙劣的。中共小說對「婦女」並不太注重，講
的莫非他們結婚和生產努力問題，「家庭」都是新舊衝突的家庭，
新家庭生活情形如何很少提到。文章中我預備多講一些丁玲，她的
個人主義的被打擊，也是婦女自由的打擊。

　　《水滸》一文想已看過，第一節立論如何，請多指教，因為可
能有不妥的地方。重讀一遍，發現 compel 拼為 compell，也是自己
腦筋昏亂。Merle Goldman 如來討文章，當轉寄。Hans Bielenstein
據 de Bary 說是 Karlgren①的高足，有人說他曾在加大讀過，不知
世驤認識他否？房子事情，我叫 Carol 和你通信。我們六月中旬搬
家。再談，附父親、焦良來信，即頌
　　近安

　　　　　　　　　　　　　　　　　　　　弟 志清 上
　　　　　　　　　　　　　　　　　　　　五月十五日

---

① Karlgren（Bernhard Karlgren，高本漢，1889-1978），瑞典最有影響的漢學家、
　語言學家，曾任哥德堡大學教授、校長，一生著述達極豐，研究範圍包括漢語
　音韻學、方言學、詞典學、文獻學、考古學、文學、藝術和宗教。他運用歐洲
　比較語言學的方法，探討古今漢語語音和漢字的演變，創見頗多。代表作有
　《中國音韻學研究》（*Études sur la phonologie chinoise*）、《中日漢字分析字典》
　（*Analytic Dictionary of Chinese and Sino-Japanese*）、《古漢語字典》（*Grammata
　Serica Recensa*）等。

# 549. 夏濟安致夏志清（1962年5月29日）

志清弟：

　　來信與大作收到多日，一直未覆，甚歉。大作非常精彩，關於《水滸》的話，胡先生已隱約提到，現在你「直言談相」，把它的inhumanity徹底地分析，實在是極其需要的工作。我相信這是很多人藏在心底下的話，給你一說出來，眼目為之清爽。五四時代，對於「下等人」，有種肉麻的抬舉；其實下等人是真正會吃人的（魯迅恐怕還看不到這一點），所謂禮教吃人，倒還不過是象徵性的說法而已。毛澤東熟讀《水滸》，乃有「土改」等慘絕人寰的事做出來。在延安時，最流行的京戲是《三打祝家莊》。我們看到《祝家莊》、《曾頭市》這幾回書，心裡總覺得難受，毛澤東亦許看了覺得大為得益：斬草除根、殲滅戰等，中國自有其傳統也。

　　大作是很好的文藝批評。你是shocked的——因為你和中國的社會接觸不深。我對中國人本來就很悲觀，如我來研究《水滸》，當成為社會學、心理學、歷史學方面的研究了。

　　大作沒有提到中共效學《水滸》的事（不一定存心效學，不知不覺中就做像了），這樣很好。《水滸》故事中的不人道，實際即是中共的寫照，明眼讀者應該看得出來的。如魯迅等文化界的「盧大員外」，大約亦是糊裏糊塗地給騙上梁山的。《水滸》的作者能寫出這種不人道的故事，自有其天才。但其天才的缺陷，即如你所說不能對此種事情加以否定也。《水滸》差一點成了masterpiece。

　　有本怪書，希望你將來能評它一下。《蕩寇志》是另外一種wish fulfillments，把草寇一一殺死（林沖、武松二人恐怕死得還慘，足見作者俞某對他二人還有同情）。我已三十年未看此書，大約佈局很花工夫。但後來索然無味，因為那些寇反正一一都要

殺死，故事結果已經講明，小說就不緊張了。（書裡的「正派人物」，亦不可愛。）

金聖嘆把《水滸》剪到70回（71回），實在是有了不起的膽識。《水滸》是越到後來越不行，70回後簡直是毫無精彩（除了燕青等）。《水滸》亦肯定了些東西：強盜的義氣等。這些東西竟然能掩改［蓋］了許多不人道的事，而仍舊受到廣大的讀者的歡迎。《水滸》的reputation實在是中國社會一個很特殊的現象。

中國對於淫婦的痛恨，是三種階級共同有之者：一、士大夫；二、農民；三、都市流氓。而《水滸》裡面的人物之痛恨淫婦，恐還在他們痛恨昏君與貪官之上。一般人把中國社會硬說它是受儒家的影響，是很不透徹的。孔子與較激烈的孟子，似乎都並不痛恨淫婦。宋儒反對「失節」，但似乎並無sadism成份在內。中國實際的puritanism不知道是從哪裡起來的？有一本通俗小說（我未看過）《倭袍》①（刁劉氏），恐是根據實事（當時的yellow journalism）寫成。刁劉氏騎木驢遊街，詳情我亦不知。但木驢遊街古時的確有此刑罰（這是「民意」！），刁劉氏大約是全身赤裸的，驢的生殖器放在女人的生殖器之內，遊行四門，任人觀覽。中國這一類有關淫婦的故事與實際的刑罰，值得好好地研究一番（周氏弟兄對於這種事情，大約知道得很多）。「民意」視之當然，小說裡寫得再殘暴，讀者亦就不以為怪了。

上面只是些拉雜的意見。我勸你大膽地把你的《水滸》研究發表──文字很得體，我已看出來你已經盡力地設法要替《水滸》迴護，但是迴護不了；思想清楚而有力──這是有功世道人心之作

---

① 即《倭袍傳》，清代禁毀小說，彈詞底本，全名《繪圖校正果報錄》，八卷一百回，作者不詳。《倭袍傳》講述了兩個故事，一是唐家倭袍的故事，另一個是刁劉氏與王文的戀愛故事。

也。（亦即真儒家精神。）

你和Dubs的論戰亦已看到。你的文字很有份量，你比Dubs有禮貌多了，但是你的打擊他還是受不了的。那天我們談起此事，世驤和Levenson等都早想打擊Dubs，現在由你來出馬，他們都很高興。Dubs我是不知其為何許人，但看他文章，此人學者的風度很不夠。

我最近忙得不可交開，但文章寫不好，亦是無可奈何之事。那篇「公社」的論點，將是：公社失敗原因之一，是語意學的混亂（Semantic Confusion）。共黨幹部（大部份低級的，一部份高級的）與農民（大約是全部）都不知道公社是要搞些什麼名堂。他們越不懂，生產越失敗。我來寫此文，自己先得把「公社」弄懂——這就是件很吃力的工作；再則硬做把我的知識和Semantics（我只看過兩三本很淺的書）配合起來，亦是tour de force也。這篇文章在短期內是寫不好的。其次是到英國去宣讀的文章，尚未開始。他們如限時繳卷，我是只好不去了。Birch以前曾讓我緩繳，因此我才較定心，如逼緊了，我只好不去。他們通知得太晚，我文章來不及寫，亦是無可奈何之事。反正我做人無可無不可，決不為貪着去英國，把自己趕得焦頭爛額。我總是想：這種會，以後大約還會有；今年不去，還有明年後年也。

你那篇婦女家庭大約快寫完了吧？我的飛機票倒已定好，八月十號同世驤與Grace從金山起飛，走Polar Route。如去成，當同你在英國見面。Levenson下學期得Guggenheim獎金，去英國休假，他太太是英國大富之家（猶太人），在英國有房子，八月間請我們（有你）去玩。返美後，再在紐約住幾天，欣賞一下你們的新環境，參觀一下哥大。你們公寓已找到，價亦不貴，聞之甚慰。建一學堂事，我主張進聖公會。讀書緊一點，使人的精神可以煥發（唯一缺點，是傷眼睛，女孩子讀書讀出近視眼來終是不好），否則一

天到晚，精神散漫，神無所屬，對於身體亦未必是好。我過去得肺病後，讀書——就病人來說——還是相當用功的。這精神的支撐，還是日後健康的基礎。

你們又要搬家，Carol又將大為忙亂，甚為系［繫］念。希望這次以後，好好地住定在紐約，一直到自己買房子為止。世驤他們最近在Berkeley山上，買了一幢很漂亮的西班牙式房子，花木極多，松柏青翠，環境十分幽靜，樣子就像我們在Monterrey 17-Mile Drive一帶所見者相仿。價33,000，不貴。他們原有的房子，已經18,750賣掉。他們大約在七月間搬家。

我在Settle的房子已找好。暑假時，Berkeley之屋，我要保留，免得搬來搬去麻煩，因此將出兩面房租。如去英國，則將把兩面的房子都空出來了。暑假時，如有朋友來住我可以讓給他們住。

我大約六月十五日飛Seattle。事情應該很亂，但我亦不去想它。

你如有關於Heroes與Model Characters的材料與感想，請隨時摘錄（打成英文最好），只要斷斷續續的就夠，三、四頁即可。文字不必求工整。你的零碎資料，可以成為我的正菜。寄來了，可省我很多時間。我現在一腦筋的公社——牽連到公社以前的農村合作社組織——沒有工夫去想「英雄」也。

別的再談，專此　敬頌
近安

濟安
五月廿九日

# 550. 夏濟安致夏志清（1962年6月19日）

志清弟：

長途搬家，加上到Indianan開會，想把你忙累了。我於六月十五日晚飛抵西雅圖，但行李被誤送至Los Angeles，十六日（星期六）我在家等了一天，等行李送來。

新住公寓1404 N.E. 42nd St. Apt. 316 Seattle Wash.，房子很寬敞，離學校很近。只是對門有一家All Night Café，半夜以後，總有一群不良少年在彼集合，騎motorcycles，總有五六輛，騎士穿黑色皮jacket，上有白銅釘，很像一群小Nazis（看過Marlon Brando的 *The Wild One*①沒有？）。他們倒守規矩，只是motorcycles的引擎太響，他們又來去無定。每十分鐘似乎總有一輛車來或去，引起很大的響聲。我兩晚被他吵得睡得不好，星期天寫了一封信給警察局。信寫好了，但現在習以為常，不覺過鬧，所以信亦沒有發，免得跟他們結仇。

馬逢華最近為了招待遠客（來看Fair的），很忙。我已跟李方桂他們去過了一次World's Fair，覺得毫無道理，你看了（你是反對機器文明的，何況Fair裡所展覽的機器文明亦很簡陋）大約會起反感。最有趣的是五十國的小吃攤子──價廉物美。只是每次進去要兩元門票，加上我沒有車──否則真想把五十國一一的吃遍。

關於公社，做了很多research，文章沒有寫完。到這裡又得擱下，開始弄「英雄」。我看中文書極快，已看完一部長篇小說：吳

---

① *The Wild One*（《美國飛車黨》，1953），拉茲羅‧本內德克導演，馬龍‧白蘭度、瑪麗‧墨菲（Mary Murphy）主演。哥倫比亞影業發行。

強②的《紅日》。Berkeley寄來的大批書籍尚未到，預備再看三四部長篇小說，就預備動手寫了。大致將討論戰爭中的英雄（如《紅日》）與生產中的英雄（什麼書尚未定，亦尚未看），要點已定，討論不難。文章最難兩點（一）言之有物；（二）言之成理。那篇「公社」，我搜集的材料太多，可是真相我還是茫然，所以很難寫。討論幾部共黨小說，問題簡單多了。

去倫敦開會的全部名單我昨天才看見，才知道李祁寫「戰爭」，楊富森（原在Seattle，現在U.S.C.）寫「工人」。他們如何寫法，我不知道，但是我的「英雄」一定要侵犯到他們的領域的。

《紅日》裡亦有幾個婦女，沒有一個是有趣的——壓制愛情、鼓勵男人打仗、崇拜英雄等，這些qualities你早已知道，用不着我來談。《紅日》不是一部好小說，但篇幅長（約500頁），作者難免透露一些「人情」的弱點。像這樣一種長篇的歷史戰爭小說，最值得談的還是書中的「歷史觀」，而其「歷史觀」和馬列主義的歷史觀是不會完全一致的，其間的歧異就大可做文章。

你到倫敦去念的文章，不知有沒有討論「婚姻法」？這在某一時期應該是很重要的。共黨新出女作家，其中有「茹志鵑」③一名（冰心女在《人民日報》上曾作文捧過她）似很重要（我沒有讀過她的東西），不知你曾提及否？

---

② 吳強（1910-1990），原名汪大同，江蘇漣水人，早年參加左翼作家聯盟，抗戰爆發後投筆從戎。後曾任上海市文聯副主席、中國作協上海分會副主席等職。代表作有《紅日》、《堡壘》、《三戰三捷》等。

③ 茹志鵑（1925-1998），上海人，祖籍浙江杭州，早年參軍，在軍區話劇團和文工團工作，1955年從南京軍區轉業到上海，任《文藝月報》編輯，1960年起轉為專業作家。代表作有《百合花》、《高高的白楊樹》、《靜靜的產院》等。

　　做你的文章的discussant的人是時鍾雯④女士，她和劉君若是
Stanford兩個女博士，出身英文系，而在教中文的。為人方面，劉
似乎是屬心高氣傲一型，下學期將去Vancouver，接王伊同⑤；王伊
同（常州人）到Pittsburgh，我和王伊同相當熟，時較天真。她對
中國東西恐怕知道不多，這次她要去倫敦討論「公社與合作社」，
她真是茫然無從下筆。我對於公社，雖然已經follow了好幾年，但
如問我公社在文學上如何反映，我亦說不出來。她來請教，我亦曾
和她瞎談談。她將要討論你的文章，我亦曾提起茹志鵑的名字，希
望你稍加準備。

　　我是討論Boorman的"Conditions of Writing in Communist
China"。Boorman對此不知如何寫法？我亦得好好準備一下這樣一
個大題目，施友忠寫"Old Writers"，預備討論三個人：茅盾、巴金
和沈從文。

　　世驤的論詩，我已看過，為篇幅所限，他只能講馮至、李
季⑥、戈壁舟⑦等三人極少數的詩。他的論點，conscious use of
metaphor倒是很要緊的。

　　我定七號（八月）飛回舊金山（旅費由倫敦出），十號和世驤
他們從舊金山飛越北極到倫敦，大約要比你先到。到英國後的旅行

---

④ 時鍾雯，曾翻譯關漢卿名劇《竇娥冤》，亦是其博士論文《竇娥冤：《竇娥冤》
　的翻譯與研究》（ Injustice to Tou O: A Study and Translation of Tou O Yüan）。

⑤ 王伊同（1914-？），字斯大，江蘇江陰人，1942年受聘於金陵大學，後留美獲
　哈佛大學博士學位，執教於匹茲堡大學直至退休，代表作有《五朝門第》、《南
　朝史》。

⑥ 李季（1922-1980），原名李振鵬，河南唐河縣人，曾任《人民文學》副主編、
　《詩刊》主編、中國作協副主席、書記處常務書記等職。代表作有《王貴與李香
　香》、《生活之歌》等。

⑦ 戈壁舟（1915-1986），原名廖信泉，四川成都人，曾任《群眾文藝》編輯，代
　表作有《別延安》、《延河照樣流》等。

計劃尚未定。無論如何，我要到紐約來玩幾天的。

　　關於「英雄」，我自信已經有很多話好說（雖然目前還只看了一部小說），所以你如忙，可以不必把你的材料轉讓給我了。別的再談，專頌

　　近安

濟安

六月十九日

　　［又及］Carol和Joyce搬家後，辛苦如何，甚以為念。

52

## 551. 夏志清致夏濟安（1962年6月29日）

濟安哥：

六月十九日信已收到，知道你已安抵Seattle，甚慰。寓所對門那些少年夜間太鬧，我想你在那裡住了一月搬家較妥，反正你沒有什麼行李。

我們六月十二日搬的家，當晚到紐約，在King's Crown Hotel住了兩天，行李到後，即搬入新居。Apt房子較舊，有蟑螂，但地點很靜，我們在六樓，被同樣的公寓房子包圍着，連街上的車子聲音也聽不到。搬家時Pittsburgh已很熱，我祇穿了單薄的夏衣，把sport coat、sweater等都讓搬運公司搬了，不料在King's Crown兩天天氣較涼，受了寒。星期六，我到West Point去參加婚禮，有些咳嗽，但當日即愈了。過三四天到Indiana去開會，咳嗽又發作，多濃痰，當時精神很不差，後來返紐約後，看醫生，知道我患了bronchitis，這星期大多時間在家裡，服了anti-biotics藥片，差不多已痊愈了。我星期五讀paper後，同Potsdam同事（暑期在讀研究院）吃午飯，到他寓所坐了一下，因為blow nose太用勁，大出鼻血，是離開Yale後第一次出鼻血。

Indiana校園真大，新建築真多，比你55年那時更多了很多limestone的大樓，我省錢住了quadrangle女生宿舍內，早晨出去開會後，就無法再回到room休息，很不智（李田意等都住在union）。這次開會中國人到的有田意、陳受榮①、吳經熊、黎錦陽［揚］、

---

① 陳受榮（1907-1986），廣東人，1937年獲斯坦福大學博士學位，後長期任教於斯坦福大學，曾任亞洲語言系主任，代表著作有《中國國語入門》（*Chinese Reader for Beginners: With Exercises in Writing and Speaking*）、《基礎漢語》（*Elementary Chinese*）等。

Stanford兩位小姐等。David Chen也在那裡，劉紹銘②現在印大讀比較文學，做招待員，很忙。還有一位梁實秋的學生吳嶺③，以前專攻 *Hamlet*，現在也在讀比較文學，他們兩位年紀輕，都當我老師看待，向我請教。劉紹銘以前在《文學雜誌》寫文章，我以為他年齡該同我們相仿，想不到他入「坑」如此之早。他有志來哥大。吳嶺說你的書籍家具還在臺大寓所內，何不把家具賣了，房子退了，書籍寄美國來？

這次東西大會，印度人、日本人、高麗人較多，中國人讀paper的，除我外，僅吳經熊一人（黎錦陽［揚］星期六晨講些作家經驗，我沒有聽到），吳是寫英文前輩，但英文講得很簡陋，滿口 "You Know" "You see"，不登大雅之堂。他不慌不忙講了一個半點［鐘］頭（講 Justice Holmes④），聽眾都很窘。李田意是我panel的chairman，他介紹我的時候故意加些諷刺，想不到多年在Yale也算朋友，他氣量這樣狹窄，不能容人，我去哥大，地位和他相仿，以後避免和他有什麼來往。他介紹我的《小說史》，說這本書at once popular and…想了半天，用了個「scholarly」字結句。我序上提到他的 "delightful conversation"，其實是客套，我祇問過他和作家有什麼來往，從不和他討論文學上的大問題。不料他借題發揮，滿口謊話，說我們談話何止 "delightful" 而已，往往engage in violent

---

② 劉紹銘（1934-），廣東惠陽人，生於香港，筆名二殘，1960年畢業於臺大外文系，曾與白先勇等人創辦《現代文學》，1966年獲美國印第安納大學比較文學博士學位，曾在夏威夷大學、威斯康辛大學和香港嶺南大學任教，代表作品有《舊時香港》、《曹禺論》、《二殘遊記》。

③ 吳嶺：不詳。

④ Justice Holmes，即Oliver Wendell Holmes（奧利弗·霍姆斯，1841-1935）大法官，他是美國著名法學家，1902年，羅斯福總統提名霍姆斯為聯邦最高法院大法官，直到1932年退休，被公認為是美國最偉大的大法官之一。

argument，幾乎打架。藉此可以證明他對中國近代文學是權威，而且我的意見都是靠不住的。李田意已升正教授（大約是印大爭聘的緣故），自己不常寫paper，而常做panel chairman，學了一些考據方法，以前讀的西洋文學早已忘掉，平日靠「交際」「捧要人」鞏固自己的地位，想不到內心如此險惡。我回紐約是和他，和Donald Keene同機的，Keene為人shy，不大會交際（但書讀得不少，已把 *Ship of Fools* 讀過了，我就沒有這許多時間），所以同路沒有什麼好談的，相當乏味。

黎錦陽［揚］胖胖的，文學方面大約沒什麼修養。問問他近年中國人寫英文小說的，他都沒有聽到過。他寫作材料愈寫愈枯，我看是沒有什麼前途的。最近他為香港電影公司寫了個劇本，由黃宗霑⑤攝影。陳受榮為自己歎氣，大罵Nivison⑥（他在會上的concluding speech，英文出口成章，講的很漂亮）。中國人因陳受頤《文學史》被David Hawks⑦大罵，大家抱不平，好像洋人和華人

---

⑤ 黃宗霑（1899-1976），美籍華人，廣東臺山人，一生拍攝了130多部電影，兩次獲得奧斯卡金像獎攝影獎，被譽為電影史上最具影響力的十大電影攝影師之一。代表作有《原野鐵漢》（*Hud*）、《玫瑰紋身》（*The Rose Tattoo*）、《老人與海》（*The Old Man and the Sea*）等。

⑥ 應該是David Shepherd Nivison（倪德衛，1923-2014），美國斯坦福大學榮休講座教授。1953年獲哈佛大學博士學位。長期任教於斯坦福大學，教授中西哲學和古代漢語，曾任哲學系主任、美國東方學會主席，對中國古代思想史、西周繫年有着深入的研究。代表作有《行動中的儒教》（*Confucianism in Action*）、《章學誠（1738-1801）的生平和思想》（*The Life and Thought of Chang Hsueh-cheng,1738-1801*）、《〈竹書紀年〉解謎》等。

⑦ David Hawkes（大衛·霍克斯，1923-2009），1945年入牛津大學學習中文，1948年來北京大學學習，1951年回國。此後長期任教於牛津大學，從事中國文學翻譯。從1970年開始，以十年時間，翻譯了《紅樓夢》前八十回，並由其女婿閔福德（John Minford）譯完後四十回，完成了西方世界第一部《紅樓夢》120回本的全譯本。此外，還出版有《楚辭》英譯（*Ch'u Tz'u: The Songs of the* sinologists是勢不兩立的。Hightower將在*Harvard Journal of Asiatic Studies*登載的review，有人也看過，也是罵得很兇。（JAS本來請李田意評《文學史》的，但他既怕得罪洋人，又怕得罪華人，所以decline了。）柳無忌也在寫《文學史》之類，前車可鑒，心中大約很慌張。他為人和李田意不同，相當厚道，對我大約也很有些佩服。他的學生把我的書都讀過了。有的學生還提出問題，向我請教。印大教初級中文的是郅玉汝⑧，你在Yale時也見過他，他添了一個男孩，相貌極清秀，他還沒有資格捲入politics，所以生活很幸福。另外有中共專家Peter Tang⑨，臉黝黑，帶[戴]黑邊眼鏡，不像安徽人，他為人很shy，今夏在印大教書。

《水滸》一文的discussant是劉君若小姐，她見我有些怕，所以也不敢批評什麼，作了一番大體上同意的讚美。劉小姐「心高氣傲」，我有同感。時女士也出席，她的確較天真，是St. John's的英文系，Ph.D.是在Duke U.拿的（thesis寫的是Spencer）。她也向我問了關於「公社」的材料，她要我把文章先寄給她看（summer她在哈佛讀書）。我自己打的文章，祇留了一份底稿，現在叫哥大添印兩份，一份寄給她，一份寄給你。我這篇文章，僅用短篇小說作材料，research比較省事。但《婚姻法》也談到，茹志娟的小說

South, An Ancient Chinese Anthology）等。

⑧ 郅玉汝（1917-2016），河北人，1940年畢業於北京大學，1965年獲印第安那大學博士學位，長期任教於印第安那大學東亞語言和文學系。代表作有《陳獨秀：其經歷與政治思想》（*Ch'en Tu-hsiu: His Career and Political Ideas*）、《高級中文報刊閱讀》（*Advanced Chinese Newspaper Readings*）、《陳獨秀年譜》等。

⑨ Peter Tang，即唐盛鎬（1919-?），安徽合肥人，主要研究國際關係、政治學，1952年獲哥倫比亞大學博士學位，先後任教於華盛頓喬治城大學、波士頓學院等，代表作有《今日共產中國》（*Communist China Today*）、《中共反對現代修正主義的鬥爭：理論與實踐》（*The Chinese Communist Struggle Against Modern Revisionism:Theory and Practice*）等。

也引了兩三篇，我在《人民文學》1958年看到茅盾寫文章捧她，
所以對她注意（冰心捧她，可能在茅盾之後）。她的小說在英文
本 *Chinese Literature* 已有譯文了，我也看到。我文章討論最詳細的
是1956年的反共小說《本報內部消息》，劉賓雁⑩此人以前不見經
傳，但那篇小說寫得很賣力，女主角黃佳英我認為是茅盾早年和
丁玲小說許多女主角同樣的是熱情理想家，正和中共普通女英雄
成了個對照。有一篇小說，因為女主角是韓國人，我沒有討論，
你可以一讀，路翎⑪的《窪地上的「戰役」》，文章極好，頗有同海
明威 *Bell Tolls* 相似之處，有不少心理描寫，主角是王順、王應洪
老少兩英雄，很明顯的是父子關係。小說載《人民文學》1954三月
號，曾被大攻擊，是清算胡風派的導火索。我以為《戰役》和《本
報內部消息》是兩篇最solid的近乎中篇的小說。《消息》是反右運
動時大受攻擊的。我看的都是婦女小說，有一篇《鐵姑娘》是報導
文章，但鐵姑娘她們一小組人苦幹的情形，讀後令人髮指，她們
是「勞模」，你可以一看。文載《人民文學》1960 or 1961的一期。
艾蕪的短篇文藝水準較一般小說高。他的長篇《百煉成鋼》你可
以一讀，大約一定是較好的小說。它可以代表industrial workers英
雄，正和《紅日》代表戰爭中的英雄一樣。倫敦conference，我曾
寫信MacFarquhar要辭掉做discussant的責任。今天他回信，要我和
Birch換一篇文章。既然逃不了做討論員，我已覆信答應discuss李

---

⑩ 劉賓雁（1925-2005），吉林長春人，作家、記者，曾任《人民日報》記者、中國
作協副主席，代表作有〈在橋梁工地上〉、〈本報內部消息〉、〈第二種忠誠〉、
〈人妖之間〉等。

⑪ 路翎（1923-1994），本名徐嗣興，原籍安徽無為，生於江蘇蘇州，是七月派的
重要作家。曾任職於南京中央大學、中國青年藝術劇院、中國戲劇出版社等。
1955年受胡風冤案牽連，中斷寫作二十多年，一直到1980年平反。代表作有
《饑餓的郭素娥》、《財主底兒女們》等。

祁的 *War Stories*（Birch討論楊富森的《工人》），我對兩個題目都是外行，但李祁對中共文學看得多，比較靠得住。

哥大中日文系搬家，搬進舊法學院址Kent Hall，地方大得多、我和蔣彝同office，書架shelves已裝好，明天可以搬書去。Joyce住在紐約相當不慣，小朋友太少，要Carol和我伴着玩。她上學後自己可以看書，情形當可改善。搬家時，我曾伴她看了一張電影 *Whistle Down the Wind*⑫，是Hayley Mills主演的，她把一個criminal看作了耶穌，故事還可以。昨天看了 *Road to Hong Kong*⑬，有一段Bing & Bob在Rocket上吃香蕉極滑稽。Bing看來很衰老，精神遠不如Bob Hope。附近飯館Shanghai Café已變成低級飯館，中國人絕少去，黑人倒不少。小菜和以前相仿，但少加鹽和醬油，淡而無味。附近最好的館子是「天津」Restaurant，佈置很modern，味道也很好。

「公社」那篇東西把你累死，用semanticist的眼光看中共是相當吃力的事。馬逢華處我去了一封信，請問候。我JAS和Dubs論爭發表後，趙岡有信來，說明為什麼吳世昌認為「脂硯」是曹竹磵是不可能的。我信上沒有肯定趙岡的theory是絕對準確的，因為問題實在複雜，我自己沒有作研究，無法肯定他的theory。我勸他寫信給Murphy糾正吳世昌的錯誤。趙岡在胡適臨死前，文字上已正式有了論爭。不多寫了，即頌

暑安

弟 志清 上
六月29日

---

⑫ *Whistle Down the Wind*（《劇盜柔腸》，1961），英國電影，福布斯（Bryan Forbes）導演，據貝爾（Mary Hayley Bell）同名小說改編，米爾斯（Hayley Mills）、伯納德・李（Bernard Lee）主演，J. Arthur Rank Film Distributors發行。
⑬ *Road to Hong Kong*（《香港奇譚》，1962），英國喜劇，諾曼・帕拿馬導演，平・克勞斯貝、鮑伯・霍普主演，聯美發行。

## 552. 夏濟安致夏志清（1962年7月2日）

志清弟：

多日未接來信，甚念。今天接到來信，大喜。並由劉紹銘寄來了 Indiana 的開會日程，各人講些什麼東西，大體亦有點知道。你辛苦後，犯出鼻血氣管支炎等，尚望善自珍攝。我已看了五部中共長篇小說：吳強：《紅日》；楊沫①（女）：《青春之歌》；梁斌②：《紅旗譜》；周立波③的《暴風驟雨》與《山鄉巨變》。文章已經開始在寫，用周立波的兩書作為開頭，《山鄉巨變》我認為是共黨文學中傑出之作，把農民在土改後分到的土地到合作社運動又要吐出來的痛苦情形，描寫得淋漓盡致。該書並無英雄。我主要的將討論《青春之歌》（很糟）、《紅日》（中中）、《紅旗譜》（很好）三部書。我文章題目暫定為 "Heroes & Heroism in C.C. Fiction"。模範人物不討論了（討論了，將破壞全文的完整），免得侵犯楊富森的「工人」，侵犯李祁的「戰爭」，僅《紅日》一部書，亦不去管它了。《青春之歌》講的是九‧一八到一二‧九學潮中間北大學生情形，寫得毫無生氣。《紅旗譜》中亦有（九‧一八以後）學潮（保定），把學生受共黨愚弄，飽嘗苦辛的情形，直言不諱地講出來，在共黨文學中亦是難得之作。我的方法將是 Dramatic Irony，研究

---

① 楊沫（1914-1995），原名楊成業，湖南湘陰人，生於北京，早年參加革命，1963年起成為北京市文聯專業作家，曾任北京作協副主席、北京市文聯主席等職，代表作有《青春之歌》、《東方欲曉》等。

② 梁斌（1914-1996），原名梁維周，河北蠡縣人，早年參加革命，曾任河北省文聯副主席等職，代表作有《紅旗譜》、《翻身記事》等。

③ 周立波（1908-1979），原名周紹儀，湖南益陽人，早年參加革命，曾任湖南省文聯主席等職，代表作有《暴風驟雨》、《山鄉巨變》等。

言外之意；看三書在技巧方面如何寫英雄與英雄事蹟，發現三書對於共黨都有批評（他們的英雄都不算英雄）。《紅旗譜》簡直是激烈的抗議。我這種寫法，相當 subtle，可使人耳目一新，即承認共黨文學可能有反共意義。我這篇文章可能很精彩，假如我能言之成理的話。三書都很長，無法詳細討論，現在集中於 Heroes & Heroism 一點，反而使我寫文章容易。

文章七月十五日要寄出（別的書來不及看），你介紹的東西，留待以後再看。定八月七日飛返金山，在金山玩兩天，十日飛。旅館已定在 Bonnington Hotel（倫敦）。

在 Seattle 緊張的工作（這個工作很有趣，談起文學來比較有把握，叫我寫「公社」，那才是苦事！），同時應酬亦不少，所以信不多寫了。曾在 World's Fair 寄給 Joyce 德國猴子玩具一隻，不知收到否？你們家裡有蟑螂，希望勤拍，少用 DDT，*New Yorker* 文章講 DDT 之害的，你看了沒有？別的藥比 DDT 更毒。Carol 想必對於新環境很滿意。我門前的少年恐怕仍舊鬧，但我聽慣了亦不覺得了。別的再談，專祝

　　近好

　　　　　　　　　　　　　　　　　　　　　濟安
　　　　　　　　　　　　　　　　　　　　　七月二日


[又及] 有樁傳聞不妨一談：Hellmut Wilhelm 有一天喝得半醉之餘，向人說道，全美國對於中國文學真有研究者祇有六人，中外各半：洋人他自己，Mote 和 Hightower，華人乃陳世驤與夏氏弟兄云。

# 553. 夏志清致夏濟安（1962年7月9日）

濟安哥：

　　來信收到，悉你已看完了五本長篇小說，甚喜。這幾天一定很忙，想文章已差不多寫好了。你看中文快，叫我看五本長篇，一定要多花不少時日，而且沒有耐心。你這篇文章精彩當可預期，開會時可使大家吃驚。我那篇材料還整齊，但僅touch短篇，沒有讀長篇，分析也一定沒有你那樣深入。今天 *China Quarterly* 寄來了兩份油印的陳世驤和李祁的papers，世驤的文章很有些道理，文字也很eloquent，雖然他喜歡用big words。世驤說李季是新人，"young poet"，據我所知（source可能是丁淼①），他實在是老人，在《新青年》時代就寫文章了，所以資格比馮至更老②。這一點你可寫信教世驤查一查，否則可能鬧笑話。李祁的英文較嫩，也沒有什麼新見解，她講的兩部小說，《呂梁英雄傳》、《新兒女英雄傳》，Birch都已討論過；1949以後的戰爭小說，她反而談得很含糊。我把那兩本小說讀一遍，再講些別的（丁玲《霞村》後來被攻擊，她不知道），討論半小時，很容易。

　　今天收到 *K.R* Summer 號三本，*Sat. Rev.* July 7號二本。我的review被削了一段，這一期可能上星期已出版了，我沒有注意。*K.R*那篇文章有兩個misprints，irrelevant拼成irelevant，法文Princesse拼成Princess，很遺憾。雜誌我不寄你了，你在書坊間想可買到，較方便。

　　程靖宇有信來，他真的去日本討太太，帶了鑽石戒去，希望他

---

① 丁淼：不詳。
② 此處夏志清記憶有誤，李季出生於1922年。

能找到一位合意的小姐。

Joyce今天上學，到大主教神父辦的Sino-American Amity去學中文，一星期三天，上午十時至下午二時，現在學中文，學寫字，秋季上學也可有個準備。

Rachel Carson③的長文我也讀過，想想Dept. of Agriculture做事笨拙，心中深恨之。中共打麻雀，想不到美國的魚鳥走獸服毒遭殃，死得更慘。美國人讓害蟲惡鳥吃些糧食，每年也沒有這樣許多surplus，花錢儲藏。

我去倫敦，還沒有接洽旅館，Bonnington Hotel是不是*China Quarterly*替你代arrange的？我沒有收到通知，要不要寫信去一問？別的再談，專頌

　　近安

　　　　　　　　　　　　　　　　　　　　　　　弟 志清

　　　　　　　　　　　　　　　　　　　　　　　七月九日

　　近日讀《西遊記》，很滿意。猴子玩具尚未收到。

---

③ Rachel Carson（瑞秋·卡森，1907-1964），美國海洋生物學家，代表作有《寂靜的春天》（*Silent Spring*）、《大藍海洋》（*The Sea Around Us*）、《海風下》（*Under the Sea Wind*）。

# 554. 夏濟安致夏志清（1962年7月19日）

志清弟：

文章已於七月十六日寄出，現由華大複印一份，現特寄上，請你先睹為快。下星期五華盛頓州在鄉下風景地區（Lake Wilderness）舉辦一個Liberal Arts Program，請「名人」講演，我亦被邀。我就預備去討論這篇文章，講員大多為英文系的（拉丁、日耳曼、古典等），此外Victor Erlich講俄國文學，Donald Keene講日本文學，我們三人還要組織一個panel，跟學西洋文學的人討論。

這篇文章有些精彩見解，文章有幾段不差，有幾段較弱，這是看寫的時候的精神好壞而定。等到全文寫完，一則時間侷促，再則精神鬆下來了，不想去重寫那幾段我所認為不滿意的了。

因時間和篇幅關係，我不能討論《紅旗譜》，不能充份發揮共匪的heroism之意義，這是文中最大的缺點（普通讀者亦許不覺得）。《紅旗譜》用很長的篇幅（一、二百頁），描寫中學生和軍警衝突的事，甚為可怕（共黨承認是「盲動主義」），其鬥爭幾乎完全是「無意義」的（absurd）。作者梁斌的文章寫得亦比楊沫與吳強好。

我一共看了沒有多少共黨小說，文章寫完後，又看了《新兒女英雄傳》、《呂梁英雄傳》與歐陽山①《三家巷》。還預備陸續地看，到倫敦去開會時，將是滿腦袋的共黨小說。

《三家巷》不如我文章中討論的那幾部，即是把階級劃分得太明顯了。文章好些地方模仿《紅樓夢》（共黨英雄周炳竟是個無產

---

① 歐陽山（1908-2000），原名楊鳳岐，曾任廣東省作協主席、廣東省文聯主席、中國作協副主席等職，代表作品有《高幹大》、《三家巷》等。

階級的賈寶玉！），但大體上還是學西方realism寫法。

兩部《英雄傳》是極糟的小說。中國評話體最適宜於那種草草表述的小說。

文章中有三點，可以發揮而未曾發揮者：

（一）周立波、吳強、楊沫（梁斌、歐陽山等）都是學西方現實主義寫法來寫的，這種寫法可能對共黨十分不利，可是共黨亦沒法禁絕之。胡風強調西方現實主義，那些親共作家不一定相信他的話，但無形中還是和他持一樣看法的。

（二）《青春之歌》中的prudishness：一個女孩子最可怕的命運還是「遇人不淑」（強姦，地主看中農民之女，國民黨官僚追求女學生等）。此外，共黨的「好」，有些地方還是傳統的「好」——普通所謂好人的好（忠孝節義等），共黨黨員一定得要具備，小說才可叫人相信。共黨小說竟要借傳統道德之光，才可進行它的宣傳（共黨道德世界內容的空虛）。

（三）《紅日》中把國民黨的兵和共產黨的兵，描寫的無甚分別（兩面的兵都有幫對方作戰者，國共之分一身制服而已）。但國民黨的兵算是他們的「敵人」，他們「燃燒着仇恨之火」，究竟是對着誰？《紅日》裡有更大的humanism的意義，我未加發揮。

照我看來，《青春之歌》與《紅日》祇是兩部俗氣小說而已。《山鄉巨變》很好，《紅旗譜》亦很好。周揚等鼓吹1958年大躍進以後的小說成就；《三家巷》是不行的，《百煉成鋼》、《創業史》、《苦菜花》、《林海雪原》等我都預備好好地看一看。《三家巷》的文章忽然conscious地學《紅樓夢》（廣東人——書中故事背景為廣州——學說《紅樓夢》體白話，是一種tour de force，叵奈不現實乎？），忽然新文藝濫調，足見其並無「世界觀」，《紅旗譜》有些地方學《水滸》。《呂梁》、《新兒女》等是學平民小說。這些地方我特別提出來，可為將來做research的參考，《中國舊小說給中共

新小說的影響》之類的題目，是可以一寫的。

　　我這次挑選了周立波、吳強、楊沫，他們似乎都是左聯人物，可惜我來不及做research（歐陽山似乎亦是左聯人物？），艾蕪、草明②、魏金枝③那是一定是的。「左聯的死灰復燃」將可充實我那本書的內容。正如胡風所強調的，左聯亦許還代表些積極的、寫實的、反教條主義的因素。那些中年作家（當年的年青作家），假如好好地描寫現實（不是頹弱地描寫所謂「人性」），終將成為對於Mao政權的challenge。我暫且下了「這個大膽的假定」，以後讓我來「小心的求證」。

　　我這篇文章亦許給倫敦之會提出些有意義的問題，這些問題，不一定能答覆，但是值得討論的。

　　我的結論大約和陳世驤的不同，但我們似乎都言之成理。我並不是存心要發怪論，criticism亦是一種discovery，我祇是報告我的discovery而已。在我寫此文以前，我祇想把「英雄」從小說中「提」出來，加以嘲弄式的討論（如原稿p.10那樣），後來發現共匪小說亦有可討論之處，於是正經地來討論小說了。我的方法指導是Mark Schorer④的Technique as Discovery，我沒有引他的文章，因為引了他，問題反更複雜（此外「現實主義」與「社會主義現實主

---

② 草明（1913-2002），原名吳絢文，廣東順德人，曾任中國文聯委員、中國作協理事等，代表作有《乘風破浪》、《神州兒女》等。

③ 魏金枝（1900-1972），原名魏義雲，浙江嵊縣人，曾任《上海文學》、《收穫》雜誌副主編，上海市作協副主席、上海師大中文系主任等，代表作有《魏金枝短篇小說選集》、《時代的回聲》等。

④ Mark Schorer（馬克·肖萊爾，1908-1977），美國作家、批評家與學者，1936年獲威斯康辛麥迪遜分校博士學位，先後任教於達特茅斯大學、哈佛大學、柏克利加州大學等，獲選美國人文與科學院院士，代表作有《辛克萊·路易斯》（*Sinclair Lewis: An American Life*）、《作為發現的技巧》（*Technique as Discovery*）、《我們想像的世界》（*The World We Imagine*）等。

義」等，討論起來亦是太複雜了）。Wayne Booth [5]: *The Rhetoric of Fiction* 我亦該一看，但尚未看。

這篇東西大約相當有趣，文字尚多疵病，但總教人讀得下去。先寄上，敬候你的指教。

*Saturday Review* 的書評已拜讀。你評吳國楨 [6] 的書是無所謂，祇怕他有政治野心，來和你勾搭。聽這裡英文系 Jacob Korg 說，Reichert 早已把 Evan King《黎民之子女》停止發行，據說該書的 plagiarism 是給一個「專家」（應該是你）揭發，書店不得不予以制裁云。

Seattle 很慚愧，高級文學雜誌（Berkeley 有好幾處經售地方）本來有一家書店發賣的，現因購者太少，停止經售了。我已去 order，希望能早日寄到，拿到 Washington 州 Liberal Arts Program 的夏令講學會去和研究西洋文學的學者討論。你的文章在那種地方討論是很合適的。

最近一個月我的工作相當緊張，這幾天總算在 relax 了。侯健要去哈佛，今天到 Seattle，我要陪他玩兩天。過幾天當再有信來。

Carol、Joyce 前均此問好（玩具事，明天去 World's Fair 當查

---

⑤ Wayne Booth（韋恩‧布斯，1921-2005），美國文學批評家，芝加哥大學 George M. Pullman 傑出講座教授曾就讀於楊百翰大學和芝加哥大學，後長期任教於芝加哥大學，代表作有《小說修辭學》（*The Rhetoric of Fiction*）、《反諷的修辭》（*A Rhetoric of Irony*）、《批評的理解：多元的力量與局限》（*Critical Understanding: The Powers and Limits of Pluralism*）等。

⑥ 吳國楨（1903-1984），字峙之，湖北建始人，1926 年獲普林斯頓大學政治學博士，回國後進入政界，曾任重慶市長、上海市市長、國民黨中央宣傳部長、臺灣省主席等職。1953 年，辭職前往美國，受聘於《芝加哥論壇報》，1965 年後任教於喬治亞州的阿姆斯特朗大學，直至退休。代表作有《中國的傳統》（*Chinese Heritage*）、《夜來臨：吳國楨見證的國共爭鬥》等。

詢），別的再談。專頌
　　近安

　　　　　　　　　　　　　　　　　　　　　　　濟安
　　　　　　　　　　　　　　　　　　　　七月十九日

# 555. 夏志清致夏濟安（1962年7月27日）

濟安哥：

　　文章與信都已收到。文章極為精彩，對中共觀察有獨到之處，而最不容易的是把《青春之歌》和《紅日》用高級文藝批評方法來批評，從文字上、技巧上、人物處理上來捉摸到中共生活的真相，英雄寫照中所表現的各種矛盾，作者在創作時經過的種種 dilemma 和痛苦。這項工作是你對這次 conference 獨特的貢獻（陳世驤也做了分析工作，但詩歌分析極易），將來開會的一部份人文藝修養不夠，假如僅在開會時把文章讀了，他們可能體會到的不多，但文章預先寄到，他們先讀了，一定使他們吃驚（Eg. H. Boorman 的天真，他那篇文章一無是處，研究政治而對文學無訓練的人是相當可憐的）。我寫書有經驗，要同時介紹一本書分析一本書是極不容易的事。所討論的書是讀者熟知的，情形就不同。所以許多小說我介紹一下故事，下幾語［句］斷語就算了。你夾敘夾議（所 quote 的 passages 皆極 apt）的批評是一種真工夫，也是真會讀書的人才會寫的文章。你的文字照舊的流利，讀下去極順。

　　我的那篇一直沒有寄給你，因為哥大人手不夠，無法重打添印（後來時小姐寫信來催，我祇好把僅有的一份底稿寄給她）。現在文章已由 *China Quarterly* 打好寄出，想你已看到了。這篇文章，文字較乾淨，自己還滿意。我的着重點是十二年來中共婦女的生活，所以文藝批評方面，並沒有太注重（雖然所引的小說，好壞都有，順便提了幾句）。近年來中共流行「歷史」小說，作者可能有較大的自由，我着重 contemporary life，所以所讀的短篇小說，內容都較簡單而公式化。我想黃佳英（《本報內部消息》主角）這種人物在追敘中共過去光榮的長篇中一定很多，《青春之歌》的女主角就

是較理想主義的。我文章p.21上有一個footnote，是個大笑話，不
知你有沒有注意到。Note 1中講的是《美麗》的作者豐村①，而《愛
情》作者是李威侖②，根本是兩個人。我已寫信叫MacFarquhar把這
個footnote削去了。我文章打好後，覺得《愛情》是可能被攻擊的
小說，再去翻看一下《人民文學》反修正主義的文章，把豐村誤為
《愛情》的作者，寫了這一段footnote。我幾年吃藥，把腦子alert性
減低，造成這個笑話。以後還得好好把警覺性提高。

　　《新兒女英雄傳》、《呂梁英雄傳》，我還沒有看，預備飛倫敦
前讀它，但是這種小說的糟糕我書上也提了一下。現在Cyril Birch
把這兩本書大捧，李祁也跟他走，我在discuss李祁paper時可能要
堅持一下中國新文學跟西洋走的寫作路線。Birch把趙樹理捧得很
高，可能他《三言》體小說讀得多了，對這種說話體有偏愛。趙樹
理的東西大半是極幼稚的，《三里灣》我是硬了頭皮讀下去的。其
實趙樹理作風在中共並沒有多大影響，最近八九年來的小說（我在
《人民文學》所讀的短篇），大多是西洋體的，文字也很少有特別
土話。我以前讀了延安時期和1949前後的作品，覺得中共作家在
dialect上特別賣力氣，寫作技巧也特別拙劣。最近九年的作品可能
和抗戰前的寫作在技巧上較接近，也未可知。《暴風驟雨》兩厚冊
我以前沒有讀，現在經你一說，《暴風驟雨》、《山鄉巨變》實在是
中共的正統文學，技巧方面想都是學蘇聯的「新寫實主義」的。

　　KR已航寄了一本，想已收到。我這兩星期研究《西遊記》，很
感興趣。《西遊記》創作成份多，所以文章很一致，作者自己有觀

① 豐村（1917-1989），原名馮葉莘，生於河北（現河南）清豐縣，代表作有《大
　地的城》、《望八里家》等。
② 李威侖（1930-），長春電影製片廠電影文學編輯，1950年代曾在《人民文學》
　發表了《山前山後》、《愛情》。

點，雖然有許多episodes是重複的，不能不佩服吳承恩是努力而有天才寫小說的人。最後阿儺迦葉這一段是虧他想得出的。豬八戒寫得極好。附近中國館子很多，發現一家New Moon，weekend serve小籠饅頭、生煎饅頭、蟹殼黃（11A.M.-3P.M.），想去一試。在美國，恐怕除大餅油條外，普通中國東西都可以吃到。女作家叢甦③在中文圖書館做事，李又寧④在Boorman project做事，Christa石⑤和他［她］的妹妹住在我們一條街上，貼隔壁的apt. bldg。這週末我要請她們吃飯。臺大的學生，你教過的，一定還有很多。Joyce學中文很起勁。再談，即祝

近安

弟 志清 上

［又及］在華大演講，想一定很成功。Keene讀書很多，但as a critic，他不及我們。看了 *Blood and Roses*，*The World of Harold Lloyd*。

---

③ 叢甦，原名叢掖滋，山東文登人，1949年隨家人去臺灣。在臺灣大學外文系讀書時，開始在《文學雜誌》、《現代文學》、《自由中國》等刊物發表作品。1960年代初赴美留學，獲西雅圖華盛頓大學英國文學碩士和哥倫比亞大學圖書館碩士學位。此後長期供職於美國洛克菲勒紀念圖書館，並從事著述。代表作有《白色的網》、《秋霧》、《中國人》等。

④ 李又寧（Bernadette Yu-ning Li），哥倫比亞大學歷史系博士，現任教於紐約聖約翰大學亞洲研究院，代表作有《瞿秋白傳》（*A Biography of Ch'ü Ch'iu-pai: From Youth to Party Leadership, 1899-1928*）、《社會主義引入中國》（*The Introduction of Socialism Into China*）、《華族留美史：150年的學習與成就》等。

⑤ 即石純儀。

# 556. 夏濟安致夏志清（1962年7月30日）

志清弟：

　　到Lake Wilderness住了三個晚上（星期四五六），很為愉快。今天（星期天）回來，看見來信，趕緊寫回信。

　　謝謝你對文章的讚美。大作亦也［已］拜讀，你我兩文可能是對中共小說批評中最重要的文章。你所搜集的材料很多，scholarship上已經很佔優勢，批評得都很中肯，文章要言不煩，而直搔癢處。中共生活下婦女生活的痛苦，照你分析，還是昭然若揭的。我們這次開會，如你所說，是因為有些人如Boorman等對文學修養不夠，講的話不能中肯。另外一個原因，是中共作品雖然一般水準不夠，但產量亦不少，很少人能讀得足夠的多的。我們都有點臨時抱佛腳的緊張匆忙（包括世驤）。我僥倖找到兩本講英雄的小說，可以敷衍（不是壞意思）成文。中共「大躍進」以後的小說，據茅盾、周揚等所吹捧的（documentation不難找），有這幾部傑作：

　　《山鄉巨變》、《紅日》、《青春之歌》、《紅旗譜》、《三家巷》、《苦菜花》、《林海雪原》、《百煉成鋼》。在這八部以後，又有《創業史》、《六十年的變遷》、《紅岩》等。這些作品（除了《三家巷》一小部份——很可笑的部份）都絕少受中國舊小說的影響。Birch和李祁大約沒有看中共的新作品，因此不知道中共的新寫實主義作風，是已超過毛匪的延安談話所規定的寫法。趙樹理恐怕已遠不如當年的重要。左聯時代所培養的「寫實主義」作風（雖然左聯時代小說能寫實到什麼程度，亦是很成問題的），現在反而表現成績了（中共清算了胡風，但並未抹煞胡風的主張。正如Stalin清算Trotsky與Bukharin，但仍採納T. B.二人的主張也）。Birch和李祁的着重

點，恐怕要被中共作家認為 unfair。你看了很多較新的短篇小說，印象和我看長篇小說所得者相同。《苦菜花》相當 sentimental，但內容較那兩本《英雄傳》之豐富得多（至少有點心理描寫）。《創業史》我正在看，覺得寫得很好，對男女戀愛寫得很細膩，可以 bear out 你對於短篇小說的意見。《創業史》中還強調「土改」時的貧農英雄後來漸趨保守，大家都想「創」個人之「業」的，祇有極少數真正積極分子（傻瓜青年）才想「創」社會之「業」的。這本書很值得一看。你在文章中提起在辦合作社運動中，青年與孩子逼他們父母參加合作社，《山鄉巨變》中的情形的確如此。這點我沒有提（因為看書不夠多，看不出其重要性），你提起了，可以作為我的文章很好的補充。《創業史》、《山鄉巨變》裡面的世界，其實很像 Balzac 所描寫的（鄉村生活：鄉下人的愚而詐，他們的極端貪財自私），我對於 Balzac 看得不多，看過的（中譯本）亦已大部份忘記，不敢把問題提出來。你假如有興趣把《山河巨變》和《創業史》一看，再拿 Balzac 描寫鄉村生活的小說一比，當有很重要的話可說。將來你的書再版，不妨添一章 Communist Fiction III 也。（按：Balzac 是馬克思所捧場的作家。）

關於土話，我看仍有人用，但相當新鮮，有些地方很有勁道。趙樹理我沒有看過，但照那兩本《英雄傳》（《呂梁》與《新兒女》）的最大壞處，是濫用舊小說 cliché。中共指揮下所發生的故事，成了舊小說的翻版。中共英雄除能運用中共術語以外，其生活與英雄行為皆舊小說中英雄的生活與英雄行為也。Birch 看到這一點，但不能據此而批評此類小說的內容空虛（尤其是，中共另有一種不照「舊小說」而寫作的小說在），這就是他沒有盡了批評家的責任。

我在 Seattle 還有一個星期逗留（七號飛金山），在此期間，當把《創業史》看完，再看《百煉成鋼》與周立波的一本什麼「鋼」

（《鐵水奔流》），以及草明的一本什麼「鋼」（《乘風破浪》）。曲波的《林海雪原》（東北游擊英雄故事）一時借不到，不看亦罷。此外還想看些短篇小說。這一下子，可以準備得很充份地去開會了。

　　我這篇文章，同〈魯迅與左聯〉一文一樣，完全是趕出來的，連頭搭尾，一共花了一個月。那一個月的日子很緊張，寫完後就比較 relax 了。我寄上的一份，是後來打的，打字錯誤百出；但寄倫敦的一份，是先打的，其中錯誤較少。連續兩個 weekend，都是玩掉的。先是侯健來，我陪他各處遊玩。這一個 weekend 玩得特別高興。Lake Wilderness 是 Seattle 附近的一個小湖，環境很幽雅。有一 Lodge，設備很好。這是我生平第一次過美國式的假期──該處就祇是我一個中國人，和美國人混在一起，心情輕鬆活潑（這種樂趣，很多中國人──如馬逢華等──很奇怪的不懂得享受的；中國人一定要和中國人一起玩，亦是心裡不能適應的怪現象）。這是華大與 Ford Foundation 合辦的一次小說講習會，聽講者三十餘人，大部份為中年婦人（中學教員、housewives 等），她們都很天真（對講員都很佩服）。英國小說討論 *Tom Jones*，*Lucky Jim*，*Tristram Shandy*；美國小說討論 H. James 的 *The American*，*Great Gatsby*，*Huck Finn*，*Catcher in the Rye*。聽講者免費領書，先看後討論。我去時，討論已過一半，所以對於英美小說部份沒有聽到什麼。我的演講，大為成功。聽者雖無人懂中文，但我用的方法，完全是西洋一套，他們是都能欣賞的。Keene 沒有演講，祇是參加一次 Panel 討論（和女詩人 Caroline Kizer ① ──即 *KR* 中寫 *A Month in Summer* 的

---

① Caroline Kizer，應為 Carolyn Kize（1925-2014），美國女詩人，曾獲 1985 年普立茲詩歌獎，代表作有《寒冷、平靜與詩集》（*Cool, Calm, and Collected: Poems 1960-2000*）、《絮絮叨叨》（*Harping On: Poems 1985-1995*）、《子夜是我的哭泣》（*Midnight Was My Cry: New and Selected Poems*）等。

——該女為一怪物，但其父——他亦來參加——曾任中國UNRRA
主任，乃一標準舊式紳士）。Keene說話神氣很像Joe Levenson②，
兩人臉亦有點像，都是像 *New Yorker* 中Robt Day③漫畫中人物，沒
有兇狠樣子的，比較文雅。Keene週末才來，來了就走，沒有聽見
我的演講。我們都很shy，沒有多交談（*KR*寄來得很及時，我拿它
在學員中流傳，沒有工夫討論，但看過的人都說很得益，很enjoy
云。我把你的書亦大為宣傳一番）。

　　Lake Wilderness 假如在紐約附近，一定成為一個很出名的
Holiday Resort（星期六晚上有跳舞，我沒有下去）；但Seattle附
近，有高山、大海、大湖，這個小湖我以前都沒聽說過。那地方
亦有騎馬、golf等激烈運動，我對之當然毫無興趣。多少年沒有游
水，湖水墨綠（給人幽靜之感，湖為野鴨游棲之所，入晚群蛙鼓
鳴）。我亦下起〔去〕涉水漂浮一番。有人帶了小帆船去，我沒有
坐，但曾划canoe，並不吃力。晚上乘涼，看星——這更是多少年
沒有享受的luxury了，即便在臺灣時亦沒有這種relaxed mood。

　　我在這講習會中很popular。一則我沒有專家的派頭和架子，
我待人非常和氣；再則Berkeley還是個使人尊敬的名字，我的去倫
敦開會更使我顯得好像真是個專家似的；三則我的英文之流利（雖

---

② Joe Levenson，即Joseph R. Levenson（列文森，1920-1969），著名歷史學家，
　1941年畢業於哈佛大學，太平洋戰爭爆發後，加入美國海軍。戰後重回哈佛，
　1949年獲哈佛大學博士學位。1951年起一直任教於加州大學柏克萊分校，曾任
　Jane K. Sather 講座教授。1969年意外落水身亡。代表作有《梁啟超與近代中國
　思想》（*Liang Ch'i-ch'ao and the Mind of Modern Chinad*）、《儒教中國及其現代
　命運》（*Confucian China and Its Modern Fate*）等。
③ Robt Day，即Robert James Day（羅伯特·戴，1900-1985），美國漫畫家和插圖
　畫家，1949年《讀者文摘》雜誌社出版一本幽默故事選集，由羅伯特·戴創作
　彩色插圖，首次以 "Robt Day" 的名字落款。

然並非絕對流利）亦使得一般美國人吃驚──他們覺得我的英文講得比歐洲人好。會期中我是唯一中國專家，與世無爭而受人尊敬，這種樂趣是你在Indiana開會時所沒有享受得到的。

　　會期中亦有些人生小插曲。有一個美貌少婦（有一個蒼老婦女說：Isn't she attractive?）醉心文學。星期天（最後一天）她丈夫來接她回去。丈夫是個三十幾歲bull-necked ex-athlete式的壯漢，大約在工程界做事。丈夫對於我們這種研究文學方式大為不滿，他認為文學是看着玩的。妻子和他爭辯，我在旁邊，她指着我說：Listen to Professor Hsia! 我當然是做和事老的。他們夫婦大約本來感情很好，但是女的要去找尋另外一種滿足，到鄉下住一個星期聽文學討論；她愈聽我們的分析，愈覺得小說裡面奧妙無窮，因此和丈夫的距離就漸遠。丈夫為了保護自己，亦不得不再三地說這種討論之無意義，可是亦說不出一個理由。這種討論會目的亦許要增進俗人對文學的欣賞能力，但結果可能造成家庭的小小悲劇。

　　還有一個女的，身材很高，年紀不大，大約廿五六歲吧，長得不難看，祇是鼻樑太高（恐怕是猶太人？），但為人非常溫柔和氣，亦很有一點intellect。她知道我是從Berkeley來的，就來seek me out。原來她亦住在Berkeley（她事前已知道我的Etna住址，她住得和我相當近，約四、五個blocks），現在正在U.C.讀法文系Ph.D.，同時在舊金山之北Rafael小城中學裡教法文。她開車亦是在巴黎學的，大約對於巴黎很熟悉。她看見了我，好像「他鄉遇故知」似的高興，想不到美國人亦有「同鄉」觀念也。我們答應回到Berkeley後再要見面，我還說："When next time we meet, we shall converse in French"，這當然不是romance，但是回到Berkeley後，我若去date她，這將亦是以前所沒有的經驗。

　　我過去一直complain沒有vacation，想不到今年真正地享受了美國式的假期。一百塊錢一次講演，三天免費吃住遊玩，足見人生

一飲一啄，莫非前定也。

　　寄上照片兩張，是上次趙岡來時，馬逢華給照的，一張給你們留念，一張請寄給家裡。在你們的新環境，可以吃到很好的中國飯，Carol想必很滿意。Joyce讀中文有興趣，聞之甚慰。再談　專頌

　　近安

濟安

七月卅日

　　［又及］《新兒女英雄傳》第九回、第十四回都曾引李季之詩。

## 557. 夏志清致夏濟安（1962年8月7日）

濟安哥：

　　來信已收到，知道你了［去］Lake Wilderness玩了三天，精神愉快，甚慰。謝謝你對我那篇文章的讚美。今天收到了你的和施、楊的三篇文章。施和楊兩篇都極冗長，粗略翻看一下，覺得都很嚕囌。施友忠分析茅盾as theorist，沒有新見解。其實茅盾在「百花齊放」那一段時期，曾表現對中共的不滿，可惜施沒有看到。他的《夜讀偶記》，據你以前信上說，內容也有問題，他也沒有注意到。楊富森看來還不大會寫學術論文。

　　我八月十二日八點35分抵倫敦，*China Quarterly*替我定了一間房間，我們住的大約是同一Hotel。上午如見不到，吃午飯時當可相聚。這次開會你看了這樣許多長篇，別的人恐怕都沒有什麼準備，可以在會場上大表現一下身手。

　　附上程靖宇近信，他在日本找女友似不太容易。在和趙岡合照上你神氣極好，似比以前胖一些。父親關照我們旅行期間拍幾張照片，所以不要把照相機忘帶了。卡洛、建一近況皆好，建一讀臺灣出版的初一國語教科書。我在英期間，卡洛要同Joyce and她母親到Bermuda去玩幾天，在倫敦相見，一路順風，即頌

　　旅安

弟 志清 上<br>八月七日

# 558. 夏濟安致夏志清（1962年8月26日）

志清弟：

　　這是到了倫敦後的第三天，本來今天想去劍橋訪問張心滄和大學，但昨天晚上出了一件小小的不幸之事，今天不想再出去瞎跑了，索性就在旅館裡休息寫信。

　　昨天（星期六）玩得很痛快。一早跟Guided Tour的bus去牛津並Stratford；曾參觀Warwick Castle，內部的收藏與設備十分精美，歎為觀止。晚上在downtown的香港酒家（櫥窗裡陳列《西遊記》大鬧天宮活動機關）吃飯，飯後看話劇*Signpost to Murder*，Margaret Lockwood①主演的偵探戲，相當緊張，但沒有什麼大道理。因為全部聽懂，覺得亦很滿意。

　　十一點後坐地下電車回旅館，這幾天我已把倫敦的underground全部摸熟（tube一字似已不用，subway這個字是用的，但似祇指底下的走道，行人在地下穿過馬路），相當得意。幾個大站如Leicester Square（戲院薈萃之區）有極長的Escalator——長得使人看了頭暈，美國無此設備——從地面通到地下，亦可說是倫敦的一「景」。且說，我趕上platform，恰巧車子進站，我匆匆上車，不料後面趕來一個衣服相當漂亮的青年，面孔亦很清秀，搶着上車，上去後，手一攔不讓我上車，他說他要下車。我身後有四五個相當清秀漂亮的青年，堵住我路，我亦無法後退。我頭一回，心想不對，其中必有陰謀。一摸褲袋，皮夾子已不翼而飛。其時車子開動。前面攔路

---

① Margaret Lockwood（瑪格麗特·洛克伍德，1916-1990），英國女演員，是1930年代和1940年代英國最受歡迎的影星之一，主演過《貴婦失蹤記》（*The Lady Vanishes*, 1938）、《開往慕尼黑的夜車》（*Night Train to Munich*, 1943）、《地獄聖女》（*The Wicked Lady*, 1945）等。

的青年跳下車子，向外飛跑，我身後那些青年亦一哄而散。Subway
車站人這麼多，我當然無法追尋。我大叫「Stop Thief」，亦無人理
睬，別人似乎亦有瞎嚷的；我亦不知道嚷的人是賊還是正當旅客。
我當即報告站長，十分鐘後，有名的C.I.D.（Criminal Investigative
Division）派來一個十分魁梧而和善的偵探，把我的案子記下來。
他給我看一本很厚的Album，皆倫敦慣竊之相。那些慣竊大多面目
猙獰，我說偷我東西的人是些年輕相當漂亮的人。他說慣竊是訓練
徒弟的。想不到，時隔百年，Fagin和Artful Dodger②等仍活躍於倫
敦，但是現在倫敦更大更亂，捉賊當然更難了。

偵探說：破案希望非常之小，但空皮夾子和文件等可擲在街
上，如撿到可寄回給我。

損失儌倖並不重。一張$500的cashier's check（即你沒有收
的），別人想無法去領。今天星期，銀行不開門。我已打了電報
給Bank of California，叫它止付。同時又寫了封信去說明情形，照
規矩，銀行可回我這五百元錢。偵探說，賊亦不敢去cash這種巨
額支票，因為弄得不好，反被破案。銀行碰到巨額支票總需要些
identification才可以領的。

現款計US $20的一張（即你給我的），一元單票約四、五張，
五鎊鈔票一張。加起來不到四十美金，算是瞎花花掉了（或算是買
了一架中等照相機，或一套西裝），雖忍痛犧牲，亦不算十分痛。

文件頂要緊的是我的加州Driver's License，關於此事我已
寫信給加州車輛局，請求補發。此外都是些不重要的，如Health

---

② Fagin和Artful Dodger，均為狄更斯小說《霧都孤兒》（*Oliver Twist*）中的
小偷形象，道奇（the Artful Dodger）是指神偷道奇，本名傑克‧道奇斯
（Jack Dawkins），是一幫小扒手們的頭目，而費金（Fagin）則負責訓練和
管理他們。

Insurance Card、AAA card、圖書館 card 等。還有父親、母親、玉瑛妹的照片，雖捨不得丟，但都是 replaceable 的。

當時使我相當氣憤的是，那種扒手太明目張膽了。上海我亦曾被扒過兩次，那是都是在人擠的時候，有人順手牽羊，偷了一時亦不發覺。這一次，許多不良少年（Teddy Boy）包圍住我，好像硬搶一般，心裡有點不服氣。當時，我亦不敢去抓他們，他們人多，被他們打一頓，更花［划］不來了。

你屢次叮囑我出門小心，我還遭受這次損失，很覺對不起。僥倖的是，我旅行文件全部未被碰，另外一隻口袋的旅行支票亦未丟。另一隻口袋有四張£1與10 s.一張鈔票，亦未丟。那些先令辨［便］士角子等，亦未丟。我袋袋裡滿是東西，如要偷光，亦非容易。

看來，全世界各大都市盜賊橫行，仍以倫敦為最惡劣。紐約有硬搶的匪幫，但尚未聞有硬偷的。你在紐約出門就坐 Taxi，這是最聰明之舉。我若於戲館中出來，立刻叫一部 Taxi 回旅館，即不會被偷了。巴黎的情形想亦不太妙，但你道路不熟，多坐 Taxi，少亂闖，可以安全得多。

這次倫敦之行，雖遭賊偷，但對英國的印象仍不壞。昨天一路的風景很好，星期五和 MacFarquhar 吃中飯，談了兩個鐘頭，很高興，他 assign 了很多題目。這次開會文章專集，他說請 Birch 作序，我作跋—— predict 共匪文學的前途（飛機票可以稿費作抵，請釋念）。

星期四、星期五兩天晚上都可能白相夜總會或看戲等，但提前休息，沒有去。如白相夜總會，亦可能冤枉花掉些錢（昨天精神養足了，大白相，反而出事）。

倫敦的名勝古跡（如 Tower、國會、St. Paul 等）都在外面跑過，沒有進去。但巧的是在街上碰到華大舊友（Berkeley 的 Ph.D.）

Ben Hoover（現在 Brandeis 大學教英文），他是 Dr. Johnson 專家，正在 British Museum 埋頭研究 Dr. Johnson，他帶我進 Museum 裡匆匆一看。今天晚上他請我吃晚飯，今天雖星期天，但他是老倫敦，總有地方可去的。

坐過一次 tour，在倫敦東部兜圈子，那是猶太人區，Dock Areas 等（Soho 亦在附近？），普通旅客不大去的。想不到希特勒大炸倫敦，把中心繁華區（Piccadilly 一帶、銀行區、政府衙門區）沒有碰，反而把 Chinatown 炸光了。現在 Chinatown 祇剩些破爛小房子，中國人多已遷出。廢墟上將陸續興建廉價公寓。

你介紹的 Atlantic 旅館，這幾天客滿，我現住在隔壁的 Snow's 旅館（139 Cromwell Road），設備等想與 Atlantic 相仿。Atlantic 很赤心忠良，把你留下的書和文章，好好保存，交還給我。我預備把文章丟掉，三本書（*China Quarterly* 與中蘇關係）帶回 Seattle。定明天中午（星期一）飛回 Seattle。

MacFarquhar 對你大為佩服，說你是這次開會最成功的一人。*Times Literary Supplement* 關於這次開會已有社論討論，是 Clarks Harris ③（？）寫的。其中祇提起 Boorman（B 即住在 Harris 家中，現尚未走）與 Birch 兩篇文章，MacF. 很不服。*Times Literary Supplement* 紐約想有得買，我亦不寄給你了。沒有工夫去 *China Quarterly* Office，因此沒有遇着美女 Osborn。英國人大多生得都很「細氣」。

你在巴黎一個人白相，想必很吃力。MacF. 想介紹幾個朋友給你，但你沒有留下地址，不能跟你聯絡。我們這次旅行，忘了利用 American Express Co.，他們亦有 Guided Tour，介紹旅館，通信聯絡等較方便。我在倫敦碰到的美國遊客都是利用 American Express

---

③ Clarks Harris，不詳。

Co. 的。

　　Carol 和 Joyce 想都已從 Bermuda 回來。Joyce 能多曬曬太陽總是好的。請向她們問好。我雖小破財，但遇事看得開，亦就認命了。請你們不要懊喪。專此

　　祝好

濟安

八月廿六日

　　［又及］愛丁堡的 International Writers Conference on the Novel 剛閉幕，到有 Mary McCarthy、Norman Mailer ④、Angus Wilson ⑤、David Daiches 等兩千餘人，據各報報導，秩序紊亂，討論內容空虛，大為失敗云。

---

④ 諾曼・梅勒（Norman Mailer, 1923-2007），美國著名作家，美國文學藝術院院士，曾兩次榮獲普立茲獎，被譽為20世紀最偉大的美國作家之一。代表作有《裸者與死者》（*The Naked and the Dead*）、《硬漢不跳舞》（*Tough Guys Don't Dance*）、《劊子手之歌》（*The Executioner's Song*）等。

⑤ Angus Wilson（安格斯・威爾遜，1913-1991），英國小說家、批評家，畢業於牛津大學，曾任職於大英博物館，代表作有《如此可愛的渡渡鳥》（*Such Darling Dodos*）、《盎格魯─撒克遜態度》（*Anglo-Saxon Attitudes*）、《查理斯・狄更斯的世界》（*The World of Charles Dickens*）等。

## 559. 夏志清致夏濟安（1962年9月3日）

濟安哥：

　　歐洲玩了兩星期，很累，至今才和你通信。你倫敦寄出的信，讀後很氣憤，想不到teddy boys竟如此可惡，明目張膽地搶你的皮夾子。虧得損失不算重大，那張cashier's check想你抵Seattle後已由銀行原數還你了。我在巴黎也出了一次小毛病，是從Hotel Princesse Caroline check out後乘cab開到Terminal後所發生的。我付旅館賬單時把小額鈔票都用完了，剩下的是幾張一百franc的鈔票——是我不智，若付hotel bill時拿一張一百franc去找，手邊必有很多小票子——我因為要看守行李，無法進Terminal去兌換小額票子，祇好拿一張百元franc出來，和cabbie算賬。此開車人，也是惡少，英語一句也不會講，一路上我同他講了幾句英語，他早已煩了。知道我是tourist，可以欺侮，他把我那張百元franc先放進他的皮夾子，然後給我幾個coins，三張十元franc票，一張1000元的老法郎票。我知道1000老法郎所值無多，但不知值多少，就和他爭辯。此人回到車內坐定，說了許多法文，好像不屑和我理解的樣子，他發動motor，我的左手還在右邊玻璃窗內，他竟開車疾飛而去了。進Terminal一問知道1000老法郎僅值十個新法郎，他騙去了五十法郎。雖然五十法郎僅抵美金十元，所值無多，但此人如此rude，如此brazen，我也氣了半天，所以更可想像你被硬搶後的心境。那天星期天，我到Terminal較早，本來想check了行李到附近Hotel Les Invalids去玩玩，但Terminal無check行李之處，祇好坐bus先到飛機場空等，飛機四時起飛，加上那天mood已轉壞，相當無聊。

　　星期四下午抵達巴黎後，由information desk介紹一家旅館叫

Hotel Rapp，在Terminal附近，設備極舊，且無private浴室，極
不方便，次晨即check out，到Princesse Caroline去住。Princesse
Caroline原名Lyon，也是家舊旅館，但旅客多是美國下級軍官，
所以招待很周到（Champs-Elysées大街有一家Park Hotel，才是真
的美國新型旅館）。星期四下午坐bus過橋，到Champs-Elysées走
走，此街特別寬闊，一端即是Tuileries公園和Louvre宮，一端是
Arch of Triumph，氣勢雄壯，兩排人行道上露天café很多，遊人也
很擁擠。許多電影院都在映Monroe的舊片。我沒有什麼計劃，走
進一家drug store，訂了一張Folies Bergère的票，當晚看戲，很滿
意。節目很長，八點半開場，十二點方閉幕。大半節目都着重服飾
考究，把法國有史以來的各時代的costumes表演一番。較新的節目
如*Charleston*，*Twist*，ballet還是靠美國的，可見法國近五十年代在
musical comedy方面沒有什麼貢獻。裸女也有五六位，但引不起什
麼性感，僅是裝飾品而已。廁所外邊守着老太婆，解手後要tip，
usher領你入座，也要tip，頗給人厭惡之感（飛機場很新式，廁所
門口也坐個女人，等tip）。星期五晨坐了Cityrama的bus，參觀了
巴黎全城名勝，給我印象極好，巴黎城寬大，architecture style都
能很一致，幾座有名buildings都很pleasing，雖然我對法國歷史不
太熟，看到後也很受感動。下午參觀Louvre博物館，館內東西太
多，看不勝看。我看了些希臘sculpture，十九世紀名畫（Ingres①幾
張名畫，司空見慣，但Ingres着色的細膩和潤，非看原畫，不能領
略），義大利文藝復興名畫，Da Vinci②名畫有四五張，*Mona Lisa*

---

① Ingres（Jean-Auguste-Dominique Ingres，安格爾，1780-1867），法國新古典畫
　　家，代表作有《土耳其浴女》（*The Turkish Bath*）、《泉》（*The Source*）、《大宮
　　女》（*Grande Odalisque*）等。
② 即達文西。

全畫帶有green tinge，reproductions上看不太清楚。Botticelli③的畫我極愛好，也有幾張，此外Titian、El Greco巨幅名畫，實在一時無法多欣賞。Louvre遊客極多，警察人手不夠，名畫都有被deface的危險。一張名畫（查書，是Ghirlandaio④的 *Portrait of an Old Man & His Grandson*），老人鼻子上有了很多條鉛筆scrawl，　　，還沒有擦掉。許多裸女sculpture，兩腿之間劃了鉛筆黑印，還沒有全部擦掉。這種情形，在美國大museum是不會有的。Louvre沒有冷氣，遊人怎［這］樣多，空氣不很好，幾張特別名畫，如 *Mona Lisa*，都裝在玻璃框內，免得人動手去碰。但玻璃和圖畫表面之間，積了水蒸氣，畫本身也可能deteriorate的。時間匆迫，印象派大師的畫，我都沒有看到。

當晚仍參加Cityrama的tourist group，看了四家night clubs，前三家沒有什麼道理，最後Lido節目很好，我看到的僅一部份，想你在Las Vegas看的更精彩。第三家是Pigalle，場面雖較Frankfurt的偉大，但給我印象不太好，不如Frankfurt的那樣多少有些人情味。我覺得巴黎的night clubs不夠gay，遊客呆呆坐看，給人depressing的感覺。巴黎的striptease最perfunctory，一無是處，遠不如Frankfurt和美國。

星期六上午shopping，買了些香水之類。下午參觀Notre Dame⑤，這樣一座Gothic大建築，看後可令人感動到流淚。即［接］

---

③ Botticelli（Sandro Botticelli，波提切利，1445-1510），義大利文藝復興早期畫家，代表作有《維納斯的誕生》（*The Birth of Venus*）、《春》（*Primavera*）。

④ Ghirlandaio（Domenico Ghirlandaio多梅尼哥‧基爾蘭達約，1449-1494），義大利文藝復興時期畫家，代表作有《老人和他的孫子》（*An Old Man and His Grandson*）、《榮耀聖母與聖徒》（*Madonna in Glory with Saints*）、《哀悼基督》（*Lamentation Over the Dead Christ*）等。

⑤ 即巴黎聖母院。

着在Left Bank走看，許多書攤出售的都是經書和翻印的圖畫，紙張都已陳舊，不知什麼人會買這種東西。再下去是St. Michel大街，是大學生的拉丁區，街上盡是青年，東方人也不少，但最得意是黑人，這裡正是他們的天堂。法國的黑人比美國的slender，臉上也沒有這樣許多油光。他們相當dapper，臉上都露arrogant or supercilious的神色。許多電影院都映滑稽片（Laurel & Hardy⑥，Chaplin），有一家上映賈克彭尼⑦，卡洛朗白⑧合演 *To Be or Not to Be*⑨，劉別謙導演。我20's電影很熟，卻從未聽見過這張電影。在Latin Quarter吃了一頓中國飯，回旅館休息一下，在Champs-Elysées去看了一家小型night club，此家酒價開得很高，striptease節目也照樣的depressing，我坐了一回，就回旅館了。

　　星期六那天我沒有什麼計劃，本可來倫敦，但我星期天即預備返美，所以就在巴黎留下了。巴黎看了三天，如有機會看看以巴黎為背景的小說，必更饒興趣。倫敦以後有機會，當要好好地觀光一

---

⑥ Laurel and Hardy，指長期搭檔的滑稽片演員Stan Laurel（勞萊，1890-1965）和Oliver Hardy（哈台，1892-1957），勞萊出生於英國，後在美國發展，哈台出生於美國，兩人於1926年開始搭檔拍片，共同主演了一百多部影片，如《大買賣》（*Big Business*）、《原諒我們》（*Pardon Us*）、《沙漠之子》（*Sons of the Dersert*）等，是美國早期電影中很受歡迎的一對組合。

⑦ 賈克‧彭尼（Jack Benny，一譯傑克‧本尼，1894-1974），美國影視演員、小提琴家，他的廣播電視節目從1930年代一直流行到他去世，對情景喜劇產生了很大的影響。代表影片有《查理的姑媽》（*Charley's Aunt*）、《你逃我也逃》（*To Be or Not to Be*）等。

⑧ 卡洛‧朗白（Carole Lombard, 1908-1942），美國女演員，尤善喜劇，是1930年代好萊塢最有才華的女星之一，1936年獲奧斯卡最佳女主角獎提名。代表影片有《閨女懷春》（*My Man Godfrey*）、《二十世紀快車》（*Twentieth Century*）等

⑨ *To Be or Not to Be*（《你逃我也逃》，1942）美國喜劇片，劉別謙導演，卡洛‧朗白（Carole Lombard）、傑克‧本尼（Jack Benny）主演，聯美發行。

下。

　　*The China Quarterly*，我答應寫一篇周作人，有機會可把周作人的文字全部讀一遍。別的文章，MacFarquhar雖出了很多題目，一時實在無法應付，第一年在哥大教書，必異常忙碌，抽不出時間研究中共文學也。這星期在讀 *The Koran* [10]，dull 不堪，Mohammed講來講去幾條簡單的道理，思想水準恐還夠不上 *The Book of Mormon* [11]。我教一門Undergraduate Oriental Humanities，近東也包括在內，所以近東名著都得看一遍。

　　程靖宇有信來，真的在東京和一位日本女郎訂婚了，我很為他高興。信附上。高橋咲子想是很純潔的姑娘，他能找到這樣一位年輕美貌的女郎，的確比和Ada Chang or 日本紅星結婚幸福得多。你有興趣，也該到日本去一遊，如能找到一位賢淑的女郎，也是好事。

　　玉瑛妹已決定在上海住下，伴父母，下學年不返福建教書了，你照片洗好後，可早日寄幾張到家中去。Carol、Joyce在Bermuda住了一星期，在娘家住了一星期，與我同日返紐約。Joyce身體很好。你在Seattle再住幾天？不多寫了，即頌

　　近安

弟 志清 上
九月三日

---

[10] *The Koran*，即伊斯蘭教經典《古蘭經》。
[11] *The Book of Mormon*，指摩門教的經典《摩門經》。

# 560. 夏濟安致夏志清（1962年9月7日）

志清弟：

接來信知已安返紐約，甚慰。巴黎車夫敲竹槓之類的事情，中國過去各城市中亦皆有之。過去留學生在外國亦常受這類小欺侮，據我讀書所得印象，大抵中國留學生很佩服日本之秩序，日本的碼頭車站等地，管理得很好——雖然中國人那時總是神經過敏地覺得日本人在壓迫中國人。而中國內地學生初到上海，必受欺侮——言語不通吃虧在先；一般上海人的確亦是看不起外省人，尤其是外省的窮學生的。出去留學的，到馬賽必大吃其虧，去英、美、德的，印象似較好。我這次去歐洲之後，真的很想研究一下中國過去留學生海外旅行的心得——好像研究瞿秋白留俄一般。海外旅行與留學，亦是浪漫主義的表現，一般社會人士之鍍金思想則為功利主義的表現也。

我雖在英國被偷，對英國的印象仍很好，覺得在英國一個人的日子可以過得很舒服。尤其是佔時可達一個鐘頭的早餐，那真是一種享受；我吃早餐時，看三份報紙，*Times*、*Guardian*與*Daily Telegraph*，報紙的文章寫得都很好（雖然英國的yellow journalism比美國的更糟），印刷清楚，校對亦少錯誤，篇幅不像*N.Y. Times*那麼多。英國的鄉村風景亦很好，美國似乎沒有一處有像那樣的風景的。英國最貴的是抽煙，我抽板煙，一盎司一小鐵盒，要五先令多，祇可抽一天。在加州，一紙包Bond Street（可能兩盎司），祇消二角不到，可抽兩天——其間差別甚大。

總之，如我所說：歐洲的光榮是十九世紀的，自從1914年八月砲聲一響，這種光榮就不再來了。去歐洲的人總帶着一點懷古的幽情；雖然中國早期留學生還是抱着「觀光上國」的心理去歐洲

的。我們因為從美國去的，反有一種condescending、patronizing的
態度，這是前輩留學生所不能想像的。你在巴黎大受感動，我還沒
有這樣的經驗。

　　歐洲無論多麼好，回到美國可像到了家了。這次歐洲之行，實
在是增加了我對美國的感情，即使是和我沒有十分關係的Seattle，
我下了飛機覺得對它特別親熱。沒有辦法的，我們是成了美國人
了。在倫敦參加Guided Tour，美國人當然一望而知，而美國人中的
Californians，對我似乎亦有點「他鄉遇故知」之感。

　　這次我忘了帶那我用熟的Leica，那架廉價Agfa畢竟不行。傲
倖我們在Heidelberg的那張合影，還算清楚，二人神氣亦還算愉
快，父母親看見了心裡亦會高興。你的幾張眉頭都皺得很緊，寄
上公園裡的一張面上有一條scratch，更覺歉疚。我們的合影寄上八
張，可以夠送人的了。

　　回來以後，繼續我的Research。看了何其芳在40's的詩《夜歌
和白天的歌》和丁玲的一些短篇小說。丁玲《我在霞村的時候》寫
得很好，一個寂寞的女人（丁玲）對於另一個寂寞的女人（受侮辱
與損害的女人，亦給共黨所利用）的同情，寫得很深刻。丁玲《新
的信念》是一個很殘酷的故事──一個老太婆給日本人逼瘋了，而
共黨更利用她的瘋人做宣傳；形式上沒有《霞村》完美，但描寫戰
爭與共黨的殘酷，還是很動人的。何其芳亦頗有些佳句。1942年
後，何不寫詩，丁不寫小說，都說為學習而忙，而毛的壓力便愈來
愈大了。

　　你的書中有一點小錯誤，〈三八節有感〉怎麼變成〈五八節有
感〉了？（正文與index皆然），希望再版時更正。關於王實味，
1944年重慶有一批記者去參觀延安時看見他。趙超構① （《新民報》

---

① 趙超構（1910-1992），筆名林放，浙江里安人，曾任《辭海》副主編、《新民晚

記者——你說蕭軍在成都工作的《新民報》（？）是共黨報紙，但重慶的《新民報》是張恨水他們編的）的《延安一月》中描寫他的自我譴責的 vehemence，很可憐。雖王實味的話，很少被 quote 在那書中，但他說「他還要從事政治工作」，其人之命運亦可想而知。《野百合花》Hoover 有，我回加州後當去一查；Hoover 還有些《解放日報》，大約亦值得一看的。

　　昨天借到一本《我與文學》——鄭振鐸、傅東華編，1937年出版，為《文學》一週年紀念的附刊。茅盾一篇，似在其集中所未見者。巴金投稿兩篇，一篇用巴金之名，一篇用王文慧之名。艾蕪有一篇，可算是簡短的自傳。胡風《理想主義者時代的回憶》亦有很好的自傳資料，不知曾被人引用過否？

　　周立波曾作文分析過1936-1937兩年的小說，似頗有見地。他曾翻譯《被開墾了的處女地》（生活書店出版）。《新觀察》（北平，1951年二月十日）有一篇周立波的《讀書札記》，很短，但分析新舊小說的優劣點，很扼要而有見解。他指出：「舊小說的缺點」：「環境、生活和心理的仔細描寫，章回小說是稍稍遜於西洋小說的」。1951年還是「民族形式」佔優勢的時候，他敢說這句話，亦是大不容易了。（他又說舊小說「不能使用富有魅惑力的散文，迴旋如意的，沁人心脾的表現……情感」）。

　　程靖宇的浪漫史，我認為太浪漫一點，未必會有好下場（不是觸他霉頭，祇是憑常識判斷也）。他的地址我這裡沒有，返加州後當去信向他道賀。你如去信，不妨替我帶一筆。

　　Joyce 曾經拿她的「國語」讀給我聽，讀得很好，現在想必更有進步。Bermuda 回來後，是否氣色更健康為念。Carol 的 Bermuda 之遊想必甚樂。

---

報》社長等，代表作有《延安一月》、《未晚談》等。

　　茲附上支票一紙 $600，作為貼補家用之用。我丟的那張支票，銀行已讓我填了一張表——表示我即使再撿到那張紙，亦不可去領錢——相當時間後（再隔一兩個禮拜），可以把錢還我；反正我亦不等用，他們答應還我，亦就夠了（我雖去歐洲，UW，薪水照給，亦不無小補）。

　　在此間碰到一個從上海逃出來的人。據談：共黨 ration 的東西是很少的，但去年開始（公社失敗後），恢復黑市，農人可銷售其貨物，增加收入；城裡人可吃得好些。黑市價約十倍於 ration，如雞蛋約合美金三角，祇要有錢，還可吃得不差。談話那人的家——亦是開廠的，小資產階級——一個月開銷亦得用美金 $150 元云。我們家的人少，$100 元想亦夠了。

　　我十五日飛回加州，別的再談。專頌
　　近安

濟安<br>九月七日

# 561. 夏志清致夏濟安（1962年9月20日）

濟安哥：

七月七日信及附上支票 $600 一紙，照片十多張都早已收到，兩星期多來一直忙着讀書沒有寫信，甚歉。支票一紙承你補寄給我，希望你丟掉的六百元，銀行已照原數奉還你了。其實你這次東來歐遊，破費很大，家用用不到很 punctual 的寄給我。以前我在 New Haven、Ann Arbor、Texas，收入較少，生活較苦，現在收入增加，接濟父母已不再是個 burden 了。廉價照相機攝影成績尚好，我們的合影，表情都是比較愉快的，我家信還沒有寫，寫信時當把歐遊經過報告一下，你也不妨寫封信，以免父母想念。今天收到 MacFarquhar 寄來在 Ditchley Manor 和 Stratford 拍的合照數張，成績還好。在莎翁故居門前所攝的那張，大家笑容滿面，最有紀念性。世驤一定也有這一份照片，你想已看到。

哥大下星期開學，為了準備功課起見，我最近多看漢學雜誌。在 Yale 時我沒有讀這種專門刊物，後來也一直沒有機會讀到。所以這一次還是第一次大看漢學家的專門著作。可惜我法文根底太淺，看書不方便，有機會把法文自修一下，學術文章一定不難讀。*Bulletin of Museum of Far Eastern Antiquities* 自 1929 年出版，Karlgren 差不多期期有文章，每一期（年刊）有時有兩三篇，等於是他的私人雜誌。而且文章都很長，book-size，此公數十年來不斷努力，實在令人佩服。他對漢朝及先秦的 texts 極熟，小學有根底，人種學、考古學也有研究，的確是大漢學家。而且考證很細心，不愛亂下結論，我想他在學術方面的貢獻是大於胡適及清代漢學家的。*Bulletin* 第十八期有一篇 *Legends and Cults in Ancient China*，是一篇一百七十頁的長文，你對神話大有興趣，有空可以

一讀（同期Karlgren另有兩篇專文，三文篇幅佔382頁，這是他一
年的成績，實在驚人）。法國漢學家，Pelliot①可算是他同道，較
早的Granet②、Maspero③、Chavannes④。Karlgren覺得他們「大膽假
設」太多，了解漢文方面也有問題。《通報》的Duyvendark⑤學問
也很solid，他的successor Paul Demiéville⑥用法文寫文章，興趣似
偏於敦煌和通俗文學。*Harvard Journal of Asiatic Studies* 中文方面
的台柱是楊聯陞、Achilles Fang、Hightower，楊聯陞學問很博，
但研究的都是些經濟社會的冷門問題。Achilles Fang文學方面造詣
很深，古文根底也好，可惜文章不多。Hightower很穩，很小心，

---

① Pelliot（Paul Pelliot，伯希和，1878-1945），法國漢學家、東方學家。1900年
　後，曾多次來中國考察或探險，收集圖書和藝術品，特別是1908年從敦煌莫
　高窟帶走了六七千卷古代珍貴文書，以及其他文物。曾長期主編歐洲漢學雜誌
　《通報》，並任法國亞洲學會主席。代表作有《敦煌洞窟》（*Les grottes de Touen-
　Houang*）等。

② Granet（Marcel Granet，葛蘭言，1884-1940），法國漢學家、社會學家，代表作
　有《中國宗教》（*La religion des Chinois*）、《中國文明》（*La civilisation chinoise*）
　等。

③ Maspero（Henri Maspero，馬伯樂，1883-1945），法國漢學家，埃及學家Gaston
　Maspero之子，代表作有《古代中國》（*La Chine Antique*）等。

④ Chavannes（Édouard Chavannes，沙畹，1865-1918），法國漢學家，伯希和、
　葛蘭言、馬伯樂均為其學生，曾法譯《史記》（*Les Mémoires historiques de Se-
　ma Ts'ien traduits et annotés*），並著有《西突厥史料》（*Documents sur les Tou-
　kiue [Turks] occidentaux*）、《中國兩漢石刻》（*La Sculpture sur pierre en Chine au
　temps des deux dynasties Han*）等。

⑤ Duyvendark（J. J. L. Duyvendak，戴聞達，1889-1954），荷蘭漢學家，代表作有
　《1794-1795年荷蘭赴華使節記》（*The Last Dutch Embassy to Chinese Court, 1794-
　95*），《中國發現非洲》（*China's Discovery of Africa*），並譯有《道德經》等。

⑥ Paul Demiéville（戴密微，1894-1979），法國漢學家、東方學家，對中國佛教、
　道教、敦煌學、語言學、古典文學等均有精深研究，代表作有《吐蕃僧諍記》、
　《從敦煌寫本看漢族佛教傳入吐蕃的歷史》等。

也有普通的文學常識。英國的 *Asia Major*，*New Series* 是比較後起
的，Waley以後，英國似乎還沒有大學者。Hawkes、Pulleyblank⑦
年齡還輕，講起學問遠不如前輩sinologists。加大的Schafer文章很
多，我和Maeth⑧談話，他對Schafer和Boodberg都大為佩服，他自
己也走「考證」之路。我雖不弄考證，但對洋人肯花畢生精力研究
漢文的精神很佩服，他們的貢獻至少不在胡適、傅斯年之下。現在
美國學人，懂了白話，即可寫書，研究近代中國，情形和前輩學人
大不相同。普通Ph.D.寫了一本書，肚中學問淘空，大有丁玲「一
本書主義」的作風。我翻了些journals，對什麼人研究些什麼些束
西，有了些認識，教書比較方便。但翻翻那些年刊、季刊，真正討
論文學的文章，實在不多。Hughes的 *The Art of Letters*（《文賦》）
給Achilles Fang大罵，此公在牛津教了多少年中文，程度實在糟
透。Hawkes是他的學生，比他強多了。吳世昌在牛津鬱鬱不得
志，已返中共。柳存仁已去澳洲教書，他的《封神榜》考證（《The
Authorship of封神演義》）已英文重寫出書，德國出版，他送了一
本給蔣彝（蔣同我share office）。

我一方面還得看看阿剌伯波斯文學，所以三星期來一切
research暫時停頓。你繼續不斷研究中共和左聯文學，心得愈來愈
多，這樣專心一致做學問，也是大樂事。謝謝你指出「五八節」的
錯誤，我書仔細校對了幾遍，這個筆誤一直沒有看到，也是怪事。
其他小錯誤也有好多處，我已做了個list了。《新民報》大約不是中

---

⑦ Pulleyblank（Edwin G. Pulleyblank，蒲立本，1922-2013），加拿大漢學家，英
屬哥倫比亞大學榮譽教授，代表作有《中古漢語》（*Middle Chinese: A Study in
Historical Phonology*）等。
⑧ Russell Maeth：加州大學柏克萊分校畢業，1962至1967年在哥大攻讀博士。
同時主持高中漢語教學，著有 *An Introduction to the Structure of Chinese Writing
system.*

共的報紙，我把它誤認為中共報紙，事實上沒有什麼證據，但聽人誤傳而已。你做學問的小心，我們朋友間是沒有人比得上的（你的former同事神父Serruys在專門雜誌上發表過不少文章）。

以前吳魯芹寄給我的《毛姆小說集》已收到，還沒有去謝他。昨天收到你轉寄給我《凌叔華選集》和〈新詩的未來〉一文，她親筆題名，頗使我受寵若驚。陳源夫婦和張心滄認識，不知凌叔華如何知道你的地址的。你給我她的address，我也得寫信謝他［她］。哥大有中國要人自傳oral project，吳國楨也曾來哥大灌音（顧維鈞現在灌音），據人說他曾打聽我是什麼人，要向我再三致意。我現在稍有地位，有些人見了我很尊敬的樣子，我既不會客套，不知如何應付。

返Berkeley後想已和世驤夫婦，Birch見到了，請多致意。世驤處我應該給他一封信，他曾答應把他所寫的文學書評都寄給我，並且代我寫書評，誠意可感。我去歐洲和你有同感。住在Hotel Princesse Caroline見了美國軍官，尤其是他們的孩子，特別有親熱之感。同旅館住着一個中國俗人浦家麟，是臺北遠東圖書公司的經理（他和劉守宜相識），一定要和我聯絡，相當討厭。時小姐返紐約，曾請她吃頓飯，參觀了哥大遠東系，董同龢途經紐約，也同他吃了一頓飯。

建一上課9時到3時半，相當嚴，老師是尼姑，男女學生都穿制服。但尼姑教課認真，Joyce頗感興趣，反無在幼稚園被bored的感覺。Carol每天接送，下午有時可以抽閒看一場電影。我看了*Jules & Jim*⑨，Jeanne Moreau很subtle，嘉寶和她相比，簡直可笑。

---

⑨ *Jules & Jim*（《夏日之戀》，1962），法國浪漫電影，法蘭索瓦‧楚浮（François Truffaut）導演，珍妮‧摩露、奧斯卡‧維爾內（Oskar Werner）主演，Janus Films發行。

英文系還沒有好好去交際，Richard Chase⑩今夏heart attack去世。
Eric Bentley，F. W. Dupee⑪都在哥大教書。再談，即請

　近安

弟 志清 上
九月二十日

---

⑩ Richard Chase（1914-1962），美國文學批評家，哥倫比亞大學英文系教授，代
表作有《美國小說及其傳統》（*The American Novel and its Tradition*）、《赫爾
曼‧麥爾維爾》（*Herman Melville, A Critical Study*）等。
⑪ F. W. Dupee（杜皮，1904-1979）美國文學批評家，哥倫比亞大學英文系教
授，長期為《黨派評論》、《紐約時報書評》撰稿，代表作有《亨利‧詹姆斯之
問》（*The Question of Henry James: A Collection of Critical Essays*）、《貓王以及
關於作家與寫作的評論》（*The King of the Cats and Other Remarks on Writers and
Writing*）等。

# 562. 夏濟安致夏志清（1962年9月27日）

志清弟：

　　接奉來信，甚是快慰。大讀洋文漢學期刊，我亦是蓄念已久，可惜沒有這麼多時間。瞎談中共問題，究竟不是大學問，真想做學者，還得走漢學一路。據我看來，許多洋人漢學家對於中國古書，並不很熟悉，但對於其他洋人各學說家，倒是了然於胸的。因此對於許多問題，他們都可以搬出一大堆學說來，問題到底應如何解決，他們反可以不管（而且這的確亦難管）。我有些朋友——尚未成名的漢學家——去應博士學位的prelim口試，是只想去quote各家學說以應付考官的，而他們知道考官所能問者，亦不是問題（中國古書）本身，而是各家學說。目前中國人中讀古書讀得頂熟的人恐是錢穆，如讓他來主持考試，美國許多漢學家（已成名的）恐怕將要一敗塗地，但是如叫錢穆來應美國大學的prelim（即使他英文能對答如流），他亦可能被flunk的。

　　美國的Sinology恐將成為Knowledge about Sinology，但Knowledge about Sinology的確亦是真想弄漢學的人不可不具備的。

　　關於漢學，有兩種材料，我認為亦很重要：一是日本人的著作，日本人因為讀漢文較省力，而且他們苦幹的精神不在歐洲人之下，他們的成績是了不起的。二是中國方面的，中央研究院、北大、清華、燕京等那些學報期刊，我早就想好好地讀一遍了。中共的暴政猶如當年康熙雍正，可以逼人讀古書；中共統治下面，學者無疑更用功（這是避禍之法），有些學者，的確可以寫出些好的考證論文來的。（在考證學方面，中共容許較寬——比之文藝——的鳴放。）

　　中國五四以來的Scholarship方面的成就，很少有人討論過，

我是很想討論的。王國維是近代學人中，我所最佩服的人，他是
serve holy ghost的，但要討論他的學問，談何容易？這裡Levenson
鼓勵學生寫章太炎作為畢業論文，學生同我來討論，結果發現：批
評章太炎的as a scholar，是太難了，只好談談他的革命思想與活動
——那據我看來，又是太容易了。

哈佛優秀學生David Roy，在寫郭沫若作為畢業論文，不知他
如何寫法。郭匪還是靠他的學者頭銜來欺世盜名的。但香港反共作
家史劍要「批判」他，對於他這一個頭銜，還是不敢碰。我是很想
去碰它一碰。

郭匪對共方頂大的service是把馬列思想引入國學範圍（魯迅
研究舊小說，則還是清儒——王國維一路的）。他的《中國古代社
會研究》成為best seller，是中國近代思想史上一件大事。和他同
時的學者研究成績（關於中國古代史的）數量上是相當多的，但其
總和的影響不及郭匪一書。胡適、傅斯年、顧頡剛等影響不到「人
民」，郭則連中學生、小店員都能欣賞的。中國的老、少學究，常
有自卑感（不懂西洋學問），郭更可以把他們欺侮。你總記得北大
紅樓有個「小學究」姓馬的吧？矮小個兒，西裝穿得很俗氣，他是
寧波學閥馬家的本家。他跟我談論時，就很佩服郭沫若的。

郭的方法其實亦是，「大膽的假設（馬列主義），小心的（to
the best he can）求證」，反正國學範圍很大，材料分散而不全，任
何不通的thesis，總可找出幾條證據來的。

考證學家大多沒有認錯的勇氣，如有一篇文章，其「假定與考
證」皆有錯誤，但是這篇文章還可以流傳下來的（如胡適：「諸子
不出王官考」）。我以前買過一本商務印書館出的郭著《周易著作
年代考》，書後附陳夢家（another poet turned scholar）的長跋，比
郭原著長了三倍，把郭的thesis駁得體無完膚。照我看來，郭那篇
文章根本沒有出版價值。但是現在郭的《周易》還是收在《十批判

書》中（or《青銅時代》？），但陳夢家的長跋則反而不見流傳了。

　　郭在1937年以前的考證文章，還有一點理由可以博人同情。原因是五四以後，胡適、傅斯年造成了學閥系統，郭是以反抗這個Establishment的叛道者的姿態出現，加以其「哲學」──馬列主義──亦是叛道哲學。雙重叛道，即使文章內容不通，一般人亦容易對他發生好感。

　　考證學者之偏，可以脂硯齋之identity一事見之。你駁牛津Dubbs說得很好：某些材料證明「脂」是曹雪芹的長輩，另些材料卻可證明「脂」是他的平輩。問題是不在乎吳世昌有沒有看見趙岡的文章，要點是吳世昌有了偏見之後，根本不注意（或注意了而抹煞）「脂書」中另外一些對他論點不利的材料。吳世昌能寫這麼一本書出來，對於紅學的研究（熟悉），想不在趙岡之下，但他急於想證明什麼，心就偏了，眼睛也就不能全睜開了。今年五月間《光明日報》有人駁吳的：脂硯名曹碩字竹磵之說，駁得很好。

　　最近一期 *Encounter*（九月份）有 Karl R. Popper[1]的 *On the Sources of Knowledge & of Ignorance*，我認為是篇很清楚的哲學論文。他引Bacon的 *Novum Organum* 中所說的真假知識之方法：真方法，倍［培］根稱之為 interpretatio naturae；假方法，倍［培］根稱之為 anticipatio mentis（anticipation of the mind）。胡博士想提倡的是「自然之解釋」（所謂「科學的方法」），但他所實踐的是「內心的期待」──先有所「期待」，然後再找材料。許多考證學者就是藉此成名的。清儒因為沒有人逼着他們去研究，名利心較淡（他們

---

[1] Karl R. Popper（波普爾，1902-1994），英國哲學家、教授，生於奧地利，被認為是20世紀最重要要的哲學家之一，代表作有《開放社會及其敵人》（*The Open Society and Its Enemies*）、《猜想與反駁》（*Conjectures and Refutations*）、《客觀知識》（*Objective Knowledge: An Evolutionary Approach*）等。

如要名利，乾脆去做官好了。孔子所說：「古之學者為己」。），不忙着發表文章，他們的研究亦許比較扎實可靠。民國以來，瞎考證成了士林登龍捷徑，許多考證文章是站不住的。可柳存仁說：《封神演義》是陸西星所著，但趙景深曾駁過他（那時還在抗日時期）。此後不知柳存仁曾找到些新的證據沒有，照他過去所發表的那樣，論證還嫌脆弱了一點。

還有一點：清儒把許多hunches都寫成筆記體，一點心得佔一個page即夠，他們書讀得熟，心得亦多，真正靠得住的心得才會去發展成文。民國以來，讀書人的心得減少了，一點點心得就要發展成一篇文章，把不充足的證據亦當是證據，因此有些考證文章給人「硬湊、曲解」的印象。

所以說了這許多話關於考證學的，因為一則我自己想弄「漢學」，再則考證學形成一種學風，亦是民國以來學術界一件大事。這一種沒有「靈魂」的學問，在中共下面仍大有發展的前途的。

回到Berkeley後一個禮拜，方才有機會和世驤長談。他說起你在Ditchley Manor開會時種種言行，實在好笑。如：一、吃早餐時點了一份，搬了地方，再點一份，把前一份的porridge拿來嘗了一口，又說不好，不要；二、看電影，講起Confidential Agent時指手畫腳，差點把桌子碰翻（*The Counterfeit Traitor*—Wm. Holden）；三、參觀牛津，把一個pompous的guide治得服貼。這些antics給對你不熟悉的人很深的印象。你的信口批評有時也讓世驤很着急——但是他也放心，因為你是完全沒有malice的。總之，這次開會，你的學問、見解與personality，都是極大的成功。MacF.是這麼說的，Birch亦然（他說你是mind & soul of the conference）。中國人方面，世驤是百分之一百的enjoy your company，施友忠對你也大為佩服。楊富森我和他認識三年多了，但我看他這種「外向性」的人，無法深談，因此交情一直是泛泛的。想不到幾天之內，他對

你的印象好極了（雖然你對他不十分尊敬，這點他似乎根本不覺得），他就從你那裡學到很多東西，你可以做他老師，他恨不能早認識你云。開會的人中，我只和這五個人談過，別人想必亦是如此看法。

　　回來以後，所以一直沒見到世驤，因為他家住了個客人：Franz Schurmann②。此人在年輕學者中，算是很聰明的一個（能講中文、日文、波斯文、俄文等）。他的太太是土生華僑，亦是個相當聰明的女子。暑假內，太太要同他鬧離婚，說他本來做人很富於人情，近來一心想爬高，充滿了野心，人越來越冷酷。但他還是個感情豐富的人，太太回娘家去住了，他的精神生活立刻崩潰。天天吃酒，想自殺。他的美國朋友勸他：（一）離婚是常事，不妨談談；（二）加緊work，惟work始能忘憂云。這樣沒有人情的話，更使他痛苦。一直在等世驤回來，他們回來了，他就搬到他們家去住。世驤和Grace設法拉攏（雖然他們都很累，像我們一樣，旅行之後需要休息），仍是無效。我認識Schurmann夫妻，但交情不夠，他大約不願向我訴他的苦經，我如去了，他要找藉口說明為什麼住在世驤家裡，這樣反而增加他的精神上的壓力，所以我一直沒有去。他後來到歐洲去了（他的最好朋友是戲劇家Brecht的兒子，現在巴黎），換個環境，也許可以使他心境暢快一點。Schurmann這種人，平日對於「治國平天下」有一套大道理，可是所受的教育中就沒有「修身齊家」一科。表面的愉快，經不起刺激，表面的學問，無補於內心的空虛。但他還是個好人，他承認頓弱，需要溫

② Franz Schurmann（舒爾曼，1926-2010），美國漢學家、歷史學家，長期任教於加州大學柏克萊分校，曾任中國研究中心主任，代表作有《共產中國的意識形態與組織》（*Ideology and Organization in Communist China*）、《共和國中國：民族主義、戰爭與共產主義的興起，1911-1949》*Republican China: Nationalism, War, and the Rise of Communism, 1911-1949*）等。

情。這次crisis使他對於人生重新考慮。最使他痛苦者，是出了事情，美國朋友中沒有一個可以給他安慰的。中國過去以為「酒肉朋友」是假朋友，他現在發現那些「事業朋友」亦是假朋友。虧得世驤和Grace有耐心陪他，同情他，讓他搬來住幾個禮拜，才使他打斷了自殺之念。

Birch把他在英國念的paper，在這裡colloquium又念了一次。最後，他添了一篇豐村的〈美麗〉，以示中國小說的多樣性云。

這裡東方圖書館最近的陳列（放在玻瓈［璃］櫃裡，各地圖書館多有此習）是你的書，七八個作家：魯迅、葉紹鈞等，他們的相片，每人的一部代表作，並有打字卡片說明這些人的作風和對於代表作的批評——這些都是從你的書裡引下來的。整個的展覽是捧你的場的，可惜你看不見。主辦這展覽的人，可能是Huff③或Dick Irwin④，他們對於你的書讀得也真熟，不由得不令人欽佩也。

電影看了一張 *Mein Kampf*⑤，裡面的事情，我大多知道，但是仍很刺激思想。我想假如第一次大戰是德帝贏了，恐怕就沒有列寧、史大林、希特勒等的天下。德帝雖兇，到底還是屬於「開明專制」一路，這個終比以後的Totalitarianism好多了。

此地趙元任將退休，繼任人以張琨的呼聲為最高，陳世驤正在努力使張琨獲得此位置，張琨在他的field研究得很有成績，做趙

---

③ E. Huff（Elizabeth Huff，赫芙，1912-1988），美國漢學家，哈佛大學博士。早年曾留學日本、中國，太平洋戰爭期間收押於山東濰縣集中營。博士畢業後一直供職於加州大學柏克萊分校東亞圖書館，將其發展為美國第一流的東亞圖書館。其主要研究興趣是東亞的文學與藝術。

④ Richard Gregg Irwin（理查德‧歐文1909-?），卒年不詳，柏克萊加州大學，東亞圖書館副館長，著有 *The Evolution of Chinese Nove: Shui-hu-chuan* (1953)。

⑤ *Mein Kampf*（《我的奮鬥》，1960），紀錄片，埃爾溫‧萊澤爾（Erwin Leiser）導演。

老先生的繼任人無愧色。但是講起為人的熱心，那是比陳世驤差遠了。他的「冷」比之crisis前的Schurmann相仿——美國的大學就培養這種人才，而這種人才在美國大學裡也最容易爬得上。最近陳世驤和Stanford的劉子健，大談應如何擴充中國人的勢力，不要讓洋人抓太大的權，這種主張對於我們當然是有利的，但我想：做人快樂的辦法還是忘了自己是中國人。照他們說來，洋人總是排斥華人，果真如此，那當然亦是可恨的。我是聽見politics就怕的。再談　祝

　　近安

濟安
九月廿七日


Carol和Joyce前均此問好。

# 563. 夏志清致夏濟安（1962年9月30日）

濟安哥：

九月27日信已收到，回信容隔日再寫。玉瑛妹最近來信及合家小照一張先寄上（我也有一張）。照片上四人神采奕奕，你看後一定很高興，父母都無老態，母親似縮短一些了。你給Joyce的卡片和Birch的書已收到，謝謝。學校已開課，我《中國文學》有九人，《現代文學》有七人，兩班上都有中國小姐。石純儀沒有什麼男朋友，不知你曾和她通信否？她年齡已近三十，和你結合很有可能，她也一向對你很有興趣的。父親信上老是問及你婚事，所以我在此帶一筆。匆匆再談 即頌

近安

弟 志清 上
九月30日

[又及] 我買了兩冊（Thro Book Club）*Varieties of Literary Experiences*，中有Trilling、Rahv、Brooks等論文，尚可一觀，送你一冊，望哂納。

# 564. 夏濟安致夏志清（1962年10月13日）

志清弟：

　　來信並附家信收到。照片一張亦已妥藏在皮夾內，父母親精神都很好，母親體高大約一向不過如此，但其耐勞精神實是偉大。玉瑛妹與焦良絕無營養不足之象，焦良頗有點「英氣」，我替他有點擔心。周作人看見文章中有「英氣」者，便覺不安。有英氣之人，當然能辦事敢說話，但在共黨底下，還是糊裏糊塗的人比較有福氣。焦良可能成為傑出幹部（即使在教育界），但恐亦不免如「黃佳音」等和掌權的人發生衝突耳。

　　最近文章隻字未寫，但做research頗有興趣。現在材料搜集得差不多了，不久就可動筆了。

　　下月感恩節在Berkeley有American Philological Society Western Brand開會，我要去報告一篇，題目我定的是"Some Ghosts in Lu Hsün"，和世驤斟酌後改為"Aspects of the Power of Darkness in L.H."，他認為這樣可以「唬人」。無常女吊兩種鬼和目蓮［連］戲的淵源就可成為兩篇大文章，我所着重者恐怕還是L.H.的小說與style。

　　我很同意你的說法，L.H.不是個「大」小說家。日本竹內好似亦認其世界太小，無大小說家氣魄。竹氏紀念魯迅之死，有句話說得很好玩：魯迅死了，中國文壇的論戰可停，魯迅在世一天，中國文壇永遠會有論戰的。（以後去carry on論戰的，就是胡風之流了。）

　　你對L.H.小說的評價都很得當，我的討論將從你的討論《祝福》（Feudalism & Supercilious）開始。L.H.好小說就是這麼可憐的幾篇，普通讀者為其聲名所懾，往往忘了這件事。周氏弟兄大致

同古代韓愈、蘇東坡之流相仿，著作等身，但是亦說不上有些什麼masterpieces。葉紹鈞、茅盾等吃辛吃苦創作，其精神亦有不可及處。

L.H.有幾點特點，似仍可一談：（一）其文章之洗煉［練］，實在驚人。《狂人日記》是1917年寫的，但其文瘦硬，開新白話之先河。我再讀一遍，覺得文體還是很新。同時諸公，如胡適、傅斯年、陳獨秀等，其白話文皆太鬆，皆像梁啟超寫的白話，我們今日一看，只覺其為啟蒙時期之作，非但思想無甚可取（胡適在《新青年》投稿，非但反對早婚，而且反對結婚，列舉洋人中之大人物如康德等數十人，皆是不結婚的──中國拿得出來嗎？其徒弟羅家倫亦去投稿響應此說），但文章之不精彩亦是有目共睹的。如無魯迅，只剩胡適的假邏輯與郭沫若的感情用事去馳騁文壇，中國白話文學的成就，當無今日之局面。周作人在1927年以前之文亦是鬆頓的居多，對於understatement和irony還不太會使用。1927年後方有濃淡適宜之妙，雖然，其去白話文亦漸遠矣。

（二）《野草》是一部奇怪的東西：大約一半文章是夢或夢魘，中國人這樣花工夫寫夢境（不是黃粱一夢之夢，亦不是「未來新世界」之夢，只是離奇而不合理的夢），大約亦很少有的。我不知Surrealism為何物，但魯迅大約亦有可能在這方面發展的。

（三）阿Q似乎尚有些深遠的意義，在你所分析的之外。如周遐壽在《人物》書中所說：阿Q的心理，非農民之心理，實為士大夫之心理。此言即值得教人多想想。你所評的facetious tone與mechanical structure有道理，但阿Q大致如Candide；Candide在小說史上大約無甚地位，但其在「文章史」、「思想史」上地位仍是很高也。中國新小說是沿着《彷徨》中〈肥皂〉、〈離婚〉的道路前進的。阿Q只是一種tour de force，表現作者的才氣與憤世嫉俗，實是精彩之作。這種tour de force往往在文學史上可一而不可

再的，很少「承先啟後」的作用。

（四）雜文是一種武器，毛澤東有兩次受它之傷。一次是1942年延安，一次是1956-1957百花齊放時。徐懋庸在後期所寫的幾篇文章很是精彩：在風格上，徐堪作魯迅的衣鉢弟子，蕭軍、馮雪峰、胡風等皆無此陰狠。我很想學魯迅編《會稽遺書》、《古小說鈎沉》似的，編一套《雜文集》，專挑選罵共產黨的文章，在那兩個時期發表的。魯迅雜文如不禁，青年人看得技癢，總是想罵人的。共產黨統治如稍為寬馳，必有魯迅體雜文出現——因為這是很多青年們的很重要的文藝教育也。（何其芳、丁玲等在延安時的著作，很多未收入他們的書裡，亦該編起來。）

當年左派人罵周作人「寒齋喫苦茶」之類的作風，其實此類作風在明清暴君之下，文人求倖存之法，共產黨得天下後，寧可提倡周作人文體，不提倡魯迅文體的。最近一兩年來，《人民日報》不斷地登載《草木蟲魚》、《小考證》、《風土人情》、《山水》之類的文章，凡此皆周作人的趣味也。近期（八月）《人民日報》有一篇講紹興酒的小文，我看是周作人所作（提起「咸亨酒店」）。周作人自己亦說常投稿補白一類的文章。（看：香港三育出版，《知堂乙酉文編》。）

我最近看了不少周作人，最初的動機是要看看他如何描寫目蓮[連]戲。他的兩本《故家》與《人物》當是研究魯迅早期作品之必備參考書了，其實他的全部作品中，常常有些片段的兒時回憶，這些可作研究魯迅的資料——但是研究魯迅的人很少去利用這些資料。（知堂後期文章中，隱隱對於魯迅不滿之意，亦流露出來。）

他們兄弟倆趣味思想頗有相近處，目標題材，兩人寫法不同，這也可以拿出來比較，兩人的風格——兩種中國近代散文中很傑出的風格。

我說的相近處：一、對於鄉土的偏好——魯迅輯《會稽遺

書》，周作人後來買了不知多少紹興人的著作；二、對野史的興趣——尤其是明末清末，confirm他們對於中國人的殘忍迷信的看法；三、為婦女兒童呼籲；四、對於弱小民族的文學的興趣等；五、對於收藏——小古董、木刻、塌〔拓〕碑等。

周作人較魯迅為誠實——他在'30以後的文章文筆越淡，說話越老實（林語堂是很裝腔作勢的）。他的思想還是五四時期的「開明」思想（他有一個筆名叫「開明」），同胡適似的，repeat himself的時候很多。他欣賞明人小品，斷斷地說這種文章是代表「文學革命」——其道理從沒有說清楚，當時恐怕很少人能了解，他的救世救文的心一直是很熱烈的，人家看不出，他亦有點憂鬱。不知他的風格，正投合中國舊式士大夫頹廢的性格。他文章寫得越多，愛他文章的人也越受「陶醉」。（魯迅的文章大約是投合中國人「量小好鬥」的性格罷。）

周作人的學問好像很博，但「博」得怎麼樣，亦可以研究的。他大約在1927之後就不看小說——魯迅大約亦不大看小說（這從他的日記裡的買書記錄裡可以看出來的）。魯迅大約是要在找材料翻譯時，才看些小說，周作人乾脆是不看的。

有一點是很可惜的，周作人的博學沒有好好地利用。他的博學，大約與Edmund Wilson[1]相仿，如E.W.老是寫些五百字到一千字的短文，報告他看到些什麼關於內戰時期的冷僻書，他永遠寫

---

[1] 艾德蒙‧威爾遜（Edmund Wilson, 1895-1972），美國著名批評家、作家，曾任《名利場》、《新共和》的編輯，《紐約客》、《紐約書評》的書評人，他的大量批評曾影響了辛克萊（Upton Sinclair）、帕索斯（John Dos Passos）、德萊塞（Theodore Dreiser）、費茲傑羅（F. Scott Fitzgerald）等作家，代表作有《阿克瑟爾的城堡》（*Axel's Castle: A Study in the Imaginative Literature of 1870-1930*）、《到芬蘭車站》（*To the Finland Station*）、《愛國者之血》（*Patriotic Gore: Studies in the Literature of the American Civil War*）等。

不出 *Patriotic Gore* 來的。周作人該寫的書，乃是 *Patriotic Gore* 或 Sainte Beuve ②: *Porte Royale* 這一類的，他的 favorite period，當是明末清初一段（包括變亂、風俗人情、literary taste 等）。他有很偏但是很有趣的看法，寫出來當為傑作。但中國文人很少想到有寫大書做 research 的需要；知堂老矣，他的傑作也永遠寫不出來了。

我最近不想研究周作人。他的東西太多，要替他編一本 Biography 亦非易事，我只是拿 U.C. 和 Hoover 所有的他的書借來看看而已，恐怕有很多是遺漏的。共黨治下，恐怕不會有人來替周作人做研究工作的。給周作人出一套全集──包括日記、書簡等──其實是很重要的工作，這個希望，我只有寄託在他所「愛」的日本人身上了。

《魯迅的鬼》我是要寫的，先是為開會宣讀，那只好是一篇短文，如有餘意未盡，亦許加以擴充，詳細地討論 The Power of Darkness in Lu Hsün，寫他五六十頁，將來作為我的書的一章。關於魯迅，有一點小發現。他在〈論睜了眼看〉（收在《墳》裡）中說：《醒世恆言》裡，〈陳多壽生死夫妻〉中結局是小夫妻自殺身亡，後來給人改為救活了。橫排本《全集》裡有「注」：不否認《醒世恆言》二人自殺之說，「救活」事見《夜雨秋燈錄》、《邱麗玉》篇云。該文魯迅作於 1925 年，同年的《小說史》裡，亦說二人身亡，英譯本《小說史》亦然。你不是批評大團圓結局的嗎？我有李田意照回來的葉敬池本《恆言》（臺灣世界書局）結局是大團圓，且前有《城隍廟讖詩》伏筆。U.C. 圖書館有一本木刻本（大約

---

② 聖伯夫（Charles A. Sainte-Beuve, 1804-1869），法國著名文學評論家，早年習醫，後棄醫從文，成為浪漫主義運動的支持者，也是把傳記方式引入文學批評的第一人。代表作有《文學肖像》（*Literary Portraits*）、《當代肖像》（*Contemporary Portraits*）、《波爾─羅瓦亞爾史》（*Porte Royale*）等。

是衍慶堂版），結局相同。魯迅是個十分細心求學的人，他會不會記錯？或者他真見過一本什麼有悲慘結局的〈陳多壽〉的《恆言》，而我們所見的都是給俗人改過了的？還有MacFarguher那裡的「文債」（錢債已鈎消，又倫敦偷去之錢，銀行已還）。Birch希望我討論《紅旗譜》，放進〈英雄〉一文裡，同時把我總論「小說」那幾段抽出，補充以我關於毛「延安談話」的研究，另作一文，作為將來要出版那書的Postscript。這些做起來亦許不難。

我報告讀書心得，讀來津津有味；近況總算不惡，人生樂趣本來有限，有錢有閒能讀書，即是至樂矣。我不相信可以更快樂些。Anxiety當然偶然亦有：如怕健康出毛病，又怕job出毛病──這種當然是沒有根據的，但心頭要絕對明朗，還是很難的。談戀愛真是無此興致，知堂云：「至於戀愛則在中年以前應該畢業，以後便可應用經驗與理性去觀察人情與物理。」（《看雲集》：《中年》）我在中年以前有椿事情雖未畢業，但亦不想作老童生之應考，現在假如能夠說得上「應用理性與經驗去觀察人情與物理」，對於人生亦可不無小貢獻也。

謝謝你送的一本 *Varieties of Library Experiences*，第一篇論 *Lycidas* 倒是近代批評方法的一篇很好的引論，陳世驤和我大約不出這幾種方法的範圍，你也許可以更近一步，另闢蹊徑的。再談
專頌
　　近安

　　　　　　　　　　　　　　　　　　　　　　濟安
　　　　　　　　　　　　　　　　　　　　　十月十三日


Carol和Joyce前均問好。玉瑛妹和焦良的信寫得都很好。

## 565. 夏志清致夏濟安（1962年10月14日）

濟安哥：

　　哥大開學已兩個多星期，我賣力準備功課，所以沒有空覆你那封長信。現在一切已漸上規[軌]道，覺得哥大學生並不怎樣formidable，像加大訓練出來的Maeth，中文講得這樣好，國學根底也不錯，在哥大是絕無僅有的。我中國文學現代文學兩班都有八九個人，中間中國小姐也有四五位，日本小姐也有一兩位，所以mood比較輕鬆，日後一定很enjoyable。中國女生有一位是香港新到的①，二位還在Barnard求學，有的是Smith畢業現在哥大作研究生，中文程度想都不會太好。這兩課每星期meet二次，每次五十分鐘，關於中國古典我要說的話很多，反而覺得時間不夠分配。另一課是大學本部的Oriental Humanities，每section由兩位教師同時執教，上課時讓學生瞎討論，所以時間過得很快。

　　上次去英國開會，虧得我對中國現代文學知識比較豐富，所以給在場人印象很好。那幾天我是服用tranquilizer的，所以精神特別好，mood也極relaxed，到德國後我每天僅服1/2 or 1/4的藥片，所以人常感疲倦，精神也不太好。吃藥與否，還是我的大問題，現在沒有酒or藥，恐怕平時不能恢復到我早年的ebullience了。上星期六（十月六日），我們東亞各系舉行了一個盛大典禮，慶祝Kent Hall正式劃歸東方各系，並confer了哥大的老先生Tsunoda②一個

① 張曼儀，1962年在哥倫比亞大學英文系攻讀碩士，後獲得英國華威大學翻譯學博士。1667年任教香港大學，直至退休，著有《卞之琳著譯研究》、《現代中國詩選》（合譯）、《揚塵集》等
② Tsunoda，即Ryūsaku Tsunoda（角田柳作，1877-1964），哥倫比亞大學「日本研究」的奠基人，直接推動了哥大圖書館日本語言與文學的收藏，代表作有《中

榮譽博士學位，來賓不少。我見到Wittfogel，他也說起Hellmut Wilhelm這次歐游歸來在紐約小住時提到我的名字，所以我給兩岸諸公的印象的確不錯。

這次盛典，要人到了不少，中國方面有蔣廷黻、陳立夫（相貌很清秀，可惜我同他握手後，沒有什麼話可談）。哈佛方面有Fairbank夫婦，Princeton那邊來了Fritz Mote、Marius Jansen③，他們都和你很熟的，可惜我和他們相見已在dinner，席散以後，沒有多談（Mote新近出了一本書on *"The Poet*高啟*"*，Princeton U.P.）。這次盛典，是這幾年來de Bary主持中日系蒸蒸日上的表現，在Goodrich主持之下，大家暮氣沉沉，沒有什麼作為。Goodrich已返哥大，現在主持Ming Dictionary Project，他的兩個大office lined with漢學期刊，1920s來的各種journals大概他都subscribe的，線裝書反而沒有幾部。我同他吃了一次午飯，談了些哥大掌故，據他說胡適的博士學位是在1927才拿到的（那時哥大規矩，論文非出版後並在哥大Library deposit了一百份copies後才可拿到博士學位）。想不到他1917年回國後，大家他稱他「博士」，他似乎也沒有protest過。

最近把胡適的《留學日記》讀了一遍，覺得很有趣，而對胡先生的精力充沛，aggressive的作風也很欽佩。中國留學生中像他那樣愛發表言論，愛出風頭的是少有的。他一方面讀書，一方面有餘力兼顧雜事，足見他在應付學校功課方面，毫不費一點氣力。可惜

---

國朝代史中的日本》（*Japan in the Chinese Dynastic Histories*）、《日本傳統的源流》（*Sources of Japanese Tradition*）等。

③ Marius Jansen（詹森，1922-2000），美國歷史學家，普林斯頓大學日本史教授，美國人文與科學院院士，曾任亞洲研究會主席，代表作有《日本及其世界：兩個世紀的變化》（*Japan and its World: Two Centuries of Change*）、《日本與中國：從戰爭到和平》（*Japan and China: from War to Peace, 1894-1972*）等。

的是他對西洋文學作品讀得實在太少，而且他在1915立志專攻哲學後，西洋文學名著簡直沒有工夫看了，所以他的文學訓練實在不夠。大家都以為他的八不主義是根據Imagist的Credo而重訂的，其實他對Amy Lowell④、Pound的文章的確沒有看過。他在1916年抄了一段 *N.Y. Herald Tribune* Book Review介紹Imagist School的一段文章，覺得和他自己的觀點很巧合，假如他在這以前也看到同樣性質的文章，他一定也會在他的筆記簿上記下來的。胡適的思想在未出國前早已定型，後來Dewey對他也沒有什麼幫助。後來思想一貫不變，而西洋文學也一直沒有工夫讀，情形是很可憐的。

你對洋人弄漢學的觀察極是。一般高材生注意的的確是Knowledge about Sinology，而中國老派漢學家如錢穆大師的確對這一項學問是隔膜的。前清一代經學大師著作多得嚇人，我恐怕永遠不會有時間去讀他們，目前的企圖祇有多讀些中西期刊上的文章而已。（《開明書店二十週年紀念文集》——葉聖陶編——有一篇錢鍾書的《中國詩與中國畫》，說明「中國詩畫品評標準似相同而實相反，詩畫兩藝術應抱出位之思，彼此作越俎代謀之勢」—— quote from summary ——很有些見地。）

謝謝加大圖書館把我的書陳列出來。七月間我曾和Irwin通了兩次信，他向我討那篇《水滸》論文，他讀後也寫了許多讚美的話，所以這次的陳列，可能是Irwin出的主意。你見到Irwin or Huff，請代致意。我的書在今年正月已有second printing了，可惜Yale沒有通知我，小錯誤都沒有改正。

我在印大開會，中國人也一般堅持洋人排斥華人的說法——

---

④ Army Lowell（洛威爾，1874-1925），美國意象派詩人，死後獲得1926年普立茲獎，代表作有《多彩玻璃頂》（*A Dome of Many-Coloured Glass*）、《劍刃與罌粟籽》（*Sword Blades and Poppy Seed*）、《幾點鐘》（*What's O'Clock*）等。

apropos of Hawkes attack on Chen Shouyi ——不知真相如何，但據我看，情形不至這麼嚴重。After all，各大學都有中國教授，他們雖然沒有實權，學問上有表現，照樣受人尊敬也是事實。Fairbank、de Bary、Taylor，這種工作，我覺得還是洋人做較適宜，他們一天要寫多少信，辦多少事，普通中國人是吃不消的。劉子健人很能幹，大約對行政也很有興趣，所以很想擠入Fairbank、de Bary之流。但做了行政工作，平日忙着旅行開會，自己沒有時間讀書，實在是得不償失的。以前聽說哥大politics鬧得可怕，我來了很久，也不感到什麼，Martin Wilbur待我也很好。比較arrogant而無法深談的倒是Hans Bielenstein，但我也不必勉強同他做朋友（他是Ingmar Bergman中學同學。）

前天晚上看了*Judgment at Nuremberg*⑤，大為滿意。這許多名演員集合在一起，戲看得很可[過]癮。Max Schell⑥的瀟灑英俊和他的eloquence尤使我佩服，無怪他去年拿到金像獎。Dietrich和Tracy為同時代人，而能永駐美豔，也是世上一大奇事。

Joyce在學校讀書，還能幹[趕]得上，身體也結實，Carol常看電影，weekends我們社交也很多，再談，即祝。

近安

弟 志清 上
十月十四

---

⑤ *Judgment at Nuremberg*（《紐倫堡大審》，1961），史坦萊‧克藍瑪導演，斯賓塞‧屈塞、畢‧蘭卡斯特、馬克西米連‧謝爾主演，聯美發行。

⑥ 即Maximilian Schell（馬克西米連‧謝爾，1930-2014），瑞士電影演員、導演、製片人，生於維也納，多次獲得奧斯卡獎、美國金球獎、德國電影獎等，代表影片有《紐約堡大審》、《城堡》（*The Castle*）、《步行者》（*The Pedestrian*）、《草篷裡的男人》（*The Man in the Glass Booth*）、《朱麗亞》（*Julia*）等。

　　花了50元，買了一套James Legge，*The Chinese Classics*臺灣翻印。

　　[又及]我order了四本*Five Martyrs*，預備在這裡送人，M. Wilbur見了加大通知，已自己去order了一本。

# 566. 夏濟安致夏志清（1962年10月29日）

志清弟：

來信收到多日，這幾天從世界大事到個人生活，都充滿刺激興奮的事。情況都很好，且容我慢慢道來。

個人方面：（一）Schaefer已請我在明年暑假開Modern Chinese Literature一課，我已答應。Seattle明年暑假不去了。去Seattle本來花［划］不來，我在此地的房子保留，到那邊再去租屋，車子留在白克萊，亦很不經濟。人事方面，Franz Michael是個忠心耿耿的朋友，但此人鬥志旺盛（倒像要跟人爭辯），而學問不夠驚人，在Seattle的人緣弄得很壞。他是個寂寞的老人，我很想幫他的忙，但也無能為力。他和Wilhelm的關係搞得很壞，我為了要表示向Michael效忠，不能和W太密切，其實真正能欣賞我學問的是W，不是M，M就只是一片熱心而已。Taylor對我至今是個神秘人物，我自負頗能識人，認識了T已有多年，至今不知他是好人壞人（或好到怎麼程度），其人之難倒可想。總之，T好弄權謀，亦喜愛flattery，表面和善，但人家恐怕總要防他一腳的。

（二）1963後U.C.要開設Comparative Literature系，世驤極力在設法替我弄一門功課：Literary Cross－Currents in Modern China，成功希望頗大。

（三）此間的Center大受校長Kerr①的青睞。研究蘇聯問題，

---

① Kerr，即Clark Kerr（克拉克‧克爾，1911-2003），美國高等教育家、經濟學家，1952任柏克萊加州大學首任校長，1958年任第12任加州大學校長，對美國高等教育的改革作出了卓越的貢獻。代表作有《金與藍：加州大學的個人回憶錄，1949-1967》（*The Gold and the Blue*）、《大學之用》（*The Uses of the University*）等。

U.C.大約已預備讓哥大或哈佛領先了，研究中國問題，Berkeley方面的口氣總是以全美國第一自居的。最近校長在州政府款項內撥了十萬元，指定給此間Center買書（U.C.L.A.拿到十萬元，買非洲問題的書）。我是眾望所歸，對於共產黨材料「摸」得頂熟的一個。明年二月起，照他們計劃，我該去印尼、星加坡、馬來、香港、日本遊覽三四個月，替U.C.買書。Grace聽見了大為興奮，已經托我帶什麼東西了。那時我沒有寫信告訴你，告訴了，你們也會興奮的。我則是，不願的成份大於興奮，結果還是婉謝了。若是research grant請我去遠東搜集材料，我只要把自己要找的材料找到，把文章寫出，就是完成使命，那是我很願意去的。現在這樣的跑一趟，一則耽誤我真正做工作的時間，對我career未必有利，二則內行皆知道，中共的東西，給美國已搜集得差不多了，在HK等地，已沒有多少東西剩下來，十萬元買不到東西，使大家失望，我也犯不着擔這個責任。現在決定是請Dick Irwin一人前去（他亦怕買不到東西，我如同去可分擔責任）。但我在明年四月，各學會開年會之時，將到東部來遊歷一個月，研究東部各大圖書館收藏中共材料的情形，作為U.C.發展「壓倒一切」的野心的參考。這樣跑一趟，我很高興，與自己research有利，而且沒有什麼麻煩。去遠東各國，護照visa等事就夠使我頭痛的了。

　　請我去遠東各國遊歷一事，曾使我心緒不寧了好幾天（向Seattle請假，也曾使我心緒不寧）。此事頗有誘惑，但又不敢接受。現在決定不去，心情又恢復平靜了。明年四月，在紐約可有至少一個星期的逗留，你們聽見了想必都很高興的。由學校出錢供給開銷，自己稍加貼補，生活可以很舒服。

　　關於世界大事，此間有一度人心（我所認識的美國人）惶惶，Los Angeles那樣的panic（搶購物資）倒還沒有。我到處宣傳我的

看法，我說老Kh②決不敢打，美國過去太軟弱，一旦真預備要打了，蘇聯必定龜縮的。世界上如有紙老虎，那末第一號是中共，第二號是蘇聯，美國大約只好算是「睡獅」之流罷。蘇聯打美國的機會，是偷襲，美國擺起陣勢來了，蘇聯來打，無利可圖，乖巧如老Kh，決不敢輕舉妄動的。我是個好談兵的書生，但我對共產黨的認識，無疑比一般美國人要高明一籌。

中共和印度之事，中共又是談談打打的老作風。1945後，馬歇爾去中國調解，正中中共之計。中共那時的打，其實亦無多大把握。如打而失利，他們還可以在談判桌上訴苦取巧。若打而慘敗，則他們只求能保全一部份實力，免得全垮；那時，再叫毛澤東喊「蔣委員長萬歲」，毛也是肯做的。但他們打贏了，他們的條件愈來愈苛刻，最後把他們所曾擁護的老蔣，甚至列為「戰犯」。現在印度之事，中共利在邊打邊談，能佔多少便宜就佔多少。Nehru拒絕談判是明哲之舉，但印度的國力，與雙方交戰的地形，不可能使戰爭擴大。

現在古巴問題，美國總算取得了勝利。蘇聯的對策，無非想「走馬換將」，在U.N.嚷叫一番，再策動日本、英國等左派分子，叫囂拆除美國海外基地。但美國如強硬到底，蘇聯狡計亦是不得售的。

為美國打算，一勞永逸把蘇聯消滅了，實是上上策。但老Kh不中計，其心之苦，不在司馬懿對付諸葛亮之下也。現在且看Kennedy對於柏林問題，強硬到什麼程度了。總之，美國對付蘇聯，強硬是上策（立即開戰是上上策），不死不活地拖是中策，示弱則是下策。前幾天的美國，好像西部片裡的Gary Cooper，在酒吧間受盡宵小的欺弄，英雄要拔槍了，宵小又潛逃了。

② 赫魯雪夫（Nikita Khrushchev, 1894-1971），蘇聯黨和國家最高領導人。

　　我的主戰言論，不敢向美國朋友表示，我只是強調蘇聯之無英雄氣概而已。你在國事上看法大致和我相同，但希望不要隨便發表意見。犯不着和那些Liberals和糊塗朋友意見衝突，我們決沒有辦法可以說服他們，自己博得一個「右派」之名，在學校裡亦沒有好處的。你較直爽，我只是希望你「慎言」，話到唇邊留半句。我對於左派人士，只想潛移默化，慢慢地使他們信服，免得他們陷溺深了，真的成了共產黨。如跟他們辯，只有加強他們的偏見而已。（英國無知青年Lowery便是一個例子。）

　　最近看的好電影：*Viridiana*③極好。*The Longest Day*④我認為是一張成功之作。又看了Hitchcock舊片兩張：*Rear Window*—Grace Kelly初上來時，我覺得並不如以前所認為那樣的可愛；到後來高潮時，她偷到一隻戒指，隔窗向James Stewart賣弄，那才是一個很可愛的fond。還有一張*The Wrong Man*⑤，比*Rear Window*更新，但從來沒有聽說過。Henry Fonda主演。這張可以說是Hitchcock的最不緊張的電影之一。

　　臺灣的復興戲劇學校非常之好，他們要到紐約來的，我希望你多捧場，多請些朋友去看，世驤和我都請了不少人去看（我請了房東Leob夫婦、Nathan夫婦等），美國人看得都很滿意。

　　復興在美主要的演出是貂蟬一劇（無白門樓），該戲是chop－suey，把貂蟬改得和原來的樣子大不相同，但十分有趣，其增添部

③ Viridiana（《華麗迪安娜》，1961），西班牙、墨西哥合拍電影，路易斯·布努埃爾（Luis Buñuel）導演，希爾維亞·比亞爾（Silvia Pinal）、法蘭西斯科·拉瓦爾（Francisco Rabal）主演，Films Sans Frontières發行。

④ *The Longest Day*（《碧血長天》，1962），史詩電影，阿納金等聯合導演，約翰·韋恩、亨利·方達主演，二十世紀福斯發行。

⑤ *The Wrong Man*（《含冤記》，1956），希區考克導演，亨利·方達、維拉·邁爾斯主演，華納影業發行。

份如下：

一、董卓發兵——八將起霸，那是抄曹操戰宛城的。

二、呂布大戰一個不見經傳的末將方悅——戰馬超；

三、呂布有個馬童（never heard of），進城盜書——三岔口摸黑；

四、貂蟬的各種舞蹈：

    a. 綢帶舞——天女散花

    b. 舞劍——霸王別姬

    c. 其他舞——？

五、董卓貂蟬遊湖——船上身段，（亦像「秋江」）打漁殺家；

六、舞大旗——鐵公雞。

從上表可知，臺灣來的京戲和中共來的京戲，其注重點皆為舞蹈與 Acrobatics。京戲內容本極豐富，現在硬給他規定一個小範圍，對於京戲未免是冤枉，但不懂京戲的洋人目前大約還只能接受這樣的演出。

《貂蟬》至少可以重溫 Carol 和 Joyce 在加拿大所看的戲的舊夢：兩次的演出是很相像的。我在看《貂蟬》的時候，不斷地想起 Joyce。很希望你們能趕快地看到。

復興是兒童班（九歲到十六歲），但台上演出不覺其人小，他們的功夫都是夠得上標準的，決不馬虎。演貂蟬的王復蓉，扮相很美，Joyce 又可多認識一個 pretty Chinese girl 了。

我還看了一次他們給華僑演的戲：《黃金台》（老生平平）、《白水灘》和《貴妃醉酒》。梅蘭芳發明了《貴妃醉酒》一戲，實是替京戲添了十分豐富的內容，醉酒的細膩，是空前的，但仍是在京戲的傳統之中，這是了不起的創造（譚、余、楊、程、荀等，都有這類的創造）。目前的京戲界，只有雜拌的本事，創造新身段、新意境、新的 subtlety 的本事，大約是喪失了。王復蓉的貴妃，據我

看來，已經夠名家氣派了。

　　我有很多年沒有看京戲，現在看了，感觸很多：三國時代的動亂，呂布、董卓不過開其端，《貂蟬》一戲以happy ending結束，洋人怎知道以後許多的悲壯事績？歷史的演變，總使人有淒涼之感。我們看戲的人，年華漸大，景物全非，但「戲」還是那樣，藝術永存，人生變遷，這種想法又是近乎Keats的了。

　　Cyril Birch亦是跟我們一起去看的。我不知道他對京戲熟悉如何，但他有個高明的見解，他十分同情王允——憂國憂民的儒家士大夫。他能了解老生的重要，可算得是懂得京戲的了。

　　最近在香港出的一本「閒書」（《武俠與歷史雜說》）中看到一篇有趣的考證文章：〈定軍山之戰〉。原來黃忠在定軍山之戰的次年就死（戰長沙關黃對刀，亦於史無據），死時年紀不到四十五歲。陽平關、定軍山一帶的戰役皆是劉備親自主持，法正（他不久亦死，才三十幾歲）為參謀長，諸葛亮一直在後方（成都）。法正是個很brilliant的參謀，所以後來白帝城慘敗後，諸葛亮歎惜法正之死了。別的再談，專頌

　　近安

濟安
十月廿九日

# 567. 夏志清致夏濟安（1962年11月5日）

濟安哥：

　　讀十月廿九日來信，悉你明夏已被聘在加大開一課現代中國文學，比較文學系成立後，開課的希望也很大，甚喜。你的才學，在加大和你相識的人無不佩服，開課是遲早的問題。現在有機會，並且 Schaefer 自己出主意請你，把開課的事 confirmed 了，你在加大地位更鞏固，也不必再有什麼 worry 了。去遠東買書事，我覺得你的決定是對的。遊歷各國，浪費不少時間，徒添許多繁重的應酬，對自己沒有什麼好處，而且如你所說，你也不可能買到十萬元的書。你對印尼、馬來，向來並無好感，不如將來有機會，請到一筆錢，好好去日本住一陣，做些研究，同時領略日本人的生活，較妥。我前星期曾去華府給 foreign service 學生講了兩點鐘中日文學（他們請 de Bary，de Bary 太忙，把這差使讓給我，不好意思不答應。虧得那些公務員程度極差，我對日本文學的完全外行，他們也不覺得）。事後見到夏道泰，他現在國會圖館任 Law division，Far Eastern Section，Chief 之職，rank 比袁同禮高了很多。今年春季，他也偕了太太到遠東去考察一番，周遊列國，但關於遠東法律的書少得可憐，他搜集了些什麼材料，也很難說，雖然他身為不大不小的官，到處有人汽車接送，吃得很痛快。（國會圖書館關於中共的材料搜集極齊整，各式各樣的文藝雜誌都有，好像從來沒有人借過，亦可惜。）

　　哥大在中共方面的材料，不如理想。Social Science 方面不提，文學方面的書和雜誌，缺得很多。'20、'30 的材料較完整，但皆紙張乾脆，一碰即破，不堪應用。《魯迅全集》、《新文學大系》等書皆陳舊不堪，不准出借了。比較有用的英文材料如 *Living China*、

Anton, *Modern Chinese Poetry*、Hu Shih *Chinese Renaissance*皆已被人偷走，所以教書很不方便。哥大thieves之多，令人難信，我曾借了一本H. Wilhelm的*Change*，後來我把此書put on reserve，自己交回Library，書即不見。Howard Linton①雖徒有虛名，中日方面的知識當然遠不如Irwin，辦事能力也較差。

你最近研究魯迅、周作人，那篇*Power of Darkness*的paper想已開始動筆了，你十月十三日的那封信，是一篇對周氏兄弟最公允的評判，把他二人異同處，說說［得］着着實實，我讀後極有同感，雖然他二人的散文好多年未碰了。我書〈魯迅〉一章，小錯誤不少，原因是我自以為對魯迅很熟，沒有多記筆記，寫文章時手邊又沒有參考書，所以有幾個細節都弄錯了。如《吶喊》序中提到的想必是slides，後來看到Huang Sung Kang②的書，她把slides譯為「電影」，我就跟她改正，造成錯誤。我最近重讀《狂人日記》大為impressed，《阿Q正傳》也有其道理，但魯迅不善敘事，阿Q加入革民［命］黨後，文章即較亂。魯迅小說中最好的文章是《祝福》、《在酒樓上》開頭抒情的幾頁，現在還沒有人可及。《阿Q正傳》地位是和*Candide*相仿的，但似乎魯迅沒有直接受Voltaire影響。要研究魯迅的source，還得多看俄國小說。Sologub的*The Petty Demon*最近才有英文譯本，而Sologub之類的作家，魯迅是讀得很熟的。Gogol及受Gogol影響的大小俄國作家，我們有空，得多注意一下。

① Howard P. Linton（霍華德‧林頓，1912-1976），畢業於達特茅斯大學，曾在達特茅斯圖書館、華盛頓的戰略情報局工作，後長期任職於哥倫比亞大學圖書館，負責東亞館藏，1962年後成為國際關係學院的圖書館員，主編有《遠東書目》（*Far Eastern Bibliography*, 1954-1955）、《亞洲研究書目》（*Bibliography of Asian Studies*, 1956-1960）等。

② Huang Sung Kang（黃松崗），生平不詳。著有*Lu Hsü and New Culture Movement of Modern China*（Amsterdam, Djanbatan, 1957）。

周作人早期的文章，自名言志，其實是載道。晚期的文章，多講冷門書，我在上海時看後，不大能領略，所以很有把他所有的散文集從頭讀一遍的興趣。我很想知道他究竟讀了多少西洋名著，他西洋學問較魯迅為博，但可想讀的也是secondary sources。我每星期要準備三課，要讀三方面的書，時間不夠支配，所以你做研究，讀書不受課程支配，收效更多。最近教《易經》，把Needham③的 *Science & Civilization* 翻看了一下，覺得很精彩，的確是部indispensable的巨著。

不久前MacF.請Lavery④寫了一篇報告，世驤讀後，大為振[震]怒，同我通了一次信。其實Lavery所記的東西，雖然他把幾個重要的sessions略而不提，確是全場上討論的經過。我們把報告讀了，覺得很幼稚，其實當時談論的水準實在也不高。我的那篇〈中共婦女〉，最近才有空revise，多看了些《李雙雙》之類的小說，把討論「公社」那一段改動了一下；《美麗》、《本報內部》前的一段結論也改動了一下（MacF.要我把會場上討論的傳統小說中婦女形態放進去），餘文未動。文章今晨寄出。H. Wilhelm在 *The Modern Age*（summer）寫了一篇書評，討論我的書，頗多讚詞。你有空可一讀。

「復興」劇團我們預備和de Bary一家一同去看。據你報告，節目方面和中共劇團相仿，對Carol、Joyce一定是很有趣的。上星期

③ Needham（Joseph Needham，李約瑟，1900-1995），英國生物化學家、科學技術史家、漢學家，劍橋大學博士，英國人文科學院院士，歷時45年編寫完成多卷本《中國科學技術史》（*Science and Civilisation in China*），此外還著有《四海之內：東西對話》（*Within the Four Seas: The Dialogue of East and West*）、《化學胚胎學》（*Chemical Embryology*）等。

④ Lavery，可能指M. Lavery（拉威利），里茲大學中文講師，曾於1964年至1966年在北京教授英文。

我們看了胡氏兄妹主演的一場戲，《貴妃醉酒》和《白水灘》，胡鴻雁（？）的貴妃表情尚佳，《白水灘》一無是處，胡氏兄妹（香港來的）武功拙劣，Carol大為disillusioned。我在Potsdam，學生們演美國的musical comedies，有時演出成績很好，看後很滿意。京戲由起碼角色上演，祇暴露劇本本身的單調笨拙，精彩處全不能表達。名演員能把絕少戲劇性的東西轉成生動細膩，實在是難能可貴的。復興上演synthetic的《貂蟬》，也是decadence的表現，但給洋人看，是極適宜的。

　　JFK⑤居然有勇氣blockade Cuba，而使K讓步，這事可能Kennedy自己也沒有想到的。JFK聯［連］任總統是大有把握了，但希望他真能保持強硬態度，不讓蘇聯重佔上風。明天我將生平第一次參與美國政治，投票選舉。紐約州有一個新興的「保守黨」，但我想仍是選舉Rockefeller較妥。不知Nixon的fate如何，如被Brown⑥打倒，他的政治前途也完了。

　　附上父親、玉瑛妹的信。Joyce讀書略有進步，近喜畫畫。身體也很結實。再談　即頌

　　近好

弟　志清　上

十一月五日

⑤　JFK，即John F. Kennedy（甘迺迪，1917-1963），1961-1963年任美國第35任總統。

⑥　Edmond "Pat" Brown (1905-1996), 1959至1967年任加州州長，1975-1983年加州州長Jerry Brown的父親。尼克森（Nixson）敗選，但政治前途，並未結束，後東山再起。1968年當選美國總統，後因水門案，辭職。

# 568. 夏濟安致夏志清（1962年11月28日）

志清弟：

來信早已收到。這幾天很忙，Philological Association的年會是在Thanksgiving週末開的，各地的來人，不免多一番交際應酬。魯迅一文趕出，雖僅十頁，但亦唸了半個鐘頭。反應尚佳，自思亦頗有些精彩意見。過些日子請人重打一份，當寄上請指正。我想把〈左聯之解散〉一文擴大重寫，把題目改為〈魯迅之死〉，可以多討論些魯迅關於死的看法與恐懼等。

這幾天正在把"Twenty Years After the Yenan Forum"趕完中，該題太大，材料很多。我注重扼要的夾敘夾評，但文章總得在四十頁以上。寫這類文章之不易處：一不小心，筆底下就漏出「反共八股」。反共而說得着着實實（不拾人牙慧，不慷慨激昂），非易事也。

紐約各報對於復興京戲的批評（你們看得想都很滿意），都很捧場。寄上卡片一張，請Joyce收存留念。

世驤定星期四下午飛紐約，住King's Crown。他有什麼公事，我不知道。希望你於星期五和旅館聯絡。我希望你（如能買到票）請他看Little Me①。Cyd Caesar②我們在Las Vegas看過，滑稽突梯，真怪傑也。

文章將在月底前寫完，休息一兩天後，當有長信。專此　敬頌
近安

---

① Little Me（《小小的我》，1962），百老匯音樂劇，尼爾·賽門（Neil Simon）編劇，科爾曼（Cy Coleman）作曲，卡洛琳·李（Carolyn Leigh）作曲。
② Sid Caesar（希德·凱撒，1922-2014），美國喜劇演員，代表作有電視劇《你的表演之表演》（Your Show of Shows）、《凱撒時刻》（Caesar's Hour）等。

Carol和Joyce前均此

濟安

十一月廿八

　　[又及] 有一樁好消息，我可以改為 Permanent Resident 了。可惜近日太忙，那些表還沒有填。

# 569. 夏濟安致夏志清（1962年12月7日）

志清弟：

"Twenty Years After the Yenan Forum" 上星期六（十二月一日）寄出。因時間限制，寫得有些趕，寫完了人覺得很累（可能有點傷風），你知道我是不相信吃藥提神的，於是就休息了一個星期，不用腦筋，上班看點報紙和閒書（真正閒書我在office是不看的），連信都懶得寫。今天已完全復原（即腦力充沛如常），於是寫這封欠了好久的信。

先談些人生的事：世驤回來，我去機場開車迎接，知道你們相聚甚歡。Joyce寫的幾個漢字亦帶回來了，寫得很好，我看見了很高興。Joyce和楊聯陞有緣，見面就熟，亦是好事。楊聯陞我和他不熟，但知其很有才學，但心裡有毛病，平常鬱鬱寡歡，他見了你們的高興是真高興。

還有一位很有才學的劉子健，他心裡亦有毛病（二公的婚姻生活不愉快，給他們很大的痛苦；詳情難言，我亦不清楚，但這種榜樣是給我很大的警惕的。世驤他們都讚歎你的婚姻生活的幸福，這點請你告訴Carol，我完全同意）。劉子健的為人，從下面一樁小事中可以看出來：昨晚有個party，他見了我，再三向我叮囑務必寫信向你道謝你給他的招待。他說：「我做人是到了一個地方，受了人家招待，一定要寫信道謝，但是這幾天實在太忙，沒有工夫寫信……」他對於這種小事，如此認真；對於大事的認真，我亦久仰的；大小之事夾攻，做人是太吃力了。我們的所以maintain sanity，對於很多事情的糊里［裏］糊塗，其功甚大。楊、劉二公大約都是不肯糊塗之人。劉子健的忙是有關在臺北設分校的事，他全力以赴，又怕受人指責，心裏似很緊張。不能幹的人在他所做的

有限事情的範圍之中，還可能求完美；太能幹的人如劉子健，還
想求完美，只有自討苦吃了。（王熙鳳所代表的亦是儒家，雖然是
corrupted的儒家，忘了你是否在文章中提起此事。）

　　昨晚的party是招待日本京都大學漢學教授吉川（Yoshikawa）
幸次郎①。此人恂恂儒者，中文講得很好，學問也好。歐美人中恐
怕亦很少能比得上的。你恐怕不能和他處得很熟（日人本來守禮，
再加上吉川先生consciously地做儒家），因為他沒有我們這種灑脫
的精神，但他是個值得尊敬的人。（他喜被尊稱為「先生」，「吉川
先生」還好。）

　　你在紐約，身處「水陸碼頭」，交際應酬恐怕很難躲開。十一
月十五日左右，Seattle的Michael和荷蘭人Marinus Meijer②（曾在
中共大陸住過幾年，跟荷蘭大使館）在紐約開一個什麼會，沒有機
會招待他們，他們不會怪我，但為你着想，多一事不如少一事。
在Berkeley，世驤夫婦和趙元任夫婦首當其衝，他們亦真好客，招
待遠來客人，我只需作陪即可。你在紐約，可能將成為首當其衝的
人。其實我很enjoy酒會和飯局，如身上沒有要事，和大家「糊里
[裏]糊塗」，我很引以為樂。只怕忙的時候，精神不能兼顧，好在
我忙的時候亦並不很多。

　　延安一文另封寄上。寫好後沒有精神重讀，一切修改責任推給

① 吉川幸次郎（Yoshikawa, 1904-1980），字善之，號宛亭，日本神戶人，漢學
　家，曾任國立京都大學教授、日本東方學會會長、日中文化交流協會顧問等，
　代表作有《中國文學入門》、《中國詩史》、《讀杜札記》等。

② Marinus Meijer（M. J. Meijer梅傑，1912-1991），荷蘭漢學家，主要研究中國
　法律史，畢業於萊頓大學，曾任職於荷蘭的東亞事務局。代表作有《中國人
　民共和國的婚姻法與政策》（*Marriage Law and Policy in the Chinese People's
　Republic*）、《中華帝國晚期的謀殺與通姦：法律與道德的研究》（*Murder and
　Adultery in Late Imperial China : A Study of Law and Morality*）等。

MacFarquhar去了。小毛病還有，但大致論點似還可以。此文規模太大，很多地方不能兼顧，我很想用所謂vivid writing的做法，把延安生活描寫得更仔細一點，但這需要太多的research，目前無暇顧及。Even so，關於延安的有些事情，我所發現的，別人似都未曾觸及。中共文藝理論的困難，亦可以大加發揮，但我也來不及管了。Footnotes也可以擴充，但就現有的觀之，已相當嚇人。其中有一條講到一本雜誌名《魯迅風》者，我記得曹聚仁《魯迅評傳》中曾說起過。但這兩天懶得到圖書館去查，查到了當寫信給Mac.F去補充。

因為《延安》一文費時甚多，《英雄》一文也沒有工夫去動，已寫信給MacF，由他全權處理了。

〈魯迅與鬼〉一文，已托Center打字，Ditto後當寄上。

今天很高興接到Donald Keene之信。他說他收到你所送的*Enigma*小冊後，本來是沒有工夫看的，但忽然翻翻，發現其中大有道理，看後大為滿意，特來信讚美。這是意想不到的諛辭，而Keene倒真能看出我用心之所在。

*Enigma*一文的長處是love & irony。我怕《延安》一文，這兩點發揮得還不夠，以後再說吧。

文章寫完後，本來想好好地看幾場電影，結果只看了一場：墨西哥片*Macario*③，可以和最好的義大利佳片（或Ingmar Bergman）相比。樸素的農民生活和生死之謎（民間迷信）很好地揉雜在一起。還有一張是Kurosawa導演Toshiro Mifune（三船敏郎）主演的

---

③ *Macario*（《馬卡里奧》，1960），墨西哥劇情片，羅伯托‧加瓦爾東（Roberto Gavaldón）導演，塔爾索（Ignacio López Tarso）、Pina Pellicer主演，Estudios Churubusco出品。

*The Hidden Fortress*④（不是*Time*在一兩個月前推薦的那一張）。發現該片我已看過，但是第一遍我沒有多大印象，第二遍竟看得大為滿意，這亦是難得的經驗。英雄保護公主，逃出敵人的包圍，本是日本武俠片很俗氣的題材，但在Kurosawa（黑澤明）手法之下，該片很為親切動人。

最近看得頂滿意的影片是*Lolita*⑤。小說沒有看過，只是在臺北時從你送給我的*Anchor Review*中，略窺鱗爪。電影中那四個人的演技都可以說是「絕」了。世驤認為Sue Lyon⑥是繼Marilyn Monroe後好萊塢最重要的發現。這個女孩子不開口的確很誘人，一開口就俗不可耐，很合身份。Shelley Winters的苦悶與附庸風雅演得亦好。James Mason亦十分convincing。最絕的是Peter Sellers，沒有他我不知別人如何能演此角色（不知小說中怎麼寫他的）。聽美國朋友說，外國人學American Accent學得到Peter Sellers那樣子，的確可算一絕。

以前你來信問起凌淑［叔］華的地址，該書是Vincent Shih帶回來的，所以我亦不知道。現在查出來是14a Adamson Road, London N.W.3。陳源是中國派UNESCO的permanent delegate，把這個頭銜寫上，信無論寄倫敦或巴黎，都是收得到的。Xmas將屆，我得提醒你一聲，怕我忘了，你也忘了。這幾天報紙載倫敦大霧，我有點莫名其妙地想念倫敦。

有一椿好消息，即是關於移民問題的。根據新法律，我已可申

---

④ *The Hidden Fortress*（《武士勤王記》，1958），日本動作冒險電影，黑澤明導演，三船敏郎、上原美佐主演，Toho Company Ltd. 發行。

⑤ *Lolita*（《一樹梨花壓海棠》，1962），美國黑色喜劇片，據納博科夫同名小說改編，史坦萊寇比力克導演，詹姆斯‧梅森、雪莉‧溫特斯主演，米高梅發行。

⑥ Sue Lyon（蘇‧萊恩，1946-），美國女演員，曾獲金球獎，代表作有《一樹梨花壓海棠》（1962）、《靈慾思春》（*The Night of the Iguana*, 1964）等。

請改為Permanent Resident。這本來是天大的好事，但在那幾天忙的時候，不能集中精神去填那些煩瑣的表，因此一直還沒有填。現在要做的是向Seattle警局去討人格證明書（Berkeley警局的已索得），此外亦沒有多少手續。取得永久居留，實在是了卻一椿大心事。以後行動可以方便得多了。一般而論，我的運氣總算不錯。

吳魯芹Xmas左右亦許會到N.Y來，他是我的好朋友，人很pleasant，希望稍加招待。我們的Language Project很有可能擴充，請他來幫忙。

近安

Carol和Joyce亦均此

濟安

十二月七日

Seatles World's Fair我寄出德製猴子一個，日製萬花筒一個，想都未收到。又：臺製陶器兩件收到否？該項陶器紐約有經理人，如仍未收到，可去催詢。地址下次附上。

# 570. 夏志清致夏濟安（1962年12月13日）

濟安哥：

　　兩信及大文都已收到。七日那封信收到的那天，吉川剛到哥大，他在這裡預備住四個月。哥大的名教授都是日本派，Watson是吉川先生的高足，現在京都大學開課。大文讀後，極為佩服，可喜的是我們對毛的談話及其惡影響觀點完全相同。我書上沒有把「談話」提綱結［契］領地說明白（realism、love、雜文三點極有道理），而且書看得少，丁玲和何其芳等的苦悶都沒有詳細描寫分析。有了你那篇文章，Boorman的和Vincent Shih兩文更是相形見絀。*China Quarterly* 出版專號，當以你兩篇文章最有貢獻，最有永久性。Birch的《會議經過》看過了，他寫的比Lavery好多了，而且diplomatically把每個participant的意見介紹一部份，亦非易事。*Power of Darkness* 一文想必極精彩，收到後當拜讀。de Bary對你的style和做research的工夫，也大為佩服。「復興」卡早已收到，Joyce極歡喜。

　　一月沒有寫信，實在太忙，而且應酬太多，我在哥大文科中中國人間地位算相當高。何廉已退休了，王際真向不管事，蔣彝忙着自己的事，不常上班辦公，哥大有中國人來訪，我的確有首當其衝之感。今天有Yale吳訥孫來訪，同時碰到Rod MacF.(!)，明天可和他長談。他剛來，又在召集一個什麼「會議」，Howard Boorman，Doak Barnett① 有份，大該是討論中共政治的。世驤來之

---

① Doak Barnett（鮑大可，1921-1999），生於中國，美國中國研究專家、記者，曾任美駐香港總領事館總領事，《每日新聞》駐亞洲記者，1961-1969年任教於哥倫比亞大學，1969年轉往布魯金斯學會任職，1982年再轉任約翰霍普金斯大學講座教授，直至1989年退休。代表作有《共產中國與亞洲》（*Communist China*

前，吳國楨來過，住了二星期，我同他吃了三次飯，我的書評給他的書一個很大的boast（出版後兩月銷了八千本），他很感激，其實我對政治是外行，談話polite不夠，祇有聽他講掌故，說不到有什麼conversation。他講到陳誠、白崇禧之類，只稱呼他們的「字」，是官場的規矩。據說他離臺前，蔣經國要謀殺他（suborned吳的車夫），所以惶惶逃出。「復興」劇團來NY，我聽了你的advice，請了de Bary，de Bary那weekend要去Ann Arbor，所以de Bary的太太和她的second兒女Cathy出席（de Bary同吃晚飯，在館子上碰到Frankel夫婦），另有他人作陪。Cathy曾去臺，和「復興」的演員認識，所以我們上後臺，找王復蓉②談話，和她相會了一陣，先退出，Cathy和她談得較久，二人有合照，隔日登報（見clipping），也算一樁盛事。建一若在化妝室多留一陣，可能也上照。「復興」的演出相當令人滿意，和北京劇團一樣的熱鬧，但造詣方面究竟不能和北京劇團相比。

　　楊聯陞也給我鬱鬱寡歡的印象，他和劉子健一度都精神不正常，假如在中國做教授，決不會如此的。世驤一直精神很好，談笑風生，是不容易的。我買了一本H.L. Li③的 *The Garden Flower of China* 送他，昨天寄出，這本書較冷門，Ronald Press 1959出版，可能他沒有見過。Li氏是botanist，書中材料想可靠，Grace修理新

---

and Asia: Challenge to American Policy）、《中國政策：老問題與新挑戰》（*China Policy: Old Problem and New Challenges*）等。

② 王復蓉，京劇名伶，畢業於復興劇藝實驗學校，其父親是復興劇校創辦人王振祖。王復蓉從小學戲，以一曲〈金玉奴〉唱紅臺灣，主要作品有《響尾追魂鞭》、《丹心令》、《還我河山》等。

③ H.L. Li，即Li Hui-Lin（李慧玲，1911-？），植物學家，著有《中國園林花木》（*The Garden Flower of China*）、《綠蔭觀賞樹木的起源與培育》（*The Origin and Cultivation of Shade and Ornamental Trees*）等。

花園，自己得種花草，這本書當是很好的參考。世驤攻詩，詩中
所提到的花卉，有了科學的和歷史的說明，對他也有用的。另外
一冊，送心滄夫婦。自己也預備買一本。逢節送禮，非是易事。
Carol送你一件東西，不日可到，Joyce即將做一件手工送你。你在
Seattle送的東西，除萬花筒外，都沒有收到。請附上agent地址，
去催詢。你花費已多，年節不送禮物為要，劉子健有卡片來道謝，
我不預備送他Xmas卡，免得增加他的負擔。Meijer曾打過三次電
話，我都不在，我不知他的電話號碼，不能打電話給他，終沒有見
到。吳魯芹來，我當好好招待一番，他送過我幾本書，我都沒有道
謝。Dutch報上有人review他的《中國小說選》（along with *Naked
Earth*，聶華苓的小說），此人將來哥大，剪報給我看。

　　Goodrich開始在編 *Ming Dictionary*，我對bibliography不熟，不
預備參加。你如有興趣，寫幾篇明代文人的傳記，我可以recommend
你。Wayne State U.有一位高麗人對我那篇《紅樓夢》特別佩服，
由他推荐，已定在Wayne出版的criticism上發表，該journal相當
respectable，能發表也是好事。此事完全他出的主意。隔兩天我得
寫一篇短評for JAS，Xmas假期已答應Boorman寫一篇茅盾傳。

　　父親有意讓玉瑛妹Carol通信，前日玉瑛寫了封英文信來，文
字surprisingly good，她同時寄一張賀年卡，卡上題了一首詩，講的
是我離滬前那一天在法國公園看菊花的事，我讀後大為感動。我結
婚後沒有工夫多想玉瑛妹，想不到她這樣想念我們。這次Xmas，
你當寄張Xmas卡給她。附上信、卡及小照一張，信和卡看後請寄
還。

　　電影極少看，*Lolita*卻在不久前看了，大為滿意。Quilty在書
中是ambiguous and mysterious的角色，並不幽默。Peter Sellers的
演出實在是一絕。以前大家都捧Guinness，我覺得他的cometics
不過如此，Sellers的喜劇天才實遠勝於他。Downtown巨片如林，

*Longest Day*, *Bounty*④、*Lawrence of Arabia*⑤，我都不會去看。有時抽出時間到Broadway小影院看二輪片。（Sue Lyon曾在二輪影院每日登臺，我沒有見到她。）

　　謝謝你給我凌淑[叔]華的地址，兩月前碰到Michael Sullivan⑥，他是Birch的好友，和陳家很熟，把地址抄給我，但我一直沒有寫信去道謝。我在Potsdam四年，專在學生淘裡面，現在交際這樣多，生活上實在是有了個大變動。苦的是讀書時間減少，我讀了*Anatomy of Criticism*和*Rhetoric of Fiction*，都中途而廢，因為社交和平日準備功課要看的書太多。我在教印度名著，對印度的一部份的art和文學很生好感，Evergreen有一本Anchor的 *The Love of Krishna*，其中有好幾張畫，我覺得極好。曾往Guggenheim Museum參觀Modern sculpture的展覽，看到不少大名家的sculpture，很滿意（Henry Moore⑦, Epstein⑧, Rodin⑨, Renoir, Picasso, etc）。

　　你已可申請改為permanent resident，以後行動方便，學校方面不再有麻煩，真是了了一樁心事，明春可來紐約，更是好消息。我

---

④ *Bounty*，即*Mutiny on the Bounty*（《叛艦喋血記》，1962）。

⑤ *Lawrence of Arabia*（《阿拉伯的勞倫斯》，1962），史詩歷史劇，據T. E. Lawrence的作品*Seven Pillars of Wisdom*改編，亞歷·堅尼斯、安東尼·昆主演，哥倫比亞影業發行。

⑥ Michael Sullivan（蘇立文，1916-2013），生於加拿大，英國藝術史家、漢學家，哈佛大學博士，專攻中國藝術史，曾任教於新加坡國立大學、倫敦大學、斯坦福大學、牛津大學，代表作有《中國風景畫的誕生》（*The Birth of Landscape Painting in China*）、《中國藝術史》（*The Arts of China*）等。

⑦ Henry Moore（亨利·莫爾，1898-1986），英國藝術家，擅長黃銅雕塑。

⑧ Epstein（Jacob Epstein，愛潑斯坦，1880-1959），英國藝術家，生於美國，1902年移居歐洲，1911年成為英國公民。

⑨ Rodin（Auguste Rodin羅丹，1840-1917），法國藝術家，代表作有《青銅時代》（*The Age of Bronze*, 1877）、《沉思者》（*The Thinker*, 1902）等。

一直想去 New Haven 一次看看教授們，一直抽不出時間。隔幾天再寫信，現在又在 rush 寫賀年片了，世驤夫婦、Birch 前問好，專頌

年安

弟 志清 上

十二月十三日

# 571. 夏濟安致夏志清（1962年12月30日）

志清弟：

你們送的精美的禮物已收到，那件背心是十分講究的。穿上去十分服帖舒適與漂亮。煙灰缸也是很漂亮而合用的。過節送禮是很傷腦經［筋］的一件事。我送了你們一本日曆（這次齊白石不很多，但另有花鳥一種，這幅是以走獸為主），與加州名梨一簍，Joyce 聖誕老人糖果，想都已收到。我並不怕 shopping，就是怕包紮與郵寄，這些是比較麻煩的事。

你們寄來的兩張卡片都已收到，都是東方化而極為富麗堂皇的，這些與禮物都是 Carol 挑選之功，敬在此特別讚美。Joyce 畫的卡片，美極了，給陳家的那張也美極了。Joyce 大有藝術天才，這個天才在你們父母誘導之下，一定可以好好的發展，這是很值得慶賀的事。我小時候上美術課所受的委屈（不注意發展創造天才，呆板地臨摹），現在還是不能忘記。我小時候所受的教育，最失敗的是在美術方面。

適逢佳節，諸事雜亂，什麼正經事也沒做，值得一提的是我到 Pacific Grove（在 Monterey 半島）Loeb 家去住了兩晚，有很多新鮮的經驗。廿五日上午一人開車前去，廿七日下午一人開回來，長距離單人駕駛，這次算是一個記錄，對於駕駛技術方面增加了一點自信。

Loeb 家在海邊有一幢房子（離我們上次住的 Borg Motel 不遠），這幾天加州天氣晴冷，無片雲纖霧，吹東北風（陸上來的西風是海外來的，那便帶來溫暖與霧氣），很使人精神爽快。Loeb 在 Monterey 恐是 leading citizens 之一，他的父親是生物學家，現在在 Monterey 還有一幢很新式的洋房 Loeb laboratory，是研究魚類生

物，而紀念他父親的。Loeb是從小在Monterey長大，對於當地海陸情形很熟悉。

廿六日，我與Loeb二人出去釣魚，坐的是outboard motor的小船，船尾進水，船頭翹得老高，拍浪而前，浪花不斷打進船裡來，我穿了黃色油布水手衣服，濕了很多地方。

眼鏡鏡片與眼鏡腳上，都結滿了白白的鹽花，我生平曾暈船兩次：一次是從滬去平，一次是從港去臺，該次與雷震同船，但我和他未交談。這次坐小船出海之前，曾服Dramamine一片，結果無絲毫不舒服之處。

最奇怪的是我一點也不覺得恐懼，只是把Loeb當作Spence Tracy看待。他做事極穩當，他認為平安，我就百分之一百（consciously & subconciouly）地相信他了。

釣的是一種小魚叫Sanddab的，約六吋長，扁圓的，兩隻眼睛朝天，白肚皮大約和海底貼得很近。釣它很容易，釣線沉到海底必有捕獲。一根線上三隻鈎，常常一釣魚，一線三魚，那些魚大約實在饑餓得厲害，見餌必吞。（餌是切小的魷魚—烏賊）。

Loeb知道哪裡魚多，到了魚多的地方，就把馬達關掉。沉下一個假錨（帆布袋），開始放釣線。釣了一陣，船隨水流，我們把馬達開起，重新開到魚多的地方。

釣Sanddab實在很容易（該魚肉質是很肥嫩的），我最感吃力的是收回釣線。線到海底的有200呎長，放線時並不費力——只是不可太快，太快了線就要糾纏在一起了——但收線時要搖轉那滑輪，這是非常吃力的事。線一下去，大約隔一兩分鐘必有bite，我就拚命地轉，結果右臂大痠，我又好強，並不說出來。

魚捉到好幾十條，小魚有的放回去，有的擲給海鷗吃了（海裡還有cormorant和一種野鴨），帶回去的還有三四十條。

回去後右臂痠痛，心裡倒有點怕，我不怕坐船，但有點怕一人

開車回去。假如右臂痠痛不愈，開來時 steering 勢必吃力而不準，這是要增加開車的危險的。

睡了一晚，第二天痠痛全失，這使我大為高興。一般人都相信中年人最怕肌肉痠痛，常常拖好幾天——甚至幾個月都不會好。我這麼快就好了，這表示 I am not quite middle-aged，仍有少壯的康復能力。這是使我最高興的地方。至於何以痠痛？一則我生平很少做用體力的事，對於使勁很不習慣（至今仍很怕 parking 汽車），再則，大約轉那個輪子轉得不得法。第二天（27日）坐 Loeb 另外一條（名叫 Petrel）船出海 sailing。他有三條船之多，釣魚船就叫 Sanddab，另一條小船叫 Tern。東風獵獵，帆受滿風時，左舷大為傾倒，右舷高舉。我看過圖畫與電影，知道這是 sailing 的正常現象，所以也置之泰然。釣魚時因手忙腳亂，並不覺得冷。Sailing 時，無事可做（船雖傾倒，其實甚穩），雙手凍得有點麻木。此外覺得 Sailing 還是很有趣的，至少比坐敞篷車兜風有趣多了。Sailing 是很難的，我也不想學。

27晚 Nathan 家請吃晚飯，所以在下午趕回來了。兩天出海，都見鯨魚，第一天我看不見，第二天看得很清楚。鯨的噴水，不像圖畫上所畫的一線上升而分歧下降，我所見的是一蓬輕霧而已，噴了好幾次，一噴即消失。有一次它的背與尾還都還露出水面。

看我的描寫，你當可知道我心底下還是喜歡冒險和做 sportsman。但這次是受 Loeb 的邀請，我才遊興大發。其實我是喜歡過一個安靜的假期，不喜歡往人多的地方去擠的。但在美國住久了，無形中也接受了美國生活方式。一到放假總想開車出去。雖然我最喜歡去的地方是 S.F，而不是山海野地。

美國人做事都有計劃，我很少有計劃——因為有點悲觀，對於計劃之類並不很相信。1963的計劃，當然主要還是做那 research，其次希望溫習德文，再則想學日文。最大的希望——私人方面——

是快點把Permanent residence弄到手。人生總有種種worries（我算
是worries最少的人了），弄到Permanent residence至少可以少一樣
後顧之憂。

再則希望你們暑假到加州來玩（世驤與Grace也專誠邀請），
明年將有一個月假期（過去一直工作十二個月，今年去歐洲則是例
外），既然已經接受美國生活方式，不出去玩似乎向自己沒有交代
似的。要出去玩，還是請你們來了一起去玩吧。希望把西部兩大名
山（Yosemite與Yellowstone Park）都玩一玩。Yosemite像中國的名
山，值得遊賞；Yellowstone Park則我尚未去過，很想一遊也。

程靖宇居然真要結婚，我預備買兩條領帶plus女用物品送給
他。他來信說得很滑稽：「兄事高橋咲子負責介紹，請千萬勿與美
國人或支那人結婚」云云。人知好色則慕少艾，我所感覺到興趣的
女子，當然還是年輕貌美的一類，但年輕貌美之人難服侍，我也不
敢接近。三十以上之女子，不論怎麼Mature，我總覺得蒼老，而提
不起興趣了。

不蒼老的人也有，如Maureen O'Sullivan。*New Yorker*（Dec
8，P148）劇評說她是very pretty fortyish sort；最近一期（Dec 22）
還有一篇訪問記（P23）說："When she arrived, she looked as young
& as fair as the rose of the summer…"她能如此善保青春，也可說是
得天獨厚了。

Mature女子大約有其很多好處，但我的taste始終停留在
Maureen O'Sullivan階段，永遠沒有提高。這也許不合理，但天
下有些事本不能合理，我的taste還不算大不合理也。Nathan說我
是個loner，此評甚確。現在我根本對於dating的那一套ritual毫無
興趣。「支那女子」尤其不敢碰，蓋一碰即有gossip，而我怕「坍
臺」尤甚於怕其他一切也（在上海時，我確不怕轟炸，但在光華
大學畢業時，校長請我演講，則是極可怕）。程靖宇之怪，尤甚於

我，但他臉厚，自作多情，而不自知其怪，這也許是他福澤深厚之
處。現在且看他介紹什麼人出來。我尚未去信鼓勵，希望你也不要
去信鼓勵，一切聽其自然為要。有一點也許使你高興的，即我的
romanticism近年一直寄託在日本，對於日本種種，有極高之仰慕。
如早二三十年有這種taste，我也許成了親日派了，This may lead to
something。日本是我的「夢之國土」，因此也不敢去日本。一去
之後，夢被破碎，那就太殘酷了。電影 *Yojimbo* ① 用心棒，極好；
我向center的secretary推薦，她以為是Gumbo，看後大為失望。
（*Power of Darkness* 已打好，明天寄上。）

吳魯芹把你的地址丟了，我也來不及寫信告訴他，他的地址是
c/o N. Lu 330 E. 27th St. New York 16，如能在電話本子上找到此人電
話，不妨打個電話去聯絡。如信到時，他已離紐約，那也就算了。

兩件陶器花瓶在Donna Wu處，電話JU68599 WO2-31417，
她的店叫Golden Key Gifts，1574 Broadway near 47th St。如尚未
送到，希望去催詢。我挑選的兩件很精美，希望不要被掉包。該
Donna Wu（說北平話）我不認識，她在Seattle Fair有個攤子，自告
奮勇地替我帶來紐約。

來信和玉瑛妹的信、詩、卡片與照片都已收到。玉瑛妹情感豐
富，但在共黨統治之下，豐富的情感徒然招來痛苦，言之甚為傷
心，不說亦罷。父母親想都快樂。

專此　敬頌
年禧

濟安　上
十二月卅日

---

① *Yojimbo*（《用心棒》，1961），日本電影，黑澤明導演，三船敏郎、東野英治郎
主演，東寶影業出品。

142

## 572. 夏志清致夏濟安（1963年1月12日）

濟安哥：

星期五下午看到世驤信，當晚他飛到。星期六和他、楊聯陞、吉川先生夫人及公子在天津樓吃烤鴨（另點的幾隻菜，味道不太佳，遠不如新月酒家），談笑甚歡。今晨世驤來，同訪王際真，際真和世驤二十年未見面，未通信。這次重聚，王際真很興奮，把肚中的牢騷發洩了一通。（How he antagonized Keene、Goodrich、et al.）。我們一同在新月吃點心，燒餅、小籠饅頭之類，世驤在西岸亦不易吃到。飯後，我們同世驤參觀了Guggenheim的sculpture展覽。即［接］着他去訪友，明午飛歸。世驤為人熱心，精神也飽滿，雖然他晚上（在旅行期間）要吃安眠藥（在遊英期間，亦然），早晨冷水shower後，精神極振足，能維持一天，是很不容易的。哥大很需要有世驤那樣的一對夫婦做地主，客人來有地方招待，自己家裡也可以煮菜，現在王際真不管事，蔣彝bachelor，平常見不到人（Xmas他到英國去了一趟），我做host，究竟是不太適合的，雖然世驤說我做主人的technique是進步了。世驤遊紐約經過，他會詳細報告，我不多寫了，謝謝你送給建一的糖。

新年期間，一直很忙，沒有空寫信，你寄的禮物果品都已收到受用了，謝謝，名梨三十只，我們把十隻送了人，二十只自己洽［吃］。Joyce最愛吃梨，吃得很高興。加州的梨，很像萊陽（？）梨，初到時，還不十分熟，吃起來，清脆可口，味道也較甜，ripe以後則水份極多，入口而化。中國梨和西洋梨不同處，即是「可口」標準的不同，萊陽梨，夜而［鴨兒］梨，ripe後，我想也是和西洋梨味道相仿的。日曆也已掛起，謝謝。Donna Wu那處陶器花瓶已親自領到了一件，另一件據說damaged了，將replace，惟

Carol從店鋪拿回來的那一件，紅木stand和花瓶不配合，明天預備去交涉。他們可能掉包，明天我當親自去說明你四月中會來紐約，希望他們注意。以後你不送東西則已，要送東西，最好請店家把東西包紮好了，自己郵寄，較妥。日本萬花筒已收到，猴子想已遺失了，世驤上次來給Joyce一件綠絨猴子，樣子很dainty，不知和你所購的是否相仿。

〈魯迅〉大文已拜讀，極佩服（前天Center寄來一份，已送吉川），你對魯迅文字及他對「死」和「舊中國」的觀察，都極精到。文章開頭一大段極妙，替魯迅一段文字做了注腳，transition極smooth，即看你對他「雜文」、「小品」、「散文詩」的種種comments，都是前人所未言，我書上也未提到的。但我覺得這篇文章性質和"Dissolution of League"那篇不同，revise可能吃力不討好。後者最好仍歸入你「左翼文學運動」專著內，不必有大更動。

"Lu Hsün & Death"（or "The Death of Lu Hsün"）該是另一篇文章，擴大後，可在雜誌上發表。魯迅小說中常提到狼，大概他幼年時常聽到狼嗥，所以《孤獨者》（？）、《祝福》、《阿Q》、《野草》中常有狼的出現。狼與死的聯繫。你文中也可一提。

假期間看到的人不少，較前有MacFarquhar，跟着有Yale老朋友，Potsdam舊同事，你的臺大學生來訪。MacF.來紐約，不知上次信上有沒有提到，他來美又要召集個什麼會議，我到他父親apt去參加了一次party，看到UN一些人的樣子，他們這些人，日間虛偽一陣，晚上party不斷，大家同歡，生活也很無聊。MacF.曾把Richard楊①寫的*Quarterly*文壇報導退回（英文太劣，報導不周），你以前曾有興趣寫報導，MacF仍希望你每季寫幾段報導寄他。你

---

① Richard楊，即楊富森。

的女學生中有一位陳秀美Lucy Chen②，現在Holyoke讀書，她對你
極有好感，對你的婚姻事也很concerned。她自己看到石純儀等前
車之鑒，很想結婚，不知你有不有勁追她？她的樣貌很美，眼睛
大，人也直爽，沒有Christa石的小姐氣，也沒有叢甦的beatnik的
作風，比起Maureen O'Sullivan等Irish美女來，似更多passion。她
假期來N.Y，特地要見我，我們在大夜［年］夜一同吃晚飯（with
叢甦），飯後她們兩位小姐都沒有什麼節目，叢甦一向對Greenwich
Village很有興趣，所以我陪她們去玩了一陣，我們在一家低級夜
總會看脫衣舞，每人一瓶啤酒，坐下。不料那夜總會大敲竹槓，每
人cost十元，連tip、beer，共花了四十元，到Latin Quarter去，所
費我想也不會那樣多，我身邊錢也沒有帶足，祇好向Lucy借了十
元付賬。我來紐約後，Greenwich祇日間去逛過一次，夜間沒有去
過，大呼冤枉。我們那次在Frankfurt玩的夜總會，實在高明而便宜
得多了。另外一位小姐王克難Claire Wang③，也見過，她很活潑，
英文講得也美國化，她的MA論文，已經Carol修改過。另外一位
高足熊玠④（去年曾在哥大教中文）已結婚，我也見到。

　　Meijer上次來紐約，曾打給office三次電話，我都不在，無緣
見到。吳魯芹來訪，我和他談了大半天，他極和藹可親，談話精神
很足，講講你和宋奇來臺的掌故，很有趣。入學後他去New Jersey

② 陳秀美，即陳若曦（1938-），作家，畢業於臺大外文系，參與了《現代文學》
　的創辦，後取得美國約翰·霍普金斯大學碩士學位。文革期間曾一度返回大
　陸，以這期間的見聞寫成小說《尹縣長》。1989年在美國創辦海外華文女作家
　協會，當選首任會長。代表作有《尹縣長《突圍》、《遠見》等。
③ 王克難（Claire）生年不詳，1954年考入臺大外文系，來美在哥倫比亞大學進
　修，獲碩士後，去加州定居，筆耕不斷，時有文章發表。
④ 熊玠（1935-），祖籍江西省，生於開封，畢業於臺大外文系，哥倫比亞大學博
　士，紐約大學終身教授，曾參與起草《與臺灣關係法》。

教書，見面機會當多。（叢甦detest吳魯芹，說他教書敷衍塞責，想也是事實）。吉川到哥大後，哥大中文專家太少，他很寂寞，de Bary特別關照我多招待他，我上星期曾和他吃一頓tempura、saki、魚子、柿子（來美後第一次），談得很歡，雖然我對中國文字還是外行，不可能深談。他曾收到世驤recommand我的信，對我也很敬重，他在哥大，要開五次seminar，下星期開始。

假期間，不斷有人來訪，時間浪費很可惜。怪不得住紐約的人都有or希望有一個country house，寒假暑假期間去隱居，免得被人打擾。你和世驤誠心請我們來Berkeley住上一月，Carol很心動，我可能時間不允許，我得開始好好寫中國舊小說的書。同時八月間，我有八個seminar，同N.Y. State teachers of literature討論中國文學，大約和你去夏在Seattle附近開的conference是相同性質的，一共24 periods，de Bary、王，任教前16 periods，我教後8 seminars，時間大約在八月中。每一個seminar酬報150元，很上算。但我暑假工作如有成績，可能seminar教完後來Berkeley玩一星期。

家中情形很好，父親關照，以後和最近二次匯款，每次寄250元，Carol希望你每兩月多contribute 25元，人家平分。上海有匯款的人，新年期間特別優待，所以這次我把匯款已早寄，可趕上舊曆新年。玉瑛妹已請到了上海的居民證了。

*Time*所選的十大巨片，我祇看了一張（*Taste of Honey*⑤），自己也不相信。上星期看牙醫（希望你有空，也經常去看牙醫），出診所，附近一家電影院在映*Last Year in Marienbad*⑥，我去看了，所

⑤ *Taste of Honey*（《甜言蜜語》，1961），英國電影，據Shelagh Delaney同名劇本改編，東尼·理查森（Tony Richardson）導演，朵拉·布萊恩（Dora Bryan）、羅伯特·史蒂芬斯（Robert Stephens）主演，英獅影業（British Lion Films）發行。
⑥ *Last Year in Marienbad*（《去年在馬倫巴》，1961），法義合拍電影，阿倫·雷乃（Alain Resnais）導演，賽里格（Delphine Seyrig）、Giorgio Albertazzi主演，

以十大巨片又多看了一張。*Last Year*頗能保持hypnotic的mood，但仍不免沉悶。紐約報紙被strike，電影院、戲院生意清淡，但Sid Caesar的鬧劇常［尚］未去看。你四月來紐約時，我們一同去看吧。前星期日在Hunter College聽Gielgud⑦讀詩，蔣彝買的票，本來是T.S. Eliot親自來美讀詩，因病不能出國。Gielgud讀詩也頗令人滿意。帶Joyce去看了*It's only Money*⑧，Jerry Lewis這次很滑稽，你也可去一看。你和Loeb在ocean釣魚的經驗，很令人神往。不多寫了，Carol隔日要和你寫一封信，即頌

　　年安

弟 志清 上
一月十三日

　　［又及］Pandora丁念莊要幾只dry葫蘆gourd做排設，不知San Francisco有沒有葫蘆可買，請向Grace打聽一下，附上張心滄信。

---

Cocinor發行。

⑦ Gielgud，或為John Gielgud（約翰‧吉爾古德，1904-2000），英國演員、戲劇導演，畢業於英國皇家戲劇藝術學院，以擅長扮演莎士比亞戲劇聞名，曾獲奧斯卡最佳男配角獎。代表作品有《好夥伴》（*The Good Companions*）、《尤利烏斯‧愷撒》（*Julius Caesar*）、《亞瑟》（*Arthur*）等。

⑧ *It's only Money*（1962），喜劇片，法蘭克‧塔許林導演，傑瑞‧里維斯主演，派拉蒙影業發行。

# 573. 夏濟安致夏志清（1963年1月22日）

志清弟：

來信收到。世驤來紐約，你們玩得很痛快，尤其是把不喜交際的C.C. Wang請出來，你的交際手法確是大有進步了。世驤雖然講究吃，對於蟹殼黃，他卻覺得很新奇，吃後讚不絕口。這種東西，金山的確是沒有的。

暑假裡，務必請你們抽空來玩至少兩個星期，時間太侷促，心裡覺得匆忙，恐怕玩起來失悠閒之趣。反正我四月間東遊，屆時我們再面商一切可也。

家用事，我很樂意幫助。每月多charge我25元或50元，對於我可說毫無關係。我用錢不記賬，糊裏糊塗，多用少用幾十元，我自己也不覺得。但是先請你墊付，過些日子我寄一筆整數來好了。總而言之，我還算是儉省的：因為一、我不大買東西（對於shopping沒有興趣，再則不喜增加身體之物的負擔），連衣服都不大添的；二、沒有女朋友，省了date的錢；假如要date，錢花起來就多了。我每月花錢的大宗，還是在吃上面，但一個人也吃不掉多少的。

過年過節，買禮物的錢花了不少，但自己也沒有個數目。程靖宇結婚，我送新郎（領帶）別針連袖扣，送新娘別針連耳環，航空寄去，花了二十餘元（寄費僅二元餘，因東西都很輕便），這算很重的了。

【此處缺失page2】是顯得ridiculous，我不想再製造ridiculous的印象。

講起女友，Grace正在替我介紹的是Martha Chin（陳？）不是時鍾雯。Martha是Grace最稔熟的女友，她們曾在東京MacArthur總部共過事，至少總有十年的交情了罷。她現在Lockheed廠做

事，幾月前開車出事，撞死一個老太太，她自己也受傷進入醫院，
至今額上有疤。她住的地方比 Stanford 還要遠，現在沒有車子開，
到陳世驤家來一次是很麻煩的。此人高挑身材，細眉細眼的，還有
girlish 風韻，不修邊幅，也有點 Beatnik 作風，土生華僑，能講廣東
臺山話，但不能看中文。Grace 很有 tact，至今未施壓力，我也可以
處之泰然。至今只是打過幾次 bridge，世驤夫婦是 bridge 迷，但他
們想不到做媒人實不宜挑選 bridge 為媒介。因為 Martha 打得不太行
（不熟），總顯得很窘。我如碰到「高手」，我也顯得很窘的。夫妻
淘裡做 partner，有時也會起意見的衝突，有本書 *The Mad World of
Bridge* 對於這點描寫得很詳細。打 bridge 總帶一點 malice，牌桌非
培養感情之場所也。男的在拚命追求期間，當然會百般體貼，但我
並不想追求，因此認真的事反而成為打牌了。這點秘密，請你千
萬不要向世驤與 Grace 道破。對於 Martha 的 company，我還有點喜
歡。但我並不想念她，誰要叫我攤牌，這事也許就完了。現在這樣
糊裏糊塗的打 bridge，我並不反對，而且也有點 enjoy。這樣拖一個
時期再說可也。

　　還有一個可能，是夜總會女郎 Yuki。這事說來很好笑，有光華
老同學蕭俊①者，在此地研究 Law，對於中共的 Law，他大約可算
半個權威。此人海派作風，西裝筆挺，用錢出手豪闊，但在學校裡
做 research assistant（他還在讀書），一個月沒有多少錢進賬，豪闊
了一次兩次，就無以為繼（車子是 1994 年的別克）。但像一切有海
派作風的人一樣，「很夠朋友」。他在追金山夜總會 Forbidden City

---

① 蕭俊（Gene T. Hsiao, 1922-1990），上海人，1962 年從孔傑榮（Jerome A. Cohen）在
　加大柏克萊分校讀法律，課餘在中國研究中心兼職，畢業後去伊利諾州（Illinois）一
　所大學教法律，1990 年辭世，著有 *Sino-American Détente and Its Policy Implications,
　The Foreign Trade of China: Policy, Law and Practice, Sino-American Normalization and
　Its Policy Implications,* etc。

的臺柱脫衣舞女Coby Yee。這位Coby Yee在金山有點名氣，大約從
事脫衣生涯已有十幾年，最近拿出私蓄十萬元，把Forbidden City
盤下來了。自己做老闆，繼續做臺柱脫衣。該夜總會我去過幾次，
對於其間粥粥群雌，只看中一個（即Yuki），我覺得她很嬌小玲
瓏，臉型長得有點像李麗華。Coby Yee把F.C.盤下來後，蕭俊去捧
場，把我也請去，他大喝其酒，還買酒請entertainers喝，我喝了兩
杯，即不喝了（我飲酒自知量，絕不多喝）。但是Yuki不在，我隨
便說了一句，蕭俊自告奮勇，一定要替我拉攏，原來Yuki和Coby
感情不睦，現已脫離。蕭俊雖然還沒有拿到Law degree，但在「歡
場」中，以律師姿態出現，那些女子也信以為真。最近Yuki生了一
個私生子（！）。為法律事要請教這位「律師」，所以蕭俊對她還
是有點面子的。另外挑了一個日子，由我請蕭、Yuki和Joe陳②（也
是上海人，Levenson的學生，在寫博士論文）去皇宮吃夜飯。那天
晚上出現的Yuki，和我心目中的大不相同，非但不像李麗華，蓬鬆
鬆的一窩頭髮，反而像 *West Side Story* ③中的Rita Moreno④。你當然
知道我是並不喜歡Rita Moreno這一類的女子的（也不喜歡Natalie
Wood），但Yuki見面就和人熟。出口大方，和一般中國小姐的忸
怩作態大不相同，我對於她認為還可以談得。她不喝酒，這點也
引起我的好感。（當然，喝酒和養私生子兩罪孰大，還是可以研究

---

② Joe陳，即Joe Chen，應該是Joseph Tao Chen（陳榮，1930-），上海人，1964年
　加州大學柏克萊分校歷史學博士，讀博期間曾在中國研究中心兼職，後任教於
　聖費爾南多谷州立學院（San Fernando Valley State College）、加州大學諾思里奇
　分校等，代表作有《五四運動的重新解釋》等。

③ *West Side Story*（《西城故事》，1961），浪漫喜劇，據1957年百老匯同名音樂劇
　改編，羅伯特‧懷斯導演，娜妲麗‧華、Richard Beymer主演，聯美發行。

④ Rita Moreno（麗塔‧莫雷諾，1931-），生於波多黎各，美國女演員，代表影片
　有《國王與我》（*The King and I*, 1956）、《西城故事》等。

的。）假如她真是damsel in distress，我是很願意幫忙的（這還是我的egotism也）。但是她很gay，一點也不像要人幫忙的樣子。蕭律師替我鼓吹，說我是作家，Yuki說她認得Burdick⑤（U.C.政治系教授，即寫 *Ugly American* 與 *Fail Safe* 的），這一下立刻使我自慚形穢。我文章也許不比Burdick差，但人家是名作家也。最後她做了一件事情傷了我的自尊。飯吃完，我和她交換電話號碼，她把我的那張紙放進手提包中去時，忽然拿出一疊IBM Card，說都是男人的電話號碼。我大倒胃口，飯後party即散，此後我也沒有打過電話。

這幾天蕭俊躲在家裡（錢用光了），對Forbidden City裡面的人說，他到華盛頓去開會了。但陰曆新年他還是要去F.C捧場（華盛頓的會開完了），預備舉行一個大Party，各人dutch。他要給我fix a date，我說我還要Yuki，別人不要。他的面子是否夠大，把Yuki拉到她所不願意去的F.C，我此刻尚不知。

Yuki是韓國人，名字日文，意義為「雪」。姓Cho，她不知是什麼字，蕭認為是趙，我看是崔。

Forbidden City的show實在lousy，我於'60、'61去過一兩次。'62大約一年未去。那次蕭律師請客，發現還是那點老套，看得索然無味。Coby假如不retire，另外到日本、香港物色人才，擺新噱頭，弄新花樣，我看去F.C.觀光者，只有如蕭某那種入迷之人（滬語「溫生」）和無可無不可的tourists也。像我這種「老舊金山」是不願意去的。

去F.C.實在很倒胃口，你對於金山的中國夜總會也許有點神往，其實Coby Yee（臉型作風等）完全是個黃柳霜⑥第二，其美

---

⑤ Burdick（Eugene Burdick，尤金・伯迪克，1918-1965），美國政治學家、小說家，代表作有《醜陋的美國人》（*The Ugly American*）、《安全失敗》（*Fail-Safe*）等。

⑥ 黃柳霜（1905-1961），美籍華人影星，代表影片有《巴格達竊賊》（*The Thief of Bagdad*, 1924）。

（或醜）使人難受，其人之呆板與dull你也可想而知。

　　Yuki我倒還想至少再看見一次，她到底長得什麼樣子，我要看看清楚。她有她的cynicism與vanity，她對男人恐怕早已看穿。她說她做過很多次模特兒，在表演時，一眼望去，她就知道她周圍的男人要些什麼。她的出示IBM Card，也並非表示對於男人輕視的心理。她這種outspoken的態度也有其可愛處，我倒很想多聽聽她的議論。她現在失業在家（Modeling這類的事大約還有）。假如在別的夜總會登場，我倒想去捧場的。

　　F.C.是個令人不舒服的地方。最近去過另外兩個地方，都很滿意。一次是Earthquake Mac Goon，是在世驤在紐約期間，Franz Schurmann和Loni⑦（即鬧婚姻糾紛的歡喜冤家）請Grace和我去的。該地門票一人一元，酒也不很貴（大約一元一杯吧）。樂隊叫做Turk Murphy（RCA Victor有唱片），標準Dixieland的Jazz。Turk Murphy像個四十歲左右的Khruschev，沙喉嚨，粗脖子，一臉俄國鄉下人樣子，吹trombone，另有人吹trumpet與clarinet，再有些敲打樂器，吹打得很起勁。標準Jazz是很興奮和悅耳的。

　　另一次是和臺灣來的朋友去一日本夜總會Ginza West（銀座西），大為滿意。門票也是一人一元，但其招待真令人舒服。別的夜總會總想灌人喝酒，一杯未乾，就來搶走。我們到Ginza West時，尚未到九點，酒是六角一杯，我點的是白蘭地with chaser。女招待（穿Kimono，禮貌周到）就不再來作敦促我們喝酒的樣子，可是伺候得還很仔細，看見我們chaser裡的水低下去了，就問要不要O-Mizu（「御」水）這樣給我們添了兩次水。我還有一杯之量，

---

⑦ Loni，Schurmann的美籍華裔夫人，其人其事，見夏濟安4月1日給夏志清的信（信577，頁171）。

後來又叫了一杯Brandy。女招待（名「金子」）說九點以後是一元
一杯了，那個我也不在乎。她把新杯拿來後，把舊杯裡剩下的幾滴
酒還向新杯裡倒，總之使我不吃一點虧──這使我心裡很舒服。
Show很高尚，沒有脫衣舞。一個圓臉日本美女表演魔術；一個
黑黑的，可是身材輕盈美目流盼的美女（Ayako Hosokawa北川文
子？）唱美國新歌，態度很自然大方；一個是日本的comedian，學
華僑與義大利人講英文，最後是兩個女孩子穿和服，乃孿生女，名
Pair of Bees，唱日本歌，表演些身段，很優美，還唱了一兩支美國
歌，英文發音奇劣，但天真可掬。

　　舊金山是個很好玩的地方，平常很少機會去explore，這幾天可
算是例外。夜總會和高尚餐廳等，美國人都是成雙作對去的（除了
tourists），我沒有女友，因此也不會向這種地方多跑。金山有個日
本城，規模比Chinatown小，有好幾家日本小館子，有女招待陪坐
侑酒。陽曆大年夜，我無處可去（其實那天晚上，世驤與Grace，
Schurmann夫婦也很無聊，但他們假定我一定有約會，因此沒有打
電話給我），我一人去日本城吃飯。可恨的不會講日語（我去日本
地方，總被認為是日本人的），有個女招待陪了我一下。飯後我就
去看日本武士道電影了。（王適有一度和一個日本女侍打得火熱。）

　　我現在的心境很平和，這種freedom亦未可厚非。男女關係間
至少有兩種力量compulsion & obligation都是使人不由自主的。我
現在除了寫文章以外（其實寫文章還是力不從心的時候多），別的
事情都是聽其自然。不特別用力破壞已建立好的生活pattern。現在
唯一可說的長處是腦筋清楚心地明朗。

　　正在自修日文，心得同一般人常說的相仿：看書容易會話甚
難。看書容易者，因許多漢字我們都認識，且日文句法結構很清楚
（中文句法最難）。會話時，字彙立刻大為縮小（認識的漢字不一定
會念），且動詞的活用也是很難的。

我預備再看它兩三個月文法，然後買唱片學會話。哥大中文系日本勢力很盛。你如有餘力，不妨也看看日文。

最近買了一本Yvor Winters的 *The Function of Criticism*，對此老很佩服。他說理絕對清楚，幾乎不用一點rhetoric幫忙，實非容易。（Stanford另一教授Irving Howe就多用rhetoric）。此後又買了本 *On Modern Poets*。他的名著 *In Defense of Reason*，因在舊書店中尚未發現，尚未看。

電影最滿意的是羅克⑧*World of Comedy*⑨，好久沒有如此暢笑了。該片是Anthology，笑料當然也特別多，但笑料一個連看一個，其creator非有大Intellect不可。羅克之智慧實非尋常。Jerry Lewis的 *It's Only Money* 還算好笑，但鬆懈重複的地方不少。英國舊片 *The Green Man*⑩，不知你看過否？是部非常緊張而滑稽的「雋品」。緊張處不在於Hitchcock之下，滑稽處亦往往超過 *Guinness & Sellers* 的。（主角為Alastair Sim⑪，我看過他不少東西。）

新年中在朋友家曾先後瞥見兩部在TV上重映的MGM舊片，每部我大約只望了五分鐘。一部是《泰山得子》（*Tarzan Found [Finds] a Son*）⑫，發現Maureen O'Sullivan沒有如我記憶中那樣動人的美麗。那時M O'S還非常之年輕，身材很苗條，但臉上表情只是楚楚可憐而已，缺乏含蓄。其可愛不如今日之Lee Remick也。

---

⑧ 羅克（Harold Lloyd, 1893-1971），美國喜劇演員，以出演無聲電影知名。
⑨ *World of Comedy*（*Harold Lloyd's World of Comedy*《滑稽大王神經六》，1962）即為哈羅德・勞埃德（Harold Lloyd）自導自演的喜劇片。
⑩ *The Green Man*（《謀殺博士》，1956），英國黑色喜劇，Robert Day導演，Alastair Sim、喬治・科爾（George Cole）主演。
⑪ Alastair Sim（1900-1976）蘇格蘭演員。
⑫ *Tarzan Finds a Son*（《泰山得子》，1939），理查德・托普導演，強尼・韋斯默勒（Johnny Weissmuller）主演，米高梅發行。

另一部是 *Magambo*⑬，我一直認為這是 Grace Kelly 最得意之作，大約也是她唯一演英國女子的片子。該片我記得攝影很美，TV 上糊裏糊塗（黑白），因此我也只看了五分鐘，但我認為 G. Kelly 比 M. O'Sullivan 美。

　　張心滄的葫蘆我當留意訪尋。這個禮拜是過陰曆年，我主要也將為交際而忙，事情大約做不出什麼來。明天胡世楨要來開數學界大會，下星期初趙岡、馬逢華等來開中共經濟研究會，我都得招待。此外加上例有的娛樂（打牌、電影）與新年的被請等，大約將瞎忙一個星期。

　　承指出魯迅之「死與狼」的關係，謝謝。該狼據周遐壽（〈人物〉）說應是「馬熊」。該文可擴充之處甚多，我最想發揮而學問不夠之處是「目蓮［連］戲與魯迅小說」的關係。我這個 theme（說兩者有關係）也許站不住，但在我看見目蓮［連］戲（全文）之前，也無法下斷語。「無常」「女吊」在北平上演過（「劇本」1961 年十二月），但單憑此兩折，也無法知其全部。根據周作人（〈談目蓮［連］戲〉），目蓮［連］戲中的硬滑稽的場面是很多而好玩的。（周氏弟兄對於目蓮［連］戲的回憶之不同，也值得一談）。我的野心是想寫一部《魯迅傳》，以傳記體來反映清末到抗戰前夕的中國人生活。以我的 style 與研究興趣來寫這種東西似最合適。再談　專頌
　　新年快樂

濟安　上<br>一月二十二日

［又及］Carol 和 Joyce 前均問好，希望她們暑假來玩。

---

⑬ *Magambo*（1953）五彩冒險電影，約翰・福特導演，克拉克・蓋博、艾娃・嘉娜主演，米高梅發行。

# 574. 夏志清致夏濟安（1963年2月7日）

濟安哥：

　　整整有一個月沒有和你通信了，幾個週末過得怎［這］樣快，自己也不相信。一月22日的長信早已讀過，知道你近來有些豔遇，很高興。Yuki為人想已很blasé，但你對她的身材相貌為人既很有好感，不妨單獨和她出去玩玩，練練勇氣。你在人較多的社交場合中，很容易表現自己的wit和才華，使異性傾倒，但因為date經驗太少，和一個女子單獨在一起的時候，就不免太緊張，太self-conscious，所以平時也怕有與異性單獨在一起的機會（吳魯芹也有此感）。不管將來結婚與否，這個弱點似該征服，Yuki在這一方面真［正］好做你的良友益師。Martha Chen①既然態度大方，為人也不討人厭，你也可和她做做朋友，和她單獨玩玩，可能也有一種樂趣。她是華僑，不如中國生的小姐一樣always on guard，你既不抱野心追她，反而可以玩得很好，也說不定。你和女孩子在一起時，ego作祟，不容易enjoy自己，相反的，程靖宇面皮老，倒是他佔優勢的地方。他寄來了兩張結婚照，一張穿華服的，咲子看來較呆板，但在酒席上穿和服的那一張，卻保存一分嫵媚。程靖宇和他結婚，不能算不幸福。他花了不少本錢，追到這樣一位很賢淑的少女，可算是他生命史上一大achievement。

　　程靖宇結婚，我去Tiffany買了一件玻璃果盤，一對玻璃天鵝送他。一共花了45元，連加寄費五元。我結婚時他曾送我一個象牙觀音，十年來他寄贈了不少書，所以我給他的婚禮比較重一些。

---

① Martha Chen，夏濟安信中，寫做Martha Chin，應為同一人，陳世驤夫人的好友，竭力為濟安撮合。

預計平郵寄出，一月後方可到達，不料Tiffany的shipping dept把重達25磅的包裹航郵寄出，十天之內即已寄到。Tiffany花了多少郵資，我也不敢想像。靖宇收到禮物，對Tiffany的包紮大為驚訝，寫了一封信盛讚美國科學文明（信附上）。我們這次送禮，給靖宇咲子很大的喜悅，我們自己也很得意。

我去年system內受的tranquillizer餘毒未消，精神不振，效率也不太高。最近一月來，自己出主意，改服複性維他命B丸Rybutol，精神大為改善，記憶力似也增高，平日準備功課頗有心得，對中國文學也漸感入門了。人的智力，完全被psychology所control，我深信此理。天賦不夠，讀不好書。我幾次tamper with自己的體系，無形中影響腦力，以後當不再服徒求近效的藥品了。你以前身體不佳時，自知休息，不服霸藥，所以至今腦力充沛，少有人可及。一兩月來教漢魏南北朝的詩，很感興趣，覺得唐以前的五言詩，正好寫一本書，〈古詩十九首〉、曹氏父子、阮籍、〈孔雀東南飛〉、陶淵明、謝靈運及蕭梁的豔詩等，自成章目，寫起來不難，而且可討論的東西很多。唐以後律詩絕句倡［昌］盛，詩的variety反而不如以前，即李杜的詩，恐怕也是他們的古體詩較近體詩更有vitality。一年前我對中國文學可說完全是外行，現在可說有做「研究生」的資格了。

前星期五我看了一次極滿意的電影，正片是*Yojimbo*，second feature是*Tales of Paris*②，有四段故事，女主角都很美豔，而故事輕鬆，樂而不淫，娛樂成份極高。最後一則故事Catherine Deneuve③

② *Tales of Paris*（《巴黎軼事》，1962），法國多段式電影，阿萊格雷（Marc Allégret）等導演，凱撒琳‧丹妮芙（Catherine Deneuve）主演。
③ Catherine Deneuve（凱撒琳‧丹妮芙，1943- ），法國女演員，曾多次獲得法國凱撒獎最佳女演員獎等，代表作有《最後一班地鐵》（*The Last Metro*）、《印度支那》（*Indochina*）、《夜夜夜賊》（*Thieves*）等。

是女主角，Roger Vadim編劇。我剛看到那一期 *Time*，知道 Vadim
已和 Annette Vadim 離婚，C. Deneuve 是他最近的未婚妻。*Tales of
Paris* 時候，可能二人初次認識，那時 Deneuve 可能不過十七歲，
她也有高聳的金頭髮，相貌不如B.B.、A. Vadim 端正，但因為年輕
的關係，delicacy 過之。Roger Vadim 一身兼有三美，也可算是世上
最有豔福的人了。隔日（二月九日），我們全家看了 *A Funny Thing
Happened* ④...，女主角是 Preshy Marker ⑤（原名 Esther Stomne），
她在 Vassar 讀書時我曾見過一面。她的兩位姊姊，都是 Yale 音樂
史系研究生，大姊拿到博士現在 Wayne U. 教書，二姊 Ruth 當時
很美豔，追的人很多，現在嫁了一位牧師，已有四個小孩，住在
Baltimore 附近。*A Funny Thing*... 故事 vulgar 我對 bawdy jokes 一
向有反感，所以印象平平而已。當晚吃了晚飯後，我自己到附近
Radio City 看了 *Days of Wine & Roses* ⑥，Jack Lemmon 演技很好。Lee
Remick 我還是 *Anatomy of Murder* ⑦ 後第一次見到，她的美我也很欣
賞。她和 Lemmon 喝醉酒骨頭輕的幾景，演得很好，但電影本身並
沒有多大道理。我一連看了三場戲，是一年來未有的事，也可證明
我服 Rybutol 後 energy 的增加。

---

④ *A Funny Thing Happened*（*A Funny Thing Happened on the Way to the Forum*《牡
  丹花下鬥風流》），1962年在百老匯上演的舞台劇，1966年攝製為電影，理查‧
  萊斯特（Richard Lester）導演，Zero Mostel、柯利弗德（Jack Gilford）主演，
  聯美發行，女主角仍由普萊希‧邁爾克（Preshy Marker）擔任。

⑤ Preshy Marker（普萊希‧邁爾克，1932-2015），美國演員、歌手，1954年畢業
  於 Vassar 學院，演過不少百老匯音樂劇和電影，最有名的即是這部《牡丹花下
  鬥風流》。

⑥ *Days of Wine & Roses*（《醉鄉情斷》，1962），愛德華導演，傑克‧李蒙、李‧
  雷米克主演，華納影業發行。

⑦ *Anatomy of Murder*（《桃色血案》，1959），奧托‧普雷明格導演，詹姆斯‧史
  都華、李‧雷米克主演，哥倫比亞影業發行。

　　你四月間來紐約，不知何日動身，請預先告知。*Little Me*仍場場賣座，得預先定［訂］票，Maureen O'Sullivan的*Never Too Late*⑧，你既來紐約，也得一看。M. O'Sullivan最近喪夫，*Time*載John Farrow已逝世了。昨日在牙醫處，翻翻電影雜志，悉知Debra Paget⑨的丈夫是中國人Louis Kung⑩，富有五萬萬基金，現住Texas，不知是孔祥熙的什麼人。我的右上齶一雙犬牙死了（神經組織已死），以前灌膿，生了一個瘡，以為是mouth cancer，看skin doctor，浪費不少金錢時間，現在由牙醫診治，他把牙齒上下貫通，把腐壞的部份都除掉，祇留enamel的外套，中間鑲補，下星期可以補好，常去dentist office，浪費不少時間。

　　*Journal of America Oriental Society*上載了陳世驤的Hughes, *Two Chinese Poets*的長篇review，讀後大為佩服，這篇文章寫得極精彩，表演的學問更是廣博。見世驤時，請代示意。Poor Hughes早年翻譯《大學》、《中庸》先秦諸子，沒有什麼毛病，後來翻譯《文賦》，被Achilles Fang在*Harvard Journal*上大罵一頓，這次譯述漢賦，又被世驤挖苦，一生名譽掃地。「賦」這個genre我還不敢多碰，因為生字太多，讀起來不夠愉快。有位德國學者von Zach⑪，

---

⑧ *Never Too Late*（《莫負良宵》，1965），巴德‧約金（Bud Yorkin）導演，保羅‧福特（Paul Ford）、斯蒂文斯（Connie Stevens）主演，華納影業發行。

⑨ Debra Paget（黛博拉‧佩吉特，1933-），美國女演員，演出數十部電影與廣播劇，代表影片有《十誡》（*The Ten Commandments*）、《鐵血柔情》（*Love Me Tender*）、《印度之墓》（*The Indian Tomb*）等。

⑩ Louis Kung（1921-1997），中文名孔令傑，是孔祥熙，宋靄齡夫婦之次子，留學英國，曾任國民政府外交官，1960年在德州（Texas）創辦西方石油開發公司，生活奢侈，1980年與Dabra Paget離婚，二人育有一子，名孔德基.

⑪ von Zach（Erwin von Zach，贊克，1872-1942），出生於維也納，維也納大學博士，曾任職於奧匈帝國駐北京、香港、橫濱、新加坡以及荷蘭駐印尼的的領事館，業餘從事中國文學研究與翻譯，曾翻譯了《文選》和杜甫、李白詩作等。

曾把《文選》譯成德文，精神可佩，不知他譯文有沒有錯誤。陳受頤那本書，錯誤百出，我也看得出，他看來一點research也沒有做，連《文心雕龍》也沒有讀過。他譯《文心雕龍》為 "Secrets to Literary Success"，一定是把《文心雕龍》誤解為《文壇登龍》了。

吉川先生在這裡給了幾個seminar，文稿是學生代寫的，但ideas都是他自己的，有些都是不很通的。他讀了一輩子中國詩，卻並沒有一點超人的見解，可能是他受了宋儒道學先生的影響太深，對詩已不可能會有真的了解。他書讀得很多，廿四史也讀了一大半，但食而不化，相當可憐。吉川是當今日本最大的漢學家，相比起來，中國人實比日本人聰明得多。即當今中共的批評家，也很多值得研究的意見。我看到一本古典文學出版社出版的《謝靈運詩選》，注解很詳細，書前有謝詩的介紹，書後有一長篇〈謝靈運傳〉，都是很見工夫的作品。選者葉笑雪，不知何許人，但他這本書可作為一切individual poets選集的模範，以前商務印書館學生國學叢書的選本，遠不如它。中共出版的《先秦文學史參考資料》（北京大學中國文學史教研室選注）、《兩漢……參考資料》兩巨冊，注解的詳盡前所未見。最近出版的《魏晉南北朝文學史參考資料》兩巨冊，我已去定〔訂〕購，對我一定很有用。這三種巨著你也可以買了自己作參考，雖然你古文根底比我好得多。

我多讀了舊詩辭，對中國現代文學，舊小說興趣已較淡，最好能花一年工夫把舊詩弄通。但今夏當致力寫討論舊小說名著的那本書，把小說研究告一段落後，真可能有野心寫本pre-Tang的五言詩的研究。

「上海村」又去了一次，帶回來十只「蘇州肉餃」，拿出來一看，卻是「油酥餃」，這種東西我離開蘇州後就不常吃到了，想不到在紐約買得到。紐約已兩個多月沒有報看，電影生意一定大為

低落。*The Longer Day*⑫等巨片不知營業如何維持。Broadway上幾多［家］電影院都改為supermarket, marquee卻沒有拆掉。最近附近一家影院又將改為supermarket。我們在家看的是*Christian Science Monitor*，此報專載很多，消息很少。每期有*Christian Science*的sermon式的社論，附載譯文（星期五有德文、法文譯文），西班牙文、拉丁、Modern Greek都有，有一次載了一篇日文譯文。文字有根底的看了此報，倒每天有讀淺近外國文字的機會。

　　Carol、Joyce近況都好，生活很平靜。家裡情形也好，附上賢良近信一封。你近來想仍寫作很忙。Yuki在舊曆大年夜時曾date到否？即祝

　　近好

弟 志清 上<br>二月廿四日

　　［又及］《水滸》一文已有offprint，另函寄上。

---

⑫ *The Longer Day*（或為*Long Day's Journey into Night*, 1962），據尤金·奧尼爾劇作改編，薛尼·盧梅導演，凱薩琳·赫本（Katharine Hepburn）、Ralph Richardson主演，Embassy Pictures發行。

# 575. 夏濟安致夏志清（1963年3月7日）

志清弟：

　　接到來信，甚為高興。我也好久沒有寫信給你了，總而言之，近況平常。你對於中國五言詩，必有獨到的研究；你的研究，必將是對中國五言詩的研究開闢了一條新路。我對於純文學的興趣，其實不強；我的興趣，第一是在事實，第二是在理論。我對於中國每一個朝代都想研究；我如涉及文學作品，無非也是為對那個朝代增加了解而已。牽涉到古代的學問的研究，我目前無暇進行。最近我忙的是對於人民公社的研究，想在暑假前和暑假中寫完一篇關於公社的 terminology 的研究。敷衍了事地寫，我現在的學問已很夠，但我對於公社本身確實發生了很大的興趣，正在讀舊的《人民日報》。興趣之大，其至連星期天也想去讀舊報。李祁是個語言學家，她的許多研究我是寫不出來的。我也很想研究中國語言本身，但這門學問我根基不足，無從討論起。我的 approach，可說是人文學的、歷史學的或百科全書學派的。關於公社的 terms，如「三包一獎」、「三級所有」、「五好社員」等等，如不了解公社的組織與活動，是很難說得清楚的，恰巧我有很大的貪欲——想知道人民公社的組織與活動，叫我來解釋這些 terms，我先得吸收百科全書式的知識。（事實上，並無人來叫我解釋這些 terms；我只是常看《人民日報》，對於許多 terms 看不大懂，自己跟自己不服氣而已。）現在發現：人民公社的許多 terms，在 1956 年高級農業生產合作社時就已在流行；而人民公社的許多虐政（如 Dulles 所攻擊者），在 1956 年都已存在。而 1961/1962 年人民在公社底下過的日子，也許還比 56 年在合作社下面過的日子好些。經過我的研究，我了解了不少 what & how，可是 why 還是個大問題。毛澤東有很多機會可

以停頓下來，讓人民喘口氣，但是他一定要鞭策人民大躍進，其故安在，我實不大懂。說他是fanatic，那太簡單了，但也許除了少數人的fanaticism外，別無理由可尋。1962年收穫情形較好，但是從1962年十月開始，老毛又開始要向人民「收骨頭」了。如公社中的公共食堂於1961無形取消，而据AP記者訪問澳門難民報導云，公社又在謀恢復公共食堂了。

還有一椿事情我該做的，可是現在還無暇及此：即中共文藝中所表現的社會。關於公社的長篇小說還沒有，但短篇已有不少。我對中共社會了解得已不少，如再多讀中共小說，講起來更可以頭頭是道。

我所搜集的這許多材料，作為歷史的材料還不夠。因為寫歷史要有統觀全面的眼光——這方面我還缺乏（那是指1949年以後而言，至於1949年以前，我相信已有統觀全面的眼光）。暫時拿來解釋terms，可以左右逢源。我的那篇《下放》研究，到最後可以印出。自己拿來再看看，覺得內容很有趣。至少我整理枯燥的材料時，仍能不失每天的zest。作為一個humanist，起碼的條件想已做到了。

最近在看A Grammar of Motives（舊書店買到的，Rhetoric of Motives也已買到）。Burke的理論對我有什麼幫忙，刻尚不知，但Burke實是個博學而深刻之人，我萬萬不及他。有一點可說的是，我那篇Metaphor etc，是關於公社的Symbolic（帶一點Rhetoric）的研究，現在在做的是屬於grammar的範圍。

最近聽了Martin Malia[1]（歷史系）的演講，他訪蘇一年，最近

---

[1] Martin Edward Malia（Martin E. Malia，馬丁・馬利亞，1924-2004），美國歷史學家，長於俄國研究，長期任教於加州大學柏克萊分校，代表作有《赫爾岑與俄國社會主義的誕生》（*Alexander Herzen and the Birth of Russian Socialism,*

回來。他滔滔不絕地講了兩個鐘頭。3/4的時間都是有關文學家、美術家和和蘇俄專制政體衝突的事情，內容很有趣。聽他演講，我有一點感想，即美國研究蘇俄的專家，大多文學修養都不差，而研究中共問題的專家，大體是對於文學一無所知。而那些自命社會科學家，為掩飾其無知，態度上很不謙虛（不是私下對人，而是在其研究中），好像憑一些「數學」和「社會科學術語」就可掌握中共的reality，深知過去未來了。補救的辦法，趕快影響大學裡的研究生，至少讓他們知道文學和社會科學一樣重要，而彼此可以互相補充。

匈牙利1956年的革命，大約是作家們鼓動起來的。中共於鳴放時，作家們也很起勁。我看將來中共如出亂子，作家們還是會盡先知先覺的責任的。K對於蘇聯作家已覺得很頭痛。（作家與美術家的下面大約還有「青年」，我始終不了解青年，但青年的as a group是很容易跟政府搗蛋的。）

關於中共問題，我不想多發議論。但毛K齟齬，終非臺灣之福。老毛的民族主義恐相當強烈，他越跟俄國人鬧得凶，便有更多的中國人心中佩服老毛。臺灣的民族主義標榜，總有一天將不能自圓其說。中國人──從我們的父親開始，到張琨、胡昌度等──愛國的太多了，而愛個人自由的太少了。

我的興趣集中在大問題，對於私人問題便很少想到。你的神經與牙齒，都需醫藥護理，也是無可奈何的事。我的牙齒很壞，多少年未看牙醫，也是不對的，但看牙醫太麻煩了，不到非看不可時（如太疼），總怕去。身體方面，肺病大約可算沒有問題了（經Public Health Service詳為檢驗，如移民事也，但證件尚未拿

---

*1812-1855*）、《蘇聯的悲劇》（*The Soviet Tragedy: A History of Socialism in Russia, 1917-1991*）等。

到）。神經還算好，主要原因恐怕是我比你懶，懂得如何relax。我的relaxation很徹底，連音樂都不聽（同母親一樣，怕煩）。天天上班，不能睡午睡，但也不覺睏（這點可算是精神旺盛了）。禮拜六、禮拜天下午還常常抽空睡半個鐘頭。把個人的問題減至minimum（不想升官、不想交女友等），大約也是使神經安寧的好辦法。其實我修養不夠好，心上是擱不得「問題」的，有了問題，便會大不安寧。要說我有修養本事，那便是自知檢點減少問題發生的可能而已。

　　晚上在家大致是看書。有一美國朋友（Paul Ivory）去秋到臺灣去留學，把他的一隻落地無線電唱機存在我處，還有二三十張唱片。迄今他的唱片我還沒有聽過。無線電也難得聽，只有在Cuban Crisis時是連續地收聽的。

　　還有一點可算是精神旺盛的記號的，是我很難得感覺到無聊。大約一個人獨處慣了，自己已能適應。我很少打電話。在臺灣十年生活，差不多難得打一次電話，電話至今不是我生活中的一部份。很多美國人和留美已久的人，拿起電話來娓娓長談。我還沒有這種習慣。我而且不大喜歡人家打電話進來，除非有事商談。我的Privacy是保護得很嚴密的。'60年，Grace還發起一次在我cottage中打牌的盛會，但一次以後，再也沒有舉行過。我也有我的extroverted的traits，但我很少請人到我cottage裡來。在臺灣時，我沒有office，只有宿舍，所以宿舍裡來的人特別多。現在有了office，寓所便是我關了房門做皇帝的地方了。我在家裡幾乎是不喝酒的（有些單身朋友在家裡以酒澆愁，實很可怕），很sober，可說是很自得其樂。比起tranquilizer來，我還是相信喝酒。喝酒的壞處盡人皆知，因此不大，而藥的害處則也許很大。

　　電影方面，發現非看不可的片子實在太少了，因此看電影的念

頭也不很大。最近看了一張國語片《白蛇傳》②（邵氏出品），故事庸俗，進行緩慢──香港的電影想打入國際市場，實在還得好好地學學別國的作品，即便是中共的。這張片子可能會來紐約，你們也不妨去看看，為着好玩。白蛇演者為林黛（so-called「亞洲影后」），演青蛇的是新明星杜娟，這裡的朋友，不論中外，都說杜娟比林黛美，不知你們看後印象如何。兩人演技都不足道，杜娟面孔像很多中國美女一樣，太扁。林黛有點profile，但也不可愛。

紐約報紙罷工，你們必定大感不便。*N.Y. Times* 西部版我不大看（最近該報報導：T.S. Eliot的博士論文：F.H. Bradley的Epistemology將出版。Eliot把論文寫完，但沒有去應博士考試，所以沒有得學位）──反而不如以前我看紐約版那麼的勤。主要原因是廣告太少，而且幾乎沒有電影廣告。早些日子，西部版刊登一篇復興國劇學校的《白蛇》的劇評，評得非常之好，我忘了剪寄給你們，你們恐怕不知道百老匯曾演過白蛇也（在貂蟬之後）。說起《白蛇》，我在臺灣曾看過一次日本的《白蛇》（李香蘭演白娘子），故事也十分庸俗化了。

我什麼時候到東部來，刻尚未定。我做事很少有計劃──有了計劃就緊張。買飛機票等，想是center代勞。他們什麼時候叫我走，我就可以走。這裡沒有放不下的事，但總希望我在東部時天氣溫和一點。到了紐約，你們總要請我看一次舞台劇，這點我先在此謝謝。其實我對於百老匯的Musical Comedy是不抱多大希望。*My Fair Lady* 究竟好得如何，我還是懷疑的。電影版的 *West Side Story* 與 *Music Man* ③我看了都不大滿意（進行太慢，無緣無故瞎唱歌）。

② 《白蛇傳》，岳楓導演，林黛、杜鵑主演，邵氏影業發行。

③ *Music Man*（《音樂人》，1957），音樂劇，威爾遜（Meredith Willson）導演、作詞曲，曾獲東尼獎最佳音樂劇獎。

*Damn Yankees*④是新近看的，似比同時映的 *Music Man* 來得好。原因是 *Damn Yankees* 還帶一點諷刺，而 *Music Man* 太 sentimental 也。看電影在 intellect 上所得的滿足，絕非 Musical Comedy 可比。*Little Me* 有了情節，也許不如 Sid Caesar 一個人唱獨腳戲那麼滑稽。

　　附上火柴兩包，照片是在 Forbidden City 照的，神氣還好（我現在眉心寬下巴寬，同以前不大相同）。Forbidden City 我雖不喜其地，但為朋友拉去捧場，也只好逢場作戲。一包請寄家裡，如火柴不便寄，請將照片撕下了寄。Yuki 和 Matha 都沒有 date 過。我去 date 小姐，的確很緊張，現在做人既然可以自得其樂，盡量避免緊張，這種自尋煩惱（至少「樂」不敵「苦」）的事就少做了。

　　下月想可以和你們見面，行期如有定，當即通知。紐約的中國飯必有為金山所不及處。我雖欲望很淡，但講起好吃的東西來，還是會饞涎三尺的。再談　專頌

　　春安

　　Carol 和 Joyce 前均此

濟安

三月七日

---

④ *Damn Yankees*（《人間仙子》，1955），音樂喜劇，理查・阿德勒（Richard Adler）作曲，羅斯（Jerry Ross）作曲，1955年於百老匯首演。

# 576. 夏志清致夏濟安（1963年3月21日）

濟安哥：

　　今天收到世驤信，知道他也要趕來費城開會，你如能同來，最是理想。你原本計劃四月間來東部，何日動身，請早給通知，哥大四月一日起放春假，你早來，我們可以玩得痛快些。這次費城開會，同行的人我已認識一大半，其他未見過的如Creel、Robert Ruhlmann① 及 Jaroslav Průšek② 等都要讀papers，也可見到，當是很熱鬧而有趣的occasion。Průšek是捷克研究中國小說的專家，*T'oung Pao* 已請他寫我書的review，他是鐵幕中人，政治立場必定和我絕不相同，但希望他不要罵得不過太［太過份］。Cyril Birch的paper你想已看到，我已答應在會場上把paper討論一下。他所舉的例子，我都已用過的，所以討論起來，事前不需準備。

---

① Robert Ruhlmann（于如伯，1920-1984），法國漢學家，國立巴黎東方語言文化學院教授，生於斯德拉斯堡，曾因參加1945年春的抵抗運動而獲得戰功十字勳章（The Croix de Guerre）。戰後到巴黎和北京學習，並在北京成婚。此後多次訪問中國，並在復旦大學教書。對中國傳統小說、現代文學、中國戲劇等均有涉獵。

② Jaroslav Průšek（普實克，1906-1980），捷克著名漢學家，歐洲漢學研究「布拉格學派」的奠基人。早年畢業於布拉格查理大學，並跟隨著名漢學家高本漢進修。1930年代曾遊歷中國、日本，歸國後任職於捷克東方研究所和查理大學，後長期擔任捷克斯洛伐克科學院東方研究所所長，開創了中國文學研究的興盛局面。普實克除了翻譯《吶喊》、《子夜》、《聊齋志異》等作品外，還著有《史詩與抒情》（*The Lyrical and the Epic: Studies of Modern Chinese Literature*）、《中國歷史與文學論集》（*Chinese History and Literature:Collection of Studies*）、《話本的作者與起源》（*The Origins and the Authors of the Hua-pen*）、《東方文學大辭典》（*Dictionary of Oriental Literatures*）等。

　　三月七日信已收到，你這樣致力寫作研究，精神可佩，但希望你自己多多調養精神，不要工作太緊張。你最近兩本將付印，將寫完的書，必定要引起研究中共學者的特別重視。一般研究中共的，再多花些時日，也寫不出你一種engaging、encyclopedic而分析深入的書的。哥大研究中共的有Wilbur和Doak Barnett，他們的學生也有人在寫「下放」的，結果一定很糟糕。Barnett極左傾，他的兩本書我都沒有看過。Wilbur專心研究北伐，已十年於此，還沒有什麼結果。假如你有十年工夫去寫這個題目，一定寫成一部近代歷史界少有的classic了。（Thomes③的 The Spanish Civil War 或者可以算是本classic。）我中共情形已好久沒有留意，紐約沒有報，世界大事也不大注意，Time, New Yorker 也都粗略翻過。美國社會、政府種種惡劣現象，現都氣出肚皮外，不再細細研究。我最近的生活已恢復到在Yale做研究生時候的那一段，早日多讀書，對中國文學興趣已很高而的確較一年前「內行」得多了。我本來對中國文學做研究生也沒有資格，現在集中興趣，也是兩年前所想不到的。我對詞和曲，還是外行，許多專門知識如音韻學等還得花一番工夫研究，但按步［部］就序的讀書，終有豁然貫通的一日。

　　曾和Trilling吃了一次午飯，他讀我那篇論《水滸》後，很佩服，因為Diana Trilling對男女關係問題很有興趣，也推薦給她讀了。Trilling文章寫得好，但在博學強記方面，他自歎不如Auden。Auden的學問雜博，實在也是記性強，最近把王爾德的一生在 New Yorker 上清清楚楚地交代出來，普通reviewer是辦不到的。

　　看了 School for Scandal ④，很滿意，我事前匆忙把劇本看了一

---

③ Thomes（Hugh Thomas，托馬斯，1931-2017），英國歷史學家，代表作有《西班牙內戰》（The Spanish Civil War）等。

④ School for Scandal（《造謠學校》），謝爾丹（Richard Brinsley Sheridan, 1751-

半，First Act 似不太滑稽，intermission 以後的一年，因為我沒有準備覺得笑料層出不窮，引人入勝。Ralph Richardson⑤ 演技極精到，女主角 voice husky，但極 attractive。這次戲看得滿意，預備去看 *The Importance of Being Earnest*⑥，一定更輕鬆。舞臺上的悲劇，不易演得好；musical comedy vulgar 的居多數，唯喜劇、鬧劇最能會令人滿意。我所看過的莎翁喜劇，沒有一次不滿意的（去夏的《仲夏夜之夢》，世驤不太滿意，我大笑不止），而且在上演時，自己無法體會到的動作，給演員們 interpret 後，劇本生色不少。

吳魯芹前天來過一次，他在 Fairleigh Dickinson 教書，對張歆海大為佩服（他仍能 quote Dante！），約我明天到 F. Dickinson 去看看他。中共科學院出版了一部《中國文學史》，上冊余冠英主編，中冊（唐宋）錢鍾書主編，下冊范寧主編，但見解都和北京大學編的《文學史》相雷同，想來余、錢兩位，都不能發揮自己的真見解，很可惜。

不多寫了。Joyce 這星期放春假，紐約仍有雨雪，今年冬季特別長。

即祝

近好

並候

---

1816）的劇作，1777年首演於英國，多次被改編為電影等形式，被譽為英國最優秀的喜劇之一。

⑤ Ralph Richardson（理查森，1902-1983），英國著名演員，出演數十部戲劇、電影或電視片，1947年被冊封為爵士。代表作品有《安娜‧卡列尼娜》（*Anna Karenina*）、《奧斯卡‧王爾德》（*Oscar Wilde*）、《長夜漫漫路迢迢》（*Long Day's Journey Into Night*）等。

⑥ *The Importance of Being Earnest*（《不可兒戲》），奧斯卡‧王爾德劇作，1895年首演。

來東部的好音

弟 志清 上

三月21日

　　MacFarquhar的朋友Zagoria ⑦托我寫一篇 The Russian Image in China，我介紹你，你如能抽出時間，根據你目前的學問，不妨寫一篇。*Annals* 是很有權威性的journal。同期Schwartz、Levenson等都會有專文發表。

---

⑦ Zagoria，可能是Donald S. Zagoria（札戈里亞，1928-），美國學者，畢業於哥倫比亞大學，曾任職於蘭德公司和亨特學院（Hunter College），曾任美國國家安全委員會和國務院東亞暨太平洋事務局顧問。代表作有《中蘇衝突，1956-1961》（*The Sino-Soviet Conflict, 1956-1961*）、《打破兩岸僵局》（*Breaking the China-Taiwan Impasse*）等。

# 577. 夏濟安致夏志清（1963年4月1日）

志清弟：

去費城以前發的信已收到。我不去費城，大約使你很失望。這幾天你們放春假，我不能東行來和你們歡聚，你們大約也很失望。我其實並不喜歡旅行。我的早年的Wanderlust，於抗戰後期到內地跑了一趟之後，早已滿足，那一次遠行使我對旅行有點厭倦。旅行很辛苦。我雖精神一直很飽滿，但自己仍很小心，大量消耗體力的事是不大肯做的。大致養成習慣的事（如兵士之出操，農夫之耕田），做來並不十分吃力。你來信怕我讀書太用功傷身體，其實我是絕不會「太用功」的，但也很enjoy近來所養成的routine。世驤和Schurmann於星期天東飛，瞎忙兩天，星期三飛回，我認為這樣是很辛苦的。他們二人怎麼能應付裕如，恐怕他們跑來跑去的習慣比我深吧。

以前學校說要派我東行。現在不知怎麼沒有下文，我也未去催問。大約是為了省錢把前議取消了。美國的大學的教授們，大致已養成一個看法：旅行一定得由公家或基金會出錢，非如此顯不出有派頭。我認為錢應該用在衣食住行上面，我很願意自己掏腰包旅行（那種申請我認為是侮辱，我是肯花錢而不願受氣、掙氣不掙財的人），但是困難是目前湊不出時間。公家派出去，至少在時間使用上有個交代。我不想無緣無故請一個月的假。何況現在又接了Zagoria之約，要替他寫Chinese Image of Russia，四月份對我太有用了。文章還沒開始，還不知從何處說起。政治學會的*Annals*是個很有名望的刊物，我既不喜歡投稿，人家來拉稿——這種揚名的機會我該好好利用。文章定五月十五交卷，四月至少應該開始做些research，而且動筆寫了。

　　文章該怎麼寫，希望你來信發揮一些你的看法。我當然有很多話可說，但要證明（用文件）中國人一般都對俄國沒有好感，並不是容易的事。蕭軍、龍雲是傑出的例子，但這兩個人例子人人皆知，顯不出我的學問。而且我何以能證明他們代表的是majority view呢？我如要寫這樣一個題目，非得說中共理念的親蘇宣傳是失敗的。據香港難民的報導（友聯的《祖國》周刊）。中共1962的確進行大規模的反赫魯雪夫的學習運動。這種運動也許比過去親蘇宣傳有效得多，因為一般老百姓對蘇聯根本沒有什麼好感也。看中共的出版物（包括'49年以前的左派出版物），親蘇擁蘇捧蘇的話多得不得了。有這麼多的documentary evidence，是表示親蘇擁蘇捧蘇的；我要證明中國人民不喜歡蘇聯，的確是不大容易的。從這個題目可以看出另外一點：光憑documentary evidence未必能看出事物的真相。學問之難，就在這種地方。但是我寫這種文章，沒有documentary evidence也不能服人的。

　　你在費城一見Schurmann就去安慰他，使他很窘。你的嗓子大，又怕別人聽見。好在他很感謝你的一片好心，而且他同我私交實在不差，所以這件事情並不尷尬。Schurmann此人是一怪才，英文寫得平平，但很有語言天才（他聽見上海話，就會學上海話），中文日文講得都很流利，法德之外，更通俄語，此外大約尚有波斯文等。文學修養不差，可惜學的是社會學，大學畢業後少年得意，一心要加入Establishment，人情味越來越缺乏，英文大約也越寫越壞（學會了社會學那套jargon，英文就寫不好了）。我起初覺得他年少氣盛，對他敬而遠之，何況聽說他思想左傾，我跟他熟悉還是在他婚變之後，他現在面容憔悴。但Grace現在還叫他的綽號：小胖子，原來婚變之後，他體重減輕三十多磅——他說是自己要reduce。他現在是much sadder & wiser，處境實在也真苦，其人愛情之真誠，這個世界上也少有的了。他的太太是華僑小姐，大家

叫她Loni（「老女」也──廣東話，即吳語「窩腳囝俉」，父母老年所得之女）。人很charming，但是心直口快，和Grace的溫婉不同。她的衣服很怪，有點beatnik作風。Grace是個女性，而Loni是個女intellectual。有一次她同我討論，要什麼樣的人做我的父親最理想，我就瞎舉了一些qualities，她說：「那末你要你自己做你的父親了。Of course, you know yourself best!」我問她：誰是她理想的母親，她說是Simone de Beauvoir!!她去看*Jules & Jim*看了兩遍，對Jeanne Moreau大約也很傾倒的。她是個aesthete，對於美術品有強烈的愛好──而aesthetes總是為道德問題所苦，而且不知什麼是快樂也。她結婚已有多年，流產一次，故無所出；結婚前就在找psychoanalyst，psychoanalyst勸她結婚，卻巧Schurmann來追，一拍即成。但結婚並未解決她的心理問題，她現在還是不斷地在看心理大夫。心理大夫說些什麼，我也不知道。據我猜測，有兩點原因較重要：

一、是文化的，她說她不要做中國人，而Schurmann吸收中國文化太多，已經幾乎成了中國人了。她硬是要做美國人，但美國人還是不會把她看作美國人的；二、是個人的，Schurmann對她百順百依，我看她所需要的是一個比她個性更強的男子（美國話叫做"cool"？像Richard Burton[①]那樣）。可是她是個intellectual，Schurmann在這方面是可以滿足她的。她假如能找到一個「硬派小生」，她生活的另一部份（對她也很重要的）就不能滿足了。她現在Mills College教「家庭與婚姻」，Mills是貴族化女校，大約不喜歡她那樣的rebel，明年不要她了。美國的psychoanalyst我看是騙錢的多，可是Loni有病，還是很值得同情的。Schurmann在陳家

---

[①] Richard Burton（李察・波頓，1925-1984），威爾斯演員，曾以出演莎翁戲劇之哈姆雷特一角知名。

一住幾個月，現在已搬出。他租了一個apt，Loni住另一apt；兩人做鄰居，Schurmann不斷的去追求，心裡痛苦還要陪笑臉，不斷的date她。她有時mood好，眉花眼笑，mood不好則臉色鐵青，Schurmann則戰戰兢兢去博她歡心。這種婚變對Schurmann事業上的打擊很大，他再也不能好好專心讀書，腦筋也不如以前sharp，人變得傻里傻氣的和氣。美國的「戀愛」和「婚姻」都是full-time job，對於你，它卻是part-time job，所以大家都說你福氣。而Carol的賢慧，也是世所難得的了。

　　謝謝你上封信中又鼓勵我date女孩子。其實我是很怕date的，本無此習慣，始終是awkward的。且說pleasure principle吧。Date對我是苦事，我何必自討苦吃？假如passion已經work up，那末為解除passion之苦，硬了頭皮也會去date（兩苦相較取其輕）。現在中心泰然，正是求之不得，何必再自討苦吃？我一個人過日子，已有其routine，這個routine我覺得對我很慣適，因此也不想去打破這個routine了。人能夠定心下來做些「正經」事情，在這個世界上也算是福氣的了。應該感謝上帝。

　　你在哥大真正能安心下來做學問，我聞之甚為欣慰。中國詩的了解很難（臧克家解釋毛澤東、魯迅的舊詩，都被人指摘；郭沫若曲解「毛」詩，大約也為毛所竊笑。但毛可以吃癟郭沫若，毛也引以為得意吧），把理解再用英文寫出來，更是大大的難事。我根本不敢嘗試。我假如來研究漢魏六朝詩，大約也是來研究它的時代背景。上一期*New Yorker*中，Edmund Wilson推重Van Wyck Brooks，使我覺得很安慰，我本來於讀Van Wyck Brooks時，對他是有點佩服的。（該期*New Yorker*中，長文介紹Crest牙膏，不知你看到否？我牙齒很壞，多年未看牙醫；但是我糊裏糊塗一直用的是Crest牙膏。現在牙齒總算還能對付，也許是Crest牙膏之功。Crest不能白牙，但能健牙，請注意及之esp. for Joyce.）

　　最近看的書，一本 *Voices of Dissent*，裡面很有些solid的好文章
（Irving Howe、Harold Rosenberg②等人著），這輩人自命socialists，
但態度出乎意料的謙虛（裡面有篇文章，大罵Left Authoritarians
——美國大學裡的左派不通「橫人」），十分反共，我相信你看了
對有些話也會引為同調。這批猶太人把問題想得很透澈，不像有
些左派學者只是感情方面傾向共黨，不敢面對共黨所引起的問題
也。左派親蘇intellectuals之外，Dissent裡的人似亦痛恨美蘇兩國
的planners，美國很多教授想做「學閥」"project heads"—planners，
bureaucrats。一本Dwight MacDonald的 *Memoirs of A Revolutionist*
（他的近著 *Against the American Grain* 太貴未買）。此人文筆很
犀利，但思想方面沒有多少可以使人得益之處。此人是 *Partisan
Review* 的發起人之一，他和 *PR* 一段淵源很有趣。Leslie Fieldler③於
1956的perspective中有文介紹 *PR*，不知你看過否？Fieldler把 *PR* 的
來歷與作風等，介紹得很詳細，批評得很中肯。他說，*PR* 本來是
拒絕和大學合作，後來無形中和哥大勾搭上了，像Lionel Trilling那
樣的作家，實在最符合 *PR* 的標準的。*PR* 左傾時代，左傾分子之間
的仇恨很深，也像胡風與周揚，胡秋原和瞿秋白之間相仿，不過美
國的polemics（30's）現在很少人理會而已。

---

② Harold Rosenberg（哈羅德・羅森柏格，1906-1978），美國作家、藝術批評家，
　長期為《紐約客》撰寫藝術評論，是「行動繪畫」一詞的創造者，有力推動
　了戰後美國抽象表現藝術的發展，代表作有《藝術品與包裝》（*Art Work and
　Packages*）、《藝術與藝術家》（*Act and the Actor*）等。

③ Leslie Fieldler（萊斯利・費德勒，1917-2003），美國文學批評家，畢業於威斯
　康辛麥迪遜分校，曾任教於蒙大拿大學英文系，長期為《黨派評論》、《肯庸評
　論》等刊物擬稿，最早將心理分析運用於美國文學研究，代表作有《美國小說
　中的愛與死》（*Love and Death in the American Novel*）、《等待終結：從海明威到
　鮑德溫的美國文學景觀》（*Waiting for the End: The American Literary Scene from
　Hemingway to Baldwin*）等。

我現在最愛讀的雜誌是英國 *Encounter*，立場大致和 *PR* 相仿，但文章寫得比 *PR* 好，一般而論。一月一期，也比一季一期看得過癮。*PR* 現在算是 American Committee for Cultural Freedom 出版的了，*Encounter*（連 *China Quarterly*，*Survey* 等）大約和那個 council（歐洲的叫做 Congress for Cultural Freedom）也有關係。該 council 大約是站在歐洲文化立場來批評共產主義的，詳情不知，不知是什麼人拿錢出來辦這麼多反共刊物也。

我現在的興趣是偏於文化問題、思想問題、社會問題，對於文藝作品看得很少。我現在這種興趣，實在是一種準備。我對於中共之暴政，實有極大之研究興趣，現在東西漸漸多看，眼光漸大，思想漸深。批評起來更可以中肯。如 MacFarquhar 那本《百花齊放》，引的都是翻譯材料，對於農民反抗，歎為「材料不足」；大家興趣品好集中在智識分子的反抗方面去了。其實農民反抗在《百花齊放》中佔很重要的地位（不是暴動，而是反抗苛徵暴斂：糧食都被搜刮去了），老毛之所以「反右派」，眼睛還是落在農村上的。即使像「百花齊放」那樣人人皆知的題目，還大有可研究也。（最近一期 *Reporter* 有張愛玲的反共文章，我只是聽說，未知你看到否？）MacFarquhar 約我寫中共文壇報導，寫是一定要寫的，目前無暇，總得在暑假裡再動筆了。

電影不常看。*40 Pounds of Trouble*④ 很輕鬆，介紹 Lake Tahoe 和 Disney Land 兩個名勝地區，值得一看。我四月間不能東行，大約 Lake Tahoe 要去兩三天，明知去賭必輸，但 Nevada 的賭場對我有很大的引誘力（電影裡 Phil Silvers⑤ 演賭場老闆，可稱一絕），

---

④ *40 Pounds of Trouble*（《奇男玉女》，1962），諾曼‧傑威森（Norman Jewison）導演，湯尼‧寇蒂斯、蘇珊‧貝茜主演，環球影業發行。

⑤ Phil Silvers（1911-1985）美國喜劇演員，代表作為 *The Phil Silvers Show*。

每天輸掉十元錢，兩天輸二十元，我認為還是花得來的。我喜歡賭場那裡的喧囂，五光十色，緊張的氣氛，和全神貫注的人群。

昨天看了一張日本電影（離開*40 Pounds of Trouble*有兩個星期了）《維新の篝火》（*Torch of Restoration*）⑥，很滿意。1863年（百年以前），幕府將倒，皇政復興，有少數武士道要為幕府賣命，fighting a losing cause。其中某英雄（片岡千惠藏⑦飾——日本的Gary Cooper，此人稱雄影壇也有四十多年了）愛上一寡婦。雙方以禮自持，兩人的愛情表演細膩極了，不在中國京戲之下。演寡婦的淡島千景，我常看見，從不覺其美。在這張影戲裡，我覺得她美極（因為演技精湛之故，加上攝影）。這是我生平第一次認為中年婦人可以是美的（我本有fixation，我心目中的美女都是BB的age group）。英雄（戰敗）美人當然不能團圓，而幕府也倒了。德川幕府時代，日本孔學大興（相當於中國清朝），戲裡的土方藏三（英雄）與阿房（美人）都是儒家禮教底下薰陶出來的人物，令人覺得可敬可愛。日本人能對那種人發生深刻的同情，而中國人不能，中國人實在很該慚愧。

《水滸》一文收到，重讀一遍，覺得說理透闢，批評精到，仍是十分佩服。有一點小地方，上次沒有想到：即忠義堂之「義」，與孔孟之「義」不同。在戰國，「義」是justice，後來不知何時轉化為「朋友義氣」——一種友情，也有為朋友肯獻身的犧牲精神在內。「義」轉化為「江湖義氣」，是中國文化裡的一件大事。我想討論，可是學問不夠，但是希望你注意。中國人說「婊子無情，老

---

⑥ *Torch of Restoration*（1961），日本電影，松田定次導演，片岡千惠藏、淡島千景主演。

⑦ 片岡千惠藏（1903-1983），日本演員，代表作有《十三刺客》、《血槍富士》等。

鴇無義」；和婊子可談情，但老鴇和嫖客是朋友交情──這是不是用銀錢可以衡量的，嫖客如倒楣了，老鴇如講「義氣」，還是應該以朋友待他。

　　Průšek在此定講演兩次，此人我尚未見到。但演講和歡迎他的Party，也得使我忙一陣。對他印象如何，下次信裡再談。

　　專此　敬頌

　　近安

濟安

四月一日

Carol、Joyce前問好，家裡想都好。

# 578. 夏濟安致夏志清（1963年4月6日）

志清弟：

前幾天寄出一信，想已收到。和Průšek已談過幾次，茲把印象錄後。P君於訪問加大後，將來哥大；下面所述，也許可作你同他往來時的參考。

第一，我沒有打擊他。假如我性情比較險惡與刻薄，我可能打擊得他很慘。可是我對全世界的人都很和氣；我的反共也只是反抽象的、集體的「共」，對於個別共匪，我覺得還是很可憐的。至於左派人，我認為應該團結起來，一起反共。

P君是否共產黨員，我不知道。但是捷克（還有波蘭）等小國之人很可憐。捷克變成共產，和捷克人民無干，就像捷克之變成Nazi，與捷克人無干一樣。像我們這種先知先覺，也無法挽救中國之命運也。

P君如能逃出捷克，也許可以放言反共。但他還要回去，因此我不忍設下辯論的圈套，讓他承認我反共的立場。他一旦承認，在我無非是暫時的得意；在他可能是性命交關的事。（我的辯論工﹝功﹞夫很差，但自信 handle P君還能對付。）

P君決不是你我的對手。他在文學方面的修養是不夠的。書看了是不少，但分析一部文學作品，以及各種批評技巧，他都沒有學過。像他這把年紀，再學這種技巧也來不及了。因此他講的話不免籠統（甚至自相矛盾），盲目讚美他所討論的東西，而說不出有力的理由。

還有一點理由我沒有打擊他，是禮貌問題。他是世驤請來的客人，世驤待以上賓之禮。至少為看世驤的面子，我也得讓他三分。世驤當然也看得出一個人的好壞，他覺得有一點他可拉P君來做同

道，即加大的「社會科學家」很跋扈，社會科學家的研究方法之狹
仄，腦筋之死，以及自以為了不起的那種氣焰，世驤（以及各大學
的humanists）是很看不上眼的（他們和我不大相干，我只是埋頭
做我自己的事。但世驤是 full professor，要出席各種會議，會議上
難免和社會科學家衝突）。現在來了這個P君，是從鐵幕後來的：
不管此人學問如何，思想如何，至少他是來提倡「文學」的。鐵幕
後面來的人，在美國左派人士與青年學生之間，還相當有號召力。
世驤覺得可以借他的力量，喚起一般人對於文學研究的注意。這
裡的各種colloquium大多由社會科學家把持，很難得請人來談文學
的。

　　P君是瑞典高本漢的學生，學中文總有三十年以上的歷史了。
他做學生時代，捷克還是個民主國家。他後來名氣漸大，成了漢學
家，納粹和共黨大約沒有怎麼去虐待他（詳情不知）。

　　他對於馬列主義到底採取何種立場，我不知道。基本上他同有
些美國的左派Sinophiles相仿，覺得中國偉大、了不起。這種籠統
的讚美一個國家，就是思想不清的證據。作為中國人而言，我覺得
中國經不起這樣的捧場，雖然捧場的人倒是真心來捧場的。很多中
國人聽見洋人來替中國捧場，心裡總不免有點飄飄然。那些愛中國
的洋人，對於中國的積弱很同情，也很憤懣不平。現在好了，出了
一個毛澤東，又有了馬列主義武器，etc，中國可以強大了，有希
望可以成為富強了。他們因此愚蠢地來替中國人高興。這一種態
度應該打擊。但是我們現在都忙於自己的研究，沒有工夫寫這種社
會問題的文章。假如寫出來，*PR*、*Encounter*等大約都會歡迎刊載
的。一個洋人花一輩子心血來研究中國，也需要一些justification，
他很自然地愛中國。這種「溺愛」，可能很誤事。我猜Harvard的
Fairbank也是這一類的Sinophile。Sinophile和中國人所看見的中
國，永遠不會是同一的東西，但很多中國人喜歡洋人來愛中國，倒

是事實，雖然洋人常常愛錯了東西。

這幾天為了P君，瞎忙了一陣。我在學問和思想方面是毫無收穫，他所講的題目就是我的題目，我倒並不因為同行吃醋之故，才認為他講得沒有道理。世驤也認為他是個enthusiast：講起無論什麼題目，都是瞎起勁，在費城講劉鶚時亦然。一個瞎起勁的人，在智力方面要有什麼特別表現，那就是大大的難事了。但世驤認為他這種瞎起勁，於糾正美國學風（esp. at加大）是有些好處的。P君強調「知今必須知古」——了解近代中國也得了解古代中國，世驤認為這種話美國人也該聽聽。

星期三中午聚餐，是我第一次看見他。卻巧我在《人民日報》上看見一段捷克翻譯《西遊記》、《水滸》以及編《捷漢字典》的報導，把它提出來，大家就討論這個。聚餐會的題目無形中是我講定的，談的既然是他最擅長的題目，當然不會有什麼不融洽的地方。

飯後，我提出一個逼人的問題，那時只有世驤在場，不致使他太窘。我問：你們在捷克把胡風主要的認為是馬克思主義者呢？還是認為他是「中國人民」的敵人？他說，這種東西他們不談，就是學生要研究這種問題，他也discourage他們的。他又說他同沈從文、馮雪峰、丁玲、艾青等都有很好的交情。假如我在公開場合，先準備好幾句漂亮的英文（即使不準備也行），再提出丁玲等受迫害的問題，可以逼得他很慘。可是他既然承認同情丁玲等等，我認為他心地還不壞，不是來做共產政權的說客，因此這種問題我以後沒有再提。假如他認為「胡風該殺，毛澤東萬歲」，那末可能我要對他大罵，否則再也不去理他了。

星期三晚上，東方語文系請演講，題目是The Artistic Methods of Lu Hsün。我明知他講不出什麼高明的話來，但他題目是Artistic Methods，不是Social Significance，我總認為此人不是不可救藥，

也同世驤一樣的對他有點原諒的心理。

　　他所講的東西可駁之處很多，但他說他沒有準備（的確沒有帶講稿），有些東西我就讓他過去了。

　　他說他不贊成你的讚美《肥皂》（但他沒有提《離婚》）。他說最能代表L.H. art的是《示眾》。我沒有問他：這種無頭無腦的Sketch，比之《阿Q正傳》裡放在dramatic context裡的「殺頭場面」，藝術價值孰高？他又盲目讚美《傷逝》（「傷」字他在黑板上寫成亻寫字，假如我把這個提出來，聽眾都將認為我太不忠厚了）和《奔月》──兩篇L.H.的劣作。這種taste的問題，雖然關係很重要，但聽眾未必熟悉，我也沒有責問。他提起黃松崗①的劣書，似也很讚美。Grace坐在我的旁邊，聽得不斷「批嘴」，認為沒有道理。

　　講完後，我第一個責問。大意：「志清的書裡，把1927年後的L.H.認為是退化了，退化的原因，是他接受了馬列主義。這個問題很複雜。我一直尋思原因，尚無結果，希望他指教。我的問題：P君所喜歡的那種淡遠而detached的作風，在1927年後很少見；既然P君認為這是他的artistic methods要義所在，這種作風之消失，是否P君和志清同意，認為1927年後的L.H.是退化了？假如P君認為他並未退化，那麼1927年後的L.H. artistic methods與之前很不相同，今天的題目既然是artistic methods，希望他於這點上加以發揮。」

　　他的答覆很是incoherent：他嘰哩咕嚕地說對你的書很不滿意（我說：這個我不能答覆，至少也得等他書評出版了再說）。他又說1927年大屠殺啦，L.H.在上海生活很苦啦（其實L.H.每年收入在《魯迅日記》中有清賬──何嘗「苦」來？），他說L.H對舊社會的

① 黃松崗（Huang Sung Kang）見信567，注2，頁122。

態度，對救國的熱誠沒有改變啦等等。

我：「我們今天要論的是artistic methods，他的態度和熱誠等等雖不變，但方法改變了。究竟應如何說明？」

他不能答覆。Birch說：L.H是個limited talent（這點照P君邏輯，他是絕不能接受的），能寫很好的小說，但寫寫後來寫不出來了；反正他要鬧革命，他就用「雜感」的方式來鼓吹革命了。Birch此話，P君居然表示同意——無形之中已經使L.H.從天上跌到地下了。他同意了Birch的話，至少避免了我的咄咄逼人的詞鋒。

世驤（他是主席）也出來替P君解圍，說L.H.的文章（wen chang）一直寫得很好的。P君忽然得到救兵，大說wen chang好wen chang好。我當然不好意思再去逼他。越討論下去，把L.H.的artistic methods越說越小，變成「文章好」了。即使承認這一點，「文章好」也得分析：到底好在什麼地方？

講完後，在Menschen[2]（Oriental art history教授，維也納人）家有個香檳酒會，我沒有同P君繼續辯論。但星期三演講之前，我們在世驤家吃晚飯（小party，客人三名：我、P君和Schurmann），我也曾同他小小辯論過一番。像他這種左派sinophile，當然胡亂的讚美五四運動。我說我對五四以後的中國有點看法：五四運動被人認為是個人的覺醒，但五四以後個人地位越來越不重要。舊桎梏，本已腐朽，而新桎梏束縛力度之大，更是前所未見。一切問題，只求現成答案，個人心智很少有開展的表現。他說：近代中國還有什麼individualists？我說：這個問題太容易答覆了，我就是！那並不是說我有什麼了不起，像我這種人一定很多。但這是我對我自己的認識。一個個人，囚之於集中營，則不能動彈矣；控制其ration，則其人隨時可餓死，但他的內心世界還是有他的存在。作為個人主

---

② Menschen，不詳。

義者而言，我相信我是不斷地在求了解mass movements，但是太注意mass movements的學者，根本忽略個人，我認為是錯誤的，那時Grace宣佈開飯了（涮羊肉），所以辯論沒有繼續。

　　星期四我在office對我們secretary說：昨天有個great kitchen debate。

　　星期四晚上，Center for Chinese Studies請P君講Modern Literature & Social Movement in China（題目是否有點不通？），講得也是毫無精彩。他把近代文學分作四段：（一）清末至1917，（二）1917至1937，（三）'37至'49，（四）'49以後。第四段他不講一段那些作品當然不行，但他也說不出個道理。二段，他看重馬列主義的抬頭，三段他只講延安及解放區，不提國民政府區，他認為那時的文學，是真正人民文學的抬頭云。

　　星期四晚之會，是李卓敏③主席。講完後，世驤第一個發言，要點：（一）文學的excellence是很重要的，不可單注意文學與時代的潮流，忽略了作品；（二）很多作家——老舍、戴望舒、沈從文等都和馬列無關；即使在左派人中，好作品也是在他們接受左派理論之前，魯迅在1927年以後是退化了（這點他於第一次會上沒提出，想因是做主席之故），郭沫若創作黃金時代還是在他崇拜歌德的時候云云。

　　接着我發言。我希望學者們多注意第四段（是說給「社會科學家」們聽的），關於第三段，我有serious reservation，但我的意見既已發表於 *20 Years After the Yenan Forum* 一文中，在會場中不擬重複。關於第一、第二兩段，兩時期的文學之不同，我提出level of

---

③ 李卓敏（1912-1991），美籍教育家、學者，1951年起任教於加州大學柏克萊分校，兼任中國文化研究所所長，直至1964年出任新成立的香港中文大學校長，1978年底退休。

consciousness這個概念。關於第二段，我因最近看了些美國左派文人活動情形，特別提出兩點：（一）左派的多面性——甚至可包括無政府主義者在內；左派之盛，未必就代表馬列主義之盛；（二）理想主義的左派和受Kremlin操縱的文化特務不可相提並論。

這種話只算是我們的comments，並不要求他答覆。他也沒有答覆。又，P君提起「大同書」，認為康有為從古書入手，也能達到共產主義的理想，很值得重視，好像中國文化中本有共產主義的因素。這點世驤是駁他的：康有為的理想，與其說是近乎馬克思，還不如是近乎克魯鮑特金。克氏於馬氏的思想，是不可相混的。

星期五晚上還有一次演講：Lyricism & Realism in Mediaeval Romance，我沒有去聽，所以沒有去聽，並非是I got sick of the man，而是我早已答應Gerald Cohen④（法律教授，專攻中共法律）去聽從哈佛找來的Prof. Harold J. Berman⑤講Soviet Legal Reform。星期五晚上很少人願意去聽演講，何況這是春假前夕的星期五。Cohen怕沒有人去為Berman捧場，在U.C.面子上不好看，事前再三叮囑我去，我早就答應他了。這個Berman年紀很輕，樣子suave，英文漂亮，雖然我對法學毫無所知，但聽來很舒服，同聽P君的演講大不相同。像Berman這種人指揮若定，亦莊亦諧，學問大約不差，將來很可能去聯邦政府做官。看來蘇聯改革法律是很重要的事情，Stalin沒有把老律師殺光，那些老律師是曾受兩方訓練

---

④ Gerald Cohen（Jerome A. Cohen，孔傑榮，1930- ），夏濟安把Cohen的名字寫錯了，應為Jerome，美國法學家、中國法律專家，曾任教於加州大學柏克萊分校法學院、哈佛大學法學院等，代表作有《人民中國與國際法》（*People's China and International Law*）、《中華人民共和國的合同法》（*Contract Law of the People's Republic of China*）等。

⑤ Harold J. Berman（哈羅德・伯曼，1918-2007），美國法學家，擅長比較法、國際法、蘇維埃／俄羅斯法律。

或是深受西方法律思想感染，他們又教出徒子徒孫。1956後，K真的和他們合作，想取消恐怖統治，和那幫老律師合作，建立蘇維埃法治基礎。'60後，蘇聯又漸漸走向嚴刑峻法之路，但還不好算是恐怖統治云。但於這種專門題目，我當然什麼意見都不能發表。

　　當天晚上，東文系老教授Boodberg家有cocktail party招待P君。我聽完法律演講，趕到Boodberg家裡。P君對我很為熟絡，我不去聽他第三次演講，他很為失望。他說你是研究文學的，去聽法律幹什麼？他說他太喜歡跟我討論了，在 "Praha" 沒有人跟他討論，他覺得很寂寞。（歐洲小國人很容易變成sentimental，俄國人亦然；美國學者如Berman那樣的指揮若定，也許表示美國是要統治世界的吧？）我說：我跟你討論只是想提出問題，並不想獲得什麼結論。他說：對啊！提出問題自由討論才是重要的，假如要結論，莫斯科可以出錢買得到的。（他無形中已經受我的影響了，我總算向他播了一些自由的種子。）

　　我們談起他的書評。據我看來，此事你可任其自然。你書在出版之前你就預備左派人來罵。結果，so far只出來了一個小左派A.C. Scott，大左派無人來和你為難。情形已經比Owen Lattimore把持書評那時好得多。你書已經博得很多好評，一篇壞評未必能動搖你的地位。我的涵養工夫不差，但人家給我壞批評，我總覺得難受——這是人情之常，所以在臺灣後來我很不願意再做《文學雜誌》的主編。樹大招風，雜誌受人注意，總有人來罵。我雖然氣量比魯迅大，不去和人還嘴，但人家來罵，總是不舒服的。P君對你的書的批評，小地方指責當然有，有些你自己於再版時也預備改正了。他對你最大的不滿，是情感的：何物［故］夏志清年紀輕輕，怎麼敢對老前輩們大不敬？這種話他說了好幾次，他有點倚老賣老，說那些作家他都認得。魯迅曾為他譯中國小說選（捷克文）作序，序文L.H.全集中想有，我未去查。他說他們何等艱苦奮鬥——

包括丁玲——他們的努力，豈可隨便抹煞？他的出發點還是個左派 Sinophile，你的書好像是對於他過去一段寶貴的回憶的侮蔑。他又說了好幾次：你的書不objective——而憑主觀好惡信口雌黃。我對於他所用objective一字很感興趣，他雖然沒有照Marx的用法。聽他的意見，我看他自己是完全subjective，至少是much more憑主觀的好惡，比起你的方法來。討論文學作品不是容易的事，我看P君所寫英文未必暢達（沒有見過）更不要說是峭拔銳利了。他也許想重重地打擊你，但也許因為英文遠遠能力不夠，力不從心，打不到痛處。他自己的論點，恐怕未必能保護得好。

今天（星期六）晚上世驤家有盛會，我將進一步的去收服他——他現在對你已開始有好感，他畢竟是個可憐的老好人。世驤這幾天忙極，稍後我要把我對P君的觀感詳細跟他討論。P君曾和Birch私下長談你的書，今天我準備在宴會上找Birch出來，詳細談談。不要讓他受P君之愚。

香港《文匯報》曹聚仁在批評Birch。Birch說中共沒有文學，曹這個無恥的同路人，硬是要替中共辯護。中共自己是要搭架子，不屑和Birch來筆戰的。

今年American Oriental Society Western Branch在Seattle開會，我沒有去，世驤也沒有去。經Schaefer、Wilhelm幾個人一商量，把我選在Executive Committee裡。這種「官」我在美國還是第一次做。

上次信發出後，我去看牙醫。最近幾年牙齒確是沒有繼續惡化。原因之一，據牙醫（日本人）說，可能是抽煙太多。煙能污牙，但其中尼古丁能殺細菌；黃黑的煙牙，形狀難看，但細菌也不能生存。現在的毛病還是過去的毛病，十幾年前裝的金套，早已磨破，多少年來以無金套的蛀牙吃東西咀嚼力總是不夠。現在有兩只老蛀牙要重裝金套（牙醫說：新法金套絕難磨破），有些老蛀牙水

泥掉落，要重新補過，再加繁複的清污工作。牙醫charge我約二百
元，我已答應去做。多少年沒有找牙醫，這次被他敲一次竹槓，也
沒有吃虧。以後多少年可少憂慮了。

　　忽然發決心去找牙醫，足見我對身體健康還是十分小心也。一
切請勿念。

　　P君不久將來哥大，也許你跟他再來一次kitchen debate吧。再
談　專頌

　　近安

濟安

四月六日


　　Carol、Joyce前均問好。把P君情形，不妨跟Carol談談，讓她
作個準備。我希望你能請他吃一次便飯。此君在捷克的確很寂寞，
在共黨統治下，一定沒有好東西吃（你也不必問他）。我們給他一
點人間的溫暖，就是反共最好的宣傳。世驤這次對他如此的熱誠招
待，他一輩子都將忘不了白克萊的人情味、美食和學術自由的空氣
的。

# 579. 夏志清致夏濟安（1963年4月13日）

濟安哥：

　　謝謝你最近兩封長信，尤其是那封長達十二頁討論Průšek在Berkeley經過的信，在百忙中寫出，最使我感激。可惜信星期一到，我五點鐘返家看到信時已和P君道別（他星期二上午去Yale演講），所以沒有把信中的報導當作和P君談話的參考資料。事實上，我一個人在哥大孤掌難鳴，你們和P君的serious debate和意見交換，在這裡是無法推動的。de Bary是天主教徒，頗反共，請Průšek來演講，帶些敷衍性質，所以也沒有什麼熱烈的招待。我以前讀過Průšek的文章只有在Karlgren紀念文集上的一篇關於蒲松齡的文章（他同意中共蒲松齡反抗舊社會，諷刺舊社會的說法，但在考據方面是相當solid的），在費城聽他講《老殘遊記》也相當滿意，至少沒有特別可以提出異議的地方。在費城時，我和他沒有談什麼，他既知道我是夏某，就保持客氣distant的態度。上星期我借出Archiv Orientalni bound volumes四本，把他較重要的文章翻看了一下——該雜誌放在Butler Library，很少有人借看，王際真教中國文學看來比我amateurish，他雖然研究小說，Průšek的東西可能沒有讀過，這次P來，王和蔣彝都沒有和他會見——覺得他對宋明話本之類，很花過工夫研究，他1957年寫了一篇關於Bishop那本書和Birch《古今小說》研究的長評，很有些見地。同年他在Archiv Orientalni載了一篇演講稿叫"Subjectivism & Individualism（Modern Chinese literature）"，你也可以一看。文章的thesis是主觀主義和個人主義是現代中國文學的特徵——丁玲、郁達夫，et al——而其由來已久，可直推到晚明小品，和清代的幾部小說名著。他極推崇帶自傳性的作品，如沈三白的《浮生六記》和《老殘遊記》，他的態

度簡直和林語堂、周作人相仿，和我的也很相近。他極偏愛《老
殘》，覺得中共因為劉鶚罵了義和團、革命黨，不願肯定《老殘》
的classic status，很抱不平（這是後來他告訴我的話）。

　　P君到1938年一直是研究舊小說的學者。共產的色彩並不太明
顯，1938-1949年那一段時間，他忽然對抗戰文藝和延安文藝大感興
趣，寫了本 *Die Literatur des befreiten China und ihre Volkstraditionen*，
德文本1955年出版，捷克本出版得較早。我以前以為這本書是
講「解放後」的文學，不料是講抗戰時的文學和延安期的文學（丁
玲、趙樹理、李季），他真把毛澤東的「民族形式」當作中國文壇
上新發展的關鍵，把抗戰時的ephemeral的宣傳品trace back到明
清的「民族形式」，寫了一本巨著（over 700 pages），我看了一篇
在Archiv上載的書評，所以知道書的內容。這本書實在很不通，
P君既堅信中國近代文學潮流是「主觀主義」和「個人主義」，抗
戰時期恰把這兩個傾向abrogate了，P也放棄了自己的主張，歌
頌中國人民的解放，豈不怪哉！所以你的分析最透徹，P君是個
Sinophile，抗戰時看到中國有復興的兆頭，把自己較有偏愛的帶個
人主義的文學暫時擱在一邊了。五十年代，他又開始研究舊小說，
他最近的興趣是1911年前的新文學《老殘遊記》、李伯元、吳沃堯
等的作品。

　　四月七日（星期日）下午我到Idlewild去接P君——本來是
Bielenstein的差使，他臨時把此事托我代辦——接到後，坐Taxi
開他到King's Crown Hotel。距離很長，我們寒暄一番後，我就先
問他《通報》書評的事。他也老實說對書很不滿意，如果寫書評
前同我相識，我們可能交換意見，得到諒解，現在書評已寫好寄
出，很抱歉。他主要的批評即是像信上所說的，subjective、spiteful
（Pron. spitful），我年紀輕輕，如何忍心去抹殺魯迅、丁玲一輩人的
功績？他也很tactful，着重丁玲。我書中treat最harsh的可能是丁

玲，我預先計劃把她當作中共文藝代表人物看，後來她遭打擊後，
我也無法把perspective調正。丁玲的《水》寫得實在壞，但是她的
早期作品和延安時期的作品值得有較詳盡的critique，這工作我沒
有做。關於魯迅，他也覺得我不公平，但最irritate他卻是我介紹錢
鍾書《靈感》時的一句remark："One is reminded here of the homage
the dying in Hsün receives." 對P君看來，這句話實在是大不敬，是
不可恕的。此外他說中共文藝是不可以一筆抹去的，他舉歐陽山
《高乾大》為例，認為是部出色的作品。《高乾大》我是讀過的，歐
陽山學土話工夫不錯，但小說實在是要不得，最後英雄和villain決
鬥場面，實在和 *Gene Autry* ①、*Roy Rogers* ②兩部片沒有分別。我和
group在一起，可能講話很brilliant，在taxi上我聽他說話，也不多
接嘴，我是他的host，並且他是漢學前輩，所以沒有和他辯論。和
他辯論倒是你、世驤、Birch三人，你們愛護我的熱誠，我是十分
grateful的。

　　一路上他表示對你極有好感，真像交到了一位新朋友一樣。
他對世驤夫婦熱誠招待的情形，也是講了又講；那次大Cocktail
Party，六時許他本來要告辭了，不料還有盛餐，對他是個surprise。
Berkeley有世驤主持，招待漢學家名人，實在佔上風。哥大、耶
魯、哈佛都沒有這樣好客而這樣派頭大的主人和主婦。

　　到旅館休息半小時後，Donald Keene來，我們三人一起到中
國館子吃晚飯。Keene和Průšek此前在日本和歐洲見過面的，所

---

① Gene Autry（吉恩·奧特里，1907-1998），美國歌手、演員，曾出演了近百
　　部電影，錄製過六百多首歌曲，售出一億多張唱片，1950-1955年，以五年
　　時間製作並演出了91集 *The Gene Autry Show* 更讓他家喻戶曉。

② Roy Rogers（羅伊·羅傑斯，1911-1998），美國牛仔、歌手、演員，曾出演一百
　　多部電影以及大量的廣播電視劇，有「牛仔之王」（King of the Cowboys）的美
　　稱，1951年至1957年製作並演出的百集 *The Roy Rogers Show* 是其代表性作品。

以講些學界情形和mutual acquaintance的近況。飯前Keene提議我們一起去看一場Kabuki的電影，我不好意思拒絕，也答應了。結果Taxi開到downtown 44號街，destination是Actors Studio，進studio，Strasberg夫婦都在，Susan Strasberg也在，我初見到她想不到她生得這樣嬌小，驚為麗人。我初到美國，見過F. MacMurray③一面後，還沒有見過什麼明星（on stage不算），這次和Susan有握手講話的機會，也是三生有幸。S. Strasberg電影我只看了一張*Picnic*，以後的電影如*Stage Struck*④我都沒有看。最近Susan在off-Broadway上演《茶花女》，review不佳，已folded了，她很失望，認為至少可以上演三個月。Susan戴黑邊眼鏡，小身材，小features，頭髮很長，用紅kerchief包起，但額上和頭後的頭髮仍看到很多，穿了一套極casual紅色jersey or knitting的outfits，腿上黑nylon襪子，可能是tights。我對她的電影不太熟，只好大罵George Stevens不智，不讓她主演Anne Franke，電影生意太慘。其實Susan已二十二三歲，看來還是很年輕；她臉上看得出jewish features。她在Actors Studio只是Strasberg的女兒，沒有人當她明星看待，她臉上也沒有化妝。看Kabuki電影時我坐在她前一排，她左邊的位子沒有人坐，假如我是一個人，一定要坐在她旁邊。Kabuki原片很沉悶，放映了一卷，就停下由Faubion Bowers⑤主持討論，所以我不時有注意S. Strasberg的機會。她很nervous，常bite nails，坐在那裡一只腳脫了鞋，腳尺寸極小，簡直和小孩子的腳一樣。Susan事業上顯然受了打擊，所以不太高興，她將去義大利，拍

---

③ F. MacMurray（Fred MacMurray，麥克默里，1908-1991），美國演員，代表影片有《殺夫報》（*Double Indemnity*, 1944）等。

④ *Stage Struck*（《紅伶夢》，1958），薛尼·盧梅導演，亨利·方達、蘇珊·斯塔斯伯格主演，Buena Vista Distribution發行。

⑤ Faubion Bowers（1917-1999）作家，在日本劇場方面深有研究。

一張 *The Novelist* 的電影。此外有 Celeste Holm⑥，金髮，臉上塗滿了粉，很蒼老的樣子。我還記得她早年和 Loretta Young 合演的尼姑喜劇 *Come to the Stable*⑦，和在 Broadway 上演的 *Oklahoma*，我 mentioned 了我看過那張電影，那場戲，對她 ego 也不無小補。Lee and Paula 貌極慈祥，他們是 M. Monroe 死前最好的朋友，可惜我沒有機會和他們討論 Monroe（我已買到 *Fifty-Year-Decline & Fall of Hollywood*, ¢90，*Time* 寫電影明星 Cover Stories，故意 distort facts 去適合 preconceived Freudian Themes，實在很 shocking。Goodman 把 B. Crowther 的 idol Irving Thalberg⑧ 也痛罵一頓，我心中很舒服。他也罵 Dore Schary）。這個晚上，有意外的收穫，我很興奮。Donald Keene 各界人物都很熟，他說 Strasbergs 每年 New Year's Eve 在家裡舉行一個大 party，到者四五百人，他也去過幾次。Keene 常看戲，看電影，聽 concert，每年夏季必去日本，而寫的書這樣多，遠東系學術界無人可匹，實在是很了不起的。雖然我聽他的兩次演講，都不甚滿意，enumerate facts，沒有驚人的 observations。

　　星期一上午，P 君十時半左右到 Kent Hall，我陪他參觀哥大的藏書，哥大民前民初的雜誌，小說有好幾種（如《繡像小說》等），看得他很眼紅，因為 Praha 藏書不夠也。吃午飯時我另請一位唐德剛⑨作陪（唐 is our new Chinese curator），所以沒有什麼特別討

---

⑥ Celeste Holm（西萊斯特·霍姆，1917-2012），美國舞台、電影和電視演員，曾獲奧斯卡獎，代表影片有《君子協定》（*Gentleman's Agreement*, 1947）。

⑦ *Come to the Stable*（《聖女歌舞》，1949），亨利·科斯特導演，洛麗泰·揚、西萊斯特·霍姆主演，二十世紀福斯發行。

⑧ Irving Thalberg（埃爾文·薩爾伯格，1899-1936），美國著名電影製片人，代表影片有《紅伶秘史》、《大飯店》、《叛艦喋血記》等。

⑨ 唐德剛（1920-2009），美籍華裔史學家，生於安徽合肥，1948 年赴美留學，1959 年獲哥倫比亞大學史學博士學位，曾任教於哥倫比亞大學、紐約市立大學

論。我偶然問問他胡風、馮雪峰、周揚的情形，他胡風從未見過，沈從文早年是他好友，他對丁玲深表同情，認為艾青是晚近最大的詩人，所以他的意見同中共相左之處不少，講起來P君也只好算魯迅派的左派人物，他良心猶在，同周揚派是不同的。

四點鐘講演，題目de Bary早定了在AAS講的題目，仍講《老殘遊記》，雖然這次approach不同，講它的藝術和結構。散場後他去Bielenstein處吃晚飯，我未被邀，B和P都是Karlgren的學生，一定很談得來。總之，P君雖然罵了我，我對他研究舊小說的工夫很佩服，為人也很同情，所以沒有一點rancor。只希望世驤的review能早日寫好登出，可counteract P君review的惡影響。

你春季不能來東部，很失望。希望你夏季來紐約度假期。紐約好玩的地方比舊金山多，你來我們可以去explore一下，你不來，我自己也不會有initiation的。上次我們來Berkeley，舊金山已玩得差不多了，紐約同上海一樣，住久了，好感愈增。去費城開會，許多未見過的漢學家都見到了，很滿意。James J.Y. Liu[10]很brilliant，英文講得也很漂亮。星期三那天，遍找世驤沒有找到，我就於十一時左右乘公共汽車返紐約，不知他什麼時候動身的？請先致候，並謝Grace送的拖鞋，Carol應寫的Thank you note還沒有寫。

Annals上那篇文學，你和Levenson、Schwartz、Halpern[11]等比

---

等，代表作有《李宗仁回憶錄》、《胡適口述自傳》、《晚清七十年》等。

[10]　James J.Y. Liu（劉若愚，1926-1986），美籍華裔學者，北京人，1948年畢業於北京輔仁大學，1952年獲英國布里斯多大學碩士學位，1967年起長期任教於斯坦福大學任教，長於中國文學與中西詩學研究，代表作有《北宋六人詞家》（*Major Lyricists of the Northern Sung: 960-1126 A.D.*）、《中國文學理論》（*Chinese Theories of Literature*）《語言‧悖論‧詩學》（*Language-Paradox-Poetics: A Chinese Perspective*）等。

[11]　Halpern，應該是Abraham Meyer Halpern（哈爾彭，1914-1985），美國語言學

工夫，正可大顯身手，你 ideas 比 Levenson 等多，文章也高一等，可使全美學人刮目相視。關於 Russia image in China 這個題目我毫無研究，你書報看得這樣多，寫起來是不費力的。四五月間，普通教授們都忙着看論文，我也 assign 了兩篇。一篇講德川時代的中國化小說家（十九世紀初）Bakin 馬琴⑫，他是學《三國》、《水滸》的。他的巨著是《八犬傳》，八條英雄都姓「犬」（犬川、犬田，etc），代表仁義禮智忠孝悌信八大 Confucian virtues，小說想必極沉悶，但讀他的傳記是相當有趣的。論文上英文名字都附日文，讀完論文，日文漢字的拼法也學了一些。另外一篇是 Edith Sitwell，Sponsor 是 York Tindall，我同他從不相識，不知他如何知道我這個人的。我指導的 M.A. 的論文有（美國女子）葉紹鈞，（中國女子）沈從文，有一位日本女子要開始研究郁達夫（Ph.D.），英文系香港小姐某在研究徐志摩、聞一多，我也算導師。我哥大第一批學生都是女弟子。

買到兩本好書，一本 Spring 1963 *Daedalus*，是討論小說的專號，一本是 Lukács 的 *The Historical Novel*（Beacon），歷史小說除 Lukaes 這本外，沒有別的專著，對我可能很有用。*Encounter* 我不常留意，以後當多注意。系裡事情不斷，關於中國文學方面的事，都由我一人照管辦理，雖然很得 de Bary 信任，有時感覺自己完全已是 organization man 了。兩星期前看了 *The Importance of*

---

家、人類學者，芝加哥大學博士，曾任芝加哥大學、約翰‧霍普金斯大學教授，蘭德公司研究員，代表作有《對華政策》（*Policies Toward China:Views from Six Continents*）、《中國革命模式在外交政策中的運用》（*The Foreign Policy Uses of the Chinese Revolutionary Model*）等。

⑫ 馬琴（曲亭馬琴，1767-1848），日本江戶時代暢銷小說家，代表作有《南總里見八犬傳》等。

*Being Earnest* [13]，很滿意。下星期將去看希佛萊、麥唐納 [14] 的 *Love me Tonight* [15]（《公主豔史》），在 New Haven 時看《紅樓豔史》（*One Hour With You*）大為滿意，此次能看到 *Love me Tonight*，也是一償生平宿願（一・二八在上海時對那幾部「豔史」特別神往）。Co-feature：Fredric March，Nancy Carroll [16] 的 *Laughter* [17]，也是當年名片。

　　《水滸》文中「忠義雙全」一句，我是套用 Irwin 的譯文，想想的確是不妥的。不多寫了，即祝。

　　近安

弟　志清　上<br>四月十三日

　　附上玉瑛焦良近照

　　［又及］談話間，P 君和我同意《醒世姻緣》必非蒲松齡所作，雖然他出發點是該小說思想太封建，但文字的粗俗也是一個理由，所以 P 君見解比胡適、王際真高。

---

[13] *The Importance of Being Earnest*（《不可兒戲》，1952），英國電影，據奧斯卡・王爾德同名劇作改編，安東尼・阿斯奎斯（Anthony Asquith）導演，邁克爾・瑞德格拉夫、邁克爾・丹尼森主演，環球影業發行。

[14] 麥唐納（Jeanette MacDonald, 1903-1965），美國歌手、演員，代表影片有《璇宮豔史》（*The Love Parade*, 1929）、《公主豔史》（*Love me Tonight*, 1932）等。

[15] *Love me Tonight*（《公主豔史》，1932），魯賓・馬莫利安（Rouben Mamoulian）導演，莫里斯・希佛萊、麥唐納主演，派拉蒙影業發行。

[16] Nancy Carroll（南西・卡羅爾，1903-1965），美國女演員，代表影片有《魔鬼假日》（*The Devil's Holiday*）、《千金買笑》（*Laughter*）等。

[17] *Laughter*（《千金買笑》，1930），哈里（Harry d'Abbadie d'Arrast）導演，南西・卡羅爾、弗雷德里克・馬奇主演，派拉蒙影業發行。

# 580. 夏濟安致夏志清（1963年5月5日）

志清弟：

　　長信收到多日，甚為有趣，你對於P君的評價亦是公平之至。信已交世驤看過，他認為你的態度亦很對。關於P君，還有一件小事，沒有報導。此間有一位德國漢學家Eberhard①，拒絕見P君，有三大理由：一、P是納粹；二、P是Stalinist；三、P曾經批過他的書，說話不客氣。相形之下，我們中國人實在是寬宏大量得多了。（Birch對他也很寬宏大量，雖然P曾罵過他。）

　　最近期間，交際應酬奇忙，時間支配不過來，電影已好久未看——看電影亦很費時間的。Easter Vacation——我們坐office的人是不放假的，但外埠有人來，不能不招待。Easter的上一日，坐公共汽車去Lake Tahoe（South Shore），是一個人去的。虧得自己沒有開車去，復活節日，大雪紛飛，開了車去，開不回來，將大為困窘。Lake Tahoe風景很好（拔海六千呎以上），但到處是雪，除了滑雪的人以外，沒有名勝地方可玩。只好去賭，星期六下午賭了三個鐘頭（slot machine），得三個jackpot（五分機器，jackpot七元五角）。吃晚飯時，想寫張明信片給你們賀節，發現手指不聽指揮，原來玩機器玩得太用勁而太久（玩的時候連抽煙的時間都沒有），肌肉不適宜於做別種精細的工作。晚上停賭，連show都沒有去看，一個人躲在Motel（設備很好，而且便宜）看TV，看了三部

① Eberhard（Wolfram Eberhard，艾伯華，1909-1989），德裔漢學家，1930年代曾到北京等地教書遊歷，1937年至1948年，在土耳其安卡拉大學教授歷史，後轉往美國加州大學柏克萊分校任教，艾伯華著述廣泛，代表作有《中國史》（*A History of China*）、《中文象徵詞典》（*Dictionary of Chinese Symbols: Hidden Symbols in Chinese Life and Thought*）等。

戲：E.G. Marshall [2]（此人做工不錯）的法律戲：*The Defenders*；兩大西部片：*Have Gun-Will Travel*與*Gunsmoke* [3]；生平大看TV，這還是第一次。一個人躲在鄉僻旅館看TV，倒是很好的休養。第二天早起，手臂完全復原，又去賭了兩個鐘頭，又中了一個jackpot。是日大雪，假如沒有公共汽車，不知如何回來。坐在公共汽車裡，一路高山雪景，很值得一看。

我的賭，因為想出了一條辦法，可以持久作戰。方法：換十元錢的五分（nickels），共二百枚，去博七元五角的jackpot，看看還是它的「寶」先出來，還是我的十元錢先輸完。因為常常有小獎出來（三個、五個、十個、十四個等），十元錢可以玩很長的時間，長時間地玩下去，中大獎的機會亦就多了。結果為什麼我還是輸呢？一、我不該去玩Dime or Quarter Machine，得了nickel的jackpot，在大機器上很快就可輸掉；二、我不該去別家賭場賭，應該認定一家。我既然抱定宗旨長期作戰，在別家賭場走馬看花hit and run的賭法，當然亦是很快的容易輸掉的。但我對每天輸錢定了一個限額（十元）。輸完了就不再反攻，認命不賭了。賭場裡別種賭博，輸贏太大，我不敢嘗試，還是Nickel Machine可輸的錢容易有control（一次只能放一個nickel；在roulette桌子，東放一點，西押一下，一次可以輸掉不少），對於我這種膽小謹慎的人，最是合適。

復活節下一個週末，因為世驤與Grace把Martha小姐接在他們家裡，希望給她（或我）製造「機會」，我奉陪之下，大感吃力。

---

[2] E.G. Marshall（馬歇爾，1914-1998），美國演員，以出演電視劇《捍衛者》（*The Defenders*）、《魯莽的人》（*The Bold Ones: The New Doctors*）知名。

[3]《有槍闖天下》（*Have Gun-Will Travel*）、《荒野大鏢客》（*Gunsmoke*）均為電視劇。

星期四、星期五、星期六都睡得很晚，星期天我希望能睡個午睡作為補充，結果還是辦不到。那幾天他們本來想開車去Monterey，但天公不作美，老是下雨，只好在家裡打麻將或Bridge。世驤與Grace完全是一片好意，但他們不知道，我如精神不夠，只好敷衍而已。他們早晨能睡覺，我可說從不失眠，但早晨總想起來，不想懶在床上；我雖精神很好，可以熬夜，但連續幾夜少睡，早晨又得不到補充，總覺得精神不夠的。我假如對Martha感覺有passion，那末「精神戰勝物質」，亦許會視疲乏為無物。但既無passion，用心敷衍，便更覺吃力。雖然我還是不斷地談笑風生的。世驤當然很識大體，Grace亦很graceful，雖然希望能自然地培養愛情，但愛情如培養不出來，他們亦就算了。對我並無責怪之意，這個我很感激，我當然亦不希望不必要的得罪人也。

這一類的交際很費時間，但我像「別頭寸」的上海商人似的，移東補西，至少表面上做出並不窘迫的樣子。世驤與Grace外面交際比我忙幾倍，但他們如沒有交際，生活就感得寂寞，我無論如何要「出空身體」奉陪的。這種話在他們面前我當然是不說的。他們有事，一個電話我未有不去的。承他們好意，希望我有一個女朋友。其實我如有女友之後，時間更分不出來，他們那裡只好疏遠了。我也許因為過去生肺病之故，養成離群索居的習慣，很不怕寂寞。假如一個晚上沒有應酬，沒有那種我無話可說的colloquium，一個人呆在家裡，我認為是很大的樂趣。沒有那種恬靜mood的人，當然很難了解我的樂趣何來。

八月間你希望我東行，我暫且答應。八月間紐約有個什麼會，P君也要來的。這個會不一定請我，希望你千萬不要代我鑽營。我是很驕傲的人，不請我，我也不生氣（如去年Ditchley Monor之會，差一點沒有請我，後來因Mote等在頭一批邀請中的人，或則沒有空，或則無話可講，沒有應邀，才輪到我和時鍾雯等第二批。

當然我也無需客氣，我可以說 Ditchley Monor 之會假如沒有我，
《文集》內容將更空虛），我很能自得其樂。我很怕被人「審查」。
不敢交女朋友的原因之一也是怕被人「審查」。（「投稿」、「申請職
業」等我都視為畏途。）八月間的那個會，我可以不參加，但是我
自費可以來紐約。假如你們有空，我們可以一起離開紐約到什麼地
方去玩玩。

這幾天心上有樁大事，即 Zagoria 之文尚未動工。東西是看了
不少，但材料還嫌不夠，只怕文章寫出來沒有勁道。這個週末一定
要好好地來開一個頭（頭已經開好了）。開頭開好了，五千字的文
章，照理一個禮拜也可以寫得完了。

Schaefer 最近把 Victor Purcell [4] 的 *The Boxer Uprising*
（Cambridge Un. Press）拿來交我寫書評，預備在 *Oriental Studies* 上
發表。Schaefer 怎麼會想到我能評那本書，也是怪事。其實我對於
拳匪的確是大有興趣的—— Schaefer 能看出這一點，他總算是有眼
光的了。我很想把那篇書評寫好（書還沒有開始看），最近不斷研
究中共情形，假如只成了「匪情專家」（用臺灣的術語），對於我
學術地位，無甚幫助，很想在別方面也露幾手。

還有一方面，我是完全忽略了，即中國舊學問是也。你在那方
面一定可有很好的成績表現。因為我們對於「讀書」，已有訓練，
拿起書來，總有話好說；而那些話往往也是重要的話。像時鍾雯、
楊富森等（他們上一代的學者中亦有同樣情形）拿起書來，無從講
起，這實在是很痛苦的——假如他們想做學者的話。

我對於「匪情」，的確有很大的興趣。最近一期 *Life* 登朱君

---

④ Victor Purcell（布賽爾，1896-1965），英國殖民地官員、歷史學家、漢學家，代
表作有《東南亞的華人》（*The Chinese in Southeast Asia*）.《義和團運動：一個
背景性研究》（*The Boxer Uprising: A Background Study*）等。

（？）的（談談打打）的「書摘」，我看寫得不行。態度arrogant，表現得還是心浮氣粗。我現在的學問還不夠，但假如生活安定，請我按步［部］就班地研究下去，我可以寫一篇很長的《中共統治下的農民生活》。這種作品Social Scientists無人能寫（他們對於「生活」沒有興趣），而當代歷史家們的吸收材料與表達能力，往往是不及我的。

　　*China Quarterly*昨天收到，還有些印錯的地方。頂滑稽的是在p.230上，我要說的是「文學研究會」，不知是哪一位——是美麗的Judy Osborn小姐嗎？——把它改成「作家協會」。這種錯誤，讀者中，外行看不出，內行一定也知道是「文學研究會」。所以我一笑置之，不預備寫信去抗議。我兩篇文章，一篇表現我文學批評之敏銳，一篇表現我做文學史研究之功力。自己想想，頗為得意。（有一點學問欠缺之處：丁玲《在醫院中》根據你的書，1958年正月的《文藝報》曾經翻印，這種information我那文章中至少應該提一下的。還有一點缺注：楊沫曾引「一面是神聖的工作，一面是荒淫與無恥」，這句話是Ehrenburg⑤說的，魯迅引於《八月的鄉村》之序。）

　　關於丁玲，你的見解未嘗不是。丁玲的文章是常常不通的。有些文章，她寫了就發表的，語法不通之處很多；後來收成集子，仔細修改，文章才通順。我這裡收集了不少例子（尤其是早晚兩個version的對比），至少這一點上，我可以替你做辯護。至於施友忠報導胡適說魯迅ungrammatical（「不通？」），那才是大笑話了。丁玲的《桑乾河》我沒有看過，不能置評。她早年的作品，據我的印象，文字很多地方是幼稚生疏的。

---

⑤ Ehrenburg（Ilya Ehrenburg，愛倫堡，1891-1967），蘇聯作家，代表作有《解凍》（*The Thaw*）、《人‧歲月‧生活》（*People, Years, Life*）等。

　　家裡好久沒有去信，看見玉瑛妹和焦良的照片很是高興。焦良的確有點「英氣」，但願不要蹈劉紹棠、秦兆陽等覆轍也。中共現在學俄文的沒有以前多了，希望玉瑛妹和焦良少管閒事，好好地埋頭翻譯幾部好書出來。但是這種話，信裡也不便說，說了好像是勸人「逃避現實」，受勸的人可能要挨批評的。中共於'61、'62兩年管制較寬，但'62十月後漸加緊，今年是比去年緊了。中共最看不入眼的是「自由市場」（虧得「自由市場」，過去兩年，有錢的人可以吃得稍好），農民的「自留地」與一切「個體經濟」的現象。這種東西，共黨為何一定要把它們消滅，我至今不能了解。

　　關於「左翼文人」的研究，幾乎在停頓中。我發現學問方面一大缺陷，應該好好補充，但補充起來也不是幾天的事。即關於蘇聯小說的智識是也。蘇聯小說中的人物，如郭如鶴（《鐵流》）、萊奮生（《毀滅》）、保爾・柯察金（《鋼鐵是怎樣煉成的》）等，在中共教養出來的人常常會引用，好像引用關公、諸葛亮一般。這種書在中共大約有幾百萬人看過，像我這種研究中共的人，對於這方面的智識，也應該具有。

　　又魯迅所譯《豎琴》等，大部份皆為「同路人」作品，這種人後來（'37以後）不少被Stalin清算（如Zoshchenko⑥等）。昨天買到一本 *The Collected Tales of Babel*，前面有篇Trilling的長序（Meridian Book），寫得很好。Trilling認為蘇聯於'32-'37之間，對文人控制的確比較鬆，所以魯迅至死對於Stalin的控制情形，是不大清楚的。Babel不知魯迅（或魯門第子如曹靖華⑦等）譯過沒有，

⑥ Zoshchenko（Mikhail Zoshchenko，左琴科，1894-1958），蘇聯作家，代表作有《日出之前》（*Before Sunrise*）、《洗澡》（*Scenes from the Bathhouse*）等。
⑦ 曹靖華（1897-1987），原名曹聯亞，河南人，翻譯家，曾任《世界文學》雜誌主編，譯有《鐵流》、《侵略》、《契訶夫戲劇集》等大量俄蘇文學作品。

看來 Babel 的冷峭的筆路和魯迅亦相近。B後死於 Stalin 的集中營。
Gladkov⑧的《土敏土》最近有 paperbook edition（Ungar 出版），其中有個「一杯水」主義的女主角（受 Kollentay？的「新女性」觀的影響），這種婦女中共小說中很少出現，這點在你文章中如被引入，將更能引起外國讀者的興趣。我因為在研究 Chinese Image of Russia，中譯的蘇聯小說給中國人什麼印象是個好題目，可惜學問不夠，無從談起也。信在 office 中寫，但墨水在寓所，自來水筆已乾，暫停於此。接着就寫我的 Chinese Image 了。專此　敬頌
　近安

濟安

五月五日

　　［又及］Carol 與 Joyce 前均此，並謝謝你們的邀請我東來。為免得使她們失望起見，我到紐約之後，再開車出去同遊如何？

---

⑧ Gladkov（Feodor Gladkov，革拉特珂夫，1883-1958），蘇聯社會主義現實主義作家，曾任高爾基文學院領導，獲 1949 年史達林文藝獎金。代表作品有《土敏土》（*Cement*）、《宣誓》（*The Vow*）等。

# 581. 夏濟安致夏志清（1963年5月17日）

志清弟：

　　另函寄上 "Images" 一文副稿，文章因受篇幅限制，很多東西不能講，勉強做到 coherent 與 lucidity 而已。希指正。關於此文，另有故事，你和 Carol 想必都很喜歡聽見的。它拉近了我同一位小姐的關係。最近曾 date 過她兩次。你既然鼓勵我多 date，甚至像「Yuki 那樣的 blasé 的女子」，你以為都不妨多多接近。現在這位女友倒是談得很投機，但看來佳耦並不在此，所以請你們不要興奮。反正我有 date 了，你們聽見了總是很高興的。

　　這位小姐名叫 Bonnie，Pennsylvania 人，在我們 Center 服務快兩年，我認識她也有這麼久。平時見面的機會很多，我又是比較和氣而談笑風生的人，所以彼此間並無什麼隔閡。本來關係就不錯，我在 date 的時候的緊張的毛病是大大的減輕了。

　　我一向對她的印象很不壞。同事 Father Serruys '61 年去華府喬治城大學任教，我寫信給他報導 Center 的情形，稱她為 bewitching B——當然我的口氣是開玩笑的。Father Serruys 說過她像水裡剛爬起來的 Mermaid。因為她頭髮（金）很短（齊頸），毫不修飾，披在頭上，京戲裡有些水怪的頭髮也是這樣的。平常不穿襪子，下雨天更是光了腳穿 Sandals。她對我的 attractions 是：她有非常溫柔的性格和聲音（sweet），就相貌而論，眼睛（她說她眼睛是 green，Lee Remick 的是 blue）、鼻子、嘴、臉型、苗條身材都有點像 Lee Remick——這樣豈不是成了一個大美人了嗎？事實亦不然。她自己說她像 Carl Sandburg①，這個比方也有點對。她的皮膚較粗，似

---

① Carl Sandburg（桑德堡，1878-1967），美國詩人、作家，曾三次獲得普立

有皮膚病（allergy？），頭髮的確是很像Sandburg的，身材雖好，但走路的姿態等，是有點野裡野氣的。你們能想像Lee Remick和Carl Sandburg混合起來的那樣子嗎？

一年多來我毫無動靜，你們一定會覺得很奇怪的。'61秋，Center有位管圖書館的吳燕美②小姐結婚，我們都去參加婚禮。B說：燕美穿了新娘服裝漂亮得很。照我wisecracking的脾氣，我很想說：「你穿起來也許更漂亮呀」這類的話，但那時我們不很熟，也許為了別種inhibition之故，這句話到了嘴邊沒有說出來。

這麼多時候以來，Center也有好幾次大規模的聚餐會等的party，她很難得有escort（就是吳燕美結婚那次，她也沒有escort），據我記得只有一次她帶了一個名叫Paul的善良青年，兩人似乎也並不密切。但我從來沒有建議過去接她送她，或做她的escort等。這種念頭似乎都沒有想到過。

我的"Five Martyrs"是她打的；她對於我的「故事」，似乎頗受感動。尤其是在打完了Father Serruys的枯燥長篇論文之後，看到我這麼一篇充滿人情味的著作，反應應較是特別良好的。

我忘了提起：她是英文系畢業的——在Penn State讀過。'61她在U.C.還選些Chaucer等課（Graduate School），'62秋休學，在Center全時工作，為了想多賺些錢。現在她在讀（自修）Spenser，預備今年秋天去考M.A. Oral.她不懂中文，居然能打繁重的中文羅馬拼音很多的論文，這點本事，世驤也很欣賞。

經過"Five Martyrs"，並且'62秋後她來全時工作，我們接觸的

---

茲獎，代表作有《芝城詩集》（*Chicago Poems*）、《詩歌全集》（*Complete Poems*）、《林肯傳：戰爭年代》（*Abraham Lincoln: The War Years*）等。

② 吳燕美，1957年臺大商學院畢業，1961年在加大圖書館系讀書，婚後隨夫婿張明德定居西雅圖。

機會當然更多了。但是我做了一件對不起她的事情；即我那篇 "20 Years" 沒有請她打。我那時趕着要寄出，不敢動用 Center 的辦公時間打字——怕到時候趕不出來（因為 Center 還有別種工作），因此我拿到街上打字行去打的。其實我可以請她在週末與晚上打，另外酬謝她。她經濟困難，這種小差使一定很高興做的。——她固定的有幾家 babysitting 的差使。假如 "20 Years" 一文去年十一月我請她打的話，那時候關係就可以比較密切了。可是天下事情人生離合都是前定，注定今年我要對她大起好感，這個好感在去年大約還大不起來。

但是去年 Xmas 我送了她一本你的大作。上款題的是 B，抑是 Miss Walters，現在記不起來了——可能是 Miss B Walters，用以 balance 我的「題詞」中所表現的情感。我寫的是 A more appreciative reader never could my brother wish for. 她因為對於 "Five Martyrs" 裡面的人物如丁玲、魯迅等，很感興趣。你的書給英文系學生讀來，他們一定會佩服而得益。對她而論，她可以知道些更多的東西。

這樣一直拖到四月五號（'62的四月五號怎麼過的，我一點也想不起來了），那天是她生日，同事有送她禮物的；我事前可不知道。知道之後我問她送花怎麼樣？我說要送玫瑰。她說只要一朵，我問她什麼顏色（反正我是外國人，冒充不懂），她說 Pink。我就去買了一朵 Pink 玫瑰送她，送她時因 office 有人，我說了這麼一句開玩笑的頌詞：Let's reserve the red for Mr. Průšek; Pink is the only dangerous color permissible here in this center. 那時大家都忙着為 Průšek 張羅，我這句頌詞倒是很應景的。但是我話中好像已隱隱透露很遺憾不能送紅玫瑰似的。office 裡的 secretary（很年輕而機靈，B 是 typist）Mrs. Dolores Levin 瞪了我一眼，說道：「Mr. Hsia, you're wicked!」我對 B 的興趣怕逃不過她的眼睛。但我一向玩笑話說慣的，她沒看出什麼破綻。她現在已調到別部工作（升官），我少了

一個監視的人，膽子也大了一點。我很怕gossip。

　　接着我就忙着準備寫 "Chinese Images" 了。我希望按規定在五月十五日以前寄出，計劃利用最後一個週末來寫完。寫好的部份請她星期六下午在office打。星期六中午我請她在附近的Yee's廣東小飯館吃飯。這種午飯飯局並不希罕，我亦並無特別感觸。下午我在我office作文，她在樓上打字。她打完後，我開車送她回家。晚上我在Birch家有應酬，也並不覺得不date她是一種損失似的。但我約了她星期天中午（Mother's Day）吃飯——正式的date。

　　星期天上天我還在office工作，中午去接她。我因為要工作，穿得很不整齊。她打扮得很漂亮——穿了高跟鞋，略施脂粉，衣服也是比較漂亮的——真是很像Lee Remick，而Carl Sandburg的影子都很難找到了。天氣很好，我們步行到Spenger's（就是上次Carol在這裡時去吃Sea food的地方）去吃飯，她住的地方離彼處不遠。吃的是curry lobster，又pinot一瓶，談得很投機。她說：You're the most sociable person I've ever seen；又說You're a romantic ——近年來我一直自以為是個喜歡孤獨，somewhat eccentric的怪人（怪俠？），而且以classical discipline標榜，居然有小姐對我是另外一種看法，聽了不禁春心蕩漾。坐到兩點鐘——天氣這樣好，應該是開過海到金山去玩玩的。但是我得要工作，classical discipline still got the upper hand，因此把穿得漂漂亮亮的她送回家，我回Center工作。

　　星期天下午與晚上居然工作效率很高，把文章寫完，人當然也很累。星期五因打牌到A.M.三點才睡（趙元任太太請吃飯，李卓敏請打牌），星期六工作一天，晚上又是Birch家應酬，我又是談笑風生地交際，星期天又工作一天。晚上沒有什麼雜念，睡得很好。

　　星期一開始，人開始覺得異樣，有點in love的感覺，即坐立不安，茫然若有所失，思想難集中。星期一我是編footnotes，這種工作不大花腦筋，也就編好了。下午把未打的文稿交給她，讓她

在office下班後打，剩下已沒有幾個pages，她很快可以打完。臨走時，我作依依不捨狀，說：I do not know what "the lunch" means, but I'm going to leave you in it."

星期二我自己打footnotes —— footnotes太瑣碎而沉悶，我一向不忍交給一個不懂中文的人打的。文章我再仔細看了，下午寄走。（送了她五塊錢，作為打字酬勞。）

星期三中午沒有約好，可是在Yee's飯館見面了。那幾天我心中有「鬼」，她樓上的office我反而不大敢去了。見面了很高興，我忽然靈機一動，想起一件事情。原來我沒有hifi set，有位美國朋友Paul Ivory，去臺灣留學，走時把他的set寄存我家，讓我用。新近一位臺灣來留學的朋友章玉麒③在回臺灣之前，把他的一套很新的hifi廉價賣給我（他需要錢，而且那東西搬回臺灣也麻煩），我買下來了。Ivory要秋後才回來，我有兩套那玩意兒，無法處理。忽然想起她是玩flute的，便問她有沒有hifi，她說沒有。我說我有兩套，可以借一套給她，她當然很高興。我說什麼時候我會送來，但沒有約定時間。我雖然那時見了她已很緊張，但仍作瀟灑狀。

我不能不作瀟灑狀。因為我一向對她比較冷淡，剛剛三天以前，我還忍心把她送回家去，辜負良辰美景。現在忽然對她大感興趣，似乎有一種不能「自圓其說」的尷尬。這個興趣我只好少表現。

但星期三中午見面後，那天下午與晚上都很苦悶。晚上去看B.B.的*And God Created Woman*④（以前沒有看過），也未能排遣。

星期四狠心不進她的office，但在下午五點下班前，我還是上

---

③ 章玉麒，1955年畢業於國立臺灣大學法學院。
④ *And God Created The Woman*（《上帝創造女人》，1956），法國電影，羅傑·瓦迪姆導演，碧姬·芭杜、Curd Jürgens主演，Éditions René Chateau Kingsley International Pictures發行。

去了。問要不要開車送她回家——這種問題我以前也會嘻皮笑臉地
去問的。她說要走回去，我要保持「瀟灑」的姿態，也就隨她去
了。但是我問她要不要晚上把hifi送去，她說很好，我說再通電話
好了。

下班後我把hifi拿走（存在朋友那裡，但是他們也已經有了
hifi，存在那裡也不用的），打了個電話給她，問她現在送來好，還
是晚一點好。她說現在就送來好了。

我在六點半之前送去，陪她到十一點半再走，相處得很融洽，
「單思病」也治好了，但是談話與觀察的結果，我不得不下這個結
論：佳耦不在此。原因：她有她的beatnik的背景，這種背景我是
無法接受的。在我們有現在這樣的「深交」之前，她曾告訴過我她
曾去看過psychiatrist，這個我倒不在乎。但是她現在說，她的朋友
都是sick的。將來她這些sick的朋友，做她丈夫的將怎樣對付？再
則，she is a much worse housekeeper than I am，這個當然和她beatnik
背景有關。

我們的談話虧得是用英文說的，英文有一套談情說愛的
vocabulary，說起來很自然，而且語氣輕重也容易合分寸；中文還
沒有這套vocabulary，假如加上男的緊張，女的矜持（中國小姐十
九矜持，你是深知之的），根本無話可說。

我見她時已很緊張，假使用中文，不知說什麼話好，但是用
英文，還有俏皮話可說。我把hifi搬進去後，我說：In China, the
delivery man used to expect a tip. 她說：給您沏壺茶吧，我這裡什麼
都沒有。我說喝茶固好，晚上同去Larry Blake's Anchor（離她家不
遠的另一家Sea food飯館）吃飯如何？她說現在還不餓，我說坐坐
再走好了。

她把她的生平說得很多，我也不全記得。但是我的緊張漸漸消
失，裝作是個attentive listener，同時也許在慢慢falling out of love。

照前兩天的苦悶的樣子，我應該有許多「衷曲」要吐訴，結果我什麼都沒有吐訴，我只是affable、self possessed，裝作有sympathetic understanding。至少我演一個mature man，演得還是很像的。

她說她曾經失戀想自殺。現在男友恐還有一些，但她似乎都不中意。有幾句話，我相信她真是肺腑之言，中國小姐是絕對說不出口的，而我的態度還是太虛偽了。她說：「我已經廿六歲了，真怕做老處女。我真envy燕美（她們是好朋友），我也想做個好妻子，雖然我認為燕美的丈夫並不夠理想。」燕美的丈夫姓張，學工的，是個非常好的優秀青年，但在beatnik的眼光看來也許只是philistine而已。那時我有句話到了嘴邊：「Why don't you marry me？」但是這個機會錯過，以後也許永遠不會有了。我只是說：「I understand that you can line up your suitors.」我想加一句including myself，但是沒有說。她說沒有滿意的。我說做人沒有辦法，只好compromise。——完全像個老大哥似的。

在我們出去吃飯之前，來了一個人打擾，此人是她鄰居，叫Mike。他說他在Remington Rand找到了一個差使，今晚要去金山Earthquake Mac Goon夜總會慶祝。但是"Mary"不願意去，他來拉B，假如B願去，Mary大約也願意去了。這位Mike說話很不清楚，情形如此，我後來才聽出來的。B當然說不能去了，但是問他要不要請Mary一起進來，喝杯茶。Mary在外面扭捏〔忸怩〕了一下，也進來了。這位Mary一臉可憐的樣子，天氣很熱，穿了件厚大衣。Mike跟我大談他的計劃，想在U.C.讀數學系Ph.D.，讀完了再去西雅圖讀西藏文，又要寫小說，又想辦一個大農場，又想買一條船環遊世界等等。說得語無倫次，我反正最會瞎敷衍人，把他哄得很高興。他最後說：「我在海軍的時候，醫生說我有schizophrenoia，你看我怎麼樣？」我說：「哪裡的話，我看你是intelligent、ambitious、energetic，有志者事竟成，前途無量！」這種虛偽的話在那種場合

之下也非說不可的，但是我在情感上的確缺乏同情心，我只是心口如一的虛偽而已。他們走了之後（Mary結果還是不願意去金山，因為第二天早晨要上班云），B告訴我，Mary和Mike沒有正式結婚，Mike神經的確不健全。後來她還說：「你瞧，我的世界一半是屬於Academic World，一半是屬於Mike、Mary他們的，我捨不得離開他們，我得招呼他們。」我聽這句話的時候，正是在對她的beatnik的sick society大起反感。現在想想，她對我總算十分誠懇坦白，而她愛人類的心要比我的偉大得多。我所關心的，無非還是名利地位等等而已，或者是「崇高的理想」等等，哪有工夫去管那些閒人閒事？

晚上吃的是Baked Filet of Sole，酒：Riesling，吃飯的時候不免談到Schurmann夫婦的問題，她也聽見了些gossip，好像太太另有男友似的。我說「不是，Do you want to know whom she is really interested in？」她說：「不要聽」，好像要把耳朵掩起來似的。這種地方看出來：雖然她的beatnik積習很深，但是在Pennsylvania從小所培養的Decency與Propriety的觀念還是很強。但是我那時正想philosophize，趕快說下去：「She is interested only in herself!」她歎了一口氣a sight of relief——總算從我嘴裡掉出的不是scandal！我接着說：「You are interested in yourself, I am interested in myself.」她說：不錯，但是love「她並不是說『她我之間的love』，是說她從前的戀愛經驗。」可以改變的。雖然照我前兩天的mood，我也許會吐露愛慕的話，但是這種cynicism也許是我的根本信念，還是流露出來了。好在我的根本信念不全是cynicism，接着就討論杜思妥以夫斯基《白癡》，「抹煞自我」是多麼的困難。Schurmann夫婦的婚姻照世俗眼光看來也許算是失敗，但是他們雙方的痛苦——可以照世俗辦法解脫而甘願留戀於他們自己的痛苦——也許正是他們超越小資產階級的戀愛生活而進入更高一層境界的契機。

　　請不要以為我們所談的都是這些抽象的話。我們談話時間很長，大部份時間我都是很witty——就是你怕我在女孩子表現不出來的「T.A. at his best」。星期天，我們在Spenger's沒有碰杯，大約那時我的心一部份還在寫論文上面。但是星期四晚上，我們碰了幾次杯。有兩次值得一提：

　　一次是我忽然提起曾經掛過陸軍中校銜（這次談話，她談自己談得很多，可是我很少談起我自己——這也許是使女孩子高興的辦法，一個寂寞的女子當然高興有人願意傾聽她的問題的，但我未免還是太厲害一點），她聽了大感興趣。我忽然把話割斷，逼她碰杯：「To the brave who deserve the fair!」她顯得很窘，但杯擱下後，我說：「But I don't belong to them. I never saw battle.」她驚奇地一笑。

　　又一次她在描寫她所知道的舊金山之後。我又跟她碰杯：「Be my Beatrice, & show me the delights of Paradise!」這話還算得體：因為這個imply love，並沒有imply求婚之意。

　　今天星期五，晚上我要跟Schurmann夫婦一起吃飯，去看戲劇系同事Oliver⑤編的劇：*Don Juan*。S夫婦如能和好如初，朋友們都求之不得。我的在場假如能增加他們倆空氣的和諧，我是很願意做的。反正今天我mood很好，可以使得大家的情緒愉快。我的date兩次，天下無人知道。在美國男的date女的，本是小事，希望你們也把它看作小事，但是千萬不要和別人談起，我不想要人家知道。大家在一個office上班，怪不好意思的。今後如date亦仍是偷偷進

⑤ Oliver，應該是William Oliver（威廉・奧利弗，1926-1995），學者、導演、劇作家，康乃爾大學博士，長期任教於加州大學柏克萊分校戲劇系，導演過奧尼爾、沙特、卡明斯等人的很多劇作，還創作過西班牙主題的三部曲。其太太是Barbara Oliver（芭芭拉・奧利弗，1927-2013），導演、演員，曾創辦灣區著名的北極光戲劇公司（Aurora Theatre Company）。

行，不會驚動人的。

星期六晚上紀家有牌局，星期天她說要去babysitting。現在的情形，我下不了決心拚命追求，她對我也沒有愛意。但雙方覺得有很多話可以談，我是絕對enjoy her company；她至少對我的company感到不討厭。她年紀也不小了，情況大約是比我寂寞，我這點表示目前大約也夠了。到要緊關頭我還是命定論者。Push要賣[價]事，成則不知好不好，敗則「身敗名裂」也。

現在沒有約好下次date的時間。我雖來美國已有幾年，但還不習慣一個星期前定好約會等，打電話還是有點怕。例如星期四晚上我們談了五個鐘頭的話（除了那個瘋子Mike來打斷那一陣），我也是隨機應變，毫無準備，到她家還不知道她肯不肯出來一起吃飯也。

我相信as a middle-aged man，mature scholar，我這點devotion的表現也就夠了。她覺得我做scholar或教授很可惜，應該從事小說創作（她自己也想寫小說的）。她對於創作生涯（還是年紀太輕之故）還抱有一種浪漫的幻想。不知道假如決心做小說家，也只好去做「朝不保夕」的beatnik了。我雖然習性吊兒郎當，但是只想在respectable society中吊兒郎當，換一個society，照我的年齡我已經沒有這麼大的adaptability了。

你們很高興知道的，就是我在前兩天，心情的確很不「正常」——換言之，心並非如「槁木死灰」。今天mood已經很正常，I am still my rational myself。到底命運如何，我也不知道。但是可斷言的，一個小姐認識兩年後再開始date，這種機會也不會很多的了。

但是我絕不感覺到desperate。我現在的感覺只是有點amusement——造物弄人也太奇怪了。

這封信只是一個報導。並不seek advice，也不求鼓勵和安慰等。I can still take care of myself，而且「山人自有妙算」。希望你們聽

見了，覺得很有趣，並且也希望你們同意：This girl is probably a better person than I am, but we belong to two different worlds。雖然我還是會繼續date她的。專此　敬頌。

　　近安

濟安

五月十七日

Joyce前問好

五月廿日又記：
　　長信寫好了幾天，放在抽屜裡，決不定該不該寄給你。有幾天我心情很壞，胃口變得都很差，這在我是很難得的——但我並不喝酒遣悶，self-discipline has become part of my life —— mood忽好忽壞，我也不知道信裡所描寫的我的mood，會不會改變，等冷靜一下再把信寄給你不遲。
　　星期六、星期天仔細重讀*Brother's Karamazov* ——（我本想研究魯迅與杜翁＆俄國文學，文章中不及發揮。魯迅先擁護杜翁，後來反對杜翁，這就是他退步而存心跟共黨走路的表現也），尚未讀完但讀得很仔細（以前只是草草讀過）。讀後覺得心平氣和，心裡充滿的是溫柔，而不是passion。我那幾天所以神思不安，主要是因為發覺自己已fall in love，但此事該不該向她吐訴。照我急性脾氣，很想吐訴，但一吐訴可能把兩個人的關係弄得很緊張。她本來也許還enjoy my company，但是我若大膽吐露愛情，反而使得她很為難。當然一個文明人追求的時候，不妨不斷地drop愛情的hints，——這套本來我可以做，而且相當擅長的。這種作風我想我不該改，但是又怕看見她時神情緊張，心中有話不吐又不快。
　　杜翁至少使我更進一步認識，（一）人生的痛苦和（二）使別

人快樂的重要。他的書使我變得less ego-centric。少想到自己，因此做人也大為泰然。杜翁是內心痛苦的人讀來最為得益；我在不痛苦時讀他，也不會這麼得益的。

今天（星期一）見面了，我一點也不緊張，很大方自然，杜翁所引起的溫柔（以前我在wise-cracking mood中所表現的只是sharp，brittle wit）很有作用，已約了下次date。我很知足。

事情還是瞞着別人。就世驤與Grace而論，他們太關心我的幸福，太熱心幫忙。假如他們知道我對某小姐發生興趣，他們一定會設法製造機會。他們問長問短的關心，將使得我今後追求很為難。他們希望好事成功，殊不知此事是勉強不得的。世驤與Grace如此熱心，將影響我自己的決定。我也不希望你和Carol給我什麼advice。我將在杜翁與寂寞中作自己的決定。女孩子是會表現她的愛的——她表現不表現，現在我並不關心。我只是做我認為對的事情。

還有一點，Berkeley華人太多，華人見面，總是gossip——此事並非出於惡意，但我很反對。我絕不希望最近的affair成為別人gossip的題目。有人如見面向我開玩笑，我會deeply resent的。我的charity還沒有這麼偉大，請原諒，所以請你們二位不要向任何人提起，見了吳魯芹他們，就是hint也不要提（只是說濟安沒有女朋友可也）。父母親大人前也不要稟告，免得二老再失望。我性格剛強，不怕失戀，但臉皮嫩，怕出「失戀」之名，心情高傲，恨人家的憐憫。這點也請原諒。

有一件事要請你幫忙。B過去曾在Harcourt Brace做過事，曾打折扣買了些名貴的書。後來到U.C.來讀書，等着要錢用，把名貴的書賣掉三本，她心中肉痛不已。其中一本是Chagall⑥的 *Illustrations*

---

⑥ Chagall（Marc Chagall，馬克·夏卡爾，1887-1985），俄國藝術家，猶太人，主

*of The Bible*（不是*Jerusalem Windows*）。書名她隨口說出，也許不是這幾個字。我正偷偷地托舊金山舊書店淘這本書。想起紐約是大地方，這本書務必請你淘一淘。著者Chagall與出版商Harcourt Brace是絕無問題的，書名不一定是這個，但內容必是illustrations of the Bible無疑。HB書店的目錄我翻過，無該書之名（亦無Chagall任何作品），該書想已絕版在三年以上。這類書新書定價總在$30左右，舊書如覓到可能較廉，但也可能被敲一記竹槓。如覓到，請即買下，價錢不計，款請墊後，我可即刻奉還。如覓不到，請把書名查一查，在*N.Y. Times* Book Preview之類去登一個廣告，希望有人肯出讓。這許多年來，我在任何小姐面前，沒有花過一文錢，現在做一次傻事，亦未為過。事情並不急，因此不希望浪費你很多時間，請有便辦理可也。謝謝。專此　敬祝

　　雙福（套程靖宇的話）

濟安

Joyce前問好

　　[又及]原書上p.277關於蕭軍：

In September 1946 he was assigned to Harbin as editor of the newspaper cultural gazette（Wen-hua Pao), which published every five days.

　　但根據劉芝明⑦，《文化報》是1947/5/4創刊。

---

要在巴黎活動。涉足多個主流藝術流派和幾乎所有的藝術媒介，被認為20世紀最出色的藝術家之一，代表畫作有《致我的未婚妻》（*To My Betrothed*, 1911）、《我和村莊》（*I and the Village*, 1911）等。信中提到的書或為*Illustrations for the Bible*（1956）。

⑦ 劉芝明（1905-1968），原名陳祖矞，遼寧人，早年留學日本，曾任東北人民政府文化部長、東北文協主席、中央文化部副部長等職，曾組織創作京劇《逼上梁山》、《三打祝家莊》等。

東北文藝協會等十五個團體的結論中說「蕭軍近年的活動，特別是他在1947年編輯《文化報》以來的活動」。

蕭軍也許是46/9去的哈爾濱。報紙籌備費時，九月到五月這段時間他大約在籌備，但這方面我的材料還不夠。

# 582. 夏志清致夏濟安（1963年5月22日）

濟安哥：

　　昨天收到大文，讀後很佩服，你時間不夠，能參閱這樣許多書，寫出這樣informative而分析透徹的文章來，是不容易的。中國人相信共產主義，而對蘇聯不一定就有好感，這一點道理你說得很對。de-Stalinization前後中國作家對蘇聯所抱的看法，你所討論的數點，都是以前沒有人研究過的。中國新文學內，真正把蘇聯人物當主角描寫的，實在不多；許多社會主義建設和抗戰、內戰小說的主角當然和蘇聯小說中的英雄有相似之處，但我們蘇聯小說都不熟，一時無法研究。除蕭軍痛罵駐華蘇聯軍人、技術人員外，普通小說中見到的倒是白俄較多：丁玲、張愛玲都寫過白俄（丁玲那篇描寫白俄電車（bus?）conductor的「反動」形態很有趣），蔣光慈也一定寫過白俄。所以你這篇文章，根據史實、學人和作者們的著述和報告作綜合性的分析，是比較有更豐富的收穫的。其實，中國作者參觀蘇聯後寫的報告一定數量上已很多，把這些報告作一篇分析，也該是很有意義的。上次為Boorman寫茅盾傳，翻看了茅盾日記性的《蘇聯見聞錄》，他和他太太充軍似地看了不少東西，但茅盾身體不佳，水土不服，時常生病，胃腸不佳，不勝其苦。他一方面極端讚揚蘇聯的成就，一方面記載自己身體的不舒服，倒是很好的對照。和早年翟秋白在蘇俄吃苦的情形比較起來，也很有意思。你"Demons in Paradise"一文發表後，一定當更受學者注意，可喜可賀。你Purcell書的review更可表演你中國近代史的學問。有一本書，Fleming①，*The Siege in [at] Peking*，也算是一本minor classic，

---

① Robert Peter Fleming（羅伯特・弗萊明，1907-1971），英國冒險家、遊記作家，

應參閱。

　　本來星期日晚上即預備寫回信，當晚讀了Chu的《打打，談談》和 *Time* 上記載黑人暴動的cover story，和其他時文，沒有寫。我對時局很隔膜，初到哥大，覺得同事間沒有人討論時局，頗以為怪（在Potsdam時，討論時局是日常功課），現在自己也沒有工夫看報章，既然朋友間沒有討論時局的必要，watch時事的責任心愈化愈淡了。那晚上看些了有關時局的文字，覺得是近來少有的luxury。一年來教中國文學，的確長進不少，我目前的野心是每genres的名著，多讀幾種。你在蘇高中，國文教員學問較好，文學作品讀得極多，我在中學時期，換了不少野雞學校，教來教去就是幾篇《古文觀止》裡的古文，詩、詞都沒有碰，現在想想，的確吃虧不少。這一年教書，宋詩詞教得較馬虎，元曲也僅教了《西廂記》一劇。好好地教中國文學史，非分兩年教不多〔可〕。唐、宋、元的詩、詞、曲，allusions真多，研究中國poetry非有系統地從頭讀起不可。元曲中套用前人的詩詞，更是多得驚人，非熟讀唐宋詩詞，不能領略其美處or摹倣性。我覺得弄通一部《詩經》、《楚辭》不難，能把元曲（or明戲）弄通，實在要有很大的學問：不能句句明其來歷，不能算真欣賞。英國詩人雖也有借用前人的詩句的，但情形沒有這樣顯著。不讀Chaucer、Spenser，莎翁照樣可以讀；中國詩就不允許你這樣「斷代取義」的讀法。

　　《肉蒲團》最近有英譯本（translated from Kuhn），哥大有一部

---

是007系列小說作者伊恩・弗萊明（Ian Fleming）的哥哥。弗萊明曾作為《泰晤士報》的特派記者，從莫斯科出發，經過高加索、裡海、撒馬爾罕、塔什干、土西鐵路、橫穿西伯利亞的鐵路，一路遊歷到北京。代表作品有《遊歷韃靼》（*Travels in Tartary: One's Company and News from Tartary*）、《入侵1940》（*Invasion 1940*）等。《北京圍城》（*The Siege at Peking*）一書描寫了義和團與歐洲人圍困北京的情況。

1705年日本edition，我一晚上讀完了，覺得很有趣。中國的「淫
書」，性質都不相同，不能一體視之。《肉蒲團》雖然歸根結蒂還
是借用的佛法看法，書本身倒頗像美國人愛讀的「性幸福指南」之
類，勸人不要假道學，從房事中得到生命的樂趣。Anti-puritan的
氣味，相當modern，小說作者可能是李笠翁。As novel，也有幾段
好文章。中國「淫書」多看幾部，可以寫一部 *The Erotic Novel in
China*。

　　你社交這樣忙，還得敷衍自己不歡喜的小姐，必是苦事。你對
Martha既沒有興趣，不如向世驤夫婦明說了，免得將來牽連更多，
使對方痛苦。我在這裡的交際，比你少得多，主要是沒有世驤那樣
好客的朋友，但系裡不時有visitors，也浪費不少時間。明年春年
Karlgren的高足Malmquist②將來哥大教一學期，算是中文系第一次
有內行來擔任「文字學」方面的功課。

　　八月間請你一定來。紐約好玩的地方極多，即不開車旅行，
也可以玩一陣，Carol、Joyce知道你能來，都很高興。我電影也
不多看。那次看了 *Love Me Tonight*③，的確大為滿意，實為三十年
代最優秀之musical。《璇宮豔史》、《風流寡婦》都不算什麼好的
電影（根據過去的印象），*One Hour with you*、*Love Me Tonight*皆
是classics。你可以向Berkeley那兩家art theater request重映一次，
以證我言不虛。二次世界大戰後，美國歌舞片注重ballet、跳舞，
最好的電影可能是 *An American in Paris*，雖然Gene Kelly是我的

---

② Malmquist（Göran Malmqvist，馬悅然，1924-），瑞典漢學家、翻譯家，瑞典文
　學院院士，畢業於斯德哥爾摩大學，曾任斯德哥爾摩大學教授、斯德哥爾摩大
　學亞洲學院院長、歐洲漢學協會會長等，譯有大量中國古典名著以及《邊城》、
　《靈山》、《舊址》等現當代文學作品。

③ *Love Me Tonight*（《公主豔史》，1932），音樂喜劇，魯賓·馬莫利安（Rouben
　Mamoulian）導演，莫里斯·希佛萊、麥唐納主演，派拉蒙影業發行。

favorite，L. Caron當時也是美豔無比，影片中的wit和satire還是不夠。最近的著名musical，*West Side Story*，故事本身更是gone soft了。這種soft的作風，和Liberalism的得勢很有關係。附上*New Yorker* Theater program上的review兩篇，review上的話我句句同意。國內看到的最滿意的musical是*Gay Divorcée*④，一直沒有重看的機會。*Top Hat*⑤來美國後重看過，覺得不太好。明天要口試很多學生（in Oriental Humanities），兩學期來看了三四十種「名著」，還得review一下。隔兩日再寫長信。即頌。

　　近安

弟　志清　上

五月22日

---

④ *Gay Divorcée*（《錦上添花》，1934），音樂劇，馬克‧桑德里奇（Mark Sandrich）導演，弗雷德‧阿斯泰爾、金潔‧羅傑斯主演，RKO Radio Pictures發行。

⑤ *Top Hat*（《禮帽》，1935），音樂喜劇，馬克‧桑德里奇導演，弗雷德‧阿斯泰爾、金潔‧羅傑斯主演，RKO Radio Pictures發行。

# 583. 夏濟安致夏志清（1963年5月25日）

志清弟：

　　來信收到，承你對於文章讚美，謝謝。那封長信想已收到了，日內想可收到回信。你寫信想也不易，但是我相信Carol同你一定替我很高興。我信中說，我並不seek advice etc.現在的態度還是如此。這種事情，大約是上帝做主的。這次憑上帝的啟示，我的作風大致很對。她這樣的小姐（我在寫前信時，對她的了解當然還沒有現在的深刻），也許應該像我這樣的人來追求；她非常shy，把她看成beatnik是錯誤的（星期五，她說她對居住的環境不滿意——那環境就是beatnik的），而她大約也能appreciate我的shy的作風——我現在有點感覺到我們兩人彼此（made for each other？）很合適。她既然是美國小姐，也知道給我適當的鼓勵，因此我用不着desperate。今天星期六我心平氣和，剛剛還睡了一個午睡。我是definitely again in love，但是愛情得到這麼多response這恐怕還是生平第一次。事情離開成功雖然還很遙遠，但心中已有幸福感恩的感覺。我到底已經是一個mature的男人（我過去追求失敗的原因，你們也許認為是我膽小之故；我卻認為是莽撞窮追之故。一莽撞則我失去poise，失去瀟灑，成為一很不可愛的人矣），這次不會鹵莽滅裂，不會自找苦吃，預備正正常常的，悄悄的，按着她指示的路子追求下去。當然十分希望事情能成功，但是即使不成功，我認為能有這樣一位女友，也是人生極大的幸福。因為我認為她是天下最可愛的女子。——這幾句話可以使你相信：我很愛她，但我很沉着，頭腦很清楚，心胸也很開朗。Love brings out the best qualities in me.上次信上所描寫的我的心境，也許有使你們worry之處。這一個禮拜以來，那種心境已經喪失。以後我相信也不會再有使你

們worry的事情發生了。本來算命先生說我生平多巧遇，一生的好事，都是偶然得之，不是苦苦求來的。過去我的遭遇的確如此，我相信如一輩子不結婚則已（假如如此，我認為是天意，也毫無怨言），要結婚追求對象也不會很費勁的。如果要費勁，情形已不大妙；更如果為了報答一切well-wishers的好意，苦苦追求，情形大致越弄越僵，敗得也更慘。這次上帝又給我一次機會，我一定得好好盡做人之道，並不想做一個great lover，只想做一個lover。我這種認識與信念，都是可以使你放心的，種種環境因素使我認識了這位我一輩子在嚮往着的shy、sweet、sensitive girl，天意真是莫測。

　　天下有些事情真是巧合，星期一（5/20）我發了那封長信，想不到那天晚上就會有一次date，使兩人關係更進一步。星期一早晨我發現她穿了一身很齊整的黑色衣服，本來我一見面就該讚美，但是inhibitions太多，說不出口。（假如不存心追求，話也許說得出口了；但如不存心追求，她穿什麼衣服，我根本不注意。）早晨她要出去買咖啡，她是喝茶的，但她常常服務幫同事出去買咖啡回來飲，我陪她一起出去。她的態度非常之好——現在我才知道那是我星期六星期天在家苦熬的結果，假如我於週末忍耐不住，開車去找她，或打電話給她—— that is what any man in my mood would have done ——她也許對我反而要冷淡了（這個下面再說）——說起date，她說星期五吧，我說一起出去吃飯看個電影如何，她說好的。我陪她把咖啡買回來，心裡已經很有幸福之感。

　　下午約兩點鐘時她打門來找我，關於我「下放」manuscript上的一個小問題。這種小問題，她常常總是打電話來問我的；電話裡如說不清楚，我就上樓去看看。但這次她下來了，問題一分鐘就解決。我那時這句話不得不說了：「B, you are beautiful today.」她向自己身上看看，說道：「Today, yes.」她接着說：「That's in honor of Lionel Trilling.」我大訝，原來當天晚上Trilling來演講，我竟一無

所知。她是要去聽的，我問她一個人去，還是有伴同去。她說是同
Dolores 與 Jerry 同去。我說我可以同去嗎，她說你假如要去，趕快
得想辦法，那是要票子的。有了票子，怎麼去法，我們再談好了。
說罷驚鴻一瞥地上去了。

　　我趕快趕到學校，到好幾個地方都說票子發光了。那是不要錢
的，我想貼佈告，預備花十元、五元買它一張；學校同時開放幾個
教室，裝了 TV，預備容納禮堂坐不下的人。也許有些學生貪錢，
寧可在教室裡聽 TV 演講，把票子讓給我的。假如為聽 Trilling 演
講，有人肯出五元、十元的 scalper 價錢，挖票子，給 Trilling 聽見
了，一定大為得意。不知我的目的當然不全是為 Trilling——可以
說全不是為 Trilling。

　　但是這張佈告我沒有貼，因此 Trilling 在 U.C. 也並沒有人願
scalper's price 來聽他的演講。我去找 Dolores 去了。那位 Dolores 就
是上次信中提起的年輕機靈的 smart young San Francisco woman，
我們不久前離職的秘書。我跟她很熟——你知道我在少婦面前比在
小姐面前，談話更多風趣。我請她幫忙弄票子（我只說 Trilling 是
我弟弟的朋友），同時請她晚上吃晚飯。她把皮包打開，點點那三
張票子，說道：「早知道如此，我該給你也弄一張的。這樣吧：我
可以讓出來，你們三個人去聽好了。」我說我可以聽 TV，但晚飯
請一定賞光。她欣然同意，「不過 B 講好要到我們家來吃晚飯，你
得把她也請在裡頭。（What an ironical situation！）」下班後約我把
她接到 Dol. 的家裡去喝酒。我說：「Sure！」（虛偽之至！）我臨走
前說：「我要回 Center 了，請你打個電話告訴 B，我請她吃飯。」我
就走回 Center。

　　回到 Center，B 不在 office，我留字希望她打電話給我聯絡。隔
了一些時候，她電話來了。原來她也去看 Dolores 去了（我們前後
腳沒有碰上）——我相信她是存心要幫我弄票子才去的。因為你知

道美國太太小姐們有事沒有事總是拿起電話就打，犯不着自己勞動「玉趾」跑一趟。這件事她認為一定不便打電話，才親自跑去的。這件事一定相當緊急，不急的事，她們晚上反正要見面，何必特地跑一趟？Anyway，她說Dolores在幫我想辦法弄票子；我又提起吃飯的事，她說知道了。我說：「It was presumptions of me to suppose that you would accept my invitation.」她說「很好」（that's all right.），我說「Please forgive my——」她笑着接着說：「Presumption」，我再三道歉：只此一遭下不為例。

再隔一些時候，電話又響了，又是B來的，她說票子給你弄到了。我說「I am so happy. I am speechless.」她說：「Only wish Mr. Trilling would not be speechless.」原來Dolores現在調在Chancellor's Office做事，票子她是去向Chancellor要來的。這種事情反正都是巧合。

下班後，我們到Dol.家喝酒。D的丈夫Jerry（為人相當cynical）是小學教員，我一向跟他胡說八道瞎幽默慣的。六點鐘去Spenger's去吃海鮮。我和B坐在一排，J和D坐在一排；但是B和Dol.是面對面坐，她們兩人唧唧噥噥說不完的話，我和Jerry則是幽默地瞎聊天。我心中很高興，也很得意，心想：憑你Dolores絕頂聰明，恐怕還看不出我是在追求B。

我當然還繼續向Dol.道謝，並且向她瞎恭維：我說她本來是我們Center的Blithe Spirit；我又說李卓敏（boss）是Driving spirit，Mr. Tay① （佛教徒，下學期將去George-town U.幫Father Serruys）是Disembodied spirit，我自己是Sardonic Spirit。B問是什麼？我

---

① Tay，即鄭僧一。字子南，福建人，1963年在加大中國研究中心任職，與濟安同事，後隨司禮義（Paul Serruys, 1912-1999）神父去喬治華盛頓大學工作。1967年受Ross Roberts之聘來紐約大學工作，終身未婚，與其姊相依為命。

說Sardonic Spirit，她說：「No, you are not.」我本要替B想個什麼spirit，給她一打斷，才思更窘，想不出來了。——你能想一個什麼好的字眼嗎？如想出來，請告訴我，我可轉告。（Some spirit for me too，instead of "sardonic"）。

去聽演講，我們四人坐在一排，她當然和我坐在一起——不知多少中國朋友，去date中國小姐，假如有別人在一起，那位被date的小姐，一定不肯和她男友坐在一起的，不論在車子裡、飯館裡或電影院裡——Trilling沒登臺之前，她忽然笑着說：「你在向我看些什麼？」我自己不知道我在看她，大吃一驚，只好偷偷地跟她說她多美呀這類的話。

很抱歉，Trilling的演講內容不預備報導。題目是 "The Fate of Pleasure from Wordsworth to Dostoevski"（將來在什麼雜誌發表，如知道，請告之）。大意是W當年人心天真，不怕談Pleasure。到了D那時，Pleasure根本成為得不到了。講完後，我們再開車去Dol.家喝酒，一直談到十二點鐘。碰巧我對於華翁杜翁都較熟悉（假如換了什麼Blake等，我就無話可說了），把Trilling的話大加發揮；關於Pleasure等哲學問題，我也是有點研究的，因此話講得滔滔不絕。B大約聽得很fascinated——我眼睛不大看她——但我怕我們的女主人bored。她已經顯得很疲倦，一個smart的女秘書，真正要談intellectual問題，還是吃不消的。有兩次我要打斷，B都說「Go on！」（沒有說Please go on！）別的話當然也說了很多，不全是哲學。

開車送她回去，我說我很感謝她：「I don't have to add that my thanks are not merely for the opportunity of hearing Mr. Trilling talk.」她不作聲，我正在開車，不敢把臉轉過來看她。送她到家，她說「I enjoyed it very much」，我說「I am so happy」。她說：「I'll see you shortly.」

　　星期二無事，星期三又碰巧在一起吃晚飯。下班時，我碰到吳燕美，她已有身孕，手上有東西，我幫她拿着，陪她等她的丈夫開車來接她。不久 B 也下來了，我當然沒有什麼特別表示。我說：「怎麼樣？又預備走回去了。」她說「要到 Yee's 去吃飯。飯後要回 office 打字，並去一家人家做 babysitter」。說罷她揚長而去，我繼續陪着吳燕美，送她上車。我接着也去 Yee's。她一人坐在櫃臺上喝 Coca Cola，我說：「Will you join me？」她說好的，我們就佔了一張桌子。那 Yee's 上上下下的人我都認識（天天在那邊吃飯，吃了幾年了），因此不便向她作親熱狀。她先點的炒麵，我也點了炒麵。堂倌送來兩張 check，我也不跟她客氣。她付她的，我付我的。飯後送她回 office，她要繼續打字（一位女學生的法國文學 paper），並等人（是已婚學生）來接她去做 babysitter。我送她到 office 就走了。她問我：「晚上做什麼事，打牌嗎？」（她知道我常打牌。）我說除了讀書以外無事可做。

　　那天晚上，因未能暢談，回到家來心中又似若有所失。

　　星期四收到你的信，並附 *New Yorker* 戲院單子一張。B 是個大影迷，星期五是我們約定 date 之日，早晨我把那單子給她。下午開車出去時，我說：「有一件事我想對你說，讓你知道我是多麼的敏感——同時想測驗一下你是否跟我同樣的過份的敏感。就是那單子。那單子我的確是昨天收到的，收到了我的確想給你看看。但是今天早晨我覺得很窘——因為那三個字 Love Me Tonight 使得我不好意思。」她說她一點也沒有注意。我說：「I did not like to give the impression that the program was meant as a message though I very much like to convey that message.」她笑道：「Mr. Hsia ——她現在還是叫我這個稱呼，我不在乎—— I credit you with greater subtlety than that!」上面一段話是下午在車子過橋時說的。（這大約是我第一次向她表示愛。）

　　再回到星期五早晨。她早晨上班，穿的是棕黃色呢質服裝，很整齊，這表示她不預備回去換衣服了。我上班時常穿colored shirt，怕做事弄髒，但那天我帶了一件白襯衫去，並一條較新的領帶，預備出去前就在office換。西裝是sport jacket，也就管它了。（我怕穿新衣服，為office同仁所注意。）

　　那天偏偏碰到世驤等在三樓開會。快五點時，我打了個電話上去，問：「會開完了沒有？」她說：還沒有。我說：「我怕上來跟那許多人打招呼（會是關於在臺灣設分校之事）握手，你下來好不好？」她說：「我去把頭髮梳一梳再下來，OK？」——這幾句甜蜜之極，有點像Carol說的。

　　等了一會（也有十幾分鐘）她來了。頭髮的確梳過，據她自己說是像Veronica Lake（她對於電影的智識，不在你我之下），也塗了些口紅。神情很愉快，嫣然說道：「你瞧，不是我來看你了嗎？」（很charming，但我不記得英文是怎麼說的了。）

　　我們就開車過海，到一家她曾經說起過的日本飯館Min-gei ya（民藝屋）。裡面擺設全部日本化，脫了鞋子在塌塌[榻榻]米上吃的。先喝的是一種叫做Mandarin（是她點的）的酒，大約是以Rum為底的一種混合飲料，我喝兩杯，她喝一杯。酒裡有橘子，用小的紙洋傘插住，她說她收藏這種玩意兒。我說中國人是不作興送傘的，因「傘」與「散」諧音；但中國人又相信見怪不怪，其怪自敗，所以我把兩頂小傘還是送給她了（點了一盤prawn作為side dish）。吃飯點的是Mizo-taki（是她的favorite），這就是中國的暖鍋，與Suki-yaki不同。Suki-yaki是扁平鍋，味道甜迷迷的像紅燒。Mizo-taki是帶酸味的白湯，內容也是牛肉、白菜、豆腐等，很好吃。叫了sake，但她說喜歡wine，不大喜歡sake，我也隨她去了。

　　又談了不少話，我的愛也慢慢的透露過去了。我說做人誠實非常之難。昨天我去看（Mrs.）Joyce Kallgren（她是executive secretary，李卓敏的幫手）。Joyce大聲說道：「濟安，long time no see. Anything new in your life？」我說：「Nothing.」我對B說，其實這幾天我生命中的變化太大了，但我如何向Joyce解說呢？只好說nothing了。還有一次是前天（星期三）在Yee's，你問我How are you？我說Fine——其實我何嘗fine？——她接口說，Joyce問人家Anything new in your life？是Rhetorical question，問了也不等人答覆的；你如要答覆，她也沒工夫聽，但是她問人家How are you？倒是真心問人家的。

我忘了我怎麼說我是多麼的想念她，但她是很耐心的（or一往情深的？）傾聽我的訴苦。我告訴她，那天從Yee's出來送她回office後我去淘舊書店，買到一本Lionel Trilling presents *The Selected Letters of Keats*，晚上就帶回家去看了（事實的確如此）。當然我絕不敢自比Keats，不過Keats裡面所描寫的痛苦，我是很有同感的——我對她說。

我們又談起Yee's的飯，她說只有一次（四月廿六）歡送Dolores的那次宴會是做得不差（那次宴會每人收費$2.50，B來交錢時，我說：「你不必了，算我請你好了。我從來沒請過你。」她說：「我這幾天有錢。」我說：「下次請你好不好？」她說：「好的，some office time?」——這是我表示要date她的第一次），那是我負責主辦的，平常的不行。我說：請想想，就在不到一個月以前，那次吃飯，我對你還沒有什麼認識呢。她archly的說：「Do you know me now？」我說：「This is a highly challenging question. As a rationalist, I can't say that I know all the workings of your mind. But if we trust intuition, I must say I do understand you.」我就問她天下有多少人她認為是知己的，她先說是兩個，後來又說是三個。（Please do not think that she counted me in.）她又說your brother must know you well，我把你們的情形已經談過不少了，至此又說了一

些。我說我寫文章，只要我brother說滿意，我就不管世界的輿論
了。這次的 *Demons in Paradise* 他說很滿意，我就很滿足了。（星期
一她問我「濟安」是什麼意思，我說是reliever of pacific；C.T.呢，
我說是ambition pure——她說都很貼切的。）

　　飯後參觀飯館附設的日本土產公司，她對於日本陶器很感興
趣。走去附近的日本電影院Rio看電影。走也得走三個blocks，她
說有點冷，我摸摸她的手（她是穿着大衣的）真有點冷——我的手
是很溫暖的，我們的肌膚就這麼接觸一次——我這種self-restraint
她無疑是appreciate的，你以後就會知道。

　　電影叫 *Inheritance*，很多壞人想騙富翁的遺產，可能拍成很動
人的melodrama，但效果很軟弱。我們都不滿意。對於戲裡面那些
壞人，認為演得不夠壞。我說我看日本電影本來只當它是cinema to
graphic pot-luck，好壞一向不管的。我說我希望這張電影是古代王
位繼承myth的modern version——出現些像Earl of Warwick、Duke
of Gloucester之類的人，但是電影裡沒有。

　　看完戲送她回家，一路上都很愉快。到家門口，不免有點
緊張，因為總得約下次的date了，何況下星期又是什麼Memorial
day。那時她說幾句話，真是黑暗中的明燈。她說：請你不要逼
我（press），誰逼我了，我就get panicky。（請記得她是曾經去看過
psychiatrist的——據她說，她還同她的psychiatrist討論過 *Through
the Glass Darkly* [2]——那張電影不過是一年之前的事吧？）有不少
男友就是這麼break off的。「But I enjoy your company so much, that I
don't like to see our friendship break off.」我說：「Thank you for your

<hr/>

[2] *Through the Glass Darkly*（《猶在鏡中》，1961），瑞典電影，英格瑪·柏格曼
導演，安德森（Harriet Andersson）、布耶恩斯特蘭德（Gunnar Björnstrand）主
演，Janus Films發行。

promise not to break with me.」她說：「But please do not press me.」
她說她還有些 involvements 要 straighten out（句義不明，但看樣子
對我不像是不利），結果我叫她 name a date，她定的是再下星期的
星期一（六月三日），我就很高興地跟她說再見，開車而去。

她最後這幾句話，的確使我對她增加認識，她是個十分 sweet
的女孩子，但是內心有病，怕 life（她去找 Psychiatrist 也許想克服
這個 fear，But I don't know，大約也怕 sex，這種話你當然千萬不可
向外面說，我整個事件的進行無論如何要請守秘密），但是，內心
寂寞，很需要有人體貼入微地同情她安慰她。一般美國男子，大多
粗俗。追女人求「實惠」，衝動來了，就追，不大懂得含蓄；看看
女的不起勁，男的也就悻悻然的停追，或轉移對象了。像她這種
delicate 的女孩子，的確很難找到知心的男友。

但她偏偏碰到我。我是個正常的男子，但是 inhibitions 多，
self-doubts 多，又是敏感得過份（對人生則其實並不恐懼）。我前
些日子頂大的苦悶，是如何追法？如何表示愛情？照我衝動，我也
頂好莽撞一下，如亂打電話，她下班非要陪她回家不可等等，這
種做法，假如我有一個參謀長（e.g. 世驤 or Grace），他也會勸我這
樣做的。不是 Only the brave deserve the fair 嗎？但不知怎麼的，也
許是碰巧碰對，也許是近年書看得多了，對於 intuition 一道真有點
入門，我沒有採取莽撞的做法，寧可在家苦悶，也不去惹犯她。我
在和她不很熟時的「瀟灑」做法——很和氣，談笑風生，不多敷衍
話但很肯幫助人——和跟她較熟以後的 shy 作風，大約都可以暗暗
的博她好感，而並不引起她所謂的 panicky 之感。這是很重要的關
鍵，我在不知不覺中大約是做對的。說穿了也沒有什麼希奇，但那
幾天痛苦的日子我能自己控制得住，大讀杜翁，而杜翁又教我怎麼
樣的愛人，使我心平氣和，在我心裡注入了溫柔——在美國像我這
樣講究內心修養的人，大約是不多的。我既然認為 B 是天下最可愛

的女子，而愛——in this instance——的確又能增進我的內心修養，我是預備做一個devoted lover。

你和Carol都曾批評過我，說我見了心愛的女孩子，只是偷偷地想慕，沒有勇氣去追。這話很有道理，對於一般女子都很適合。但我一時要把這個習慣改過來，也非易事。現在偏偏碰到B，她也許就需要這樣一個勇氣不夠的suitor——我的痛苦，她當然同情，這點是用不着「逼」她來招認的——而我又覺得她十分可愛。女子到她年齡，當然也在挑選男友；也許我的作風是最能recommend我的東西呢。

她的shyness還有一點可以看得出來。我在這裡還有一件緊張之事，就是要把我的追求，向外瞞得鐵桶似的。這在你和Carol聽來，也許認為是大笑話。我是正大光明的追求，並非偷情——何況在美國，有些人連偷情都不瞞人的（如Elizabeth Taylor之偷Richard Burton），我為什麼要如此緊張呢？但這在B的case，大約也是做對的。我自己是在瞎緊張，但我沒有叮囑她去瞞人——她如很大方地向人說（包括她的好朋友如Dolores、吳燕美等），夏濟安在追她，請她出去玩等，我也不會否認的。我也許就借「因頭」公開承認了。我之所以緊張的要瞞人，也許是為她考慮。我不知道她願意不願意讓人知道。憑我的intuition，我也許猜到她是個很discreet的女子，她也許不想讓人知道。一個bad taste的男子，有了女友就要向人胡吹。一個經驗不足的男子，想追女友，必定四處找參謀，四處找人訴苦。我的taste不算壞，經驗雖不算多，但生平讀書閱人多矣，內心的問題，自己還負擔得下來。上一次的那一封信，差一點拿去給世驤看；他們如此關心，但我瞞住他們，心裡也有點對不起他們。假如他們一看，這時候Berkeley的中國朋友們大約未必知道，但是他們的熱心，也將使我很為難。Grace一定要把她請到家裡去，加以指導，她和我都將很窘。現在我們二人在大庭廣眾之

中交面，還像泛泛之交一般，至少我對B，所獻的殷勤，沒有像我對 Dolores 與吳燕美那樣的多。這種做法，我有一度不知道對不對（也許她 resent 我的淡漠呢？），因此很苦悶。現在看來，這樣的做法是對的。她大約很不喜歡「骨頭輕」的男子，就那些熟人的反應看來，她從來沒有向他（她）們表示過我在追她。她另有知己，也許她會告訴，她有一個好朋友叫 Jane 什麼的，但這是在 Center 圈子以外的事了，好像我寫長信告訴你一般。請記得：我沒有叮囑過她這樣做，是她自己不願意向別人表示的。這一點我大約是不知不覺的做對了。

這些不是成功的條件，但憑這些，我相信我在她心中也許已經佔了相當的地位。如何贏得她的愛（她假如並不認為我是世間最可愛的人，I won't be surprised），當然還是很難的事。這一半靠我自己的修為（用極高的智慧配合着純真的愛），一半靠老天爺幫忙了。

還有一件事：她問你在 Potsdam 擔任一個什麼主任？叫做 Stillman 的人，你記得不記得。Stillman 的女兒叫？Stillman（那三個？她都告訴我，我都不記得了）是她在 Penn. 州的同學。她們都是 Penn. 州 Lewisburg 的人。她父親是陸軍上尉，駐在德國，她的全家在德國。

最後，她明明表示對我有好感，使我減少了很多 worries；她又指示我不要猛追，也減少了我很多的緊張。我現在因此比寫上一封信時心平氣和得多。以後大約不會有很 spectacular 的發展，能夠 go steady 大約就算成功一半了。她假如答應 go steady，我也無需瞞人了。她雖十分 sweet，總是個 neurotic 的女子，我還得小心翼翼，希望你們不要為我高興得太早。我只想不要在任何一件上對不起她。這次因為我運用了極大的定力，即使失敗，我相信也不會很慘的。

在六月三日之前，除掉再有像 Trilling 演講那樣的奇跡，我們之間將只是維持泛泛的關係。她忍受得住，我亦只得勉強忍受住。

最近期內大約不會再有十幾頁的長信來作詳盡報導了。別的再談，
專此　敬祝
　　雙福

濟安
五月廿五日，一九六三

Carol前不另，希望你唸給她聽。

Joyce前均此。

正在研究蔣光慈，想再寫一篇能使她感動的好文章來。

# 584. 夏志清致夏濟安（1963年5月26日）

濟安哥：

　　五月十七日、廿日的長信，是我們通信二十年來你給我最重要的一封信。你在戀愛了，戀愛將改變你生命，帶給你無上的幸福。這使我萬分興奮，為你祝福。記得我在臺北時你曾給我一封長信，報告你傾心於湖南李小姐的經過，這以後十七八〔年〕間，信中你雖也報導過一些女朋友的故事，但你和她們關係都是casual or 比較勉強的，看不出多少熱情。所以B可算你生命史上第二次真正 fall in love的女子。雖然你自己還摸不定主意，覺得「佳耦並不在此」，我覺得你對她愛慕之意，比你conscious self所承認的，深切了無數倍。我希望你早日declare你的love，把關係明朗化，免得不斷瞞了朋友們date，製造緊張。我想你的愛，B一定樂意接受的：她對你學問、為人、文章，早已佩服，唯一可以減低她對你的友誼和好感的是你故意不把真情流露，談話間弄玄虛表演wit的態度。Wit是在初步戀愛中吸引對方注意的工具，她對你既已有興趣，你們已date了幾次，她所需要的是你的真心，而不再是你的wit。你和她和旁人在一起的時候，盡可表現你的談笑風生；和她單獨在一起時，還是誠懇地把你過去的歷史交給她，一訴衷腸為佳。而一訴衷腸正是你內心想做而還不情願做的事，因為你極端敏感，極端 proud，恐怕把你的self stripped naked後，人家反而不接受，徒製造笑話。我想這一層顧慮你不必entertain，B真心待你，你也該至誠待她。據我所觀察到的美國女子，你向她們求愛，她們決不會嘲笑你，她們即便不愛你，也是極grateful的。何況B對你有十分好感，正在等待你對她作進一步的表示呢？

　　上面一段話，可能是多餘的，因為信到時，可能你們友誼已深

進一步，不需我的鼓勵了。你精讀 *Brothers K.* 對你一定很有益，杜翁的主人翁見了人都喜歡把心中的話都講出來，一講一大篇。心中有城府，不肯多講話而專門聽壁腳造謠言的就是 Ratikin 那樣的小人，即是老 Karamazov 也歡喜多講話，雖然他講的大半是謊話。讀杜翁使人覺得不再有裝門面，護衛 ego 的需要。把 ego 打碎是唯一獲得 happiness 的寶訣：我們既不能向世上任何人把自己內心的秘密公佈出來，還是向我們心愛人面前把 ego 的面具撕掉罷。B 既有非常溫柔的性格，極 attractive 的相貌身材，是你最理想的終身伴侶。她 26 歲，配你正適合，而以你的年齡，也不容易追到更年輕的女郎。你們都可以說是「天涯淪落」人，她曾想自殺，現在沒有別的男朋友，你 bachelor 做了多少年，一直東西飄零，現在事業已上規［軌］道，正應當結婚，把生活變得更充實，更美滿。而 B 稱你為 Romantic，真是能深切了解你的人，不管你平日十八世紀式的 camouflage 可以使朋友們相信你生活極端愉快，而不需要愛情的安慰——世驤常說濟安興趣太廣，把結婚這一樁事忘掉了，這才是浮面的觀察；宋奇、錢學熙、吳魯芹等我想也決不看出你有什麼內心苦悶，你二十年來所 cultivate 的 image 是很成功的—— B 對你有較深刻的認識，可見她的 intelligence 不差。你做了二三十年 bachelor，現在找到了像 B 這樣一位小姐，是你的福氣。她能慧眼識英雄，也是她的福氣。B 稍加打扮後，和 Lee Remick 一個模樣，可見她有你所喜歡的嫵媚。她的膚色較粗糙，因為金髮女郎 skin 較 sensitive，長期 expose 於加州日光之緣故，以後出門常戴 Grace Kelly 式的 wide-rimmed hat，即可恢復她皮膚應有的細嫩。她的 beatnik 作風你有些不習慣，其實她的不愛修飾，一方面固然是較 sensitive，較有理想的青年對世俗社會的 protest（而且在舊金山，紐約大城市，這種服裝舉動已很普遍）的舉動，一方面也是她沒有男朋友，自己生活空虛而想對世俗考慮表示不在乎的假裝。這僅是

暫時的一個phase，不是個性上有什麼貪懶or愛好shopping的缺陷
（她能打你的文稿，一無錯誤，可見她是極細心而能精神長期集中
的）。女為悅己者容，是天經地義。你第一次date她，她就打扮得
漂亮，以後她當更有理由注意自己的服飾和appearance。所以這一
點你不必多慮。美國國家traditionally是好潔的，最近幾年青年們的
反動，是一種不正常的反動。B生於Pennsylvania老家，不是移居
美國時間較短而不可能調整生活習慣的猶太人or其他雜種。她可能
還是Puritan Stock。

　　最使我高興的，是你現在已falling in love，所以結婚的遲早，
我也不必出主意。我想你可早日declare love，她一定會接受的，以
後就同她像go steady or訂婚後一樣和她很親密地做朋友。水到渠
成，遲早雙方總覺得要有結婚的需要的。我的勸告是多date，承認
雙方很serious後公開式的date。第一次朋友們知道你在追女朋友，
可能很奇怪，date多了，也就不足為怪了，而且他們都會覺得你們
是一對佳耦，希望你們早日結婚。中年人不大容易fall in love，兩
三年來你的信上一直表示要保持做學者，做bachelor式不受感情激
動的生活的even tenor。這種生活當然也有其優點，當然比為結婚
而結婚或被朋友慫恿而結婚的生活高明。但你既已in love，自己就
應該為自己的幸福努力，把蕭伯納式的life force充分在戀愛上表現
出來。你讀杜翁後，很關心他人的幸福。我想B很需要你的愛情和
友誼，這一點你自己也知道的。

　　B的事，在父母前絕對不提，請你放心。Carol知道你交女朋友
的事，也極為興奮。上信你說八月間來紐約訪我們，我們很歡迎。
但B在八月中如也有一個月or半個月的vacation，你應該趁假期的
機會和她一起玩，這樣，比你特地飛來紐約，更使我快樂。下次
date時，可把你們假期的計劃synchronize一下，一方面表示你的誠
心，一方面不要把較長時期可以一同遊樂的機會失之交臂。如到那

時你們已同意結婚，則不妨東來省親，去Penn看她的父母，也來紐約看我們。謝謝你把我的書送給B，並指出書中的小錯誤。

上星期四，見到Zagoria，他說你的文章還沒有收到，你如早已把文稿航郵寄出，此事可check一下。如文稿在路上遺失了，我可先把副稿送給他。*China Quarterly*上我的文章也有一兩處小錯誤，都是讀proof後加入的。"Quarterly"中的會計先生愛用new lamp，而新燈費油，給Judy Osborn小姐改錯了。附上*JAS*上我寫的短評一篇，沒有多大道理。我已決定為*JAS*寫一篇《肉蒲團》的書評，此書是pornography，書評不易寫。我們近況皆好，你同B友誼的進展，下信請詳告。即祝

戀愛成功！

志清　上

五月二十六日

（24日寫了一半，因事半斷）

Chagall那本書，當代調查。五月底學期終了，當出空身體花一天工夫，把這本書找到，望勿念。

# 585. 夏志清致夏濟安（1963年5月29日）

濟安哥：

今天上午動身到 de Bary 家裡去 picnic（Joyce、Carol 同去），算是學期終了系同人的聚會。五時許回來後，看到你戀愛報告的 2nd installment，大喜。B 的確待你很好，溫柔而含有愛意，你上星期幾次和她見面 date，舉止得體而多情，態度誠懇而不緊逼，可見這次戀愛是天作之合，以後 go steady 後，兩人相處更和諧而幸福，當在預料之中。你在讀杜翁小說和 Keats 的信，兩者都是我最愛讀的作品，雖然 Keats 的 Letters 已好幾年沒有碰。你受二人同化，對愛情的觀點和對自己的看法，已和我的觀點相同，憑你的 intuition，anticipate 對方 wishes 的溫柔作風，自己情願在 B 前表示絕對 candor 的態度，好好地追下去，遲早會博得小姐芳心。我可能貢獻的意見是 advise 你把追求的時間縮短，使她早日承認愛你，和你 go steady or 訂婚。

你尊重她意見的態度是對的，她有 involvements 得 iron out，不久前曾看過 psychiatrist，所以在 commit 自己前，得多有時間考慮自己的問題。但女孩子一人決不定主意，多考慮不一定對你有利（她現對 life 抱着一些恐懼，以前愛情經驗也帶來了痛苦，覺得前車可鑒，下意識中可能會 postpone decision，不管她對你怎樣好）。譬如說，上星期五你們 date 很圓滿，第二次 date 卻約在下星期一，時間隔得太長了，這個 weekend 的寂寞，你能忍受得住，她本人可能沒有重要的事，你沒有和她 bargain 把 date 的日子提前，她到時候一人在家裡無聊，可能會怨你不夠男子氣，使她把大好的週末虛度了。普通男子喜歡佔便宜，求實惠，果然能引起對方的惡感，但小姐們（B 包括在內）認為天經地義是男子必然要有 initiative，愛情 ardent

而 impetuous。一味依了她們，她們並不能得到最大的滿意（這一段分析，Carol完全同意），或者覺得對方太好好先生了，感不到被追or被dominate的thrill（Prince Myshkin就是為人太好了，結果使兩位愛他的小姐遭受莫大痛苦）。這封信星期六前不能趕到，希望你自己出了主意，和她在週末date（l am Speaking as a strategist，似乎和你的mood不合，好像也不尊重你和B的wishes，請原諒）。Moreover，在追求的初期，date問題都是男的出主意的：你每次問她下次什麼（時候）相會，把她處在相當embarrassing的situation：她可能希望明天和你再聚，但口頭終究說不出來，所以understandably，她會把下次見面的時間，拖得遠一些。B興趣也很廣，你以後得多看San Francisco報紙，和加大bulletins，一定有很多cultural events，平日你不注意，去attend也無聊，但有了愛人就不同，惡劣的電影和展覽會、音樂會，都是愛人相聚的機會。你把San Francisco、Berkeley的events弄清楚以後，每次date時，可以提出下次約會的occasion什麼地方有什麼人演講，哪個戲院開映新片，etc。這樣date很自然，而且你們共同share文化興趣，好像並不在逼她；此外午飯之類，仍可小date，臨時找她，or打電話給她，我想她不會介意的，而且當然也歡迎你的attraction。（在Yee's Restaurant吃飯，以後最好能表示毫不在乎，不要假作大方，而使她覺得你態度上有異樣：為愛情而risk gossip，才是大勇。雖然這一點你暫時不能做到。）我的advice是：溫柔而表示一些男子應有的剛氣和persistence，依她而有時自己作主。克拉克·蓋博還是美國女人所最喜歡的男性代表，可見她們天性是歡喜被dominate的。何況B極端feminine，你代她出主意，幫她解決她的問題，是比讓她獨自摸索做決定好得多。你能assert一點男性的authority，最後祇會引起她的感激。你和B已無所不談，但談話總不如寫信eloquent而容易表示passion。美國男女間不大通信，情書已變成了一種lost art；你

有時寂寞，一人在屋裡想念她，不妨寫信給她，她會感到surprised and happy，但絕不會offended的。此外，一起走路，倒應挽臂or握手，在電影院內也應握手，兩人身體也應湊近一些。晚上送她回來，你也應和她接吻；自己怕assert自己，可以問她，May I kiss you goodnight？我想她一定會答應的。這種種都算是etiquette，不算aggression：假如你們physically距離這樣遠，她會覺得something is wrong with you。每次吃飯看戲大date之後，美國女子expect一些親熱的表示，否則她們會覺得這個date是incomplete。你和B date好幾次，從未提及接吻之事，她已覺得你把她的人格絕對尊重了。若繼續如此，她會失望，或者覺得你的愛情不夠熱烈。

在追求初期，group date和單獨date一樣重要。單獨date可以explore二人興趣嗜好，互訴衷腸。group date可以製造熱鬧，create socially an agreeable image，使女方的朋友也覺得你可愛，而使女方有show off自己男朋友的機會。中國男子追求要博丈母娘歡心，在美國能得到女方peer group的O.K.也是很重要的。B的朋友們都unsolicitously在她面前稱贊你，也可早日決定她接受你的愛。兩人date往往愈來愈嚴肅，有旁人在一起，可緩和空氣而製造一些將來可cherish的共同經驗和日後談話的資料。你同Dolores等關係很好，有時和他們一起玩，我想也有利於你的早日被接受（Jane也應早日見到，B的朋友都該是你的朋友）。每兩三次單獨date後，找她的朋友們一起開個party，or到night club去，or到郊外去picnic一下午，多〔都〕可以增進愛情。B中國社交規矩不大懂，你和洋人玩較合適；因為Grace請B到她家裡去，她可能感到不安，ill at ease。但在西岸，世驤是你最大的fan，他有許多你自己不情願講的anecdotes，經他一講，把你化成更可愛，更天真，更有才學，也可使對方更appreciate一些她自己不能觀察到的方面。所以世驤如有什麼中西朋友都請到的cocktail party，你把B當date帶去，讓世驤

用anecdotes去感化她，對你也是有益的。

以上許多suggestions，對你可能有用，雖然你對B一舉一動都能深切體會，她有時給你encouragement時，你當然會抓住機會，作進一步的追求。我的意思是可能她有時作不定主意，不encourage你時，你也不要太聽話而退卻，而用多種方法爭取你的愛。中國小姐們祇顧自己，置男人於痛苦境界而無動於心。美國女子是尊重男朋友的claim的（甚至肉體上的claim）。她們知道男子求愛的痛苦而是能同情的。假如你把自己抑制得太厲害，有時disappointed or hurt而不作表示，反而會引起對方的誤解。

你生平第一次感到reciprocal love的甜蜜，使我十分高興。而且你和B的友誼進展得這麼快，憑你過去失敗的經驗來講，可算是奇跡。這封信上你絕對自認in love，而求獲得B芳心而作最大的努力，這種精神就是life force的表現，也是錢學熙所說true love逼人「向上」的表現。B是天下最可愛的女子，而你能追她，將來結婚，也是世上最幸福的男子，我想這次戀愛，你不可能會失敗。你在追湖南李小姐時，的確很任性，表現得很笨拙，你說的「莽撞窮追」的確是失敗之因。（雖然，女人對你表示興趣時，if you are not ready，你的確有逃避的傾向。楊耆蓀至今是老處女，楊和柳無忌太太的親戚，所以知道她還沒有結婚。）你在New Haven學跳舞，和那位小姐討論Aquinas①，另外你和那位Pennsylvania的Mennonite交友，這兩次可說是你生平在平等地位和女孩子交朋友的開始，這次和B談愛情這樣順利，也有功於這兩位小姐的開導。你一直是最溫柔多情的人，假如高中大學時有些愛情經驗（和在美國一樣），你在情場上是可以無往不利的。但B這樣可愛，你二十年來的diffidence、

---

① Aquinas（Thomas Aquinas，阿奎那，1225-1274），義大利神學家、哲學家，代表作有《神學大全》（*Summa Theologiae*）等。

pride、莽撞，正給你一個最幸福的歸宿。上帝在人生上的安排是很微妙的。

　　Trilling夫婦我一直沒有請他們吃飯，Carol文學修養不夠，可能談得不好。Trilling即〔幾〕篇講稿，去年八月在哥大English Institute gave的，所以當出版於今年的*English Institute Essays 1962*（Columbia U. P.），出版後我當送你一本。那次Institute開會，出席的還有C. Brooks、R. Wellek，可惜我隔了一星期才知道，沒有去聽。Trilling預備了一篇講評，講三四遍再發表，可多得一二千元的外快。B問及的Stillman，我不知道，可能她以為我在德國Potsdam教書也說不定。因為Stillman全家在德國。Chagall的書星期五去淘。

　　你這封長信還沒有讀給Carol聽，她對你的romance當然極端高興。希望這一個星期並沒有平平過去，你們每日見面，date的機會是很多的。祝你、B

　　雙福

弟 志清 上
五月二十九日

　　看了Huston②的*Freud*③，尚滿意，S. York④表情很好，但Oedipus Complex的myth總不夠convincing。

---

② Huston（John Huston，約翰・休斯頓，1906-1987），美國電影導演、演員，代表影片有《碧血金沙》（*The Treasure of the Sierra Madre*）、《佛洛伊德》（*Freud*）等。

③ *Freud*（*Freud: The Secret Passion*《佛洛伊德：隱秘的激情》，1962），傳記電影，約翰・休斯頓導演，蒙哥馬利・克利夫特、蘇珊娜・約克（Susannah York）主演，環球影業發行。

④ S. York（Susannah York，蘇珊娜・約克，1939-2011），英國演員，多次獲得奧斯卡和金球獎最佳女配角提名、英國電影電視學院獎最佳女配角獎、坎城電影節最佳女主角獎等，代表影片有《湯姆・瓊斯》（Tom Jones）、《簡・愛》（*Jane Eyre*）、《他們殺馬，不是嗎？》（*They Shoot Horses, Don't They?*）等。

## 586. 夏濟安致夏志清（1963年6月1日）

志清弟：

　　兩信都已收到。你們的高興使我也很高興，你們的意見都很寶貴，我當牢記在心，我也很感激。現在的情形很明顯，我一時尚不能產生如程靖宇那樣的奇跡，但我根本不願意你們存「奇跡」的希望。我所以不願意讓Grace知道這回事，因為我看見好多回，有甲男在追乙女（或僅對乙女發生興趣，one of them or both是Grace的朋友），Grace立刻眉飛色舞，好像等吃喜酒似的。而Grace又真願意幫極大的忙，不斷的幫忙，使那場喜酒實現，結果那場喜酒是很難實現的。你們對我的關心，當然比世驤和Grace對我的關心更甚。我自己是不怕失戀的，但我很怕關心我的人因我的失戀而難過。我好像沒有盡最大的努力，因此對不起關心我的人似的。這回的事情，B對我這樣的好法，我已經有點受寵若驚，事情也許正在向更圓滿的路上走，奇跡也許會發生，也許很快地發生。但奇跡不發生的可能性還是很大，我自己心裡早有準備。只是希望你和Carol（因為天下只有你們兩個人知道my side of the story）也要有這個心理準備。你們的一片好意，希望不要成為滿腔的失望。在你們的想法，我年紀已經不小，this may be my last chance——好像進入沙漠以前的加油站似的；偏偏我會再in love，偏偏B又是這樣的好法。這次假如丟了機會，實在太可惜了，但是天下這種「可惜」的事情是會發生的，而且常常發生的。

　　因為你提起了strategy，這封信不得不跟你談談strategy。我為人有多方面的興趣，我可以說是個很shrewd的人——雖然這點很少朋友承認（B就不承認），即使當我自己承認shrewd的時候。照一般人的想法，shrewd的人總想佔人便宜，而我是總不想佔任何

便宜，或者揩什麼油的。我的 shrewdness 差不多已經成為第二天性，基本出發點是要「保護自己」。做了很多年的病夫，培養成了這樣一個心理習慣，也不足為奇。但是也許我的 shrewdness 太深刻了，我很少有 petty 的想法，我能洞察人情，我的確很 generous，我很 trust 別人（我非常 trust B），我相信人的 good nature。許多人的 shrewdness 是能在偽善裡發現真惡，我的 shrewdness 是能在偽善裡發現真善。假如我真有這種本事，這種本事也許不是 shrewdness 一字所能包括。這且不去管它。不過我對於世俗事情的觀察分析能力很強，對於人的好壞，自以為衡量得也很有分寸，這種本事大約還算是 shrewdness。對於自己，因不斷的分析，了解得也很透徹。

我的第二個基本態度是懶和相信命運。中國有句俗話：「人有千算，天有一算。」我在算計方面，自以為很高明；假如不以成敗為意，只是服務一個崇高的理想，像諸葛亮似的，我可能達到一個很高的境界。但這個境界我是達不到的，因為我對於成敗很在乎。但是我又知道，人力能影響於一事之成敗者，實在很難講，因此我又不大算計，對於「算無遺策」的中國朋友們如馬逢華（even 胡世楨）等，我都覺得他們局面太小。（我是智、仁，缺勇；他們是智，缺仁勇。）

就這兩點出發，你當知道 strategy is my concern，而且我已決定了我的 strategy。我同 B 之事，我所考慮過的因素，遠比我在上兩信中所報導的多。上兩信中我只是想告訴你們 B 是多麼的可愛，而我心中又是如何充滿了溫柔的愛。這些當然都是事實，而且是極端重要的事實。但是信雖那麼長，我很少提起什麼 strategy 的話。我在這裡偶然也做中國朋友們的戀愛顧問，我的設計雖好（自以為），但也幫不了他們多少忙。我有點瞧不起 strategy。As a romantic，我也許該說：不要相信算計，應該 trust 男女間彼此的愛。事情當然沒有這麼簡單。我因為是個 shrewd 的人（絕不是

Keats，雖然我的shrewdness也許還有一點近似杜翁），我即使不想定「策」，策也非定不可。我的策當然跟我根本的self-preservation本能和命運主義是分不開的。

As a grand strategist，我定的第一原則是：「未算成功，先算失敗。」這是天下用兵第一要訣，但很少人能對自己殘忍得向這方面去多想的。我和B之事，成功後的幸福，你們想起來必有陶醉之感。我也有這種陶醉之感，但是我始終保持清醒。假如失敗了呢？照我現在的pace與做法，即使失敗了對我的打擊也不重。因為我的心事根本很少人知道（B是充分知道的），我們的date也許會被人發現（拋頭露面的事，長久瞞人根本不可能），但是人家也不知道我是serious到什麼程度；反正我有「倜儻風流」的一面（趙元任太太甚至稱我為ladies' man；Grace同意，但Grace以為我應該少去charm已婚女子，應該多去charm未婚女子），人家也許以為我是為了無聊才去date B的。這方面我是有準備的。但是假如我的seriousness大白於天下，而事情結果為失敗，那麼失敗將是相當慘的。其打擊之重，真使我想起來不寒而慄。

根本原因當然是我還不是一個十分的好人。我不能「我行我素」置輿論於不顧。我關心我的public image，我關心我的career。我假如是一個大學生，那麼瞎追一下，失敗了也無所謂；這種事情好像小孩發measles似的，是人情之常。但是我的地位不同，而我對我自己的public image的確也關心得過份。總之，我不夠romantic，不夠偉大。

最慘的失敗，是像Father Zossima年輕時候那樣：他還在那裡洋洋自得，小姐可跟別人結婚了。Zossima性格中本有「聖人」質地，他尚且受不住，況我乎？杜翁內容豐富，我和你所得的教訓，可能不同。你們決不可以rule out B另有男友的可能。

我之恨臺灣最大的原因是追求之失敗。那邊很多人關心我的婚

姻幸福，很多人也知道我追求失敗。他們的態度：（一）憐憫和同
情——繼續關心，見面就問結婚的事，使我不能自己解釋，因此我
跟他們無話可談；或（二）覺得我的人格偉大，真是要為什麼小姐
「守節」似的。結果我在臺灣住下去太痛苦了，只好整天打牌，與
牌友為伍。因為牌迷關心的是牌，少來管我的私事，使得我所受的
壓力減輕。

我和B之事，假如攪到serious的局面，而結果是失敗，那麼
我只有一條出路：離開Berkeley，甚至離開美國。我受不了人家的
關心和憐憫，寧可謝絕人世去做一個淒涼的流浪人。照我現在的
public image，人家覺得我雖然不結婚，但很能自得其樂。但假如
人家知道我是追求失敗而不結婚，我將為魔鬼所控制，我的反應
將是非常強烈而不合理的。我的恨Berkeley與美國，將和恨臺灣一
樣。這當然是很不合理的，但是我相信會有這種反應。

再說婚後的幸福吧。那將是極大的幸福，但上帝為什麼一定要
給我這種幸福呢？（這種向上帝的懷疑，也許很不像杜翁的看法。）
上帝對我已不薄：（一）恢復我的健康——我對最近自己精力的充
沛，自己也覺得奇怪；睡得很少，工作很多，心事很重，但整天精
神抖擻，神志清醒，紅光滿面，精神奕奕。（二）給我一個相當穩
定而我又喜歡的job。（三）認識B這位小姐，而她對我確具好感。
就像現在這樣，我應該對上帝存感激之念。我內心的感恩之念，不
是假的。我該這［怎］麼做人，才能對得起上帝呢？（這種想法，
也不是杜翁的。）我是傾向於prudence方面。我已經有我做人的
style ——這style當然也是上帝給規定的。So long as I am in style, I
am at ease. 我的追求方式，也是照我自己的style來做。但是我自己
的style是什麼東西，以前也不過糊裏糊塗的意識到而已。這次戀愛
以後，腦筋更sharp，對於自己的style了解得也更清楚。

因此再談到strategy的實際應用方面，我的確是在用最大的心

計來博得B的愛。這事並非不可能，但成功與否還得看天意。你只知道曾經有些小姐對我發生興趣，但在臺灣有些小姐曾經向我強烈地露骨地表示愛意，這些事我好像從來沒有向你提起過。因為我不喜歡吹牛，破壞小姐們「名節」之事，我當然更不願意做。現在事過境遷，不妨談談。

A小姐不斷地來找我，使得她成為別人恥笑的對象。

B小姐曾盛裝地等我陪另一男士到她家去，結果那男士去了，我沒有去。那男士後來報告我她那天失望之情，令我也很難過。她又曾在我面前無緣無故大哭。

C小姐：有一次系裡開師生聯歡會，有人跟我開玩笑開得過份了（如何時請吃喜酒之類），我就離席而去。我倒是不生氣，只是覺得無聊而已。不料C小姐也離席而去，跟蹤前來，滿臉愛意，向我來安慰，我們就離開了會場。

這三位小姐長得都不壞，有一位還是全校有名的美人。她們現在都嫁掉了，想必都很幸福。因此我雖在reciprocal love上很少經驗，但女孩子怎麼愛我，我也曾深深地痛苦地領略（那時很不幸的我在追別人），所以B對我的反應是不是愛，愛到多少程度，我很能shrewdly的知道。這方面的智識，不全是從書本上得到，是有點實際經驗做基礎的。

我也曾給自己分析，發現我對女孩子們的確有fascination的地方。我的特點之一是瀟灑（studied casualness？），or磊磊落落，不做拖泥帶水之事，說一是一，說二是二；提得起，放得下（這大約也是manly quality）。Leave very good impression，然後於恰到好處之時，飄然而去，讓對方長時間地咀嚼回憶。第二，我的public image是a happy wit，但在某些小姐們看來我是個unhappy genius。這對於有neurotic傾向，或者是spirited的小姐們，的確有些吸引力的。美國這類小姐似乎不多（？），B恰巧是這一種type。中

國小姐凡是嚮往屠格涅夫裡面heroines的，無不夢想能碰到一個unhappy genius。我們平常批評中國小姐太苛，其實她們碰來碰去都是俗人，Henry James大約喜歡寫這個theme，也是她們的不幸。第三，我是個able talker。我的wit不用提了，我又很會dramatize，很會pose（自然而致，並非勉強），講話很suggestive，非但表現我自己的聰明，而且使得聽話的小姐覺得她也很聰明。B承認我是個inspiring talker——這大約是so far她願意跟我見面的原因。有一次我和Schurmann夫婦談起他們的幸福問題，談話過程中，害得Schurmann太太哭了兩次（要點是我並不勸他們和好，我只是承認他們之間存在着愛），但是她顯得很感激，覺得我真能了解他們的痛苦。世驤夫婦不斷地苦口婆心地勸他們，但是with all their good intentions，只是使得男的覺得更helpless，女的覺得更resistant。

這些事我的長處，說穿了三文不值，但是環顧宇內，有我這種長處的男子似也不多。我只要利用這三點長處——因此追求作風就得和一般男子大不相同——碰到the right person，成功的機會仍是很大的。

我過去追求的失敗的原因之一，是condescend to put myself on the level of ordinary men。我如要學普通男子的追求方法，是非常clumsy的，只能顯得我不如別的男子。假如因作風笨拙，而引起對方的反感，事情愈弄愈僵，而我於desperate的時候，所表現的也愈來愈壞。小姐也許tolerate我一個時候，最後非破裂不可。（加以我自覺到自己的clumsiness，因此恨自己；一恨自己，事情更難進行。）

這次戀愛，於痛苦中靜悟出不少道理來。上面就是一部份，本來不想說，現在因為使得你們放心，所以說出來了。我立定主意這樣做：假如對方不進一步的表示愛意，我的愛意也就表示到此為止。這樣做也許太passive了，但under the present circumstance，

我非如此做不可，請原諒。催她做決定，也許會對我有利，但也許會使她想起種種對我不利的因素（如年齡之差別等）。我這樣做也許太厲害一點，但我是在等她向我作進一步的表示。我的種種活動（以至沉默），是希望她覺得離了我是多麼的可惜。這種感覺假如不是雙方同有，婚後生活還不是最美滿的。她不作進一步的表示，我是站在可進可退的地位——又是strategist在說話了。有兩件事情我是絕對做不出來的：一是向小姐央求——乞憐，或者求一個date等；二是跟小姐糾纏，跟東跟西地跑。以前試過，做得很壞，乃慘敗。好像叫Coriolanus去參加競選似的，Coriolanus當然也有他的manly qualities。

假如我現在仍很樂觀，那是因為我還不知道天意究竟是什麼。也許天意要此事成功呢？

你講起我的public image。按image之為何物，也不會全無根據，我也許性格中是有十八世紀那一套。我至今仍看重peace of mind。這次戀愛，我仍希望能帶給自己最小量的痛苦。同樣的，也希望帶給對方最小量的痛苦。愛情不全是幸福，這點你當然也知道得很清楚的。

我讀杜翁，因為十八世紀那套可能使人shallow，甚至petty。我是的確想很深刻地談戀愛，了解自己和對方的痛苦。我並不在學杜翁裡面的人物做人，杜翁只是幫助我反省。

從上面所說的話看來，我的性格越來越內向，正如前信所說：「在杜翁與寂寞之中，找尋一條出路。」我對於自己relentless的分析，顯得我是多麼可怕的lucid。我在這種lucid的心境之中對於痛苦的反應，當然也是十分的靈敏。而我居然還要談peace of mind，足見我幾十年的內心修養，也有其非同小可的力量。現在的確是心平氣和，甚至於不十分緊張。

現在這種作風還能保持我內心的平靜，再多用力氣就要大大的

增加痛苦。在更多的痛苦之下，內心中就會產生一種urge：解脫那痛苦。解脫的方法，一是成功；若成功之事渺茫，那麼就步伐大亂，乾脆胡來一陣，把那事搞垮了，也比懸在那裡強。

我在歷次追求中，如有魔鬼，那就是魔鬼的引誘——求草草了事的結束，以解脫痛苦。但現在我不豫［預］備草草了事的結束，那只有限制自己痛苦的定量。在我的case，I should not tempt pain。

Date的確是件難事。中國朋友們date中國小姐，受盡多少閒氣！天幸B對我這樣的好法。你不知道我自己貿貿然然地去date小姐，遭到rebuff後將受到多麼大的打擊。一次不成，我就將大為不悅，也許就不再試第二次了；二次不成，我會大怒——別看我這麼心平氣和的人，我會大怒的（我認識我自己的魔鬼）。一怒則大事去矣！

有些人會瞎打電話瞎date，那種人是快樂的。我從來沒有這種本事。我把date看得太嚴重了。親愛的志清，你以前不是鼓勵我date嗎？你現在的勸告無形中在要使我取消我正在慢慢地享受中的幸福呢！The risk is too great！（你的見解都很對，可惜我不是實行你辦法的人。）

我把這事的前因後果想得很仔細，我預備向自己，向上帝負責，所以一開頭就表示不接受任何advice。我只希望你和Carol的祝福。Chagall書如能買到將是極大的幫忙（害你大費工夫，十分感謝）。如買到，我也將（對她）minimize此事的重要性。我不得不保持我的「瀟灑」。上一次信中有一件事沒有說清楚，（甲必丹之女）B的家在德國，Stillman是在紐約的Potsdam。

這封信沒有談起什麼具體的事實，但是具體事實對我仍很有利，下次再談。增加date的次數，是在這階段內最重要的事，我何嘗不知道？小姐要減少date的次數，也是她的守勢防護的要着。在strategy方面，你我完全同意。在tactics方面，我只有採取我自己的

辦法了。謝謝你和Carol的關心，專此　敬祝
雙福
Joyce前均此

濟安
六月一日

［又及］謝謝你那朋友的詩，B那邊詩尚未送去，你再送她一份你文章的抽印本如何？文章和詩一起送去，較好。

剛剛接到Father Serruys的信，大罵Průšek的review。該文我尚未見到。我是這些日子內心充滿了charity，希望我能感動你，不要對P生氣。

# 587. 夏濟安致夏志清（1963年6月4日）

志清弟：

　　昨天發出一封長信，想已收到（以後的信會不會這麼長，我也不知道）。我本來不預備再寫什麼長信，因為我知道最近期內不可能有什麼spectacular的發展，信越長恐怕害得你們越興奮。但是昨天的長信對我倒有點用處，它至少把我的思想整理一遍。我相信我很坦白——假如許我誇口的話，我的為人大約越來越好，心地越來越純潔——我假如痛苦，我不會瞞你們；但是我最近的確心平氣和，心中充滿了溫柔。假如心裡無端煩躁，這大約就是人在倒霉的時候；假如心平氣和，大約就是在交好運的時候。我決不想採取任何行動，使得我的「好運」變成「倒霉」。你們關心我的幸福，當然也不希望我「倒霉」的。

　　我對於B，大約還是in love，但是前些時候可能有點desperate之感，我在家大讀杜翁，就是想征服這種desperation。步伐一亂，徒惹人厭，好事變成壞事。我對於自己的temper了解得很清楚，這是第一要防備的。只要心平氣和，走一步是一步，希望總還是有的。步子不亂，即使在希望變成失望的時候，人也可以好受一點。

　　B在我生命之中的重要，可以說她是我第一個女朋友。或者可以說是第一個「紅顏知己」吧？在她沒有確切地向我表示愛意之前，我把她當作愛人是錯誤的。但我一生從未有過女朋友，好像對於女子只有愛不愛的關係。我在骨子裡總有點瞧不起女人的壞脾氣。你不斷地寫信來勸我找尋女孩子date，一則當然希望我找尋一個結婚的對象；二則也希望在我生命中增加一點溫柔。現在你的第一點希望，還是很難實現；第二點希望，大約還不致落空。把力量太放在第一點上，那麼連一、二兩點通通成為失望，我的為人可能

成為更怪僻。這大約也是你所不願見到的。

　　現在的事情發展，越來越不使你們興奮了。我經過和自己掙扎，早已不準備有什麼興奮之事，所以還是安之若素。可是千萬請你們不要失望，寫信報導戀愛經過，本非易事。我在此事中的基本態度，昨天一信中已經說明：（一）天幸碰到像B那樣的女子；（二）她待我又是那樣的好法。為着這兩點，我已是大有感恩之念。你們所關心的，是她進一步的表示。我在過去有一個時期，也許有同樣的關心。但是一想到我進一步努力的結果可能是垮臺，就不敢嘗試了。請你們且把我當作是個「餓漢」，以前是什麼都沒有，現在經常的有稀飯可吃（我是很喜歡吃稀飯的—— in literal sense），且讓我把稀飯多吃吃，養足精神，再為山珍海饈而努力吧。

　　先談上星期。上星期二，她告訴我，Dolores要來一起吃中飯，你一起來吧？我說好的。她說等Dolores來了，我們再一起來找你。十二點時，她、D.和吳燕美下來找我。我們一起去Yee's。我說要啤酒嗎？我請客。B說，「我早知道你要說這句話的」。結果她要了一瓶，我要了一瓶。（我請她喝啤酒，她從來不拒絕的。）我再點了一碗湯，也算我請客。四人吃的炒麵，則四人平均分擔。

　　星期五我在Yee's，她後到了來join我。我又請她喝啤酒，飯還是各吃各的。星期二大約是你所主張的group date，我當然是談笑風生。星期五算是單獨date了，我跟她大談哲學——杜翁、歌德、Kierkegaard等。聽得她大為出神。我講的哲學都和「heart」有關，她聽了也很有response。

　　昨天（星期一）算是正式date ——就是你嫌來得太晚的date。這次date收穫很豐富，並不是有什麼exciting的事，而是彼此間增加了解。她和我都很溫柔，許多話過去沒有談的現在好好地談了一談。結論是：我目前只好做她的朋友（上星期五她已承認我是

個 "Close Friend"），做愛人還差着一步。但我在發出給你的長信之後，心裡已有準備。我的反應非但沒有悻悻之氣，而且多少還有點幸福之感。

我們開車過海後，她說她不願意再去那家日本館「民藝屋」（上次兩個人吃掉十七元，小帳兩元，她都看見的），就在Chinatown吃吃吧。我在China-town怕碰見熟人，當然反對。由她指導，先到一家法國館Chez Marguerite，星期一停業；再到一家叫Monroe的法國館，她說這家可能很貴，讓她先進去看看價錢，假如貴，我們再換別家。我坐在車子裡，由她下去，發現又是星期一停業。最後到了一家叫O'Sole Mio的義大利館，點了兩客Veal Scallopini，加酒一瓶（Sauvignon），吃了不過六元錢。上次在Dolores家裡，我看見她Bourbon、Scotch的跟我們一樣喝，便問她為什麼不在飯前來點烈酒？她說她跟男朋友出去，只喝wine，從不喝烈酒的。足見Pennsylvania的家教不差。（將來教育Joyce時可效法。）

飯後看電影。我上次promise她的是 *55 days at Peking* [1]——但是不巧得很，就是同天晚上，世驤、Grace約了Martha再約我去看那片子。我已設詞退卻，假如再帶女友前去，豈不是存心去侮辱別人嗎？那天晚上不能在China-town吃飯亦是這個道理。所以改看 *Dr. No* [2]，——很緊張有趣，遠勝 *Manchurian Candidate* [3]；Double

---

[1] *55 Days at Peking*（《北京55日》，1963），歷史片，尼古拉斯·雷等導演，卻爾登·希斯頓、艾娃·嘉娜、大衛·尼文主演，聯合藝術發行。

[2] *Dr. No*（《鐵金剛勇破神秘島》，1962），英國間諜電影，特倫斯·楊（Terence Young）導演，史恩·康納萊（Sean Connery）、烏蘇拉·安德絲（Ursula Andress）主演，聯合藝術（United Artists）發行。

[3] *Manchurian Candidate*（《諜網迷魂》，1962），黑白片，據理查·康頓（Richard Condon）1959年同名小說改編，約翰·法蘭克海默（John Frankenheimer）導演，法蘭克·辛那屈、勞倫斯·哈維、珍妮·李主演，聯合藝術發行。

Feature——*My six loves*④，也還不差。這大約是我生平第一次看
Debbie Reynolds。

這些當然只好算點綴，你所關心的還是我們談些什麼話。我當
然不斷地吐露愛慕之意——一個女孩子假如容許我吐露這種話，那
就表示我還是有希望的。我們在舊金山開來開去，找吃飯的地方，
我說：車子裡還有20加侖汽油，盡管開好了，反正哪兒吃飯對我
都是一樣，I only want to listen to you talk。她就說：Bla Bla。我
說：好聽極了，Continue！

在車子裡，飯館裡，電影院的休息室裡（我們到時，*Dr. No*還
有半個鐘頭才演完，我們沒有進去），回來的車子上，談的話還是
不少。現在且把幾件比較重要的跟你們報告一下：

（一）我問她：我於認識她兩年之後，忽然對她發生興趣，did
this come to you as a surprise？她大感興趣，說道：「surprise倒不見
得，不過我也曾思索過這個問題。要說兩年之後，我有什麼改變，
使你發生興趣，至少就我自己方面，我是看不出來。唯一的原因，
大約是你要瞞Dolores，她調開了，你就來take me out。可是Mrs.
Fox（接D.的）也是個厲害人物，你可瞞不過她。」Mrs. Fox也許是
厲害人物，不過她為人拘謹，不苟言笑，我也隨她去了。

（二）她總以為我社交忙得不得了（最近社交的確很忙），
每天晚上有約會似的。我說：「有一點你也許不相信，你是我來
美國後我所date的第一個，也是唯一的女孩子——不論是中國人
還是美國人。人多的地方，跟小姐們在一起的機會當然有，但是
單獨date出去的只有你一個人。」她說：「不相信，人家都說你

---

④ *My six loves*（《未出嫁的媽媽》，1963），高爾‧錢平（Gower Champion）導
演，黛比‧雷諾、克里夫‧羅伯遜（Cliff Robertson）主演，派拉蒙影業發行。

跟 Esther Morrison⑤關係很好。」我說，在大宴會，我奉命去做 E.
M. 的 escort，乃是盡做男子的責任，我可從來沒有 date 過她。（E.
M. 是 Mississippi 人，以前是 center 的 executive secretary，現在在
代 Levenson 教課，下學期去 Howard's（？）黑人大學。）她說：
「這樣的話，it makes me feel —— 」我說：「honored？」她說：
「—— ill at ease.」我說：「Don't worry. Let me assure you: You would
never break my heart.」她說：「假如有男子對我發生過份的興趣，
我總是想 run away 的。」

（三）我說：「你說過，你的朋友都是 sick 的，do you now
include me among your sick friends？」她對於這個問題又大感
興趣。她認為我是 sick 的，我大訝。我提起我的 public image 等
等……。她說：「我早就看出來了。Normal people do not laugh so
much, joke so much as you do.」（Wonderful perceptiveness！）但是
她認為我的 case 特別：「Sick people usually do not function well; but
you function so well.」我問她：我們兩人誰較為 sicker。她說她是
sicker，不過最近一年來她已經好得多。美國那套 sick 哲學，sick
language，我本來是差不多一無所知。例如，照她看來，boss 李卓
敏是個 square。我說我對她發生興趣，也許也是因為我 sick 之故；
她說，對了，sick people do respond to each other。

（四）她講起學校裡一般人的階級觀念極重，什麼主任，什麼
committee member，什麼教授，各級 secretaries，到她 typist 算是最
低一級。不過我（T.A.H.）不知怎麼的毫無階級觀念，把各種人都

---

⑤ Esther Morrison（伊絲特・莫里森，1915-1989），哈佛大學博士，曾任教於加州
大學柏克萊分校、華盛頓大學、哈佛大學，退休時為霍華德大學中國及東亞史
教授。代表作有《儒家官僚政治的現代化》（*The Modernization of the Confucian
Bureaucracy: An Historical Study of Public Administration*）等。

平等看待。我說我根本沒有階級觀念。她說：「你在中國，一定是
aristocratic family出身。」（其實志清你的階級觀念也極淡的。）還
有一點，她說：「學校裡總是誰忌誰，誰怕誰，不知怎麼的，你好
像什麼人都不怕。」她知道我喜歡信口胡言。

（五）我平常做人想不到是在她冷眼觀察之下，很多分析都
很對，不由我大為佩服。說她是sick，真是冤枉。我說：「老實
不客氣，我是很驕傲的人，我常自以為在center裡面我是the most
intelligent person。今日跟你一談，我把這頭銜讓給你了，我只好算
是the second most intelligent person。」她含笑默認。

（六）像這樣能知心談話的人，不要說在女朋友中沒有，在男
朋友中都是很少見的。她又很欣賞我為人正派，我認為是improper
的事，我是不做的，也不說的。——因此你所勸我的那一套，我更
是不能做。她雖然十分feminine，但主意很老，未可輕看。她假如
向我表示一點attachment或「嗲」，我當然也會respond。但她是十
分溫柔，又是落落大方。虧得我「定力充足」，假如陷於情網，碰
見她的合理的態度，那才是痛苦了。

（七）最後，我提起我們之間有一個source of irritation，那就是
date的問題。我當然很希望多聚首，但是絕不想因此而引起她任何
不愉快。（我也可算candid到極點。）她說：Once every two weeks
is all right with me——志清，請不要失望！Once every two weeks是
不是也算steady了？她又說一次：「I enjoy your company very much.」
但她也需要時間讀書，或者靜下來想想。再說起她的involvements，
那個Paul早就另有主，還有個Walter她也曾帶來過在party上出現，
她對他也沒有興趣（她說我會過那人一兩次，可是我一點也想不起
來，那Paul因為談過幾句話，所以我還記得），她真感興趣的人叫
Morris（Maurice？），一［亦］名Maurie，猶太人，今年卅一歲。
照我看來，也許那男的對她興趣不大。她要去約他，都很難約得出

來。因此此人從來沒有在我們Center的party上出現過。Coming星期六，在Center幫忙的中國學生周弘為了孩子滿月請客，她說要把那Maurie約出來，跟大家見見，但是不到星期六還不知道約得出約不出（那男的也太辣手）。假如我不早已在內心修養上下了大工夫，這種訊息我還受得住嗎？但在B告訴我這事的時候，我已經把她當成很好的朋友，心裡真還有點替她祝福。但我我還問她這麼一句話：「假如我在一年以前declare my intentions，你的反應會比現在熱烈一點嗎？」她的答語很重要。因為她可以說：「我根本不會對你熱烈的。」或者就是一個斬釘截鐵的「No」，沒有理由，讓我去痛苦。但是她的答案很快，而且看着我的眼睛說的：「不會的，因為那時我已經有了involvements了。」我怔了一下，她再重複地說一句：「因為那時我已經有了那involvements了。」很明顯的，她對我的好感還是不小，只是在她芳心之中，我還敵不過那冷酷的（？）Maurie也。沒有Maurie，她是願意向我表示熱烈一點的，我如date她過勤，給那Maurie知道，也許就借因頭逃走了（結果她就恨我）。這是她的顧忌。她既然很想結婚成家，非要逼那Maurie攤牌不可。但是天下事情，她逼他跟我逼她是一樣的少希望。我在這一點上，也許可以給她當當參謀。我在吃飯的時候，也說起有些中國朋友拿我當作戀愛顧問，我好像成了the wise man of Gotham似的。她說道：「以後也許有這類事請教你——」但接着又說：「我還是自己靠自己吧。」我在這件事上所採的態度（就是出主意去幫她忙追Maurie），是極好的好人作[做]法呢？還是極壞的奸雄作[做]法？我現在自己也不知道。不過，志清請相信我，I can handle the situation。只要她願意跟我見面，我相信我還有不小的魔力。

談話差不多就這樣結束。我聳聳肩膀說道：「反正我已經等了你兩年，再等二十年也無所謂。」她噫了一下，只好一笑無話可說。

你所最關心的date問題。在我們談到once every two weeks之前，我也曾問起她的音樂興趣。我說假如有名樂隊名樂師等來Berkeley，或S.F.，要不要我來請她。她說：「好的，不過假如你不感興趣，請不要請我。」我說：「我當然感興趣。」Once every two weeks暫且假定為吃飯看電影；另有musical events等，如你所說，我還可以請她。這是她的weakness——喜歡音樂，又捨不得出錢買好票子，又沒有知心的男友去date她，這點弱點是可以攻破的。但是我目前還並不十分起勁的去注意那些events。因為我喜歡的date是兩人遠遠地離開人群，暢快地一訴衷曲。一到音樂會，就要碰見許多附庸風雅的朋友，我很怕有了date之後再去敷衍那些朋友也。

從這封信中所表現的，你當知道我實在是個相當沉得住氣的人。我當不斷地去讀杜翁，不要把我化為*Laclos*中人物也。現在是心平氣和，痛苦毫無，只是希望做人要沉潛深刻，而且真想做個好人，to deserve her。因為我覺得B真是個好人。再談　專祝

雙福

Joyce前均此

濟安

六月四日

# 588. 夏濟安致夏志清（1963年6月9日）

志清弟：

那兩封信使得你很難以回答，恐怕也使你相當難過。你關心我的幸福，這比我關心我自己的幸福為甚。我若對於某一件事情發生強烈的慾望，照你對我的關心，一定是十分希望我的慾望的實現的。過去在臺灣的時候，我很少表示我想到美國來。這個慾望你是一定想幫忙使它實現的——但在實現這個慾望的過程中，一定有很多挫折，至少焦急的期待就使人很難受。最後也許成功，但在中間可能有一段很長的時間，你我都會很痛苦。幸而我在臺灣的時候，不為出國作任何努力，在這種事情上，我的態度是十足的命定論者。因為不作任何努力，也少受挫折。最後終算糊裏糊塗地也來到美國了——那個offer來的時候，我還推拒呢，我的推拒是相當誠心的，並非「奸雄」行徑。我似乎有一個自信，我的前途是在美國，此事早晚會實現，不必為此操心。因此操了很少的心，事情經過還算是順利的。我總算到了美國，事業的前途還算可以樂觀。

最後剩了一件人生大事——婚姻。我從'55以後，沒有對任何一位女子發生強烈或持續的興趣。我是存心做bachelor了，這許多年來日子過得相當快樂——這點你也許不承認，但假如快樂的定義是absence of pain，我不得不說在那些很長的快樂的日子裡pain是很少的。

這次的事件是一個crisis，要決定我做人是如何的積極。我做人是很積極的，讀書很用功etc.，可以作為證明。但在某些方面，你也許嫌我積極不夠。這次我怎麼會糊裏糊塗的fall in love，自己也不知道。這是上帝的意旨，抑是魔鬼的意旨，我也不知道（假如我胡來一陣，那就是魔鬼的意旨了）。你對我的種種鼓勵，我是十

分的感謝，但是我終究還是不能照你所裡想的那樣積極做人，那是非常抱歉的。

我不願為自己的立場辯護。例如，我也許有一種「一廂情願」的想法：不作任何努力，事情可能也會成功。這是完全不合理的想法，叫我來辯護，我也不知如何辯護法。

我和B開始date以來，還不到一個月，已經搞得我生命大為混亂，最近不斷地寫這麼長的信給你們，就可以表示我的心境是大不寧靜的了。事情進展不算理想，但從「沒有女朋友」到「有女朋友」，從決心做bachelor到決心追求，這點進步，至少在我這一方面，已經使生命完全改觀了。

現在的情形大致還是停留在我第一封信（5/19）的階段。那封長信我為什麼要壓了三天才寄給你們？我大約有這些考慮：

（一）信裡我預備要fall out of love，假如真的把「愛念」殺死，那信我就可能不寄了。一時的infatuation何必認真呢？

（二）也許我還期待着驚人的發展。

（三）我很認真地考慮該不該拿那信給世驤去看，在那三天之中，有幾個moments，我真有衝動去找世驤，結果還是壓下來了。

寫那封信倒不是難事。寫完了寄出去，是一個重大的決定，因為至少我對你們已經是make a commitment。Commitment是道德生活中的先決條件，這點我也用不着說了。

B沒有一點對我不起的地方。第一次date，她也許還以為我是逢場作戲的，所以談話中沒有涉及serious的事情。第二次，我雖沒有說什麼serious的話，但是我的intention是再明顯也沒有了，她就把她的戀愛生活都告訴我了。她話說得很多，我沒有全聽懂——因為不懂的地方，不便去盤問她；接着有幾點聽不懂，真相就變得很模糊。但是這兩點在模糊的印象中還是outstanding的：（一）她並非不想結婚；（二）她有男友——他或他們在她生命中也許比

我重要，但他或他們的成功希望似乎也不大（她曾說：在她的 old flames 之中，只有一個火還燒着，此人想即 Maurie 也）。

現在的情形大致還是如此，但是我對她的了解無疑漸增。她雖軟語溫存，十分溫柔，但其實恐怕是個「冷若冰霜」的人（內心如何熱烈，那我就不知道了）。你大約也猜想得到，能 attract 我的女子，大約是溫柔而帶些冷性的，像 Grace Kelly 那樣。她假如是熱情奔放，或也像我那樣的有說有笑，在 wit 方面可以 match 我的——對這一類的女子，我也許反而沒有興趣了。

有一次我們在 Center 的圖書館裡閒談（也是新近的事），還有吳燕美等在一起。B 站的地位是靠着書架，我在說話之間，不知不覺地右手伸過去，撐在書架上，差不多就放在她頭的附近，人因此也靠近了（足見我的 inhibitions 並不怎麼厲害），她立刻覺得，臉漲得通紅（我第一次看見她臉紅）。我的手也只好縮回來了。

她也有她 stern 的一方面。以前看不出來，現在我漸漸看出來了。做事很有分寸，說話主意很老。她若 build up resistance，憑我這點遠不如 Clark Gable，要融解她的防禦工程，那是不可能的。

我當然也有一些「資本」，這裡也毋庸詳述。詳述了也許增加你們的樂觀，而樂觀可能轉化為痛苦也。但有三點，不妨一提：（一）她也許以為我已經想念了她兩年——這完全不是事實，因為在今年 Mother's Day 以前，我的確從來沒有想念過她。但現在不得不裝出我是想念了她兩年的樣子——這樣一個 discreet 而 devoted lover，在一個聰明而多情的女孩子的心裡，是應該有他的地位的。（二）我一向做人的確很好（肯吃虧，肯幫忙等），怎麼好法，也很難說，但你不難想像得到，這些事在她冷眼旁觀之中，有些她還對我承認的。（三）我在 Center 有極好的口碑，我不能影響她全部的朋友，但是在這一方面的朋友，我相信是全部可以擁護我的。（Jane 在 convent 教音樂，也曾教吳燕美鋼琴。）

但在strategy方面，我只好跟着她拖延下去。這點你是大不贊同的。但假如你希望我幸福，請你務必原諒。拖延無疑是痛苦的，但猛追也是痛苦的。在兩種痛苦之間，我寧取較輕的痛苦——拖延。關於這一點，我已有深思熟慮，不預備更改，務必請你原諒。假如她以為忍得住？等她兩年，現在忽而作風大變，幾天也等不住，她對我的為人也會覺得奇怪的。

現在要說到昨天的事。昨晚是周弘家請客（我送了一隻baby用car seat；周弘之妻是臺大外文系畢業的，我的學生），我不是上信報導可能碰見那位Maurie嗎？不知你對我的看法如何？但其實我的自卑感很小，自信是很強的。我有點相信我是天才——這種話說出去太狂，但對你說沒有關係。我只要不胡作非為（做了一點小小的錯事，心裡就大為難過），自信很充足。我根本相信天下男子很少比得上我的，我對任何情敵都不怕。何況我在這次事件中，立足點很穩，理直氣壯。假如曾有faux pas，那麼我可能會心虛——不是怕情敵，而是為自己的faux pas覺得不安。

我在行前根本沒有考慮如何去對付「情敵」，只是自信很充足：在任何party之中，我總是shine的，一個沒有美國人的party，我就難shine，對付中國人是很吃力的。我pick up了兩個passengers，一個是中國太太——胡太太，一個是Mr. Tay（鄭子南）。我車子到周家，有個客人王緄（也是臺大學生）出來接，問道：B呢？B不是夏先生接嗎？我聳聳肩說，「不知道。」但我車子park好，B踽踽獨行而來。她可能是坐bus來的。周家地方位落［置］在University Village —— Married Graduate Students宿舍，有一家窗戶裡傳出了flute的音樂，她走過去聽了一下。我捧了一大盒car seat，作滑稽狀地一起上樓。

B整晚上還是同平日一樣的安詳，一樣的溫柔，也幫主婦收拾碗盞等。她約不出來Maurie——她曾經約過，恐怕只有我一人知

道——心裡痛苦不痛苦呢？我也不知道。

我根本沒有機會向她發生同情之感，我在party裡面，總是瘋狂似的witty。整晚上我同B說話很少，兩人也從沒有靠近坐過。這許多人裡面，Mrs. Fox（Dolores沒有被請）是一定知道我在追B的，我的wit of charm把她（和她音樂家的丈夫）騙得高興異常。她也許在奇怪：Mr. Hsia為什麼不在B身上用些工夫呢？她假如有些奇怪之感，我也沒有看出來。

此外，吳燕美也許猜到一點點。但看我的表演，她也許會懷疑她猜得不對。

我為什麼在大庭廣眾之中，對她這樣淡漠呢？我怎麼能如此成功的conceal我的愛呢？我也不知道。你也許會責備我的作風，但我良心上並不覺得不安。能把這麼許多眼睛瞞住，心中還有一點得意。假如我有什麼不正常（「sick」），那大約就是不正常了。

假如Maurie在場，我的表演大約還是那一套。可能去charm「他」，而對她淡漠。她是很機靈的，我的有些笑話，她聽見了也笑。我在去party以前，看了最近一期 *PR* 裡講 Brecht 一文，就同她談這個。我從來沒有看過 Brecht 任何東西，她在紐約時看過 *The Threepenny Opera*①，我說讓她談這個。我常跟她談學問，請不要以為我自己想show off；我常常是要造成機會，讓她show off的。我沒有這麼愚蠢。

Party散場，吳燕美要送B回家，我那時向B說道：「May I have the honor of taking you home？」她頷首，說道：「I'll go with

---

① *The Threepenny Opera*（《三便士歌劇》，1928），布萊希特編劇，魏爾（Kurt Weill）配樂的音樂劇，改編自約翰·蓋伊（John Gay）的民謠歌劇《乞丐歌劇》（*The Beggar's Opera*, 1728），1928年在柏林首演，表達了一個社會主義者對於資本主義世界的批判。

Mr. Hsia.」可恨的是車子裡另有三個俗人：胡太太、鄭子南與王紳。我想把那三人放在後座，讓B和我坐在前面。但可恨的胡太太，已經一把把B換到後座。我又想把那三個俗人都送走，最後送B回去，這樣還有機會和她談談。但是偏偏B家又是第一個先走過。我不想在俗人面前露出痕跡，她要下去，我只好讓她下去。她進門前，沒有向我道謝，只是說：「I'll see you!」

　　我到家後，跟她通了一個電話（這是我第一次無緣無故跟她通電話）。向她道歉，沒有機會和她多說話。問她「I'll see you」是不是指明天（即今天──星期日），她說是指星期一。星期天她要baby sitting，拒絕見我（這就是她stern的地方）。她說臨睡前還要讀Spenser。我說我最近在讀 *The Anatomy of Melancholy*②，有幾句Spenser的詩，不知她能不能identify。詩如下：

The mighty Mars did oft for Venus shriek,

Privily moistening his horrid cheek

With womanish tears

我說：「This is found in the chapter on "Love – Melancholy". So with this quotation, our nocturnal conversation ends on a proper note. Good night, again.」她也說「Good night」。電話就掛斷了。

　　這就是我的tactics。我若猛追，她會拒絕和我date ──這在目前我還覺得很可怕。假如我想草草了事，那麼讓她拒絕和我date，我也好借「因頭」下台了（一時的痛苦總比長期的痛苦好受）。至少在目前我還不想這樣做。

---

② *The Anatomy of Melancholy*（《憂鬱的解剖》，1621），英國學者羅伯特・伯頓（Robert Burton）的名作，以醫學教科書的形式出版，但其中融入了作者廣博的學識、獨特的文風以及深邃的思辨，使其同時也成為一部出色的文學和哲學作品。

　　情形當然還很delicate。她在Maurie方面失望，我若窮追，她未必就對我發生很大的好感。她也許還會resent，就像我的情形一樣。我追B也許沒有什麼希望，可是假如別的女子（Say，Martha）來窮追我，我也會大為不悅的。情形有點不同者：即我對Martha毫無好感，而B對我多少還有一點好感。我當努力發揚擴大這點好感，冒冒失失的可能把這點好感殺死。本月二十一日那週末，世驤，Grace約了我和Martha去遊Lake Tahoe，我已答應。——反正情形並不嚴重，Martha反對賭，我偏去大賭。

　　我的態度，似乎現在帶了一點「遊戲」性質。但是光憑passion，追求很難持續。我本是個humorist，假如我能enjoy我的追求，追求的成功希望恐怕反而大，但是我還是很serious。

　　昨天晚上，胡說八道的談了很多滑稽的話。最後通一個電話，雖然她的態度很stern，但我的quote Spenser，總多少表示我的深刻的一面。假如她的mood不好，我的忽然引用*Anatomy of Melancholy*，至少也可讓她知道，天下還有人和她同感的。（她說她有時一個人會哭。）

　　這個週末，Franz Michael、馬逢華等要來開會，我將大忙。同時還可能發生一件頂ironical的事情：即Joyce Kallgren③與她丈夫可能約我出去看電影——時間要看B有沒有空替他們做baby sitter。關於這點，我也同B討論過。她說，她需要做baby sitter的錢，所以我就讓她去了。她還欠着Dream psychiatrist的錢。（她的假期將

---

在墨西哥，這是我早已知道的了。我沒有問她跟誰一塊去。）

　　五月卅日，六月一日、二日，她都是出去遊山玩水的，好像與老太太們為伍，她也並不頂高興。男友date她的還是有；但我想目前persistent的date她恐怕還沒有。那Maurie狠心不跟她來往，也太可恨！

　　情形就是這樣子。我頂要緊的是保持心情愉快，不要走亂步子，不要胡作非為──這本是我的真正為人方法也。再談　專此敬祝

　　雙福

　　Joyce前均此

濟安

六月九日／63

# 589. 夏志清致夏濟安（1963年6月10日）

濟安哥：

　　六月初兩封長信都已收到了。你和B雖沒有特別新的進展，但你們日常見面，每隔一兩星期有一個正式date，見面時無話不談，可以很candid地討論兩人終身的問題，她現極enjoy你的company，你也第一次和一位少女有深交，enjoy她的友誼和關懷，情形未尚不好。但局面是stabilized了，要展開較passionate的「閃電戰」，你說不肯做，事實上也不可能，這樣友誼式的courtship繼續下去，時間可以拖得很長。你對目前的安排，既很滿意，我也不必多出主意，disturb你的peace of mind。但從結婚大前提着想，值得注意的是，這種arrangement是否對你最有利？你愛B，已無微不至，不情願她為了你增加一分一毫的苦惱，自己也表現得很瀟灑，並且說過 "you will never break my heart" 的話，雖然B很聰明，不會輕信你這句話，但你這樣地reassure她，你的welfare她可以不必負責，時間久了她真的把你無私的友愛take for granted，不和你商量，自己pursue自己的destiny（可能是不智的），有一天她會告訴你，她同某人要結婚了，那時你心滿藏痛苦，悔之晚矣！讀你的來信，我覺得你的作風有些像十九世紀小說中「大情人」的作風：我想起了電影《雙城記》①中的考爾門②，他愛Elizabeth

---

① 《雙城記》（*A Tale of Two Cities*, 1935），愛情片，傑克‧康韋（Jack Conway）導演，羅納德‧考爾曼（Ronald Colman）、伊麗莎白‧埃蘭（Elizabeth Allan）主演，米高梅發行。

② 考爾門（羅納德‧考爾曼，Ronald Colman, 1891-1958），英國演員，風靡於上世紀30、40年代，憑藉電影《雙重生活》獲奧斯卡影帝。出演過多部名著改編的電影，如《雙城記》、《消失的地平線》（*Lost Horizon*, 1937）和《羅宮秘史》

Allan ③（這個腳色可能由 M. O'Sullivan 演）不露聲色，直到最後他代 Donald Woods ④ 上斷頭台之後，才使她深深感動，知道他愛情的偉大。Sidney Carton ⑤ 這最後一個 gesture，我想你是能深深 appreciate 的，而且可能模仿，假如他的對象是 M. O'Sullivan 而不是 E. Allan 的話。你自己說過你歡喜製造 impression，使對方長時間地咀嚼回憶，所以普通人所貪求的自私式的快樂（「實惠」之義），你絕不貪求，但歡喜給人一個極好，極 noble 的印象，這種慾望可能仍舊是 ego 的表現。Sidney Carton 自己覺得年紀大了，是個一事無成的潦倒酒鬼，所以覺得配不上 Lucie。你年紀雖然也大一些（但照美國看法，as an eligible girl, B 的年齡也不輕了），但從無逃避現實的習慣，精神超人的充沛，事業正在蒸蒸日上，有何愧人之處，正可正大光明，比較 aggressive 的追求，何必學高貴「情聖」的辦法？Sidney Carton 已沒有什麼 will power，對人生已缺乏興趣，所以他最後這個 noble gesture 正是向上帝交賬最好的辦法，把過去的潦倒自甘墮落的生活，一筆勾銷。你和 B 談得極融洽，婚後生活當然更是美滿，真不必貪戀目前友愛的甜美而不作更進一步的打算。

---

（*The Prisoner of Zenda*, 1937）等。

③ Elizabeth Allan（伊麗莎白‧埃蘭，1910-1990），英國演員，上世紀30至60年代活躍於英美兩地，作品有《雙城記》、《大衛‧科伯菲爾德》（*David Copperfield*, 1935）和《吸血鬼的印記》（*Mark of the Vampire*, 1935）等。

④ Donald Woods（唐納德‧伍茲，1906-1998），美籍加拿大裔演員，好萊塢演藝生涯近六十載，代表作有《雙城記》、《風流世家》（*Anthony Adverse*, 1936）和《守衛萊茵河》（*Watch on the Rhine*, 1943）等。

⑤ Sidney Carton（西德尼‧卡頓），狄更斯小說《雙城記》中的男主人公，原本是一個嗜酒放縱、自憐自艾的英國貴族青年，但出於對女主人公露西‧馬奈特強烈而高貴的愛，最終犧牲了自己，成全了露西與法國青年達爾奈的愛情。

　　這一星期來，你臺大的同事、學生在紐約大聚會。有一次，陳秀美、叢甦在我家裡，討論電影明星，陳秀美說她最喜歡的男明星是Marlon Brando、Clark Gable，叢甦是James Dean⑥；Brando、Gable、Dean都是極自私的male，結果反而能吸引女性，而且Brando、Dean這樣petulant、violent、childish，似應博得女性的反感（Dean當然appeal to女孩子material instinct）。而考爾門這樣「情聖」的作風，在中國雖曾感動過不少男女，現在在普通人回憶上竟不留什麼痕跡，他在電影史上已成了不足輕重的人物。（最近Olivier的電影 *Term of Trial*⑦，我看過；Olivier因保存一部份十九世紀小說男主角彬彬有禮的態度，先受少女崇拜，最後被她和他妻子糟蹋。）做一個lover，當然應當瀟灑，不自私，chivalrous，但是即是最chivalrous的男人不經過一個自私求愛（仍是你所despise的央求乞憐）的階段，不大能夠使對方真正心服，把終身交給他（雙方一見傾心，立即avow passion，當然是特例）。Blake把男女愛情分析很透徹：一方面愛情是不自私，noble的，另一方面愛情是最自私的。而在求愛階段中，雙方不經過一段為自私需要而掙扎奮鬥的路，不容易走上比較serene的愛情的廣坦大路。你分析得很對，你以前追求，的確有求草草了事，以求解脫痛苦的表現。現在改變作風，當然是極對的。但千萬不要把魔鬼關得太緊了，不讓對方知

---

⑥ James Dean（詹姆斯‧狄恩，1931-1955），美國演員，以在《無因的反叛》（*Rebel Without a Cause*, 1955）中的表演成為青少年理想破滅、與社會疏離的文化象徵，其24歲遇車禍身亡的經歷更加深了這一傳奇性的形象。他的主演的另外兩部電影《伊甸園之東》和《巨人傳》（*Giant*, 1956）在去世後兩次獲奧斯卡影帝提名。

⑦ *Term of Trial*（《流水落花春去也》，1962），劇情片，彼得‧葛林威爾（Peter Glenville）導演，勞倫斯‧奧利佛、西蒙‧西涅萊主演，英國Romulus Films出品。

道你心胸中也有它的存在。平時一直溫柔，有時讓魔鬼發作一下，使對方知道你不僅是彬彬有禮的君子，你的animal nature同時也要claim她，這樣她才會真心感動。你既然不想upset status quo，見面時盡可一貫作風，casually romantically式的求愛，但同時不妨一連串給她幾封長信，敘述過去的寂寞，目前求愛的痛苦。寫信盡可一無顧忌，把自己寫成極passionate、tormented、abject、demanding，這樣B才會對你刮目相待，把你的courtship看得更serious。上信說過，美國女子很少讀到address給自己的passionate love letters，有信會使她異常地flattered and proud。見面你根本不必mention那些信（假如她不mention them），讓你所exercise的雙重人格的fascination在她心底留根，不由她不愛你。B的許多involvements，她自己解決不了，祇有憑你passion的利刀，才能把束縛她的麻繩斬斷，讓她死心塌地地愛你。So long as她認為你是她最可靠，最無私的朋友，而不是日夜在痛苦中生活，貪求她愛情的suitor，她的心總會向外跑。你的愛flatter她的ego，build up her confidence，同時也使她已被bolstered up的ego take an active interest in other man。她在失戀時間，在想自殺的時間，ego是曾受傷的，那時她對找男朋友方面的事一定很灰心。現在有你愛她，使她跳出sick的圈子，但你又不compel她來愛你，她的心沒有歸宿，以前她喜愛人的影子，又在她眼前大晃動。即使Maurie不愛她，她會在別的parties上碰到她認為對她自己較適合的男子（因為你究竟和她不是同種，這一點注意）。你和她date最好是每星期一次，更重要的是求她把星期六晚上的時間交給你，這樣才算是going steady。她和你星期一date，表示她想把prime time（用T.V.的術語）reserve給別的男朋友，雖然你目前沒有serious的rival。你和她星期五、六、日，date，才能減少她行動的自由，減少foster別的illusion的可能性。所以我勸你爭取星期六晚上的date，暫時可以答應每兩星期date一次。你可提出

種種excuse：Monday date，星期二太累；星期一好館子不開門，不能欣賞舊金山夜生活at its best；星期六有空，被朋友找去打牌，心頭又想念你，實在把時間糟蹋得可惜。同時date不一定看電影，你應該把她帶到夜總會去，喝酒跳舞，更能促進intimacy。以上種種advice，希望你能implement。我想這些措置對你是有利的，而且B會覺得你的要求很合理，不會因你太aggressive而逃避。你現在很快活，我不應該老是offer那些較世故的advice，但我想比較aggressive一點，想一些方法來束縛住她的心，對你終是有利的。

上星期四去downtown，淘Chagall那本書（*Illustrations for the Bible*. Harcourt, 1956），Harcourt, Brace Trade Book Dept.人通電話告訴我，書已絕版了，他說在57街某舊書店他曾見到一部，討價二百元（原價35元）。我在幾家新書店詢問了一下，都沒有結果。紐約舊書店很多，我從未淘過，不知有沒有時間再去downtown一下。Chagall另一本書*Drawings for the Bible*. Text by Gaston Bacheland, Harcourt, 1960，也已絕版了，但出版期較近，可能容易買到，價錢也不會太辣。我已在Columbia Book Store place一個order，請他們覓求那本書，有結果再通知。新出的art books很多，探聽B口氣，有什麼她喜歡的，送一本給她，我想她也會很喜歡的。

附上玉瑛妹寄給你的近照一幀。

上星期看了double feature：*La Notte*⑧和*Shoot the Piano Player*⑨。

---

⑧ *La Notte*（《夜》，1961），愛情片，米開朗基羅‧安東尼奧尼（Michelangelo Antonioni）導演，珍娜‧摩露、馬塞洛‧馬斯楚安尼主演，聯美發行。

⑨ *Shoot the Piano Player*（*Tirez sur le pianiste*《射殺鋼琴師》，1960），犯罪愛情片，法蘭索瓦‧楚浮（François Truffaut）導演，夏爾‧阿茲納夫（Charles Aznavour）、瑪麗‧杜布瓦（Marie Dubois）主演，法國Les Films de la Pléiade出品。

Truffaut⑩導演手法很輕鬆新穎，我很喜歡。Antonioni⑪電影很慢，但很能compel interest，但片子末了，沒有什麼深刻的啟示，總不免失望，這是Italy電影的通病。*Time*討論過的Jeanne Moreau的The Famous "Walk"我也看到了。上星期二下午，哥大畢業典禮，我高高在上，看到下面廣場上成千成萬的人。星期六我們和白先勇、陳秀美、楊美惠⑫、歐陽子（Beatrice Hung）⑬、Pauline鮑⑭一同坐船，巡遊Manhattan，白先勇人很pleasant，看不出他小說中sensitive病夫的樣子。侯健也in town，上星期見過一次，今天他和Lucian Wu⑮同來訪我，一起吃中飯。侯健在哈佛一年沒有讀什麼書，平日自己煮飯，打牌消遣，時間浪費很可惜。吳魯芹太太決定來美，Lucian將在華府Voice of America服務。臺大英文系competent的人都已出國，不知將來如何維持。不多寫了，祝你

　　心境愉快，努力追求

---

⑩ Truffaut（François Truffaut，法蘭索瓦‧楚浮，1932-1984），法國電影導演、編劇、製片人、演員和電影批評家，其自編自導的《四百擊》（*The 400 Blows*, 1959）成為「法國新浪潮」（French New Wave）電影的代表。其代表作還有《射殺鋼琴師》、《夏日之戀》（*Jules et Jim*, 1962）等。

⑪ Antonioni（Michelangelo Antonioni，米開朗基羅‧安東尼奧尼，1912-2007），電影導演、編輯，代表作是「現代性極其不滿」三部曲（trilogy on modernity and its discontents）《奇遇》（*L'avventura*, 1960）、《夜》（*La Notte*, 1961）和《蝕》（*L'eclisse*, 1962）。

⑫ 楊美惠，來美後，與謝文孫（見信633，注1，頁471）結婚，現定居密蘇里州聖路易市。

⑬ 歐陽子（1939-），本名洪智惠，臺灣南投縣人，旅美作家，畢業於臺大外文系，《現代文學》的創辦者之一，代表作有《移植的櫻花》、《那長頭髮的女孩》、《王謝堂前的燕子》等。

⑭ Pauline鮑，中文名鮑鳳志，曾就讀臺大外文系，夏濟安的學生。

⑮ Lucian Wu，即吳魯芹。

弟 志清 上
六月十日

　　［又及］我朋友那首詩第二遍看看，毫無道理，請不必給 B，
世驤看了。Wells 此人寫了很多書，學界一無地位。他找我讀他很
不通的 MSS，浪費我不少時間。

# 590. 夏濟安致夏志清（1963年6月12日）

志清弟：

　　回家接到來信，趕緊回你一封。這個問題我以後不預備多討論，原因並不是我生氣了（生你的，或生她的氣），或是我太痛苦了。假如這樣拖下去，或是照你所說的是 Stabilized（或 Stalemate 了），也沒有什麼可以討論的了。

　　越討論 strategy 之類的問題，也越顯得我人格的渺小，承你謬讚什麼 noble 等，真是慚愧得無地自容。先從我的個性說起吧。考爾門那種「情聖」，過去——很久很久以前——也許想做過，至少最近十幾年來從不想做情聖。拿電影明星做例子，可以做我的偶像大約有兩類：

　　（一）Bob Hope、Jack Lemmon（乃至 Jerry Lewis）型。胡說八道，動作笨拙，也許有點真情感，但是善於「苦笑」。

　　（二）George Sanders、Clifton Webb 乃至 Edward G. Robinson 型。瀟灑，非常 worldly。但是有其可怕的冷酷的一面。suave but shrewd，civilized but heartless.

　　這些是我給自己定的 images；並不是最近想出來的，最近十幾年來，我假如要把自己比作什麼明星，那些大約是我的偶像。過去我也常這樣說的。

　　這一個月以來，為戀愛之事，痛苦了好幾天（其實也只不過幾天）。你的一切勸告，都是想從減輕我的痛苦，而幫助獲得我的幸福一點出發的。但是痛苦可能加重，或持續，或減輕甚至消失。假如情形有了變化，你的許多建議雖然正確，也失了時效了。

　　當我對她說「You will never break my heart」的時候，我也曾加以說明：（一）我是個 humanist；（二）在我 character 中有

種toughness。我只是沒有引用Bob Hope & George Sanders那兩個images而已。我相信我是相當老實的。假如我覺得丟掉她我會痛苦得不能做人，我也會老實告訴她。我做人也並非完全老實，有時也許扯謊，或言過其實。但是我相信絕大多數時候我是老實的，在剛才所說的那場合中，我根本沒有想到要不老實。因為關於我丟了她我會痛苦到什麼程度，那些天不斷地在想。我想出來的答案，就是那句話，所以也就告訴她了。（Bob Hope & George Sanders等在電影中好像老得不着女人愛似的。）

現在可以告訴你的是：我橫分析豎分析的，把愛情已經分析走了。這也許很傷你的心。但是愛情有沒有全分析走，還很難說。在臺灣時候談戀愛，你也曾勸我：假如對方冷淡，你也報之以冷淡。那時沒有好好實行，實是可惜。我來美後，做中國朋友的戀愛顧問，常拿你這句話做金科玉律。但他們都向冷酷的中國小姐猛追，沒有一個肯聽我的話的。在他們的情形，冷淡的態度的確很難採用；因為他們和對象之間，根本沒有什麼intimacy，男的一冷淡，事情就完蛋了。

現在要回到我的strategy方面去了。你勸我多花力氣——這是我不敢做的。理由是如成功固好，不成功則弄得女的叫苦連天，我無地自容。

我自定的方案，是少花力氣。這方案當然有大危險，就是一冷淡到沒有為止——Kaputt。但是悄悄的完了，至少不致於使我丟太大的面子——Now you know what I really care for！——轟轟烈烈的完了，我簡直不能想像其可怕性。

我所以定這麼一個方案，當然也有其積極性。根本出發點也許是我的自大狂——這是根深蒂固的，這裡也毋庸分析——我認為女的喜歡我（「喜歡」與「愛」不同，這點且不論），好像是天經地義似的。我並不想做一個「情聖」。我要使B覺得她有丟掉我的危

險，丟掉了又是多麼的可惜。假如她覺得丟掉我沒有什麼可惜，我也許就會覺得她根本不可愛。這種事情也許就這麼完了。

這就是我現在的態度，一種非常petty、cowardly的態度，但是希望你不要再來勸我。能夠達到這樣一個態度，也是幾經掙扎的。

你我間主要的不同，是你還是以愛情至上，我還是以peace of mind至上。我有很多年佛道的訓練，是你所沒有的。我比你selfish。但是看到Dmitri①那麼窮追Grushenka②，實在可歌可泣，這樣做人方法我真不能想像為何能落到我的頭上來。

上信提起Burton's Anatomy，那書買了好久，有時也翻翻。中有引Ovid③兩句云：

For who is thee can hide hid his love?

The more concealed, the more it breaks to light.

我對於B的愛，也許根本不甚強烈。假如再強烈一點，也許就

---

① Dmitri（德米特里），全名Dmitri Fyodorovich Karamazov（德米特里·費多羅維奇·卡拉馬助夫），杜思妥也夫斯基小說《卡拉馬助夫兄弟》中人物，老卡拉馬助夫（Fyodor Pavlovich Karamazov）的長子，與父親一樣是聲色犬馬之徒，因為愛上了同一個女人格露莘卡（Grushenka）而使父子關係極度緊張，不過與兩位弟弟，尤其是小弟阿廖沙（Alyosha）保持着親密的關係。

② Grushenka（格露莘卡），全名Agrafena Alexandrovna Svetlova，阿格拉菲娜·亞歷山大羅芙娜·斯維特洛娃，小說《卡拉馬助夫兄弟》中人物，一個年輕美麗的蕩婦，對男人充滿了吸引力。費堯多爾（Fyodor）與德米特里父子因為追求她而矛盾激化，但她只是報以嘲弄和折磨。不過隨着與阿廖沙的友誼而走上精神救贖之路。

③ Ovid（奧維德，公元前43-公元17/18），原名普布留斯·奧維第烏斯·納索（Publius Ovidius Naso），古羅馬詩人，生活於奧古斯都時代，在拉丁語文學中被認為是與維吉爾（Virgil）和賀拉斯（Horace）齊名的權威，擅長愛情輓歌，被昆體良（Quintilian）稱讚為拉丁語最後的愛情輓歌詩人，卻因此在晚年遭遇流放。代表作有《愛的藝術》（*The Art of Love*）、《變形記》（*Transformations*）等。

conceal不住了，我的很多努力，就要使愛不突破那一點——那些努力也很可笑的。

還有一點要說明的：我為什麼不肯寫你所勸告的那種情書？理由是，那痛苦的幾天，我用理智分析來對付自己的痛苦，而並不求痛苦的發洩。那痛苦的幾天過掉之後，也沒有什麼痛苦了。這也許不是根本的原因；根本的原因是我很後悔過去所寫過的那些情書——那種荒唐話怎麼隨便寫到紙上，落到人家手裡去的？曾經發過誓：以後不是真正「兩情相悅」時，決不再寫什麼情書了。這個決定無形中inhibit我寫情書的能力。

我的diabolical的一面，很能欣賞你的不要去rebuild她的self-confidence的勸告。上星期六在周弘家中那一場，在她應該是相當淒涼的。我沒有做任何事或說什麼話去傷她的心，但也沒有去捧她的場。她恐怕很愛那Maurie，而那Maurie也冷酷得不近人情。看她的過週末的方式，那Maurie也不大去陪她的。過去兩年間有多少次群眾性宴會，她大約都想帶那Maurie出來讓大家見見（就像你勸我的讓她把我帶出去和她朋友見面似的），而那人絕不出現一次。她所以帶什麼Paul等出來，大約是那種宴會，她先得於答覆時說明有沒有date；她說了「有date」，而臨時主角不出場，只好找個龍套。我猜那Maurie是Marlon Brando型——Mid-century頂吃香的男子。人家是天生的Marlon Brando（假定我所猜是實），你叫我來硬學Marlon Brando，也未免太滑稽了。

但是我於崇拜George Sanders之外，仍有我Bob Hope善良的一面。我始終認為B待我很好，我決不會去傷她的心。我說要「少用力氣」，只是說：她假如只有這麼一點表現，我也就這麼一點表現了。付出更多的力氣，那consequences太可怕。她有充份的自由說：「以後不要見你了！」請問那時候我在office裡要不要見她？又如何見她？

Chagall的書請暫停。買來了，我於短時內也不預備送她。送她一本書我也認為是進一步的表示。像現在這樣子，用不着有什麼進一步的表示也。

事情將大約就像這樣子的拖到八月。她去墨西哥，我可能去Yellow-Stone Park，然後到紐約。這一時期的分別，我想我同她不會通訊。九月再見面，看看有沒有什麼進一步的發展。看樣子她不想同我斷絕，我當然不會和她斷絕的，也許再拖下去。（Do you prefer斷 to 拖？在我都無所謂！）

她的前途沒有我的有把握。她預定1964二月拿M.A.，不想念Ph.D.了。得M.A.後想到紐約來，找個小事情。她說要來找你，那也許是說着玩的。但她說要學中文——為此，我們曾舉杯。

當然最理想的出路是嫁人。她也許去逼那Maurie，不知此君如何反應也。在她和Maurie舊事未死之前，我不相信她對於別的男人會有什麼強烈的興趣。正如像我對B不死心之前，亦很難移情於別的小姐也。不同處是我並無候補，而她有一個候補——是我（也許還有別的）。足見她對於結婚比我着急。（女孩子建立reserve system，不論有意無意——往往不很成功。男子都想獨佔，如不能獨佔，寧可退出。即使善良如我，都想退出。所以拆穿了講，女人還是比男人可憐。）

事實擺在面前：我只是候補。當然在她面前，我不會承認我只是候補，即使Dorothy Lamour④愛的是Bing Crosby，Bob Hope也還有他強烈的claim。我相思她的痛苦的話，也說過不少，此處毋須

---

④ Dorothy Lamour（桃樂絲‧拉莫爾，1914-1996），美國演員、歌手，代表作是與平‧克勞斯貝、鮑勃‧霍普一同出演的「路系列」喜劇，包括《新加坡之路》（*Road to Singapore*, 1940）、《桑給巴爾之路》（*Road to Zanzibar*, 1941）、《摩洛哥之路》（*Road to Morocco*, 1942）、《烏托邦之路》（*Road to Utopia*, 1946）等。

重贅。這類話以後還會說（可能sincerity越來越少），反正請你相信我的口才好了。我在痛苦的時候，也許會變得暴躁（甚至不想見人），緊張的時候也會，tongue tied。在正常的狀態—— esp. when I feel happy ——我的口才是很好的。我trust我的口才，甚於我的寫信。

最近在考慮一件事情，預備向世驤透露一點消息。以世驤和Grace待我感情之深厚，長期瞞她們真覺得對不起她們。何況Martha方面逼得慢慢地緊起來了。Martha自己倒無所謂，而Grace則起勁過份。21號我說要去賭，他們還是要去Carmel，——他們怕在賭場裡找不着我，失掉拉攏的意思。去Carmel是非常無聊的事，不要說是同一個我沒有興趣的小姐；即便我同B去，而有人在傍指導，我也將大感窘迫。無論如何，我在動身以前，要把消息透露過去。要點：（一）絕不洩漏對象為何人——因為B在center工作之故，世驤以他的地位可以請她到他家去，這一下事情將弄得大為尷尬；而center很多人（現在只有Mrs. Fox一人知道—— but she's a very understanding friend！）的表情將使我很窘。去年周弘結婚（其父為世驤之友）在世驤家新宅招待客人；B要做Joyce Kallgren的Babysitter沒有去觀禮，也沒有去赴宴。（二）承認我是愛她的——至少目前我不會考慮別的小姐的。（三）又承認我是不努力的——不希望他們幫忙，又不希望他們催繳progress report。

我也不希望你們催繳progress report，很對不起。專此 敬祝
安

Carol、Joyce前均此，玉瑛妹照片收到了。

濟安
六月十二晚

［又及］我在暑校的課，將從1900講起，現在在看清末的小

說，心得很多。很希望那課程是集中的從1900講到1919，那十九年實在還是個neglected field，in spite of Průšek, Ben Schwartz, etc.六個星期中要從1900講到1949（or 1960?），草草了事，反而不見精彩。

我最近同Schurmann說：「我們這種人大約很難表現自己的情感，只會分析情感，愈分析愈稀薄，而communication之功用尚未做到。」過去一個月我給你的信可作為如是觀。I think I have succeeded in falling out of love. Schwartz is a much better man than I am. 在他性格裡沒有George Sanders的成份。

我的事情進行本來不算順利，但糊裏糊塗的也還有點innocent calf-love的樂趣。這種東西我本來在十幾歲時就應該有的，但是從來沒有過。這件事情本來決不定該不該告訴你，並不是我存心想瞞你（我又多麼地想把我的快樂和憂愁告訴你），我在第一封信中，就說明，怕的一是你的關心，二是你的勸告。果然是你大為關心，而且大進勸告。因此我大感乏味。越跟你討論strategy，便越覺乏味。在你是一片好心，但這就是人生的cross purposes也。我當然想做到孔子的「不遷怒，不貳過」，但是沒有你那些勸告，我的態度也許在目前還要積極一點，心境也許快樂一點。你的勸告越多，我就越退縮。我本來就已經有很多顧慮；你又代為給我添了很多顧慮。我有辦法消除我自己的顧慮；消除你所設想的那些顧慮，非得照你辦法做不可——而那些辦法，至少在目前，（未成熟時）我是不願做的。你再來勸告，我就要跟她一刀兩斷了。這當然不是你的初意。但人之相知，何其難也。所以我現在還決不定該不該對世驤說；（得不到B的愛還是小事，但是你我之間相知還如此之難，使得我大有寂寞之感。）再添了他同Grace的關心和勸告，我的做人將更難。也許就同他們和Martha敷衍下去了。

# 591. 夏濟安致夏志清（1963年6月16日）

志清弟：

前日發出一信，可能使你很難過。今日再發一信，一則告訴你我很平安，再則也是安慰你，假如我曾經刺傷了的感情的話。

現在這件事情大約就是這麼平淡下去，把你的希望提得這樣高，然後 let you down，這是我萬分對你不起的。

你的種種勸告，我雖然沒有接受，但是對我也有好處。因為你很 realistic，你的看法確切地告訴我此事成功之困難。對付困難有兩種態度，你希望我鼓起勇氣，克服困難；我自己的態度是規避困難，減少痛苦。跟你充分討論之後，我假如沒有充分克服這些困難的準備，應該及時了解事情的嚴重，趁早避免麻煩。你使我睜開了眼睛。當然這不是你的用意所在，但是你希望我採取更積極的態度，我反而變得更消極。這就是我上信所說的「蒸蒸日上」的 cross purposes。

我正在 enjoy 你信中所說的「蒸蒸日上」──的 career。追求女人是個 full time employment，我不能花那麼多精神時間上去。精神假如搞得大為昏亂，影響我的工作，這在我目前是辦不到的。

小姐是在我們 office 工作的。假如逼得她怨聲載道，這對於我的 career 也沒有好處。當然逼有逼的技巧；有人也許會施以恰到好處的極大的壓力，而對方只覺得 pleasurable excitement，可是並不發怨言。這種技巧是情場高手才會施用的，你不難想像，我可並不會。這種東西也無從傳授，要在情場裡閱歷久了，自然而然地獲得。好像我學車似的，開頭何等緊張，現在是駕輕就熟了。現在要我來學習，也太晚了。

我也許曾經有過「如意算盤」，希望不費力氣的很容易的「兩

情相投」。照你分析，這是不可能的。照事實看來，情形也許正是如此。

　　你最近寫了很多信給我，很多有關理論與方法的指示，我都很佩服。不過有一點我總不大相信：就是你把「戀愛」與「幸福」連得太緊。我不能相信，因為我看不出兩者之間極大的關係。「戀愛」的內容大約還是痛苦。繼續追求常常是繼續的找尋痛苦。假如你說這種痛苦是悟道之階梯或人生之義務，那麼我也許會相信；但假如你說那麼多痛苦可以換來什麼幸福，我還不大能相信。

　　現在我處理此事之方針，是非但不增加date的次數，而且要減少之，乃至於零。我對待她將還是很好，因為我對Center全部同事都是很好的，我對她至少還是有點tender feelings的。我不想hurt任何人的feelings，So far我沒有hurt過她的。現在雖然想冷漠下去，但是，還是不想hurt她的feelings的。

　　朋友之間有兩個不愉快的人：（一）Schurmann（二）David Chen[1]。他們的經驗都提高我的警惕。他們兩人都是對待他們的Mistress太好，這照你說來，是要不得的。Schurmann的事情，經過一年以來的波折，大約很難，舊歡重拾了。David Chen（陳穎）你在Indiana見過，也是臺大畢業生，現在在Stanford教中文。他有個美麗的女友，很多年的交情（他說曾訂婚，但女的不承認），好容易把她接到美國來。女的來了已一年，今年暑假如要結婚，時機也可算是成熟了。但女的很粗暴地對待他的感情（她對別人當然都是滿面春風的），根本不拿他的一片愛心當作一回事。他是痛苦萬分，世驤與Grace也曾花了極大的力氣幫忙，他們還希望看見陳穎

---

[1] David Chen（David Ying Chen，陳穎，1925-2009），美籍華裔漢學家，畢業於臺灣大學，印第安那大學博士，曾任教於俄亥俄州立大學，代表作有《中國現代詩的理論與實踐》等。

於今年暑假結婚呢。照我看來，他的事情已無成功可能，而女的如此虐待他，婚後大約也不會幸福。Sch.與陳穎正在繼續的大痛苦，原因是他們不能自拔，不能拔慧劍斬情絲。我和B的愛情，根本沒有到達嚴重的階段。假如兩個人繼續好下去，好到一個程度忽起波折，那時我也會感到大痛苦。你在理論上是絕對不贊成所謂「慧劍斬情絲」那一套的。但假如我也遭受到像Sch.和陳穎那樣的持久的，深刻的，逼人瘋狂的痛苦，我相信你給我的勸告，也不過是「慧劍斬情絲」而已。

我過去的作風總是在糾纏得還不大厲害的時候（我和過去的那些所謂女友，都沒有到十分intimate的程度，遠比不上Sch.之於其太太，或陳穎之於其已達到訂婚階段之女友也），就把糾纏割斷，這回也許曾想到過糾纏一點，但是還是割斷了。

你和陳穎如見面時，希望不要提起他的痛苦之事。你在費城對Sch.的安慰，使他啼笑皆非。我很不喜歡gossip，你去安慰別人反而替我博得一個gossip之名。我只想告訴你，我一面自己在談戀愛，一面也曾在研究別人的object lessons。研究結果，並不替我自己增加許多樂歡也。

這幾天忙極。星期五開車去Stanford開那Western Seminar on Modern China，那東西是Franz Michael組織來對付東部的JCCC的。開了一天會，接着是Cocktail Party，Dinner。晚上我再開回Berkeley睡覺。他們在Stanford有安排，我和世驤合睡一室。世驤勞累一天之後，很想有個暢酣的睡覺。我想還是讓他一個人睡比較合適，否則他若睡得不好（結果還是沒有睡好），可能怪我。

星期天又是一早開車去Stanford，下午回來，晚上在世驤家打牌。

星期天（今天）一早去送Hawaii來的朋友Fred Hung[2]上飛機。Hung（洪家駿）以前也在Berkeley是經濟學家，是我的開車老師，我們交情是很好的。

今晚上還有和馬逢華等約會，又得開車去舊金山瞎忙一陣，毫無道理。不過你可以相信：（一）我精神非常之好；（二）至少沒有工夫想許多不愉快或愉快的問題也。（明天開始上課，又要忙另外一套東西了。）

現在的心情的確是心平氣和，上一信也許有幾句氣憤話，非常對不起。但是關於此事，務必請你不要再進什麼忠言。也不要惋惜，也不要鼓勵，因為事情尚未完全斷絕，我只是已作斷絕的準備。我的朋友這麼多，可是真心能做我moral support的只有你一個人。我所做的每件事情都想贏得你的approval；過去有些事情大約你是不會贊成的，但for charity's sake，你還是溫言勸慰。這次和B的事，你希望太高，對我所作所為，不給我一點approval。這使我很痛苦——其痛苦之大，實在在「相思病」之上。我相信：there is no love but indulgent love。我做人就是這個樣子，也許慢慢的還在進步，但要在短期內徹底改換作風，那是太難了。所以請你願[原]諒。我並不頹唐或沮喪，我還是很樂觀的。再談　專頌

　　近安

Carol、Joyce前均此。

濟安

六月十六日

------

② Fred Hung（洪家駿，1925-），美籍華裔經濟學家，畢業於上海聖約翰大學，華盛頓大學博士，長期任教於夏威夷大學，代表作有《1920-1956近代中國工業增長的速度及其規模》等。

# 592. 夏志清致夏濟安（1963年6月17日）

濟安哥：

六月九日、十二日兩信都已看到了。十二日寫的那封信上你表示很灰心，希望這僅是你讀了我那封勸告之後暫時的反應，當不得真。否則，因我的瞎熱心，而反使你對B的ardor減低，我將感到很guilty。B待你不錯，你也很enjoy她的company，如你所說，同她在一起，你初次享受了一些calf love的樂趣。所以以後我當不再瞎出主意，瞎分析你的處境，請你自己也不要把你這一段極寶貴的愛情經驗，橫豎分析；live in the present，由天安排，未始不理想。本來人定不能勝天，你思想上既然有命定論的傾向，太積極，反而spoil你的style，與你無益。我對你寫情書之類，目的是逼B對你多加注意，使她早日脫離痴想Maurie的苦境。但此事是不可勉強的，你的eloquence我想早已打動了她的心弦，她暫時不願意跟你太親熱，我想她也有她的苦衷。反正你對結婚還抱一部份恐懼的心理，而和B的date你卻極enjoy的，這樣每兩星期date一次也很理想，你平時定心工作，在辦公室，和吃午飯時見面的機會也很多，友情當然與日俱增，最後B自己會覺得，你是世上最關愛她的人。1964〔年〕二月前B不會離開Berkeley，這一段時間很長，你盡有court她的機會。到那時她將早已移愛於你，當然也捨不得離開Berkeley了。

請你絕不要抱一刀兩斷的念頭。你正式date B才一個多月，正不必亟求什麼成績。何況你幾次date的表現都極好，至少你單獨和女孩子在一起時，已不再tongue-tied，而且態度極其瀟灑，談吐極其eloquent。這一大半當然也歸功於B，she puts you at ease，她的溫柔，她的可愛，使你也變得更溫柔，我想你若同Martha單

獨在一起，是沒有什麼話可講的。如你所說，B的situation，相當desperate，苦悶的心境也很值得同情，你一貫作風彬彬有禮地找她玩，向她訴愛，不由她不感動。Meanwhile你也盡可很不在乎地享受和她在一起的樂趣。

你和B的事，我覺得你早向世驤夫婦hint為是。他們很關心你的幸福，所以花了不少時間把你和Martha拉攏在一些。你瞞着他們愛別人，至少Grace一定要大為失望，而且要生氣。你不必洩漏對象為何人，但至少告訴他們你已另有自己喜歡的小姐。

你勸我不再offer advice，關於B的事我也不必多討論了。六月十日的date想玩得很好。以後沒有重要進展，每次date的情形不必詳細報告。信上說的「保持愉快，不要走亂步子，不要胡作非為」是你目前最好的座右銘。

Father Serruys暑期要來哥大教書，今天有信來，他將和我在同一office。（蔣彝暑期去西班牙。）Průšek的書評，他自己寄來了（哥大的那一本 *T'oung Pao*①，已送去binding，我沒有看到），不久前他也給我一封信，我還沒有作覆。他的書評是長達47頁的專論，標題是 "Basic Problem of the History of Modern Chinese Lit. and C.T. Hsia, A History of MCF"。

文中把我罵得體無完膚。開頭第一句提出他認為不可容忍的兩大點：the spirit of dogmatic intolerance disregard for human dignity。其實他這樣罵我才是表現dogmatic intolerance。我的反共的大前題［提］因regard for human dignity出發，而他因我侮辱了左傾共黨作家，說我不顧他們的human dignity，實在文不對題。但Průšek所

---

① *T'oung Pao*（《通報》），荷蘭漢學期刊，1890年由萊登的出版商E.J.布里爾（E. J. Brill）創辦，是世界上最早的國際漢學期刊，第一任總編是考爾迭（Henri Cordier）和施古德（Gustav Schlegel）。

指斥的都在interpretation方面，facture錯誤他一點也找不到，明眼的讀者當都會如Serruys一樣看出他偏激不通之處。雖然如此，我有時間的話，很想寫篇文章駁他。至少指出他那種so-called，objective，unbiased，scientific馬列文藝研究方法，以歷史客觀現實來決定文學內容和方向的不通處。

今天Judy Osborn有信來，說她已結婚而不再在*China Quarterly*社服務了。她和她的丈夫將周遊世界三年（丈夫一定很有錢），明春來紐約，可以和我相見。住在紐約，不斷有人來，浪費不少時間（所以真正老紐約，都有一個summer home，避免無謂應酬）。上星期末，我匹大的女書記來玩紐約，在我家裡住了兩晚。我們伴她看了一場Billy Wilder，*Irma la Douce*②，不甚滿意。我看過舞台musical，和*New Yorker* critic有同感，三等妓女不是喜劇的材料。Jack Lemmon演英國紳士，不如Jerry Lewis演英國紳士滑稽。昨晚又看了*Sundays and Cybèle*③，很感動；這張電影，你不應錯過。

Joyce今天放假，一年來她進步很快，已認識了不少字，自己可以看書，私立學校的教授法的確不錯。你八月間來紐約，極為歡迎，很多你的朋友都在紐約一帶，很想看你。希望你心境改善，顧慮減少，好好地和B做朋友，即祝

近安

弟 志清

六月十七日

---

② *Irma la Douce*（《愛瑪姑娘》，1963），愛情喜劇片，比利‧懷德導演，傑克‧李蒙、莎莉‧麥克琳主演，聯美發行。

③ *Sundays and Cybèle*（《花落鶯啼春》，1962），法國劇情片，塞基‧鮑格農（Serge Bourguignon）導演，哈迪‧克魯格（Hardy Krüger）、妮可‧庫爾賽（Nicole Courcel）主演，法國Fidès等出品。

（上星期*New Yorker*上載了一幅香水廣告：Givenchy④專為
Audrey Hepburn訂製的L'Interdit⑤。假如B歡喜Audrey Hepburn，買
一瓶L'lnterdit倒也是很timely的禮物。）

---

④ Givenchy（紀梵希），法國奢侈品牌，法國高級時裝和成衣協會（Chambre
Syndicale de la Haute Couture et du Pret-a-Porter）會員，1952年由設計師于貝
爾・德・紀梵希（Hubert de Givenchy）創立，經營高級女裝、飾品、香水和化
妝品等產品，現在法國酩悅・軒尼詩—路易威登。（LVMH）旗下。1953年開始
為好萊塢設計時裝，其與奧黛麗・赫本的合作為人津津樂道。
⑤ L'Interdit（禁忌），于貝爾・德・紀梵希於1957年親自為奧黛麗・赫本量身定
做的經典香水，包含了玫瑰、茉莉、紫羅蘭等元素，並混合了草木的味道。最
初幾年一直作為赫本的私家香水，因此被稱為「禁忌」，1960年代後才對公眾
開放。

## 593. 夏濟安致夏志清（1963年6月25日）

志清：

我們四個人在此遊覽：

Carol、Joyce前均此

濟安、陳穎、世驤、美真

# 594. 夏濟安致夏志清（1963年6月25日）

志清弟：

週末去了Lake Tahoe玩了。同行四人，世驤夫婦與陳穎。Martha有病未去（傷風之類），世驤問：「濟安，do you feel relieved？」足見我缺乏興趣，至少世驤是很了然的。

關於我的真正興趣所在，我又有好幾次想跟世驤夫婦談一談。這次本來可以談一談，但因陳穎在場，未便啟齒。大致我在black moods之時，很想找他們去談。等到mood一好，覺得女朋友有沒有都沒有什麼關係，也就不想談了。我和B之事，向你報告了，已經是一種commitment。若向世驤他們報告了，在commitment方面，又多一層束縛。我現在還只是想保持可進可退的自由，暫時不讓更多的人知道的好。

Lake Tahoe之遊甚樂。沒有Martha在場，真使我精神大感輕鬆。陳穎算是痛苦的一個，他成了被安慰的對象。我們在賭場裡賭了，——你知道我對於賭其實並無多大興趣，去年在德國走過好幾家賭場，我都沒有進去。我們還帶了雀牌，在旅館裡大打麻雀。開了旅館打麻雀，小的時候看見大人做也許有點豔羨之感，自己成了大人後還是第一次享受到這種樂趣也。星期五星期六兩天晚飯，我都吃的steak，胃口很好。

最近很少看電影，但是 *Sundays and Cybele* 是看過的，的確很好。

最近的得意之事是教Summer School，假如有什麼精神力量，支持我和B保持疏遠的關係，那就是Summer School的那一堂課了。每次一堂課講完，我總有點洋洋自得之感。用你的書做課本，但是上課時，我不帶notes，也不看書，侃侃而談的lecture。每星

期五小時（每天九—十），一班學生十六人，有女學生多人，似乎
都能欣賞我的才學。當然對那些女學生，我並不感得［到］特別興
趣。但是只要有女學生能欣賞我的才學，我自能得到安慰之感。這
幾年沒有機會教書，精神相當空虛。這事世驤一直在用心，我也
不去催他。如諸事順利，我可能在comparative lit.系開課。這種事
情，同戀愛一樣，反正都是機遇，成敗我至少都該裝出不在乎的樣
子。我若去催逼世驤讓我開課（像過去李祁所做那樣），那才是真
正的成了對不起朋友。開課可以給我精神上很大的支持力量（不論
我是否需要該項支持），不單是名氣上好聽而已，但是我也不會向
那方面去鑽營的。

「安於現狀」也許是沒出息的做法，但是假如我抓住「不給
我開課」這一點，天天向人complain，結果別人見了我都討厭，
我則自尋煩惱，覺得Berkeley對我不公平。假如有什麼大學給我
teaching job的offer，我只好跳槽而去。這是「自作孽」的做法。我
的做法是努力建立名譽，不談教書之事，讓別人覺得不給我教書是
對我太委屈了，那樣教書的事也許會慢慢地掉到我手中。但是，即
使沒有教書的機會，我也得盡量的讓自己的日子過得快樂。

我也許表現得慾望很淡薄，其實對於有些事情我是很在乎的，
例如教書。我心中有點氣憤，而且對它不原諒。這種氣憤我好像從
來沒有向誰表示過。這個中國人叫做「城府很深」。

城府之造成，當然非一朝一夕之功。所以如此，還是為了要保
護自己的關係，這次對於B，我覺得我犯了一個錯誤，即把愛情透
露得太早了。她也許感激，但有一個不良的後果，即你信中所指出
的她可take me for granted，反正我已逃不走，她可以去和別的男友
交際。假如我只是友好的和她去糾纏，不涉及愛情的話，她也許反
而會期待我的愛情的流露。我所以暫時不去熱烈地追求，即是因為
第一步業已走錯，非得冷靜一個時候，調整步伐不可。好在現在

我mood很好，暫時不和B來往，精神上很能支持得住。（我只要mood繼續好下去，一定會繼續追求的，請放心。如mood不好，則怕於追求時言行有乖張之處也。）

最近看阿英《晚清文學叢鈔》小說戲曲研究卷p.306有波蘭文學博士廖抗夫所作《夜未央》敘言一文，年代為1908（光緒卅四年）。不妨翻閱，作為再版時footnotes的補充。

普實克之文我沒有看。世驤看後跟你完全同意：P那種objectivity才是真正荒唐的主觀主義也。他為 *China Quarterly* 寫書評時，將給P氏以打擊。

Father Serruys和你同office，想不到此公與我們兄弟都有緣。關於我們center的事情，希望你少跟他提起。如要提，也請提得tactful一點：即不要專門限定關於一個人的事問，不妨多提幾個名字，免得他起疑，如能不提，那是最好。

別的再談，專此　敬頌

近安

Carol和Joyce均此

濟安

六月二十五日

# 595. 夏志清致夏濟安（1963年6月26日）

濟安哥：

上星期寄出一信後，隔日即收到你六月十六的信。信中說我對你的所作所為，不給一點approval，使你很痛苦，讀後我也很難過。其實你追B，我每封信上都給你最大的moral support：你和B幾次大date，談話行動都極得體，大方而多情，serious而不忘wit，我和Carol讀了你描寫date的經過，都極高興。讀信後覺得成功希望很大，所以勸你再接再勵〔厲〕，不要鬆下氣來，可惜有一肚子「忠言」，要說給你的聽，反而沒有多寫我們appreciate你所表現的gallantly、patience、devotion、candors、wit各各優點的成功之處，以致引起誤會。這是要請你千萬原諒的。你看了我的信，想求功，作progress report，同時事實上沒有什麼特別進展可報告，所以更使你陷入苦境，甚至想把追求的事業也中途放棄了，這都是我逼你所引起的不良後果。希望你把我說的話不要記在心上，B方面仍然你一貫作風做去，暫時祇做朋友，使她對你有更深刻的了解，不管將來結婚與否，這一段友誼在你生命史上總是值得cherish的，何必求成功而反而把好事弄僵？在上海我們一起讀書時，你讀紅綠書（張歆海夫婦我見到一次，張夫人已很蒼老了），我對Newman的那句「君子」之義印象最深，想不到這次竟inflict pain upon you，真是我所始想不及的。希望你愉快地做人，愉快地教書，愉快和B做朋友。一星期沒有信，想仍和她保持很親密的友誼關係，並且在office中，吃午飯仍日常見面。

哥大Bookstore把Chagall的書情形講給我聽：書有兩冊（一冊大約是Drawings for the Bible，後二三年出版），每冊$25是Pre-publication price，出版後定價約五十元，所以現在去索求，兩本書

必在百元之上（買一本亦當在50元之上）。書店登廣告後，書到後，非買不可，所以我暫且叫他們把order cancel了，免得麻煩。你如祇要那本Illustration，並不太貴，我仍可叫書店去登廣告徵求。

「結婚」和「幸福」的確沒有什麼必然關係。我自己結婚就不太如意，以前為了兩個小孩，為了Carol，花了不知多少精神。至今腦力沒有復原，不如婚前那樣博聞強記。以前生Ulcer，當然也是氣出來的，終算Ulcer已治好，各種吃藥的習慣也已戒掉，身體很好，Joyce也上學了，家庭問題日益減少，但生活上總有不滿足處。但同時我相信真正美滿的婚姻，應該是極幸福的，你說我是愛情至上主義者，這句話是不錯的。人生應有的tenderness、passion、fulfillment，應當在marriage中得到。我勸你結婚，就是這點道理，雖然婚後生活不夠理想，你工作效率可能減低，精神也不會有做bachelor時那樣好。但如雙方相愛，it's worth the risk。所以假如我是你，我不會想到朋友們追求期or婚後苦痛情形，來damage自己的enthusiastic。每一個courtship，每一個結婚，都是unique的新adventure，沒有什麼前車可鑒。這樣勇往直前，imprudent、reckless，可能仍是求幸福的秘訣。

你暑期開課了，教書一定很多精采。你把1900-19那一段的小說都看了，真應當寫本專書。Průšek等看書總是很慢的，你花一二月的工夫，等於西洋漢學家一年的工夫。Franz Kuhn總算是veteran翻譯家了，我把《肉蒲團》中英本比較，錯誤百出，而且此人老眼昏花，把人名都看錯了。小說中有一對姊妹叫瑞珠、瑞玉，是最普通的名字，Kuhn譯成Tuan Chu（端珠）、端玉。有一位主角，中途「改姓來名教做遂心」Kuhn譯為他改名叫「做遂心」（Tso Sui Hsin）。一位書僮叫書筒（另一位叫「劍鞘」），Kuhn譯名Shu-t'ung筒（！），諸如此類的最elementary的錯誤不少。我德文本還沒有看到，寫信國會圖書館夏道泰，他說Library of Congress

也沒有德文本；不知Berkeley有沒有，有的話，請寄給我，可證明錯誤是Kuhn的，而非重譯人Martin①的。我已托哥大Library代借interlibrary loan。德文本也叫*Jou Pu Tuan*，但有六十張（？）插圖，可能太淫穢，書不得入美國，也未可知。為了《肉蒲團》，我看了Van Gulik②的*Sexual Life in Ancient China*和他私印的《秘戲圖考》③（分送歐美圖書館五十部），Van Gulik很有Zeal，學問也不錯，但書中仍有錯誤。書中所include的有白行簡④的《天地陰陽交歡大樂賦》⑤，是敦煌石室中所發現的，倒是一篇值得一讀的文章。

---

① Martin（Richard Martin，理查德·馬丁），美國學者，《肉蒲團》第一個英譯本（*The Prayer Mat of Flesh*, 1963）的譯者，從庫恩的德譯本轉譯而來。

② Van Gulik（高羅佩，1910-1967），荷蘭漢學家、東方學家、作家和外交官。因為父親是荷屬東印度的軍醫，他在爪哇島度過了童年時光，開始對東方文化產生興趣。1930年進入萊頓大學學習漢學，後赴烏德勒支大學東方學院深造，獲博士學位。畢業後供職外交界，先後派駐東京、重慶、南京、新德里、貝魯特和吉隆坡等地，在工作之餘參加各種學術團體，嘗試各種藝術形式，結交了很多中日學者，並在重慶期間與名媛水世芳成婚。除了研究性的著作《古琴》（*The Lore of the Chinese Lute: An Essay in Ch'in Ideology*, 1941）、《中國古代房內考：中國古代的性與社會》（*Sexual Life in Ancient China: A Preliminary Survey of Chinese Sex and Society from ca. 1500 B.C. Till 1644 A.D.*, 1961）等之外，其用英語創作的系列偵探小說《大唐狄公案》（*Judge Dee series*）在西方世界影響巨大。

③ 《秘戲圖考》（*Erotic Colour Prints of the Ming Period*），高羅佩著，1951年在東京出版，是研究明代春宮畫的著作，並引申討論了漢代至明代中國的性生活問題，其內容直接影響了十年後出版的《中國古代房內考》。

④ 白行簡（776-826），字知退，下邽人，白居易之弟，元和二年（807）進士，歷受左拾遺、司門員外郎、主客郎中等職，有《白郎中集》，今佚，以傳奇《李娃傳》稱。

⑤ 《天地陰陽交歡大樂賦》，白行簡撰，以文學的語言敘述了性愛的起源、種類、心理、過程於各種細節，是唐代性文學的代表之作，最早的版本發現於敦煌石窟藏經洞，1908年被伯希和購得，現藏於法國國立圖書館。後羅振玉、劉德輝

後來小說家用詩詞描寫 sex，都是套用前人的 cliché，不像白行簡自己製造了不少 imagery，metaphors。照 Van Gulik 講，我們和魯迅等前一輩人所受的 puritan 教育，都是清代才開始的，明末男女大防較鬆，所以淫書淫畫特別多。中國仕女畫中多感善病的削肩式的美女，也在清代特別盛。唐寅⑥畫的仕女還是很豐滿的，唐代更不必論。（附上玉瑛妹近照，有空請寫封家信。家中情形很好，玉瑛妹努力讀英文。）

我想把 Průšek 反駁一下，重讀魯迅、茅盾。昨天重讀《朝華夕拾》，極滿意。《吶喊》、《徬徨》中都有劣小說，《朝華夕拾》篇篇精彩，無怪你對「無常」之類大感興趣。魯迅是極 sensitive 的人，年輕時的事都記着，到後來是瑣碎式的敏感，整齊出來的材料（如《故事新編》）就不免雜亂了。《故事新編》中〈理水〉文化山一段諷刺很不差，〈采薇〉全篇可讀，其他的幾篇都不高明。

Carol、Joyce 和 Carol 母親昨天動身，到 Virginia 海邊 vacation 一週，下星期二返，我在過一星期沒有家累的生活。昨天 lunch，同 Soviet Ambassador to N.N 一起喫（East Asian Institute 請客），此人叫 Fedorenko⑦，費德林，名字是郭老⑧起的，抗戰時他在中國拜

---

等人均對文本進行過校訂，1951年高羅佩將其重新校勘，收入《祕戲圖考》，是公認最為詳盡的版本。

⑥ 唐寅（1470-1524），字伯虎，江蘇蘇州人，明代畫家、書法家、詩人。曾進京赴試，卻牽扯科場舞弊，貶謫為吏，辭而不就，從此灰心仕途。詩文與祝允明、文徵明、徐禎卿並稱「吳中四才子」，繪畫與沈周、文徵明、仇英並稱「明四家」，兼善書法，有《六如居士全集》。

⑦ Fedorenko（費德林，1912-2000），蘇聯外交家、漢學家，1950年代中期開始主管中國事務，中蘇合作時期蘇方首席專家，後出任蘇聯駐日大使、駐聯合國大使等職，對中國文學與藝術頗有研究，主持並參與編寫了十五卷本《中國文學百科全書》等。

⑧ 郭老，即郭沫若。費德林十分崇敬郭沫若，尊其為老師，其博士論文《屈原的

郭老為師，中文講得很流利，曾寫了六七本關於中國文學的書。此
人coat pocket裡的手帕是紅色的。再談了，祝
　　心境愉快

弟　志清
六月26日

　　［信封背面］信今晨收到，隔日再覆，紐約這兩天大熱，昨日
下午96°

---

　　生平與創作》（1942）即受到郭沫若的幫助，後來他將郭沫若的《屈原》翻譯成
　　了俄文，還寫成《郭沫若》（1958）一書。

300

# 596. 夏濟安致夏志清（1963年7月4日）

志清弟：

　　來信收悉。你的種種關心，我是非常感激。我說過幾句「重話」，害得你痛苦，我也覺得非常抱歉。現在的情形，是越來越乏善足陳了（以後將更少報導）。但是我是心平氣和，以極高的智慧，處理這複雜的情形。一切請你放心。

　　情形一度是混亂的，現在可以說很簡單。她老實告訴我「不愛我」，我亦坦然（that's true）地接受這一事實。但是 we remain the best of friends。我對於自己這種光明磊落的態度，自己也覺得很奇怪。我自以為在很多地方我是很慷慨大度的，在戀愛上我的氣量是跟一般人一樣的小，但是現在我已經變得十分 generous。所以如此，也許有你所說的那種「情聖 complex」在作怪，也許是我現在脾氣變得非常之好，也許是我的分析能力變得特別高強，把前因後果看得清清楚楚：事情發展非走這個路不可，我早已胸有成竹，一切都在意料之中。她預備撤退的時候，我也預備撤退了（上信中已透露）。她似乎想不到這個 ardent lover 會這樣乖乖的聽話停止追求的。

　　一切都要回到我給你的頭一封長信，那是經過深思熟慮後寫的。那以後的信，都是在高興或不高興時候寫的，隨 mood 而定，話不一定會可作準。那頭一封信中，我強調「佳耦不在此」，這一個半月以來，我對她的了解當然越來越多，而她對我的坦白，也是很驚人的（一個女孩子這樣的跟我談知心話，亦是生平第一次奇遇）。她的複雜的背景（"involvements"），的確不是我這樣的人將來做了她丈夫後所能對付的。詳情我不必告訴你，但是假如你希望我有一個幸福的婚姻生活，B是不能給我這個的，儘管我現在還是

認為她十分的可愛。這種實際的考慮，我假如置之不顧，那麼我真
成了瘋子了。

　　整個局勢並不是全部使我不滿意。我的追求會使得她「害
怕」，這是使人很難了解的。我自以我的追求作風是溫順之至了，
但她還覺得我的男性聲威逼人。我最近替她分析過：我說我的
demon是ego，她的demons是id與super ego，她很首肯是言。她辛
辛苦苦打字，做babysitter，最近把欠psychiatrist的錢還清了。還清
之後，她又去看psychiatrist了！一星期看一次預備看到明年二月份
她拿到M.A.為止。我說：「你為什麼一定要去看psychiatrist呢？據
我看來，你是perfectly sane。」她說：「你不知道過去的我。過去沒
有psychiatrist可能會自殺，現在我仍舊不能handle my own affairs。」
她過去曾連續看了兩年半。現在又要繼續的看半年多。你說這是不
是叫我很難去繼續追求她呢？（她為了要繼續賺錢，暑假也不預備
take vacation了。）

　　B是puritan與beatnik的混合物。as a puritan beauty（Jean
Simmons，or過去印第安那某美女），她對我有極大的吸引力。其
實B並非美女，但是她的puritan的性格，亦暗暗在排斥我的追求。
我跟她稔熟之後，也知道些她的beatnik的那一面，那是我覺得很
難接受的。Puritan與beatnik兩個極端相反的性格，在她芳心中鬥
爭，她是只好去看psychiatrist了。

　　她的對我的追求的恐懼，她的「病」都增強了我的自信——
她不知道我是多麼的diffident!——因此她雖希望我停止追求，而
且我也答應了，但我並無失戀之感。因為我很相信她對我的好感
（有一次我告訴她：志清認為陳世驤是我在西岸最大的fan，她說：
「我也是你的fan!」就是她向我攤牌那一次），我至今認為她十分
attractive，她的「病」使得她似乎更為楚楚動人。但somehow，我
們倆［兩］人不能配合在一起。這是命也運也！我不希望聽見你說

些「love cures all」那種platitude；事實上，我越表示愛情，她越退縮，甚至怕看見我。我若以老大哥姿態出現，充滿了同情，討論哲學、人生、文學，加上我的wit與wisdom，我相信我對她還是有fascination的。在她生活中，我可能成為她丈夫（雖然這可能非常之小）──這是你所希望的。但是她只希望我成為一種spiritual force；既然在這一點上，我能發揮我最大的長處，我的精神力量（分析能力、insight、同情、博學等，plus maybe，affection）對於她的混亂的心靈也許有點好處也說不定。我在前兩信中，已表示不預備在這件事上多花力量。我想這是我在目前狀態中，我所能保持的最合理的態度。psychiatrist也許能「救」她（我真不知道她為什麼要繼續去看psychiatrist），也許是在繼續騙她辛辛苦苦賺來的錢，這一切我都不管。我相信一個人的精神與身體的健康，是命定的。生病的時候自會病，健康的時候自會健康。一切全看她自己的造化了。但是假如你說我能做什麼事情使她恢復健康，我實在不知道該做什麼。我只是知道我能碰到一個如此可愛的「病」美人，可說是「奇遇」；她能碰到我這樣一個奇怪的如此聽話的suitor，大約也是「奇緣」吧。

　　Schurmann太太也是不斷地看psychiatrist，她要丈夫也去看，丈夫從來不去。你說每個婚姻都是unique的，這個我也相信。但是假如太太是個neurotic case，這已從根本上否定婚姻幸福存在的可能，除非丈夫也有點變態，想自求折磨。Schurmann真是個大好人，相形之下，我實在可說是充滿了practical wisdom。這也許因為是我最近運氣不惡，頭腦清楚，步履穩定。稍為糊裏糊塗一點，我相信不論B是多麼的可愛，我的追求將成為一件大苦事；她將帶給我更大的痛苦，假如她成了我的妻子。

　　在十九世紀，病態的女孩子糊裏糊塗地結了婚，也許糊裏糊塗的身心都變得健康起來。但是二十世紀興了psychiatry，女子

不trust她的丈夫或愛人，反而去花錢買靠不住的advice；有時連advice都得不到，只是花了錢自己去胡說八道一陣而已。在這種情形之下，做丈夫或愛人的就苦了。

最近我沒有date B去看電影等，長談都是晚上在我車子裡舉行的。Schurmann夫婦倒請過我看一次電影：*Cleopatra*①。大為滿意，遠勝 *Ben Hur*、*Lawrence of Arabia* 等一切古裝spectacular。S夫婦很苦，不參加一切社交應酬，他們也不請別人，兩個緊張的人常常單獨見面，越來越緊張。他們同世驤夫婦的關係搞得也有點緊張：S太太對世驤的avuncular作風（在他完全是無意的，世驤良心之好，天下少有！）不大滿意；Grace見了S本人有點討厭，而S的確是缺乏tact。我成為S夫婦唯一的朋友。這裡沒有人知道到我自己也在鬧戀愛糾紛（Dolores、吳燕美等只覺得我和B之間有正常的友誼關係而已，因為她和我的表現都是很大方的），以我自己過去有幾天的那種心情，處身在S夫婦之間，這情形也有點滑稽。我的力量雖很微薄，但是以我的wit & wisdom，多少還可以使S夫婦之間的空氣變得和諧一點也。

明天飛Seattle，別的再談。不論B對我說些什麼，我還是十分trust她的，這是使我心平氣和的原因。Carol和Joyce渡［度］假想必很愉快，念念，專頌

濟安

七月四日

［又及］《肉蒲團》已托Dick Irwin代查，詳情續告。

---

① *Cleopatra*（《埃及豔后》，1963），歷史傳記片，達里爾‧F‧扎努克（Darryl F. Zanuck）等導演，伊麗莎白‧泰勒（Elizabeth Taylor）、李察‧波頓（Richard Burton）主演，二十世紀福斯發行。

# 597. 夏志清致夏濟安（1963年7月19日）

濟安哥：

　　最近來信兩封及在Lake Tahoe所寄卡片早已收到。知道你一個月來教書很得意，愛情方面也沒有受到極大的痛苦，甚慰。我三星期忙着寫那篇答覆Průšek的文章，初稿約七十頁，現在改成46頁，notes三頁，印出來大約和Průšek那篇文章長度相仿。我要做的事情很做［多］，本來不想多寫現代文學的文章。這次又被逼寫了一篇。《通報》為漢學雜誌權威，我們寫的東西，編輯先生不一定歡迎，現在可以在該雜誌出些風頭，也增加我一些「漢學家」的聲望。最近那一期，專文只兩篇，一篇是李方桂的一百餘頁的論文，一篇即Průšek 47頁的review article。我把Průšek所討論的東西，都把原文重讀一遍，發現讀書粗心的還是他。他着力寫魯迅，我也着力寫魯迅，把《祝福》、《故鄉》等都重新討論一遍。Průšek有信來，很客氣，贊同我把rejoiner發表。Průšek有許多remarks，都是自說自話，和我書沒有多大關係，無法討論。我的結論是Průšek讀書粗心，實為理論錯誤所造的後果。把馬列科學式的文藝理論文藝批評，加以痛斥。

　　哥大Bookstore有回音，說Chagall的Institutions，二十五元即可買到，我已答應囑他們代覓。書價不貴，你和B仍是好朋友，送禮的機會很多，可以好好的surprise她（另一本Drawings，25元也可買到，不知你有沒有興趣，兩本書價錢比預計一本書價錢還要便宜）。你和B做朋友，暫時不談戀愛也好；友誼生根了，她將來回心轉意也說不定。所以我勸你仍照以前計劃，每兩星期找她玩一次，也無不可；對你，對她，平日工作太緊張，這種date倒是極好relax的機會，而且你們二人應常有互相confide的機會。B偏信

psychiatrist，也是怪事，但我們朋友看psychiatrist的人的確不少。在Yale時見過面的Janet Brown，你想仍記得，她也是常看psychiatrist的，而且覺得對身心有益，她自己是心理學Ph.D.，還要人家來分析，豈不怪哉。我以前常通幽默信的猶太朋友，太太也是猶太人，hobby是畫畫、手工之類，沒有小孩，也常去看psychiatrist。我以前常有小毛小病，醫生看到我討厭，最後終suggest psychiatry，我自己對自己的事情知道得最清楚，自己也有pride，此事從不考慮。普通女孩子肯把自己心事說給一個stranger聽，能這樣相信他，總已有幾分愛他。用Freud術語，她想把他當作father substitute，已婚的話，當作husband substitute，所以肯這樣誠心的去看他。而且兩人相見，是upon professional basis，講出去很大方，由此觀之，心理分析家實為高等人所support的高等gigolo也。psychiatrist能使女人這樣相信他，享受到父兄丈夫所不能enjoy到的trust，地位實和天主教神父相仿。但神父年輕時即抱獨身主義，女人不可能把他當丈夫看待，或者愛慕想念他（《十日談》式，or戀愛至上主義式的少數case除外）。psychiatrist自己也是俗界的人，自己也需要分析，聽了這樣許多真心話，自己用了些*Reader's Digest*①式的platitude去騙她們，其虛偽實和中國小說裡的淫僧相仿。Freud的第一個case，patient Susannah York明明愛他，Freud卻不准她愛他，硬說是她的毛病是父親作祟，把她對他的那些情感都分析掉。真正良心好的psychiatrist，有一個女patient，就應當同她結婚，這樣才是真正的愛護她；結婚後重改行業（二人的情形，當同Alyosha②

---

① *Reader's Digest*（《讀者文摘》），美國大眾讀物，德惠特·華萊士（DeWitt Wallace）與莉拉·華萊士（Lila Wallace）夫婦1922年在紐約創刊，將各類精選文章輯錄成冊，長期佔據美國消費者類雜誌銷量榜首，直到2009年才被超越。其國際中文版1965年創刊，首任主編是林太乙。

② Alyosha（阿遼沙），全名阿列克塞·費堯多羅維奇·卡拉馬助夫（Alexei

和Liza③相仿）。*Tender is the Night*中的psychiatrist就是有良心的一種，但他和Jennifer Jones結婚後，生活也不快樂。但至少他情願犧牲自己career，為愛他的patient服務，人格比普通的psychiatrist高尚。其實真對自己的case感興趣，討論Freud的書，文章這樣多，看了都可以作借鏡。普通女子仍去看psychiatrist者，目的是用金錢買一個較理想、較可靠的emotional attachment也。

　　Father Serruys人很有趣可親，和他吃了好幾次午飯。他對linguistics真有興趣，自得其樂，比較起來，我對中國文學的興趣，實遠不如他；講話間，B等都沒有mention過，望釋念。他的哥哥Henri，我也見到過一次，人比較ascetic，煙也不抽。上星期六，兄弟二人去downtown Soho Theatre看了*Sanjuro*④，觀眾連他們僅七人，生意慘極。紐約neighborhood Theatre營業都不差［行］。不久前我去downtown看*El Cid*⑤，院內也觀眾寥寥，但影片極noising，尤其是上半部，下半部許多footage都edit掉了，故事差勁。相比起來，*55 Days at Peking*實庸俗不堪。*Cleopatra*你大加獎賞，我們已定了票，下星期一去擁獲一下Zanuck。Carol已買

---

Fyodorovich Karamazov），小說《卡拉馬助夫兄弟》中的主要人物，老卡拉馬助夫的幼子，在小說中被宣稱為英雄人物，為人正直、善良和敏感，受到大家的喜愛。

③ Liza（莉莎），全名莉莎・霍赫拉科娃（Liza Khokhlakov），小說《卡拉馬助夫兄弟》中人物，霍赫拉科娃夫人美麗而乖戾的女兒，她愛上了阿遼沙並且與他訂婚，但是卻又拒絕與阿遼沙成婚，隨着情節的發展她越來越走向歇斯底里和自殘傾向，甚至故意用門擠斷手指。

④ *Sanjuro*（《椿十三郎》，1962），動作劇情片，黑澤明導演，三船敏郎、仲代達矢、加山雄三主演，東寶株式會社（Toho Company）出品。

⑤ *El Cid*（《萬世英雄》，1961），安東尼・曼（Anthony Mann），卻爾登・希斯頓（Charlton Heston）、蘇菲亞・羅蘭（Sophia Loren）、雷夫・瓦朗（Raf Vallone）主演，薩穆埃爾・布隆斯頓製片廠（Samuel Bronston Productions）出品。

了 *Never Too Late* ⑥的票（八月十九日），想那時你已在紐約了。M. O'Sullivan中年風度想仍是值得一看的。

美國黑人大為猖狂，好在我不大留心News，多看了一定把人氣死。十九世紀，美國白人把有英雄氣質的印第安人都殺光，二十世紀潮流換了方向，黑人得勢，而且他們繁殖得這樣快，總有一天，黑人會變成majority，那時現在逃往suburb的白人，不知再逃到那裡去。美國這樣一個可愛的國家，將來一定葬送在黑人手裡，正如羅馬帝國被日耳曼民族所打倒一樣。

去Seattle後，想早已回來。Carol、Joyce去Virginia一星期，真是紐約最熱的一星期，這幾天，天氣又很炎熱，同去年情形不同。世驤方面，有空當給他一封信。明天伴Joyce去看 "*The Nutty Professor*" ⑦，Jerry Lewis真人登臺。不多寫了。關於Freud那一段，你可把我的意見向B說一說。希望仍常date，保持友誼關係，即祝

暑安

弟 志清 上

七月十九日

---

⑥ *Never Too Late*（《永遠不算遲》，1963），喜劇片，巴德・約金（Bud Yorkin）導演，保羅・福特（Paul Ford）、康妮・史蒂文斯（Connie Stevens）、莫林・奧沙利文（Maureen O'Sullivan）主演，華納發行。

⑦ *The Nutty Professor*（《瘋狂教授》，1963），傑瑞・路易斯（Jerry Lewis）導演，傑瑞・路易斯、斯黛拉・斯蒂文斯（Stella Stevens）主演，派拉蒙發行。

## 598. 夏濟安致夏志清（1963年7月21日）

志清弟：

好久沒有接到來信，甚念。近來沒有什麼事情可以報告，因此我的信也較稀，請原諒。但今日mood之好，為最近所未有，可說十分高興。最近也許為了「飽暖思淫欲」之故也，mood受女子影響不小，昨晚（19）的經驗至少完成了一件事：新來一個女孩子的image把B原先所佔有的地位，可說完全佔領了去。B方面好事難偕，可說是from the very beginning就很明顯的。但是我知道，除非另外出現一個女子，我和B的關係不免有點尷尬。我已經declare love，她已明白拒絕，在這種狀況之下，要我恢復過去那種大方瀟灑的態度，是很難的。雖然我的表現總算是盡可能的完善了。

不妨再談談B。她並不很美（我沒有她的相片，也不想有她的相片），我是「獨具隻眼」，別人恐怕很難注意她。但是她有一種shy, with drawn charm，有一個astute mind，而且有相當的profundity。我和她在一起總覺得有說不完的話（她始終承認我們是kindred spirits），她和我疏遠之後，我有時候也覺得有話無人傾聽的苦悶（當然，暑期上課給我在這方面不小的發洩）。我相信我和她之間本是保持一種「精神的友誼」。這種友誼假如能保持下去，我會覺得很快樂的。

事情的轉捩點是一天晚上我開車送她回去，在車裡又談了好久的話。她笑靨迎人。我很voluble，好像說了這麼一句：「Even if I may not win your love…」她插進來說：「But you will win it.」我先則愕然，繼以驚喜。話談完了，我想起了你的勸告，那時我已寫信拒絕你的勸告，（一大半當然也是instinctively的）便問她：「May I kiss you good night?」她忽然大叫：「No, of course not!」我弄得

下不了台，便說：「B, I am sorry.」她已走出車子，說道：「Your apologies are accepted」，便逃回她的家。

這個尷尬場面大約引起她的不安，遠大於引起我的不安。她為什麼如此不安，當然和她的neurosis有關係。她好像覺得：kiss的下一步就是睡覺，這是使她大為alarmed的。相形之下，我實在是as innocent as virgin snow。但是此後我從來沒有向她解釋，她把我當作一個aggressive male animal，我又何必向她辯護：我對她的愛其實cannot be more Platonic？她後來見到我時，很歎息男女之間asexual的友誼建立的不易。我發覺她對我已失去了信心，辯護也是白說的。只有拿時間——長時間的「正派作風」——來贖回我已失去的東西了。

她後來又繼續跟我談了些她的background，這種事情這裡用不着重複。你可以想像得到：她是sexually very excitable（sign of neurosis?），因此自己也克制得很嚴。她怕kiss以後的熱情奔放，失去自己的控制（頂要緊的當然是我不是她所願意「委身」的人）。她既然希望我停止追求（大約怕我忽然又來要求一個kiss!），我為尊敬她的peace of mind，也就照辦。所謂停止追求，就是不去單獨date她，除非是很多人的party，她才願意去。在這個尷尬場面發生之前，我已經寫信告訴你，我預備逐步退卻，除非她有更熱烈的表示。所以對她的奇怪的要求，我是多少有所準備的。所以我並不很傷心，所關心者，是如何重新建立我在她心中的「人格」，以及如何重新獲得她對我的信任。我知道，我越是去找她辯解，她將越感覺驚惶；只有對她保持冷淡，經過相當長的一段時間後，她對我的好感也許會再克服她對我的恐懼與疑忌。但這樣使得我的做人很為難。這件事情實際上已完全結束了。

我們間的關係忽然轉為冷淡，上面所講的那一件事是個大原因。她的生活背景，遠較我的複雜。她繼續的去看psychiatrist這一

件事，就可以使你相信，要追求而獲得這樣一個小姐的愛，是件多麼不易的事。何況還有Maurie等糾紛呢？

在這幾個月間，我和Franz Schurmann的友誼也大為增加。Sch.我現在是認為天下第一好人，他對他太太的愛實在很偉大（他自己說是ennobling experience，世驤和我對這一點完全同意），相形之下，我們都太世故，心胸格局太小。Sch.夫婦間的關係，我在信中也無法詳寫，總之他太太是經常去看psychiatrist的。她一星期去看兩次，每次看後回家，都對Sch.特別虐待。Sch.的學問智力，不在你我之下，但他對他太太看psy.之後態度必定變壞有點，不能了解。他說：psy.大約同一般醫生相仿，假如不能把病治好，就想辦法把病盡量發出來——好像疹子要發出來，或使惡瘡化膿似的——但neurosis盡量發洩，首當其衝倒霉的是女的丈夫。

六月底一期*New Yorker*，有篇Mary McCarthy的短篇小說：*Polly Andrews, Class of '33*.你不妨看看。別的好處不說（裡面所描寫的生活，我過去對之完全隔膜），裡面女主角的「情人」就是去看psychiatrist的，該女對他psychiatric treatment的反應，很像Sch.對他太太去治心理病的反應。男女之間本來應有其自然的了解，但psychiatrist反而成了兩人之間了解的障礙。（那篇小說我已借給B去看過。）

Sch.之事拖了已有一年。其間Sch.在精神雖然達到一個更高的境界，但他為人之苦，你也可以想像而知。他的榜樣不斷地使我警惕：假如B return my love，也許我將陷入個很苦的境地。你也許會批評我這種想法不對，但是我手邊有這麼好一個現成榜樣，不由我不往這方面去想，尤其是往這方面去想，使我可以得到一些安慰。

B的病和Sch.太太的病可能大不相同：但是可以斷定者，她們之間有這幾點是相同的：（一）desperately追求happiness，而不知happiness如何獲得；（二）對於自己的mood（包括恐懼憂慮等）不

能控制；（三）心理藏着一個疙瘩，即使是她們最親近的人也說不出來是什麼東西——她們的 psychiatrist 也未必說得出來，但是她們老覺着有這麼一個東西，只有不斷的去找他，希望有一天他能把那東西提出來。

在愛情方面我的人格遠不如 Sch. 偉大，請你原諒。我所關心者，只是如何重新建立我的 image 而已，而 Sch. 只是想盡一切辦法使太太快樂的。當然，我和 B 之間本來沒有什麼關係，我貿貿然地去效學 Sch. 的自我犧牲精神，將只會顯得滑稽。

B 也許仍舊希望我能對她顯得殷勤一點，但我慢慢發覺，這在我是做不到的。我要是和一個女朋友斷絕，斷絕起來那是乾乾淨淨的。最近有一個機會可以使我向她獻殷勤，但我讓它過去了。復興平劇班又來舊金山演唱，演十天以上，連白天的戲在內，總得演十幾場。票不過二元一張，我若請五六個人（center 的同事）一起去看，對我的花費不大，B 也許會歡迎這種社交場合。京戲她從未看過，看後也會很欣賞的。我考慮了好久，結果把這件事根本都沒有告訴她。看京戲的中國朋友太多，我若請 B，雖然是成群而去，我還是怕中國朋友們 gossip。假如 B 願意向我表示好感，其實我也不怕 gossip。但情形既然已經壞到了這樣地步，給人 gossip，便犯不着了。再則，我去請她，她也許會搭架子，我也許需要「搖求苦鬧」一番，她才肯去。假如整個的事情有希望，這種「搖求苦鬧」也許還有點樂趣。但是事情既無希望，再去請她，而她若表示緊張，我就不知道我那樣做是什麼意思了。

十九號復興在 Berkeley 演出《白蛇》，我（預訂）買了四張票，原來想請 B 和 Dolores 和其夫。考慮了好幾天，結果沒有向 B 提起此事；把四張票統統送 Dolores，由她在校長辦公室找兩個朋友一起去看。在我算是答謝她上次給我弄 Trilling 演講票的功勞。Dolores 一定會和 B 提起此事。我猜不出 B 將是如何反應。她也許會

resent，也許覺得我真守「信用」，不去date她了。

　　十九號那天的戲，我沒有去看，因為同樣的節目20號在舊金山也演，那是領事館請客（其實我要帶一個女友去也可以的）的義務戲。

　　但是十九號那天晚上我真快樂，忽然認識了一個Forbidden City夜總會的chorus girl。我不會去追chorus girl，不會去想和她結婚，也不會fall in love。但B之忽然退縮，使得我在生命中忽然又了一種空虛之感，這種空虛之感，因為我非常之忙，平常也不覺得。我不想在B那邊再多花精神，但是偶然覺得有找女朋友的需要。找女朋友也不容易——中國女學生我差不多全部rule out；一則怕gossip，再則中國女學生（臺灣香港來的）大多學問不夠，不善辭令，跟她們沒有什麼好談的。（華僑小姐則我不大了解。）

　　美國女子合適的其實也不多。我暑期班上有個女學生叫做Katherine Twyeffort（Wales人），長得有點像Jackie Kennedy①，對我的講學大有興趣，下課後還跟我討論不絕。她說她有個妹妹，在金山Chinatown做Social Work的summer job。她說她回家後總把我所講的統統轉告給妹妹，妹妹總嫌聽到的太少，很想見見我，問我可以不可以一起吃tea？我說當然可以。那天約了五點鐘吃tea。我見到她們後，問道：「tea當然可以，但是喝酒如何？啤酒抑烈酒？」她們姊妹倆說啤酒，我就帶她們去學校附近的"Larry Blake"（不是靠海的Larry Blake Anchor）餐館，地下的Bear Cellar，她們都是從東部來加州度假的，姊姊（即Katherine）在波士頓學畫，妹妹（Susan）是哥大Social Work系的graduate student（秋後可能要

① Jackie Kennedy，即Jacqueline Kennedy Onassis（賈桂琳‧甘迺迪‧歐納西斯，1929-1994），美國第35任總統約翰‧甘迺迪的妻子，以其高貴的氣質、優雅的舉止，成為美國人心目中「永遠的第一夫人」。

來選你的課），對 Berkeley 不大熟悉，我帶她們去喝啤酒，她們很高興，談了一兩個鐘頭，時間是晚飯的時間了。我問她們要不要就在這裡吃晚飯了？姊姊說：「我們是無所謂，但你要不要打電話回家通知你的 wife？」我說我沒有 wife。晚飯吃到九點鐘始散；她們說要各付各的賬（啤酒是我請的），我就讓她們付自己的帳了。

那次的談話，我雖然應付得很好，但並不覺得有逗人的情趣。T氏姊妹（和這裡的中國歷史教授 Bingham[2] 是親戚，Philadelphia人）是美國正派家庭出身，都有中等以上的姿色，姊姊像總統夫人那樣的方臉，儀態很好，妹妹比較瘦，眼睛很亮。但是她們十分 serious（有些美國教授太太就是這種類型），十分的想知道關於中國的一切。講起話來頭頭是道——其實恐怕也隱藏着一種 tension。我瞎講關於中國的皮毛（如☉字變成「日」字等），覺得很無聊。我和B是很少談到中國的（她的一切 observations & anecdotes，也引起我很大的興趣。）——我的 favorite subjects 是杜翁、Freud、Existentialism 等。T氏姊妹也許代表的是 solid 美國中等階級，這個我覺得 dull。她們住得大約離我 Etna St. 寓所，不到一個 Block，我也沒有去問她們地址。

再說到十九號晚上。這幾天我的酒肉朋友蕭俊（光華畢業，上海跳舞場「老白相」）因種種不如意，請「脫衣舞後」Coby Yee 吃飯解悶。Coby 有個老處女姊姊 Anne（手裡有些錢）好像對我很有興趣。Coby 問蕭俊，夏君對其姐印象如何，蕭說據他知道，夏君是絕無興趣的。Coby 倒很通人情，說道既然如此，不要帶她姊姊

---

② Bingham（Woodbridge Bingham，賓板橋，1901-1986），美國漢學家、歷史學家，加州大學柏克萊分校歷史學博士並留校任教，創立了東亞研究所，代表作有《唐朝的建立：隋亡唐興初探》（*The Founding of the T'ang Dynasty: The Fall of Sui and Rise of T'ang: A Preliminary Survey*）等。

出來了──她知道我也要去的。她另外給我安排了一個date。那天
吃飯者六人：蕭，我，Coby，Coby的女兒（約十歲），日本美女
Cisco（已有丈夫，丈夫是個英俊小生Jimmy Jay，原在Forbidden
City唱歌，現在Ginza West唱歌），和菲律賓美女Anna。我們於六
點鐘去F.C.把她們接到日本飯館Nikko。

　　我對於那位菲律賓美女Anna大感興趣。那天晚上把B所引起
的種種鬱悶的情緒一掃而空。我們一起吃飯，回Forbidden City，
看她們表演歌舞，看完後，我再請她去Bar喝酒，雖然沒有問她電
話號碼，但同樣的Party我在最近（一星期後）要舉行一次（已約
好下星期五即26號）。我很喜歡有這樣一個女朋友。

　　Anna很有點雅氣。我一向對於菲律賓和泰國女子有好感──
我喜歡黑黑的細致緊密的皮膚，苗條的身材（同樣黑皮膚的人──
夏威夷人和西班牙人──我就不喜歡，因為她們較「粗」），日本
美女太白，我倒並不覺得動人，當然我也看得出日本美女之美。
（Anna此外的髮型打扮等，是學BB的。）

　　我已經有兩個月沒去F.C.。想不到Coby又整頓了一次「陣
容」，把原有美女統統歇光，只剩了一個Cisco（她是身長玉立
的）。新添的是日本人Chieko（肉感型），和琉球人Tomoko，
Tomoko水汪汪的眼睛，紅馥馥的臉龐，可算是東方小家碧玉型的
絕色美人。蕭的審美觀念大約是傳統東方式的，硬要把Tomoko介
紹給我（他的作風是程靖宇式的），但不知我和Tomoko見面時，
心裡已有Anna了。

　　另外新添的就是Anna，她只登了一個星期的臺。她還不大
會跳，第一晚登臺，她說差一點踏錯一步（她在做魔術師的助
手），跌下臺去。十九號那天最後一個節目，她沒有登場。我在
Bar裡問她為什麼，她說還沒有學會。那節目是歌舞隊gipsy裡的
"Medley"adapt而成── gipsy我沒有看過，看過了大約也不會記

得。Cisco是教她跳舞的「師傅」。

同Yuki的「老吃老做」相比，Anna可說是「天真可掬」的。她兩年前在F.C.登過臺，大約只有很短的時間，後來去Los Angeles做secretary兩年，最近又回來了。她父母都是菲律賓人，父親在San Diego，原來有個很長的奇怪菲律賓姓，入美國籍時，改姓為Rubio，所以她現在全名是Anna Rubio。她從來沒有出過國（我問她去過日本沒有？），也沒有去過紐約！Nevada呢？她說短短一兩天。我說：「to entertain or to be entertained？」她說：「to be entertained。」對這一位見聞如此狹仄的show girl，我不由得另眼相看。

但使我驚訝的，是她另一方面的sophistication。老蕭的英文講得相當拙劣（比程靖宇略好），在餐館中不知說錯了一句什麼話（我沒有在聽），Anna笑道：「這是Freudian slip。」我肅然起敬。同時，Freud這名字也使我談虎色變。我就問她關於psychiatry的事。她自己承認沒有什麼trouble，但曾經有過一個roommate是去找psychiatrist的。老蕭後來又大罵猶太人（他的最近的不愉快的原因），Anna答得也很妙，還用個字Achtung。她是很善談吐的，相形之下，Coby好像木偶（China doll），Cisco也不過是風度優美而已。（日本人——包括美麗的日女——都不大會講英文。）

我沒有問她在哪裡念書等等——何必去暴露人家的弱點呢？但Anna的智力無疑不低，為人也和藹可親。只要我不去盲目追求，自陷苦境，像她這樣一個hetaera（？）至少可以帶給中年哲學家不少的安慰。

我和你對於人生也許在兩點上態度不同：一、我比你多自我分析，少採取行動；二、我分析的結果，總把事情推到天命上去。

你和父母以及很多朋友一樣，十分關心我的婚姻問題。但有些事情，自己實在做不得主。像B之事，並非沒有可能成為「好事」

——一個26歲的打字員，碰到一個老成可靠而在很多方面她又相當佩服的男同事，男的又向她表示愛，這樣糊裏糊塗的結合的例子，天下一定很多。但我追求一兩個月下來，連date的機會都失去了。你的反應不知如何？我的反應是只是覺得天意之莫測。

我對B的fall in love是今年五月十二日開始的，就是Mother's Day的中午date，此後就害了相思病。在此前，我其實並不想她；去年我在紐約與歐洲飄蕩時，B的名字與影子從來沒有在我腦子裡出現過，為何fall in love，又是件莫測之事。

再從全局面看，我近來精神充沛，不知疲倦為何物，手頭也比較寬裕——這種條件假如搬到二十年前去，則今日的濟安必非現在那樣了。

現在在完全偶然的場合，認識了Anna——這當然是極膚淺的認識，但照我近來的心境與作風，我現在的確是在想女人了。過去很多年，我常常是不想女人的。因此在這一點上，你可以放心，我的生活實在往豐富的方向走，不論成敗如何。這當然與自己的物質環境（「飽暖思淫欲」）以及心理條件（對自己的confidence等）都有關係的。（過去在北平和臺北交女友時，手頭都很窘，作風也笨拙。）

B之事尚未全了，我又去出外交女友——這種作風過去也不能想像的。那位菲律賓姑娘我不大想她，但想起來心裡就覺得很輕鬆。但有一段時間我對於B則是僅有相思之苦而已。希望能夠永遠以輕鬆的態度對付Anna。

Forbidden City我不能常去，常去，露出追求的「形狀」，就會受女人虐待——這是天下男人難逃之關。但是有一點很奇怪的，即關於Anna，我一點也不怕gossip，我去請她們吃飯，我已告訴世驤與Grace，當然沒有講起詳細情形。假如她願意，我肯到東到西帶她跑——假如金山有什麼特別的stage show等，我敢帶她出去，並

在intermission時帶她和熟人見面，假如碰見熟人的話。對於B，我則瞞得鐵桶似的。這點心理現象是很奇怪的。原因也許是我對於B有結婚的企圖，而我是從小怕人說：濟安想結婚的。

我是否會單獨date Anna，如何date，現在還不知道。但你可以放心，我的心情很輕鬆。跟她來往，我不需要杜翁來減輕我的痛苦。也許和B短短的來往，使得我對於女子，有更大方自然的approach了。

當然，我在這裡情形你不能完全知道，所以最好請你不要來「勸告」。我大致走的路的方向，和你所希望的相差不遠，你就該滿意了。例如，我在自以為時機成熟時，也會向B討一個kiss的。至於事情的發展假如出於常理之外，你我都無法預測的。

我記得我剛到Berkeley做事時，你提起波斯國王去遊玩China town的夜總會，覺得大為滿意；你希望我也不妨在這方面尋尋快樂。想不到，現在我也會請那些girls去吃飯了。我何嘗做什麼努力，無非天意莫測而已。

關於Anna，還有兩件事情可記：一是在Nikko的Fortune telling cookie。我拿到的是一張是：To know and do are keys to the door of success；她拿到的一張是：Two proposals soon to come. The darker one loves you best。我把兩張都收藏起來了。對她說：I want to crack a joke about this, but I'd better suppress it.（我想說的是：I wish my rival was a Norwegian.）

還有一件是在「吧」上發生的（我喝酒並不凶，看F.C.的show的時候我order的是tea！）。端酒來的女郎叫做Sunday，她稱呼我為"Darling"。我問Anna：「How did Sunday call me？」她口齒很清楚的說「Darling」。我說：「Isn't it serious？」她說：「One should not take certain things too seriously.」我說：「Thanks for advice. I was about to take her seriously.」──總之，Anna可以引起另外一種俏

皮；和B所引起的我的witticism & wisdom是不同的。

　　想不到又寫了一封這樣長的信，雖然內容很空虛，和你所期待的我早日成家的目標，相差還是很遠。但是你可以知道：我生命力很旺盛，頭腦也保持清醒，不為色所迷，不魯莽滅裂，只想快快樂樂的做個人，而且想做好人。

　　八月間因24號在Berkeley有個婚禮，是朋友的女兒，我不能早早來紐約，很抱歉。大致25號同世驤夫婦一起飛來。希望你在King's Crown替我定個房間，以Air conditioned的為好。

　　八月初將去Seattle。他們還是要我去工作，這次去一兩個禮拜，他們也表歡迎。假如時間敷餘，也許開車去了。胡世楨帶了兩個小孩子也在Seattle（參加一個summer program），他也希望我去。

　　八月間將是旅行與緊張的工作（在Seattle）。女朋友的事暫且擱下。八月這個vacation對我還是很需要的。

　　別的再談，專此　敬頌

　　近安

　　Carol與Joyce前均此

濟安

七月廿一日

# 599. 夏濟安致夏志清（1963年7月23日）

志清弟：

　　長信發出後，收到來信。知道你於短期內完成一篇洋洋大文答覆P氏，不勝佩服之至。P氏的東西，我一篇沒有讀過，但看樣子，他在辯論時的sophistication很不夠。他存心要替共黨說話，缺點暴露將更多。《通報》一文，他寄了一份給我，我已轉送給世驤。我沒有讀該文，因為我不想受閒氣，而且我要讀的東西也很多（每天早晨要lecture），沒有時間讀那種不重要的東西了。世驤在寫「書評」（給MacF.氏寫的），我希望你去信給世驤，把你駁論的要點告訴他。P氏在加大演講與私人談話，還不敢明目張膽的親共。此人似乎心裡矛盾很多，我覺得他還是很可憐的。他的作品我沒有看過，看過後我對他印象當然會修改。

　　最近看了一本好書，Mu Fu-Sheng: *The Wilting of the Hundred Flowers* ①。Birch和一位美國朋友都熱烈推薦，看後我覺得真是寫得好。有幾個passages我希望我能寫到他的地步。Mu不知何許人，他對文學界的情形不熟，興趣在所謂Intellectuals；但對這個題目，他還是有些獨到的看法的。（該書已有Praeger②紙面本。）

---

① 書名為 *The Wilting of the Hundred Flowers: Free Thought in China Today*（《百花凋殘：當今中國的自由思想》），倫敦 Heinemann 出版社 1962年出版，作者 Mu Fu-sheng 中文名不詳。紐約 Praeger 出版社 1963年推出的平裝本，書名改為 *The Wilting of the Hundred Flowers: The Chinese Intelligentsia under Mao*（《百花凋殘：毛統治下的中國知識界》）。

② Praeger，即 Praeger Publishers（普雷格出版社），美國出版社，位於美國康乃狄克州韋斯特波特市，主要出版專業學術類書籍，後併入格林伍德出版集團（Greenwood Publishing Group）。

　　我那封長信也許顯得我很excited，自己想想覺得很好笑。事實上，我同過去一樣的sober。我的作風根深蒂固，小變動容或可能，大變動是不可能的，所以一切請你放心。

　　Chagall的書兩本都買得到，我想都買了下來吧。書暫存紐約，我到N.Y.時拿，錢到時再付，請先墊，謝謝。反正價錢不如以前想像中那麼貴。這個禮物我相信還是可以送，B待我實在不好算壞，可以說是一個知己也。

　　上信說在King's Crown定房間，是給我一個人定。世驤夫婦是否需要，我沒有問過他們，不能代為作主。反正現在時間尚早，房間慢慢地定都可以。

　　紐約的show其實我並無十分興趣，Maureen O'Sullivan雖為舊日「夢中情人」，但已不堪回首，看不看都無所謂。到紐約後，跟你們隨便看幾場電影，我就滿足了。那些有名的musical comedy，也常到金山來（road show），我看報時素來不去留意。以後如有機會，也許去請Anna看，幫她訓練成一個出色的歌舞人才也。如何請法，且看以後機緣。下個月將暫時擺脫此間的「塵緣」，換個環境，我相信對我是非常有益的。別的再談，專此　即頌

　　近安

　Carol和Joyce前均此

濟安

七月二十三日

# 600. 夏志清致夏濟安（1963年7月31日）

濟安哥：

　　七月廿一日長信收到後，又看到廿三日的短信。你近來精力充沛，工作效率好，而豔遇也特別多，很為你高興。你自己承認想女人，這是好現象，你能多和Anna來往，可增進自己的confidence，將來更可交到很多紫禁城內or學院內的可愛的女子，自己的情形不必和George Senders相比，簡直可以和*Dr. No*中的Sean Connery①相伯仲了。記得去夏在Frankfort，你對夜總會的女招待態度還相當diffident，一年來進步真多。那次和Anna在一起開的party情形想極滿意。B拒吻那段事的確有些怪，普通美國女子對接吻並不看得怎樣重，何況你和她已有深交，她還作大為shocked的表示，可能心理上有些不正常。如你所說，她是Puritan和Beatnik的混合物，而潛意識中，還是Puritan佔優勢。據我看，你仍和她好好地做朋友，你們互相confide，也是人生上少有的樂趣。你的條件比她優越，再隔一年半載，Maurie方面沒有反應，她着慌了，回心轉意，覺得世上你是唯一愛她的人，自己會向你作表示的。同時你不妨找別的女孩子，享受做美國式bachelor的privilege，一改以前在臺北、北京經濟窘迫而十分repressed的生活。

　　你想已在Seattle。*T'oung Pao*的編輯Hulsewé②現在Seattle。

---

① Sean Connery（史恩‧康納萊，1930-），英國著名影星、製片人，曾獲得一次奧斯卡獎、兩次英國電影和電視藝術學院獎和三次金球獎，作為詹姆斯‧龐德的扮演者，其在1962-1983年間共出演了7部龐德電影，取得巨大成功。1999年獲甘迺迪中心榮譽獎（Kennedy Center Honors），2000年封爵。其他代表作還有《豔賊》（*Marnie*, 1964）、《玫瑰之名》（*The Name of the Rose*, 1986）等。

② Hulsewé（何四維，1910-1993），荷蘭漢學家，研究領域主要是中國法律史，尤

你可以和他見到，他已答應登載我那篇rejoinder。我還得請人打字，因為只有一分底稿，而Co-editor Demiéville③也得看一份也。我不久前把陳壽的《三國志》重要的chapter都看了，最有興趣的是裴松之④的注，引了很多別的史料；《三國演義》完全根據「志」「注」，我以前想不到它怎樣忠於事實。我覺得羅貫中的《三國》跟「平話」「講史」沒有多大關係，簡直是同司馬光一樣的寫歷史。弘治本的序上明說「前代」嘗以野史作為平話，令瞽者演說，期間言辭都謬又失之於野，七君子多厭之。另東原羅貫中，此平陽陳壽傳，攷諸國史……文不甚深，言不甚俗，事紀其實，亦庶幾乎史。所以羅貫中的編演義是討厭評話translation荒謬不通後的反動，本身傾向是反「俗文學」的。「演義」中雖也套用了「桃園結義」、「三氣周瑜」的傳說，但這並不是它一定借用了拙劣不堪如《全相三國志平話》那類東西。《全相平話》哥大沒有此書，Berkeley or U.S Washington如有，很想一看，請寄給我。日內想把我對《三國》的看法和欣賞寫下來。《肉蒲團》德文本有下文否？

　　我腦後，between Skin & Skull，生了個cyst（or fatty tumor），

---

其是漢代的法律制度。其時與法國漢學家戴密微（Paul Demiéville）共同主持《通報》的編輯工作。

③ Demiéville（Paul Demiéville，戴密微，1894-1979），法國漢學家、敦煌學和佛學專家，學生時代在巴黎東方語言學院跟隨沙畹（Edouard Chavannes）等人學習漢語、梵語和日語，後赴中、日考察，歸國後任教於巴黎東方語言學院、法蘭西學院等機構，與長輩沙畹、伯希和、馬伯樂等齊名。1945至1975年間一直任《通報》法國方面的主編。代表作有《吐蕃僧諍記》（*Le Concile de Lhasa: Une controverse sur la quiétisme entre bouddhistes de l'inde et de le Chine au VIIIème siècle*, 1952）等。

④ 裴松之（372-451），字世期，河東聞喜人，南朝宋史學家，奉宋文帝之命校注《三國志》，徵引豐富，遠超原文，使得「裴注」成為閱讀《三國志》公認的定本。

已兩三年於此，上星期進醫院把它 remove 掉（是同一個 quarter 大小，一團扁圓的 fat），同時背心上也有一個小小的 lump，已兩三月於此，一同割掉，經過情形良好，望勿念。這些東西，都不是 cancer，可能都是以前服用 tranquilizer 的惡劣反應也說不定。在 Potsdam 最後一年，左手小指生了一個 wart，Potsdam 醫生本事平凡，一直沒有斷根，到 Pittsburgh 後才除掉，以後續生了二三個也 remove 了。據說 warts 是 caused by 一種 virus，不知何時我 system 中得了這種 virus，受累不淺。我身體很好，只希望以後身上不再生什麼東西。除維他命外，我已不服什麼藥，最好有毅力把香煙也戒掉。

　　*Cleopatra* 已看過，上半部很滿意，下半部我覺得不能引人入勝。Antony[5] 的個性被寫得一無偉大之處，Cleopatra 也一無 wit，二人愛情一直在苦悶中，看不到一點 gaiety，這些都是 Mankievicz[6] 編劇的錯誤。*Polly Andrew*，經你介紹後才讀，很滿意，Mary McCarthy 對 Polly 的父親和那位 Trotskyist 深表同情，她自己也是 liberal, leftist intellectual 出身（可能也是 Vassar class of ’33），能有這點 wisdom，已不容易。進醫院的前後我想看 *The Moviegoer*[7] 消

---

⑤ Antony（Mark Antony，馬克・安東尼，83 B.C.-30 B.C.），羅馬政治家、軍事家，羅馬由寡頭政治走向專制帝國時期的重要人物。在高盧戰役和內戰中均出任凱撒的副將，在凱撒死後與雷必達（Marcus Aemilius Lepidus）、屋大維（Octavian）達成「後三頭同盟」（Second Triumvirate）。其勢力範圍包括羅馬的東部行省以及「埃及豔后」克里奧帕特拉七世（Cleopatra VII Philopator）治下的埃及，二人的愛情故事充滿傳奇色彩，成為各類藝術表現的對象。三頭聯盟破裂後，在克提烏姆海戰（Battle of Actium）中慘敗於屋大維，隨即被處死。

⑥ Mankievicz（Joseph L. Mankiewicz，約瑟夫・L・曼凱維奇，1909-1993），美國導演、編劇和製片人，憑藉《三妻豔史》（*A Letter to Three Wives*, 1949）和《彗星美人》（*All About Eve*, 1950）兩次包攬奧斯卡最佳導演和最佳編劇的獎項。

⑦ *The Moviegoer*（《影迷》，1961），美國作家沃克・珀西（Walker Percy）的小說

遣，結果不太感興趣，沒有看完。醫院同房住着一位 *N.Y. Times* 的排字工人，年已六十出頭。看上去已有七十歲的樣子。南部人，三十年來日間睡覺，晚上工作，一生沒有結婚。年輕時得 support 母親，母親死後，他已四十歲，美國西部也沒有去過，生活呆極，情形很可憐。

下學年，玉瑛已有 job，在上海科技協會的外語班教英文。她是學俄文的專門人材，改教英文，看來中蘇關係一定很惡劣。十多年來沒有注重英文，教英文的人才一定很缺乏。中共兩面不討好，沒有外援，情形實在很慘。

《紅樓夢》一文已在 *Criterion* 上發表，雜誌還沒有看到，offprint 先到了，寄你一份。你八月裡來紐約很好，King's Crown 房間用不到先定，世驤處我當給他一封信，不多寫了，即祝

暑安

弟 志清 上
七月31日

Chagall 的 Drawing 當代為 order，書尚無消息。

處女作，美國 Vintage 出版社出版，小說深受存在主義哲學影響，獲得美國國家圖書獎、《時代週刊》百佳英語小說（1923-2005）等殊榮，奠定了珀西重要南方文學作家的地位。

# 601. 夏濟安致夏志清（1963年8月5日）

志清弟：

　　盼望來信甚久，今日接到從西雅圖轉來之信，大喜。知道你曾進醫院，接受小的手術，不免稍添憂慮，刻下想必痊愈，為念。

　　我在此間應酬大忙，去Seattle之日期一再拖延，已決定七號飛。本定今日（五號）飛，但世驤與Grace一定要替我祝壽，打打小牌，只好改六號；但六號是皇宮餐館的老板請客，飯後看戲，盛意難卻，所以又改到了七號。

　　最近應酬之忙，與復興平劇團在金山演出大有關係。我看的場數沒有世驤多，但是已經夠多的了。Grace雖然在天津長大，但她說生平看戲從來未有這兩個禮拜以來那麼的勤的。

　　這個戲班的臺柱王復蓉，確是了不起的人才。下臺後並不美，可是在臺上美極了，演技純熟，嗓子之圓、脆與亮在坤伶之中可說絕無僅有，絕不在童芷苓之下。世驤曾看過雪豔琴①（當年坤旦之王），據說也不過如此也。嗓子還不如王。

　　頂滿意的戲當然是紅娘，那晚我請了Birch夫婦去看。Birch念《西廂記》很熟，但他想不到《西廂記》會變成farce的。

　　這次復興戲班來此演出，在我生命史上引起小的變化：即我的public image改變了。我在這裡不交女友是出名的，世驤老說濟安把這事忘了，但最近居然帶了女友出入劇院，給很多中國朋友看見，我也毫無窘迫之感。有了這樣一個名譽上的新的基礎，以後

---

① 雪豔琴（1906-1986），原名黃詠霓，山東濟南人，回族京劇女演員，工青衣花旦，號稱「四大坤伶」之冠，又與侯喜瑞、馬連良合稱「梨園回族三傑」，還曾與譚富英拍攝了我國第一部整齣戲劇電影《四郎探母》。

date女友膽子就大，不必怕人家說閒話了。

世驤他們曾請Martha和我去看《十三妹》（能人寺），Grace還怕我不願意去。殊不知我在無女友的狀態下，若有Martha這樣一個人來纏上（Martha是大大的好人，絕不會糾纏的），相當危險。但當時Anna正把我放在輕鬆的mood之中，我對世驤的邀請，以很正常的態度處之。演戲之前，有一幕「跳加官」，說的是些吉利話，當該「官」展示出「敬祝僑胞健康」時，我忽然大拍其掌，並對世驤與Grace說：「這裡有一位僑胞」（指的是Martha）。當時鼓掌在我是spontaneous的，鼓過了也忘了，但後來世驤與Grace對別人說起，覺得濟安的態度大為正常，與前不同，很覺奇怪。他們還以為濟安對Martha好感大增，不知這不過表示我不怕交女友而已。

再有一次是我請Twyeffort姊妹與她們的room-mate Virginia（Jennie?）Sellers（學音樂的）。看戲之前，我把她們帶到陳家喝酒，Grace很高興地領她們參觀他們的新房子。那姊妹倆對於中國事情的好奇心太大，我覺得有些煩，但世驤誨人不倦的精神比我大，他也許認為她們非常滿意。酒後，我請三女與世驤Grace在皇宮吃飯並看戲。很不巧的，戲是《花田錯》。最後一幕是「一男娶三女」（！）。我覺得有些窘，美國小姐們對之大約是無所謂的。戲畢後，Grace帶她們去後臺參觀。

還有一次是我請一位很漂亮的上海小姐S韓（長得很「細氣」）。S是大陸逃出來的，來了Berkeley大約有半年。我本來認識其父，半年內我從來不想去date她。那天忽然碰到，我隨便說起看戲的事，她說沒有車子，去金山太不方便。我當然自告奮勇地請她了，但為免糾纏起見，把她的父親一起請了（我本來叫他韓老伯的）。我三人在「福祿壽」（北方館子）吃飯，戲是《五花洞》，很滿意。S知道那幾天Lisa Lu（盧燕——與James Stewart合演 *Mountain Road* 的）也在看戲，她想認識這位明星，我就托世驤介

紹（我也認識Lisa的）。Lisa對她說：「我說誰家的小姐這樣漂亮，一進門我就看見了。」S雖很attractive，對男人也很嗲（她頂喜歡學蘇州話來諷刺我），但我對這種人還有點怕，絕不會去多找她的。這次的date很愉快，以後什麼時候再date，我也不知道。

我去Forbidden City的事情，沒有瞞世驤與Grace。他們（尤其是Grace）對於濟安的忽然變得大為活潑，似乎有點不大懂。但F.C.是好久沒有去了──哪有這麼多精神與時間呢！等Seattle回來，也許再去一次。（Anna已把gypsy裡那一段學會。）

這樣瞎交際一陣，使我對B建立一個新的關係（有一段時間我見了B有點尷尬之感），我現在對於B也很自然，很大方，好像根本忘了我曾經追過她。她仍然是個很可愛的女孩子，我應該去不斷地獻殷勤。我不大有self-consciousness，更沒有bitterness之感──這事說來容易，似乎是很難的。在人多的地方，我也不怕和她親近。看戲的事也跟她說了（當然我沒有date她），她所miss的《白蛇》定十二號重演（那時我將在西雅圖），我買了兩張（！）票送她。她說：「還有一張票我只好去找Nash Smith②──英文系教授，她的導師──去看了」，她這種地方是很可愛的）。另外買兩張（同排）送給吳燕美與其夫。有什麼地方不懂，吳燕美可以向她解釋也。

最近她考論文flunk。那一段東西（Barrault③論莎翁歷史劇）

---

② Nash Smith（納什‧史密斯，1906-1986），美國學者，馬克‧吐溫研究專家，馬克‧吐溫手稿的保管人。哈佛大學博士，先後任教於明尼蘇達大學、德克薩斯大學、南衛理公會大學和加州大學柏克萊分校，他的處女作《作為符號與神話的「美國西部」》（*The American West as Symbol and Myth*, 1950）一直到80年代都是「美國研究」最標準的範例。

③ Barrault（Jean-Louis Barrault讓─路易‧巴勞爾特，1910-1994），法國演員、導演、默劇藝術家，曾師從默劇大師查爾斯‧杜林（Charles Dullin），一生出演近

的確極難，我也翻不出來。九、十月間她要重考法文，原定十月間的oral，改到明年二月。原定明年二月得M.A.，將延長到明年暑假。這一年時間內，我看不會有什麼事情發生──雖然你的來信顯得很樂觀。我最近只是享受人生，對未來的事不大考慮。

去西雅圖後和世楨住在同一宿舍，希望安心下來，好好工作。我在Berkeley的關係已搞得相當複雜，需要離開一個時候，把腦筋冷靜一下。

因為忙着看京戲，電影已好久未看。別的到Seattle後再談，盼多保重。專此　敬頌

近安

濟安

八月五日


Carol與Joyce前均此。

《紅樓夢》一文已收到，當再細細拜讀。《全相三國志平話》華大如有，當借來寄上。《肉蒲團》一書，U.C.圖書館似無。去Seattle後擬向Wilhelm私人借來。此間Eberhart④教授也可能有，但他在Indiana教暑期，找不着他。

---

50部影片，包括《天堂的孩子》（*Les enfants du paradis*）、《科德利爾的遺囑》（*Le Testament du Docteur Cordelier*）等。

④ Eberhart（Edward Conze，愛德華‧孔哲，1904-1979），德國學者，佛教研究專家，師從德國佛學家華雷澤（Max Walleser），將一生都獻給了佛學事業，翻譯了大乘佛教的經典《般若經》（*Prajnaparamita*），代表作有《佛教：本質與發展》（*Buddhism: Its Essence and Development*, 1951）等。

# 602. 夏濟安致夏志清（1963年8月9日）

志清弟：

行前從白克萊發出的信想已經收到。我於七日來此，與胡世楨住同一宿舍。我對於西雅圖的人地都無陌生之感，生活無需調整，一住下來就慣。西雅圖是小城，雖略有應酬，但生活比在白克萊清靜得多。每晚可以在十一點鐘睡覺，最近在白克萊因為看戲之故，每晚總在半夜以後睡覺，這種習慣非改不可。在西雅圖因無車，走路機會大增，這種運動對我也是很需要的。

昨日（八日）問Wilhelm借來珍本德文《肉蒲團》，已交航空掛號寄出。這類淫畫我是生平第一次看到，看後覺得也平凡得很，並無什麼刺激性。大約血氣方剛的青年看後恐怕危險性很大。（看完後，請直接寄還給W。）

Wilhelm已看過你的答Průšek文，對之大為佩服，認為very excellent，他只是覺得你對P太忠厚一點。今天我去拜訪Hulsewé，把文稿拿來，看了也大為佩服。你是佔着個「理」字，辯論句法之老辣，我相信P氏是決做不到的。全文心平氣和，實為Polemics之上上作。我很怕和人筆戰，原因之一是我受魯迅影響太深，一筆戰恐怕就要犯魯迅的尖酸刻薄強辭奪理的毛病。在臺灣時，頗有筆戰的機會，但我對人家的挑戰，一概置之不理。你的文章還要一點大好處：即維持你的subject的尊嚴。很明顯的你是個passionate lover of literature，別的問題（即使是罪惡滔天的共產黨吧）都是次要的。這個立場，就一個academician說來，是很好的。Birch本來有點擔憂，他說近代中國文學通常為系裡所瞧不起，假如你和P的論戰，強調了近代中國文學的政治性，那末各大學的中文系對於近代中國文學一科，更將懷有戒心。現在你保持你的學者立場。讓P氏

像傻子似的為共匪張目吧！

　　胡世楨拖了兩個小孩子，其負擔實甚重。他的度週末的方法是出去遊山玩水，明天我們也許去St. Juan Islands，後天去Mt. Baker，這些都是Seattle附近的名勝，我以前所沒有去過的。經過白克萊的最近的熱鬧的夜生活，我也很想去接近一下大自然。

　　在西雅圖倒真享受到一點恬靜之樂。十分心平氣和，什麼女人都不想，短短十天，恐怕做不出什麼事來，但是身心雙方都感到很大的舒適，那就是渡〔度〕假的收穫了。

　　原定十八日飛還。現世楨定十七日駕車南下，我預備搭他的車，約十九日可返白克萊。如來信希望能在十七日以前看到。別的再談，專頌。

　　近安。

濟安

八月九日

Carol與Joyce均此候安。

# 603. 夏志清致夏濟安（1963年8月12日）

濟安哥：

讀八月五日來信，知道你先後帶Martha、Twyeffort姊妹和S韓去看復興劇團演出的戲，public image大改而自己並不在乎，大是好事。以後date女朋友當然更沒有怕給人看見或給人批評的毛病了。S韓對你似不乏興趣，趁她來美時間不久，人頭不熟，也可多date她。約date以打電話為妙，在電話用蘇白上海話和她flirt，可看出她對你興趣的深度。自己不在乎，有時她托辭不肯出去，也沒有什麼關係。這樣和各色各樣的女子date，多訓練訓練，真的可以變成情場老手了。同時你愈popular，女孩子打聽到後，你的身價愈高自己也更可relax，要享受女孩子的company。

今天收到到Seattle後所寫的信，知道你和Wilhelm對我那篇東西，都很欣賞，放心不少。這篇文章我給de Bary看過，他處在administer地位，當然不希望有什麼和對方決裂的筆戰，所以我下筆特別當心，可捧Průšek的地方仍舊捧他，態度上仍把Průšek當作長輩。Note2中述及Průšek來美經過，我覺得是不需要的，de Bary出這個主意，也勉強加了這一段。title原定"J. Průšek on Mod. Chin. Lit."，比較簡明，現在換了題目，也表示不和他正面衝突。魯迅一段中，我說明魯迅寫《吶喊》中的心境和分析《祝福》的內容和主題，對一般讀者也有些用處。《故鄉》文中魯迅的筆誤，似乎以前也沒有人提到過。Průšek研究中國文學作品，一方面注重intention，一方面機械地說明technique，表面上似比中共批評家高明一些，其實自己毫無主張，還是跟中共走。Hulsewé還沒有回信來，不知他對我那篇rejoinder抱何態度，他和Průšek是好朋友，但他同Wilhelm一定也是好友，可能對他的意見也會尊重。原稿寄法

國漢學大師Demiéville，他即是［使］如Birch所謂看不起近代文學的人，他的反應一時也不可知道。我正式走入漢學界，僅兩年，但已和Dubs爭辯了一次，這次和Průšek鬧得更兇。上次我讀《水滸》paper，中國學界中不服氣的也一定不少。反之，李田意這樣怕得罪人，不寫文章，結果也給人暗中取笑。以後還是我行我素，不管人家的意見，雖然也不想得罪什麼人。

　　德文本《肉蒲團》已收到，請向Wilhelm道謝。德國印刷比美國考究得多，可惜英文本的錯誤大半是根據德文本轉譯而來的。有一處，Kuhn譯「詞」（詩詞的詞）為essay。又一處譯「詞」為zierprosa（decorative prose），似皆不妥，可問問Wilhelm德文中有沒有把「詞」怎樣譯註的規矩。Wilhelm書上鉛筆附註Hightower在 Orients Extremis 八卷，二期（Oct.61），pp252-7的一篇德文本書評，亟思一看，可惜哥大圖館才開始order該journal，back issues尚未到，你返Berkeley後可把該文影印後寄給我，為感。JAS reviews篇幅有限制，不能多發揮自己的意見。其實我把將出版的 Fanny Hill① 看一看，再看一些Marquis de Sade②，一定可以寫一篇關於中國pornography極有意思的文章。Rejoinder另一份已寄世驤處，希望他看後也和你有同感。（附上 N.Y. Times 上載的一篇東西，可

①　*Fanny Hill*（《芬妮·希爾回憶錄》），英國作家約翰·克萊蘭德（John Cleland）情色小說，1748年在倫敦出版，被認為是第一本英語情色小說。儘管克萊蘭德的文才使得這部小說幾乎沒有使用任何猥褻字眼來表現性愛場面，但仍受到指控和查禁，幾乎成為「色情」的代名詞。

②　Marquis de Sade（薩德侯爵，1740-1814），法國貴族、政治家、哲學家和作家，極端自由主義者，主張不受任何道德、宗教和法律的約束，最著名的是其色情文學寫作，這些作品混合了哲學論述和色情描寫，以充斥着暴力、犯罪和褻瀆的性幻想描寫對抗天主教會教條。性虐癖（sadism）和性虐者（sadist）兩個單詞均源於他的名字。

給 Richard Irwin、E. Huff 作參考，哥大 Library 以前由外行 Howard
Linton 主持，書報極不全。現在由唐德剛主持，大有朝氣，Linton
已 demote 為 Western Languages Cataloguer。）

　　這星期丁乃通夫婦來紐約開 semantics 國際大會，招待他們，
很忙。丁乃通要研究《狸貓換太子》的故事，要查《戲考》之類，
我覺得《狸貓換太子》是海派連台戲，一定沒有材料可找，不料
《新戲考》上竟有李桂春③的《狸貓》一、二、三、四本的唱詞。另
外一種《戲考》上竟找到《狸貓》一、二、三、四本全部劇詞，真
出我意料之外。哥大這一類東西很多，我也沒有時間去注意。本星
期六我們將同丁氏夫婦開車去 New Haven 訪陳文星。據陳文星云，
李田意九月初即將結婚，女朋友是陳婉莘④介紹的。李田意頭髮眉
毛都已花白，身體雖胖而已，顯出衰派鬚生的樣子，他私事從來不
談，最近兩三年來苦追情形，我不大清楚。但他比你蒼老得多，尚
且如此努力，你在婚事方面，似當更加注意些。

　　王復蓉演貂蟬我看不出她特別好的地方，據你們說，她現在是
坤角中的翹楚，希望她能重來紐約，演些《紅娘》、《能人寺》等
拿手傑作。我覺得杜近芳唱工很好，王復蓉年齡太輕，似不可能勝
過她。你今年生日，我們又沒有什麼舉動，但據我研究，你今年陰
曆生日是在陽曆八月28日，正好你已來 N.Y.，我們可以再慶祝一
番。*Never too Late* 的票子你已趕不上，預備請丁乃通夫婦看。

　　我現在在 conduct 一個 seminar，共八堂，de Bary、王際真先

---

③ 李桂春（1885-1962），藝名小達子，河北霸縣人，京劇演員，工老生、武生，
　青年時以唱河北梆子為主，23歲方轉攻京劇，在《狸貓換太子》中的「南派包
　公」形象是其最經典的表演之一。
④ 陳婉莘（Chen Ellen Marie, 1933-2017），上海人，姓張，陳文星夫人，此處
　從夫姓，1955年畢業於臺灣大學，1966年獲福德姆大學博士學位，曾任教
　於紐約聖約翰大學，代表作有《中國道教中自然的概念》等。

教，學生都是紐約市，州的外文系的教授，有的人著作也不少。他們聽了de Bary、王際真後，對我〔這個〕較有文學修養的人當然更為滿意。我已向de Bary建議，1964-65我開兩門中國詩和drama的seminars。自己雖然學問還不夠，頗思把中國古今文學一手任教，以求自己長進。在Seattle，研究和郊遊想都有成績。胡世楨、馬逢華前代致候。Carol、Joyce都好，即頌。

　旅安。

弟 志清 上

八月十二日

Father Surreys已飛Berkeley，你可以見到他。

# 604. 夏濟安致夏志清（1963年8月21日）

志清弟：

上星期六（八月十七日）坐世楨的車南下（他的車1959 Ford是hand shift，無automatic transmission，我不會開），路上走了三天。走的是101公路，沿太平洋岸而下，Oregon Coast可能是全美國最美麗的地區。有極好（寬廣細滑）的沙灘，很多像Monterey那樣的屹立在海中的怪石，岸上的地形變化甚多，但大致是清秀的山，河流之多，在美國別處亦是很少見的。

和世楨在西雅圖共了十天宿舍。他在L.A.有六萬元的一座大洋房，請我去住，但我一直沒去過。在西雅圖我們一起談了很多話，主要是他在談，我很少發表意見。世楨比我大兩歲，喪妻之後，心境似甚頹唐。我無cheer他up的本事，聽他發揮他的各種理論與牢騷，大致亦減輕他心理上的負擔。他和我之間的距離很大：

（一）他認為人生已將結束：今後的工作是「拖」「大」孩子，然後等retire。我雖不敢說人生四十開始，但總覺得未來還有很多surprises，並且還有很多climbing要做。

（二）他對於社交毫無興趣，把朋友分成等級：老朋友與新朋友，老朋友中我算頂老，新朋友他則讓他們remain「新朋友」，不再求深交。我則到處交朋友的。（他在UCLA從不去faculty club吃飯。）

（三）他雖來美十餘年，和美國生活似乎始終格格不入，大罵許多美國習慣。我非但「適應性」比他大，而且不斷地在求適應的。

他「拖」兩個孩子，的確是很吃力的事。兩個孩子當然是滿口美國英文，他們的中國話智識只限於世楨說的那種話：特別的蘇州

話帶有湖州accent的。世楨那種中國話我是會模仿的，別人的中國話那兩個孩子恐怕大多聽不懂了。

　　世楨很多習慣還和過去相像：自以為高明的各種計算（我很能appreciate他的計算），服裝不修邊幅，食量很大（恐怕比我大——這是很難得的），但不講究餐館的外表等等。我所嚮往的high living，對他是毫無吸引力的。我事實上也是個「癲塌」的人，但有時也想過過比較不同的生活。世楨則定型之後，就不想變動了。他能背很多全齣的京戲（雖然唱得不好），記憶力實遠在我之上。我是個戲迷，許多戲在唱片上聽了至少幾十遍（乃至幾百遍），甚至用心去記，還不能背全。如《霸王別姬》南梆子：「看大王在帳中和衣而臥」底下叫我來背就不甚準確了。世楨根本不看京戲（除了在極少的時候），對戲詞如此之熟，令我吃驚。他在蘇州中學時就會背那幾齣——《空城計》、《捉放曹》、《二進宮》……還有近二三十年很少有人唱的《戰滎陽》（《火焚紀信》）、《天水關》（《收姜維》）、槍斃閻瑞生等。他能背的中國舊詩詞亦比我多。我的背誦工夫一向是不大好的。他一面開車，一面唱戲，他如唱戲，我還能跟得上，背舊詩詞，我就跟不大上了。

　　這次去Seattle的收穫：我那本書（on「左翼」）他們催着我出版，今後一學年工作將很緊張。離開了灣區後，靜思近幾個月的生活，覺得還是太注重pleasure，忽略了duty。當然p與d之間亦得有適當的調劑，我這一輩子根本不會拚命用功的，但是今後非得用功不可。交女朋友的事，聽其自然。忽然想交女朋友了，你可相信我的辦法比過去多；如心中不想交女朋友，亦不必特別在那方面動腦筋也。此次去Seattle可以說使我把自己的生活重新整理一下，我不預備「逃避」，但此後你將很少聽見我的「浪漫史」，除非天意另有安排。經過清醒的考慮，我又回到我的「無女友」的生活了。這種事情，你勸我亦沒有用，我只是聽其自然而已。

我已定廿五日（星期天）American Airlines Flight No.14 班機來紐約，約下午五時（？）到 Idlewild，同行者為世驤夫婦與陳穎，他們三位將住 N.Y.U，為開會也；我對開會並無興趣，請你還是替我替我定 King's Crown 吧。我定九月一日飛歸金山，二日恐怕太擠，還是一號好。世驤恐怕還要去波士頓等各地遊覽，我先回來。他一時還不上課，但我在九月初 vocation 即已結束了也。

一年不見，又將重聚，快何如之。從過去幾個月的信看來，你還是紮紮實實地工作，我似乎心情變化很大，但也不過「似乎」而已。我還是同你所認識的我一樣。

別的面談，Carol 和 Joyce 面前先問好，專此　敬頌。

闔家快樂。

濟安

八月廿一日

在紐約請不要計劃盛大招待。一則我們來的人多，招待破費太大，二則我在金山玩得夠了，在紐約只想悄悄地在圖書館看書。

# 605. 夏濟安致夏志清（1963年9月4日）

志清弟：

回來已有兩天，在華盛頓住了兩夜，第一夜即住在吳魯芹家，第二夜住旅館。第一夜本應返旅館，但他們家在Arlington，離華府甚遠，交通不便，就住在他們那裡了。九月二日晨飛返，一路平安，祈釋念。（華府也不很熱。）

這次長途旅行，相當辛苦，但是能夠和你與Carol、Joyce重敍，會到好多位老朋友和學生，心裡是很高興的。在新月、順利、上海村幾處地方吃到的菜餚，都十分可口，而且是在海外不容易吃到的，應慶口腹不小。這次我們這麼多的人來紐約，害得你一個星期沒有好好做事，又破費很多錢，心中頗為不安。一切都謝謝。

回來以後，正在專心研究拳匪，預備下星期把書評寫完。寫完拳匪，接着就要改寫 *Power of Darkness* ——堆積着的事情真有不少。*Power of Darkness* 之後，預備在十月、十一月兩月寫完〈蔣光慈〉一文。然後再要準備明年的功課。看樣子沒有多少時間可以玩的了。我做事情，不能穩定步伐，安步就班地有計劃地做。但是鬆懈一陣之後，自己總知道發憤用功的。用功一陣之後，大約又會鬆懈一陣。

過去幾個月的熱鬧的社交生活，將漸歸平淡。在Saks 34th買的禮物，在最短期內，大約不會送去。跟B的事大約止此而已。我們又談了不少話。她說在22歲的時候住在125街，常去吃「天津樓」的北方飯——那時她還沒吃過廣東飯。我說：「我總當你是Village出身的。」她說：「城北也有Beatniks的。」

做歷史研究最能使我聚精會神，這幾天看拳匪看得津津有味。

今天Iowa的詩人葉維廉①來金山，我將請他去看*Sanjuro*。別的再
談，專此　敬頌。

近安。

濟安

九月四日


Carol與Joyce前均問好。李又寧破費招待，請再謝謝。

---

① 葉維廉（1937-），詩人、學者，生於廣東珠海，普林斯頓大學博士，主要研
　究領域是東西比較文學，代表作有《東西比較文學模子的運用》、《比較詩學》
　等。

# 606. 夏志清致夏濟安（1963年9月11日）

濟安哥：

　　看到九月四日的信，知道你已安返白克萊，甚慰。這次你同世驤他們來，是難得的機會，大家玩得很痛快。新月、順利幾家的菜餚，普通而已，而上海村那天的蟹殼黃、小籠饅頭，味道特別壞，頗為憾事。你們走後，Průšek尚在，Peter Lee①（Korean）這星期從夏威夷飛來，晚上我們同Průšek、Lee在新月喫晚飯，碰到David Chen，也是巧事。他從華府回來，suitcase給Bus公司弄丟了，現在追尋中。旅行省錢，結果還是不上算。這星期六還得吃李田意的喜酒。上星期到白先勇家去了一趟，吃他跟叢甦、鄭清茂②合做的飯。王文興③來了，他們也把他帶來相見。他們寫的小說，erotic成份很濃，但他們在一起玩，完全中國以前大學生態度，男女之間，毫無不規行動，可見生活習慣較思想更難改變。你來N.Y.，能見到這許多高足，也是快事。你能訓練出這許多文學青年和作家，實在也可算對國家建了一大功勞。

---

① Peter Lee（李鶴洙，1929？），生於韓國首爾，美國明尼蘇達州聖保羅市，聖湯姆士大學畢業。耶魯大學碩士，德國Ludwig-Maximilian大學博士，歷任哥倫比亞大學、夏威夷大學教授。加州大學洛杉磯分校比較文學榮退教授，著有韓國詩學、文學、文學史等重要著作。

② 鄭清茂（1933-），臺灣嘉義縣人，學者、翻譯家。普林斯頓大學博士，先後任教於臺灣大學、美國加州大學、麻州大學、臺灣國立東華大學等，著有《宋詩概說》、《元明詩概說》等著作，並翻譯了《奧之細道》、《平家物語》等。

③ 王文興（1839-），福建福州人，臺灣作家，畢業於臺大外文系，《現代文學》主要創辦者和編輯之一，後任教於臺大外文系，代表作有《家變》、《背海的人》等。

上星期把《肉蒲團》寫好繳出，review寫得長，較容易，把它緊縮，似反較吃力，而且我許多批評Kuhn的地方，可能出版時已被削掉，也說不定。AOS reviews篇幅沒有規定，你那篇拳匪可以寫成極精彩的文章。近幾年來，你寫作的勤，各大學中文系內無人可匹，這暑假你多玩玩，也是應該的，何況暑假中你做的工作也很不少。入秋後，還是避免無謂應酬，週末自己找女朋友玩，比較實惠。你女朋友已很多，汽車駕駛技術也高明，盡可帶小姐們到名勝區去玩。Twyeffort姊妹出身一定是美國最上等的家庭，她們住的Sutton Place，在Manhattan算是最exclusive的住宅區，不久前在 *N.Y. Times* 看到關於Sutton Place的一段新聞，可供你參考。不知大姊姊入秋後仍留在Berkeley否？否則和她討論一下Vanderbilt④，Roosevelt掌故，也是很有意思的。Lionel Tilling書尚未寄還，開學後當可見到他。你牙齒已弄整齊，爽性再花一筆錢，去看眼科、皮膚科醫生。你眼睛老流水，平日看書又勤，終不是好事。

世驤夫婦想亦已返Berkeley，我文章第三頁沒有底稿，請你托世驤用機器印一份copy寄給Hulsewé罷。我見到世驤Long Island好友Drummond的兒子，他稱世驤為「Bcn」，想是世驤的英文名字，又云，Drummond和世驤在國內時是結拜弟兄。今天郭小姐打電話來，謂論文已被通過，消息可轉告Grace。Maria Chow處我已托她

---

④ Vanderbilt（范德比爾特），美國以航運和鐵路業崛起的大家族，創始人為商業大亨科尼利厄斯・范德比爾特（Cornelius Vanderbilt），在美國歷史上其財富僅次於約翰・洛克菲勒（John Davison Rockefeller）和安德魯・卡耐基（Andrew Carnegie），創建了包括紐約中央鐵路網和范德堡大學在內的一系列重要設施。由第二代掌門人弗雷德里克・威廉・范德比爾特（Frederick William Vanderbilt）購置的家族豪宅（Vanderbilt Mansion）與後面提到的羅斯福家族的住宅（Home of Franklin D. Roosevelt、Isaac Roosevelt House等）均坐落於紐約海德公園，兩個家族一直有着密切和複雜的交往。

代order兩冊 *The Group*⑤，一本將送你，60% off，實在太便宜。

　　Joyce 這星期即將上學，哥大也將開學，我兩個暑假，accomplish極少，頗自感慚愧。黑白照片，已添印，先擇幾張較滿意的寄給你。五彩照片的develop後當亦寄上。你上次家信遺失了，這次可寫封短信，報告來紐約經過。

　　家用你開了一張大額支票，謝謝。Finance方面我不留心，每兩月你承擔$125，每年750元，不必再多寄。兩張唱片，能聽到蘇白，也很有興趣，那幅畫，使會客室生色不少，一併道謝。買禮之類的事，都是Carol負責，我們沒有什麼特別東西送你，很抱歉。

　　時⑥小姐這次來N.Y.我一次在［也］沒有招待她。見面時請致意。Carol、Joyce身體都好，不多寫了，即請

　　近安

弟 志清

　　平話一套、雜誌，日內寄上。謝謝你遠地［道］帶書來。在華府上，曾見到陳秀美否？

---

⑤ *The Group*（《群體》，1963），美國作家瑪麗・麥卡錫的代表作，連續3週入選《紐約時報》暢銷書排行榜。1966年被西德尼・呂美特改編為電影。

⑥ 時小姐指時鍾雯，見信550，注4，頁50。

# 607. 夏濟安致夏志清（1963年9月14、15日）

志清弟：

　　來信收到。照片也已收到，希望五彩的精彩一些。昨天（九月十三日）去紫禁城把禮物送掉，一切很成功。這是生平來第一次貿貿然把首飾送給一個小姐。假如小姐是中國小資產階級「正派」小姐，情形將是很尷尬的，但Anna非常之得意，這使我亦很高興。她說，她wardrobe裡就缺pearls，其實我的pearl necklace是假的（「simulated」），因此很便宜。她先出來時髮型是我所謂Sphinx Cleopatra型，但額前有點皺紋，不像埃及人那樣平板，但是耳朵被遮蓋了，戴好了耳環也顯不出來，她說要把頭髮往後梳，我說好東西藏起來不讓人看見也好，她說這樣比較"subtle"。後來第一次show演完，她再下來把頭髮梳高了，耳環是顯出來了。項圈長長的一條，我本不知何用法。原來繞在頸間恰好是兩圈。圈中心是一塊紅寶石（當然也是假的，耳環也是紅寶石的，跟它match），她問我紅寶石放在頸間好看，還是頸後好看，我說頸後好，她又說，這比較"subtle"。我說"subtle"is a word I did with expect it find here at the forbidden city, but I like it。還有一點顯出她得意的，是她把盒子外面的紅緞帶結成的花也貼在身上（花上似有tape），她稱之為"corsage"。

　　另外送給Coby Yee一副金絲的耳環，編得像苦力帽子似的，有點東方情調（也很便宜的）。Coby以China Doll和Dragon Lady（她現在還run一家小夜總會，就叫Dragon Lady，我從未去過）出名，這種東方情調的小玩意兒給她戴上也很合適。（Anna是Coby講明給我介紹的「女朋友」，所以我也謝謝她。）

　　在Forbidden City吃的晚飯，他們的紐約steak很好，Anna和

Coby也是一起吃的（六元錢一客）。吃完飯八點多鐘Anna去化妝準備上台，我看了一個show（九點開始）；show後，她下來陪喝酒。在第二個show上場前（不到十一點），我就回來了。她學會的 *The gypsy*① 裡的一個rumba叫做"Let me Entertain you"，她現在已跳得很熟練了。你不妨買張 *The gypsy* 唱片來聽聽。在休息時間，我是有機會請她跳舞的，但是我不敢，因我跳得太陋，你說我該不該浪費金錢再到「跳舞學校」去補習跳舞？

　　今年春天夏天胡亂交了一陣女友，秋後調整下來似乎只剩下一個Anna，還在繼續進行，Anna的好處是「年輕貌美，談吐不俗」。她的貌究竟如何之美法，也很難說，因為只是在燈光下看見她。不過我是喜歡她那種「黑裡俏」，而對於皮膚白皙，或白裡泛紅的女子，並不覺得很動人（雖然承認那樣很美）。叫我怎麼勤謹地去追求侍候，我是無此興趣，事實上也辦不到。不過每隔一星期或十天去捧一次場，說說笑笑，表現我的wit、sophistication與gallantry，也是生活上很好的調劑，而且在財力與時間上，我大約也還能對付。Coby與Anna問我什麼時候回來的，我說回來了已經有一個多禮拜了，二女臉上大作失望的表情。不問這種情意是真是假，但她們該知道我是不會糊裏糊塗的「泡」在裡面的。

　　Anna現在取了一個「中國」姓Lea（她在紫禁城的正式藝名：Anna Lea），這個字我好像認識，我說此字解釋作Meadow（Webster：grassland，pasture），她說：是嗎？她敢冒用中國姓，足見長得還像中國人也。我替她點了兩次香煙（這種小殷勤我是一向不大注意的），每次她都來扶着我的手——這種response我

---

① *The Gypsy*（《玫瑰舞后》，1962），喜劇歌舞片，茂文‧勒魯瓦（Mervyn LeRoy）導演，娜妲麗‧華（Natalie Wood）、羅莎琳‧羅素（Rosalind Russell）、卡爾‧莫爾登（Karl Malden）主演，華納發行。

很 appreciate，在正派小姐裡大約也得不到的。她詳詳細細地問我 "research linguistics" 的工作性質，我毫不吹牛地給以詳盡的解釋。她開的車是 '54 Ford，我說我的是 '53 olds——為此她還特別要 toast。她不贊成為出風頭而買新車——這點我是以前所料想不到的。講起我的英文的 British Accent，我說我是跟兩個英國人學的：Alec Guinness 與 Peter Sellers，她說：「But they are my heroes.」我說你另外有個 hero 叫做 Peter O'Toole ②，是不是？她說是的。我說我可學不像他。

這樣慢慢下去，雙方也許會達到一種什麼「了解」——這個目前也不敢說。講到 intimacy，我和 Anna 之間，當然還遠不如和 B 之間。沒有在 B 那裡受了那套「教育」，在 Anna 前我決不會像現在那樣的瀟灑自如。對於 B，我最大的錯誤，是過早的宣布我的愛——這樣造成了一個尷尬的局面，我的一切瀟灑與 wit 都不能糾正這個局面，只有逐漸和她疏遠，才是最瀟灑的做人方法。我對於 B 的感情是很奇怪的，來得非常猛烈，但為時只有幾個星期，現在可說已完全消失——上次在紐約時，就完全沒有想念到她。

對於 Anna，我從未感覺到什麼強烈的感情，但愛情是一game。半真半假反而有趣，此所以我特別喜歡她之用 subtle 一字也。真正的考驗是在我單獨 date 她之後。也許我永遠不去單獨 date 她，只是在紫禁城捧場而已。我送禮物給 Anna 一事，當然絕對不敢讓 Grace 知道。此事世驤會原諒，甚至贊成，但 Grace 的想法受「正派」成見的束縛太深，她一定要反對濟安「荒唐」，但她不知濟

---

② Peter O'Toole（彼得‧奧圖，1932-2013），英國演員，出生於愛爾蘭，作為莎劇演員在布里斯托老維克劇團（Bristol Old Vic）等劇團中嶄露頭角，憑藉主演《阿拉伯的勞倫斯》而名聲大噪。此外，還主演了《雄霸天下》（*Becket*）、《冬之獅》（*The Lion in Winter*）、《萬世師表》（*Goodbye, Mr. Chips*）等傑作，一生獲得八次奧斯卡提名卻從未獲獎，創造了奧斯卡頒獎史上的紀錄。

安能夠荒唐就好了（她當然最希望我帶些東西來送給Martha）。濟
安這一輩子恐怕很難荒唐了。

　　為什麼女友調整下來只剩一個？這和對方的physical attraction，
二人相處時的融洽之感，我對交誼可能引起的consequences的考慮
等是有關係的。但Anna之外，我似乎還希望另外有個女友。Anna
晚上上班，我白天上班，兩人時間很難湊在一起，除非我去紫禁
城。有時候我可能也願意有個女友到別的地方去玩玩的。但是為女
友之事，我將不作特別努力，一切聽天由命。和Anna的認識以及
送她禮物等等，在今年七月之前，做夢也想不到的，所以希望你對
此事也不要來特別鼓勵。反正現在我對女人作風很瀟灑，態度很大
方，認識女友很容易，而且Anna對我的態度越好，我見了別的女
人的態度越自然，以我的聰明，很多事情（尤其是和心理學有關係
的）學起來是很快的。如買首飾，生平第一次就是跟Grace去買的
那一次——為送程靖宇的婚禮。現在自己覺得對此道已很「在行」
了，以後買香水等想亦不難學習也。

　　在華府沒有去找陳秀美，實在是沒有時間。世驤叫我明春去
華府開會（學校可出錢），屆時也許會看見她。但看見也不過就是
看見而已。Trilling的書請你不要作特別的努力，他假如不願意，
也就算了。B說，她不collect autographs的（我沒有告訴她正在進
行中的「陰謀」）。Trilling假如隨隨便便把雜誌送來，那是最好，
假如他問長問短，或臉有難色，此事作罷可也。但我不知道 *The
Group* 是Harcourt出版的，假如Maria Chow能再替我買一本，由
我送給B，並告訴她這是打了60% discount的，她將很喜歡。（我
已告訴她有Maria Chow在她原來做事的地方做事。）而我答應送她
something interesting一句話也算兌現了。當然我希望的是Chagall。
附上*Newsweek*的書評，Mary McCarthy當年之美豔不在Joan Leslie
之下也。

　　和Twyeffort姊妹談起話來實在沒有什麼勁。我和美國人談話，喜歡（一）表示我對外國事情知道的淵博；（二）向人請教關於美國的一切——我所不知道的。我不大喜歡和洋人談中國，當然和Birch、Schurmann、Levenson等專家正式討論是另外一件事。她們家住在這麼講究的地方，我更不敢去拜訪。我怕富貴人家（在上海時和宋奇、張芝聯等，總有點軋不大來），當然也怕Beatniks。我其實小資產階級的習性還是很深。姊姊的信我還沒有覆，這兩天一定要去覆了。妹妹也許會來找你。

　　返白克萊後，已趕完那篇書評，寫來也有八頁，文章毫不精彩。Purcell恐怕是個好人，在書中很幫中國說話，我的書評恐怕罵得他太兇一點，但叫我措辭再婉轉，我的才力已窮，無能為力。一針見血的話我還沒有說，總算對得起Purcell了。一言以蔽之，評語該是這麼說的：「P君做了一點關於拳匪的研究——限於他們和秘密結社之關係，和關於擁清和反清的矛盾兩點上，他本來只該寫兩篇論文，但他偏要出書，於是在前面加了好多章所謂晚清政治社會的背景——都是借用Fairbank、Franz Michael等人的話，與拳匪不一定有關係的，在後面草草了事地把拳匪運動描寫一下。然後稱該書為 *The Boxer Uprising: A Background Study*，算是一本書了。」他因為未涉及拳匪運動本身，我也不好在這上面發揮，只好說：即使作為 A Background Study，他的書也是不夠的。該書雖不「錯誤百出」，但也有幾十出。我把他引用的中國材料校對一下，發現有大笑話，如「恩縣四境有匪」，他把「四境」當作是鎮名，譯成為Szuchingcheng。又如「其色尚紅」，他譯成Their color was still red，還特別加註：shang ——表示以後他們的顏色要改。我的書評列舉了很多錯誤，因此我的文章無法精彩——我不想挖苦他，也不能特別裝出「忠厚」狀，只好就事論事，文章枯燥之至。我對拳匪的中國材料看了不少，但還不能做「專家」，因為有許多外國材料

——當時的洋報、二十世紀初期的外國記錄等，那些材料覓起來不易，堆在圖書館裡的也是聚了很多灰塵，我懶得去翻了。所以他用外國材料之處，我就放他過去了。

這篇文章之後，接着在本月份（九月）擬趕完對於 *Power of Darkness* 的擴大與修改，這方面的材料我本來就搜集了些，因此寫起來（再補四五頁）不會很吃力的。然後十月、十一月兩月寫另一「傑作」「蔣光慈」。

有一件事情我是應該慶祝的，可是提起筆來忘了，留到最後才告訴你：移民局已OK我的移民身份，green card已從郵局寄來了。此件未拿到手前，總有點緊張，拿到了，我倒反淡然處之，好像這是人生當然之事。我想「結婚」大約也是那樣。未結婚前，百般經營，神魂不安。婚禮行過後，一切反而顯得很平淡無奇。我托律師代辦一切移民手續——因為我怕填表等，事情辦完後，律師charge我三百元，不好算貴。我的所得稅其實是最最簡單的了，但每年我仍托會計師辦——每次二十元。至少那些files不會遺失。

我的眼睛出水事，並不厲害——最近並不出。大致少睡了就出水，睡足了就不出。最近很少夜生活（應酬大為減少），十二點前必睡覺，所以眼目很清亮，假如情形嚴重，當然會去看醫生。頭髮一事，已氣出肚皮外，不去管它。過去相面先生說：我的臉越圓，頂越禿，則運氣越好。我是有這種迷信的，只求運氣好，不管外表漂亮了。

關於S事，這個人我根本不喜歡（太矯揉造作），所以不去多理她。最近Schurmann太太決定離婚，Schurmann為此事在陳世驤家大哭一場。他現在已成bachelor，再過些時候，等他心境稍為平和時，我要請他和S一起出去吃飯玩玩。他對S本有好感，但他在痛苦時不會想到她。我請他和她一起出去，只是想使他散散心，並不存做媒之念也。

關於Anna的事，請轉告Carol，她聽見了想必很高興的。Joyce生日，我已寄上一隻手提包（很便宜，才兩塊錢）想已收到，物件雖小，至少顯出來我已很會買「好用物品」了。Joyce收到了想必喜歡的，再談　專頌。

近安。

濟安　上

九月十四日、十五日

# 608. 夏志清致夏濟安（1963年9月29日）

濟安哥：

　　九月十五日信已收到（兩包Library Books書想已收到）。知道你向Anna、Coby送禮效果很好，甚喜。信到時，兩本 *The Group* 想已收到，即可送一本給B（三本 *The Group*，僅七元半左右，實在便宜）。我給Trilling的信原封退還，想八月底九月初屈林夫婦並沒有在康州渡［度］假，上星期註冊剛剛開學，我沒有去找Trilling，這星期當去找他，弄到一個簽名，當然是沒有問題的。五彩照片成績比黑白照片好得多，寄上五張，你和那幾位女學生同攝的最有紀念性質，你和四美（穿白衣服是Mary Hue許淑兒，Penn天主教小大學英文系畢業，在系裡當receptionist）合攝的那張本當放大寄上，但第一次添印，你左頰上即有白點，放大添印當更靠不住。Christa、又寧，也都各人送了一張，沈慧岑［琴］① 見面時，當也給她一張。我在Potsdam也很受女生愛戴，現在N.Y.附近Long Island or Westchester County教書的也不少，可惜開一個Party花精神太多，我不會去請她們來重聚一次。和Christa同班的有一位Julie Wei（原姓李），也在哥大工作，那天沒有請她來。

　　九月十四日，李田意在N.J.結婚，隔日 *N.Y. Times*（星期日）有新娘照片，新娘名叫劉文玉，湖南人，三十二三左右，生得可算美豔，clipping讀過後可送給Grace看，你social life能少受Grace支配，比較理想。Martha處仍可敷衍下去，無傷大雅，別的女朋友當

---

① 沈慧琴，英文名Louisa，臺大外文系畢業，獲得哥倫比亞大學碩士後，赴加大柏克萊，攻讀藝術史，與化學系同學丁正德（Cheng-te）結婚。婚後，雙雙返紐約定居。

然用不到她管。其實，你在世驤、Grace面前可透露一些你在女朋友方面很活躍的消息，這樣可能使Grace adjust她對你的看法，把興趣轉移到陳穎身上，拚命替他做媒，你的私生活就可少少受到她的干涉了。

你已拿到permanent residence的green card，可喜可賀，以後行動自由，明年暑假真可以一個人去歐洲玩一個月，上次玩得不夠痛快。跳舞用不到學，新式的舞步如twist等我們無法學會，但普通Foxtrot or slow waltz極容易，等於抱了女人走路，要靠舞技高超來impress小姐們，我覺得犯不着，但女方如對你有好感，跳foxtrot雙方步伐一定可以很合拍。（在116街subway牆壁廣告上看到一條scrawl：Regus Patoff was here。此兄倒是你的同志。）

Lily Winter[2]（of Hawaii）有信來，她要在聖誕節MLA開會組織一個研究中國小說的panel，邀我去參加。我已把你的名字（and世驤、Birch）介紹給panel安排人Thomas Copeland[3] of U. of Minnesota，現在尚無回音。小組討論會沒有什麼意思，假如每人讀篇paper比較有意思。如Copeland請你，務望參加，我們可在芝加哥玩玩。我在你來N.Y.前後，寫了三四十頁《三國演義》的文章，稿尚未修正。九月中曾重讀真本《金瓶梅》，此書描寫瑣屑沉悶不堪，即是性的描寫，雖然很露骨，好像和正文沒有多大關係。《肉蒲團》我花一個晚上就看完了，很引人入勝，《金瓶梅》, as a novel，實在不如它。

這學期自告奮勇，多開了一門「Seminar in Chinese Lit.」（去年是王際真的課），即等於第五年中文，學生三人，我用中共出版的

---

[2] Lily Winter: MA. Associate Professor of Chinse, Department of Asian Languages, University of Hawaii.

[3] Thomas Copeland：不詳。

《魏晉南北朝文學史參考資料》當教材，藉以自己多有讀古書的機會。

給建一的手提包在她生日收到，她很喜歡，謝謝。建一每次生日or過Christmas，Carol總買了不少禮物，很把她Spoil。我們小時候，玩具絕少，我記得有一種木塊玩具，可以翻成六張動物圖，此外就是玩象棋軍棋之類。

*China Quarterly* 專號已由Praeger印成一本書，title，*Chinese Communist Literature*，不知你已見到否？*The Wilting of the 100 Flowers*，經你介紹，我已一讀，此公讀工程，而對詩、心理學理論很熟悉，很使我佩服。可惜他is over-concerned with patriotism，覺得某方面中共的目標和愛國者的目標是一致的。我對「工業建國」之類問題，一向不感興趣，在這一點，莫君是比較typical的。這本書是胡適、林語堂寫不出來的，在這一點上可看出我們這一代intellectuals是比較成熟了。（你的新作我order了三冊，de Bary你已和他認識，可以親自送他一本，較妥。）

看了*Sanjuro*，發現許多演員是Kurosawa的班底。看了*Mutiny on the Bounty*④，Tahili一段拍得很好，mutiny一場也拍得很精彩。但Brando硬要把「Mutiny」當作「*Billy Budd*⑤」那樣的深刻文學作

---

④ *Mutiny on the Bounty*（《叛艦喋血記》，1962），歷史劇情片，路易士·邁爾斯通導演，馬龍·白蘭度、特雷弗·霍華、理查·哈里主演，是舊片重拍（1935年查爾斯·勞頓、克拉克·蓋博主演），米高梅發行。是根據1989年真實事件所拍。

⑤ *Billy Budd*，即*Billy Budd, Sailor*（《水手比利·巴德》，1924），美國作家赫爾曼·麥爾維爾（Herman Melville）的遺作，在其身後由雷蒙德·M·韋弗（Raymond M. Weaver）編輯出版，成為美國文學中的經典之作。1962年改編為電影*Billy Budd*，彼得·烏斯蒂諾夫（Peter Ustinov）導演，特倫斯·斯坦普（Terence Stamp）、彼得·烏斯蒂諾夫、茂文·道格拉斯（Melvyn Douglas）主演，Allied Artists Pictures發行。

608. 夏志清致夏濟安（1963年9月29日） 353

品，他是失敗了。Brando沒有語言天才，他學講British英語，講得
實在太壞，以前在*Sayonara*學南方人口音，也學不像。不多寫了，
即祝

　　近安

弟 志清 上

九月二十九日

　　劉紹銘追到一位19歲美國美女，Indiana同學，我已去信勸他
結婚。

# 609. 夏濟安致夏志清（1963年10月6日）

志清弟：

　　謝謝你的信、照片、書和雜誌。我最近工作很努力，一切都很順利，心境也很愉快。最覺滿意的是和B之間找到一種modus vivendi，彼此都很愉快，我也不覺緊張。想到過去有一段的緊張情形，這樣的成就是大不容易的。

　　先說我的generosity。這裡有一個經濟系學生Paul Ivory去年去臺灣留學，把他的Hi-fi set存在我這裡，由我使用（以及全套唱片）。此後，有一個臺灣學生要回臺灣，把他的一副新的Hi-fi要賣給我，我買下來了，價約二百餘元，照市價是很便宜的。我的一套買來了就放在B那裡，這些以前已經報導。

　　最近Ivory回來把他的Hi-fi車了回去。B問我：「你的Hi-fi要拿回去嗎？」我說：「你喜歡它嗎？」她說喜歡的。我說：「那末，keep it for as long as you like，反正我沒有聽音樂的習慣。」她就繼續用下去了。我若氣量小一點，反正我現在也不追求她，她也不算我的女朋友，一賭氣把它要了回來也可以。那樣我就做得太狠一點了。一個in his right frame of mind的男人，或者一個追求失敗而負氣的男人都會那樣做的，可是我是出奇的大量。據我的了解，她遠比我寂寞也遠比我喜歡音樂，Hi-fi給她使用，是比較合適。何況她待我的確不錯，所以這個subject也就這樣輕描淡寫地drop了。

　　最近使她高興的事是法文二次考試已及格。這次出的題目采自St. Beuve，文章也許沒有Barrault那樣隱晦。在準備法文期間，她很緊張。我那篇義和團沒有找她打字，由我拿到校外找人打的。（《下放》完全是她打的。）

　　等她考完法文，結果揭曉之後，我請Ivory吃飯，請她作陪。

她並不忸怩，她和Ivory他們原來認識的，Ivory現已為經濟系
Assistant Prof.，算是加大的傑出人才。那天是九月卅日，我問她
什麼時候去接她，她說五點鐘就空了。我還以為她不喜歡和我單
獨出去，我說六點鐘我去她家找她（晚飯定的是七點）。六點鐘到
她家，她已打扮好，預備出去了。我說先去have a drink吧？她欣
然。因此我們先到金山一家酒店Tosca喝酒，談話很愉快，內容讓
我慢慢再說。

　　九月卅日是Trilling簽字的那一天，也是 *The Group* 寄到的一
天。我事前已告訴她有這麼一本書要送給她。那天告訴她書到了，
她說要我的inscription。那天下午我就寫了一大堆字，六點鐘時把
書送去。Inscription是這麼寫的（我去紐約前，曾送她一本法文的
*Jules et Jim*，什麼字都沒有寫。J&J，很奇怪的，我不認為一張好
電影，但B與休門太太都極喜愛之）：

To dear B:

　　As a philosophical comment on the troubled likes described
here in, and as an inscription to register my own thoughts（本想寫
"feeling"）at the presentation of this volume, acquired at a delicious
discount, which（此字所指欠明）would revive in you the fondest
memory of old New York.

　　These lines, rethinks, will be appropriate:

　　「Wer hente laben und seires Lebens froh werden will, der darf
kein Mensch sein wie du und ide. Wer statt Gedudel Musik, statt
Verguiigen Frende, statt Geld Seele, statt Betriels echte Arbeit, statt
Spielerei echte Leidenschaft verlangt, für den ist diese hübsche
welt keine Heincat.」

　　This is also to express my thanks for your thoughtfulness which brought me into acquaintance with Hesse, from whose Steppenwolf the foregoing lines are taken.

Cordially

Tsi-an Hsia

For "Cordially" 我想寫 "Pedantically"，上文確有點 pedantic，但大體上很大方，她如拿給別人看，與我亦無損。她不懂德文——我倒的確在有空的時候自修德文——一則為長進學問，二則預備進 Comparative Literature 後，可以獲人尊敬。上面那一段其實叫我看德文原文亦看不懂的——文中 darf 一字至今不知何義，她把書接過後，問道：是不是以後再要請一個懂德文的朋友把那段話翻給她聽。我把 Hesse 的書打開，把那一段指給她看：

Who today wishes to live and have joy of his life must not be one like you or I. For he who demands music instead of tootling, enjoyment instead of pleasure, a soul instead of gold, real work instead of activity, true passion instead of dalliance, this pretty world is no homeland.

她說：好得很，it applies to you and me and the book。我說：「我寫的是 du（法文 tu），也許我們的交情還不夠，但這是 Quotation，我可不負責。」反正她一直把我當作 Kindred Spirit，我就這樣「謬託知己」了。

在車上，和酒店裡，我們談了些話。她說她明年暑假拿到 MA 後，計劃去歐洲，看看母親和妹妹，並問我：「你有計劃重去歐洲嗎？」我很 cool：「當然很喜歡去，但目前並無計劃，也不會去設法鑽營。」原定的墨西哥之行，已取消了，她說她本來去墨西哥

也是預備一個人去的，她又設想用她的簡陋的西班牙文應付各種situation等。（我沒有問她關於Maurice以及心理分析家的事。）

在（京滬）飯店裡，看我的大方，我相信無人猜得出我有（或曾有）追她之意。客人是Ivory與其妻Carol，兩個從臺灣孤兒院領來的臺灣小兒（一男一女），Center Office負責人Joyce Kallgren與其夫Edward，另外是史誠之——香港友聯來的，Ivory要見見他。我堅持要Ivory把小孩帶去，Joyce Kallgren是個母愛極強的女性（為人高大）。B，我說（jokingly）是個experienced baby-sitter可以幫忙。男孩子已經會跑來跑去，女孩子還很小，Joyce用她粗大的臂膊抱了她一陣。飯後，史與Kallgren一對先走，B和我和Ivory一家再去Tosca喝酒。走去時，那小女孩是由B抱的，她的確很喜歡小孩子。

回來時又是我們兩人在車上。我們談起adoption of children，她說可惜的是單身人不許領孩子，否則她很想領一個，我說孩子當然比Roy（她的貓）好多了。我又說：「Children are only to be tolerated.」她說：「Mr. Hsia, but if they are your own children...」我故意製造了這樣一個情況，引起她種種思想，我又故意顯得冷酷。也許我該顯得溫柔一點，但對付女子，男人該如何表現，也是很難說的。我仍舊十分喜歡B，但那種痛苦的passion是沒有了。現在也許是另起爐灶，換一種態度來對付她了。

昨天*PR*寄到，我送了給她，事前我已告訴她，並說很抱歉不能從N.Y.回來時帶歸。她看看又高興又好笑，她說：「英文系不知多少人要羨慕這個簽名了！」她又說：「Don't do that to a foolish miss again!」「Trilling怎麼給陌陌生生的人也寫上了sincerely?」我是一副抱歉的樣子。我：「Please pardon my folly.」她：「I appreciate it!」無論如何，謝謝你的幫忙。T氏那裡，不便提我的名字，就說B.W.謝謝他吧。

　　這樣子B和我總算還維持一個正常的友誼的關係。這在我是一個大成就：我一點也不覺得bitterness，也不存在什麼希望或幻想（希望這封信不引起你和Carol的希望或幻想），我只是待她好，並且顯出君子作風而已。（她自以為把我——以及天下所有男人——都看穿了的，這點我很不服氣。）

　　上信發出以後，Anna那裡只去過一次，她那裡實在沒有工夫多去。紫禁城那裡，只有Anna一人我覺得有意思，此外一無可取，這也是使我少去的原因之一。附上她的照片一張，看樣子可比Rochelle Hudson，而比Debra Paget來得美。她臉上沒有痣，那黑點是印刷之誤。（拍照的人特別要顯出她的「健壯」來，事實上她是體態輕盈的。）印那照片的報紙，我買來後（買了三份），我去找她簽名，並請她吃飯（那是在請B吃飯之前）。她的英文字跡倒很挺秀的，但寫了To my dear friend T.A.（她叫我T.A.）以後忽然擱筆不寫了。我說：Clichés多得很：with love或with best regards都可以的。她說：「給朋友用clichés是個insult，我要把我們的關係precisely的寫出來。」我就問她：「你知道T.S. Eliot嗎？」她：「Isn't he a poet？」她又說：「很奇怪，這個名字在午睡時忽然出現。現在你又提起它了。」我問她要不要我送她一本Eliot詩集？她說好的。我談了幾句Eliot論precision的話。因此，志清，又要麻煩你了：Harcourt新出的Eliot集子，請你替我跟Anna各定一本如何？錢我可匯上。

　　Anna還在想題詞，我看見報上用Dazzling一字形容她，我就指着這個字說這：「Why not play on this word? "To my dear friend T.A. in whose eyes is the blinding light"？」她如獲靈感，後來是這樣寫的：「To…I am dazzled by your devotion. Your admirer, Anna Lea.」她自稱Admirer，在我是受寵若驚了！devotion一字是怎麼來的呢？那是在討論「precise description of our relationship」時，我這麼說

的:「On my part, it is sheer devotion...」她就套用上了。

Anna在show girls中算是趣味不俗的一個（她說Cole Porter有一隻"Cynical"的歌：I smile like a show girl...），她使我很快樂，我也不敢作進一步的打算。B的背景雖複雜，我至少知道得已很清楚，Anna的背景，不論簡單也好，複雜也好，要知道是很難的。但她從沒結過婚，這是Coby knew for sure的。年齡呢？only hint是她曾投票選Nixon。這幾天，因為在B那裡得到些安慰，想不到去Anna那裡，但下星期（也許再過一個時候去）擬再去一次。她也算是個有志氣的女孩子，白天在讀「cosmetology」，讀完學程後，將來預備開個美容院。我預備在紫禁城再請她幾次，然後在外面date她。現在的表示：（一）盡可能的devotion；（二）無求於她，免得她搭架子，她這種女孩子搭起架子來也很難對付的；（三）慢慢建立intimacy，表現我的老成可靠。至於我的學問和wit，對於她也許是相當dazzling的。

像Anna這樣一個女朋友，在我也很需要。苦悶時可以去談談（這些日子可毫不苦悶），有了她，我對別的女子態度可以更大方更自然。假如我對B十分喜歡，那末對Anna只有三分喜歡，其他女孩子大約一分都不到。

我精神上要的出路，還是在工作。《義和團》寫完，但不預備把稿子寄給你看了。該文毫無道理，但是想起我可以嚇嚇sinologists們，心裡還是很得意的。Annals已出版，日內擬寄你一本。這本書的出版日期和《下放》隔得如此的近，更顯出我的productivity與versatility，想來也很得意的。《下放》內容枯燥，恐怕你是看不下去的，如無暇，請不必讀它。de Bary那裡也不預備寄了。但是該文材料之豐富，research之thorough，也是夠可以嚇嚇Doak Barnett之流了。這幾天在仔細重寫〈魯迅〉，篇幅擴充了一倍，添了些新的意思，使我的立論更穩，文章更顯得polished，三五天之內擬請

B打出，寄給*JAS*。Rhoads Murphey①來信說，如於十月十五日左右寄出，可望於明年二月份發表云。

堆積着的事情，一想起不寒而慄：

（一）蔣光慈以及我的那本書——華大希望我於明年暑假之內，把全書MS弄舒齊。他們願意於明年二月起就請我去華大，專為寫書而工作。

（二）Comparative Lit.的那門課（定明年二月開）——目前還毫無準備。Literary Cross Currents in 20th Century China——那該看多少書呀？關於Bibliography方面的材料，如有看到，請隨時賜寄。

（三）十一月中，Center請我講Chinese Intellectuals Today（「百花」之後）尚未準備。Mu Fu Sheng之書的確是一本好書。我們不贊成「富國強兵」之說，但為客觀報導起見，此事是很重要的，因為很多人相信它的。

（四）明年四月，Stanford與San Francisco State College聯合辦的什麼Lecture Series，請我講Leftist Literature in Modern China，此題目寫好後，可以做我的書的introduction，所以答應下來了。但不知時間忙得過來否。

（五）又是明年四月，世驤舉辦的大會，總題目定為 "Chinese Myth of Fictional Imagination"。他自己講《離騷》——認為《離騷》不是事實的autobiographical的記錄，而是作者幻想的表現——這是

---

① Rhoads Murphey（羅茲‧墨菲，1919-2012），美國學者、亞洲史地專家，哈佛大學博士，曾任教於華盛頓大學和密西根大學。長期擔任亞洲研究協會（Association for Asian Studies）執行理事，《亞洲研究》（*Journal of Asian Studies*）雜誌編輯，代表作有《上海：進入現代中國的鑰匙》（*Shanghai, Key to Modern China*, 1953）、《外來者：西方經驗在印度和中國》（*The Outsiders : The Western Experience in India and China*, 1977）、《亞洲史》（*A History of Asia*, 1992）、《東亞新史》（*East Asia: A New History*, 1996）等。

對《離騷》看法很重要的修正，他的文章必將成為很重要的一篇。他另外定了三篇文章，Stanford那位Hanan[2]預備講《平妖傳》，我思索了一下，預備講《西遊補》（董說[3]著），還不知道講些什麼東西，大致是「癡人說夢」吧。世驤希望你於中國舊詩與舊小說範圍內，挑一個題目講，頂好是和「神話」與「下意識」有關係的。你的題目很多，講過後的稿子還可以在你的書中派用場。請早日決定後告訴他。

（六）Center方面至少還得完成一篇Terminological Study。

因此之故，MacFarquhar方面的諾言，只好暫不兌現。芝加哥之會經考慮後，也不預備去了。一則Center的錢只容許我開一次會，去了華盛頓就不能去芝加哥；再則，實在沒有時間再寫一篇文章了。給夏威夷的回信，日內預備寫。

最近電影看得很少，等一下預備去看 55 Days（P.S. 拍得不壞，比預料的好）。我對於義和團已成半個專家，看了想可以更有意思。程靖宇得子，已來信報導，滿紙是「驕傲的父親」的快樂的口氣，五彩照片的確都很好，父母親看見了一定很高興的。對中國小姐們也許我也會發生感情，但主要條件是要先有intimacy，但我現在不會特別努力製造intimacy了。和中國小姐來往，似乎所有的中

---

② Hanan（Patrick Hanan，韓南，1927-2014），美國漢學家，紐西蘭人，倫敦大學博士，哈佛大學中國文學講座教授，在《金瓶梅》、《紅樓夢》和中國近代白話小說與翻譯方面成果斐然，代表作有《中國短篇小說》（*The Chinese Short Story: Studies in Dating, Authorship, and Composition*, 1973）、《中國話本小說史》（*The Chinese Vernacular Story*, 1981）和《創造李漁》（*The Invention of Li Yu*, 1990）等。

③ 董說（1620-1686），字若雨，號西庵，浙江烏程人，明末小說家，明亡後改名歸山，出家靈巖寺，法名南潛。其人博學多才，曾成立「夢社」，著《昭陽夢史》，以喻現實。一生著述繁富，惜多不傳，今有文集《董若雨詩文集》、日記《南潛日記》和小說《西遊補》等行世。

國朋友都在那裡關心，這使我很窘。像我現在這樣，一切都操之在
我也。再談　專頌
　　近安

濟安

十月六日

Carol和Joyce前都問好。

［信封背面］謝謝你破費定［訂］了三本《下放》

# 610. 夏志清致夏濟安（1963年10月19日）

濟安哥：

　　這星期一連收到你三篇大作（書兩冊，一本送de Bary，一本送Doak Barnett，你覺得妥否？），極為欣慰。昨天晚上把《下放運動》精讀了一遍，結果時間晚了，連回信也沒有寫。這篇專論，research之thorough，採用書報之廣博實在嚇人，中共專家中，《人民日報》看得這樣熟的，實在沒有第二個人。而你把「下放」運動分析的精到，terms解釋的清楚，中共社會實情的熟悉，更無人可比；文章的老到，全文的結構整齊，引人入勝還在其次。據世驤的導言，你研究材料之多，還可以在第二篇專論上派用場。我覺得關於中共文字方面再寫一篇文章後，可否勸世驤他們主持人把project研究範圍擴大，改名Current Chinese Language & Literature Project，因為你《公社》和《下放》兩篇文章已把中共製造新terms的方法和motivation說得清清楚楚，以後在理論方面可能不會有什麼特別新的見解，而在文學方面，你要講的道理還是很多，很多，而且不必多看報章，浪費時間。你以為如何？最可能的當然是你把書的MSS交給U. of W. Press後，你在加大（or華大）改聘為教授，不必再管Center的研究工作了。今年繼Chinese Quarterly兩篇文章後，最近兩篇巨著同時發表，學術界一定大為怔［震］驚，但學術界主管人中忌才者較多，你這樣brilliant、productive，人家反而不敢approach你，所以明春開課後，能加入比較文學系成為Permanent Staff最好。我想華大對你很有誠意，你把書寫成後，他們一定會聘你去教書，那時再同加大去negotiate，一定可得到較理想的安排。哥大已人滿，要待蔣彝退休後（五年後），才有中國文學方面的opening；B. Watson去日本後，很後悔，要想重返哥大，

也不可能，雖然他是哥大的 "favorite son", de Bary 極器重他的。

　　"The Chinese Images of Russia" 還未好好重讀，但你同 Schwartz、Halpern、Dallin① 在同一刊物上有文章發表②，正好和他們一爭短長，他們的文章我還沒有看，但想來他們的分析和理論都跡及老生常談，不像你這樣可以一新讀者眼界，供［貢］獻新的意見。〈魯迅〉譯文 expanded 後，更為精彩。魯、周、胡三人的合評，可算定論。周作人的後期作品我從未 systematically 讀過，但看他早期的《人的文學》，他實在是個 rationalist，以後悲觀而跳出政治文壇上的糾紛，但崇拜理性的態度未改。那你這篇文章無疑是研究魯迅最好的一篇 critical essay，而且文章 eloquent，在 *JAS* 上可算 set 一個 new standard，*JAS* 的 articles 普通皆極沉悶，除有關中國文學的外，我一概不讀。

　　你同 B 已恢復很親熱的友好關係，甚慰。她是個好女子，你追到她，將來生活一定很美滿。她對你的學問為人早已佩服，你愛她的誠意她也很 appreciate（否則她不肯長借你的 record player），再花一年半載的工夫，我想她會 surrender 的。你目前的作風很對，但見機行事，她給你 encouragement，date 的次數即可加勤些。你們

---

① Dallin：即 Alexander Dallin（亞歷山大·達林，1924-2000），美國史學家、政治學家，與亨利·季辛吉中學同班，哥倫比亞大學博士，曾任斯坦福大學國際史講座教授、俄國與東歐研究中心主任，哥倫比亞大學國際關係學講座教授、俄國研究所主任，代表作有《世界事務中的蘇聯引導作用》（*Soviet Conduct in World Affairs:A Selection of Readings*）、《德國在俄羅斯的統治，1941-1945：佔領政策研究》（*German Rule in Russia, 1941-1945: A Study of Occupation Policies*）。
② 這幾篇文章依次是夏濟安的 "Demons in Paradise:The Chinese Images of Russia"，史華慈的 "Sino-Soviet Relations:The Question of Authority"，哈爾彭的 "The Emergence of an Asia Communist Coalition" 和達林的 "Russia and China View the United States"，均發表於 *The Annals of the American Academy of Political and Social Sicence*, Vol. 349, Issue,.1《美國政治科學院年鑑》第349卷，第一期。

可以多討論明夏假期的計劃，假如她答應同你去墨西哥 or 歐洲玩兩三個星期，事情即可算定局了。你爭取到她的同意，你們的關係就可算更進一層了。Anna 照片上看來的確很可人，是 Lee Remick 一型的。Debra Paget 我一直不覺她美，Anna 當然比她美多了。Anna 人很甜，你這樣的 admirer 她當然是歡迎的，而且心上也期望你能對她表示 devotion。她 flatter 你的 ego，增加你對女孩子相處時的 confidence，實在是你的良友，但目前你同 B 相處很好，你兩三星期去一次紫禁城即可以了。單獨 date 倒可以 try 一次，她首肯的話，表示她對你很有意思，兩人單獨談話，她向你 confide，也是人生一大樂事，Maria Chow 最近又搬了一次家，看她的電話號碼，似已搬去 Long Island，定書比較麻煩，我們不想 cultivate 她的 friendship。所以 Carol 決定不去麻煩她了。我在哥大 Bookstore 買書有八折可打，你在加大 co-op 想也享受同樣權利，也貴不了多少。Eliot 詩集，你自己去買一本吧，很抱歉。哥大中國同學會開會，見到不少年輕的女孩子，有一位 Sylvia Fei③（費宗清），是張心漪④的女兒，也是臺大畢業的，比陳秀美她們更晚了一兩年。另有一位 Joanna 鮑⑤，新從印大搬來，她是陶希聖⑥公子的未婚妻。她們和另

---

③ Sylvia Fei（費宗清），是費驊（1912-1984）和張心漪的女公子，臺大歷史系畢業。

④ 張心漪（1916-），生於上海市，曾國藩曾外孫女，費驊之妻，畢業於滬江大學，抗戰後赴臺，先後執教於臺灣師範大學、臺灣大學，研究領域是英國文學，也從事翻譯與創作。代表作有《心漪集》等，並譯有《林肯外傳》、《美國名家書信選集》等。

⑤ Joanna 鮑，即鮑家麟，史學博士，著有《中國婦女史論集》、《伯駕與臺灣——傳教士與中美關係個案研究》、《婦女問題隨想錄》等。

⑥ 陶希聖（1899-1988），原名陶匯曾，學者、政治家，早年任教於中央大學、北京大學等高校，後棄學從政。1940年在著名的「高陶事件」中與高宗武逃至香港，揭露汪精衛賣國條約。1941年赴重慶，出任蔣介石秘書，《中央日報》總

一兩女孩子今晚我們請吃晚飯。

上星期重翻《天下》，一篇書評（載1936~1939卷）上提到幾個titles，對你course可能有幫助：

> Un siècle d'Influence chinoise sur la littérature fransaise (1815-1930), par Hung Cheng Fu, Docteur des lettres de I'U. de Paris (Les Editions Somat Montchrestian, Paris), pp.280, 1934；Chen Chuan, Die Chinesische schöne Literatwz in dutscher Schriftum (Inaugural-Dissertation, Kiel, 1932)；W.L. Schwarz, *The Imaginative Interpretation of the Far East in Modern French Literature*, 1800-1925 (Paris Phampion, 1927), p.246

我的印象是討論文學方面cross currents的書，內容大抵很浮淺，沒有什麼深切的見解，lecture預備的精彩，你自己得費很大的工夫。R. Wellek *Concepts of Criticism*[7]（已有paperback出版）中有一節討論美國廿世紀初期的文學進化論，胡適顯然受這一派的影響，你可作參考。In fact，胡適的文學進化論是篇現成文章的題目。我德文較好，雖然好久沒有看德文書（darf=may），法文祇花過二個半月的時間攻讀，那時記性好，可以看淺近的書，現在都忘光了。但自修一下文法和verb的forms，讀法文我想是不困難的，我日文沒有野心（至少現在）弄，但很想把法文自修一下。

主筆，為蔣介石起草《中國之命運》。1949年後赴臺，歷任總統府國策顧問、國民黨中央常務委員會委員、《中央日報》董事長等職。著有《婚姻與家族》、《陶希聖日記》等。

[7] *Concepts of Criticism*（《批評的概念》），韋勒克的代表著作，重點闡釋了文學批評與文學理論、文學史的區分以及文學批評中主要概念的定義，是20世紀文學研究的經典之作。

你德文以前花過一些工夫，現在重新溫習，並不太困難。這學期教一門第五年 language（文言），學生程度不夠理想，上一年文言是 Bielenstein 教的，他教得很慢，學生沒有什麼長進。不久前他 prepared 了幾段文言準備給學生考 Ph.D. 翻譯的，考卷上韓愈寫作韓俞，我指出錯誤後，他還要 proof，豈非笑話？我的三位學生一星期只能準備六首短詩，上星期我 assign 了〈五柳先生傳〉、〈歸去來兮〉、〈詠荊軻〉，他們就不可能讀完。

明春 ASS 的 panel，世驤定的題目很好，你既講《西遊補》，我就講《西遊記》，你覺得如何？《西遊記》中的妖怪，他們的行為用人種學的眼光來看，很有意思。題目尚未定，可能討論 comedy & the unconscious 的關係。我很想寫一篇 "The Novel as Comic Fantasy：Some Chinese Examples"，但要多看幾本書，讀 paper 的時間很短，討論不能充分。中國小說和天方夜譚的關係也值得研究，但目前材料不夠。假如你和世驤同意，我就暫定《西遊記》為我 paper 的題目。正式 title，隔幾天再通知世驤。MLA 的小說 panel，我預備討論《金瓶》，但每人 allot 的時間更短，不能說多少話。Panel 上有 Hans Frankel，不知 Cyril，世驤有沒有興趣參加。

你 commitment 這樣多，的確最近幾月的生活要弄得很緊張，希望多 relax，不要 work too hard。我教了一年書，今年功課準備方面可以輕鬆些，但對舊文學興趣愈大，中共的情形更完全隔膜了，讀你的《下放》，知道了不少東西。Carol、Joyce 近況都好，再談，即祝

秋安

弟 志清 上
十月十九日

# 611. 夏濟安致夏志清（1963年10月22日）

志清弟：

　　來信收到。《下放》一文我認為是很枯燥的，想不到你給它很大的讚美。該文長處是在「結構」，我在這麼多煩瑣的材料之中，整理出一個系統出來，自以為是一個成就。你能欣賞這一點，我很高興。看《人民日報》，在我是消遣，這裡Center能找到這樣一個以研究為消遣的人，也是它的運氣，但材料看得越多，編排越難，而我的頭腦是喜歡系統的，所以在這方面得多花些匠心。老實說，我很不喜歡過去李祁那樣隨便摘錄一些terms來解釋，弄得字典不像字典，研究不像研究。研究的特點，一則要顯出研究員的搜集發掘材料之勤，二則要顯出他的智力。很多研究人員（包括JAS的投稿者）的智力不過平平而已，所以研究出來的東西也沒有什麼價值。

　　該文送de Bary or Doak Barnett很好，de Bary不知有沒有工夫看（我認為送作品給人是「虐政」，學術界知名人士如趙元任、Fairbank等一星期內恐怕不知要收到多少篇reprints，我懷疑他們怎麼有工夫看的）。Doak Barnett假如尚未看過該文，看到了想必很喜歡的。

　　你給世驤Panel定《西遊記》為文題，很好。我所以選一本冷僻書，因為那種討論會時間很短，重要的書很難討論，只好挑一個小題目，講它30分鐘，把要點略述而已。

　　你如給世驤寫信，千萬不要為我的事情做說客。我做人的長處是瀟灑，即把世俗之事看得平淡，這是我好不容易建立起來的image，希望你不要給我破壞。父母之間，父親比較瀟灑，而母親太不瀟灑——如借出東西要討還、巴結大人物等——我看見了心裡

一直很氣。我如結婚，希望我的太太對我career的關心，只是放在心裡，不要出諸言，更不可現之於行。我頂怕的女子是中國小資產階級自命有「幫夫運」的女子，這種人將給我帶來很大的麻煩。（B對於學校裡的什麼首長權威等根本看不大起。）

我近年運氣不差，到了美國，而且拿到綠卡。剩下的問題，（一）是permanent job，（二）是結婚。關於job事，我全盤信任世驤，自己什麼主意也不出。照我同世驤的交情，關於這種事情應該無話不談。別人如出於善意，代我做說客，世驤反而將覺得我在和他疏遠了。世驤是在替我在這方面想辦法，他說還要兩年，可以給我在Oriental Lang.與Compar. Lit.兩系弄到一張聯合聘書。他說了，我聽見了，我可沒有發表什麼意見。他在替我用心，我已經很感激，至於成敗，那是命運的事。假如不能來美國呢？來了美國假如又要回臺灣呢？這麼一想，我對現狀是滿意的。

世驤的language project辦得名譽很好，校外也許有忌才之人，但在U.C.我的人緣還是挺好的。很不幸的是現在研究人員是我，照我的勤奮與brilliant scholarship，我不能想像他能再找到一個合適的繼任人選。我走了，他的project一定要suffer。有一個時期，可能找吳魯芹來訓練一下接我的位子。現在吳在美國之音做事，我也曾勸他不要來加大。假如他別處能找到事情的話。別人是不可能把《人民日報》讀出滋味來，而且不斷挖空心思想題目寫文章的。憑我和世驤的交情，我不能忽視他的project suffer。偏偏我又enjoy我現在的工作。為什麼那project叫做language proj.而不叫做lang. of Lit. proj.呢？這大約是為了要敷衍Center裡一幫Social Scientists之故。Social Scientists敵視文學，而認為language研究還可馬馬虎虎。他已經和Social Scientists之間有不少摩擦了。世驤有他的苦心，我犯不着瞎出主意替他添麻煩。何況我自命多才多藝，language就是language，何必一定要literature才能顯出我的長處來呢？

看世驤為我在加大找到事情的份上，看加大（Center）為我在移民事情所做的努力的份上，我預備在Center的現職做下去。在美國這個「尖鑽」的社會空氣之下，我還想做出一個「道義」的榜樣，雖然我嘴上不必拿着「道義」來唱。唱可就cheap了。

和時鍾雯難得見面。暑假裡見過一次，她大約是想話說，對我說道：「明年是Birch的Sabbatical year了，他的課你可以代教了。」我聽見後很氣，沒有理她。這個小姐也太不聰明了。像馬逢華、胡世楨等一天到晚為名義薪水上打算盤（還要挑好大學），我和他們也是格格不合的。

我也並不怪他們。別人很難有我一套「命運哲學」，這套東西成了我生命裡的基本信念。一切由老天爺安排好，做人可以快樂得多。我相信我的做人方式是快樂的。

再講交女朋友的事。忽然又有一個女孩子跑進我生命裡來，這還是最近兩個星期裡的事。那是L。她忽然來信說，本來把我的地址丟了，碰見你要了一個地址，因此寫了這封信。她說知道我很忙，但希望我把「忙」以外的事情（meaning private life）談談。我很受感動，她過去幾年寫的信，我都沒有回覆，我如此rude，而她仍想跟我通信，我是應該回她信的了。加以最近因為交女朋友比較順利（她以前來信時，我根本不想和任何女人來往），我mood很好，所以就回了一信，是小信箋，字跡疏朗地寫了四頁，把我的生活略描寫一下，文章大約還算delightful，並且還promise：以後要「很勤快地寫回信。」這封信大約使她很不安，她也來了一封四頁的信，我又寫了一封四頁的信。她問什麼是快樂之道，我的答覆是「知足常樂」——這本是我的philosophy也。

這事情發展下去，不知什麼結果。但希望你和Carol千萬不要在這事之間，出任何的力，或者出任何的主意——你們一參加，事情就要變得複雜了。你大約可以相信：我是不會下流到去玩弄少女

的心的。L可能是佳耦——但我現在沒有把握。壓力一重——從她那里［裡］，或者從你們那里［裡］——我可能要退縮。但有一個女友通通信，輕描淡寫地瞎談談，照我現在的mood，我是歡迎的。情形暫時只能希望保持這樣，所希望於你們者：

（一）她如不來找你們，你們不要去找她。

（二）看見了她，只算她是one of the girls，不要對她另眼看待，你們任何舉動假如引起了她過大的希望，可能是殘忍的舉動。

（三）看見了她少談我的事。

（四）假如有合適的男青年，不妨也替她介紹。

總之，你們只算沒有這麼一回事。你們任何反常的舉動，可能增加我的罪戾。目前我除了寫回信以外，不能promise任何別的事。

Anna大約有兩個禮拜沒見面了。最近王世杰來美召集勞幹、李方桂等在金山開會，我交際應酬較忙，沒有工夫去紫禁城。近期內也許會去一次。Eliot詩集，此間書鋪有賣，我已買了一本。不去麻煩Maria Chow最好。其實你知道我花錢的習慣：什麼幾折不幾折，根本不放在我心上。

B方面，最近的發展，也許在交情上又進了一步，但是我是穩紮穩打，請你們千萬不要興奮。

她忽然要請客，請一桌中國菜。中國人請兩個，一個是我，一個是也在Center做事的Joe Chen，但她說希望Joe帶一個date。洋人都是她的好朋友，從Jane開始（Jane在小學（？）教音樂，我最近在yee's見過，她說以前也曾會過我，但我不記得了），有Harvey與其妻（Harvey是B過去追求過的，大約是個英俊小生），另外些名字也不記得了，但沒有Maurie，聽名字好像都是paired off的。我聽完後，就道：「Am I supposed to be your escort that might？」她笑道：「是呀！」我大為感動。我建議她請吃飯，我來買酒，她說只要wine就可以了，所以in a sense，變成我和她聯合請她的朋友

了。請客將在十一月的第一個禮拜舉行，但我已約她在 Halloween 那天晚上出去吃飯。我的 date 將「不勤」如昔，我不希望再出現一次緊張局面，再緊張一次，此事可能仍會完蛋的。（她仍每星期去看一次心理醫生。）

你以前曾寫信勸我打進她朋友的圈子裡去。我從未作此努力，但她自動要把我介紹給她的朋友們了。情形當然不就因此樂觀，但至少在她 rebuff 我以後，我這個月來的繼續比較溫和的追求，已恢復她對我的好感。

我本來想 object 把 Joe Chen 也請進去，但我沒有說。她也許覺得只有我一個中國人在一大堆洋人裡，顯得不好看。我之所以不願看見 Joe 出現，倒不是因為 Joe 對 B（or vice versa）有什麼興趣（其間並無什麼），Joe 是個向外性的很 pleasant 的上海人，他追些什麼小姐，我很清楚。但他智力不夠高到發覺我和 B 之間有什麼關係，到今天他還不知道，因為 B 的請客還沒有告訴他（我也不說）。但他將覺得很奇怪，我怎麼成了 B 的 date。此事我只好泰然處之，不能 forbid 他講出去（其實禁止他也沒有用的）。照他那種 pleasant 的上海人脾氣，一定會把 B 請客之事作為談話資料，開始在中國人圈子裡流傳，最後將傳到 Grace 耳裡。沒有 Joe 在場，我的事情還可以瞞中國人，有了 Joe，中外朋友將都知道我和 B 之間是有點密切的友誼關係了。

對付一個小姐，比對付中國人的輿論容易，至少我得準備一套話去向 Grace 解釋。幸而這次是 B 請我，我還能 shrug shoulders 地說：其間並無嚴重之事。當然我是不喜歡說違背良心的話的。這種解釋將很吃力。

事情十分明朗化了就好辦了，但現在還沒到這地步。但至少以後 Grace 如給什麼大 Party，我在禮貌上也該帶 B 去做我的 date 了。

我最近心情舒暢，mood 很好，上面所說的問題其實並不傷我

的腦筋。我也不為將來建立什麼幻想，我只是快樂地做人。過去有一段時間，我見了B很快樂，不見她則大痛苦。現在是見了她仍很快樂，不見她也無所謂。As a devoted lover，我已經大打折扣，但是就maturity而論，我是今年才懂得怎麼交女友的。我因為已脫離痛苦的折磨，所以見了B就不緊張，恢復我本來面目，做人大約也可愛一點。

　　未來的週末，世驤與Grace約我去Monterey，事情是Grace發動的，看她臉上的表情，我知道Martha也在被邀之列。我沒有說穿，但是預備硬着頭皮去了。陳穎從紐約回來後，有一個月未見，最近又來Berkeley，神情萎〔委〕頓，說要自殺，原來他在Palo Alto的女友仍不斷地和他見面，給他虐待。他在暑假裡住在Berkeley，後來又去N.Y.，Palo Alto的事算是暫時擱一擱。回校後，還是不能擺脫，而那小姐又是不顧他感情的一味「大方」，使他進退兩難。我和世驤說了：何不把David一起請去Monterey呢？世驤當然認為很好，可以給他散散心。但是Grace知道了，臉上大為不悅：她是存心要給濟安製造機會的。有了David這樣一個soliloquist，空氣將變得不如她理想那樣了。David恐怕還是會去的。其實我和Martha之事，世驤早知毫無希望，但是Grace總想繼續拉攏。我如有別的女友給她知道，她會恨那個人。我總想盡可能的不去得罪Grace──其實我是不想得罪任何人的。

　　別的再談　專頌

　　近安

濟安

十月廿二日

Carol、Joyce前均問好

謝謝《天下》裡的書目，這種資料如發現請隨時賜寄。

# 612. 夏志清致夏濟安（1963年11月2日）

濟安哥：

　　十月廿二日信讀後大喜。B對你在感情上已有作進一步的表示，這次她請客，你將公開以escort和host的身份在她好友面前出現，表示她很希望你們的關係正常化，以後在公共場所，朋友家裡以steady「情侶」的姿態出現。Halloween吃晚飯，談話想極投機，B party經過情形，下信想有詳細報導。更使我高興的是L自己和你通信，而且你已很prompt地給了她兩次回信。那次L初次見面，給我的印象很好，她比不上Lucy那樣「美」，但可能「嫵媚」過之。身段苗條，兩個酒窩很甜，為人和藹可親，而且顯然對你大有興趣。她的確向我問及你的通訊處，而且有勇氣向你寫信，至少表示她對你很有「愛慕」之意，並且表示她目前生活很寂寞，希望有這一段「友誼」的發展。L和其他五六位臺灣來的小姐都住在哥大的研究院女生宿舍Johnson Hall，我第二次和她見面是在中國學生同學會上，她沒有男朋友，我也同她跳了一兩次舞，最後她們幾位小姐有幾位男生送回宿舍，但看來都是初次見面，毫無深交。L很忙，她除在Library Service School內念書外，週末晚上在「大上海」飯館做waitress，星期六上午在中美聯誼會教中文（即暑期同Joyce上學的地方），此外還在Library做幾點鐘工作。她週末時間都給工作佔據了，無法好好地date，所以有一次她來office找我，我曾勸她少做苦工，多注意自己的social life。她很有意轉學讀history of art，而且經濟上她有她父親的朋友support，似可以好好地讀書。上次我請Johnson Hall小姐們吃晚飯，因為L得在「大上海」做工，不克參加，我就在「大上海」請客，有她照應，菜價很公道。最近兩星期沒有見到她，你的事我當然絕不討論，我想她自己也不

會啟口的。你現在愛情生活順利，和L建立一個較深的友誼也是好事。不管將來有無結婚的可能。我目前祇希望你和她不斷通信，將來你決定和B結婚or和L結婚，要你自己作主了。想不到一向在情場內很少涉足的你，目前有好幾位小姐對你大有興趣，而且在你結婚前後，她們中一定有人要感到「落選」而痛苦的。

我最近的大事是把香煙戒了。十月二十日星期日家中沒有煙，我到drug store去買了Bantron之類的戒煙藥（前幾天曾在雜誌上看到Quentin Reynolds endure Bantron的大幅廣告），我抽煙太兇，每天兩包出頭，可能三包，自己感到disgusted，所以當天立志，結果發現戒煙很容易：頭三天我買了兩小盒五支裝的Robt. Burns作替代品，每天抽兩三支，同時服了tablet，的確煙癮大減，三四天內我祇服了五片Bantron，同二三顆同類性質的End-Hob lozenge，即把香煙戒掉，所以上星期我特別高興，我will power並不大，竟能把十八年來的惡習慣conquer了。這星期過得也很好，雖然不抽煙打字寫文章的難關還沒有pass。如今天給你寫信，文思不來，又去買了一包Robt. Burns，抽了一支。希望以後寫文章需要抽煙作crutch的慾望也能除掉。不抽煙後，人不容易疲勞，晚上睡得晚，早晨醒得早，但可能因此有時睡眠不足。晚上讀書似也有想吃零食的compulsion。種種惡習慣，還得好好調整。我想不抽煙，ultimately可使我less nervous，健康也可大為增進，雖然目前有時感到因不抽煙而造成的nervous tension的時候。以前Cleanth Brooks抽煙極兇，後來經醫生勸導，竟把煙戒掉，使我對他大為佩服。事實上，我很有潔癖，對dirty ashtrays，stale smokes相當厭惡，戒煙後，平日呼吸的空氣也乾淨些。

你在Berkeley不爭取教書or appointment態度很對，但事實上你既已允許世驤代你想辦法，有時偶一談及此事，也無傷大雅，否則故意studiedly unconcerned，反覺不自然了。下半年cross currents

那一課教得一定很精彩，那時比較文學系 trust 你，弄聘書事想不難。Howard Boorman 今年 project 結束，我想他也在找事，他雖徒有虛名，人緣也不差，但在第一流大學，找一個 job，也頗困難。你的書一本送了 de Bary，一本送了 Martin Wilbur，D. Barnett 研究中共，自己一定會定一本看的。Martin Wilbur 雖也研究中共，你的寫作可能以前未加注意。我同 Barnett 很少有來往，對其他中共專家來往也很少，自己多看舊書，中共近況極少注意。

今天讀報，美政府 coup 成功，Diem①、Nhu②自殺，Kennedy 對付 Diem 政府的作風實在是不可 forgive 的。兩三星期前，星期六，我看到哥大 campus 對 Mme. Nhu③的 picketing，那些衣服不整的男女青年（Zeno 大概不少），看到後大為厭惡。事後知道 Mme. Nhu 來哥大演講，所以有人 organize picketing。Mme. Nhu 講話直爽，似乎太天真，但她的 courage 是值得我們佩服的。*National Review* 最近一期有 Claire Booth Luce④寫的專文「The Seven Deadly Sins of

① Diem，即 Ngô Đình Diệm（吳廷琰，1901-1963），生於越南順化，越南政治家，第一屆越南總統。天主教徒，曾任阮朝首相，1955年在美國的支持下發起嚴重舞弊的選舉，廢黜阮朝末代皇帝保大，成立越南共和國並出任總統。因為對佛教徒的迫害政策而遭到激烈抵抗，最終被楊天明（Dương Văn Minh）將軍在美國默許下發動的軍事政變推翻，與弟弟吳廷瑈一同被阮文絨（Nguyễn Văn Nhung）刺殺。其遇刺標誌着美越同盟的解體，越南共和國也隨即走向覆滅。

② Nhu，即 Ngô Đình Nhu（吳廷瑈，1910-1963），吳廷琰的胞弟及主要政治顧問，對南越陸軍特種部隊和人民革命勞動黨有實際控制權，在1963年的政變中與其哥哥一同被殺。

③ Mme. Nhu，即 Trần Lệ Xuân（陳春麗，1924-2011），吳廷瑈之妻，因為吳廷琰始終獨身，以及吳廷瑈的巨大權力，陳春麗成為實際意義上南越的第一夫人。因為其對佛教徒以及美國干涉的猛烈抨擊，在1963年政變後流亡法國。

④ Claire Booth Luce（布萊恩·布思·盧斯，1903-1987），美國作家、政治家，報業大亨亨利·盧斯（Henry Luce）之妻，政治保守主義者，以鮮明的反共立場著稱，是美國歷史上首位派駐海外主要國家的女性大使。作為發言人參與了從

Mme. Nhu」，可以一讀。Luce和Buckley發生關係是第一次，美國
最反共的，除refugees外，即是天主教徒。而Kennedy惟其Diem一
家是天主教徒，而要disown他，表示自己辦事「公正」。Joyce、
Carol近況都好，下星期王世杰⑤來哥大。再談　即祝
　　近安

弟 志清 上
十一月二日

溫德爾·威爾基（Wendell Willkie）到隆納德·雷根（Ronald Reagan）的每一屆
共和黨總統候選人的競選活動，同時也是一位多才多藝的作家，代表作有戲劇
《女人》（*The Women*, 1936）等。
⑤ 王世杰（1891-1981），字雪艇，湖北崇陽人，外交家、教育家，巴黎大學博
士，回國後任教於北京大學，與胡適等創辦《現代評論》周刊。後從政，歷任
法制局局長、武漢大學校長、中央設計局秘書長、外交部長等職，1945年率團
赴蘇聯簽訂《中蘇友好條約》。1949年赴臺後繼續從政，歷任總統府秘書長、
中央研究院院長等職。

# 613. 夏濟安致夏志清（1963年11月5日）

志清弟：

今年暑假分手後，我曾說返白克萊後要少交女友，但最近為女友事大忙，情形大致尚好，心也不亂，請你放心。一切且聽上帝的安排吧。（關於Monterey的一個小笑話：世驤在AAA定了一個Motel，Motel名字叫做Bide-a-wee，回來告訴Grace，Grace聽不清楚，世驤把Bide-a-wee怎麼也念不清楚。）

先說10/26、10/27週末Monterey之遊，我總算表現得很像個gentleman，但我一舉一動一言一行，Grace似乎都在推測有沒有「愛」的表現在內，這使得我很self-conscious，因此精神有點緊張。精神一緊張，「愛」更難發生，Grace的安排還是不聰明。主要原因當然還是Martha對我不夠attractive，她實在是個很好的女子，智力為人都很好，就是不夠attractive（這當然是主觀的判斷），和她在一起沒有什麼樂趣，加以我敏感地覺得：假如我多表現一些殷勤，我的用心將被誤解；所以我只好顯得冷淡。

在Monterey我還做了兩件treacherous的事情：一、是偷偷寄了張明信片給Anna，Grace看見我寄的，我只說是寄給志清的；二是偷偷買了個蝴蝶標本（十月間大批蝴蝶從Alaska飛到Monterey附近的Pacific Grove避寒，乃加州一勝景），帶回來送給B。假如我把給Anna和B的心的一半，用在Martha上，Grace恐怕要高興得跳起來了。

過去幾天，想Anna的時候較多，她在我心上的份量，已比過去增加。上信發出後，我又去看了她一次（送了她T.S. Eliot），約了個date，乃是星期六白天（1½）去看俄國Bolshoi Ballet①。我約date還是不習慣，雖然約妥了，心裡還有點緊張。其實我看見了

Anna是不緊張的（看見了B更是心曠神怡），但date是個束縛：我寄託了很多的希望，又怕臨時變卦等。還有到那種大場面去，被人發現等，想起來也有點緊張。腦筋裡被那種思想佔有着，所以在Monterey我主要想的還是Anna。

昨天是date之日，我中午去她家（在金山）把她接出來，看完戲在Tosca（我同她說：「你在金山一定去過很多『吧』，讓我帶你去My favorite Bar」，Tosca是比較高尚的地方，她好像沒有去過）暢談，感情似很為增進，後來把她送到紫禁城。我對她說：「這是我第一次在natural light下看見你，過去只是在燈光下，我常想在日光下你將是多麼的美，but reality surpasses imagination。」她說：「T.A., you are very kind.」其實她缺乏B臉上所有的一種文秀之氣。

Anna是個傑出的女子，非但智力遠超出紫禁城的一輩鶯鶯燕燕，我相信加大女學生也很少有人能比得上她的。我過去曾問過她一個問題：「What do you think of the Beatniks?」你且想想看，這種問題叫加大、哥大或者Potsdam的女學生答覆起來，恐怕她們說不出個所以然的。但Anna不加思索地說：「They are the worthless elements of society.」我又問她：「What kind of people do you like?」她：「I respect those who respect themselves.」說話生辣得很，但顯得其人對於很多問題都曾經想過，而且有很強的moral fiber。

又有一次，我的酒肉朋友老蕭酒後向她絮叨，說T.A.怎麼怎麼地愛她想她等，她面孔一板，把他罵回去：Is there nothing in life that you hold sacred?（她已命令老蕭，以後不許在她面前提我的名字。）

---

① Bolshoi Ballet（莫斯科大劇院芭蕾舞團），譽滿全球的古典芭蕾舞團，1776年成立，位於莫斯科大彼得羅夫大劇院（Bolshoi Ballet），是世界上最古老的芭蕾舞劇團之一，與位於聖彼得堡的馬林斯基芭蕾舞團（Mariinsky Ballet）並稱為世界上最優秀的芭蕾舞團。

這種話她理直氣壯地脫口而出，足見她是有點moral convictions的。

T.S. Eliot她是不能全看懂的，我也不expect她看懂。但我在書前的inscription不妨抄在下面：

> This is a book that shows no mercy for shams but treats sacred subjects reverentially. Do not expect to find these clichés, which I understand you do abhor;（我叫她簽名，她說她不願寫clichés）be ready rather to admire the poet's ability "to see beneath both beauty & ugliness: to see the boredom & the horror & the glory." I hope you will find in Eliot a kindred spirit, because your beautiful eyes have already seen much of what is so neatly expressed here.

她對於這幾句大為欣賞；她既然對moral問題曾加考慮，她內心的苦悶大約沒有一個朋友（男或女）曾經像我這樣的去接觸到的。

Bolshoi是個了不起的Ballet班子，似乎比我去年看過的Leningrad班子好。看完後，她在Bar裡對我說：「觀眾大鼓掌叫encore，我真不希望他們來encore；跳ballet是多麼吃力的事，第一次演得好，在encore時，就不一定能保持最高的水準；為了觀眾為了演員，頂好不要有encore。」這種敏感的地方，我自歎不如。你可想像她是個聰明而好心腸的女子。（在休息時間她沒有站起來散步，碰見熟人的機會大為減少。）

我們談了很多話。她似乎非常關心我對她的看法；她承認她有很多personalities，但真能認識她的好像只有我一個。我給她的assurance：You may go on with your social activities and I may go on with mine; but I believe that somehow you will return to me and I will return to you.（她還追問我對她印象如何？我說：you are the most likeable, the most lovable person to me.）

　　你上次來信鼓勵我去單獨 date Anna，你說「彼此 confide in each other，是人生很大的樂事。」那時候我並沒有把握她對我到底有多少信任，但她實在是當我好朋友看待的：她在紫禁城把我介紹給別人時說：「My very dear friend T.A. Hsia」，另外一人就只是介紹名字而已。

　　我們談到婚姻問題，她說人家都當她是 "sweet little thing"，其實她已經 29 歲（一點也看不出來！假如她不說她曾投票選舉，我以為她只有廿一、二歲，後來我以為她頂多 25 歲），女人的本份是結婚生孩子云。她又說：「好像是誰說過的：Anatomy is destiny，因為我的長相，反而交不到知心朋友。」

　　她學過畫，曾經飯也不吃的花十六小時畫了一幅畫——她稱之為 therapy。她記日記。她說前幾天（星期一），她還給自己寫了四頁長的信——她常給自己寫信。我問她有沒有時候覺得 depressed，因此大量喝酒；她說大約一個月有一次。我問：為什麼會感覺到 depressed 呢？她說：Personal reasons.（她是在天主教環境長大的，現在仍是天主教，但不大去教堂。）

　　我當然將繼續 date 她，紫禁城也不必常去了。（她將於 12/21 quit，然後去 L.A. 家裡渡［度］假兩星期再回金山，前途茫茫。）總算在 B 之後，我又找到一個紅顏知己。我如用力追求，也許會同她結婚。她真是出污泥而不染的女子，但討到家裡，我將如何應付她那些 show girls 的朋友們？And what would Grace think of the affair?

　　Anna 之事緊接 B 之事，我避免了不久以前犯過的錯誤。我對付 Anna，自信很體貼而大方，現在已經贏得她的尊敬（她說：I have enormous respect for you.）和信心，繼續 date（只 date 過一次呢！）也許會贏得她的愛。反正我一切聽其自然，但假如沒有在 B 那裡受到的「教育」，我和 Anna 的事情進行不會這麼順利的。

　　和 Anna 談話，雖然很投機，但總還覺得是新朋友；和 B 在

一起，有老朋友的不拘形跡和更完美的confidence，所以我在前面說：和她在一起有心曠神怡之感。B和Anna間最大的不同是：Anna很不幸地在一個不大正常的環境裡（家境也較差，她父親是在L.A.醫院裡做janitor，有三個姊姊都已出嫁，其母已死）。她努力掙扎要做好人，要過正常的生活，moral force反而比別人強。B是在比較正常的環境之下長大的，反而要想做beatnik，要表示反抗。假如B不下決心想回到正常的生活（就是我所能adapt的小資產階級學園生活），我認為Anna對我反而比較合適。因為Anna想過正常生活的心，是擔保她能真能過正常生活的。

且說Halloween那天晚上，我去B的psychologist的office接她。那office很奇怪：一座大樓，很多doctors的名字，那些doctors全是psychologists！大約是代表各學派的。（我沒有看見那醫生。）

我們一起吃了晚飯，再去Tosca裡喝酒。她軟語溫存，我覺得很快樂。我因為不再提love的事，所以內容沒有什麼重要性，但她說我（這話她以前也說過）對女子還是naive。（這個我告訴了Anna：「Some girl friend of mine said that I was naive」；她說：「You are not naive, but you are an individual…」）我們亂七八糟可談的事情很多（學校、Center、psychiatry、電影、越南等），她已把 *The Group* 看完（我為了要和她談話，也擠出時間來把它看完了），我同意她的看法：全書內容似乎單薄；我說：「最後出現Lakey收束全書，plot顯得absurd；但Polly Andrews兩章寫得還是好的。」她說：「這些女孩子之中，性格和我最近的還是Polly Andrews；此外，我還帶一點Libby的性格。」那天她告訴我決定不請Joe陳，我大為贊成。（以上十一月三日寫。）

信寫到這裡，收到來信，知道已戒香煙，甚慰，我在最近，曾有半天（上午）不抽煙（覺嘴裡太乾），但到了下午，就受不住了。但是pipe總比香煙溫和得多。

再回到我的浪漫史。希望你不要進勸告，因我自己也不知道該怎麼辦。再則不要把我比作 Prince Myshkin，他是個十分純潔的人，而我是個足智多謀的人，其間的差別是很大的。

四號是 B 請客之日，我衣服也沒有換，就是 sports coat，上班穿的那一身衣服，因為我知道 B 的朋友大多衣衫不整，我穿得整齊了反而被人瞧不起。我買了三瓶 white-wine（"green Hungarian —— B's favorite"），放在冰袋裡 chill，擱在車子的 trunk 裡。

Jane 已經先在 B 那裡，我把她們二人接到金山，先喝了一個 cocktail，然後吃飯。一桌七人，Harvey 與其妻 Alice，Alice 之弟 Boz（?），另外一青年 Roland（Christian Science 教徒，不喝酒）。Harvey 留了 Tennyson 式的黑鬍子，的確很英俊，現在 U.C，讀英文系 B.A.，人顯得很聰明，我和他談話較多。吃飯地方是京滬，菜是我點的，大家吃得很滿意，整個晚上，B 顯得非常快樂而活潑。我越看她覺得她越美，雖然她是毫不打扮。Anna 是天生麗質，加上她對 hair-dressing 有專門研究，把自己頭髮橫弄豎弄，打扮之漂亮，那是不用說的了。但因為她打扮得漂亮，多看反而看不出更多的美。B 毫不打扮，反而叫人越看越可愛。Anna 的音調很甜，但說話生辣有鋒芒，顯出剛烈的個性；B 的個性恐怕也很剛烈，但聲音柔和 modulated —— 就是我所謂「軟語溫存」。和 Anna 在一起，我並不覺得要靠近她；和 B 在一起，似乎和她越靠近越快樂似的。還有一點很明顯的不同：B 是個 blonde beauty，Anna 是個 brunette beauty。

前面我說，因為我在 B 那裡所受的「教育」，我知道如何追求 Anna；應該補充的是：在 Anna 那裡所受的教育，也大有助於我的追求 B 也。

你、Carol、Grace 等，你們都沒有看見過我現在應付女孩子們的瀟灑自然。我在紫禁城是一副不在乎的樣子，但對於 Anna 則顯得很誠懇。在京滬也然。我是老了面皮，完全以 B 的男朋友姿態出

現，Jane之在場，一點也不使我緊張，反而使我向她表示我是在追求B。Anna在紫禁城是很引我為豪的；B在Jane面前似乎也引我為豪。

B之請客，原來是go dutch的，我向他們每人收三元錢，酒和小帳都是我來了。大家吃得很滿意，都向我道謝，我說：「不要謝我，請謝B，As you know, I am only her most loyal & obedient servant.」

把B和Jane送回B的家，二女都謝我。我對B說：「I must thank you for having included me in tonight's party. Do I understand right that tonight's party represents the charmed circle closest to B？」B點頭，Jane也點頭。我說：「Then thank again for your permission to have me included in that circle; and let me hope that I may get some promotion later.」這種話讓Jane聽見了，當然大可幫助build up B的社交地位。Jane假如是B的好朋友，一定會替她覺得欣慰，雖然B要不要我還是問題。我相信我這種表示是應該做的，這也許是B所expect我所做的。

但前途未可樂觀。你也許有個問題要問：為什麼去看Russian ballet，我請的是Anna而不是B？原因之一當然是我想cultivate和Anna的intimacy；之二是我沒有把握B會答應和我同去。她在生氣的時候，曾經說過：「我再也不跟你一起出去了。」這話她也許預備要收回了，但我當它是真話，對我也沒有害處。現在B對我的好感增加，是沒有問題的；但是在「愛」與「不愛」之間的許多nuances，我過去是模模糊糊的，現在有更清楚的認識。B對我的真意，我還得多方面地probe──這也是一種moral education也。她對我的在增加中的好感，是我的一筆財產，我不能亂花。暫時放在那裡不用，對我沒有害處。也許會很快的如你所說的「大躍進」式地進入steady「情侶」階段，也許還需要追求一個時候。追求的方式我現在尚沒有定，但在這方面我現在是足智多謀；她若希望我追，一定還會有hint過來的。

　　追Anna也不是容易的事。以她的美豔，拜倒石榴裙下之男子一定很多，但我在那方面曾經用了很大的心思，so far沒有一步是走錯的。在最初，她還reluctantly地給我她的電話號碼，現在我相信她是天天expect我的電話的了。

　　有了兩個女朋友使人心境愉快，容易左右逢源，不致哭喪着臉地苦苦追求，而兩個女朋友都會覺得我可愛。過去的吳新民是如此，我到現在剛剛學會這步工夫。（當然現在的我比過去的吳新民是智慧成熟得多了。）

　　今天上午（五號）又發生了一件奇怪的事情，此事之怪，只能委諸命運。你想還記得S，她是個有心計手段，而聰明外露的女子，與B之坦白，Anna之剛烈不同。今天忽然她打個電話來，格格地笑，求我幫她一個忙。她現在在這裡的Machine translation project做事，office有個男同事（美國人）向她糾纏，date她吃午飯啦，下班時要送她回家啦等等——總之，一切我可能去麻煩B的事（但是，wisely，我沒有那麼做），那位男士都做了。她說她現在沒有steady的男友，擺脫那人的追求很難，問我肯不肯冒充她的男友一下？我說可以的，但今天中午學校有bag lunch討論會，但下午我一定去接她回家，我又開玩笑地說：「只要不跟那人打相打，我是什麼事都肯做的。」

　　這種事只有在電影裡會發生到Jack Lemmon的身上的，想不到竟會發生到我的頭上來。我只覺得好笑（so comical！），但是最近這一步命運雖然並非桃花運，但是夠香豔旖旎的了。這許多女孩之中，Anna的性格最serious，對我亦很serious，不可以以為她是show girl而小看她也。B性格溫柔，但精神有病，怕sex，拿不定主意；她過去曾警告我不要press她，不要引起她的panic等——這種話我當牢記在心，將繼續以很溫柔、誠懇、堅定尚帶點幽默感的態度對付她。S是我把她介紹給那傻子David的，她自負聰明，

到底存什麼意思，我不知道，也懶得去研究。總之，她和我是相當 intimate 的，只是我在 avoid 她。我現在將冒充一下她的男友，反正此事隨時可停止的。Anna 那裡將繼續 date，B 那裡還得再看一陣風色。此外我還得讀書作文，最近生命力之充沛，大約可使你吃驚吧。

　　L 之事引起你一陣興奮，但我第二封信去後，至今沒有回信。我回信之 promptness，使得她有點害怕，但信裡語氣之 cool，恐怕使得她有點失望。也許她事忙沒有工夫寫回信，但我在 Bay Area 如此活躍，遠在紐約的任何小姐不能和我建立任何親密關係的。L 之事我當然最近沒有工夫想它。

　　最滑稽的是，可能 Grace 還認為我沒有女友，但是又因 shy 之故不敢接近 Martha——她還問我：「你是否曾 take 什麼 religious vow 不結婚的？」（因為我是佛教徒）我大笑，但我的兩個女友都沒有到公開的時候。B 若繼續向我表示好感，我倒不怕公開。Anna 的事就比較複雜了。

　　四號早晨天雨，B 忽然問我：「On a day like this, what are your butterflies doing?」（指得是在 Pacific Grove 避寒的蝴蝶與我帶回的蝴蝶標本。）我說：「Shivering in the rain, dreaming of the springs in the Arctic Ocean.」男女間如此有情趣的談話，這個世界上大約是不多的了。

　　你上次提起的 Audrey Hepburn 用的香水叫什麼名字？我忘了。B 是不用香水的，但 Anna 將會很喜歡收到這樣一個禮物。再談，Carol、Joyce 前均問好，專頌

　　近安

濟安
十一月五日

# 614. 夏濟安致夏志清（1963年11月8日）

志清弟：

上信發出後，心裡混亂了一陣子，信的內容亦許使你興奮，如果真的事情那末順利的話，我也許無法讀書做事了。但是忽然事情急轉直下，B之事可說全部垮台，Anna那裡也希望渺茫，你說怪不怪？兩件事如此解決，也許是我下意識求來的；而我對事情的判斷，實在也太不高明。你恐怕在那裡大為樂觀；我總算極力在防備樂觀，但我的想法還是建立在樂觀上面的，因為樂觀，反而增加憂慮，對人生前途需要嚴肅考慮，所以這幾天我其實並不快樂。現在忽然變得前途空虛，倒有解脫之感，倒覺得輕鬆起來了。過去幾天的虛假的樂觀，我既已嚴肅地認識，你當相信我是在說老實話：我並不感覺痛苦。Date還是會有的，但結婚的可能性已經降到極少；B絕不可能，Anna的可能大約只有千分之一吧。

先說憂慮：一則是人生前途嚴肅的考慮；二則B和Anna我都喜歡，兩者不知如何取捨，只怕取了一個傷了另一個人的感情；三則我的讀書作文和一般普通的（陳世驤啦、同事們啦）應酬很忙，假如加上對兩美積極的date，我的時間將應付不過來；讀書作文是不能犧牲的，只好犧牲一般性的應酬，我是很要朋友的人，如何向他們交待〔代〕，將或為一個很嚴重的問題。

這些現在都成了杞人憂天，問題可以說莫明〔名〕其妙地都解決了。

B還是繼續待我很好，她說她的朋友都liked talking to me；Harvey的妻子Alice說我是"neat"（B特別解釋是slang；根據韋氏大字典，此字意義為wonderful、fine、admirable）。星期二下午我是冒充S的「愛人」去接S的；星期三下午我駕車送B回去，並約

好星期四再到金山醫生那裡去接她。

　　事情不是很順利嗎？怎麼會垮台的呢？上星期四我去接B的時候，在waiting room碰見一個青年Walter（此人此前在party裡見過），他也在看心理醫生，B出來，就是他進去。上星期他報告一個他們認識的朋友，坐機器腳踏車撞車自殺殞命。B出來後說，他報告這種慘事時很帶一點malice──這就是他的病。這個星期四是我先到的，Walter來了，他說：「你知道嗎？」我說：「什麼事？」他說：「B報名peace corps，決定要去Nepal，現在恐怕就在里〔裡〕面同醫生談這件事。」他又說：「很抱歉，這應該讓她來告訴你的，I took the thunder out of the news.」我說：「我從未在心理分析榻上躺過，不過我可能向你坦白一件事：過去中日戰爭時，我身體很弱，但是我堅張持要去中國內地旅行，不顧家庭反對。結果去了也沒有什麼壞處。年青人就喜歡冒險。」──我這種答覆恐怕大出Walter意料之外。那時B出來，我給他們二人看我帶在身邊看的書：Cyril Connolly: *Enemies of promise*①，我說他的 *The Unquiet Grave*②也很好云云。我就帶B出去吃飯了──最近date之勤，實在也可怕。

　　今天晚上的談話經過，我不預備詳細報導。要點是她最近確是有可能要去，但已決定暫時不去Nepal，但將來還想去。這使我

---

① *Enemies of promise*（《前程之敵》），西里爾‧康諾利（Cyril Connolly）著，1938年英國勞德里奇與吉恩保羅出版社（Routledge and Kegan Paul）出版。該書兼具文學批評和自傳的性質，講述了其對於文學以及所處文學時代的觀察，羅列出其認為對成為一名優秀作家不利的種種因素，並回顧了其自身的成長經歷，被認為是康諾利的代表之作。

② *The Unquiet Grave*（《不平靜的墳墓》），西里爾‧康諾利著，1944年英國柯溫出版社（Curwen Press）出版，採用了帕里努魯斯（Palinurus）的筆名。該書是一系列箴言、語錄、懷古冥想以及精神探索的合集，包括康諾利喜愛的作家如帕斯卡爾（Pascal）、德昆西（De Quincey）、尚福爾（Chamfort）和福樓拜（Flaubert）等的名句，以及來自佛教、中國哲學以及弗洛伊德經典中的片段。

大倒胃口，她並無同我結婚的意思。我假如用力窮追，她也許會
回心轉意，但那樣追將是非常吃力的事，可能把我搞得心神不安
而且notorious。追到手了，結婚了，她假如又出了什麼主意——又
要去Nepal了，這叫我怎麼辦？（她自己承認是whimsical的。）我
歎氣說道：「Poor unhappy B!」她也只有苦笑。我們談得還是很愉
快——我的心平氣和從上面和Walter談話那一段裡就看得出來，
但我已決心放棄追求。這個決心已經存過一次，那是她把我推開
的時候；現在她待我是很好，但暗中進行去Nepal是我所不能了解
的。我只能認為她是精神不正常，不可存娶她為妻之心，決心放棄
追求。這只是confirm我最初的印象：「佳耦不在此。」我們並未鬧
翻，以後date還可能有，但我將不存任何serious intentions。B是個
很可愛的女子，是個fascinating character，但到現在我並不了解她
（她越是跟我無所不談越是顯得神秘），雖然我很想了解她。我如受
她之迷，可能會成為 *Tender is the Night* 中的醫生。她的精神的創傷
是我所無法探測的（B實在是perceptive到極點，她指出我對她有
hostility ——這是我自己沒有覺察到的），我的全部小小的智慧對她
將不起什麼作用。至於愛情征服一切云云，我是不相信的，何況我
並沒有那麼偉大的愛情，她對於我有什麼愛情存在，那更是渺茫之
極的問題了。我是認輸了，但是也解決了一個問題。（Walter假如
有Iago③式的狡計，那末他已經成功了。）

　　回來後打了個電話給Anna ——這個電話我是早想打了，但這
個禮拜她們在排新戲—— rehearsal，我知道她們下午都沒有空。
我約她星期天出去玩，她說星期天她有一個steady date，無法應

---

③ Iago（伊阿古），莎士比亞悲劇《奧賽羅》（*Othello*）中人物，是劇中最主要的
　　反派人物，以詭計令奧賽羅懷疑其妻苔絲狄蒙娜（Desdemona）與其副將凱西
　　奧（Cassio）有染，最終導致奧賽羅殺死了妻子，並在得知真相後自殺。

命。下星期且看rehearsal進行如何，那是要Coby決定的。假如繼續rehearsal那就不行了，叫我再打電話試試。Anna有steady date，倒是很可能的事，而且她也應該告訴我。我無此雅興同人家多年老友去競爭，但Anna是個正常的人（比起B來），她知道我不會去逼她，繼續date我相信她仍是歡迎的。但這麼一來，Anna那邊的問題也變得大為簡單。傷腦筋的事一下子都不存在了。你說人生的變幻大不大？快不快？

以上七日晚寫。

昨晚吃一頓hearty dinner（Prime Rib，餐館名叫House of Prime Rib），睡得也很好。情緒方面有輕鬆解脫之感，至少可以專心back to work；再則別的普通的朋友來約我，我也可以大膽接受——本來這幾天我有點怕答應人家的邀請，怕小姐們對我有什麼demand。現在又回到過去的routine了。

前途看來有點bleak，這也許使你有點失望。上信我用「風光旖旎」四字，好像前途燦爛似錦，百花齊放，滿園春色。這使我get excited，也有點慌張，因為可能將進入新的經驗，而我尚未got prepared。現在我曾經幻想過的花，大約是開不出來了（B和Anna）；你可能會指出還有S、L、Martha等，要得到小姐們的安慰，路子還是有的，但是下意識裡我也許不想結婚。對於B至少有兩次機會，我可以求婚（也許你認為我應該求婚的）。一次是五月間我第一次在她家長談，她提起想結婚生孩子等，那時我「求婚」的話在口邊，可是沒有說。還有一次就是昨晚，我可以求婚表示我的真意。勸她不要去Nepal，她當然會拒絕，但也許會覺得感動。但是我並不感覺到有那種「真意」，我只是感覺到puzzled，也有點aggrieved（for her）與betrayed。她一門心思想去Nepal——這使我想到Schurmann太太，這種女子不論多麼可愛，不是我們這種男子所能應付得過來的。我的ardor的確一落千丈。她問我去過西藏沒

有？我說沒有。問我想不想去Nepal，我眼睛看天花板沒有答復。

Anna那邊，我還沒有建立起什麼intimacy，當然我不該存什麼希望（和B如此intimate的關係，其實是很寶貴的），但有兩點我還是確信的：（一）她是個好女孩子——性格是近乎尤三姊的（我最近又重讀你的《紅樓夢》大文）；（二）她真的appreciate我對她的admiration。也許這些又是「錯覺」，但就根據這樣的錯覺，我還可以同她繼續來往。

B本來可能在最近期內就去Nepal，現在決定拖到明年六月以後。她說她精神有病，憑這一點，Peace Corps也許會 "deselect" 她。我所關心的不是她的去不去Nepal，而是她想去的「心」——這個心不是我所控制得住的——這是昨晚最大的revelation。（她沒有挑選Nepal，她在表上填的是東南亞，Nepal是Peace Corps給她指定的。）

小姐們對我追求的response，沒有我所想像（或恐懼）的那樣serious，這樣減輕了我的moral responsibility，因此有輕鬆之感。但這同時又刺破了我的inflated ego，因此有空虛之感。還有一點很重要的realization：贏得一個女子的愛是多麼不易的事。

目前我最大的worry，倒是在對付Grace一事上。照前兩天我的樂觀情形，我是準備告訴Grace我有女朋友了。她聽見了將會興奮，但也有點失望（為了Martha）。但是我還是十分prudent，我沒有你那麼樂觀，我預備再觀望一個時候；不要糊裏糊塗向世界宣佈有女朋友，結果還是一場空，為世人所笑或憐憫。現在證明prudent還是對的——結果我做人將越來越shrewd（為保護自己），和錢學熙所歌頌的spirit越來越背道而馳。但是那些日子既然預備向Grace宣佈有女朋友，現在忽然又沒有女朋友可宣佈；這樣一翻一覆，心裡的空虛之感可能是這麼來的。我雖並不seriously地考慮結婚，但很想「掙口氣」給Grace看看：不要她幫忙，我也會自己

去找女朋友的。現在這口氣是掙不過來，在她面前還是抬不起頭來；對她一番好意，還是只好支吾其辭的敷衍。

　　你可能會想起 L，S 等等。但是現在我又回到專心讀書的mood，又離開了賣弄風情的心境。並非因 bitterness 之故；比起以前來，我現在是可說很少有 embittered 之感。B 和 Anna 是我所追求的人，追求越順利，我對別的女孩子越和氣。越不順利，越不會去理會別的女孩子。

　　再回到上信開頭所說的話：今年暑假跟你分手時，我是預備少談戀愛的了；但接着的是一陣「風光旖旎」。現在似乎又回到暑假完了時候那種心境了：將不預備在女朋友上面多花精神。話雖這麼說，命運的安排還是很難測的。最近因在交際女友上獲得很多經驗，心裡也許產生了較強的交女朋友的 disposition：I have become more receptive to feminine charms。但我開口命運，閉口命運，表示我的態度還是 passive 的，我不再可能拚命窮追，所以事情成功的可能性很少──這句話你該聽着，以 temper your optimism。

　　一般而論──這封信的 tone 亦可以表示──我是心平氣和的。和 B 的關係不會斷，但是我不能想像有什麼東西可以克服我的disgust 之感覺。Anna 的芳心，還得慢慢地 explore ──且不說是征服，但我不會給她很多時間。到紫禁城去找她是很容易的（但我不想多去），但 date 她到外面來，她恐怕也沒有很多時間，即使她是真心願意的話。六天晚上和星期天一天（星期天紫禁城休業）她都是 not available 的，但意外的發展還是可能有的（例如：別的小姐進入我的生命）。再談，專頌

　　近安

濟安
十一月八日

Carol 和 Joyce 前均問好

# 615. 夏志清致夏濟安（1963年11月18日）

濟安哥：

　　十一月初兩封長信先後收到，本擬上星期寫回信，不料Hanna、世驤他們先後飛來紐約開會，未果，祇好把信留到今天（星期一）才寫。十一月五日的信讀後很高興，但十一月八日的信讀後也並不太失望，因為你對交女朋友這事的態度已改變了，雖然B的心理很難捉摸，Anna方面即想正式追求，周折一定很多，你「風光旖旎」的日子當仍將延續。所謂「交桃花運」者即是你天賦對異性方面的溫存體貼的 belated blossoming。從小早應交女朋友的，但一直心理上、物質上準備不夠，沒有心平氣和的好好追過。現在心理上不但你已 more receptive to feminine charms，即對結婚一事也已減少了無謂的恐懼，物質條件也轉優，所以你能同你目前所喜歡的女子結婚，當然很理想，但假如B和Anna和你無婚姻之緣，她們的 good will 和友誼使你深深體會女性的可愛，你也得感謝她們，不應有極大的遺憾。B報名加入 Peace Corps，事情看來似乎奇突，但也並非不可預料的。以前法國有個 Foreign Legion，失意和犯罪的男子，很多加入 Legion 到菲〔非〕洲去充軍。Kennedy的 Peace Corps 對美國大學已畢業而尚未出嫁的女孩子有同樣的吸引，假如她們早已有不滿現狀，idealistic 傾向的話。我 Potsdam 教過的女學生，現在也有兩位在菲〔非〕洲，另外一位，我也 recommend 過，但最後結婚了。她們都有中上之才，理想較高，看到自己同班的同學都已結婚生孩子了，自己教書也沒有出息，最後就去報名參加 Peace Corps。她們同事之間，idealistic 的男子，想也不少，服務兩年後，可能也找到一個男友結婚，從這一方面看，Peace Corps 可說是政府給 restless 青年所 provide 的一個婚姻介紹所。但這種女

孩子，在低級民族間承勞受苦，受侮辱，我總覺得有些冤枉（男孩子他們自作自受，我對他們沒有多少同情），所以每次給Shriver寫介紹信的時，心裡總很不痛快，我以為惟其她們情願join Peace Corps，they are too good for the Peace Corps。想不到B也想走這一條路。要勸醒她事實上很困難（雖然她自己會改變主意），要勸她和你結婚，情形更不簡單。每人似乎都要fulfill自己的destiny，勸也無益。她去Nepal兩年，可能生活更barren，回來後，一無倚靠，重打天下，談何容易？這些practical difficulties你可對她明說，聽不聽由她。你們仍舊是好朋友，但你沒有把全部時間精神invest在她身上的必要。

Anna的確是個性強，知是非，有骨氣的好女子。但她的past想也很複雜，她既有一位steady的朋友，除非她對你表示愛氣［意］，你也是以admirer、friend的姿態出現較妥。她當然極appreciate你這樣一位admirer和boast她morals的忠友，但她will power很強，自己也很有主意，在她沒有給你明顯的encouragement前，你也不必花氣力獻太多的殷勤。Anna很看重自己的career（自己有她的shop，不必向男人求媚），可能為追求self-reliance而甘願放棄結婚的計劃，真像B為追求某種intangible的理想而不肯好好地結婚settle down。總之，和普通中國女子相比起來，Anna、B都比較不平凡，不conventional，同時在人生大路上受了不少顛沛之苦，她們的個性和談吐似更見得不俗。相反的，一般eligible而想結婚的女子看來似較dull，因為so far她們的生命還是一片白紙，而且她們除想結婚外似沒有什麼別的理想。但這種dullness，僅是apparent的而已，因為她們的個性還沒有經過考驗，可能她們在結婚後，方能把她們的potential全部表達出來。我的意思是：許多的on the market的中國女子，你也不必逃避她們，她們so far沒有suffer過，不能有她們的wit、vivacity和極明顯的個性，可能有你

愛情的灌溉，她們也能開出馥郁的奇葩。你同Martha雖然集體玩了好多次，但從未好好地深談過；你如給她一個機會，她可能也能流露出你一向所未suspect過的可愛處。至少你可能會revise你對她physically不夠attractive的看法。你date女孩子已很有經驗，何不給她一個單獨談話的chance？

我並不是同意於Grace的安排，但沒有她在一起，Martha自有她的可愛之處也說不定。同樣，S自動打電話給你，要你做她的champion和protector，表示她對你頗有好感，至少，在她認識的eligible bachelors中，你是最可靠、最可親的（除非她已看穿你沒有追她的野心）。你平日escort她的時候，也可好好地和她談談，約她吃飯看戲，看她反應如何。L最近沒有信來，可能是覺得你誠意不夠而被hurt，覺得自己不可能和你有結合的希望，連寫信也多此一舉了。但她的冷淡並不能說明她初次拿起筆桿和你寫信時的勇氣，和她在寫信時所托的希望，你如對她有興趣，不妨寫封較passionate的信，看她下文如何。當然你所認識的女子不止這幾個，以後你可能交識的女孩子，也很多很多。我的意思是：不要因為某女子和你結婚可能性較大，而覺得她平凡，也不要因某小姐結婚可能性較低小，而覺得她fascinating。在平凡中看到不平凡處，是浪漫主義的真諦，可能也是人生藝術的真諦。你這許多女朋友，我一位也沒有見到過，除了L。我對L頗有好感，所以希望你和她繼續通信。以上不算是勸告，但近半年來你對交女朋友既很有興趣，待嫁而對你有好感的女子，不妨也多有來往。她們的compliance可能也是一種溫柔的表現。從B、Anna那裡聽到失望的消息後，想能settle down，好好工作，為念。

上星期三和Patrick Hanan吃了兩次飯，此公人很可親，對《金瓶梅》所做research的工夫，也很令人佩服。雖然他並沒有想把這本書好好地估價一番。Hanan最大的貢獻，是證明《金瓶梅》中

的許多詞曲都是抄來的，是當時popular的歌曲。這樣看來，《水
滸傳》、《西遊》中的大段詞賦，可能也是套用現成的材料，也
說不定。星期四世驤飛到，晚上陪他吃飯，同往房氏夫婦處談了
一陣，房兆楹夫婦①漢學家朋友很多，以後有人來，不必專由我
出面作主人，給我便利很多（星期六中午和世驤、聯陞、Albert
Dien②聚餐，也是房氏請客）。星期五他們開會，星期六晚上，
世驤請Kazin③夫婦，我陪客，在新月吃晚飯（先定了一隻「金蒜
［蔥］扒鴨」的大菜），十一時散局，還到Kazin家裡談了一陣。世
驤的文壇好友Spender、Kazin都算是liberal較左的分子，這些人
心地善良，年輕時對人類抱着過大的希望，年長後dream不能如

① 房兆楹（1908-1985），歷史學家，畢業於燕京大學，後赴美參加清人傳記寫
作計劃，與妻子杜聯喆參編《清代名人傳略》（*Eminent Chinese of the Ch'ing
Period, 1644-1912*, 1943-1944），合編《三十三種清代傳記綜合引得》（1932）
等，成為清史研究專家。二戰後繼續活躍於美國學界，1965年參加美國哥倫比
亞大學「明代傳記歷史計劃」，與福路特（L.C. Goodrich）合編《明代名人錄》
（*Dictionary of Ming Biography, 1368-1644*, 1976），成為明史研究的經典。杜聯喆
（1902-1994），房兆楹之妻，畢業於燕京大學，與丈夫一同赴美求學，並參與清
人傳記寫作計劃，合作多部作品。1960年代主持哥倫比亞大學中國近現代人物
傳記計劃，編有《明館館選錄》，輯有《名人自傳文鈔》（1977）等。
② Albert Dien（丁愛博，1927-），美國漢學家、史學家、考古學家，專長是魏晉
南北朝時期考古學，先後任教於夏威夷大學、哥倫比亞大學和斯坦福大學，代
表作是《六朝文明》（*Six Dynasties Civilization*, 2006）等。
③ Kazin（卡津，1915-1998），美國作家、批評家，出生於布魯克林，「紐約知
識分子」的代表人物之一。作為猶太移民的後代，其作品中常常描述20世紀
早期美國的移民經驗，以《扎根本土》（*On Native Grounds: An Interpretation of
Modern American Prose Literature*, 1942）成名，其他代表作有《城市裡的漫遊
者》（*A Walker in the City*, 1951）、《當代人》（*Contemporaries: Essays on Modern
Life and Literature*, 1963）、《紐約猶太人》（*New York Jew*, 1978）、《上帝與美國
作家》（*God and the American Writer*, 1997）等。

願，歸咎於希特勒和資本主義本身的腐敗，雖然Kazin對十九世紀美國libertarian的思想是很nostalgic的。Kazin夫婦你也見過，人unpretentious而charming，而且夠朋友。哥大英文系教授都太忙，平日我也不去找他們。假如哥大有世驤這樣的liaison Professor，情形可能不同。上次你們Carmel之行，世驤看到你對Martha沒有什麼興趣，認為你無意結婚，做媒的熱誠［忱］，可能多少dampened了。Grace如因做媒失敗而不高興，你可想些方法please her。和世驤、Kazin夫婦談話，我無意稱Grace為a Grecian urn，後來想想她中文名字的出點的確在Keats這首詩上。有什麼地方可以買到一隻小型仿製的Grecian urn or rose，倒是給她極適合的禮物。如能覓到，可算我們兄弟及Carol同贈的。這次世驤飛來，又帶來兩種小玩意兒（scarf for Carol，origami for Joyce），請向Grace面謝。

你情場失利，並不太感痛苦，這句話我相信。值得記憶的還是和B、Anna同玩時談話的樂趣。最近十天，可能另有新發展，也說不定。我生活上除讀書教書外，平靜得一無風波，電影也不常看，閒書也懶得看。中國人間很多對Mme Nhu有惡感的，世驤也在內，我覺得很奇怪，這次Barghoorn④被釋放，即是JFK稍表態度強硬的結果，JFK對蘇聯強硬了兩次，兩次都見微功，他的妥協政策無處不失敗。這次阿根廷開了先例，把美國的oil investment充了公，以後美國在南美及其他各處的產業都有充公的危險，想想很令人氣憤。

昨晚看了 *The Condemned of Altona*⑤，此片因Carol推薦，並我

---

④ Frederick Barghoorn（弗雷德里克‧巴宏），美國學者，蘇聯問題專家，耶魯大學教授，甘迺迪總統的好友。1963年訪蘇期間被KGB以間諜罪抓捕，並希望用其交換在美被捕的蘇聯間諜伊戈爾‧伊萬諾夫（Igor Ivanov）。由於甘迺迪的強硬無罪聲明，蘇聯方面只好將其無罪釋放。

⑤ *The Condemned of Altona*（《萬劫餘生情海恨》，1962），劇情片，維托里奧‧

對M. Schell的演技極佩服，所以去看了，但頗不滿意。Sartre的原劇想是同Miller的 *All My Sons* ⑥差不多性質的東西。「新月」附近新開了一家「會賓樓」（Harbin Café），經常有豆漿油條，你再來紐約，當可去常吃，其他一切想已由世驤轉告，祝你心境愉快，不要太用功。Carol、Joyce皆好，即請

　　秋安

弟　志清　上

十一月十八日

　　Audrey Hepburn用的香水是Givenchy特製的L'Interdit，大百貨公司想都有出售。

---

德‧西卡（Vittorio De Sica）導演，蘇菲亞‧羅蘭（Sophia Loren）、馬克西米利安‧謝爾（Maximilian Schell）主演，二十世紀福斯發行。

⑥ *All My Sons*（《私慾》，1948），劇情片，亞瑟‧米勒（Arthur Miller）編劇，歐文‧瑞斯（Irving Reis）導演，愛德華‧羅賓遜（Edward G. Robinson）、畢‧蘭斯卡特（Burt Lancaster）主演，環球發行。

# 616. 夏濟安致夏志清（1963年11月22日）

志清弟：

　　來信收到。承蒙關心近況，謝謝。我最近心境又很輕鬆，想必是你所樂於聽見的。來信對於我心理的觀察，真是入木三分。不易追到的小姐，假如她另有別種charms，對我確有很大的fascination；「待嫁」的中國小姐，我看來的確很dull。你的分析是對的，雖然我一時不會接受你的勸告。

　　現在我的no.1女友成了Anna，我相信我們彼此吸引的地方很多，而我一輩子從來沒有對於一個女子如此大方，如此溫柔，如此用心去了解。對於B，事情只好算是已弄僵了：毛病出在from the very beginning，我抱有「追求」之心，這使得我的做法很幼稚；後來恐怕還有一種「追求不到」的悻悻之心，我雖想在她面前力求charming，但我的hostility還是瞞不過聰明的B。她指出我對她有hostility之後，我愯［恍］然而悟，決定再cool off一個時期，以inaction來表示我「改過」之真誠。

　　上信以後，我date過Anna兩次，都是在Chinatown吃的晚飯；飯後我送她回紫禁城；兩次在紫禁城都沒有坐，她也勸我不必去紫禁城。所以date只是花了吃晚飯的錢，是很儉省的——我反正要在外面吃飯，和Anna在一起吃當然使我快樂得多。

　　我們談得很投機，什麼都談，除了一個題目：她的steady朋友。對於此人我毫無好奇心，她透露有此人，就是要put me in place，我就act accordingly，照你來信所說，以admirer、friend姿態出現，不去逼她，不去claim她的禮拜天，所以雙方很愉快。過去——才不過幾個月以前，而我已學到多少東西！——B告訴我告訴我有Maurie之後，我還是逼得太緊；這個教訓，在我跟Anna來往

之中是派到用場了。

這樣下去有產生一個 crisis 的可能，即我們間的好感與日俱增，她要捨彼男友而取我。這個可能性很小，但並非不存在。此事發生時，我也許會慌張——對於這種也許根本不會發生的事，我當然不會去多想它。

我是十分用心的人，現在人變得更聰明了。危險的訊號可能以兩種方式發生：（一）我避免不談她的男友，她忽然要談起來了，這就表示（甲）她要把我推開（像B過去那樣）或（乙）她要把他推開。（二）她自動offer禮拜天同我一起出去玩。

現在我已成了她相當steady的朋友，我們的日子定在星期四，約好了連電話也不打我就去接她了。下星期四她還是欣然願意同我出去的，但我提醒她，那是Thanksgiving，她不要答應得太快；她才想起來她在Hawaii的一個妹妹要來，她們要家庭團聚。那時她可能把我的時間改後，甚至拖後一個禮拜，這些我都在意料之中，我已心有準備，也不會覺得hurt。但她立刻接嘴說：「我們的日子改在星期三吧。」我說：「The sooner the better.」這至少表示她是很願意同我來往的，這也許是生平第一次有「順利的追求」之感。我還約了她去看電影，「*Mad Mad Mad World*」①，時期尚未定，因該片尚未來金山也。來了以後，看她是否犧牲她的星期天——這將是對她的一個考驗。

關於她的過去，有兩點可向你報告：（一）她上過一次銀幕，在*Flower Drum Song*②中的Hundred Million Miracles一幕中，曾

---

① *Mad Mad Mad World*，即*It's a Mad Mad Mad Mad World*（《瘋狂世界》，1963），犯罪喜劇片，斯坦利·克雷默（Stanley Kramer）導演，斯賓塞·屈塞（Spencer Tracy）、米爾頓·伯利（Milton Berle）主演，聯美發行。

② *Flower Drum Song*（《花鼓歌》，1961），愛情歌舞片，亨利·科斯特（Henry Koster）導演，關南施（Nancy Kwan）、詹姆斯·繁田（James Shigeta）主演，

參加歌舞；（二）她曾結過婚，22歲時（七年前）離婚了。「He is an intellectual, like you」。她說她那時太幼稚，「we are still good friends, but he has remarried」。此人是個H.L. Mencken③迷，曾到芝加哥去專誠拜訪Mencken，這也是大大的怪事了。她問我對於Mencken看法如何。我說「當年的Angry Young Man④也……其人很有可取處，他的地位在今日為Lenny Bruce⑤取而代之，才是美國文化的大不幸。」她曾去聽過Lenny Bruce，大為不滿，覺得沒有一句笑話是好笑的。而B曾向我極力推薦Lenny Bruce——此是二女之不同，而二女對我都是有魔力的。

關於她的事業前途，尚未多談，她並無她的shop，她的cosmetology到底學得怎麼樣，我也不知道。據我的印象，她很有前途茫茫之感。她那steady的男友不去和她結婚，也許是經濟力量

---

環球發行。

③ H.L. Mencken（Henry Louis Mencken，亨利‧路易斯‧門肯，1880-1956），出生於美國巴爾的摩，記者、作家、文化批評家和學者，以犀利的文筆和抨擊時弊的立場著稱，其評論範圍遍及社會現象、文學、音樂、政治人物與運動等，被認為是二十世紀上半葉最具影響力的美國作家之一，人稱「巴爾的摩的聖人」。另有研究著作《美國語言》（*The American Language*, 1945-1948），奠定了其美式英語研究專家的地位。

④ Angry Young Man（「憤怒青年」），20世紀50年代湧現出的英國作家群體，其成員主要為工人階級和中產階級的劇作家和小說家，對傳統英國社會感到失望和幻滅，猛烈抨擊社會中的不平等現象。其代表人物是約翰‧奧斯本（John Osborne）和金斯利‧艾米斯（Kingsley Amis），「憤怒青年」的稱呼即源自奧斯本的劇作《憤怒地回顧》（*Look Back in Anger*, 1956）。

⑤ Lenny Bruce（蘭尼‧布魯斯，1925-1966），美國喜劇演員、社會批評家、作家，以開放自由和充滿批判力度的喜劇風格聞名，其作品融政治、宗教、性、諷刺與粗話於一爐，開啟了「反主流文化時代」（counterculture-era）喜劇的先聲。1964年被指控猥褻罪，直到2003年才被赦免，該案被視為美國言論自由發展史中的里程碑事件。

不夠之故，因為據她的談話，此人不可能是 beatnik，Lenny Bruce
之流；假如是「老實頭小夥子」，有這樣一個美豔的女朋友，不想
和她結婚，也是怪事了。我在前面說：她有移愛給我的可能，因為
我看出來：（一）她很 trust 我；（二）她對前途有隱憂，反正我是
心平氣和，一切看上帝的安排。

　　Anna 在目前還只是我的 second choice，my first choice is still
B，雖然 B 可能或為一個很糟的太太。假如 B 待我有 Anna 待我那樣
的好法，我將更快樂了。Anna 的個性強，性格特出，她的話都很
有意思，如說：「I do not want to cultivate my glamour, I just want to
be feminine.」B 的話有意思的也很多，但對於 B，我越和她來往，
越覺不了解她；對於 Anna，我相信彼此之間是在增加了解。

　　對於 Anna 我從未感覺到什麼苦悶，交往時小小的困難曾經有
過，但憑上帝的幫忙與我自己的理智的運用，困難都迎刃而解。對
於 B，我一開頭以「追求者」之姿態出現，非但把她嚇了，而且把
自己弄得很不可愛。

　　男人以追求者姿態出現，其不可愛有如女人太着急地找丈夫顯
得不可愛一樣──在這一點上，我一點也不怪 B，只有怪我自己。

　　現在再談你的「勸告」。我當然可能討一個說上海話的太太，
建立在上海時那樣的小資產階級式的家庭，不過，我對那種家庭不
知怎麼有很深的反感。請你不要來給我「心理分析」，我只是告訴
你：我有那種反感存在着，那種反感而且是深得很難磨滅。我想忘
記中國，我是在美國的中國人之中「思鄉病」最弱的一個。我 date
女朋友是想去美國或日本飯館的，最近兩次是因為順從 Anna 我才
去中國飯館的。B 也希望我帶她去中國飯館，但我很少聽她的話。
和 B 在一起，我忘了是中國人。最近我們 Center 圖書館來了個非常
美豔的美國少女（芝加哥大學轉來）R（是 divorcee！美得人人稱
讚）來幫忙，她在跟 Birch 寫博士論文。我們談了很多次，但她對

中國發生這麼大的興趣，我對她就減少興趣了。我們之間來往想總會有，但我不相信我會對她發生很大的興趣：也許會帶她去世驤家裡，去 impress Grace 一下。B曾問我：「What do you think of the new girl?」（她不提 R 之名，也許有妒忌之意吧！）我說：「I avoid her, you know how shy I am.」

Martha這個人我始終認為不差，要找毛病，只有她努力想學中文，說國語喜歡看中國電影，唱中國歌這一點吧。她在這方面的努力，也許想 please 我，但是只顯出她和我之間智力懸殊的差別。她若自居為 American girl，不理中國那一套，我也許反而對她會肅然起敬。

Martha之事頂大的阻礙是Grace。Grace的幻想力太強，為人太熱心，缺點是在沒事時想找事做，以減少她生活中的 boredom。她為我已經有周密的一套計劃：備裝奩，買房子，辦家具等——這使我覺得又可笑又可怕。你叫我去 date Martha，此事本來不難，但這事絕瞞不過 Grace，Grace立刻將認為我對她發生興趣了，因此，「裝奩、房子、家具」那一套在她幻想中又將大為活躍。還有一點後果，我在這裡和同事間的應酬很多，我一向「單刀赴會」，人家也不以為怪。但那種應酬，有我常常也有世驤夫婦；我假如對Martha表示些微的興趣，Grace就會逼我去把Martha帶出來赴約，這樣幾次之後，好像成為 steady 的朋友了，情形將很尷尬。

L那裡我想趁 thanksgiving 之便，寄張卡片去，至少是表示友誼。我既無 serious 的 intention，我相信你也不希望我瞎表示熱心，以欺騙少女的芳心也。

S很希望我能 date 她，我只是胡亂答應。她很 popular，我不想在她現有的——曾被淘汰的——與準備在追求的男友之中，製造一個印象，好像我也在參加逐鹿了。我和這裡的中國 bachelors 是一向避免磨擦的，凡是他們參加的盛會（舞會、picnic等），我是一概

不參加。我不希望他們把我拉進去也算一份，我有我的驕傲。

最近發生一件事，你看見最近一期的 *China Quarterly* 沒有？陳秀美的那篇文章寫得很好，而且對我的推崇，使我很受感動。我當即寫了一封信去讚美並謝謝她，疏疏朗朗的四頁，語氣比我給 L 的自然得多了，顯得很瀟灑。地址是 c/o Dept. of English Johns Hopkins Univ，不知能否收到。如退還，當托你轉寄。這並不表示我想追她，因為沒有「追求」involved，我才能說兩句漂亮的話。（上星期四我和 Anna 分手時說：If you are not tired of my flattery, Let's do it again next week.）

在目前情形，至少 Anna 是給我很大的 encouragement，我因此很覺快樂。至少暫時我還可以享受沒有責任感的輕鬆之感。你的勸告總想把責任套在我頭上。我也許下意識地在逃避責任——我相信男人大多如此，但一個男人和一個女人好到一個程度，就非負起責任來不可了，那時男人也只有甘心負起責任來。我是個非常乖覺的人，但假如說我安着什麼壞心眼兒，那也未必。必要時，我也會「承奉天命」負起責任來的。但這得等自然發展，以現狀觀之，唯一有可能把責任套在我頭上的人是 Anna。我既然已經考慮到這個可能，而仍繼續和她來往，那表示我還不是個十足的 shirker 也。

最近在準備寫〈蔣光慈〉一文，尚未動手，因書尚未看全。發現一點：最能代表近四五十年中國文壇的變遷的作家是田漢，他的早期的感傷作品，很值得一讀：後來大家左傾，他也左傾；大家抗日，他也抗日，在中共統治下，他寫過歷史劇以及《十三陵水庫》等，大家拚命去研究曹禺，不去寫田漢，也是怪事。

《胡適文存》（第一輯）裡胡適很替《三國演義》說過幾句好話，你如寫《三國》，這點至少在 footnotes 中應該提出來。

送給 Grace 的禮物在留意中。別的再談，專頌

近安

濟安

十一月

Carol、Joyce前均此

　[信封背面] 寫完此信，聽見總統被刺，很為難受，雖然此公的政策我也不大贊成

# 617. 夏志清致夏濟安（1963年12月7日）

濟安哥：

　　讀十一月底來信知道你和Anna經常date，甚喜。我們精心
［力］有限，同時追求兩位小姐，可能太傷精神，你現在不緊張地
每星期至少和Anna聚會一次，將來雙方了解愈深，見面的機會當
然也更多，這對你平日忙着做research的人安排很理想。我希望你
們intimacy與日俱增，好好地享受一陣交女朋友的樂趣，雖然我同
意結婚此事由她主動較妥，你目前僅可誠懇地和她做朋友。性格方
面，Anna較stable，而且她離過一次婚，深知世態炎涼，對於你這
樣considerate的君子人更能appreciate，所以結婚的可能性很大，假
使你有意的話。相反的，B較unstable，雖然以beatnik自居，其實
並沒有吃過多少苦頭，可能也沒有真正地戀愛過，同時對自己現狀
不滿，所以腦中充滿了不合實際的計劃──如參加Peace Corps ──
其實這些都是逃避現實衝動的表示。我想她對你很serious，否則她
不會問你對那位new girl印象如何，可能她原則上覺得和東方人結
婚不夠理想，所以自己control自己，不願和你有什麼intimate的舉
動（至少在目前）。所以你同Anna來往愈勤，B的jealousy可能也
愈增（假如她知道你在date another girl）。你暫時不追她，所生的
效果可能比拚命追她還要對你有利。同時不妨考慮一下，哪一位
做你的太太較合適。我想B的確有些毛病，情方面不如Anna那樣
tough，健全，婚後你得cater to her every caprice，可能Anna是較理
想的太太，但此事得你自己作定奪，目前，婚姻事還談不上，好好
地enjoy Anna & B的友誼，不知聖誕節時有什麼特別plans？Anna
不要你在紫禁城花冤枉錢，可見她是很considerate的。

　　陳秀美那篇文章的確寫得很好，但據她自己說，是經過

MacCarthy 修改的。我同她有時通信，她的地址是1524 Ralworth Road, Baltimore 18, Md.你那封信如退還，可直接寄她。她男朋友很多，中國美女太少，很多人見了她，就想求婚。相反的，Christa、叢甦她們年齒漸長，生活必很苦悶，叢甦我已好久未見了，叢甦的通信地是400 W・118th St. Apt 47 N.Y.27，Christa, 403 W. 115H St. Apt34，Claire Wong（克難）310 W. 93rd, Apt18, Benedette Li（又寧), 403, E. 115th St.

聖誕期間你都可以送她們每人一張卡片，使她們高興些。L我們曾請她吃了一次油條豆漿，她把你的 *Martyrs* 借去讀了。李又寧最近也向我借讀《瞿秋白》，所以最近你的高足都在讀你的文章，你的文名大佈。熊玠在我們系裡做assistant，最近向我討了你的通信地址，他也想讀你那篇《公社》的大文，L有志讀art history, 現在讀library science，同時兼職兩處，很有毅力，這一點和普通上海小姐不同的。

我Detroit的朋友張桂生、久芳，有信來說馬逢華已訂婚了，不知你有沒有聽到消息。張氏夫婦是馬逢華的好友，我在Ann Arbor，時，張、馬同時追羅久芳，後來久芳嫁了張桂生後，他們一直感到guilty，要和逢華作媒。去年他們在臺北，看到一位合適的小姐，就把照片寄給逢華看，逢華一見鍾情，接着就通信，最近逢華到臺灣去做research，即和那位小姐訂了婚，馬逢華作風很穩重，也自有他的福氣。其實你在臺大時，肯讓別人說親，可能也早已結婚了。我以前和你一樣，覺得托人介紹女友是一種恥辱，但中國人間老了面皮求人介紹女友者，大有人者，李田意即是托陳文星夫婦介紹而同那位Julia成親的。胡世楨處處精明，惟追汪霞裳那事，倒是一鼓作氣，自己追求，還有他可愛處。

附上玉瑛妹信一封，並近照一張。家中情形很好，玉瑛妹每晚教兩點鐘課，一星期十二小時，也不算太忙。聖誕期間你也可以寫

一封家信，免父母掛念，JFK死了已兩星期了，他虐待Mme Nhu，自己的太太也做了孤孀，可能是報應。Johnson看來跟Kennedy走，美國內外政策都不會有什麼更動。Vietnam形勢日轉惡劣，早晚當被共匪所吞。我多讀了舊小說，對佛教大有惡感，現在佛教徒情願被共黨利用，惡感更深。我在哥大每年都得教《金剛經》、《妙法蓮華經》之類（for undergraduates），實在看不到什麼好處。佛教經典值得我們respect的還是小乘。（Huxley、Lewis逝世，我所佩服的人，愈來愈少了）。

我蔣光慈、田漢的東西都沒有好好看過，最多［近］也不會有重讀的機會。希望你把那本《左聯文學》的書，早日寫完。MLA program已印好了，並沒有什麼Chinese novel的session，今日已去信Minn.大Copeland處詢問，如有這樣的panel，我promise的《金瓶梅》那篇短文也得開始寫了。《金瓶梅》as a novel糟不堪言，我寫那篇《水滸》時，僅讀了Kuhn的節本，對《金瓶梅》頗有好感，原文全不如此。中國現代小說比舊小說人情入理得多。

下星期當寄上Harris tweed sport coat一件，算是我們給你的聖誕禮物。Coat極sturdy，袖子可能太長，你可叫tailor改短一些。這件衣服是廉價買來的，花費並不多，請不要多花錢還送。你那件舊sport coat，想已破舊得不能上身了。再談，謝謝你給我關於《三國》的報導。Carol、Joyce皆好，即祝

近安

弟 志清 上
十二月七日

# 618. 夏濟安致夏志清（1963年12月17日）

志清弟：

來信收到。承贈 sports jacket，謝謝。已經收到了，很漂亮，很合身。我現在是一張聖誕卡都還沒有寄（包括臺灣香港的，已經開始寄），最近期內一定要發發狠心，開始注意這種事了。給 Carol 和 Joyce 和你的禮物卡片等已在辦理中：送 Joyce 玩具一盒，那是「fashion saloon」（時裝展覽室），希望她喜歡。另梨一盒，蘋果一盒，並日曆一份。

關於女友的事，現在很是心平氣和，Anna 方面進行得還算順利，至少她是很 appreciate 我的追求的，甚至可以說是有點 reciprocity 的。反正對於 Anna 我大體上是以瀟灑姿態出現，很少受 passion 之苦。我不會去拚命追求，婚姻之事短期內決［絕］談不上。

關於 Anna，曾經有過一個 crisis，crisis 很快很順利的就度過，但產生兩個後果：（一）我跟她有更進一步的了解；（二）在 crisis 期間，我思想大部份放在 Anna 那邊，硬是把 B 從心上擠走；crisis 過後，B 已不大在我心頭出現了，除非 B make a special effort to win me back，她的事大約就此完了。

Crisis 是這樣的。Kennedy 死後的禮拜就是 Thanksgiving 的禮拜。Kennedy 的死把我搞得心亦很不安，routine 全被 upset，心無歸宿，精神弄得很空虛，那時我的思想已經老是傾向 Anna 方面了。Thanksgiving 那禮拜我和她約好在星期三見面，星期三下午六點我到紫禁城去接她，她沒有出現，我 order 了一杯酒（僅僅一杯），等到六點半（那時紫禁城的 bar 還沒有正式開門呢），她還沒有來，打一個電話到她家裡，也沒有人接。我就走開，一個人去吃飯去了，吃完飯回 Berkeley。

假如我是madly in love，那天晚上我可以去紫禁城見她，她是不會不見我的，假如她在的話。但是我沒有去，經過考慮後的理由：（一）我有點生氣，生氣之後怕說錯話，有失我的風度，而且可能把事情弄得更僵。（二）她是否要向我表示冷淡呢？女孩子的事是很難說的，雖然我看不出有什麼理由她要向我表示冷淡。假如是的話，我的出現，反而惹紫禁城裡別的girls以及waiters、waitresses等的恥笑（當然他們當面不會笑我的）。（三）我和她約定的原則是少在show time跟她見面（老闆娘Coby當然頂希望我在show time多去捧場），這個原則我是要遵守的。她的看重我還是因為我是個man of principle。

因為如此，當天（星期三）晚上我沒有打電話到紫禁城去，星期四（Thanksgiving）星期五我也沒有打電話。那兩天我有個考慮：要不要從此就不打電話去呢？我是忍得住的，反正那兩天好忍，多忍些時候也無所謂。但這樣做顯得我作風太毒辣，而且她何以不踐約的原因我還不知道：也許她病了呢？車子出事了呢？姊姊來得早了一天呢，她因此就沒有空了呢？原因沒弄清楚就不聲不響和她斷絕，不是君子的作風。

星期六、星期天和她通電話都沒有接上，星期六晚上我是可以打電話到紫禁城去的，但是我也沒有打。那兩天很為Anna之事苦惱，B就從我心頭擠走了。

星期一打電話到她家裡打通了。她先是抱歉，說那天把約會忘得乾乾淨淨了，那天晚上就想打電話來道歉的（為什麼不打呢？我沒有問她），但此後約會仍定在星期四。

星期四見面，我不得不complain一番，complain時不得不吐露相思之苦，這樣兩人間的情感似乎增進一層。昨天又是星期四，兩人感情的融洽（她的眼光、表情、語氣、字句、態度等都流露出來的）為前所未有。（她明年還在紫禁城，Xmas week她去L.A.省

親，我可以跟她去，但是還是我行我素的好。）

她為亂失約再亂打電話來道歉，也許要把我耍得昏頭昏腦的。她的不打電話，一則表示她並不十分關懷我（這倒給我一種relief之感）；再則，她可能有她「小姐的pride」，不情願隨便打電話給男人的。但她已答應以後如有類似情形，她一定要打電話的了。這點我倒相信的。我相信我並沒有為色所迷，她假如一開頭就對我熟絡得不得了，裡面一定有很大的虛假成份，但她開頭很保持她的矜持，臉比較板，帶點緊張，現在是有說有笑得多了。

我能夠在她失約之後，忍住好幾天不打電話去，這點character的力量，她大約也能appreciate的。她至少知道我不在盲目追求。

B之所以拒絕我，並非因為我是東方人之故；她至少是想做beatnik的，對種族觀念很淡，這一點上她真是一視同仁的。主要原因是我年紀太大。她說過，你們中國人都是well-preserved，你看來是很年輕，但office裡有你的file，我去查過了。

B之事可能就此完畢，但如沒有B那一段，我對於Anna是不會這麼瀟灑，這麼considerate的。至少Anna絕看不出我是個情場生手。

最近有一個女孩子，很傷大家的腦筋，我也somehow involved，此人即S。我對S一直沒有好感，此人有很多的淺薄的小聰明，而且聰明自用，瞎耍手段。我把她介紹給陳穎（你恐怕不知道，世驤視陳穎如子，但Grace不很喜歡他），陳穎在男女戀愛一道，完全是個傻子。在Thanksgiving前後，她和陳穎鬧翻，忙壞了世驤和我兩個媒人（我還算是女媒呢！）。她所受的委屈，要找人說，我只好多和她來往，加以傾聽了。S整個為人，我不大喜歡，但她和陳穎的關係上，我覺得陳穎很對不起她，她是有我的同情的。我介紹陳穎給她，如此下場，我也有點guilty feeling。世驤還想替他們兩人拉攏，也許拉成也說不定。恐怕是拉不成了。

Grace則對於陳穎和S都不喜歡的。此事相當複雜，因和我無關，不預備詳細描寫。總之，我對於S是永遠提防着的，雖然她也許非常之想從我那裡得到一個date（我和她只有lunch date，過去追她的人很多）。時逢聖誕，送別人的禮物，我都胸有成竹（送B的，內定一本法國出的Chagall，定價約十元），唯有送S的東西最難，她自以為跟我很親熱，我可不敢送太重帶有情感的禮物（如首飾、香水等），送得太單薄了，未免於人情有虧。送書則她根本是不看書的。（S的禮已送，Webster Collegiate新版字典，約九元。）

且不要以為她對我有情，假如有情，我不會看不出來的。她只是想辦法叫她所認識的一切男人都要「跌進去」；我始終不跌進去，她自負美貌，這口氣就咽不下去。

以上12/13寫。

寫到前面那一段，停了好幾天，今天繼續往下寫。前面的話，對於S是太harsh一點。關於她，也許應該這樣說：她在美國社會的經驗很缺乏，書也讀得很少，sophistication很不夠；她憑一點小聰明來應付人生，此外還有她的charms。她的訓練大部份得自中共那邊的教育制度，她在男女社交方面是敢採取主動的（例如我沒有勇氣打電話，她倒有勇氣打電話給我），但是她還是十分feminine的，老實不客氣的要找丈夫──這點是中國普通小資產階級女子（甚至美國小資產階級女子）做不大出來的。她見了男人自然而然有一種平等感，這在我們圈子裡看來是不大習慣的。她對於男人的好壞很有點鑒別力，否則的話，她來美國後一年多不會感到如此沮喪，隨隨便便找個男人還是很容易的，何況追她的人不少。

她的過份明顯的小聰明耍手段使得很多人防備她。她的拒絕許多男子的追求大約也給了她「難追」的名氣，Bay Area的中國男子存心在追求女友的，其實也不過這麼幾位，幾個頂起勁的人被打退後，別的不大起勁的人更提不起勇氣來追了。她的「直爽」的討論

她的男友——跟別的男人，也使得有些人寒心的，因此有人認為她
「十三點」。

在她周圍的男子之中，我是跟她相當熟識的一位，她也許在等
我去追。可追而未追的人剩下沒有幾個了，她有點慌張——這點她
也老實承認的。但是我對她從沒有強烈的感情，沒有那股力量使我
去追。見面後有說有笑，不見面也無所謂。她假如失望，我也沒有
辦法。

當然給我最大的苦悶的女子是B，我和她之間，我覺得有談不
完的話—— esp.關於文學與人生。現在B已不能給我什麼苦悶，但
是我仍是十分enjoy her company。Anna的學問不如B，但是已經是
了不起的了。她肯用腦筋，對於世事人生有深刻獨到的看法，她
的評論「人和事」有她的理智的和道德的標準，這標準和我的標
準是相去不遠的。她不大能給我苦悶，但是我們談得很投機。B評
論「人和事」有另外一套看法，往往是我所想不到的；也許因為這
點，我曾經覺得B特別fascinating。

S英文太差，對於西洋文化格格不入，她又沒有心思讀書，她
的對人生的看法也許有點道理，但是她的思想裡面完全沒有我的那
一套categories，因此我總覺得她淺薄。很多中國男子也沒有那一
套categories的，他們也許並不覺得她在這方面的缺乏；作為一個
中國女孩子，S的智力是不差的。（她就像我們在兆豐別墅前能碰
得到的那種小姐。）

S因為不懂英文與西洋文化，仍舊是個很「中國式」的女子
（plus一點共產黨的「分析檢討」的訓練）。一個很懷念中國的中國
男子，會覺得她特別可愛，但我並不懷念中國，我想丟掉中國。

一件小episode：最近有一次，Grace叫我把S接到她家裡
去（Grace對於S冷淡了一陣子，世驤和我都勸她應該多給她一
點關懷）。那是下午四點，那時世驤和Grace出去shopping未回，

門上留了一個條子，叫我們進去。條子上說：無線電開着（正是
classical music hour），酒也備好。「情調」如此之好，我又戒備
了，但S對音樂和酒毫不感興趣，一衝就衝到廚房，看見Grace的
午飯碗盞還沒有洗，她披上圍裙，打開自來水龍頭，倒下肥皂粉，
開始洗碗了。

　　我對於「音樂和酒」那種情調是不大能領略的，對於看見髒碗
就想洗的女子可也並不感興趣。天下有能欣賞那兩樣的男子，但是
我最欣賞的是intellectual conversation（頂好把無線電關掉），這方
面S偏偏不行。Grace準備了音樂與酒，也準備（那是無意的）了
未洗的碗碟。假如要叫我選擇，我還是選擇喜歡「音樂與酒」的女
子。

　　陳秀美已有回信來，我又去了一信——內容並不冷淡。但要是
說我現在有什麼女友，那只有一位：Anna。別的再談，專頌
　　冬安

濟安
十二月十七日

# 619. 夏濟安致夏志清（1963年12月21日）

志清弟：

雖然還有很多封賀年片待發，但最近的發展非得趁早告訴你不可。這些消息當可增加你和Carol的聖誕的快樂的。（一切仍請守秘。）

先說Anna。現在的情形先不妨如此sum up：①我大約已成了她心目中最重要的男友——可能是唯一的男友。②她的愛我至少與我的愛她相等，甚至超過之。

上一封信我提起了些"reciprocity"、「兩情融洽」等話，但語焉不詳。最近重要的發展，約略報導如下：

①不出我所料，她會自動向我提起她的所謂steady boy friend。她說此人跟她認識三年，和她家也都認識，但「I expect nothing from him; he expects nothing from me. But in our『我倆』relationship, there is no end of development…」

②她送我的聖誕禮物是一條Scotland Cashmere的圍巾。她說：「最近天很冷，最近出去兩次看見你都沒有圍巾，因此替我買了一條。」我請她把它圍在我的脖子上（這種經驗是生平第一次）。更重要的是，她說：「我本來想替你打一條圍巾，但是這幾天時間來不及了，先替你買一條。我還在替你編結一條，這樣你就可以有兩條了。」

③我送她的禮物是14K細金鏈條，下垂Jade（翠）一塊，價約六十元。我是12/12送給她的，也是她請求我給她圍在脖子上的。十九日見面，她說：「這個我天天戴着，就是登台表演也戴着的。」

④她還要寄卡片給我——尚未收到。我趕快用special delivery寄了一張給她。坊間「情致纏綿」的卡有的是，但我還是挑了一張

聖母抱耶穌比較素雅漂亮的。裡面印好的字句是 May love and peace prevail with you... 我在 love 後面加了個字：prosper（是你給我的 idea）；把 you 改成 us，給她的稱呼是「To my dearest」──大約我們現在之間的交情是夠得上這個稱呼了。（她已 accept 這個稱呼。）

　　⑤她要回 L.A. 去省親，我要送她父親禮物。她只許我送一本書，跑到書店，挑了一本有關菲力濱的風土人情談（價約三元），她說她父親四十年沒有回鄉，看見了這本書一定很喜歡的。在書店裡我們停留了不少時間，她知道我對於買書是內行，故意讓我表演一番學問。但我堅持要去百貨公司，讓她表演她的特長。結果我再買了一件毛巾布做的浴衣（robe），請她送給她的父親，她說千萬不要給她父親買精美的東西，過去替他買的些好東西，他都捨不得穿的。像毛巾布做的東西比較經濟合用，他會喜歡的。（我說我要買東西給她父親也是 filial piety。）

　　此事發展至此，當然一則由於天意，二則雙方都有互相吸引的條件，但最重要的一點：我對她極大的尊敬。我從來不想去 kiss 她，不要說侵犯她了。我本來不是 sensual type；追 Anna 的時候正是 B 給我苦悶的時候。B 的事本來還可以慢吞吞地進行下去，但一則由於我想 kiss 她，二則我 grudge 她不給我 "prime time"，反而弄得她對我戒備，進行困難。忽然遇到 Anna，我對 B 悔過的誠意都用在 Anna 身上去了。我本來是浪漫派，尊敬而崇拜女性的。對於 Anna 我認為她是個「聖女」──她的性格操守的確可算為是個聖女，而且明顯的性格剛烈（如舊小說所說的「俏眉帶煞，鳳眼含威」）和男人很不隨便──但是這點去紫禁城逛的人恐怕從來無人欣賞的。但是我是看出來的。為了與 B 的不愉快的經驗，加以我對 Anna 人格的欽佩與尊敬，我的謹飭操守，無疑獲得她很大的好感。

　　她在談話中，「揚棄」了她的 steady 男友，把我認為最親密的男友，同時懇切地希望我不要作進一步的要求，否則我們的 relationship

恐怕要大受影響。我當然答應。「進一步的」當然是sex。

　　B和Anna兩個如此環境不同的女子，對於「性」都不肯隨便（相比之下，也許B還隨便一點），這可說是我的「奇緣」──適合我這一類的suitor。這種情形光是看小說看電影是決不能了解的。至少就我同Anna的關係而言，是只憑「溫情」，沒有憑「熱情」去贏得她的愛的。

　　B的性格我還是摸不透，但Anna現在已經十分珍惜我們這段關係，而且在worry我是否變心或對她改變看法等等了（她已經來過兩次電話，都是check date的時間的。B從來沒有打過電話給我，office公事不算）。她大約是希望能享受和我過一個「明媒正娶」的生活的。她現在很怕她做錯什麼事（如失約等），或我做錯什麼事（如硬要kiss等），影響了在長進中的愛情。（kiss等事我一切聽其自然發生。反正Anna看出我是個「老實頭」。）

　　她講起拒絕男人的調戲──有時得罵，有時得用physical force ──真是充滿了痛苦。假如我也是那樣的男人，真要碎了她的心的。

　　這封信在匆忙中發掉，但還有一件事非要報告不可：即B約我同過聖誕夕是也。Anna定22日返L.A.渡［度］假省親，我於假期並無計划［劃］，想留在Berkeley做些正經工作。B是去Harvey的丈人（Laidlaw Williams ──他家似為Big Sur附近的一大Beatnik中心）家渡［度］假，希望我也去。我和Anna已漸入山盟海誓階段，我想這事不理它算了。但B又來提起，我只好糊裏糊塗答應了。她先下去，我定24號下Carmel，同她渡［度］聖誕除夕，25號接她回來。

　　我心目中現在只有Anna一人──她的真誠是使我感動的（她是生平第一個報答我愛情的女子）。B對我大約還是「近之則不遜，遠之則怨」那樣，好久不去理她，她又要出主意了。我反

正不再去追她，她對我起不了什麼作用的。（她說收到我的那本Chagall——此書她說是gorgeous——以前那一本不要了）。

　　還有一件奇遇，有一天晚上在小飯館遇見Schurmann太太，我們長談四小時（耽誤了我另一個約會——不重要的），她的愛Schurmann使人可歌可泣，而我的同情心，分析能力，perception, moral sensibility等使她也佩服得五體投地。和B、Anna來往沒有多久，我已成了女性心理專家了。B使我困惑，Anna正開始灌輸給我她的愛——她在這方面的capacity是很大的。

　　這些事情大約可以使你和Carol在更愉快的心情中渡〔度〕過假期。專頌

　　快樂

濟安

十二月廿一日


Joyce前均此

關於B還有兩件事：

　　①有一個小party，我被派去接S，那party B本來說不去的，但知道有這一幕（我做S的escort，我告訴她的），她說一定要來。事後她告訴我說我performance很好。

　　②很久以前，我把Anna的照片給她看過。她看了一下說：「看來很年輕呀。」此後我們從來沒有提起過這件事。

## 620. 夏濟安致夏志清（1963年12月24日）

Dec. 24 1963

Dear Jonathan & Carol

I've just arrived. Nothing exciting or merry yet. B. has just come in.

Love to Joyce & you

Tsi an

［寄自加州卡梅爾（Carmel）鎮］

# 621. 夏濟安致夏志清（1963年12月25日）

志清弟：

昨天於匆忙中發出明信片，也許使你們很緊張地要知道下文。事實上一切都很平淡，沒有什麼奇跡會發生的。

B對我到底什麼意思，我無從知道，而且我現在也不想知道。我並無測知她芳心的技巧，我現在的方針，是一切聽她去。我不主動追求。

有兩點是很明顯的：①她並無固定的親密的男友；②她在某些朋友中間是不怕和我以「情侶」姿態出現。「情侶」是借用你的名詞，其含義到底如何？我也不大清楚。

其男友中間，Harvey Meyers（也在英文系讀M.A.）的確是個好人。此人除了丁尼孫式的鬍子與不打領帶二事外，完全是個"square"，一點也不像beatnik。B和他好過一陣子，但他另婚（長女四歲，次女二歲），已婚之後還是不斷地照顧B。現在B住的地方是H丈人家裡，去年B也在這裡過的聖誕。（我這次只是穿了你所送的jacket來的，沒有穿成套西裝，jacket很挺，B大為讚美。在Berkeley時是她用剪刀把口袋的封線剪掉的。）去年我和B根本不熟，今年我之來和B同過聖誕，一半大約也是Harvey出的注意。Harvey很明顯的（雖然技巧比Grace所做的要高明得多）要玉成B（他的寂寞的舊情人？）和我的好事。H之妻Alice只和我吃過一頓飯，她給我的評語是"neat"——此事B早告訴我，可是我在信裡似乎未曾提起過。B還說"neat"是slang，其義大約和北平話「棒」相仿。

Harvey我認為是有俠骨柔腸的。他的丈人Laidlaw Williams我上信報導是beatnik，完全是瞎猜。L.W.不做什麼事，一頭白髮身

體很挺很健壯，算是鳥類學家，bird watcher，L.W. 之妻 Abby Lon
是左派團體 Women For Peace①的活躍人物，今年七月還去莫斯
科開過一次會。據她說：俄國的今日就像 50 年前的美國，使她很
nostalgic。這種左派人，其實也並無危險性的。

　　昨天是 B 和 Harvey 步行而來把我接到 L.W. 之家。聖誕節過的
完全是舊式的。我坐在女主人右手，算是 guest of honor，我左邊是
B。吃到八點鐘，carolers 來唱歌，唱完歌點起客堂中很大的聖誕樹
上的蠟燭。

　　然後 B 要去 caroling，我和她同去，在 Carmel Highlands 跑了六
家人家。我是一句也沒有唱，B 唱得很起勁，顯然很高興。她盛讚
我是個 "grand sport"，因為我居然不唱歌也會跟她亂走。在那六家
人家，我和 B 總算也是以「情侶」姿態出現。

　　B 仍叫我 Mr. Hsia（S 叫我「夏先生」），態度之冷靜與虛實莫
測一如往日，只有三點是特別的：

　　①我是 24 號來的，23 號她和 Harvey 出發之前特別打個電話來
——這是她第一次打 personal 電話給我——問我 23 號走不走，而且
要確知我 24 號去不去。因為我答應她得很冷淡。

　　②caroling 時，有些人家只送一杯紅酒給我們兩個人喝，她喝
一口，我喝一口，她好像若無其事。（你能想像我肯和 Martha 或和
S 共喝一杯酒嗎？）

　　③回到 L.W. 家之後，她去舀了一碗 children's eggnog（沒有酒
的），自己喝了一口，再讓我喝一口並說：「嚐嚐這個看。」

---

① Women For Peace，全稱 Women Strike for Peace（WSP），美國激進婦女組織，
　主張和平、反對戰爭，1961 年組織大約五萬名婦女在美國 60 餘座城市中進行反
　核武示威，成為 20 世紀美國規模最大的婦女和平抗議活動，並間接促成了兩年
　後的《部份禁止核試驗條約》（*Partial Test Ban Treaty*, 1963）。

　　總之，這個Xmas過得很特別——第一次過真正美國式的聖誕。今天（25）下午兩點再去L.W.家吃Xmas dinner，晚上將和B同回Berkeley。

　　這些事情我只當它們都沒有發生。我對B將繼續以聽話但是冷靜的態度對付。我曾經着急得夠了，她若不着急，我是不再着急的了。

　　我昨天一到旅館，第一張卡片是發給Anna的。預備把我和B之事，全部告訴她。她已開始談她的別的男友，我也可以開始談我的女友了。

　　在B面前我不想提起Anna——提了可能會hurt B，假如她知道我的心已有所歸屬的話——即使她自己不要我。

　　回到Berkeley後，最近至少將有兩個party，我要做B的escort，所以我們關係不會斷，但是我不會起勁的去date她。

　　但B對我仍有很大的魔力。我看見Anna，真的是當她「聖女」看待的，我一點也不想碰她。我只是欣賞並領略她的「愛苗」的生長。在B方面，我一點也看不出有什麼「愛苗」（她的心也許較亂：畫成圖畫，她的心大約是abstraction一派；而Anna的芳心該畫成naturalist一派，像顆苗似的有跡象可尋），但是我和她在一起總想靠近她，甚至摸她，etc……當然我從來沒有這麼做。但是B對我的吸引力不小。

　　Anna是舊腦筋而非常「顧家」的人，B雖然也在慶祝聖誕，但她在德國的父母弟妹那裡的禮物還沒有寄呢！要寄的她說只是「a box of dates」（我立刻wisecrack一下："more（dates）than they can use"）。她的家庭觀念如此淡薄，請問如何成為一個好太太？

　　上信報導Anna之事，也許使你們很興奮。但是請注意Anna和我還沒有達到「難捨難分」的階段。但她對我如此好法，已經使我心緒有點亂，現在出現B的插曲，使我冷靜下來。我還要好好培養

和Anna的愛情。

假如沒有Anna那邊的assurance，B對我所表示的種種將使我方寸大亂；現在我總覺得有點像做戲，因為我心已屬Anna了。我只覺得有點對不起俠骨柔腸的Harvey。再談　專頌

新年快樂

濟安

十二月廿五日

Carol、Joyce前均祝新年快樂

# 622. 夏志清致夏濟安（1963年12月26日）

濟安哥：

讀十二月21日信，大喜。你和Anna已於聖誕前夕進入「海誓山盟」的階段，我想1964是你倆大喜之年，想已無問題。盼望明夏我們都飛來舊金山吃喜酒。上次她break了那date，情感反而更進一步，現在Anna所有言行舉動都表示極愛你，等你向她求婚。你們聖誕交換的禮物都是很重的，Anna答應是你的dearest，愛情的發展我想不會有什麼挫折的。前幾天你賀年卡上寫着"A is prospering most beautifully，我就很高興，現在事實證明你們的愛情已進入成熟階段了。想不到，你那位上海朋友帶你去逛紫禁城，竟做了月下老人的牽線。你和Anna一見如故，互相敬愛，沒有經過torment的階段；另一方面你和B談愛，增加了自信，從怕生的bachelor變成了一切女子最信任的confidant，所以一切順利，真可喜可賀。你多少年不追女孩子，現在有Anna這樣又美貌又正派又多情的女子愛你，也是自己修來的福氣，Anna處污泥而不染，承你青睞，對你的恩情，自當更深，以後你福氣無窮。Carol獲訊也極高興，我想此事你不必再同什麼人商量，你可准［徵］求她同意，買訂婚戒指，在舊曆新年訂婚（有時間多開車去Los Angeles，見了她父母，來一個小party，正式訂婚），結婚可按世俗在六月初舉行。訂婚後，Grace祇好接受事實，要想批評，也不可出口了。Anna和你的朋友見面後，她的談吐不俗，相貌不凡，他們都會accept她的。要被hurt的當然是B，但她was given the first chance，她自己不肯接受，只好怨自己。我想B對你也很serious，祇是不肯surrender自己，大約非到desperate的時候，不肯下嫁與你，希望你和她聖誕除夕玩得很好，以後她不可能和你有這樣親近的機會了。

　　明晨飛芝加哥，這次去開會，毫無道理，既然答應了人家，只好去走一遭，「中國小說」的Conference，大家發表些意見，也沒有什麼結果的。你寄來的Fashion Shop，月份牌都已收到。Fashion Shop assemble起來，花了我兩三小時，但Joyce極愛玩（the envy of her neighbors）。Joyce有tammy doll，較Barbie嬌小可愛些，各套行頭都全，所以玩起來很起勁。我看了兩張電影 *Birth of a Nation*、*Intolerance*①，前者的確是電影史的milestone，上半段看了我不斷流淚（我告知Grace、世驤），後半節處理黑白人問題，亦深合我意。在Griffith手下，三K黨是中世紀騎士的復活，沒有他們，黑人猖獗，南部早已完了。芝加哥回來後再寫信，附上玉瑛妹賀卡，不久你可以有好訊報導父母了。即祝

　　新年幸福！

弟 志清 上

十二月26日

---

① *Intolerance*（《黨同伐異》，1916），歷史劇情片，D. W. 格里菲斯（D. W. Griffith）導演，莉蓮‧吉許（Lillian Gish）、梅‧馬什（Mae Marsh）主演，美國Triangle Distributing發行。

426

# 623. 夏濟安致夏志清（1963年12月30日）

志清弟：

接到你表現得如此興奮的來信，使我很不安。但是我深知情形絕沒有如你想像那樣的樂觀，所以在未知Anna方面確切虛實之前，我在那信裡還加了幾個字「此事仍請守秘」，免得你太興奮而跟人亂說，結果好事不成，弄得大家一場沒趣。

在Carmel發出一信一片，想都已收到。Anna待我的各種好處，前信所說，俱是事實，但如說她就想和我結婚，未免太早。她說：「Please ask nothing more of me」可能有兩種解釋，一種是我不要利用我們的友誼去調戲她（make passes）等，這是我上信的解釋，另一種解釋是我們只是好到這裡為止，不要再談婚姻之事了（雖然這和「no end of development」相牴觸）。在Carmel發出的信中，我說「我們的關係還沒有到『難捨難分』的地步」，這是我在Carmel悟出來的很重要的一點。你想，她可以暗示或者明請我到L.A.去，但是21號晚上我去紫禁城跟她捧場，她不給我L.A.的地址；又不答應從L.A.寫信或打長途電話給我，她說「反正只有一個星期的分離」，把事情看得很輕鬆。照美國規矩（以及照一般人情），一男一女好到訂婚階段，可以捨得不通信不打長途電話的嗎？（我信中說：「將漸入海誓山盟階段」，你看成「已入海誓山盟階段」了。）

她是禮拜一（30號）回來的，還是我打的電話給她。（29號我太忙，在別人家裡有應酬，沒有工夫試打電話。）她說太累了，不預備多說話，但是叫我31號定個時間，再由她打電話給我。我說31號我可以見她嗎？她說不可以（it's impossible），但是願意在電話上跟我談談。假如照你的樂觀，我豈不是一交［跤］跌入深淵氣

得個半死了嗎？（我可能生氣地向她說：假如31號不願見面，那麼電話也請不必打來了。——那樣她會痛苦。我如真愛她，也該不怕引起她這種痛苦，但是我只是乖乖地聽她走。）

事實上我並沒有氣得半死，因為我根本沒有如你那麼樂觀。我只有一點好心腸，假如她真是來移愛於我，而我假如沒有積極表示，那是對不起她——這是我所不願意做的。假如她只是平平淡淡，我還是可以平平淡淡，良心反而可以安了。

現在情形很難說，有三個可能：

（一）她忽然對我態度大變，原因是她生活中有大變化，如和L.A.的前夫舊歡重拾等——但這是很wild的猜測。除非她明白表示要不和我來往了。

（二）她想玩弄男子，忽冷忽熱地對待我。這點可能性也很小。至少她知道我的個性，我並不是容易被玩弄的人；忽冷忽熱地來了兩下，我就會裹足不前了。我從來沒有去熱烈追求過，她也知道。真是熱烈的話，我應該不顧一切追向L.A.而去。如她回來了，今晚我就可以去紫禁城去見她，假如真想和她見面的話；但我不去。她一冷，我也會冷下去的。頂重要的，是我了解她的個性，她不是玩弄男子的人。所以這點猜測也不成立。

（三）我們的關係還只是開始，需要我好好地培養。照過去種種表示，她無疑是很喜歡有我這樣一個朋友的，但她什麼時候願意surrender（or whether she ever will），只有她能作主。我在Carmel發出一信中也提出「培養」二字。

情形如所說第三種，也許要使你和Carol失望，但也許你們太樂觀了，估計錯誤了。希望是有的，但還只是希望而已。

還有一點，我叫她"my dearest"，她的接受也很casual的。我在電話裡問她：卡收到否？How do you like the inscription？她說"That's O.K."。我一叫她my dearest，這是表示我的surrender。她除

非根本拒絕我這個人，作為女人而論，她是喜歡看見男人（another one）向她傾倒的。

　　你的種種浪漫的夢想，暫時尚不能實現，甚歉。事實上，也許我已變得比你less romantic，I could even act like a cad。也許你不相信，但她回來後，我不打電話給她（冷酷地等她打電話來），我也可能做出來的。但她既然向我透露一些愛情，我的良心還在，我只好先去向她打電話。

　　此事前途樂觀與否，尚很難說，要看1964年的頭幾次date再說。但是悲觀的因素是存在的——主要的是愛情經驗並不使我更為浪漫熱情，而使我更為冷酷無情。Anna和B不同，B是在同一office辦公，我不能不見她，一定要很吃力的維持一個良好的關係，even if only for appearance sake。但Anna我如不找她，我們以後可能永遠不見面了。這種危險可能永不發生，但是威脅是存在着的。（我相信Anna，但我不相信自己。）

　　我對B已經冷淡得多，但她也許因此更喜歡我，誰知道？她最近生命中將有大變化。Peace corps決定不去了。她另外覓得一job，做"disturbed children"的保姆（英文叫counsellor？）每星期從一至四工作四晚上（4P.M.-8A.M.），薪水較Center好。她定三月quit，三月十五日開始新工作，並且將搬到S.F.去住。白天來Berkeley上課。對於Center她是有依依不捨之情的。

　　她說Center假如要替她給一個farewell party，她希望讀一篇中文演說，由我替她compose（in romanization），我再訓練她發音等。

　　再有一點她說的是她的involvements都結束了（並不表示她就願意下嫁於我）——這些都是很好的鼓勵我前進的記號，但我都不加理會（我如恢復追求，還有很多的挫折和打擊等待着我，最後也許成功）。（我稱Anna為my dearest後，我也得顧到道義上的責任。）

1964是否成為我的結婚年，現在不敢說。但是我隱隱覺得1964可能成為我的退卻年。1963後五月中開始，我的生命中的確是風光旖旎的。1964以後可能又恢復無女友的生活。

B搬去S.F.以後，我可能去找她，但我也可能就此不理她了。Anna那裡如進行順利固好，如進行不順利，我也許就此不再找她了。

當然我還會不斷的碰到可愛的女子，但是追不追其權在我。現在情形和我初遇Anna時不同（B使我陷入情網也是不可理解的）；當時我深為愛情所苦，很需要女性的安慰。所以B之事未了，又去追Anna。現在看看女子們的（本能的，不是預謀的）的伎倆覺得很乏味。現有的都不大想繼續追求，當然不會去開闢新局面了。

Xmas一類的大節，是男女社交的crisis。我很感激B，至少Carmel之遊非常快樂，使我忘了Anna（我和Anna之間第一個crisis是Thanksgiving，第二個是陽曆年）。陽曆除夕，Anna不願和我見面（事實上我永遠可以去紫禁城見她的），我的涵養工夫好，可以不加理會。但是她如肯和我見面，甚至再舉行些兩人間的節目（如去參加舞會等），我可能快樂得多——你所期待的訂婚等，也會更快的實現。

Xmas前Anna給我引起的快樂的幻想，這兩天變成了相當沉悶乏味的depression。其實痛苦我倒並不覺得，但是戀愛總是快樂和不快樂的起伏——這一點我已經看穿，而且覺得乏味。可慮的是：即使Anna等她疲勞恢復，或者別種personal problems解決後，再拿很溫柔體貼的態度來對付我，而且拿出的是真心，而那時我對她已喪失興趣了。

目前不論B怎麼對我溫柔，我已很難對她提起興趣。我很怕Anna也蹈這個覆轍。願上帝保佑她（們）和我。你來勸我也沒有用的。

還有一點很大的irony。B請我去Carmel，是在Center的Tea party當着很多人面前請我的；她回來後，同事問她怎麼過Xmas的，她很innocent的說：「同Mr. Hsia在Carmel一起過的。」她這樣大方，我怕話傳到Grace耳朵裡去，引起不良的猜測，因此特地跑去找Grace把B請我去過節的情形描寫了一下。我一直想找機會跟Grace談一下B的事情，想不到機會是這樣產生的。我當然沒有提，我曾經多麼的為B而顛倒。在Grace和世驤心目中，B是個很大方的美國小姐，Xmas自己找一個她所admire的男同事去陪她玩，也是很正常的事。假如我和B之事就此結束，想不到是以她來date我而結束的——這使得我向別人解釋非常簡單。我不提起兩人之間有什麼情感的因素；我不說我是追她的人，而只暗示她是我的admirer，這種態度其實是caddish的。

你說Anna是「美貌、正派、多情」——這些我都承認。她無疑也珍惜我對她的一段情，所以date還是會有——這點倒請你不必過慮的（聖誕節前她的種種表示，都是真心的；但用意是要抓住我，不放我走，並不是等我立刻去求婚）。婚姻問題我也會跟她談——若繼續date而無結婚的打算，我不會下流到如此地步。假如她說沒有和我結婚的意思（即使如此說，並不表示她就不要我了，只是表示感情尚未成熟而已），只是想和我做經常見面的朋友——我也不會和她斷絕，就和她做朋友做下去了，照她所說的。

使你失望的是：我大約不會拿出勇氣決心來拚命追一下，非和她結婚不可。這樣，結婚的可能性是不大的。但我可擔保：1964我如和Anna繼續的date，我將不斷地同她討論婚姻問題，並探測她的反應。假如反應不壞，我也許會求婚也說不定。

B搬去S.F.後，我和她的關係將有一番調整。那時不必顧忌同事們，也許date反而容易了。兩人見面不易，也許見面時反而更親熱了。但她已給我足夠的困惑，假如沒有更大的鼓勵來，我不會向

她求婚。

這是1964年我給自己的結婚的可能的一個推測，相信是很dispassionate而且離實情不遠的。時逢新年，我無意使你和Carol大為失望——尤其在引起你們那樣高的希望之後。在我和Anna開始date的時候，我隨便說了一句話：I do not care whether I succeed, I want only to do my best。我指的是我一般做人作風，或者是我寫作的經驗。但她接着說一句"If you do your best, you'll succeed"。從她表情看來，她指的是我們兩人的關係，這使我嚇了一跳，但她所期待於我者，也很明顯了。

開闢新戰線，另找女友——這點可能性是很小的。照過去的經驗，我一depressed就可能depressed好幾年，現在時不我待，不能多耽擱了。1964是crucial的一年，但發展如何，一小半靠人力，一大半靠天意。明年暑假又將去Seattle，如在暑假前沒有個解決，Seattle回來，金山灣區人物全非，也許就此恢復無女友的生活了。說來雖很可怕，但暑假以前，很多事情可以發生。請不要忘記：這幾年都是我的好運道的年份。

　　專此　敬祝
　　新年快樂

　　　　　　　　　　　　　　　　　　　　　　　　濟安
　　　　　　　　　　　　　　　　　　　　　十二月卅日晚

Carol、Joyce前均此。

# 624. 夏志清致夏濟安（1964年1月6日）

濟安哥：

這次過年，你一定用掉一大筆錢送禮。Grace來信，說你送她一條white sheepskin，這是很貴族的室內用品，Grace的高興和surprise，信上也看得出。你給我們的蘋果和梨也早已收到了。蘋果奇大，早已吃光了；梨今年的熟得慢，到兩三天前才可以吃，鄰居分送了幾隻，餘者自己受用，味極甜。你給女朋友送禮，出空了心思，也是虧你的。今年送禮，我們的一份可以從簡，只要一盒梨，一張月份牌，和給建一一些小玩意就可以了，不必多花腦筋。你給建一的fashion saloon，她極愛玩，你對女小孩子心理很懂，不知有沒有經Grace指導。她應該自己上書謝你，Carol也一年沒有給你信了，她們的indolence，請你原諒。

你去Carmel同B度聖誕除夕，很享受一些美國情調的新經驗，甚慰（我至今沒有沿街唱過carols）。B仍對你很有興趣，可見你court她幾個月，她是極appreciate的。她離開center後，關係或可明朗化。Anna L.A.回來後，比較又表示冷待你，她心理作什麼盤算，我也猜揣不到。可能當時受了你的重禮，一時情感衝動，說了幾句真話。現在又有些後悔，覺得自己還不能決定把終身付託於你，所以比較冷淡些。本來預計1964一切可以明朗化，但看來時機尚未成熟，消息雖然有些discouraging，但我想兩位女子對你都很serious，1964仍不失為你的結婚年。

你該如何進行，我實在也無法advise。第一，你可以要求B改換你的稱呼，這樣要好的朋友，還在姓上加個Mister，似不通，至少在辦公室以外，她應當直呼你的first name。第二，next time和Anna date時，可責問她為什麼態度變得冷淡，她為人既爽直，或

者肯說出原委。以後看兩人態度如此，擇 response 好的好好進攻一番，圖速戰速決，免得一下子高興，一下子 depressed，自己討苦吃。如決定和 B 重拾舊歡，你良心上並沒有對不起 Anna 的地方；聖誕節前後，她的確是你的 dearest，她自己不給你 encouragement，是她自己的錯。除非 B 特別對你表示 interest，我想你在三月一日前可先追 Anna，看她肯不肯和你結婚；她如不願，三月一日後好好地向 B 求婚，暑假前她應該可以給你一個答覆。如命中注定，兩人都沒有做你太太的福分，暑假中得另作打算，免得拖着，把別的機會也失掉了。

我 27 日去芝加哥開會，29 日回來。Chinese novel 的 section 在 27 日下午開會，Lily Winters 做主席，Frankel 讀了一篇極籠統的 paper，我也口述了一篇討論《金瓶梅》的 paper。Panel 上還有劉君若，她沒有 paper 可讀。出席的也是些熟人，如 Irving Lo[1] 之類。我批評《金瓶梅》，聽眾可能不高興，好像中國人似應當捧中國文學作品的。臺大的黃教授也在場。Palmer House MLA 開場，人擠得水洩不通，看見了就討厭，所以其他 panel 一個也沒有去聽（有 Rowse 念 paper 的 Shakespeare section，聽眾有四百人之多）。可是 28 日預定晚上有約會，只好 29 日才動身。我上一次參加 MLA 年會是 1954 年底，在紐約，現在找事的，想換 job 的人比（以）前更多。

---

[1] Irving Lo（羅郁正，1922-），福建福州人，華裔漢學家、翻譯家，美國威斯康辛大學博士，主攻英國文學與比較文學，先後任教於斯蒂爾曼學院、密西根大學、愛荷華大學、印第安納大學，主編《中國文學翻譯》（*Chinese Literature in Translation*）、《中國文學與社會研究》（*Studies in Chinese Literature and Society*），著有《辛棄疾研究》（*Hsin Ch'i-chi*, 1971）等，另與劉無忌合編《葵曄集》（*Sunflower Splendor*, 1975）、與舒爾茨（William Schultz）合編《待麟集》（*Waiting for the Unicorn: Poems and Lyrics of China's Last Dynasty,1644-1911*, 1986），均是中國古典文學英譯的經典。

　　Harvey Meyers你可和他單獨談談，他可能知道 B 對你究竟如何。我前面一段 advice，當不得真，你一切得打定主意，見機而行。下學期你要開課，想一定很忙。Carol、Joyce皆好。附上賢良弟的賀卡一張，明天有課，就此打住，即祝

　　近安

弟　志清　上
正月六日

# 625. 夏濟安致夏志清（1964年1月10日）

志清弟：

來信收到。謝謝種種advice。其實我並不需要什麼advice，因為我並不苦悶，心境目前是很平和的。

「平和」當然imply沒有什麼好消息可以奉告。Anna之事受命運播弄，簡直毫無發展。一月四日（星期六）我約好請她去看波蘭歌舞團（Mazowse①——紐約想已來過），這個加上dinner可以使我們歡聚好幾個鐘頭。但是就在那天上午十點半，她接到消息說她的一個在L.A.的姊夫死了。她總算努力打電話跟我聯絡，僥倖聯絡上了。我還是去看了她，送了一盆菊花。她說要去L.A.陪她姊姊，一去之後至今尚未回來。我問她此人的死因，她說是自殺的，並請我不要多問。她們姊妹情篤，她還要陪她姊姊一個時候。這個姊姊是她二姊，她另有一姊姊在夏威夷，一在Palo Alto以南的Sunnyvale。

Anna的家庭觀念極強，這個不幸的姊姊又是她的favorite（她說聖誕禮物最重的是送給她的），聖誕歡聚後不久，即發生悲劇（自殺和病故或意外死亡不同），她姊姊一定很悲痛的。Anna要多陪伴她，是情有可原的，但我的事情就此擱起來了。請問這是不是命運作弄？

你的種種勸告所以對我沒有什麼用處，理由有二：（一）我並沒有什麼苦悶亟待解決；（二）我目前並無求婚打算。

去年的五、六兩月是我的苦悶月，苦悶總是難受的。苦悶的時

---

① Mazowse（馬佐夫舍民樂團），波蘭著名民樂團，1948年受波蘭文化與藝術部之命成立，旨在保存馬佐夫舍鄉村地區的傳統藝術和歌舞節目，1950年在華沙的波蘭大劇院（Polish Theatre）首演，1951年出訪蘇聯。之後被允許到西方國家巡演，1954年出訪巴黎，1960年首次出訪美國，獲得了世界性的聲譽。

候，可以做出desperate的事，說出ridiculous的話，而且「病急亂
投醫」，喜歡聽取別人的advice。

　　我和Anna的關係很單純。我所求於她者是她的愛，但這個聽
其自然發生。我對她沒有什麼欲望，她若不愛我，我不會感覺痛
苦。說句沒良心的話，她若現在跟我斷絕了，我也覺得無所謂。對
於她，我其實從未十分陷入情網。上次那封報告好消息的信，裡
面有這樣一句話：「她對於我的愛相等於我給她的，甚至超過之。」
這表示我從來不十分sure，到底我是如何愛她。

　　很奇怪的，她的美在開頭的時候對於我有吸引力，以後就很
少。也許她太正派，不夠「媚」。但我對她為人十分傾倒，我認為
Anna是個極好的好人，思想正派，有純正的感情。她的感情我如贏
得了，將是人生很大的幸福。她和她姊姊間的愛，在美國就很少見
的。她去L.A.遲遲不返，我是想念她的，但這亦增加我對她的好感。

　　和她在一起，很奇怪的，我也覺得很secure。她什麼樣的男子
沒有見過？──英俊的、有錢的、健壯的，etc。她若對我發生好
感，這個好感的基礎倒是比較穩固的。

　　還有一點使我覺得放心的，即和Anna的關係之中，我有很多東
西可以give，但並不期待take什麼。目前我所求於她者，只是經常
的date而已。但在另一方面，我可以給她shelter（假如她要的話），
她承認我有一個understanding heart，至少我還是個gentleman。她
若求歸宿，一定會很seriously地考慮我的。

　　和Anna來往，所以我很少覺得anxiety。不計成敗，所以態度
也較自然。我也並不逃避什麼東西，她假如再多給我一些愛情，我
說的話將越來越向「求婚」這方面走的。「求婚」的話男人大多是
被動說出來的，女人會引男人向這方面走的。Anna只要再引我幾
下，我就會「跌」進去的。它的暫停引誘我，正是表示她為人的嚴
肅。這也是使我欽佩她的地方。

　　因為她遭遇的不幸，她無疑也比我moody。在她心境不好的時候，我其實也不應該expect她對我特別affectionate。她無疑在seriously考慮她自己的前途，我做人越正派就對我越有利。我相信她所求的是一個正派的人。

　　一切當然還得聽命運安排。我只是慢吞吞地來。只要關係不斷（我是不會主動的去切斷它的），我就有很大的機會。

　　B情形不同。她是曾使我陷入情網的人，我承認曾十分愛她。B並非美人，但對我至今仍有很大的physical attraction。她的智力很高，至少不比我低，但我倒不大敢向她求婚，原因是她有很奇怪的道德觀念。她做事其實很有principles，一步也不苟且的。但討論起婚姻、家庭等問題來，她至少是假裝着很cynical的。她也許一輩子也不會做成功Simone de Beauvoir，但開起口來總想表示「新派」，表示她是個「知識分子」——美國式的，或法國式的。不論她說說也罷，真心這樣想也罷，我對於她的道德觀念是有點怕的，所以我一直覺得「佳耦不在此」（她和我走路，從來不勾搭我的手臂，總保持一個距離。Anna和我走路時亦然）。

　　B也許會接受我，但我相信她心目中一定有個美國英俊小生在。她若同我結婚，也無非不得已而為之——因為她找不到美國英俊小生。我對她將永遠是個second best，這是我所受不了的。對於Anna我願意糊裏糊塗地「跌」進去，向她求婚，因為我相信Anna可能認為我是天下頂好的男人。但這在B是不可能的，我將防備着不要為B所誘。

　　以上的分析我希望能使你滿意。我頭腦很清楚，對於做人還是很嚴肅的。還有一點我要向你報導的，即我對於B態度之自然，為從來所未有。我對她的「冷淡」其實並不是真的冷淡，我對她現在非常witty，諷刺她，tease她，開我們兩人的玩笑等，這我相信也使她對我觀感一新。我過去在「苦戀」期間，大約顯得很可憐而可

笑：年紀已經很不小的中年人，可是其追求方式近乎中學生；B自命sophisticated，當然不會要我這樣一個人。最近我仍是中年人，但是我能比較充份地表示中年人的成熟、風趣、impudence、智慧、體貼等。我自己已經不大顯得ridiculous，但我還有勇氣使她顯得ridiculous——這個作風我相信她是appreciate的。

對於Anna我則serious得多，我是隨時預備求婚的。不斷地表示愛情，可以感動Anna，但在B面前則顯得naïve云。

你勸我去找Harvey談談，這未始不可行；但我現在已非ardent suitor，那樣做已不必。我對B現在這種態度，很能建立我的superiority，可以博得both B & Harvey的欽佩——至少我也是他們「道」中人，我也是個sophisticate。

B到底打什麼主意，我一直是不了解的。如關於今年暑假，她曾先後有四個計劃：（一）去墨西哥，（二）去歐洲，（三）加入Peace Corps，去亞洲，（四）做精神病孩子的保姆。現在照第四個計劃做了。她說預備做保姆一年半（她的合同），然後去紐約進哥大讀書。我曾經說追求她有五年計劃，她說兩年計劃就夠了，因為兩年後她要去紐約了。這個計劃當然不一定實現。無論如何，她的腦筋裡奇奇怪怪的思想一定很多的。你曾警告我關於catering to her whims的事，將來做她丈夫一定很苦。

她無疑也在考慮我的事。我已好久不去麻煩她，但她一天忽然對我說：「我走後，我想請R代替我的位子。」我問是否center裡打字的位子？她說「不，是to replace me in my relationship with you」。R就是center的"new girl"，是很大方很elegant的美人一個，但她已有情人，在古典系教書的Charles，我和他們二人已出遊多次（領他們參觀Chinatown），但B並不知道。她對R也許一直在嫉妒，因為R的美麗正派善良等美德，無疑都在她之上。我其實不喜歡正派女子的，她們比較dull——Anna是在邪中見正，或者是極力求正，

所以對我有appeal，自然而然的正派女子（大家閨秀）引不起我的興趣（如Sutton Place的那位）。無論如何，我和R也是談笑風生的——R已有男友，我更不緊張。B見了，心中不服也說不定。

以上的解釋也許太樂觀一點。B的嫉妒性是有的，但她可能還有一點考慮：「我反正不要你了，我現在又要走了，你不是將更痛苦了嗎？為什麼不去追R呢？」假如她有這一層意思，至少她還是關心我的「痛苦」的。但她的怪建議只是引起我的抗議，implying我的愛只有她一人，她聽見了似乎很高興。

Anna和B都不能引起我的多少「痛苦」。說一句將使你傷心的話（因為這將表示我的「道德墮落」），我現在已經知道如何運用「痛苦」作為武器。這就是過去一年最大的收穫。過去的痛苦是真痛苦，是使我手足無措的痛苦。現在的痛苦可能成為達到一種目的的手段。在這方面我算是「成熟」了。

我既不date B，Anna又遠在L.A.，現在給我最大麻煩的女子是Grace。向Grace我是不斷地獻殷勤的，她常常被我哄得很快活——這方面我的技巧是更圓熟了。買那條羊皮毯的確花了些我的精神，我要送她一件壓倒一切的禮物。我給世驤和她的卡，也是壓倒一切的：冲皮的，像是一本精裝燙金的古書。那羊皮毯，所花不到$20，在一家India Imports店裡買來的。這是我送他們兩人的禮，並不算重。一本像樣的美術書，至少也要這個價錢。但羊皮毯使得Grace太高興了。

Grace知道了我在Carmel過節的事，又知道我在外面有date（她不知道Anna），其反應不是高興，而是生氣：為什麼我這許多精神不去花在Martha身上？所以Martha又復活。她以前以為是我是shy，怕交女友，怕見女人，不想結婚等，在這種條件下，她忍痛放棄了給我的壓力。但現在證明不然，我是在交女友，那末為什麼不去交Martha呢？即使我獻給她自己的殷勤，她也並不十分高

興：為什麼不分一部份給Martha？

平常我得花不少時間陪Grace，假如一旦真有了steady的女友，和Grace的裂痕將不可避免。她拒絕知道我的女友的事，我自己找來的人她總是不贊成的。我是接收她給我挑選的人——即便此人是時鍾雯罷。

此事的delicate你不難想像。你遠在紐約，希望不要為此事，出任何主意，或作任何努力。我遠比你tactful，我會處理這件事，且處理得很好。你一介入（我也不希望世驤介入），也許我反而難以處理了。我只是想使你知道，並不求你的advice或help。

現在關於Martha的壓力還不大，但Grace已在舊話重提了；再則對於我的date（因此便不能接受她的邀請，假如兩個dates不conflict，她也不會知道我有什麼date），她的態度是冷誚的譏諷：「好呀！你有date很不差呀！」etc.

關於Martha，我不得不說一句公平話，她實在是一個稀有的善良的而且intelligent的女子。比起時鍾雯來，二人有天淵之別。Date她是也該有其樂趣的，但Grace的安排與壓力，使此事成為不可能。Date而不和她結婚，Grace將成為是莫大的罪過，使我在社會上不能做人，「始亂終棄」！

Martha的善良與intelligence可以從她和Grace的關係中見之。她倆的關係從二次大戰後二人在東京麥帥總部同事時開始。十年前Grace結婚，她送了一套極貴重的瓷器（幾十件！），Grace對她過度的關心，恐怕也妨礙她的正常的社交生活。Grace打扮得這樣漂亮，而Martha是不施脂粉，衣履樸素的。Grace的瞎出主意，可能也嚇退了她一些可能的男友。

拿我的事來說吧。Grace的笨拙的拉攏與我的鐵石心腸，給Martha的痛苦應該是遠勝給於我的，但Martha好脾氣的都容忍下來了。假如Martha是個量小的女子，她將視Grace為天下最大仇

人：無緣無故不斷地使她出醜丟人，名為幫忙，實在好像是Bette Davis之persecute Joan Crawford②也。我不願意給任何人來一套psychoanalysis，但Grace幫忙Martha幫得如此結果，還要不斷地幫下去，Grace應該捫心自問而覺得慚愧的。

但是我和Grace的關係還是維持得很好，Grace不是個有心計的女子，她只是任性，心地還是善良，而且頭腦比較單純的。假如她稍有計謀，事情不會這樣糟。我會對付她：一切事情上都使她滿足，使她覺得pleased，只是在做媒一事上決不讓步，她因此拿我沒有辦法。我只是為Martha抱屈，她的suffering真是冤枉。

希望你不要勸我做慈善家。我心目中的對象還只是 Anna 一人，但此事——跟一切事情一樣——如何發展，還得看命運的安排。再談，專頌

近安

濟安

一月十日

Carol和Joyce前均問好（希望下次寫給你的信將談些別的事，不要老談女人的事了）。

---

② Joan Crawford（瓊‧克勞馥，1904-1977），美國演員，1930年代好萊塢「黃金時代」最受歡迎的影星之一，聲名直逼當時的巨星瑙瑪‧希拉（Norma Shearer）和葛麗泰‧嘉寶（Greta Garbo）。1940年代轉投華納，憑《欲海情魔》（*Mildred Pierce*, 1945）獲奧斯卡最佳女主角獎，之後又以《作繭自縛》（*Possessed*, 1947）和《驚懼驟起》（*Sudden Fear*, 1952）兩獲奧斯卡影后提名。其與貝蒂‧戴維斯（Bette Davis）在現實生活中存在長期的不和，不過夏濟安在這裡所指的應該是二人合作的電影《蘭閨驚變》（*What Ever Happened to Baby Jane?*, 1962）中的劇情，戴維斯扮演的妹妹珍妮（Jane）將克勞馥扮演的姊姊布蘭奇（Blanche）對於自己的提攜視作令自己出醜，因而處處與之作對。

442

## 626. 夏濟安致夏志清（1964年1月17日）

志清弟：

前上信，想已收到。很抱歉的，引起你們這樣高的希望以後，將有失望的消息報導。即與Anna的關係已達不絕如縷的階段：關係可能不斷，但我對於交女友一事已感厭倦，也許1964真會成了無女友的一年了。種種發展，當然還得看命運安排，我能做出什麼事來是很難說的。

昨天（1/16）星期四是我和Anna的經常date又恢復的一次。她的態度冷得可怕，我們坐下來後（在一家叫做Koe's的小法國飯館，連cocktail, wine等兩人不到十元錢），我問道：「Do I look like a stranger to you tonight?」她隨即大興問罪之師，指責我的種種錯誤。她所說的要點：

（一）我們兩人不可能結婚；

（二）我最近追得太緊——尤其是到處打聽她什麼時候回來，她怕我和她的朋友們談起她的別的事。（But I did not.）

這樣的冷淡倒並非全出意外，我雖然解說得並不十分圓滿，但我的dignity還是保持的。我說it's up to you去決定。（一）或者斷絕，（二）或者如常進行。她說叫我決定（it's up to you，足見她狠不下心來同我決絕），關於下禮拜約會她說叫我回家多想想後再打電話。

我現在的態度是不預備再打電話，或者至少等一個月後再打電話。此事發展至此，真使我為交女朋友寒心。幸虧我並不真正的in love，否則痛苦是很難受的。Even as it is，叫我怎麼起勁也不可能的。

此事的弄糟，有三原因：

（一）她的 unmistakable encouragement；

（二）由於她的鼓勵，以及我的良心好，只好顯出更熱烈的 response，否則怕對不起她。照我本性講，我是可以保持很平和的態度的。我想表示熱烈的 response，偏偏忽然又見不到她的人（她短期內去兩次 L.A.），因此步伐有點亂。

（三）她姊夫的自殺也給了她一點打擊，詳情不知。她說了一些，大致是今年二月間就是姊姊與姊夫的第十一個 anniversary，他們二人表面很好，可說是 happy marriage，他們也有孩子。但是姊夫對她姊姊只是 infatuation，姊姊 remains her individual self，情形之糟連離婚都不能解決，姊夫只好自殺了。那時偏偏我的熱烈顯得很像她姊夫的 infatuation，使得她往這條路上面去想了。

我逼她跟我斷絕，她倒說不出口來。我想還是我來跟她斷絕吧，不聲不響的不去找她不就完了嗎？對於 Anna 的了解，我有些地方是對的，有些地方還是不對。對的地方是我看出她有 fierce temper。我曾跟她說過，我最怕是 provoke 她，結果還是糊裏糊塗地 provoke 了她。足見我的理智還是不行，而且「活得老學不了」也。

我對她最大的看錯之處是以為她對我有情意。我最初只是去瞎捧場 flirt 而已，她的反應漸佳，我不得不抱希望。若真是抱遊戲人間的態度去和她來往，我認為也是不道德的。所以她向我責問時，我說我不能否認有結婚的企圖。

她對我的態度仍不離這公式：一隻手把我拉近一步，另一隻手就來打我一下，怕我移動得太近了。總之還是不離孔子所說「近之則不遜，遠之則怨」。這倒並非存心玩弄於我，女人恐怕是有這個本能的。她如要玩弄於我，繼續向我表示好感──（灌迷湯？），我將更難於應付了。

我取悅她有一點估計錯誤：她以為我的種種熱烈表示

（attentiveness——她說 "I have never been courted more attentively"）是我的真情流露。她吃準了我是溜不走的了。我若從此不打電話去，她恐怕會失望，即孔子所謂「遠之則怨」。

我對她的臨別贈言：「你對我的失望，只是對於一個男人的 disillusionment，你的人生態度做人方式仍可照舊。我的失望是對於人生理想的 disillusionment；好意不被接受或欣賞，只有引我走上 cynicism 的路，我本來的 cynicism 的傾向就很強了。」我又說，我雖然做了些事說了些話是錯誤的，但請她也想想我們友誼的基礎。

Anna 之事給我的教訓：不論女子向我表示多大的好感，我只有保持鐵石心腸。我的心腸本來已很「鐵石」，但是浪漫的幻想未滅，總想使自己的心腸軟化一下，假如碰到 the right person 的話。現在事實證明：只有鐵石心腸自己才不吃虧，寧可讓對方吃虧的。愛情誠然可以改造性格——但不是你所想像的那種改造——我歷年交女友的經驗，只是使我更冷更狠更忍更虛偽而已。

所以使我寒心者，Anna 之事與 B 之事如出一轍：都是在「不遜與怨」之間徘徊而已。所不同者，B 和我是同事，我不能窮追猛追，以免造成「醜聞」。再則 B 從來沒有給我像 Anna 那樣的鼓勵。三則，我們一起辦公，至少容易見面，容易給我一個改變追求作風的機會。

Anna 之事，我如不追，則一切都完了。

我相信我要博取女人初步好感的本事現在很大。我的失敗一在沒有遇見 the right girl；二在做人不夠狠。假如我讓 Anna 去 L.A.，管她回來不回來，見面了天花亂墜胡說一套，不見面當她沒有這個人，也許 Anna 現在還在繼續向我表示好感呢。

再說 B。今天（十七號）是她在此工作的最後一天（她的離開，我並不覺得難過），我們一起吃的午飯。我沒有去請她，她自

動地跑到 Yee's 小飯館來的。下星期起她要去「兒童神經病院」受訓練。（今天下午我駕車送她回家。約了下星期四見面，至少下星期四我是不會去找 Anna 了。）

前天（十五號）是歡送 C.M. Li ①的大宴會，到一百餘人。我是 B 的 escort。我到她家去接她，再送她回家。我和她的談話很虛偽，我明明知道她不會把我丟掉，可是苦苦哀求她，千萬於離開 center 之後，不要把我丟掉，要仍舊把我當作朋友看待。她當然覺得 pleased。

宴會之時，有一重要 confrontation，即 B 與 Grace 的見面。我們先到，當我看見 Grace 進來時，我問 B 要不要去見見 Grace，她說不要。後來 Grace 向我們這邊移近過來，我只好替她們介紹。我向 Grace 說：「這是 Ms. Walters，a very dear friend of mine。」（B 向我看了一眼：驚喜？ resentment ？感激？）Grace 絕想不到我有這樣一個 dear friend。我向 B 說：「Grace 是我的 guardian angel。」Grace 說：「Angel may be, but guardian 則不敢當了。」B：「That's why I thought we had better not meet, because of I am the devil in his life.」B 的話說得很不得體，但我倒覺得感激的。天下很少有人敢向 Grace 頂嘴，B 第一句就向 Grace 挑戰：而且照 Grace 聽來，隱隱有把我搶過去的意思。Grace 絕想不到天下有女子（即使是魔鬼化身吧）來 claim 濟安的 soul 的。她更不知道 B 和我之間已經有這樣密切的關係：我可以叫她是「very dear friend」，而她自居是我生命中的魔鬼。

當然 B 沒有 promise me anything，我對 B 早已灰心，因此也並不為之而感覺樂觀一點。我只是覺得使 Grace shock 一下，倒是大快人心的。

---

① C.M. Li（李卓敏，1912-1991），廣東人，柏克萊加大工商管理學教授。中國文化研究所所長，歡送他赴港任香港中文大學校長。

　　以後和B聯絡，也只有打電話一法了。我根本怕打電話，所以以後和她也不會有很密切的來往。你的戰略，在三月一日前和Anna搞一個水落石出，然後再去追B。現在B提前離開，Anna的事想應該實行你的戰略了，可是我對B興趣已淡，和她保持來往還是可以的。

　　今天晚上將有一痛苦節目，Grace、世驤、Martha和我將同吃晚飯，並看Brecht的戲 *The Caucasian Chalk Circle* ②，在我對於追求覺到灰心的時候，偏偏Martha又出現，真是掃興之至。照我現在的mood，頂好一個人閉門讀書作文，或者一個人去看一場電影。

　　Martha之事是毫無發展可能的，我只是敷衍而已（希望敷衍得有禮貌一點）。風光旖旎的1963過去了，1964的遠景相當bleak。Anna給我這個打擊以後，再和她來往我也覺得乏味了。對於交女友的經驗又增加了一點，但是有沒有女友可交將看上帝的安排了。

　　你可想像下一封信請不大講起女友們的事了。再談　專頌
近安
Carlo、Joyce前均此

濟安　頓首<br>正月十七日

---

② *The Caucasian Chalk Circle*（《高加索灰闌記》），德國劇作家布萊希特所作戲劇，改編自元雜劇《灰闌記》，1944年作於美國，隨即由其好友埃里克‧本特利（Eric Bentley）翻譯成英文，並由卡爾頓學院（Carleton College）的學生編排演出。其職業首演在費城的Hedgerow Theatre，由本特利導演。1954年柏林劇團（Berliner Ensemble）在柏林Theater am Schiffbauerdamm完成了其在德國的首演。該劇公認的最佳版本是魯斯塔維里國家戲劇院（Rustaveli State Drama Theatre）的「喬治亞版」，由羅伯特‧斯圖拉（Robert Sturua）導演。

# 627. 夏志清致夏濟安（1964年1月31日）

濟安哥：

　　好久沒有信給你，一定很使你掛念，甚歉。學期終了，很忙，加上以前答應China Institute寫一篇關於中國文學的文章，算是他們一年一度在Baltimore開會節目之一，四五頁的文章隨手打字半個下午即可寫一篇，但要注意文字和內容，反而重寫了好幾次，最後寫完題目是 "Tradit. Chin Lit & Modern Chinese Temper"，說明五四以來，胡適和中共對中國文學的看法是一致的，此外似沒有什麼別的theory。這篇東西陳世驤看了一定很高興，China Institute是捧胡適的，未必高興，以後不來找我也好。China Institute幾次開conferences，內容都是極空虛的，這次有篇比較有新見解的paper，反應難測。即［接］着辦理NDFL（National Defense Foreign Language）獎金application審察之事，把每一個applicant的folder研究，而定其rating之高低，費了好多天工夫。（有一位Oscar Handlin①的女公子Johanna，現在臺灣Inter-University讀中文，她準備專攻中國文學，希望她來哥大。）工作之餘，這星期看了兩張電影，*Lawrence of Arabia*，上半部極精彩，全片似較冗長；另一張昨晚看的，*Charade*②，極有趣，C. Grant顯得老了。

　　你遭Anna冷待後，希望你沒有受到特大的打擊。女孩子難服

---

① Oscar Handlin（奧斯卡·漢德林，1915-2011），美國歷史學家，哈佛大學教授，美國移民史研究的奠基性人物，憑藉移民史著作《背井離鄉》（*The Uprooted*, 1951）獲普利策獎。

② *Charade*（《謎中謎》，1963），愛情喜劇片，史丹利·多南（Stanley Donen）導演，卡萊·葛倫（Cary Grant）、奧黛麗·赫本（Audrey Hepburn）主演，環球發行。

侍，你已真正體會到了，她們不遜則怨的態度，的確是很可怕的。
我覺得和Anna不妨冷一陣也好，B處倒不妨親密些，看她反應如
何。她顯然對你很有興趣，雖然自己還摸不定主意。我想同她結
婚未始不理想，她witty，可能也很體貼，雖然有時scatterbrained，
風度上和你很合得來。讀了最近兩封信，我覺得Anna可能不是最
理想的配偶：她正派，但她究竟讀書較少，只好做賢妻良母，不
能全部欣賞你的學問和為人。而且她很severe，你似乎見了她有些
怕她，婚後她多出主意，漸漸dominate你起來，你一定吃不消。相
反的，B自己定不下主意，希望有個dominant male去管她，你雖
然不是個dominating的type，但你們婚後生活一定很gay。同30's
好萊塢screwball comedy③的男女主角一樣，你是C. Grant or Jimmy
Stewart，B是Carole Lombard④，大家工作之餘，主意很多，但鬧中
取靜，二人的愛情也與日俱增，一定可以很幸福。有機會不妨和她
長談一次，探她有沒有和你結婚的誠意。或者，趁Valentine節日，
寫封求婚的信，看她反應如何。

　　我覺得Martha也值得考慮。世驤去夏曾給我看她的像片，相
貌很端正可人。讀你的信，她好像是Jane Austin、H. James小說中

---

③ Screwball Comedy（神經喜劇），美國大蕭條時代興起的一種喜劇電影類型，
　常常具有嘲諷、性坦白、高速對白、荒唐的情景、逃離現實的主題和有關求愛
　或婚姻的劇情等特點，其中的男女主人公往往行為古怪誇張，悖於常理，並由
　此引發幽默感。影片往往描述社會階級衝突，在30、40年代的社會背景下風靡
　一時，不過在二戰後熱度迅速消退。代表作有《一夜風流》（*It Happened One
　Night*, 1934）、《我的高德弗里》（*My Man Godfrey*, 1936）等。

④ Carole Lombard（卡洛・朗白，1908-1943），美國演員，在好萊塢神經喜劇中奉
　獻了一系列精彩的表演，憑藉《我的高德弗里》獲得奧斯卡影后提名，其他代
　表影片還有《真情告白》（*True Confession*, 1937）、《史密斯夫婦》（*Mr. & Mrs.
　Smith*, 1941）和《你逃我也逃》（*To Be or Not to Be*, 1942）等。年僅三十三歲喪
　生於空難。

被壓迫被欺侮的好女子，這種人內心善良，一無驕傲，很deserve幸福，她們未始不能give happiness，有人欣賞，一定終身感激。Martha究竟taste如何，你真可單獨date，研究一下，反正你交女朋友，不再緊張，給她一個chance，也可能給自己一個chance，你囑她不要把date的事confide給Grace聽，她一定會答應的。

你囑我不多討論女朋友，我也不多說了。我想憑你目前的mood，閉門讀書用功一陣也是好的，把目前的mood改變後，自己再作定奪。1963年雖然風光旖旎，1964一定可以結婚，事在人為，mood轉變後，另有新發展也說不定。

我們這裡生活很平靜，weekend同朋友們到外邊吃吃飯，平常時候讀書。讀書很用功，但記憶力不如從前，收效較淺，雖然對舊文學的知識日在進步中。Carol的生活可能太清閒，她*New Yorker*上的文章讀得很勤，我已好久沒有看*New Yorker*的文章了。早晨看報，照舊生氣，覺得美國市民，可旅行而不受侮辱的地方，愈來愈少。你開課在即，想準備的很有把握了。後天星期日李又寧請吃飯，在石純儀家招待。Joyce做了女童子軍的Brownie。每星期四穿一天棕色制服，她同樓小朋友反不少。祝你

心境愉快

弟 志清 上

正月31日

# 628. 夏濟安致夏志清（1964年2月10日）

志清弟：

　　來信收到。最近心境很好，只是工作較忙，所以好久沒寫信，務請原諒。

　　上一個weekend去Palo Alto住了一晚，參加一個Western Seminar on Modern China，是Franz Michael與Hoover Institution①組織的。大家瞎討論，無甚道理。

　　最近忙的是寫"The Communes in Retreat——A Terminological Study"。關於公社的材料很多，好好地整理大非易事，我要說些別開生面的話，更不容易。希望在三月初把「公社」寫完，然後接着寫「西遊補」。兩篇東西寫完了，可以輕鬆的跟你在華盛頓甚至紐約好好的玩一玩。

　　明天要開始上課，課名The Western Literary Cross-Currents in 20th Century China。一點都還沒有準備，但是對於上課我是胸有成竹，一點也不慌張。

　　還是談女朋友的事吧。Anna仍是我生命中最重要的女子，我的喜歡B大約只抵喜歡Anna的一半。我和Anna的moratorium期間，和B有三次來往：一次是我到她的「問題兒童醫院」接她回家，一起吃飯。一次是她給的party，請她自己的幾個朋友和center的舊同事喝punch，吃cake等。到了那裡她指定我做host（她用的

---

① Hoover Institution，全稱Hoover Institution on War, Revolution, and Peace（胡佛戰爭、革命與和平研究所），美國公共政策智庫和研究機構，1919年由赫伯特‧胡佛（Herbert Hoover）在斯坦福大學建立，是世界上最大的政治、經濟和社會史料文獻收藏地之一，其研究和收藏主要圍繞「戰爭、革命與和平」的主題展開，其中包括大量的中國檔案，最著名的有「兩蔣日記」等。

字是hosting），代為招待客人，並為客人互相介紹等。她給別人介
紹時，只是把名姓說出來而已；輪到我，她說my friend Mr. Hsia。
你又要反對Mr. Hsia這個稱呼了，但何必逼她呢？那天晚上，我談
笑風生，活潑非常。另一次是請她吃晚飯看電影 *Tom Jones* [②]，玩得
很愉快。三月中她要考M.A. Oral，近期內她工作很緊張，不可能
再有什麼date。不管B對我有如何的親善表示，我敢說她對我是沒
有「愛」的（因為仍有很多冷漠表示）。我現在的態度也可以說是
沒有「愛」的。只是兩人可以相處得很愉快而已。

　　Anna的情形不然，她向我表示冷淡後，我寫了一封長信（打
字的，single space，兩頁）給她。信我自以為寫得不錯，大致有點
像Darcy寫給Elizabeth（*Pride and Prejudice*）那樣吧（仍然稱她為
Dearest Anna）：Ardor tempered with dignity。假如文字還有魔力的
話，至少我把全副本事全用上去了。我建議我一月之內不去見她，
請她重新考慮一切。

　　我然後埋頭苦幹研究公社。想不到一月未滿，事情又有變化。
那位光華老同學蕭俊，近來已不常去紫禁城，最近忽然又去了一
次。蕭俊的談話技巧不佳，Anna平常不大理他。他要找話說，
話就牽到T.A.頭上，但一提到T.A.，Anna就要喝止他的。最近他
去，Anna對他大為親善，最後還問了一句話：May I call T.A.？蕭
當然說：Of course, why not? Go ahead。第二天，她打電話給蕭俊，
她說她已打過電話給學校找T.A.，但line was busy。她說她要打電
話給T.A.的住處，但號碼丟了，要問他抄一個號碼。

---

② *Tom Jones*（《湯姆‧瓊斯》，1963），愛情喜劇片，東尼‧理查森（Tony
　　Richardson）導演，亞伯特‧芬尼（Albert Finney），蘇珊娜‧約克（Susannah
　　York）主演，Lopert Pictures Corporation發行。獲第36屆奧斯卡（1964）最佳影
　　片獎。

　　她的電話沒有打來（她說她把我的電話號碼丟了也是假的），我相信她甚至沒有向學校打。她只是要請蕭俊向我表示：她已認錯，而且她已打過電話，我不應當再崖岸自高，也應該向她表示軟化了，假如我是個gentleman的話，且不說是lover了。

　　星期五晚上我住在Palo Alto。星期六（二月八日）蕭俊已知道詳細內幕，決定做一件「俠舉」。他打電話給Anna，說要在紫禁城請她吃飯，並bring her a surprise。Anna很高興。星期六晚上，Anna還表現一點緊張，我也有點尷尬，但一切誤會已冰釋，我們的關係將恢復正常（近期內將有date）。

　　我相信去年Xmas以前Anna向我表示的那種好感，確有深厚感情基礎。後來的作梗一則由於我是追得太緊一點了，失掉我的瀟灑（她短期內兩次去L.A.，使我有點慌張），使得我顯得不可愛；二則其姊夫之自殺使她心境很壞。

　　危機發生後，我假如繼續苦苦追求（像我過去的追求方式那樣），必使兩人關係繼續緊張，終至不可收拾。我的誠懇的信，和自動的停止追求，使得我原來的好處又逐漸在她的芳心裡出現。她向蕭俊問起May I call T.A.？後，我就大感放心：她一點也沒有忘記我。既然如此，我倒並不急急乎要去見她了。志清，我的作風的確是老練得多了。但是我絕不會欺負她，我做事還是一本良心的。

　　Anna和我之間結婚的可能仍很小。這次鬧翻以前，她就指出兩人結婚的不可能。她了解這一點，反使我心情增加輕鬆。聖誕節後，我的追求方式有點拙劣，一個原因是我怕她真的十分愛我，乃至想嫁給我，她既向我表示十分，我就該表示十二分。不知談戀愛和做文章相仿，假如達不到perfect expression的標準，則overstatement永遠不如understatement。對於B，overstatement差一點把事情弄僵；等到我學會understatement，情形才好轉。對於Anna，我一向作風是understatement，兩人感情倒很投合，

等到我試了幾次overstatement，事情又差一點弄僵。我所以會有overstatement，原因也許是內心的insecurity。這次和Anna之事起了一次波折，我在情場上添了一次經驗；在Anna方面，她當可了解我愛她的誠意，和她自己的捨不得丟掉我。以後發展如何，現在尚不得而知。你現在所以不能做我的「顧問」，因為你一切考慮出發點是結婚，而我只是想和B保持一個很好的友誼關係，和Anna談戀愛而已。

照情形看來，1964風光仍可保持相當的旖旎。Anna和B已經夠使我的生活情調愉快和生活內容豐富了。再交別的女朋友，實為精力和時間所不容許。中國的小姐們，和她們談話既乏味，一不小心（owing to社會環境，朋友間的輿論等）弄假成真，她們就要嫁給我了，將使我大為狼狽。你要替Martha做說客，我是很不高興的。

這封信主要要報告的是：（一）和Anna已恢復良好的關係；（二）即使在和她停止來往期間，我仍可工作如常，且可和B來往，表示我並不怎麼受失戀的痛苦的影響；（三）在追求方面力爭主動，決不讓任何女子支配我的生命，假如能做到這一點，這表示我在追求的技巧方面，的確大有進步；（四）結婚之事暫時不談，但我的良心還是純真的；假如B向我大大地表示熱情（這簡直不可能，她繼續看心理醫生，原因大約就是她自知不會表示and/or回答愛情），或Anna更進一步的表示，我也許毫無抵抗的結婚。（五）Anna和B各有千秋，兩人我都捨不得丟掉，我需要兩個女朋友。在那危機發生後即使我和B一帆風順地好下去，但假如丟掉了Anna，我還是覺得十分可惜的。過去有很長的一段時間，我連一個女朋友都沒有，現在則想保持兩個女朋友，你聽來一定會覺得很奇怪的。（六）我並不怕Anna。我和Anna之間有一種rapport，是我和B之間所沒有的。B所受的那種教育使她對於人生有strange notions；Anna是個比較有舊腦筋的人，她大約相信人生還有love，passion devotion、faith、honor等等的，這種字眼在B看來也許沒有什麼價值了。至少B要裝出來看不起這些字眼，但B是個絕頂聰明之人，她對於我的智力與為人，也很欣賞，我們間的友誼也很值得珍惜。我過去盲目追求她，她有點看不起我，因為我的一舉一動，都在她洞察之中；她冷靜地欣賞我的盲動。但後來我言行瀟灑，舉動莫測，她才慢慢的體會我在智力與為人方面，大約是可以match她的。和B來往，有鬥智之樂，和Anna來往則有雙方互相關切的溫存也。

看來我所頂喜歡談的題目，還是女朋友也。

上課後的情形，下信再報告吧。專此　敬頌

新年快樂

濟安

二月十日

Carol和Joyce前均此

B說 *Tom Jones* 裡的 Squire Western③就像她的父親：酗酒、粗魯、喜打獵。

---

③ Squire Western（地主魏思特恩），菲爾丁小說《湯姆‧瓊斯》中人物，一個富有的莊園主，女主人公蘇菲亞‧魏思特恩的父親，其土地緊鄰菲爾丁的養父鄉紳奧爾華綏，一直致力於將女兒嫁給奧爾華綏家的繼承人。其形象代表了英國保守鄉紳的典型：粗鄙、頑固、暴戾、專橫、貪婪。

# 629. 夏志清致夏濟安（1964年2月21日）

濟安哥：

二月十日來信收到已多日，知道1964年已帶給你不少旖旎風光，而且你同Anna的關係極serious而不斷在進展中，甚慰。那次晚餐後，想和Anna已有一兩次date，有什麼特別發展，請報告。（我的61〃筆，最近交Carol去修理，結果被換了筆尖，字跡較粗。在校的那支45〃寫起來反而順手。）

這一期JAS載了你的大文，想早已看到。你的"Power of Darkness"文情並茂，而且文勢這樣足，JAS上還是第一次看到。該期雜誌你可能沒有看到，另有Creel、Max Loehr①、Keene的專文，內容特別精美，前兩篇我已讀過，說話都很有份量（Keene對我說已收到你Demons in Paradise的offprint，還沒有讀，他是你的admirer）。我的那篇reviewer，在哥大也attract了不少attention。但文章被review form所限制，祇能冒充做專家而已，《肉蒲團》本身討論的並不多。Review你如未見到，我可寄一份給你。AAS今春的節目和Abstracts也看到了，我們的panel上增加了劉君若一人，她的paper不可能太精彩。當天上午還有Hightower主持的Chinese Drama Section，出席者有劉若愚、楊富森、D. Roy等。楊富森討

---

① Max Loehr（勒赫，1903-1988），美國德裔藝術史家，德國慕尼黑大學博士，曾任北京中德學會會長、慕尼黑博物館館長等職，1951年赴美，先後任密西根大學、哈佛大學教授，兼任《哈佛亞洲研究雜誌》編輯，是美國中國藝術史研究的權威，對中國青銅器、玉器和古代繪畫有着精深的研究，代表作有《中國青銅器時代的祭壺》（Ritual Vessels of Bronze Age China）、《中國藝術：象徵與形象》（Chinese Art:Symbols and Images）、《中國大畫家》（The Great Painters of China）等。

論湯顯祖，這學期哥大有個明代Seminar，我得討論兩小時明代文學，希望開會前把《牡丹亭》好好讀一遍。

你又在寫「公社」，真不容易。「公社」如何retreat法，我一點也不知道，祇好將來讀你的研究報告了（By the way，你的 "Martyrs" 和前兩本terminological studies還沒有書評，而同series的Scalapino和Serruys的書都已有人評過，你同R. Murphy、MacF.都是朋友，應當prompt他們一聲。普通學界要人只有時間讀書評，有了書評，東岸學者對你必更有新認識）。我《西遊記》也還沒有動筆，雖然前年寫過一篇二三十頁的總評，上星期開始讀 *Gargantua*，覺得Joyce受Rabelais②影響不小。Rabelais很robust，但敘事並不連貫，本領還不如吳承恩，二人可說是exact contemporaries。R比較coarse，吳承恩即是描寫盤絲洞的蜘蛛精，仍是很prudish的。R佔便宜的地方是西方classical tradition各種文體較複雜，他可以不費氣力地travesty or imitate，吳可借用的只白話小說和賦兩種tradition而已。R誇大描寫Gargantua、Pantagruel的食慾，《西遊記》中的妖魔想吃唐僧肉，Theme的replications較多。《西遊補》、《平妖傳》開會前都擬一讀。

這兩星期，social、academic life都很忙，不知為何反而多看了些西洋東西。讀了Huxley的小書，*Literature & Science*③，Huxley

---

② Rabelais（François Rabelais，佛朗索瓦・拉伯雷，1483到1494之間—1553），法國文藝復興時期作家、醫生、學者和人文主義者，以書寫幻想、諷刺、怪誕、下流笑話和歌曲聞名，其代表作是耗時三十餘年完成的五卷本小說《巨人傳》（*Gargantua*）。被西方學界普遍認為是偉大的世界文學作家以及歐洲現代文學的創始人之一，單詞Rabelaisian便是用來形容那些充斥着粗魯的笑話、誇張的諷刺或放肆的自然主義的風格。

③ *Literature and Science*（《文學與科學》，1963），阿道司・赫胥黎著，該書通過觀察藝術與科學之間的關係，揭示出科學語言和文學語言的相似與不同，並認

生平出版的四十多本書我都看過，祇有早期的三本長篇 *Crome Yellow*④、*Antic Hay*⑤、*Those Barren Leaves*⑥一直沒有讀，自己很覺奇怪。最近一期 *Kenyon Review* 二十五周年特刊，載了 Brooks 的 *Auden as Critic*，Brooks 認為 Auden 是 one of the most exciting & soundest critics of our day，這句話我很同意。Auden、Brooks 都是 Christians，最近批評界的趨勢顯然是 Christians 和 liberals 衝突愈來愈明顯。New Critics 遭攻擊，其實不是方法問題，實在是美國的 New Critics 都是 Christians，而那些 "myth" 的 liberal critics 對 Christianity 只得作歷史性的欣賞。Brooks 新書 *Faulkner*⑦曾被 *N.Y. Books Review* 攻擊，原委是 Brooks approve Faulkner as a southern provincial and as a Christian，和 liberal critics 的觀點真 [正] 相反。其實 Brooks 的那本書是極 solid 的好書，你 Faulkner 的小說讀得很熟，應當買一本看看。Auden 外表是 Freudian and Jungian critic，所以較吃香，其實他善寫 Christian dialectic，和當年的 Chesterton 是同

---

為兩者往往是相互影響的。

④ *Crome Yellow*（《克羅姆・耶婁》，1921），阿道司・赫胥黎的小說處女作，描述的是一次鄉間聚會，聚會地點克羅姆完全是對嘉辛頓莊園（Garsington Manor）的戲仿，從中表達出對於當時英國的流行時尚的諷刺。

⑤ *Antic Hay*（《古怪的乾草》，1923），諷刺小說，阿道司・赫胥黎著。小說聚焦於倫敦的文化、藝術和知識分子交際圈，描繪出一戰後歐洲文化精英失去目標和自暴自棄的悲傷氛圍。

⑥ *Those Barren Leaves*（《那些沒用的葉子》，1925），諷刺小說，阿道司・赫胥黎著。小說講述了 Aldwinkle 夫人及其隨行人員在一處義大利宮殿中重溫文藝復興時期榮光的故事，儘管她們自詡擁有很高的文化素養，最終卻只不過是一群悲傷而膚淺的人，作者藉此剝去所謂文化精英身上的虛偽。

⑦ 指布魯克斯所寫的 *William Faulkner: First Encounters*（《威廉・福克納：最初的相遇》），耶魯大學出版社 1963 年出版。

458 夏志清夏濟安書信集：卷五（1962-1965）

一作風的。C. S. Lewis⑧的Popular Theology我沒有看過，但性質想也是相仿的。

　　讀了中國書，雖有心得，並不覺得有討論的必要，西洋書看了，要說的話，總是很多，我這種觀念可能也confirm你文章上所引魯迅勸人少讀古書的那句名言。這學期我教seminar on fiction，只有R. Maeth一位高材生，他有興趣的只是文言小說，我陪他讀《蟫史》⑨，讀沒有標點的crabbed的古文，相當不耐煩，此書魯迅很重視，其實文字內容都拙劣不堪。相反的，《燕山外史》⑩，四六文章，讀來極輕鬆，預備用作第二本text。

　　Anna對你極有誠意，我很高興，她教蕭俊轉話，可見她自己也有說不出的苦衷。你目前的作風很對，和兩位女朋友不斷來往，婚嫁之事，讓她們作主動較妥。你對Anna表示慇勤，這是indirect的主動，她想結婚，在行動上給你hint是極容易的。可能在美國女孩子年輕時（高中大學），男孩子作主動，結婚極容易。過了相當年齡，她們考慮反而多，雖然按道理她們似更需結婚。Valentine佳

---

⑧ C. S. Lewis（C. S. 路易斯，1898-1963），英國天才式的學者、作家、神學家，畢生研究文學、哲學、神學，尤其對中世紀及文藝復興時期的英國文學造詣深厚，長期任牛津大學和劍橋大學教授。作為學者，他著有《牛津英國文學史》的第三卷《十六世紀英國文學史》（*English Literature in the Sixteenth Century，Excluding Drama*）等；作為作家，他著有《太空》三部曲（*The Space Trilogy*）、《納尼亞傳奇》七部曲（*The Chronicles of Narnia*）等名作；作為神學家，他寫下了《返璞歸真》（*Mere Christianity*）、《痛苦的奧秘》（*The Problem of Pain*）等大量通俗神學的著作，被譽為「最偉大的牛津人」。

⑨《蟫史》，清代志怪小說，二十回，屠紳著，以清軍邊疆平叛的戰爭為背景，融入大量神魔小說元素，在小說史上獨具一格。魯迅在《中國小說史略》中稱「惟以其文體為他人所未試，足稱獨步而已」。

⑩《燕山外史》，清代愛情小說，陳球著，本《竇生傳》，述明永樂時竇生繩祖與綉州女子愛姑的愛情故事，通篇皆以駢文寫成。

節，你對Anna有什麼表示？

卡洛和我生日，Grace特地寄special deliver的信來，很感謝。其實今年我生日較遲，在二月二十三日。即［接］着，又收到她和世驤寄來的禮物，給我們三人的。Grace選的那條領帶Lily Daché製的，名貴無比，design顏色都極高雅，我的領帶以stripe最多，都超不過 $2.50-1.50的range，Grace的那條至少七八元，請先道謝，Carol日內要寫信好好謝她。

星期一，Carol和我看了 *Who is Afraid of V. Woolf*[11]，女主角又換了M. McCambridge[12]，男主角Donald Davis[13]，加拿大人，很瀟灑，咬字發音極準。第一 Act極精彩，3nd act最weak，故事不外乎女的不滿足，夫妻吵架。Albee[14]這種literal imagination其實等於pornography，這兩種露骨文學最近特別流行，表示一切cultural supports對人類已不再有意思，但惟其如此，追求快樂也特別困

---

[11] *Who is Afraid of V. Woolf*（《誰怕吳爾芙？》，1962），美國劇作家愛德華・阿爾比（Edward Albee）所作戲劇，講述兩隊知識分子夫婦的聚會，顯示出他們內心的空虛與幻滅，該劇獲得東尼獎（Tony Award for Best Play, 1963）和紐約劇評界獎（New York Drama Critics' Circle Award for Best Play, 1963）。1966年被改編為同名電影。

[12] M. McCambridge，即Mercedes McCambridge（梅賽德斯・麥坎布雷奇，1916-2004），美國演員，活躍於廣播、舞台、電影和電視等多個領域，憑《當代奸雄》（*All the King's Men*, 1949）獲奧斯卡最佳女配角，後又以《巨人傳》（*Giant*, 1956）再次獲得提名。

[13] Donald Davis（唐納德・戴維斯，1928-1998），加拿大演員，在貝克特（Samuel Beckett）的獨角劇《克拉普最後的錄音帶》（*Krapp's Last Tape*）的北美首演中扮演劇中唯一角色克拉普，獲奧比獎（Obie Award）。

[14] Albee（Edward Albee，愛德華・阿爾比，1928-），美國劇作家，其作品以精緻的設計、現實主義以及拷問人的現代處境著稱，代表作有《動物園的故事》（*The Zoo Story*, 1958）、《沙箱》（*The Sandbox*, 1960）和《誰怕吳爾芙？》等。

難。Miller，*After the Fall*⑮想也是同型的劇本。

今天同H. Boorman吃午飯，知道今夏MacF.在Ditchley Manor召開討論中共historiography的會，Boorman、H. Wilhelm在被邀之列，其他都是歷史系方面的人。這學期我們系裡來了位Karlgren的高足Goran Malmqvist，專攻中文文字學，《左傳》專家，有位中國太太⑯，人很pleasant，古文根底也很好。明天我們請他們和Bielenstein夫婦吃晚飯。Carol、Joyce近況都很好，玉瑛妹已好久沒有信來。不多寫了，專祝

近好

志清 上<br>二月二十一日

---

⑮ *After the Fall*（《秋天之後》），美國劇作家亞瑟‧米勒所作戲劇，劇情影射其本人與瑪麗蓮‧夢露（Marilyn Monroe）之間失敗的婚姻。1964年在紐約首演，由伊利‧卡山（Elia Kazan）導演，芭芭拉‧洛登（Barbara Loden）、傑森‧羅巴茲（Jason Robards）主演。

⑯ 這裡指馬悅然的第一任太太陳寧祖，四川人，1948-50年間馬悅然在四川考察訪學期間結識，1950年成婚，1996年病逝。

# 630. 夏濟安致夏志清（1964年2月25日）

志清弟：

來信收到。*JAS*的文章我已看到，你的書評亦已拜讀。書評很精彩，評得都很有道理，惟關於「明情隱先生」一點，我有點疑問。「明白情之隱秘」是不對的，「明朝的情隱先生」恐怕也有問題。據我看「明情隱」的意思是「明白事情的表面（情）與實際（隱）」，「情隱」大約是相當於 appearance & reality 吧。我查過《辭海》，未有此解，但世驤是同意我這個說法的。姑錄下，供參考。

上課並不如理想的成功，但我有課可教，有話可講，心裡總是很得意的。這課東西是新開的，結果春季學期的 Bulletin（catalogue?）上沒有印上去，很多人不知道（很多學生在上學期結束時已經把課選好了）；等到最後把通知（油印）發給各系，「比較文學系」又列舉了許多 pre-requisites（如 CL100 ——即比較文學的方法論），很多人沒有這些 pre-requisites 的，又不敢選了。最後只有兩個女學生選，都是中國人讀 Oriental Language 的，此外還有些旁聽的人。那兩個女學生所以選，那是因為世驤不管什麼 pre-requisites 不 pre-requisites 的，硬是給她們批准了，其實她們是都不合格的。這門課很難教，與二十世紀中國文學的 survey 不同；假如真來些別系的學生（如英文系），我還要替他們補習關於近代中國文學的基本常識，我的 lectures 可能較沉悶。現在來聽課的，對於中國近代文學已有基本智識，我可以着重 Western Cross-currents，講得反而精彩。頂使我安慰的是 Levenson（他是 Donald Keene 的好朋友，L 結婚時，K 為儐相）每堂都來旁聽。我的淵博與新奇的見解，大約是可以使他滿意的。現在尚未講到林琴南。我頂有興趣的還是五四以前的那一段，那時西風東漸不久，西方影響很特出，什麼東西講來

都可以引人入勝。五四後初幾年亦然。到了'30s以後，反而看不出有什麼西方新影響了。朱光潛的《文學雜誌》算是別樹一幟，戴望舒他們又有其淵源，但朱、戴等在國內所產生的影響畢竟不大。我以歷史家的眼光，只好挑選「上應下啟」影響明確的來討論了。我這門課教得很不orthodox，沒有outline，也沒有reading list。大致像Kazin or Trilling的演講，只是我講稿並不好好預備，英文並不頂漂亮。我的長處是見解新穎，真想做research的人，撿拾我的一點hints，就可寫很長的論文了。

　　關於生日禮物，那條領帶和那雙鞋子是我送的。那天我陪Grace去shopping，她給我挑選的。買來了就付郵，信皮是我寫的，我的筆跡你想認得出。領帶大約只有$3.50，Lilly Daché有更貴的領帶，Grace給你挑了這一條，可算得價廉物美。二十三日（星期天）也是Grace的生日，你們恐怕忘了。我送她一隻瑞典製花瓶（Crystal），價$16.00。世驤的生日大約在四月間吧。二十三日，中午與晚上我都同他們在一起慶祝。Valentine Day我叫花店送兩打粉紅康乃馨給Anna，一盆日本Bonsai（無半點紅色）給B，卡片上沒有簽名。

　　"Communes in Retreat"進行甚慢，開課亦得準備，近來工作是較忙。陰曆年附近，普通社交亦是很忙的。女友方面，乏善足陳，我看情況將走向「無女友」一條路。大除夕我請Anna看電影，本來想看 *Mad World*①，但時間不對，改看了Disney的劣片 *Merlin Jones*②。Anna對我，似仍冷淡，我亦以冷淡對之，看來去年Xmas

---

① 即上文提到的《瘋狂世界》（*It's a Mad Mad Mad Mad World*, 1963）。

② *Merlin Jones*，即 *The Misadventures of Merlin Jones*（《梅林‧瓊斯的厄運》，1964），羅伯特‧斯蒂文森（Robert Stevenson）導演，湯米‧柯克（Tommy Kirk）、安妮特‧弗奈斯洛（Annette Funicello）主演，迪士尼發行。

前那種熱絡情形，將不可復見了。我準備六月間去Seattle，這裡的女友們經過一暑假的疏遠，更將產生不出什麼結果了。頂要緊的是我神清氣爽，保持主動，不痛苦，不bitter（這是很要緊的），高興則陪小姐們玩玩，這樣做人方式在目前我相信你亦不反對的。

Center的那位R美麗得像model一樣（她做過model，長得比Anna美），人亦溫柔多情，和我談得很投機。她在情場幾經波折，她亦拿我當confidant的。但我不敢date她——她現在是沒有男友。男女之間，一date之後，感情即深入一步，但立刻產生一種緊張狀態；如我和B，和Anna之間現在都已達到一種緊張狀態，我either用力突破，或則疏遠規避——但我現在只敢用「疏遠」的方法以減低「緊張」，但疏遠得一不得當，將影響整個交情。這許多小姐之中，R現在大約是頂enjoy我的company的一個，我們之間有講不完的話。但這因為是我們在交情的初步，和B，和Anna之間都經過這個階段的。我現在對交女朋友真有點怕，現在和R的交情，含而不發，留有餘地，一見面雙方就非常愉快（還有一個非常enjoy我談話的人，是Schurmann太太，她我當然更不敢去找了）。一旦開始date，我怕把好好的事情，又要spoil掉了。但你當高興知道，我又有開闢新路的可能。

我一則不找太太，二則沒有女朋友，事情也忙不過來，仍可愉快地做人。究竟如何，自己亦不知道。但現在對於交女朋友有了點經驗，反而有點把它看穿了。今年情形不會跟去年一樣的。再談，專頌

春安

Carol、Joyce前均此

濟安

二月二十五日

# 631. 夏志清致夏濟安（1964年3月10日）

濟安哥：

好久沒有給你信，這幾天忙着寫《西遊記》paper，先 announced
一個 definite 題目，寫文章受拘束，以後 promise 人家寫文章，還是
預定較 general 的題目較妥。今晚文章總算寫好了，前後說理很通
順，可能聽起來很精彩。明天開始，好好修改文章，再打一份較完
整的稿子。你的《西遊補》想也寫得差不多了，該書很薄，我將
去華府前把它讀一遍。明年 AAS 開會在舊金山，Ivan Morris 主持
arrange 文學方面的 panels，我以〔已〕答應 chair 一個 panel，藉此可
來舊金山一玩。教了兩三年中文，想不到已漸漸成為要人了。

你和 Anna 友誼沒有什麼進展，此事也不可勉強，祇希望她能
回心轉意。你和 R 談得很投機，這個友誼似也應培植，平常來幾個
casual date 也無妨。但如你所說，未能確定對方已 fall in love 前，
不談戀愛，可以避免不少痛苦。對方有意，她自己會給你極明顯的
hint 的。但不 date，友誼也會無法增進。（這星期五，Schurmann 要
來哥大演講，不知他來東岸，有什麼公幹。）

你教這門比較冷門的課，第一次學生不多也在意料之中，但有
Levenson 旁聽，course 的 reputation 遲早會傳揚出去。我去年教中
國文學史，第一學期，真把研究院學生當研究生看待，lecture 時不
講笑話，抹殺自己個性，結果自己覺得很不滿意。現在教這門課，
等於在 Potsdam 教英文一樣，很 casual 很 friendly，大受學生歡迎。
de Bary、Bielenstein 都是帶了 notes 到講堂去讀，我們這種不帶夾帶
的教授法，學生們一定另眼相看。另外一課 Oriental Humanities，
seminar 性質，我把 undergraduate 性格摸熟，教起來更得心應手。

附上玉瑛妹信，父親一月中旬病倒在床，可能至今還沒有起

床，據陸文淵父親說，沒有什麼特別毛病，祇是年老力衰而已。但聞訊總不免upset，請你寫一封信慰問病情。

你何日飛華府，已定了旅館否？我星期五（20日）下午去華府，將住在Pick-Lee House（5th 1 L Street），離Mayflower不遠。Pick-Lee十元一晚，較Mayflower稍便宜。請告知你的plans，一到即可相見。開完會，要不要來紐約一玩？相見在即，不多寫了。

謝謝你送的高貴禮物，其實我們生日不必送禮。Carol、Joyce皆好，即請

近好

弟 志清 上

三月十日

# 632. 夏濟安致夏志清（1964年3月12日）

志清弟：

　　來信收到。好久沒有寫信給你，近況尚佳，祇是忙於《公社》而已。已完成六十餘頁，至少得寫80頁（材料太多，整理費力，判斷更難）。無奈，祇好華府回來後再趕寫了。

　　《西遊補》還沒有動筆（已寫了開頭，進行順利），你聽了且莫吃驚。因為我們演講定時18分鐘一個人，paper不用很長，我可說的話很多，已經胸有成竹了（「董說」根據英譯本魯迅《小說史》，應讀「董悅」，可是我的summary拼作Tung Shuo，可見中文之難）。

　　但是明天Oriental Society西岸分會在Berkeley開會，我派在「招待組」，也得小忙一陣。定今晚開始寫《西遊補》，希望花三天工夫寫完之。我同世驤定19日飛華府，第一晚住在Mayflower，該旅館太貴，要18元一晚。也許住了一晚再搬出去，和你合住Pick-Lee。定22日星期天或23日星期一回來，紐約沒有空來了，雖然Lee Remick在舞台表演。

　　21號我的朋友John Fincher①（華大學生，現在國務院）與其妻洪越碧②（臺大我的學生，越南華僑）請吃晚飯，把你也請進去

① John Fincher（傅因徹，1939- ），美國漢學家，華盛頓大學博士，曾任教於約翰‧霍普金斯大學、夏威夷大學、澳大利亞國立大學等，研究領域為中國近代史，代表作為《中國革命的第一階段，1900-1913》（*China in Revolution:The First Phase,1900-1913*）、《中國的民主：1905-1914年間地方、省和中央層面的自治運動》（*Chinese Democracy: The Self-Government Movement in Local, Provincial and National Politics, 1905-1914*）等。
② 洪越碧（1933- ），美籍華裔學者，傅因徹之妻。早年以越南僑生就讀於臺灣大學外文系，美國印第安納大學語言學博士，曾任教西雅圖華盛頓大學、澳大利

了，並有吳魯芹夫婦作陪。

Howard Levy受Twayne出版公司之約，要編一套近代中國文學叢書，每本六萬字，注重批評分析，他說已約定Schultz（現在Arizona）寫魯迅。我想答應寫丁玲（免得此人為中共永遠抹殺也），你意如何？你要不要來一本？Levy是世驤的學生，太太是中國人，現在日本辦語言學校，訓練美國外交人才。關於叢書的整個計劃，你一定有許多高明的意見，我想叫他跟你通訊，你至少可做個adviser的。世驤說，C.C. Wang可寫郭沫若。

最近給我最大快樂的是R。我因為mood好，和Anna繼續來往。雖不如過去親密，但危機是已經過去了。最近的date，她又說，「I enjoyed it very much」了。（但來往次數非減少不可。）

R之美可比Gina Lollobrigida（這一型我其實並不喜歡的），但沒有Gina那樣spirited，因此也沒有Gina那麼兇。她的溫柔和善大方，非B和Anna可比（B和Anna加在一起，大約可抵一個B.B.，而不溫柔不大方的B.B.仍是最能迷惑我的女子也），她說她在離婚前（去年夏天）在芝加哥的房子有四個bedroom，她是的確見過大場面的。上禮拜天我請她去金山吃午飯（第一次單獨date，二人吃了三元幾角，為最便宜的date），下午去看（免費）展覽會（瑞典美術）。我送她回家後，她在自己Apt.裡弄飯（我回去），又請我吃晚飯（她的Apt.比我的漂亮，$120元一月）。客人是兩對夫妻（都是她的朋友，我所不認識的），我是第五個客人——我們好像又成了「情侶」了，是不是？

和R的來往的基礎是我們在center的時常見面，以及center的團體性party。其實我們已很親密，她以前已請過一次吃晚飯，我

---

亞國立大學、喬治華盛頓大學。研究領域主要為漢語教學、語言學、語用學、語音、語法研究等，編有多本漢語教材。現定居華盛頓DC。

事前未答應定（因為要去Stanford），臨時被Grace一拉，就打電話說不去了，推托從Stanford趕不回來。那次她很失望。

假如我要繼續date她的話，我相信這次和B以及Anna不同，我是可以佔用她的weekend的，可惜我太忙也。Coming Sunday我要請她去看 *The Silence*③，可惜是早說定的，有Joe Chen以及另一美國女學生同去，算是double date，比較煞風景。（但星期六已約另一date，我請她單獨吃午飯並去參觀中國美術，跟AOS那些學者們在一起。）

我的心境方面，「愛」越來越淡，對於Anna就沒有如當初對B那樣的「苦戀」，對於R（她有中文名字，叫謝露珊，她說像不像Sing-song Girl的名字？）可說很少愛意。她很大方，見過世面，她看出我也很大方，而且有點知道我和B頗有交情，所以雙方的approach都很自然。她說我很"tough"，又說我是可以代表中國古代的 "mad genius" ——總算還有點「憐才」之意吧。

So far，我已經送過她這些書（她興趣很廣，知道的東西很多，不單是「中國迷」而已）：(1) *Sat. Eve. Post*登Arthur Miller *After the Fall*那一期（10¢）（同時也送了B一本）；(2) William Philips④：*Art & Psychoanalysis*；(3) 挪威畫家Munch⑤畫集——這是借給她的，她

---

③ *The Silence*（《沉默》，1963），劇情片，英格瑪‧柏格曼（Ingmar Bergman）導演，英格里德‧圖靈（Ingrid Thulin）、岡內爾‧林德布洛姆（Gunnel Lindblom）主演，瑞典Svensk Filmindustri（SF）出品。

④ William Phillips（威廉‧菲力浦斯，1907-2002），美國作家、編輯，與Philip Rahv共同創辦了著名的《黨派評論》雜誌（*Partisan Review*），並領導該刊物達六十年之久，使之成為一本重要的政治、文學與藝術的綜合性刊物，尤其在1930年代到1950年代產生了巨大影響。

⑤ Munch（Edvard Munch愛德華‧孟克，1863-1944），挪威畫家和版畫家，其對於畫作的精神主題所採用的強烈共鳴式的處理方式，奠定了19世紀末象徵主義的某些主要原則，並對20世紀初德國表現主義產生重要影響，代表作有《吶

可能認為送給她了。（但該書價不到四元。）Munch是expressionism的鼻祖，那是說起瑞典展覽會才借給她的。(4) *Chinese Houses & Gardens* ——在Remainder List上，不到五元。她不斷的受我的禮物，至少已把我當作是個朋友了。

明天晚上B又請客，這次是向Berkeley告別。她要去S.F.住了。假如沒有Oriental Society開會，我很可能escort R去；但有了Oriental Society之會，我自己計劃不定，不敢約R。我和R來往，B知道。我寫過兩封法文信給B，第二封我讓R看過（她的法文比B好），她很欣賞，說有十八世紀味道。用法文來表達Gallantry的確輕鬆大方而有禮。（她說這是courtly love，但courtly love並非love云。）

唱機要從B那裡搬回來了。B那一章也許從此closed（我當然不會去故意鬧翻）。她最近去Sheraton Place旅館Picketing（為黑人事也），被關了幾個鐘頭——這不是我所贊成的舉動，雖然她在去前曾打電話告訴我，也許希望我去捧場吧？Anna那裡也不會像過去那樣熱絡。很奇怪的，R將成為我主要的女朋友，這是去年所意想不到的。（她說Heater是Anglicized German name。頭髮大約是棕色。）

天下很多事情都是意想不到的，所以我除了於寫文章之外，對於一切世俗之事，是越來越不起勁了。

父親有點小病，我即去信請安。別的再談　專頌

近安

Carol和Joyce前均問好

濟安

三月十二日

---

喊》（*The Scream*, 1893）、《生命之舞》（*The Dance of Life*, 1899-1900）等。

470

# 633. 夏志清致夏濟安（1964年3月30日）

濟安哥：

今晨得文淵急電，立即打個電報給你。父親病故的詳情尚待玉瑛妹報導，但上次病倒以來，行動不大自如，身體 paralyzed 了，可能沒有受多大痛苦。八九年前初聽父親中風的消息，我曾哭了一場。這次逝世，已在意料之中，感情上刺激並不太強烈。祇是玉瑛妹三月三日的信收到已兩個多星期，假如及早把家中需要的穀糧匯去了，辦理後事，舒齊得多，我想等到月底辦，已太遲了，為此事，頗感 guilty。今晨預備電匯四百元給文淵，但我得填 affidavit，祇好作罷。給文淵一個電報，囑他暫先墊款濟急。阿二儲備了一千元人民幣，也可暫時派用場。下午給信文淵，先寄了五百元旅行支票去，明天領到薪水後，再寄二百元家用。辦後事買兩塊壽穴，一塊壽板，玉瑛妹估計要450元，你份下的225元，如手頭不便，請不必立即寄來，因為我們平日開銷較省，也還有些儲蓄，不等用。父親晚年仍算享了些清福，祇是玉瑛妹將生產的外孫沒有看到，你沒有結婚，我沒有兒子，此三事稍有遺憾而已。

玉瑛妹四月中生產，喪事後即有喜事，母親精神被 divert，不至太傷心。玉瑛妹賢良弟的信你已讀過，男「士章」，女「士貞」，取什麼單號請你出主意。英文名字讓我及 Carol 出主意吧。

前星期五去華府，我轉去巴城看了陳秀美，累你很着急。其實我同她僅是朋友而已，去年通了不少信，這次難得有機會見她一面，並沒有什麼。追她的男朋友很多，現在她很有意於一位在 Hopkins 讀工科的段君，可能下嫁於他。我們在 Beverly 家裡見到的

謝文孫①，也是Lucy的舊情人。我同Carol感情頗融洽②，望勿念。

你離開紐約後，次日L打電話來要見「夏老師」，可能她對你有意思，不時可去信問好。魯芹、George高③招待極周，還沒有去信謝他們。

父親故世，你想也感觸不少。上次那封家信我沒有發出，請再寫一封安慰母親，再談了，即祝

　　好

弟 志清 上<br>三月30日

---

① 謝文孫（Wonston Hsieh, 1935- ），出生於上海，哈佛大學博士，曾任職於中央研究院近代史所、哈佛大學東亞研究中心等，任教於華盛頓大學、密蘇里大學等，代表作有《近代中國社會研究論著類目索引：1644-1969》、《中國辛亥革命歷史文獻：評論和選目》等。

② 夏志清1962年除夕，初會陳秀美（陳若曦），即一見鍾情，向妻子卡洛要求離婚。卡洛引濟安為知己，告訴夏陳的戀情。濟安規勸弟弟，是以夏志清有此辯解。

③ George高，即喬志高。

# 634. 夏濟安致夏志清（1964年3月30日）

志清弟：

　　在華盛頓相敘甚歡，在紐約又蒙招待，與Carol、Joyce在一起玩得也很快樂。父親事但祝上天保佑，早占勿藥，錢還是讓家裡存在銀行裡好。茲寄上二百元，祈察收。

　　回來後，忙於寫《公社》。四月六日（下星期一）又要演講一次「左翼文壇」，也得寫幾個pages，雖然research是不必做了。大約要等四月六日以後，才可以有喘息機會。《西遊補》請R打，隨她什麼時候有空打完就寄上。她讀後大為佩服。

　　和R往來頗密。Good Friday我駕車出遊到太平洋邊上，從早晨九點鐘一直玩到下午十點。陪女朋友出外郊遊一天（祇有我們兩個人），也為前所未有之經驗也。週六週日（復活節）我都沒有佔用她的時間，我跟她之間無半點緊張，單憑這一點，她已遠遠的把B、Anna拋在後邊了。但是請你不要瞎出主意，這點友情還是值得珍惜的。就是這麼下去，情形祇會變好，不會變壞。Anna方面，本來也可以這樣順利的進行，我稍有手忙腳亂，情形就變壞，而且很難恢復到過去的黃金時期。我心中一直感覺到遺憾。總希望能恢復到過去那樣兒也。再談，專頌

　　近安

濟安
三月三十日

# 635. 夏濟安致夏志清（1964年4月18日）

志清弟：

好久沒有寫信，想必累你很掛念。近況很好，祇是很忙，《公社》昨天才寫完，所費的時間比預計的為多；此外，交際還是很忙。人忙得成了糊里［裏］糊塗，許多東西都不去想它，祇是精神很好，按着緊張的規律做人而已。

父親仙逝，我也沒有用多少時間去想。沒有通知這裡任何朋友，免得人家來追悼；我做人一切仍舊。明天禮拜天，我也許去這裡的日本的佛教禮拜堂做一次禮拜。現在給你寫信，心才靜下來。過去一些日子，忙得可怕，心靜不下來給你寫信。也許是怕心靜下來，才不給你寫信的。我怕情感的侵襲，也許才瞎忙一陣的。悲悼的心，也許給我硬壓住的，也說不定。現在時間過去了幾個禮拜，悲悼的心也沒有當時那麼厲害了，我也可以讓自己平靜下來了。

《西遊補》已打好，茲寄上一份。*AOS Journal* 的我的評《義和團》你想已看見。對於自己的 versatility，很感滿意。《公社》寫完後，尚有校對排印等事。下一步的工作將是努力為《左翼文壇》一書再寫兩個 chapters，同時修改過去所寫的，希望在九月之前把全書弄出來也。

父親過世，所以使我良心很受責備的原因之一，是 Anna 和 B 的生日都是四月間，兩個 parties 我都以「情侶」的姿態出現。雖然兩人都不願意嫁給我，但是我也不能讓她們在這種場合失望。早答應了她們，臨時家庭出了大故，我不知如何對付。祇好不去想它，糊里［裏］糊塗的照常做人。「不孝」與「不義」之間，我選擇了「不孝」，希望你原諒。

現在祇是希望母親好好地照顧自己的健康。玉瑛妹和焦良好好

地侍奉她老人家。家裡的情形我們實在很難照顧。

關於玉瑛妹孩子的名字，我腦筋空洞想不出來，你最近念古書
較多，隨便挑兩個典雅的字，就算我想出來的，如何？想好了，就
近可以請教蔣彝一下。其實不請教亦無所謂，名字祇要不太俗不太
怪就可以了。

關於我女朋友的事，Anna與B過了生日之後，和我都還沒
有來往。但是來往是不會斷絕的。同時和R的友誼保持得很好。
Weekend我date她，成了她生活中的一部份——這在美國算不算go
steady了？（我和她聚會，一星期至少兩次；不知我去Seattle後，
她將如何也？）她知道我還有兩個女友，但我也告訴她，和這兩個
女友的關係都在一種impasse的狀態中，我既無此熱情、意志、毅
力和時間去打破僵局，所以和Anna、B的關係早晚總是不了了之
的。

附上照片一張，是在今年Good Friday照的。R雖然戴了黑眼
鏡，她眼睛的清澈顯不出來，但說她「風姿綽約」大約還不算過份
吧。

教書還算順利。我講過的主要人物是林紓和胡適，現在在講郭
沫若。

電影看了一張 *Dr. Strangelove*① ——大為不滿。Liberalism和
sick human硬湊一起，無一點可取，不知各報為什麼給它這麼多好
評。*Strangelove* 可算是去年最劣之片。該片是我和R同去看的，她
看了也大為不滿。

在紐約時忘了提起一件事：你的《通報》大作油印本如有多

---

① *Dr. Strangelove*（《奇愛博士》，1964），喜劇片，史丹利・庫柏力克（Stanley
 Kubrick）導演，彼得・謝勒（Peter Sellers）、喬治・C・斯科特（George C.
 Scott）主演，哥倫比亞影業發行。

餘，簽一個名送R一份如何？

　　陳秀美之事，我認為Carol是過慮。我聽見之後，決定當作不聽見。你我好久沒見面，好容易在華府相聚，一見面我跟你提真相不明的曖昧事，一定將惹得你大為不悅。此事（即Carol過慮之事）我從未向任何人提起過，你在華府遲遲不出現，世驤也有點worry。但後來我和Carol通了長途電話之後，我告訴世驤：「Carol說志清一定會到的，她也不worry，所以我們也用不着worry了。」你對陳秀美如何想法，我認為並不重要；Carol如有什麼憂慮之事，那該是陳對你如何想法。那天我們兩人演講她不出現，我倒感覺到有點relieved。她假如愛上了你，像這種使你出風頭的場合，她很可能會來參加的。她假如不來，那就表示她把你的讀paper看得沒有什麼稀罕。即使她那天有事吧，但我們在華府有幾天耽擱，她也可以出現一次的。（同時你也不在追她。你如追她，怎麼和她見了一次面之後，即不再設法和她見面了呢？）其實，陳秀美長相如何，我已忘得乾乾淨淨。她即使在會場出現，假如她不來照呼我的話，我決不會看見她的。她現在決定嫁人，Carol可以放心了。我做事多用理智分析，不會大驚小怪。此事你如不提，我也不會提；但你既提了，我衹得把我的想法寫下。此事，我看大家忘了它最好。再談，專頌

　　近安

Carol和Joyce前問好

濟安

四月十八日

# 636. 夏志清致夏濟安（1964年4月19日）

濟安哥：

好久沒有給你信了，今晚寫了五六封信，長信隔兩天再寫，先把玉瑛妹最近寄出的長信寄上，報告喪事的經過。上海這裡大場面的喪事，普通人民早已辦不起，普通人死了即火化，因為棺木買不到。據陸文淵言，母親還弄到了錫箔，是少見的奢侈品。這次父親喪事，完全按照舊儀式，也給我們一些安慰。玉瑛妹前信還寄上父親遺照一幀，十年前攝的，我桌子上雜亂，一時找不到，下信再寄上。玉瑛妹待產，請你起兩個單號。

Lake Tahoe的卡片和風景片已收到了，你和世驤想玩得很痛快。《左翼文壇》報告想極博得好評。看到你Purcell書的review，你學問淵博，讀後極佩服，你對任何題目作小時間準備，即顯得學問豐富，這在我是萬萬辦不到的。

明春遠東學會兩個panels，小說panel我已托Hanan做chairman，詩panel我自己chair，已請到世驤、James劉（李商隱）、Wilhelm（謝朓or《詩品》），第四個paper我想請你擔任，望勿卻。題目是宋代到民國都隨你便，你見解多而精彩，當更使我的panel增色，可能你會覺得我們兄弟操縱文壇，不好意思接受，我曾寫信給Hanan，suggest他也請你讀paper，但他的panel（有Maeth）可能較dull，還是在我的panel上讀paper較有意思，也能表現你多方面的才華。因為在小說方面今年你表現得很多了。此事你可和世驤商量一番，我總覺得你做我的panelist較適宜。劉若愚的paper，在他遊N.Y.期講定了。Wilhelm是AAS program committee出的主意，因為他不常讀paper，的確Wilhelm來信，他已十五年未參加AAS meeting了。

　　Good Friday同R玩了一天，這種經驗我也沒有過。你同R想來往更勤，她有什麼特別表示，務必自己留意。她有意同你談愛，你切不可負她好意，B仍見面否？這學期我們有個Ming seminar，前星期我講明代文學，聽眾有de Bary、Goodrich、房氏夫婦，我表現得極好，拿手的小說沒有講，留着後〔下〕星期補講。不久前校長通知下來，我明年薪金差不多加了兩千，去年加了一千五百，是學校把教授薪水調整，這次加薪卻是de Bary把我另眼相看，明年我的salary將在一萬一千元以上。這次父親故世，de Bary特別arrange了一個mass，在哥大chapel舉行，他太太也特別趕來參加。

　　劉若愚離N.Y.後即去芝加哥大學interview，將已談成。據他言，Stanford也要添人，並且有意於他，我覺得你在center日夜做research，不免太忙，如能去Stanford，更好，此事如能和世驤明講，他可直接和Hanan、Nivison辦交涉，我想一定可成功，而且Stanford和Berkeley極近，你可保持世驤、Grace經常往來的友誼。

　　看了一張電影 *The Prize* ①，極有趣，可偕R同觀之。世驤前問候，Joyce很enjoy Grace寄的卡片和照片。最近一期 *JAS Bibliography*，編者Richard Howard②糊里〔裏〕糊塗把你的Enigma歸給Tao-tai Hsia③（道泰），我已去信更正。隔兩天再寫信，即祝

　　近好

---

① *The Prize*（《大獎》，1963），犯罪懸疑片，馬克‧羅布森（Mark Robson）導演，保羅‧紐曼（Paul Newman）、艾爾克‧薩默（Elke Sommer）主演，米高梅發行。

② Richard Howard，不詳。

③ Tao-tai Hsia（夏道泰，1921-），江蘇泰州人，學者，民國大法官夏勤之子，耶魯大學博士，曾任教於耶魯大學、密西根大學、喬治華盛頓大學等，並任美國國會圖書館法律部主任等職。代表作有《大陸中國法律資料文選指南》（*Guide to Selected Legal Sources of Mainland China*）等。

弟 志清 上
四月十九日

馬逢華已偕新人返美否？
不要忘了寫封家信，安慰母親。

# 637. 夏志清致夏濟安（1964年5月3日）

濟安哥：

四月十八日信已收到。《西遊補》一文已拜讀，文字上同華府所讀的並無更動，讀文章可recapture你那次精彩的delivery。我自己的那篇，想更改幾字，但沒有時間，祇是劉紹銘逼着要看文章，我Xerox印了一份給他，以後整理後再寄你。

父親仙逝，我也沒有工夫多想它，母親叮囑我們戴black arm band，我也沒有照作，好像美國已沒有戴孝的風俗，幾年來沒有見到什麼人袖管上圍上黑布的。不久前玉瑛妹寄來兩張照片，一張是父親在殯儀館所攝的遺像，看後很難過，的確是他去世後第一次感受到死亡的impact，你怕動感情，我也暫不寄你，以後你來紐約再看吧；另一張是弔孝人的合照，母親坐着，玉瑛妹不在，立着的有賢良弟，尤家詠南，昌五，六也，乾安，天麟。賢良相貌英俊，餘者一顯其陋，天麟看上去簡直同idiot相仿。我們一代的cousins都天資不高，而性格weak，相當可憐。玉瑛妹的長信想已看到，家中經濟情形很好，這次辦喪事也很像樣，這是母親在悲悼中稍可告慰的一事。

你給Carol打長途電話，她用了"affair"那個字，實在很不切當。我同陳秀美僅見過幾面，而且大多在社交場合，戀愛也談不上，何況"affair"？去年通了不少信，上次見面後，我對她也無形中冷淡下去，現在不常通信。Lucy的確是很直爽心地良好的女子，以前國內不多見，可惜那時癡戀了幾個女子，都沒有找到她這樣沒有虛假的小姐。她自己本來不想嫁工科學生，不料一般文科學生都沒有勇氣追她，現在追她的還是工理科人，也是中國學生界的一大諷刺。你學生間誠心追過她的有謝文孫一人，陳秀美那次不來華府，

就是怕和他相見，和他纏不清。（謝文孫來信，邀我去Cambridge
演講一次，六月初，已接受）

　　昨天去Princeton玩了半天，Mote我兩次講明代文學，都來聽
講，我想請他吃飯，未成，反而同房氏夫婦一起去Princeton，在他
家吃了一頓豐盛的午餐（有剛上市的鰣魚，可惜魚鱗給butcher刮
掉了）。Mote在南京結婚，太太很賢惠，他們一幢新房子，全套中
國紅木家具，生活很舒適。Mote聽了我兩次seminar，對我大為佩
服，那次我講小說，蔣彝房氏夫婦，因為我radical意見太多，可能
不能欣賞。今晚有飯局，晚上還得去參加蔣彝的party，大客人是
Herbert Read，小客人有Robert Payne[1]等。在英國時，Read曾幫過
蔣彝忙，給他書寫foreword，Read對中國人的印象大概就是蔣彝那
樣的人，學問上面沒有什麼可談。蔣彝對我的gay和witty兩方面特
別看重，每有party，必請我（esp. party for英美人），使他的party
生色。

　　R的玉照已看到，的確綽約風姿，嬌小可愛。她膚色的確和
*Beat the Devil*中的Gina一樣白，Carol覺得R很像Natalie Wood，
但你是討厭Natalie Wood的，你可問R本人像哪一位電影明星。R
待你很好，可能有意嫁你，我想你未去Seattle前最好討論一下婚

---

① Robert Payne（羅伯特‧派恩，1911-1983），英國文學教授、作家和歷史學家。
　　一生經歷豐富，1937年通過魯道夫‧赫斯（Rudolf Hess）見到了希特勒（Adolf
　　Hitler），後供職於新加坡的英軍情報部門。二戰中逃至昆明，在西南聯大教授
　　造船學，結識聞一多等人，二戰後赴延安，見到毛澤東，1949年赴美教授英國
　　文學。著作等身，尤以偉人傳記著稱，包括《毛澤東：紅色中國的領袖》（*Mao
　　Tse-tung: Ruler of Red China*, 1950）、《偉大的潘神：卓別林傳》（*The Great God
　　Pan: A Biography of the Tramp Played by Charles Chaplin*, 1952）、《列寧的生與
　　死》（*The Life and Death of Lenin*, 1964）和《希特勒的生與死》（*The Life and
　　Death of Adolf Hitler*, 1973）等。

姻問題，你有意，她可能會讚同。相片上她嘴角上的笑容，帶着kindness，candor，你可能還沒有fall in love，但這樣的女子世上少見，囑你好好court她，在臨別前能clarify這個situation最好，否則繼續保持這個友誼，入秋後看有什麼變化。

看了*From Russia with Love*②，大為滿意。歐洲art films和美國liberal作風的電影最近不看，要看電影即看娛樂成份較高的suspense comedy。春天到了，你和R date想更可上緊，《通報》明日寄出。忙極，隔幾日再寫信。即祝

好

志清
五月三日

［信封背面］明年pannel paper事，請答應勿缺

---

② *From Russia with Love*（《第七號情報員續集》，1963），動作片，特倫斯·楊（Terence Young）導演，史恩·康納萊（Sean Connery）、丹妮拉·碧安琪（Daniela Bianchi）主演，聯美發行。

# 638. 夏濟安致夏志清（1964年5月8日）

志清弟：

　　來信收到，你寄給R的抽印本她也已收到了，過兩天她會寫信來謝你。我叫她稱你為C.T.，她現在就稱為C.T.了——信上怎麼稱呼，我還不知道。

　　和R的關係，發展得如此好法，完全出乎意料之外。你的種種勸告，我當留備參考。目前我們的友誼還有發展的餘地（如她還稱我為Mr. Hsia），讓它再發展一個時候吧。

　　主要的原因（兩人和諧的關係）是我從B和Anna那裡學到的教訓。一年前開始對B發生興趣時，我是內心緊張的，表面上也許想裝得輕鬆，但我的緊張瞞不過聰明的B，所以她說我是naïve，後來我對她的關係，緊張漸漸減少。但是經過一段緊張，關係再也好不起來了。

　　後來出現了Anna。我立志不讓緊張重現。進行得很順利，想不到她對我忽有親熱的表示，我手忙腳亂，又緊張起來——想表示愛意，以免辜負美人芳心。但我一表示愛意，兩人關係立刻緊張，她就開始對我挑剔——以前她是祇覺得我的很多的好處的。因為我和Anna的關係究竟不能建立在共同的興趣上，而且往來困難。照現狀觀之，Anna是從我生命中退出了。想起今年年初的盲目樂觀，不禁也好氣也好笑。

　　和R真的是一點緊張都沒有。過去的經驗（並不遠的過去，可說是還在眼前）我是充分的利用。她對我的和善的態度，我以很平常的瀟灑的態度報答之。這個說起來很容易，但是假如不是在Anna那裡得到的教訓，一個小姐忽然對我好起來，我真不知如何報答呢。

以R的美貌（她說她像Anne Baxter，她身材不小），此間當然
也有美國青年想追求。那些青年都還很英俊（相貌以及智力），但
是追求技巧拙劣。上來雙方關係先弄得緊張，以至進行為難。那些
青年也許在妒忌我的豔福不淺，但不知我這點技巧也是在痛苦中學
習出來的。

我為人的聰明體貼（運用imagination）等，都是可以博得她歡
心的，她欣賞我的，還有兩點。她說許多男人表示愛就想possess，
我可沒有possess的慾望。其次，我不想destroy我愛的對象，我祇
希望對方好。

我的這兩個態度，至少目前是應該努力保持的。假使將來要求
婚吧，也得等水到渠成的時候，不可露出半點想possess或者甚至
無意中要destroy對方的企圖。

你所主張的做法，同那些一往情深的美國青年作風相似。他們
為什麼會追求失敗，是值得反思的。

B、Anna和R三人出身背景等大不相同。B和Anna出身較苦，
B小時候甚至缺乏家庭溫暖。R是在Scarsdale（紐約貴族化地區？）
長大的，對於一切享受（French cooking、做cocktail、衣裳等）大
有研究。但三人有一共同之點，即痛恨男人想possess的慾望。我
起初給B的不良印象，虧得我們見面機會很多，不良印象漸漸改正
過來。給Anna的不良印象就難以改正，因為我們不能常見面。「求
婚」當然是honorable的，但如被對方曲解為有possession的慾望，
這一下把自己的人格都貶低了。

現在我不向R求婚，甚至不透露愛意，她正在一天一天發現我
的好處。我如一透露愛意，她就會開始注意我們之間的incompatibility
了──如同B和Anna一樣。她一注意這個，兩人在一起就不會有現
在這樣的愉快了。

當然也許會有「水到渠成」的一天，即她根本不會考慮我們之

間的 incompatibility。那個階段假如達到了，我相信她也會有比較
明確的表示的。

　　現在我們之間的關係很愉快，有些情形過去是從來沒有經驗過
的。

　　（一）我去date她，她總是欣然的。她如另有應酬，總覺得很
遺憾——一定告訴我另外什麼日子她是有空的，免得我失望。

　　（二）電話裡談話可達半小時乃至一小時——這是生平未有之
經驗，我打電話（即便是給Anna或B吧）總是很curt的，正事談完
就掛斷。和R打電話可以講半天——同時也因為她不想掛斷之故。

　　（三）她做飯請我一個人到她apt.去吃飯，一個evening可以很
愉快的過去。

　　B和Anna都是Neurotic的girls，Neurosis種類繁多，我也不能
深究，祇好說她們都有「自卑感」。R精神較健康，但非無創傷，
去年暑假離婚，離婚後又愛上了一個有婦之夫，那男人不肯離婚，
她又大受打擊。她認識我的時候，她自己說是正在convalescent的
階段。認識我以後，她很高興的發現同過去逐漸割斷；每次一起出
去，她總說覺得very comfortable。這當然是我小心體貼之故，而她
是感激的。假如我以粗線條方式追求，我將很容易的碰着她的傷
痛。她現在需要的就是像我那樣大方、懂事、溫柔、談笑風生，有
學問的朋友。我一直在nurse her back to health。這個任務我是暫時
不可拋棄的，但她的底子是健康的，我這個「保姆」的任務不難完
成。完成以後將發生些什麼事，暫時我也管不了這麼多。B和Anna
恐怕都無法恢復精神上的健康。

　　現在Anna已經從我生命中退出。B也有點知道「弄假成真」
了。她開頭叫我去追求R，但她想不到我們的關係會發展得如此順
利。後來我告訴她我們的關係很好了，她臉上的表情並不十分愉
快。有兩件事值得一談：

（一）B生日party，我是她的「情侶」，飯後我要開車送她回S.F.鄉下的兒童精神病院（她在彼處服務）去。她那天下午在城裡有事，自己來S.F.飯館的。R也要跟着去，B欣然。因此我們三個人上車，上車前推讓一下，結果R坐在中間，即我的邊上，B則坐在靠右邊的門。一路之上，兩個女孩子談得很投機，回Berkeley路上，那就是R一個人陪我了。

（二）R將請B吃飯，在她寓所，祇有我和B兩個客人，但她給B的請柬上用we一字（代表我和她）。這個party我將很enjoy的（B已首肯）。

R很大方，很懂得談吐應酬社交技巧等。她請B（這種作法絕非上海所謂「十三點」之流），此中關係，並非三角戀愛。R知道B曾有讓賢之舉（我告訴她，B勸我去追她），她至少想表示appreciation。B性情孤僻，但很有noble的志氣，如去兒童精神病院做事，為黑人事遊行被捕等。她自己也許將獨身以終，我相信她是很喜歡看見我和R成就好事的。未來的三人party，我曾給R分析一下：我和R之間，並無tension；R和B之間亦無tension，祇是我和B之間有一點tension，但大家空氣和諧，這點tension亦將消失。

昨晚（星期四）我在Berkeley女青年會演講「中共文藝」，講前我和R在S.F.吃晚飯（她本來說要請我去她寓所吃飯），一起回Berkeley，一起進會場，講完後在她apt.喝brandy與茶，她還招待別的來聽的人。她的大方與兩人關係之融洽，你聽了想必很高興的。

這樣的關係，是人生希[稀]有的經驗，迄今為止，她很喜歡如此大方的關係。假如有一天她表示我該求婚了（她深知我的敏感），我想我會求婚的。

陳世驤對R十分欣賞，但Grace心裡有點氣。她佩服R的「美」和「帥」（她請過陳氏夫婦去吃飯），但Grace根本反對中國人和美

國人結婚（對Carol的喜歡是例外），她見我跟別的女孩子好，心中不免為Martha吃醋。我已帶R去過陳家兩次。陳世驤是熱烈招待（兩人研究cocktail的做法等），Grace總有點「笑」裡帶「氣」（Grace有很多機會可以邀請R，但她不請，兩次都是我自動帶R去的）。

女子喜歡支配男子的命運，現在分明是Grace不能支配我的命運了。同一道理，B心中還有點高興，因為R是她指定給我的，我們兩人好起來了，in a sense，我的命運還是受B支配的。

今年年初我還想，今年恐怕將過一個「無女友」的生活了。想不到後來居上，R和我關係如此好法。這豈是在我計劃之中的？以後如何？我亦並無計劃。

《公社》一文寫完後，又為《中共文藝》演講稿略事準備。以後應當為《左聯》一書而努力了。暑假去Seattle，R是有點依依不捨的（我答應去Seattle時，生命中根本無R此人）。但祇要兩人情感不變，何在訂婚的形式？假如情感喪失，結了婚都可能離婚的。你的勸告還帶有一點「患得患失」的想法，但是我是相信建立感情的基礎的。

明年S.F.之會，世驤希望你除了Poetry之外，另外定一個theme，我的建議是：*Chinese Poetry: Aesthetic Value & Ethical Value*（字眼你可修改），他說這個大題目可以罩住他的屈原paper，和你平常的主張亦相近。我假如非寫不可，我的題目可能是《曾國藩as poet》，父親生平服膺曾國藩，我從小受其影響很深，好好地研究一下也是很值得的。

Howard Levy方面，我和他通信結果，決定寫《胡適》一書。對於胡適，我們有說不完的話，祇怕寫完了得罪的人太多耳。

這裡的Oriental Language Dept.主任下學期起內定由Birch擔任。這裡center的主任是Schurmann。兩人都是我的好朋友，以後

在事業上可得助力。你勸我去外面活動教職，我無此雅興，尤其是Stanford是碰也碰不得的；James Liu①如進去，無非搶走David Chen的位子。David因為失戀，神思恍惚，工作不努力，系裡對他很不滿意。世驤極力想維持他，不知能否生效耳。別的再談　專頌
　　近安

濟安 頓首

五月八日

Carol、Joyce前均此。

---

① James Liu（劉若愚，1926-1986），原籍北京，1948年畢業於北京輔仁大學西語系，英國布利斯多大學碩士，歷任美國夏威夷大學、芝加哥大學、斯坦福大學教授，著作等身，尤以1962年所著《中國詩學》著稱。誠如夏濟安所料，劉若愚去斯坦福取代David Chen（陳穎）。陳穎承李田意推薦，去了耶魯大學。

## 639. 夏志清致夏濟安（1964年5月31日）

濟安哥：

　　五月八日來信收到已久，三星期來一直很忙，沒有工夫寫回信。讀信悉你和R關係發展極好，很高興。R待你這樣好，為人這樣溫柔知禮，的確這樣美滿的友誼，是人間少有的，要施壓力教它變質，的確是不智的。但在你離開Berkeley前總要有些依依不捨惜別的表示，才可對得起她一番友情。可能兩人暫時分離了，通信間更能增進情感也說不定。我已收到R的謝信，文字極好，字跡也秀氣，是經過一番練字的工夫的。讀信覺得此人極可親近，雖然她信上稱呼我Professor Hsia。我回信沒有什麼話好寫，請你轉告我的謝意。最近兩三星期更有什麼新發展，請告知。想不到你所交的女友對aggresive的男人都存戒心，讀最近小說好像男女性關係極frank，其實較senstive的女子都仍保示［持］十九世紀女性潔身自好的integrity，可見小說中的愛情描寫仍被convention所支配，並不表示什麼現實。你什麼時候去Seattle？

　　五月八日在Maryland，College Park開了一次會，China Institute所sponsor的symposium on Chinese Culture，frustrated的華人到了不少，亂發言論極embarrassing。有神父某，plug注音符號，編了一隻歌上台唱「不潑墨勿……」，簡直笑死人。這組織雖是反共的，反共言論極少有人發表，反而有人罵西洋物質文明，以表明中國文化的崇高。主持人程其保①，哥大Teachers College出

---

① 程其保（1895-1975），字稚秋，江西南昌人，教育學家，美國哥倫比亞大學博士，先後任教於國立東南大學、齊魯大學、國立中央大學等，1932年後任職於教育部，並長期兼任中央政治學校教授。一生致力於教育事業，由鄉村教育、社會教育到學校教育，晚年繼續從事國際教育事業。編著有《小學教育》、《教育原理》、《教學法概要》等。

身，不學無術，要把那幾篇working papers出版，實在很荒唐，大半是英文惡劣的summarize，不值得讀的。

重看了《楊柳春風》（*The Gay Divorcée*）②，那是在南京國民大戲院看得極滿意的影片，重看（仍）甚極滿意。Ginger Rogers dress夾在箱子內大叫Porter，Porter的情形，想你仍能記得，但片中有了大型歌舞片的跳舞場面，不如*Love Me Tonight*精彩。同Joyce、Carol去看Bob Hope的*The Global Affair*③，故事以UN作背景，我看了一半，不能忍受，先走出戲院，Bob Hope很多劣片我都能enjoy，這是我第一次walk out of a Bob Hope movie。前幾天看了Burton④的*Hamlet*，莎翁悲劇極難演，Burton的version遠不如Olivier⑤的movie version，但Hume Cronyn⑥把Polonius⑦演得極精彩，莎翁在舞台上勝人的地方，還是在喜劇。散戲後看到人行道兩邊等滿了人，因為每晚Burton退裝後和Liz⑧同歸，人行道上的人

② 《楊柳春風》（*The Gay Divorcee*, 1934），愛情歌舞片，馬克·桑德里奇（Mark Sandrich）導演，弗雷德·阿斯泰爾（Fred Astaire）、金潔·羅傑斯（Ginger Rogers）主演，美國RKO Radio Pictures出品。

③ *A Global Affair*（《全球事務》，1964），喜劇片，傑克·阿諾德（Jack Arnold）導演，鮑勃·霍普、米歇爾·梅奇（Michèle Mercier）主演，米高梅發行。

④ Burton，即Richard Burton，因在莎劇《哈姆雷特》中扮演哈姆雷特而大獲好評，被認為是勞倫斯·奧利佛「天然的接班人」。

⑤ Olivier，即Laurence Olivier，憑藉電影《王子復仇記》（*Hamlet*, 1948）中哈姆雷特一角獲得第21屆奧斯卡（1949）最佳男主角獎。

⑥ 休姆·克羅寧（Hume Cronyn, 1911-2003），加拿大—美國演員，活躍於戲劇和電影界，常常與妻子傑西卡·坦迪（Jessica Tandy）同台演出，憑《還我自由》（*The Seventh Cross*, 1944）獲第17屆奧斯卡（1945）最佳男配角提名。

⑦ Polonius（波洛涅斯），《哈姆雷特》中人物，丹麥御前大臣，雷歐提斯（Laertes）和奧菲利亞（Ophelia）的父親。是一個好管閒事而多嘴的人，與國王克勞狄斯（Claudius）密謀監視哈姆雷特，卻被哈姆雷特意外殺死。

⑧ Liz，即Elizabeth Taylor，視Burton為一生中的最佳伴侶，二人於1964-1974年，1975-1976年兩次結婚。

都是等着看Liz的，據說每晚如此，Liz的號召力不小。

　　五月十二日我買了票參加了Goldwater Rally，Madison Square Garden三萬人坐滿，也是難得的盛事。但擁護Goldwater者很多是從suburb來的，Goldwater的講辭，很有條理，但把自己和Ike靠攏，也有說不出的苦衷，此信到時，Goldwater可能在加州已被Rockefeller打敗了，即使Goldwater被nominated，可能也敵不過Johnson。但讀N.Y. Times每天登載slanted coverage of G's Campaign，令人生氣，我去那次Rally至少看到了擁護G.的中等市民fervor的深度。

　　Panel的題目暫定The Art of Chinese Poetry，我看到summarize後可再改動，你建議的題目很好，但我不想dictate，看Wilhelm的鍾嶸《詩品》和James Liu的李商隱怎樣寫法，再定題目如何？你答應寫《曾國藩》我極高興，普通美國人對曾國藩了解極淺，根本不知道他是詩人（他的詩我也沒有讀過），你這篇paper將是把總結清代詩文tradition巨人的第一次作評介。這四篇paper讀好後，我預備自己作discuss，一定可使世驤滿意。

　　聽說李祁要去Stanford教中文，想她是代時鍾雯的，不會搶去David Chen的位置。上次去Princeton見到高有［友］工，他對中國東西也極有nostalgia，我同你一樣，對中國極少nostalgia，最近幾次業餘京劇表演都沒有去聽。相反的我在國內時不大愛國，現在變成了一個右傾的美國Patriot，極想把左派、黑人的惡勢力打倒。普通中國人雖然見了黑人討厭，但口頭上同情黑人革命的也大有人在，好像中國人和黑人都是受白人欺負的弱小民族。一般理工學生同情中共，也出於此inferiority complex作祟，今夏黑人在紐約將更猖狂，哥大有一位物理學副教授在Central Park被殺，兩位教授被搶被打，都在哥大附近。

　　有一個人最近來找我，是你光華同學顧恭凱⑨，在上海時沒有見過此人，想來同你關係極淺。此人有些武功，曾被義大利惡少四五人attack，他一腳把一個惡少跌倒，乘勢追兩個惡少，把他們嚇逃。顧君我同他喫了一頓午飯後，最近連打兩次電話來，如他來路不正，我不想多同他有來往。

　　學期剛結束，這暑期得好好寫書，希望能同你一樣的能加緊工作。昨天翻看沈從文的《阿麗思中國遊記》⑩，有一大段對白都是加韻的，很別緻（couplets），讀後很滿意，有一句描寫很精彩，「這小子，肚子學問像是壓緊了的麥片，抓出來又是那麼多，並且抓一點兒出來又即刻能泡脹」。這種conceit白話文中很少見。

　　昨天系裡在Martin Wilbur家picnic，事後我們去Chinatown吃飯，在館子內見到一位女子，臉部、頭髮、眼睛酷似Grace，可轉告她。Joyce即將放假，預備帶她去看World's Fair。劉紹銘、白先勇、陳秀美及其未婚夫（姓段，尚未訂婚）六月初都要來紐約，都得應酬他們。不多寫了，祝

　　　好

　　　　　　　　　　　　　　　　　　　　　　　弟 志清

　　　　　　　　　　　　　　　　　　　　　　　五月31日

　　父親的遺照想已妥收，這是玉瑛妹寄給你的第二份。

---

⑨ 顧恭凱，自稱夏濟安光華大學同學，1960年代在哥倫比亞大學中日文系，攻讀博士。娶愛爾蘭女子為妻，子女眾多，不知其何以為生？博士口試失敗，不敢得罪狄培理（de Bary），卻怪罪夏志清。

⑩《阿麗思中國遊記》（1928），長篇小說，沈從文著，續寫英國作家路易斯‧卡洛爾（Lewis Carroll）的《愛麗絲漫遊仙境》（*Alice's Adventures in Wonderland*），講述阿麗思來到中國，在大都市與鄉村的種種奇遇，影射中國的種種社會現象。

## 640. 夏濟安致夏志清（1964年6月3日）

志清弟：

　　接到來信，甚喜。我近況大致如常，最大的興趣還是在寫書上面。《公社》寫完腦筋鬆懈了一陣子。最近又回到左聯的問題上去，開始對左翼文藝理論發生興趣。所以引起我的興趣者為Lukacs論Realism的書，我認為他的話很有道理，非但他的意見大體可以接受，有些話還應該叫好的。再則，此間有一荷蘭來的留學生Fokkema①，博士論文是'56到'60年間的中共文藝理論（將在Leiden大學得學位），此人懂俄文，引證甚為廣博。我看了他的論文稿子，覺得得益不少。此人沒有什麼新見解，但用功甚勤，做博士大約亦夠了。

　　在Hoover借來幾本舊的《現代》，第一次仔細讀周揚在1933寫的論文，發現他在那時的理論和在今天差不多完全一樣，足見此人有其conviction（當然是跟俄國人走的），並不一定投機取巧。我猜他在延安時給毛澤東的影響不小。

　　周揚的文章相當清楚，確比胡風清楚。周揚完全說理，胡風因是詩人，理論中喜歡夾雜figures of speech（形象等）。再則周揚像魯迅似的，敢放膽罵人；胡風要罵誰，反而吞吐其辭，不去說明，他的很多private allusions大約是很難了解的。再有一點，胡風的感

① Fokkema（Douwe Fokkema，杜威・佛克馬，1931-2011），荷蘭比較文學家、漢學家，曾任烏德勒支大學教授、歐洲科學院院士、國際比較文學學會主席等，代表作有《中國文學中的清規戒律與蘇聯影響（1956-1960）》（*Literary Doctrine in China and Soviet Influence, 1956-1960*）、《二十世紀文學理論》（*Theories of Literature in the Twentieth Century*）、《完美世界：中西烏托邦小說》（*Perfect Worlds : Utopian Fiction in China and the West*）等。

情激動，在文章中亦看得出來，周揚比較cool。

胡風與周揚之大不同，胡風的理論是他自己的：關於主觀力量，革命，人民大眾，etc.，都有他的一套解釋，他引俄國人（甚至毛澤東）無非為他自己做註解。周揚是販賣俄國人的貨色，但是他把理論的脈絡是搞清楚的。

胡秋原的《少作收殘集》已在臺灣出版（杜衡——蘇汶——現在臺灣，我屢次向他拉稿未成），關於左聯的那一時期，總算在臺灣留了一個記錄。裡面甚至把魯迅和瞿秋白的文章也引了些進去，胡秋原可算膽大了。胡以Plekhanov專家自居，到底專得如何，我也不知道。瞿秋白說他是強調P氏主張「文藝自由」一點，也許是對的。P氏自己也許沒有這麼起勁地主張文藝自由。

胡秋原和左聯的筆戰，也許有政治陰謀的。他和神州國光社關係很密切，從神州國光社，可以說到它的patron陳銘樞②。陳後來的確組織了一個「社會民主黨」（乃至福建人民政府）。左聯之恨胡秋原，是拿他當「第二國際」「社會民主黨」的代言人看待的。當時歐洲共產黨人在史大林路線之下，把社會民主黨恨如切骨——這對於法西斯納粹的興起大有關係。胡秋原有勇氣刊印魯迅和瞿秋白的文章，但他沒有勇氣坦白承認他和社會民主黨的關係。他和左聯筆戰時，自認是「無黨無派」——這也許是有所掩飾的。

「第二國際」「社會民主黨」等都是代表所謂liberal力量，是你所反對的。但我祇認共產黨人是敵人，別的非共力量（即使它們亦借重寫馬克斯的招牌的）都可聯絡。共產黨之起來，老實說是靠人

---

② 陳銘樞（1889-1965），字真如，廣東合浦人，政治家、軍事將領，歷任民國政府軍事委員、廣東省政府主席、代理行政院院長等職，1933年「福建事變」後失去軍權，赴港從事反蔣活動，1948年與李濟深等在香港成立「民革」，反蔣反內戰，1949年後任中央人民政府委員、全國人大常務委員會委員等職。

民陣線，它一個子的幹是幹不出名堂來的。反共也得多結朋友也。

　　美國今日在中間游離的左派分子，我看了也很討厭，但我同時也可憐他們。我若自居右派，也許逼他們走更左的路：左右壁壘對峙，非美國政治社會之福。（請想想Hitler興起時的德國！）英美人民的福氣，還是靠有一個龐大的中間力量──中間力量之中當然又有偏右偏左的。我自認中間偏右，不敢以極右自居。

　　Goldwater③已在加州獲勝。他如做美國總統，老實說比Johnson好不到哪裡去。左派人視Goldwater為蛇蠍，右派人又把他當作救星看待。我並不把Goldwater當作極右看待；即使他是極右吧，除非他能修改憲法（如當年的Hitler，近來的De Gaulle④），他也不過蕭規曹隨而已。Kennedy可算是人才，但也沒有什麼了不起，至少LBJ的作風跟他還是差不多。換個人來，恐怕還是差不多。

　　我對於政治的看法，一則少憎恨之心（除了反共），二則多注意消長之理。最近右派勢力稍見抬頭（甚至Wallace⑤在芝加哥一帶都有人擁護），未始非是「黑人與幼稚白人」的聯合示威刺激出來的。他們越是「示威」，越是替自己在製造敵人。假如未來幾個月中，黑人繼續猖獗，Goldwater真可能被當選為總統的。

　　右派太猖獗了，也會替自己製造敵人的。近年大學中的左派風

---

③ Goldwater（Barry Goldwater貝利‧高華德，1909-1998），美國政治家，曾任亞利桑那州任參議員，是1964年共和黨提名的總統選舉候選人。

④ De Gaulle（戴高樂，1890-1970），法國軍事家和政治家，二戰時期「自由法國」（Free France）和「法蘭西共和國臨時政府」（Provisional Government of the French Republic）領袖，法蘭西第五共和國（Fifth Republic）創始人，第十八任法國總統，在位長達11年。冷戰時期法國的絕對領袖，主張東西方關係緩和與合作，標誌性事件是法國在1964年與中華人民共和國的全面建交。

⑤ Wallace（George Corley Wallace Jr.小喬治‧科利‧華萊士，1919-1998），美國政治家，曾四次出任阿拉巴馬州州長，四次參選美國總統，是1960年代民權運動期間的保守派代表。1972年遇刺受傷癱瘓，1980年代放棄其種族隔離思想。

氣之盛，一半也是McCarthy時代逼出來的。McCarthy那時太跋扈了，很多人因此恨他所代表的一切。

Goldwater如做總統，我希望他立法溫和，政策穩健。他如走極端，固然一時之間可得痛快之感，但後果將是民間強烈的反應：左派勢力更抬頭，右派也許將長期的不振了。

由大勢看來，右派的確在削弱。我既然中間偏右，我主張長期的穩健的培養右派勢力。我們的立場還是在ethics方面（做一個負責的個人），這種保守主張還是有人會接受的。若右派走入極端，自居少數派，倡militant的口號，到處與人為敵，結果將使右派更為削弱。總之，這幾年來「右派」給人的image太壞，這個image非加修改不可。

講到我自己的私生活，和R仍然是保持一個很愉快的關係。最使我感激的，我去date她總沒有什麼疙瘩，她總是首肯的；同時她亦常請我到她Apt.去吃飯。我過去沒有交過多少女友，但交女友心里［裡］總有個不痛快，小姐一搭架子我心里［裡］就生氣。原因當然是女的怕commit herself，一請就肯，豈非好像就答應嫁給那男的了吧？公式乃或如此：男的勤於追求——女的戒備心重各種方式推三阻四——二人間的緊張——破裂。但男人亦是賤骨頭，女的太willingly了，男的亦會覺得索然無味，以至逡巡退出的。女的大約亦需要用點手段。

我和R之間，一開頭就講明要消除一切緊張的因素，彼此以聰明人自居，互相尊敬，不耍手段，不求征服，坦誠佈公—— so far，很僥倖的成功的。和Anna之間，我一開頭就講明要消除一切緊張的因素，成功了一個時期，還是失敗了。

好久沒有通信，date的近況可述者如下（我們一星期至少兩次共餐——至少一次午飯一次晚飯）：R真的請了B和我兩人在她的Apt.吃飯。我以為B和R之間沒有什麼緊張，但是當場雖愉快，

事後B說覺得很不舒服。（B說："Her style of living makes me feel uncouth."）R大約是真的覺得很愉快的。她並［不］十分喜歡看電影，但喜歡看畫展。看畫她大約真懂，看了十張左右就想走的。再多，她說就不能吸收了。

最近看了一張十分滿意的日本片子：*Harakiri* ⑥（《切腹》，松竹出品，非東寶Toho出品）。此片結構之緊湊可比Sophocles悲劇，攝影（黑白）技巧好極，主角仲代達也［矢］⑦（在*Sanjuro*中飾配角，甚可惜），演技精湛，在Mifune ⑧之上。故事稍帶sentimentalism與melodrama，還不十分完美，但是夠austere的了。此片可算近年所看最滿意的電影了。

看了一次S.F. Ballet *Lady of Shalott* ⑨十分滿意（不知何人作曲）。*Lady of Shalott*我在光華時曾閱讀多遍，故事的前因，因未讀過Malory，至今不知。這個Ballet之好，約有下述諸點：

（一）大體theme和S*leeping Beauty*、*Swan Lake*等相仿，都是woman under a spell，但*Lady of Shalott*祇許看鏡子，不許看世界，使人想起Plato在*Republic* ⑩中的洞中人譬喻，她在堡中，外面鄉下人跳愉快的舞，和她不相干。這對比就有點淒涼。結局是悲劇的，

---

⑥ *Harakiri*（《切腹》，1962年松竹出品，小林正樹導演，仲代達矢主演，講一名叫津雲半四郎的浪人來到名門井伊家，要求在庭前切腹自殺的故事。

⑦ 仲代達矢（1932-），日本演員，演出涵蓋舞台劇、電影和電視劇等領域，與黑澤明、五社英雄等日本名導均有合作。代表作有《影武者》、《亂》等。

⑧ Mifune，即三船敏郎。

⑨ *Lady of Shalott*，即*The Lady of Shalott*（《夏洛特夫人》），英國詩人丁尼生（Alfred Tennyson）創作的民謠，取材於中世紀的亞瑟王傳奇，後來被改編成了繪畫、文學、舞蹈等多種藝術形式。

⑩ *Republic*（《理想國》），古希臘作家柏拉圖的對話體著作，十卷，成書於公元前380年左右。該書以蘇格拉底與其他人對話的方式闡釋了一個真、善、美相統一的理想國，較為全面和詳盡地體現了作者的政治哲學。

更超過一部童話式的Ballet也。

（二）技巧方面：Lady顧影自憐，對鏡起舞，方框作鏡，她舞時，後台出來一個裝束跟她一模一樣的對跳——美極。（中國京戲至今未曾想到過這一點。）

在Lancelot⑪出現前，先來一個Red Knight追求她。兩人之間尚有隔膜，愛情未成。兩人間的不完滿的愛是這樣表示的：堡內Lady和Red Knight的影子跳舞（影子裝束如Knight，但無臉，全身黑色）。堡外Red Knight和Lady的影子（全黑）跳。應該是兩人跳，結果是兩對跳，表現方式很美。Lancelot出現後，她匆匆出堡，meet her doom。兩人跳後，Lady死去。

又看了一次musical comedy：*Little Me*。也很滿意。最近Shirley MacLaine的一張「鉅片」，六大男角配演，故事大約與之相仿。此戲之噱，是某名女人（Belle Poitrine）一生中六七個男朋友（丈夫、姘頭等）皆為Sid Caesar一人所演。Caesar的喜劇天才在Peter Sellers之上；而把這個無聊的故事（因人物皆是無聊的）弄得生氣活潑。Shirley MacLaine那電影着重描寫那些無聊的男人，一定弄得不倫不類。*Little Me*很輕鬆滑稽，而且大大的諷刺了一般的musical comedy。生平很少看musical comedy，這部東西大約可算是出類拔萃的。

沒有R這樣一個親密的女友，我當然亦少有興趣去看那些特別的events。就為這一點，我是大大的感激的。

課已開完。回顧過去半年，我講的是這五個人：林紓、胡適、魯迅、郭沫若、茅盾。所謂cross-currents無非着重Romanticism與

---

⑪ Lancelot（蘭斯洛特），亞瑟王傳奇中的圓桌騎士之一，相傳由湖之仙女撫養長大，故又稱「湖上騎士」（Lancelot of the Lake）。最強大的劍客和騎士，不過由於與亞瑟王的王后桂妮維亞（Queen Guinevere）之間的戀情而導致了內戰。

Realism兩點而已。初開課時，並無計劃。講完了，自己想想，總算還有一個體系。

定十三號開車（今年得試試了）去Seattle，定兩個月後回來。R暑假將搬入我office辦公，我設法把她調到Language Project來了。世驤對她的學問和聰明（sophisticated）是很佩服的。

六月六號是你們結婚十週年紀念，我是日請客：定六人，我和R、世驤夫婦，以及新結婚的張鳳棲⑫（臺大朋友，Francis）與Lulu黃⑬一對。Grace對R仍抱敵意（表面上很客氣），我對之祇好作不介意狀。其實這是冤枉的，R對Grace很好（不像B那樣故意去惹犯她），Grace之不友善，我見了有點生氣的。吃飯地方將是日本飯館「民藝屋」（mingeya）。五月廿一日是世驤夫婦十週年。他們大慶祝（連續幾天宴會）。世驤回憶當年趙元任太太「保護」他的情形，看來那同今日Grace「保護」我的情形相仿，可惜Grace不夠聰明，看不出她自己和趙元任太太類似之處也。世驤當年追Grace的時候，一直到結婚，Grace沒有出現過。朋友們祇隱隱約約知道他有一個女友，可不知是誰。

Twayne Publishers（也在紐約）的合同寄來，寫《胡適》一書（寫來可能很精彩）。我尚未簽字寄回去。明年暑假六月在Lake Tahoe有JCCC的中蘇問題研究會，世驤要讀一篇關於「百花齊放」的文章；我被指定討論Rochester的Sidney Monas⑭的"Moral

---

⑫ 張鳳棲；不詳

⑬ Lulu黃，上海人，加州大學本科生，曾在柏克萊國際學舍（International House）住宿與工讀。

⑭ Sidney Monas（希尼‧莫納斯，1924-），哈佛大學博士，先後任教於艾姆赫斯特學院、史密斯學院、羅切斯特大學等學校，1969年就任德州大學斯拉夫語言與歷史系教授與主任，長期兼任《斯拉夫評論》（Slavic Review）編輯，代表作有《第三廳：尼古拉斯一世時期的警察與社會》（The Third

Autonomy & Recent Soviet Literature" 一篇文章，這一年內當好好準
備，多看些蘇俄的東西。

　　明年金山之會我如能不參加，仍是最好。S.F. State College的
許芥昱君，我看你不妨提拔他一下。我們如提拔他，他將來必有
機會「報恩」，這才是「走江湖」的道理，許君我和他不熟，但他
的書已出版，總算對新詩努力研究了這麼多年，我們似應給他一
些recognition。你看如何？寫曾國藩，將牽連整個清末「宋詩復
興」問題，需要很多的準備。清末的「宋詩」是走上蒼勁瘦削與高
度嚴肅的路子，而曾國藩為其大將。這我認為是詩的正路，一反王
湘綺⑮的「唐詩復興」派（濃豔堆砌俗氣）與梁啟超、黃遵憲⑯（愛
國虛誇淺薄通俗）的改良派。五四以後新詩未受「宋詩復興」的影
響，是大可惋惜的。文章將牽連到對新詩的批評。寫短文恐不夠發
揮，寫長文恐準備不夠也。

　　父親照片兩張亦已收到。喪事辦得很像樣，父親遺容安詳。兒
子不能送終，照舊日說法是值得遺憾的，別的感想，暫且不說。我
們平輩的弟兄們精神不振，大約同喪事的悲傷有關係的。別的再

---

　　Section: Police and Society in Russia under Nicholas I），並翻譯了不少俄國歷
　　史與文學作品，如《罪與罰》（Crime and Punishment）等。其檔案資料現
　　存於德州大學奧斯丁分校。
⑮ 王湘綺，即王闓運（1833-1916），字壬秋，號湘綺，湖南長沙人，晚清經學
　　家、文學家，咸豐二年（1852）舉人，曾入曾國藩幕府。先後主持成都尊經書
　　院、長沙思賢講舍、衡州船山書院、南昌高等學堂等，終請辭回湘，在湘綺樓
　　講學，門生包括楊度、夏壽田、廖平等人。晚年授翰林院檢討，民國時期任國
　　史館館長。有《湘綺樓詩集》、《湘綺樓文集》等。
⑯ 黃遵憲（1848-1905），字公度，別號人境廬主人，廣東嘉應人，清代詩人、政
　　治家、教育家，早年出使海外，歷任師日參贊、舊金山總領事、駐英參贊、新
　　加坡總領事等職，積極參與戊戌變法，署湖南按察使，推行新政。發動「詩界
　　革命」，主張「我手寫我口」，常以新事物入詩。有《人境廬詩草》等行世。

談，專頌
　近安
　Carol和Joyce均此問好

濟安
六月三日

# 641. 夏志清致夏濟安（1964年6月19日）

濟安哥：

你十三號開車，想早已安抵西雅圖。六月三日信收到後，一直沒有寫回信，上星期到Cambridge去了一趟，星期一同Carol、Joyce在World's Fair玩了一天。今昨天Carol去Connecticut參加喪禮，今天帶Joyce去Guggenheim Museum看了Van Gogh的展覽，極滿意，十多年前曾在紐約看過一次Van Gogh的展覽，那次名畫較多，這次各期style represent較全，drawings，水彩畫也較多。我對Van Gogh一直很愛好，認為他是十九、二十世紀最偉大的畫家，可惜沒有讀過art criticism，不便討論他的優點。下午轉去Metropolitan Museum，我已十多年未去，發現Met.標準名畫極多，而且常在書上，卡片上看到reproductions，極familiar，有三間房間常期陳列Rembrandt的名畫，大多是portrait。John D. Rockefeller Jr. [1] 1961年給了Met一大批明清瓷器，還是單色的較潔淨美觀。Met建築外表好像已洗刷一新，很壯觀。它和Low Library [2]、Penn Station [3]

---

[1] John D. Rockefeller jr.（約翰·D·洛克菲勒，1874-1960），美國石油業大亨和慈善家。是老洛克菲勒獨子，育有子女6人，美國副總統納爾森·洛克菲勒（1908-1979）的父親。創辦洛克菲勒大學，捐贈土地給聯合國，即聯合國現址。

[2] Low Memorial Library，哥倫比亞大學舊圖書館，1895年由時任學校主席塞斯·洛（Seth Low）出資修建，在1934年巴特勒圖書館（Butler Library）建成後，改作為行政部門辦公室。建築由McKim, Mead & White公司的查爾斯·弗倫·麥金（Charles Follen McKim）設計，主體為新古典風格，混合了羅馬萬神廟元素，是哥大最著名的建築之一。

[3] Penn Station（Pennsylvania Station，紐瓦克賓夕法尼亞車站），紐瓦克的主要交通樞紐，1935年落成，由著名建築公司McKim, Mead & White設計，建築風格糅合了裝飾派藝術和新古典風格。1964年改建。地平面新建Madison Square

都代表同時的建築，可惜 Penn Station 給煤煙染得墨黑，而且即將
被拆掉了。玩 World's Fair 的那天，天氣不熱，晚上下雨被淋濕。
Fair 內遊人很多（黑人絕少，雖然門票不貴），而且所穿的衣服
漿洗整潔，可能 tourists 較多，看慣了哥大附近的齷齪人，看到較
wholesome type，心裡很高興，對美國前途也較抱樂觀（紐約這樣
dirty，人頭不整齊，實在應當來一下新生活運動：中國人以前最有
自卑感的不講公共衛生，不顧公益，想不到給少數民族和 beatniks
完全搬到紐約來，殺人奸搶還不算）。Ford、GM 等 pavilions，外面
排隊極長，都沒有去參觀，但西班牙、日本外表較像樣的 pavilions
都參觀了一趟。香港的建築最糟，裡面人擠人，完全保持東方
bazaar 的空氣。相較之下，臺灣的建築比較富麗堂皇，雖然所陳
列的國寶不多。西班牙 pavilion 有幾張 Goya④、Velazquez⑤ 等的名
畫，其實紐約各大 museums 名畫更多，可惜平時沒有工夫去領略。
我對科學工業無多大興趣，World's Fair 內真正必看的東西並不多
（*Pieta*⑥是看了，其 marble 之明瑩圓潤是少見的），但看到遊客們都

---

Garden，古典面貌，蕩然無存。下面兩層仍保留當年的月台軌道。

④ Goya（Francisco Goya 法蘭西斯科・戈雅，1746-1828），18世紀末19世紀初最
重要的西班牙畫家，作為一名承上啟下的人物，其畫風多變，對現代諸畫派
均產生很大影響，代表作有《陽傘》（*The Parasol*, 1777）、《裸體的馬哈》（*La
Maja Desnuda*,1790-1800）等。

⑤ Velazquez（Diego Velazquez，迪亞哥・維拉斯奎茲，1599-1660），西班牙畫
家，國王菲利普四世首席宮廷畫家，西班牙黃金時代最重要的畫家之一。其
繪畫風格在巴洛克時代特立獨行，擅長肖像畫，代表作有《教皇英諾森十世》
（*Portrait of Pope Innocent X*, 1650）、《宮娥》（*Las Meninas*, 1656）等。

⑥ *Pietà*（《聖母憐子像》，1498-1499），文藝復興時期雕塑家米開朗基羅的作品，
位於梵蒂岡的聖彼得大教堂（St. Peter's Basilica），雕塑為純白大理石像，表現
的是耶穌受難後躺倒在母親瑪利亞腿上的景象，在藝術上實現了古典美感與自
然主義之間的平衡。

很relaxed，自己也很高興。

上星期去Boston，係謝文孫出面請我在一個China Workshop演講，我看到節目上有Schwartz、Mancall⑦等人，也答應了，帶腳⑧可以參觀一下哈佛。該團體系Quakers主辦，都是些極純潔而左傾的青年，東方青年也有十幾位。他們開會的目的是促進中（共）美親善，不知道我反共的背景，我自己倒很窘。講的題目是中國現代文學中的fantasy，把《貓城記》、《阿麗絲》等討論了一下，聽眾很感興趣。有一位最討厭的人是叫David Robinson⑨，生在中國，父親和Walter Judd⑩等同在北方，算是old China hands，此君外表很像Michael Rennie⑪，在Yale當Chaplain，跟Wright夫婦讀過中國史，此人見了中國人，也不探口氣，就大罵美國對華政策，大罵Walter Judd，毫無tact。前星期他去南部，和Peabody大人一同關起來，自以為很得意。在Yale他同另一位Chaplain開了一家名叫Exit的小咖啡館（allusion：Sartre，*No Exit*⑫？），encourage folk singing，

---

⑦ Mancall，即Mark Mancall（馬克・曼考爾），著有《俄國與中國:1728年之前的外交關係》（*Russia and China: Their Diplomatic Relations to 1728*）、《地處中心的中國》（*China at the Center : 300 Years of Foreign Policy Russia and China*）等。

⑧ 吳語，「順便」的意思。

⑨ David Robinson，在中國出生，自命中國通，耶魯大學教堂牧師。

⑩ Walter Judd（周以德，1898-1994），美國政治家，早年作為傳教士來華服務，抗戰中在美國積極宣傳援華抗日和對日貿易禁運等，擔任眾議員長達二十年，是國會「中國幫」（China Bloc）和院外援華集團（China Lobby）的主要成員。堅持親蔣反共，促使美國在內戰中全面支持國民黨，並在1949年後繼續支持臺灣國民黨政府。

⑪ Michael Rennie（邁克・倫尼，1909-1971），英國演員，活躍於舞台、電影和電視等領域，最著名的表演是在科幻電影《地球停轉之日》（*The Day the Earth Stood Still*, 1951）中扮演的外星人克拉圖（Klaatu），其他作品還有《萬古留情》（*The House in the Square*, 1951）、《孽海奇緣》（*Dangerous Crossing*, 1953）等。

⑫ *No Exit*（《密室》），沙特所著戲劇，講述了三個死去的人被懲罰永久性地關在

借此傳教。學生男女關係方面，他贊成complete promiscuity，大概也算認合潮流。這種人雖然naive，其實一點也不可愛，而且短時間無法同他辯，他做我chauffeur兩次，我祇好敷衍點頭。以前McCarthy說新教牧師中有不少是共產黨，David Robinson此公雖非共產黨，但也表示Protestant church在美國的完全破產。他們思想完全secular，以前進來爭取年青人的support，所以在line Rights agitation方面特別賣力。美國天主教還比較是反共的。

哈佛校園很大，相較之下，哥大實在太cramped了。建築大半是colonial style，很neat。參觀了Houghton Library⑬，看到了幾封Keats給朋友兄弟的信和Shelley給Keats的信，Fogg Museum⑭名畫也不少，而且許多掛在走廊裡的畫沒有人guard，假如在紐約一定給人塗損，可見Cambridge黑人少，普通人注重公德，學生的衣服也很整齊。哈佛左傾人士多，但外表看來還很relaxed，不像紐約這樣已陷入戰爭狀態。Schwartz、Hightower也都見了一下；Schwartz absent-minded出名，謝文孫約他同我吃晚飯，結果爽約。Schwartz follows我們的寫作very closely，對我們的英文特別佩服，曾向謝文孫問及過我們的背景，我們未出國前英文已有很好的根底，他簡直不大相信。那天晚上同吃飯的有Merle Goldman，此人

一個房間內，他們極力掩飾自己生前的罪行，但又在「他者的目光」中受到審視，三人形成了一種相互追逐、相互排斥的關係，在永無止境的境遇中無法安寧。劇中名言「他人即地獄」（L'enfer, c'est les autres）流傳甚廣，展示了沙特存在主義哲學的思考。該劇1944年在Théâtre du Vieux-Colombier首演。

⑬ Houghton Library（霍頓圖書館），哈佛大學最重要的善本書和手稿貯藏室，1942年建成開放，位於哈佛大學南部，緊鄰懷德納圖書館（Widener Library）。

⑭ Fogg Museum（福格博物館），哈佛大學的藝術博物館，1896年建成開放，館藏從中世紀到現代的西方繪畫、雕塑、裝飾藝術和照片品等，尤重義大利文藝復興、英國拉斐爾前派、19世紀法國藝術以及19、20世紀的美國繪畫。

很pleasant，丈夫研究蘇聯，她論文已寫好，兩厚冊，從1942年講
到何其芳，scope較Fokkema的論文大，材料也搜了不少，但論點
同我*Conformity*那一章所講的相仿，沒有什麼新意見。我把論文看
完了，先叫她和Fokkema交換論文，你暑期太忙，叫她入秋再寄你
過目，論文文章很鬆懈，*China Quarterly*上發表的東西還是經過修
削的。所用的都是報章材料，周揚胡風，馮雪峰的理論沒有多大研
究。

明年舊金山年會，你如真忙不過來，請許芥昱也好。本來我
想請Frankel，後來請了Wilhelm，南北朝那段詩有人負責，不知
Frankel會不會不高興。許芥昱對宋詞也稍有研究，他可以讀篇
宋詞or新詩的paper。其實專門弄詩的祇有陳世驤，James Liu[15]，
Frankel等五六人，我的panel請了四人後，總有一二人不能被請。
所以你能異軍特［突］起，在中國詩方面一顯身手，還是最理想
的。此事你考慮後再可作決定。許芥昱隨時都可以寫信邀他。

Howard Levy邀我寫一本《茅盾》的書，我去信問了他有多少
人已參加他的project，他回信說，除你外，有Wm. Schultz on Lu
Hsün，Louis Ricaud[16]（《三國演義》法文譯者）on 羅貫中，Ch'en
Teu-lung[17]，Hu Pin-Ching[18]（陳祚龍？前者好像在《通報》上寫過文

---

[15] James Liu（劉若愚），見信638，注1，頁487。

[16] Louis Ricaud（路易・里克），法國漢學家、翻譯家，《三國演義》四卷法譯本
「西貢印度支那研究學會版」的譯者之一（與嚴全Nghien Toan合譯）。

[17] Ch'en Teu-lung（陳祚龍，1923-），湖北監利人，學者，法國巴黎大學文學博
士，以研究佛教學和敦煌學著稱，歷任巴黎大學中國學研究所、文化大學研究
所教授，法國國立遠東學術院院士，著有《敦煌學要籥》等。

[18] Hu Pin-Ching（胡品清，1921-2006），浙江紹興人，詩人、翻譯家、學者，畢業
於浙江大學外文系，曾任法國大使館新聞處譯員，回到臺灣後任中國文化大學
教授、系主任，著有《現代文學散論》（1964）、《西洋文學研究》（1966），譯
有《法譯中國古詩選》、《法譯中國新詩選》等。

章，後名不見經傳），另外一位是傅樂淑⑲（！），她是題目是 Wang
Yuan liang ⑳？同吳偉業 ㉑，可能是寫一本合傳。除你外，一個像樣
的學者也沒有，我真不想參加，傅樂淑神經失常，書一定無法寫好
的。你如尚未簽字，還是以退出為是。你僅可自己寫一本關於胡適
之書，叫 UC Press，or U. of W. Press or Columbia U P 出版，不必叫
第二流的 Twayne Publisher 出版。我查看一下已出的 World Author
Series，作者也都是無名小卒：Philip R. Headings on Eliot，A.
Grome Day on J.A. Michener ㉒，R.E. Morsberger on James Thurber，
Michener 和 Thurber 也不能算是 standard authors。Howard Levy 中
國文學知識有限，一定無法把這個 series 編好。他自己拿了一筆錢
做 editor，替他寫書除極小的版稅外（10% of list price less 43%，等
於 5%）一無 subsidy，我們要寫書請錢很方便，似不必被 Levy 所
exploit。我不預備參加，你如已簽了合同，最好也 beg off 較妥。否
則同許多無名學者為伍，實在很委屈你。

---

⑲ 傅樂淑（1917-2003），山東聊城人，傅斯年的姪女，歷史學家。芝加哥大學博
　士，研究領域為元史和清史，尤以中西交通史見長，代表作有《中西交通史編
　年》等。

⑳ Wang Yuanliang，即汪元亮，字大有，號水雲。南宋末代宮廷琴師，隨三宮北去
　燕都，感亡國之痛，寫下了大量體現故國之思的詩章。

㉑ 吳偉業（1609-1672），字駿公，號梅村，江蘇太倉人，明末清初詩人，崇禎四
　年（1631）進士，任翰林編修、左庶子。順治十年（1653）應詔北上，授樞
　密院侍講、國子監祭酒，順治十三年（1656）乞假南歸，不仕。婁東詩派開創
　者，創「梅村體」，與錢謙益、龔鼎孳並稱「江左三大家」，著有《梅村家藏
　稿》、《梅村詩餘》等。

㉒ J.A. Michener（米切納，1907-1997），美國作家，創作有四十多部作品，處女
　作《南太平洋的故事》（Tales of the South Pacific）獲得 1948 年度普立茲獎，
　還被改編音樂劇在百老匯演出。其他作品還有《夏威夷》（Hawaii）、《駝隊》
　（Caravans）、《世界是我家》（The Wordl Is My Home）等。

　　附上玉瑛妹信，她已生了一個健壯的男孩，題名士漳。我給他
取的單號是明，明章同義，而且「焦明」見《楚辭‧上林賦》，是
五方神鳥之一（見《說文》）「東方發明，南方焦明，西方鷦鵝，
北方幽昌，中央鳳皇。」《樂葉圖徵》上說明：焦明，長喙疏翼，
圓尾身義，戴信嬰仁，膺智負禮，至則水之感也。材料都是大漢和
辭典上抄來的，焦明是南方水鳥，同「漳」也有些關係。焦明二字
叫起來很響亮，雖然有些像筆名和話劇演員的化名。

　　謝謝你和世驤夫婦寄贈的anniversary card，我們婚期是六月
五日，你請朋友吃飯，我們倒並沒有什麼慶祝。世驤夫婦十週年
Carol忘了，也沒有寄卡，當囑她好好寫封信。在哈佛見到李歐
梵 ㉓，此人很用功，M.A.論文on蕭軍，將在Fairbank的series內發
表。白先勇已來紐約，在Doubleday做事，校對王際真節譯的《醒
世姻緣》。我們街上有隻abandoned cat，我已收養，也算做好事。
我書房內新裝了air conditioner，得好好寫文章。同R臨別有什麼舉
動，去Seattle後想時常通信。Wilhelm、Vincent Shih代問好，馬逢
華處曾去信，沒有回音，我還沒有送婚禮。祝

　　旅安

志清

六月十九日

---

㉓ 李歐梵（1939-），河南人，美籍華裔學者、作家。哈佛大學博士，臺灣中研院
　　院士，主要研究領域為現代文學、文化與電影，先後任教於普林斯頓大學、
　　印第安納大學、芝加哥大學、加州大學洛杉磯分校、哈佛大學和香港中文大
　　學，代表作有《中國現代作家的浪漫一代》（*The Romantic Generation of Modern
　　Chinese Writers*）、《鐵屋中的吶喊》（*Voices From the Iron House: A Study of Lu
　　Xun*）、《上海摩登：一種新都市文化在中國，1930-1945》（*Shanghai Modern:
　　The Flowering of a New Urban Culture in China, 1930-1945*）等。

# 642. 夏濟安致夏志清（1964年6月24日）

志清弟：

　　來了西雅圖已有多日，至今始寫信，甚歉。決定開車前來，總算是「少年之志」。表現一下毅力。自從'60得到駕駛執照後，總共開車到Seattle來回一次。過去因為駕駛技術不夠熟練，總是不敢冒這個險，今年自信技術大有進步，乃決定開車來。事前Grace大反對，她相信我車子開得很好了，即使在我開得很壞的時候，她還是坐我的車，這點是使我感激的，但不相信我的Olds。一般中國人也學美國人的看法，對於「老爺車」沒有信心，但我相信美國車是造來走十萬哩的，我的車才快九萬哩，在十萬哩之內盡管放心走。Grace希望我買了部新車才去走長路，但我不聽。我相信我的Olds──這個我在給R的信中稱為，my green charger，my rosinante。

　　十二號center有個年終party，四桌人。我右邊坐B，左邊坐R，Grace坐在另一桌，看見這個情形，直想諷刺。十三號本來可以動身了，但和R真有點依依不捨，決定先來一次dress rehearsal──開車郊遊一次。去的地方是金門大橋的北邊，Marin County（上回我們去的Muir Woods森林也在該County之內）。該County的住戶據說都很有錢，平均收入冠於加州全州。County Government Office是Frank Lloyd Wright[1]設計的，是Wright平生最後一次設計，現在只造好一個wing，另外一個wing，及大會堂等附屬建築，尚未開始造。

---

[1] Frank Lloyd Wright（法蘭克・勞埃德・賴特，1867-1959），美國建築師、室內設計師，其設計追求人文與自然的和諧，提出「有機建築」（organic architecture）的理念，其最著名的作品是位於匹茲堡郊區的「流水別墅」（Fallingwater House）。坐落在紐約第五大道的古根漢博物館（Guggenheim Museum），亦為賴特設計。

這個wing是個很傑出的建築物，氣魄之雄偉大約不在Guggenheim
博物院之下（Guggenheim沒有看過）。主要的是用大量的弧形曲
線，G.博物院也是如此的。但因為county govt.在鄉下，在山水之
間出現這樣一個建築物，有點給人「天方夜譚」式的感覺——但絕
無Cecil B. DeMille的那種電影佈景式的俗氣。Wright有他的風格，
這是特出的。大致情形如所附sketch，
顏色為藍黃二色，藍頂黃牆，黃牆上的
弧形窗門也都是藍色的。Marin County
左邊靠海，右邊靠灣（S.F. Bay），我們

上次（復活節）去的是太平洋邊，這次去的是海灣一帶，那邊有許
多很好的住宅房子。在Belvedere有一座全部紅木造成的Christian
Science Church（半日本式），也是一座傑出的建築，不知是誰設計
的。

十三號同R出遊一天，在S.F.吃的晚飯。Hotel de France一家
幽雅的法國小館子，十四號早晨開車北上，開了兩天，十五號晚上
到，十六號早晨報到上班。

我所以想開車北上，另外一個原因是怕packing，衣服之類不帶
也無所謂，在Seattle也好買的，但是我的筆記本參考書之類，小飛
機絕帶不下這麼多，開車行李多一點也無所謂，而且可以不pack。

第二天一口氣開到Oregon的Grants Pass，人很累，九點鐘即
睡。為安靜起見，沒有住motel，開進城去住hotel（走的是99號公
路）。

第二天中午到Eugene，在U. of Oregon的Student Union吃的午
飯。飯後繼續北上，開過一天之後，人即不覺累了——對於長途開
車已熟練了。過西雅圖飛機場時，大鐘指的是五點四十五分，約六
點半進入西雅圖市區，住在一家downtown的hotel，打了一個長途
電話給R，一個給世驤。然後喝了一杯Scotch & Soda，在Bar上，

再進餐室，叫了兩杯Martini，一客紐約牛排。餐後精神百倍，一點也不覺睏，開了兩天車，完全像沒有這回事似的。過了十一點鐘始睡。

一路之上，風景最好的是加州北部Lake Shasta，湖大極，在群山之中，很幽靜，公路有一段在橋上過，我因忙於開車，無暇東張西望。Oregon內部也有些很好的風景，都無暇欣賞，等到八月裡回程上再在各處多停留一下，好好地遊山玩水。

車的condition仍很好，第二天鬧聲大一點的，那是因為muffler破了，修好後引擎之安靜大約仍和Rolls Royce相仿。Oregon的標準速度是70哩，我一般都開75，有時也到80，這種速度在加州我是從來沒有開過的——那邊標準是65，我偶爾到70而已。趕長路的人大致都這麼開。路平路直，車子condition好，開快一點也無所謂，大家都是這個速度，警察也就不管了。

在Seattle預備耽兩個月，現住Lander Hall（men's dorm），不再找公寓了。公寓都很貴，討厭的是house-keeping以及攪不清楚的各種bills，只怕搬出後還有什麼帳沒有付。住宿舍則公家供給被單、毛巾、肥皂等，水電都不管，房子有人清理，還有一條private telephone line（自己一個號碼），但不許打長途的。房間$27一個禮拜，你們哥大的宿舍大致也是這個價錢吧。

Berkeley的房租我仍舊付，雖付兩處房租，Seattle的花費還是很省的。這里［裡］應酬大為減少，而且大約真的是過「無女友」的生活了。在Berkeley每星期總得陪Grace一兩次，再加上date R一兩次，以及別種應酬，剩下的時間實在不多。

這里［裡］最親熱的朋友是馬逢華，馬逢華脾氣暴燥［躁］，但人是極affectionate的。他利用一次research trip，於三月廿九日（臺灣的黃花崗紀念日，一名青年節，洋人的復活節）在臺灣與趙小姐結婚。趙小姐東北人，逢華去遠東前大約經人介紹，和她通訊。愛

情經書面來往而成熟，見面就結婚了。婚後兩人去香港蜜月兩個月，然後他去日本，太太返臺灣。太太進美國還有問題，等quota等。但不久時間，他在美國做resident五年期滿，請到公民身份後，太太就可以進來了。

逢華返美亦才不久，現在過bachelor生活，還是經常找我一起吃飯。他因諸事栗六②，過些日子再給你寫信，還要送你一張結婚照片，先向你道歉。他的婚禮我還沒有送，預備等他準備好了新房後再說。如八月中我行前他新房尚未準備就緒，那時我就買些什麼禮物送給他，免得從加州寄來麻煩。

我在Seattle第一個禮拜也有點小應酬，正式工作尚未開始，上星期四世驤飛來，星期五早晨演講Socialist Realism，下午飛回加州。這裡的colloquium規矩都要先把講稿油印發給各人，開會時只是討論。世驤的oral presentation是破例的。世驤平日忙於事務，開會寫信等事極忙，仍在準備1966的一個改進美國大學中文教學研究的什麼會。該會Shaddick主席，委員五人，Hightower、Mote、Hanan、Frankel（或是Wright，我忘了），以及世驤，實際設計策劃人是世驤。文章可以說是不大寫的。給你書的書評恐尚未寫好，我也不便問他（如尚未寫好，他也有guilty conscience的）。加大的演講等，他從來不準備講稿的，這情形我看不大好。但美國的生活實在demand人的精力的地方太多，我如也像他那樣成了要人，恐怕也沒有什麼時間來寫作了。相形之下，你的專心，令人佩服。無怪de Bary等對你另眼相看了。

我目前要緊的事情，是把《左聯》一書寫完，尚有兩章要寫。一章是蔣光慈，預備在一兩個月之內在此間寫完，因為材料大約就緒，寫他這樣一個淺薄的人物，我只要有Lytton Strachey一半的文

② 事務忙碌。同「栗碌」。

才，就可以寫得很漂亮了。另一章是總論左聯，這個題目有做不完的research（如關於周揚的早期活動等），至今遲遲不敢動手，但無論如何希望在Berkeley把它趕完。聖誕前甚至Thanksgiving前把它趕出來。另一章「魯迅與左聯之解散」，我預備把它重寫。當年JAS要把它縮短，我預備把它大大地拉長：詳論魯迅與共產黨及普羅文藝的關係，更詳細地描寫胡風與馮雪峰的career（這方面別出心裁很難，但不如此對不起他們兩個「有志之士」的），再則多討論徐懋庸在1956-1957年所發表的我認為可傳魯迅衣缽的諷刺雜文（胡風、馮雪峰的文才均不如徐），這個工作恐怕也得費些時間。稿子都弄齊之後，還有很多editing的工作，如統一footnotes，編index等，這些瑣碎的事情我想起來就頭痛。寫作本身倒是有它的樂趣的。

　　另函附上短文兩篇，都是倉卒完成的，文筆希望仍能保持瀟灑作風，一篇intellectual life，我去年十一月在Berkeley的報告，只有半小時，所以不長；因為是口頭宣讀的，所以沒有footnotes。現在時候已是六四年中，但情形大致還如所述，內容無需大改，如把它擴大，成為一篇20頁的文章，*China Quarterly*也許會要它的。另一篇《左聯》一書之序文更短，是根據我在Berkeley的另一篇報告改寫的。報告還要長些，但有些不精彩的句子都給刪去了。關於左聯我知道得太多了，事實多了文章反難精彩。這篇序文只算draft，全書殺青後還要修改擴大。

　　這兩篇文章都是本星期之內要討論的，事前要打印好。我時間忽促，只好把intellectual life大致不動地送去打字，《左聯》短序則加以緊縮，務求精彩。因為口頭報告，不怕偶爾嚕囌或鬆懈，印出來的文章，句子必須句句得站得直也。這暑假的工作大致將為寫〈蔣光慈〉了。

　　明年金山之會，我想決定不來讀文章了。要做一篇像樣的文

章，非得好好地讀除曾國藩之外，還有他前後的江西詩派詩人③、民國以來寫舊詩的人（包括魯迅、郁達夫）以及一些新詩不可。要緊的話有得說，但不大做研究，對不起這個題目（研究民國時代的舊詩，是個冷門題目，但是個值得研究的好題目，假如我們要重新批判「五四」的話），而且精彩的詩句翻譯成英文也是很吃力的。我想請許芥昱較妥（他可能去臺灣。我和他平常毫無來往，此人野心勃勃，想做寨主，我是有些怕的）。你給他的honor，他一定感激。世驤雖為文壇上一個寨主，但他對許芥昱平常不加照顧，反而去捧楊富森、時鍾雯之流的場。我也認為怪事，許雖非什麼了不起的人才，總比楊、時之流像樣一點。所不同者，恐怕是他對楊、時私人感情較濃而已。我對辦理事務一無興趣，更不想做「寨主」。但是我知道做「盟主」是該怎麼做的。我在臺灣已經弄成了一個小小的「盟主」局面，但怕麻煩，情願退隱。你現在儼然也是一個小山的寨主，但願能保持「盟主」的氣魄也。（我至今怕寫business letter。）

　　Levy之事，聽你一說，我倒也想退出了。不知將如何進行。合同不在身邊，想回到Berkeley去後再說。毀約手續在合同上想也有規定的。我怕寫胡適，一則怕得罪人（臺灣香港一定有很多人將大講），一則怕沒有時間。聽你一說，將與傅樂淑為伍，那是何苦。

　　玉瑛妹的信也已收到。承你好意，又去引起母親對我的婚事的希望。但我覺得如好事不能成事，將為對老人的殘忍舉動。免了使人失望，還是少引起人家希望的好。回信過些日子再寫。我在Lake

③ 江西詩派本是宋代詩派，奉一祖（杜甫）三宗（黃庭堅、陳師道、陳與義），以呂本中《江西詩社宗派圖》中所列二十五人為主要成員。這裡所說「曾國藩前後」的「江西詩派」指的是清代的「宋詩運動」，作為重要發起者的曾國藩對黃庭堅的推崇備至，使得江西詩派在晚清得以復興。如「同光體」詩歌中的贛派即直接承襲自江西詩派，代表詩人有陳三立、夏敬觀等。

Tahoe照了一張五彩相片，一直想寄給你們與家裡各一張，但照片在Berkeley，等秋後再寄吧。秋後我當把去年的家用寄上。

和R的關係還是很好。我打給她的長途電話，她說是pleasant surprise，但這電話僅花去兩元多。打給世驤的，倒用去了十幾塊（因為有Grace在內，他們想不到我能在兩天之內趕到）。其實我對於打長途電話，大約同你一樣，還是不大習慣。我來Seattle後，只寫給你這麼一封信，但已給R兩封，她也來了兩封。我第一封信用cordially，想不到她用fondly。第二封她用with fond regards，我只好用with fondest thoughts了。我兩封信的長度加起來大約同這一封信相仿。她大約也每次四頁，稱我為Tsi-an，在Berkeley一直還是Mr. Hsia的。在我行前，Grace對她已親善得多。我當然可以對Grace發脾氣，但一想何必做人如此，還是設法促進她們之間的好感。R對於Grace，在我看來，則是一直都很友善的。她見多識廣，很通世故人情，脾氣也很好，但她的標準也是很嚴格的。Grace則還有點小孩子脾氣也。我決定到Seattle來，是在認識R之前。此行主何吉凶，現在還不敢說，反正一切都是前定的。

再談　專頌

近安

濟安

六月廿四

# 643. 夏志清致夏濟安（1964年7月7日）

濟安哥：

抵Seattle後的長信已收到，你開兩天車，安抵西雅圖，對你的駕駛技術很為佩服，同前幾年你在舊金山機場接我們的時候大不相同了。我覺得公路上開車並不困難，我雖不開車，對公路上的signs很留意，不會出毛病，在大城市內開車比較困難，intersecting的街道愈多愈討厭，我最怕在紅綠燈交替的時候，side street有車穿街來撞你。我今世大該［概］不會去學開車，但在風景優美的公路上行駛，的確是人生一大樂事。你的Olds已走了九萬哩以上，我想1965年新車上市後，最好能買一部1964的新車，最合算。據人說這二三年的車子機器大有改進，而且guarantee有五年，買新車較上算。你開慣了大汽車，還是買大型汽車較舒服，compact車子我一向不歡喜，美國人最近對compact的興趣也大為減低。在哈佛我見到一座La Corbusier①所design的房子，大概是歸建築系用的，房子很別致，用很多stilts托着，但仍不減給人rugged的感覺。La Corbusier和Wright都需要較寬敞的landscaping。哈佛的main library叫Widener②，外面看來並不高，但裡面space極大，可算是colonial

---

① La Corbusier（勒‧柯布西耶，1887-1965），法籍瑞士裔建築家、設計師和城市規劃師，「現代建築」的主要倡導者，國際現代建築學會（Congrès international d'architecture moderne）的創始人之一，一生關注改善擁擠的城市居住狀況，其代表作是對印度新興城市昌迪加爾（Chandigarh）的整體規劃。

② Widener Library（懷德納圖書館），哈佛圖書館系統的主圖書館，館藏約3500萬冊書籍，1915年由艾莉諾‧埃爾金斯‧懷德納（Eleanor Elkins Widener）出資建成，以紀念其在1912年鐵達尼號海難中遇難的兒子，哈佛校友、商人兼藏書家哈利‧埃爾金斯‧懷德納（Harry Elkins Widener）。在圖書館的核心區域設有懷

式最特出的建築。哥大的 Butler Library③，design 極不 practical，
waste space 不少，有一間極高的 reading room，但光線不足，學生
用這間 room 的不多。

兩篇 paper 都已拜讀，你的文字已自成一格，所以雖然沒有經
過大整理的文章，讀來給人仍有極瀟灑的感覺。我的文章最近力求
緊湊，不能打下來就算數，非得修改不可，所以花時數多，而不
夠 natural，也不能表示個性。你寫學術文章，能保持英國正統散文
的傳統，是最難能可貴的。你序文上把我的書和覆 Průšek 的文章都
提到了，很感謝。其實和你在寫的那本書比起來，我的書只好算粗
製濫造，看的書太少，那時窮，而且懶得旅行，其實多到各國圖書
館參觀一下，許多 gaps 都可以補滿。不久前讀了《貓城記》，其實
對老舍的研究，這是本極重要的書，那時我沒有看到這本書，而且
老舍自己對這本書極端的 disparage，我覺得大概這本書沒有多大道
理。其實老舍為人極 prudent，他後來 apologize for 這本書，可能因
為書中罵共產黨罵得太兇也。在哈佛發現有全套施蟄存、路翎的小
說集，有機會真想把這些書好好地看一下。

你評述中共學術學近況，我不常注意中共情形，覺得得益不
少。中共最近對中國文學方面的確做了不少 basic 工作。許多 new
editions 都遠勝以前商務出版的國學小叢書和僅有標點而無注解的
國學基本叢書。「小叢書」請些商務 staff 傅東華、葉紹鈞、沈雁冰
來編，都是抄些已有的注解，而且很多還抄錯。中共的 edition 實在

德納紀念室（Widener Memorial Rooms），展示其生前的筆跡和紀念物，以及由
其母親捐贈的全部藏書。
③ Butler Library（巴特勒圖書館），哥倫比亞大學最大的圖書館，由哥倫比亞校
友愛德華‧哈克尼斯（Edward Harkness）出資修建，1934年完工，館名是為了
紀念提議修建新圖書館的時任校長尼古拉斯‧穆雷‧巴特勒（Nicholas Murray
Butler）。館藏超過200萬冊書籍。

盡責得多。大凡近年中華書局所編的書，都有一買的價值，商務新印的書都是舊書翻版，有白文而無notes。中共學者在舊文學下工夫，聽你說已被discourage，相當可惜。希望中華書局重編standard authors不因之而產量減少。

你同R感情日增，很高興，想仍保持勤密的通信，她信上如表示愛意，即可主動求婚，其實你自己信上也可試探她，反正你文筆極佳，措辭方面一定極tactful的。我寫家信，每次報告你同女朋友來往很多，其實從B到R你已換了對象，過程事實家中都不知道，母親當然愛聽喜訊，但每次信上提到你在交女友方面很活躍，總比乏善足陳較好。玉瑛妹來信，附上士漳的小照，他很健壯，相貌也端正，你看後一定高興，士漳號「明」，英文名字我也選了幾個同光明有關係的給玉瑛妹參考，玉瑛妹選定了Gilbert。

Levy的事辭掉較妥，此人做了幾年行政官，對金錢較看重，他不能請到較有名的學者執筆，和他不情願多花錢也有關係。最近Paragon重印了Wylie，*Notes on Chinese Literature*，請Levy作序，他把Wylie的名字拼做Wiley，全文一律，可算是個笑話。許芥昱處我上星期已去信，尚無回音，想他一定會答應的。他寫的那篇李清照文章，毫無新見解，但他辦事能幹，英文也較好，幾年內一定爬得很高。劉若愚總有信來，下年度去匹大訪問一年，代王伊同④。芝大一事可能沒有談好，上次去哈佛見到Hightower，他的兒子今年哈佛畢業，讀的是法文系。

暑期以來，我大多時間在家裡寫書，introduction、《金瓶梅》

④ 王伊同（1914-2016），字斯大，江蘇江陰人，哈佛大學博士，先後執教於芝加哥大學、威斯康辛大學、哈佛大學、哥倫比亞大學和匹茲堡大學，研究領域為中國歷史與文化，尤其是魏晉時期，代表作有《五朝門第》、《南朝史》、《王伊同學術論文集》等。

都寫了初稿，還得好好修改，最近重寫《水滸》，以前簡本《水滸》
從未讀過，最近把簡本一百十五回和一百二十回本相比，我想簡本
保持羅貫中本的真面目較多，除另加詩詞外，文字方面改動很少。
魯迅、鄭振鐸、何心⑤（《水滸》研究）都認為簡本同羅本較近；胡
適、孫楷第⑥、Irwin都認為是115回本是根據郭本100回而節刪的。
我比較了三四章發現後者的假設不大可能：增本是根據原本而增大
的。原本文字很少，有更動；王進被高俅所辱後，走出衙門「笑
曰」，表示看不起高俅，增本改作，「歎口氣道」，把王進改成了一
個較weak的character。王進母子留在史家莊一晚，翌晨即要動身。
王進看見史進使棒，那時二人尚未介紹相見，所以史進很hostile，
史太公介紹二人後，王進才留下指點史進武術。在「增本」上，王
進住了一晚後，當晚王母「心疼」發病，留了五七日，然後史進王
進相會，五七日王進尚未見到史進，於情理不合。120回李逵和宋
江相會，簡本有這一段「李逵亦垂淚曰，生時伏侍哥哥，死了也只
是哥哥部下一個小鬼。言畢便覺身體有些沉重。」增本作「李逵見
說，亦垂淚道：『罷罷罷，生時……一個小鬼！』言訖淚下，便覺
身體有些沉重。」「罷罷罷」三字加得很精彩，但「淚下」二字很
不通，因為李逵講話時眼淚沒有停過。吳用弔宋江時一段文字，

---

⑤ 何心，即陸澹安（1894-1980），字劍寒，別署瓊花館主，筆名何心，江蘇吳縣
　人。偵探小說家、學者，與嚴獨鶴、程小青創辦《偵探世界》，發表多篇偵探小
　說，結集為《李飛探案集》。亦涉足電影界，與洪深創辦電影講習班，任中華
　電影公司、新華電影公司編劇。又好研究古典文學，有《說部卮言》、《水滸研
　究》、《小說語詞匯解》等。
⑥ 孫楷第（1898-1986），字子書，河北滄州人，學者，研究領域為敦煌學、中國
　古典小說與戲曲等。畢業於國立師範大學，先後任教於北平師範大學、北京大
　學、燕京大學，長於文獻考訂，編有《日本東京所見小說書目》、《中國通俗小
　說書目》等，著有《也是園古今雜劇考》、《滄州集》、《小說旁證》等。

增本加了「到今數十餘載，皆賴兄之德」，極不通。「血濺鴛鴦樓」一節，武人殺人把刀殺鈍了，「看那刀口都砍缺了，武松便去拿條樸刀，再入房裡。」武松什麼地方找到的刀，交代不夠清楚。120回本，在武松來殺人前加了個交代，「武松把樸刀倚在門邊，卻掣出腰刀在手裡，又呀呀地推門。」後來刀鈍後，便抽身來後門去拿取樸刀，丟了缺刀，後翻身再入樓下來。這顯然是改作，但武松還〔為〕什麼要把「樸刀」放在後門，仍大令人費解。殺潘巧雲等sadistic場面，gory details也是改作者添的。改作者有時文字很嚕囌，讀起來很順口，要翻譯問題就很多。你有空也可把115回對照看幾回，此書同《三國》合印，總名《英雄譜》or《漢宋奇書》，可惜該書印刷惡劣，錯字極多，讀來不舒服。如錯印重排後，一定可給人較好的印象。我同意鄭振鐸《水滸》原來是羅貫中編寫的，改成今本的人就是那位「郭本」改寫者。從來沒有人把簡本好好讀一遍，能證明簡本近乎原本，倒是一件重要的工作。孫楷第曾作文support胡適的theory，我已去哈佛借書，看他有什麼新見解。

你寫〈蔣光慈〉，一定很順利。馬逢華已有來信，他升為副教授又同一位很好的小姐結婚，很幸福，婚禮將由Carol去辦。馬逢華的太太是由羅家倫女婿介紹通信認識的。暑期過得很快，可能多寫東西，但無論如何，我想把《紅樓》、《儒林》兩章的初稿也寫好，文字以後再修改。上一期JAS有李又寧譯的司馬璐寫的關於瞿秋白的書，不知該書你可見到否？Carol、Joyce近況都好，即祝

近安

志清 上

七月七日

520

# 644. 夏濟安致夏志清（1964年7月12日）

志清弟：

　　來信收到。昨日加入學校的旅行團來維多利亞遊覽，一行六十餘人，馬逢華也加入的。維城風景好極，值得一遊。美洲西海岸風景大致都好，因為有高山峻嶺，海岸便曲折有致；因有暖流，大致四季都可以玩，而夏季風光更為明媚。維城和西雅圖隔一個海灣，坐船約四小時可抵達。西雅圖邊上的海灣叫做Puget Sound，實在是個很美的內海，全世界大約只有日本的內海可以和它相比罷。海灣的水永遠是深藍色的，不像湖──即使有名的Lake Tahoe ──那樣的怕人生的廢物來污穢它；它是內海，也可有湖那樣的平靜。風浪大致也有，那是在秋天冬天，夏天是很溫和的。昨天尤其溫和，最高七十一度，最低五十六度，加州最好的天氣也不過如此。陽光明媚，覺得身心愉快。我在美國短期旅行過的地方，就氣候而言，最舒服的是十一月間遊Las Vegas，約八十幾度，但乾燥（因是沙漠），一點不出汗，天則藍而高得出奇，覺得exhilarated（但是出鼻血）。這次遊維城，也有exhilarated的感覺。西雅圖今年雨太多，我曾傷風。據說維城潮濕也類西雅圖。昨天則是今年第一個好天，被我們碰上，算是運氣。鼻子裡覺得很舒服，傷風算是痊癒了。今天早晨作此信，又是好陽光，風和日暖，趕上好天氣作郊遊，也是人生一樂也。

　　我不知加拿大東部情形如何，就維城而論，則人物大多整齊，相貌清秀，彬彬有禮，對異鄉人和藹可親。美國經濟勢力很大（如Safeway①, Woolworth②, Esso③等），但市場情形恐已不同，

---

① Safeway（西夫韋），美國連鎖超市，成立於1915年，北美最大的食品和藥品銷

如美國香煙幾已絕跡，加拿大自己的報紙對美國內政即不大注意，Goldwater的名字只在報紙裡頁出現，這幾天他在美國報紙一定是以大字在前頁出現的。

在維城耽擱了一晚，昨天中午到，在旅館登記。房間無自備廁所（有公廁），但有小便壺，放在夜壺箱裡。這個習慣我們在倫敦也沒有見到。

下午shopping，發現加拿大的生活習慣與美國不同（也許只是維城如此）。糖果店、書店、點心蛋糕鋪特別多，點心之中有肉包（pie）、雞包（pie）等，糖果多舶來品，我買了英國Toffee半磅一盒，送給Joyce，交郵寄上，不久想可到。對比之下，酒店絕少（沒有看見過一家賣酒的店liqueur store）。西雅圖買酒很難，維城亦差不多。賣日本貨的鋪子也很少。（旅館裡當然是有bar的。）

維城市容整潔，有兩點是特別的。一，草地lawn的整潔，英國本國人恐怕也要自歎不如了。不論是公家建築門前的草坪、公園裡的草地，以及私人住宅的花園都把草剪修得很整齊，碧綠映目。二是花多，鬧市每根電杆木都掛兩個花籃，滿滿的是紅色、紫色的小花，這是市政府特意經營的，維城引以為榮。

第一天下午去了undersea garden④，乃是水底下一百呎的建築，

---

售商之一。

② Woolworth（伍爾沃斯），美國零售公司，成立於1878年，廉價商店（five-and-dime store）模式的先驅和領導者。

③ Esso（埃索），即埃索石油公司，成立於1912年，1972年收購Humble Oil後更名埃克森（Exxon）石油，後與美孚（Mobil）合併，即現在的埃克森美孚（ExxonMobil）公司。

④ undersea garden，即Pacific Undersea Gardens（太平洋海底花園），位於加拿大維多利亞內港（Inner Harbour），由Oak Bay Marine Group擁有和運營，擁有超過五千種當地的海洋生物和美麗的海洋景觀。

從玻璃窗外望海底生物，那些海底生物其實是被鐵絲網圈禁的，不過到底是在它們的natural habitat中。海底生物大抵醜陋，只有鯊魚線條挺括，動作敏捷，很漂亮。另外一種銀灰色光潔的細長的魚，也很漂亮，大約是herring。這個地方Joyce來玩，一定會覺得非常高興的。

　　第二天（今天）主要是遊Butchart Gardens⑤，非常滿意。這里〔裡〕恐怕是西半球頂香的地方。西方人的公園大半興趣都不在花——不是「花園」。Butchart Gardens是私人花園，佔地25 acres，滿滿的是花，其香可知。維城有了這樣一個大花園（這使我想起《今古奇觀》裡的「花癡」），刺激私人住宅群起效尤，也引起市政府把花籃掛在電線杆上。維城是British Columbia的首府，可稱是「花都」——巴黎的「花都」因何得名則不可知了。

　　維城人口十萬，其中40%（即四萬）是加拿大、美國，及世界各地來的退休養老之人。他們有錢有閒，可以藉蒔花整草，作為修養身心之助。他們火氣退盡，做人大致是走向祥和一路。維城當年是淘金客冒險家（去Yukon）的集散地，今天是成為一個很安靜美麗的都市了。

　　馬逢華如能早日把歸化手續辦妥，太太短期內可來美國。他在U.W已升副教授，有了tenure，且已成家，下一步可能買房子。他很怕服侍lawn，但有房子而無草地也是難事。胡世楨在L.A.的房子是花六萬元買的，他講起草地也覺得太麻煩。

　　接到胡世楨的信，他有喜訊：已和鄺雲霞訂婚，八月一日結

---

⑤ Butchart Gardens（布查特花園），位於加拿大的不列顛哥倫比亞省，始建於1904年，原本是羅伯特‧布查特（Robert Pim Butchart）的石灰石採石場，在礦產枯竭後由其夫人珍妮‧布查特（Jennie Butchart）逐漸修繕改造而成，以花卉繁盛著稱，包括下沉花園（Sunken Garden）、義大利花園（Italian garden）等部份。

婚，我給他回信第一次正確的用了「雀躍」兩字。新娘大約是廣東人，他們認識不久，進行可謂「閃電」式了。我很希望世楨因此而精神發旺，去年暑期他的精神實在頹唐得可怕——怕的是我怕受感染。他在數學界恐不可能再有什麼貢獻，但做人各方面都得拿精神出來，像去年那樣，他只是想敷衍了事，活到退休，看兩個孩子大學畢業就算盡了一輩子的責任了。

維城也有雙層紅色公共汽車。旅館和那糖果鋪都在 Yates Street，Yates Street在上海是翻譯成「同孚路」的。維城在一個島上，島名 Vancouver，看大小約和臺灣相仿。Vancouver B.C.（我還沒有去過）則是在大陸的。在這裡就是沒有看見 Mounted Police。關於我最近的讀書情形等，回到西雅圖再寫吧。拉雜寫來，專頌

　　近安

　　Carol 和 Joyce 前均此問候

　　　　　　　　　　　　　　　　　　　　　濟安 上
　　　　　　　　　　　　　　　　　　　　　七月十二日

524

## 645. 夏濟安致夏志清（1964年7月18日）

志清弟：

在加拿大發出一信，並寄給Carl與Joyce英國糖果一盒，想已收到。我在西雅圖大約還只有一月耽擱，現在要趕緊寫文章，心理不免有點緊張，與初來時的閒散狀況不同矣。

華大的意思是叫我再寫一篇文章——〈蔣光慈〉，就算把全書寫完，書趕緊出版。他們是一番好意，但我覺得是很慚愧的。

第一，我想好好地研究'28年反魯迅茅盾運動。是年創造社與太陽社之間也打筆墨官司，鬧些什麼我可不知道，大約創造社是主張普羅文學，太陽社是主張革命文學，雙方理論究竟有什麼不同（意氣用事之處當然也很多），或者是否代表蘇聯文壇的兩派意見，這些都值得好好研究的。這些問題可寫成一章，「左聯之形成」。

第二，頂有趣的現象是左聯成立後，創造社人物勢力大為削弱，太陽社因蔣光慈被開除黨籍，也變得微弱不堪，左聯在聲勢上是靠魯迅維持的，魯迅有極強的ego，思念及此，大約也要拈鬚微笑——馮雪峰後來談起此事便很得意。魯迅的失勢大約與周揚的得勢起於同時，但不久又出現一個胡風。大勢所趨，魯迅在左聯成了「在野派」，upstart周揚成了「在朝派」，此事究竟如何發展的，我也不大清楚。但魯迅於左聯早期的得意（他繼續諷刺創造社與太陽社，忘了他們和他已經是同一陣線了。托派王獨清談起創造社的自取其辱，是很氣憤的），以及後期的悻悻然姿態，此中也大可研究。此是關於左聯內部的權力交替。（大約馮雪峰握權時，事事向魯老頭子敷衍請教，周揚就不賣他的帳了。）

第三，關於左聯之解散，我很想好好地研究一下徐懋庸。他於1956年說他已沉默了20年，忽然靠了百花齊放，文興大發，大

做其諷刺文章，那些文章寫得也真好，我們實在應該把它們收集起來，替他出一个集子，以證明「魯迅風」之不死。

第四，魯迅的介紹蘇聯文學，實在是功大於罪。蘇聯在20's的確是個「百花齊放」的時期，文學派別多極，後來是都給Stalin收拾掉的。魯迅的興趣在（一）蘇聯文學的多樣性（如加上帝俄文學，如Gogol等，那末方面更廣了）；（二）同路人作家——那些同路人作家的了解民生疾苦與注意文字技巧，大致上是繼續帝俄文學的光榮傳統的。魯迅實在並不知道後來Stalin的專制情形。魯迅大約還算是個好學不倦之人，雖然他不懂的Mayakovsky①的未來派與Pasternak等的象徵派，和有些Formalism批評家等。據他了解，蘇聯文學與帝俄文學之間是有極強的聯繫的；這個了解和我們在post-Stalinist時代的了解大不相同。「魯迅與俄國文學」是一個好題目。（不要忘了，他的未名社就是中國最專心翻譯Dostoevsky的團體。創造社介紹蘇聯文學時，則有強制性的dogmatic的。）

以上是我胡亂看書後的心得，在信裡，在教室裡隨便談談，是不難，真要做起文章來是很吃力的。

如要徹底研究，恐怕還得花幾年工夫。華大着急要出書，只好勉強寫一篇〈蔣光慈〉湊數。（當然，「第三種人」論戰，「大眾文藝」論戰——我相信瞿秋白與毛澤東理論不同，瞿反對一切literacy convention，不會喜歡「秧歌」調的，——以及蘇聯各種左派理論在中國的介紹與反映等，都該一寫）。

蔣光慈是個淺薄之人，寫他本不難。但有兩點困難：一、淺薄

---

① Mayakovsky（馬雅可夫斯基，1893-1930），蘇聯詩人、劇作家，俄國未來主義運動代表人物，代表作有長詩《穿褲子的雲》（*A Cloud in Trousers*, 1915）。十月革命後熱烈支持蘇共，發表長詩《列寧》（*Vladimir Ilyich Lenin*, 1924）。後由於對蘇聯文學創作中的社會主義現實主義教條感到不滿，詩作中往往帶有批評和諷刺，受到史達林追隨者的嚴厲批判，1930年自殺身亡。

之人為何值得一寫？如要強詞奪理，我的文章一定要說得圓轉。
二、他的作品很多失散。我看不到他所有的詩集──這里［裡］面
他的淺薄情緒想必更肉麻的也更有代表性的得到發揮。他於1929
年避居日本，未得黨的同意私自脫逃，黨大怒，在日本期間，寫
過一本《異邦與故國》②，我很想一看。他於死前完成一部長篇《咆
哮了的土地》③（《田野的風》），是描寫農村暴動，擁護毛澤東路線
的，毛派批評家就因此認為蔣是個有希望的人才，假如不死的話，
該書究竟如何，我很想一看。片段是有，文章照舊的拙劣，但未能
看到全部，心中總是不安。

　　所以我的〈蔣光慈〉只好在材料很不完全的狀況下進行寫作
了。那種材料，叫我看起來可以一目十行，但借不到是無可奈何
的。材料不全，文章也可以寫，但行文emphasis之處，就得煞費苦
心：多講我能看到的，少講我看不到的。總之，得藏拙，而把我要
說的話仍舊drive home。

　　未來一個月將專心寫〈蔣光慈〉。想起有人出錢養我，叫我埋
頭寫作，實在應該感謝上帝，這是哪里［裡］來的福氣？在西雅圖
的社交生活，大為減少，更是專心的好機會。和R書信不斷，我生
平從沒寫過這麼多英文信。我的信是俏皮遠多過熱情，你想我是
學familiar essay出身的，那種筆調如用在私人信札裡，最能顯出風
趣瀟灑。可以瞎寫信，對我也是一種樂趣。現在如表示熱情，一
則是自尋煩惱，二則替對方增加困難。現在R的反應是這樣說的：
"your letters are delighted—you couldn't write more!"所以keep the

---

② 《異邦與故國》，日記體小說，蔣光慈1929年旅居日本東京時所作。小說記述了
其從是年8月底到11月9日的生活點滴，表現了其被逐日本後的憤懣之情。
③ 《咆哮了的土地》，長篇小說，蔣光慈1930年作，後改名《田野的風》。通常被
認為是其從革命浪漫主義向革命現實主義轉型之作。

delighted，雖然也許不是上策，至少不會把事情弄壞。

消遣只有電影，*The Prize*也看了，相當滿意。日本電影看了不少，我發現日本電影最能令我神往者，是「浪人」的image：《宮本武藏》（*Samurai*）、《七勇士》④、*Harakiri*⑤（在金山看的），以及最近看的《道場破リ》⑥（*Dojo Yaburi*，這場是練劍術的場所等，都是描寫武功卓絕而衣食無着的驕傲的人，*Yojimbo*亦然的境況）。美國西部片中也有流浪武士（TV盛行後，電影就很少有西部片了），但美國武士都太溫柔（如*Shane*，乃至加萊古柏），不夠驕傲（fiercely proud），其處境也沒有日本流浪武士那麼悽苦。我的浪漫夢還是寄託在日本武士身上的。

Goldwater（臺灣人把他譯成「高華德」，中共大致亦然，舊金山的中文報把他譯成「金水」）當選，我missed掉了金山的盛況。我如能投票，將投他一票，此間朋友，大約只有馬逢華會選他（馬積極辦理入籍手續，以便太太入境也）。關於G的popularity，我最不服氣的是pollsters。Pollster憑什麼測驗民意的？高氏得這麼多票，是不是也算民意？那些代表不能棄他們家鄉的民意於不顧罷？高氏當選前夕，還有poll說，共和黨人的60%喜歡Scranton，30%喜歡高氏。我想共和黨的代表們不會都是昧着良心投票的。美國騙局很多，如pollsters之流即為一大騙局，*National Review*不知罵過他們沒有？

美國教育界中人大多反高──對這種人我勸你少談高的事。因為你絕拉不到他們的票，反而引起他們的敵愾也。

---

④《七勇士》（*The Seven Samurai*, 1954），動作劇情片，黑澤明導演，三船敏郎、志村喬、稻葉義男主演，東寶出品。
⑤ *Harakiri*（切腹），見信640，注6，頁496。
⑥《道場破リ》（《踢館》，1964），冒險動作片，內川清一郎導演，岩下志麻、丹波哲郎、倍賞千惠子主演，日本松竹映畫出品。

　　焦明的名字很好，照片也看到了，顯得很壯健。家裡有個小娃娃，母親老懷可得不少安慰，附上照片兩張，是逢華照的。我的 Leica 太舊，要修理了。我的 Beret 是 Schurmann 所送，現在在 Seattle 又買到一頂法國貨，有了替換，可以常戴了。

　　關於《水滸》，我相信你的意見是對的。暫時沒有空去研究它，Seattle 想必也沒有這麼多版本。再談，專頌

　　近安

　　Carl 與 Joyce 前均此

濟安
七月十八日

# 646. 夏志清致夏濟安（1964年7月29日）

濟安哥：

　　最近兩信及糖一盒都已收到。太妃糖很可口，我也吃了好幾塊，Joyce更喜歡，謝謝。你去維多利亞城，得到不少新鮮的印象，讀信如遊其地。我在Potsdam時，曾去過Montreal三四次（兩次看京戲），Ottawa去過一次，都是當天來回，加上那時Joyce尚小，得照顧，不能暢遊。兩地都很整潔，Montreal住宅房子都葺上色彩鮮豔的tile roof，較美國房子picturesque。Montreal法國種人較多，環境可能和加拿大西岸城市不相同。它的法國菜館是很有名的。在紐約法國菜館很少有人去，中國菜館生意日益興隆，普通小地方則義大利館子最受歡迎。

　　信上所提及關於左聯的種種心得，皆極精彩，想不久你即可把左聯內幕調查清楚。華大要你先把書出版，我想也未始不可，因為你已寫成的chapters和現在在寫的一章已極夠solid了，可能再加一章，把你許多心得扼要地敘述一下，給讀者對左翼文藝運動一個總的認識。或者注明你準備寫Vol.2，把許多未討論的問題先在序文上提一筆，也是個辦法。出版一本書把文稿繳給Press，校對編Index，又得費一年工夫，先把文稿繳出了，同時繼續研究，不必像目前這樣的感到pressure。我的書也在pressure下趕寫，《水滸》、《金瓶》、《儒林》三章初稿都已寫就，還得大大修改。我對於《儒林》的看法，和你稍有不同，覺得它的白話prose寫得實得〔在〕比別的小說高明，如第二章鄉村人討論燈會，把申詳甫、夏總申、周進等人一個個介紹出來，沒有費〔廢〕筆。可惜小說中插進了許多笑話逸事，破壞其完整性，到下半部故事就沉悶不堪了。嚴監生臨死前伸着兩個指頭，我想一定是現成的笑話，《笑林廣記》中一定

有，不知你知道不知道笑話的出處。百廿回《紅樓夢》已看到，范寧的跋語仍是簡短的幾句，全稿大值得研究，可惜我自己沒有工夫，有什麼學生寫論文，倒是極好的題目。全稿增改的文字都出於一人手筆，此人如是高鶚，實在把原文改動了不少。六十五回尤三姊並不和程高本同一性格，她和賈珍、二姊、媽媽一起吃酒，尤二姊、尤媽故意先走開「只剩小丫頭們，賈珍便和三姊挨肩擦臉，萬般輕薄起來了，丫頭子們看不過也都躲了出去，憑他兩個自取樂不知做些什麼勾當。」八十四本我還沒有查，如這段文字相同，則尤三姊改成烈性，想是高鶚的功勞。曹雪芹被脂硯齋纏着，寫書速度極慢，這位改寫者（高鶚？）能把稿子整個改訂，氣魄很大。

　　小川先生曾在紐約住了一陣，聽說他去Seattle，你又招待了他，我現在每天在校時間極短，免得添上無謂應酬，你社交花時間比我多，以後不關緊要的，也是少involve為安。今夏哥大請了何炳棣①來講學，他的兩本書我都沒有看，但學問的確很淵博，他是1945庚款出身，清華同周班侯同班，在British Columbia教了十多年書，最近方去芝大任正教授。大約楊聯陞下來，中國史學家上他算no.2，他在Berkeley曾和你見過一面。

　　高華德在舊金山開會三天，我天天看TV。這次convention上連Ike都大罵press。罵得很有道理。CBS、NBC兩組人會場情形不大轉播，他們那些記者專門在liberals和黑人間鑽，打聽消息，給人的印象好像是惟liberals和黑人才值得觀眾注意，Goldwater的

---

① 何炳棣（1917-2012），浙江金華人，史學家，哥倫比亞大學博士。西洋史出身，後轉入中國史，曾任教於加拿大不列顛哥倫比亞大學、芝加哥大學，研究領域為明清史，尤其是人口及社會流動的問題。代表作有《中國人口研究：1368-1953》（*Studies on the Population of China, 1368-1953*, 1959）和《明清社會史論》（*The Ladder of Success in Imperial China: Aspects of Social Mobility, 1368-1911*, 1962）等。

delegates都置之不理。Nominate Goldwater的secondary speeches，第二人是Claire Boothe Luce，NBC把她switch off，我在CBS上聽到，Luce太太最近這樣赤心忠良為保守分子服務，很為我感動。*Time*以前常報導Luce太太的新聞，最近一字不提，我想黑人鬧得愈兇，Goldwater希望愈大。最近Harbour和Rochester情形惡轉，想必是共產分子所煽動的，CORE的主腦實在應當關起來，不讓他們再挑動事潮。美國大國情形正和日本、Vietnam相仿，兩三年前都想不到的。在紐約擁護Goldwater的報紙僅有*Daily News*，但它銷路最暢。可見一般小市民比智識分子righteous，所以Goldwater被選大有希望。我和同事們少談政治，請放心。de Bary的兒子Paul自己訂閱了*National Review*，已變成了Goldwater，那次紐約Rally他也去參加，可見年青人中漸漸fed up with「委曲求全」「苟且」態度的人數也在增加中。

　　*N.Y. Times Review*最近一篇專評，講Isaac Babel[2]的，你可能沒有看到，對你研究左聯文人可能有幫助，茲附上。照片兩張，你神態很好，傷風想早已復原。電影看了*Tom Jones*，不像我所expect那樣的滿意，S. York極可愛，翻看小說，想不到Sophia Western[3]頭髮是黑色的。Carol、Joyce近況都好，她們八月間要去Bermuda vacation一星期。馬逢華前問候，專頌

　　近安

志清

七月29日

---

[2] Isaac Babel（伊薩克·巴別爾，1894-1940），俄國記者、劇作家、翻譯家和小說家，猶太人，代表作有《紅色騎兵軍》（*Red Cavalry*）和《敖德薩的故事》（*Tales of Odessa*）等。1940年在蘇聯「大清洗」運動中被槍決。

[3] Sophia Western（索菲亞·魏思特恩），魏思特恩老爺的獨生女，在小說《湯姆·瓊斯》中是一切美德和美貌的化身。

你和R不斷通信，表現自己的才華和溫柔，我想你回Berkeley
一定可有開serious的發展。

［寫在信封背面］Carol問你知道不知道Grace wear那種香水，
她去Bermuda廉價買到，可以送禮。R用那種香水，亦請告知，可
代買算你送的。

# 647. 夏濟安致夏志清（1964年8月2日）

志清弟：

　　來信已收到，附來*Babel*書評亦已看了，Patricia Blake寫得不錯。關於「中俄文學因緣」最近沒有工夫弄它，這些資料將來總有用處的。我默察加大與美國學術界一般情形，似乎研究俄國的人很少「親蘇」，而研究中共的人大多「親中共」，這是咄咄怪事。這個問題我曾向世驤提出來過，他說「大約研究蘇聯的人，着手得早，一般程度已提高，已少幼稚病現象。研究中共在美國還是新興的學問，故多幼稚現象」，拿起一本蘇聯文學作品，一般教俄文的先生大致都懂得給它一個適當的評價；教中文的先生對於中共文學作品就有點評不出來了。我和Doak Barnett不熟，他的東西也從未看過，聽說此公由衷而發地愛護中國，且因中國而及於中共。類似他的人美國似尚有不少，但我還沒有見一個美國學者是替蘇聯捧場的。MacCarthy大鬧學術界一段公案，我不大清楚，此事件所製造的裂痕，迄今尚未平復。據我記得，有兩種學者受打擊最重，一種是研究原子物理的如Oppenheimer等，他們即使不出賣秘密，至少不為美國國防而努力研究；還有一種是研究中國問題的學者，如Owen Lattimore以及太平洋學會①等親中共分子，M氏給他們定的罪也許是冤枉的，我不知其詳，不敢亂說，但是至少有不少人是天真而幼稚的擁護中共，殆無疑義。但研究蘇聯政治、社會、經濟、地理、文學等等的學者，即使在M氏witch hunting時期，似乎沒有

---

① 太平洋學會（Institute of the Pacific Relations），國際性非政府學術組織，1925年成立，總部設於檀香山，後遷至紐約。致力於為環太平洋國家間的政治、經濟、文化、外交等問題提供討論交流的平台，在20世紀20年代至50年代末十分活躍，舉辦多屆國際學術會議，出版千餘種書籍。

一個是受嫌疑的，就這一點看來，美國研究蘇聯的學者，並無親共色彩，這一點美國是可以引以自豪的。

我們兩人最近都忙於寫作，東西遙遙相對地埋頭苦幹，可以互相引以為安慰，關於〈蔣光慈〉一文，大約已完成一半，八月十五日以前一定把它趕完。文章內容與初擬的也許不大一樣。起初，我想說的是此人文章惡劣，但其生活頗能代表當時一般左傾文人情形，着重的是傳記。但現在寫下去發覺着重的是對他的作品的評價，內容時間所限：趕deadline，不能寫得太長（但至少將有"20 Years After Yenan Forum"那麼長），傳記部份也許不能多寫了，所以如此者，為了一開頭要justify myself為什麼要討論這個劣等作家；這麼一開頭，話越說越多，文章就按着這個線索發展了。討論一個劣等作家，煞非容易。文章將成什麼樣子，現在還不知道。

關於左聯等等，這幾天沒有工夫想它，等到把〈蔣光慈〉完卷了，擬再把全書從頭考慮一遍。

K.Y. Hsü[2]不知有回信否？前些日子接Levenson來信，請我出席他的panel，總題目是中西文化的"confrontation"。內定Nelson Wu講美術，Nivison講哲學，張佛泉講政治思想，L的學生Crozier講醫學（此人的博士論文是《五四以來的中醫》），我講文學。他當然還恭維一下我的"superb course"——教過這門課，來present一個小paper當無問題，我已欣然同意。他還說明年金山之會，關於中國方面的總提綱是Feuerwerker，F氏也希望我能有一篇paper。這樣我不在你的panel，可是也有paper宣讀，這個辦法似乎較妥。

還有一件妙事，不知曾告訴過你沒有？Encyclopaedia Britannica

---

[2] K.Y. Hsü（許芥昱，1922-1982），生於四川成都，美籍華人學者、藝術家，曾就讀於西南聯大，1947年赴美留學，1959年獲斯坦福大學博士學位，後長期任教於三藩市州立大學。代表作有《二十世紀的中國詩選》（*Twentieth Century Chinese Poetry : An Anthology*）、《周恩來傳》等。

請我寫一篇〈漢高祖〉，我早已寄出。最近又來信，請我寫〈陸游〉
──我也預備答應。這種短文章很易對付。不知道《大英百科全
書》為什麼挑這麼兩個題目給我寫的──一為兩漢之政治，一為南
宋之文學？

　　Carol和Joyce去度假，你大約在家埋頭著作了。Grace香水
事，我已寫信給世驤，讓他直接把牌子告訴你，R方面我想暫時不
必送她──因為香水作為禮物是太親密了。何況最近我送了她不
少東西，東西送得太多了並不是好事。最近我發現一家蹩腳法國飯
館，在學校附近，故不帶酒，東西也並不怎麼好。R對法國烹飪很
有研究，我們在金山也吃過兩家法國館子；我對法國菜雖懂一點，
究竟還是個大外行。我把那家蹩腳飯館詳詳細細地描述了一下，我
的外行與那飯館的地道法國風味（地道者，的確為法國人所開，按
照法國做法的，那些法文我也看不大懂，並不是美國人冒牌的chop
suey或pizza之類也），相形之下，很為幽默。R回信說，她把信看
了三遍，每次都笑得出眼淚。（天下有如此滑稽的「情書」乎？）
她說我的信可以比Goldsmith③的 *Citizen of the World*④，Goldsmith書
中人物如遊巴黎，也不過寫這樣一封信罷了。為報答知己起見，我
在該店（附設delicatessen，出售法國土產）買了些罐頭食品寄去，
計蝸牛一聽、蛙腿一聽、Artichoke一聽。她回信說她覓了Artichoke
已多少年了，在哪裡都找不到，想不到西雅圖有，而且我會自出心

───────────

③ Goldsmith（Oliver Goldsmith，奧利佛‧戈德史密斯，1728-1774），愛爾蘭
　小說家、劇作家和詩人，代表作是小說《威克菲爾德牧師傳》（*The Vicar of
　Wakefield*, 1766），詩歌《荒村》（*The Deserted Village*, 1770）和戲劇《屈身求
　愛》（*She Stoops to Conquer*, 1771）等。

④ *Citizen of the World*（《世界公民》，1760）戈德史密斯在 *Public Ledger* 上連載的
　一系列書信，取名為《世界公民》。書信託名一個在英國遊歷的中國旅者，以一
　種外來者的眼光評論英國的社會現象，其形式明顯受到孟德斯鳩（Montesquieu）
　的《波斯人信札》（*Persian Letters*）的影響。

裁的替她買一聽的。她說Artichoke在法國烹飪中作用很多，但製作費時——到底是怎麼一回事，我也不想多打聽了。Carol一定知道Artichoke在法國烹飪中的妙用的。

最近馬逢華去Berkeley（他已取得公民籍，已在辦理手續接太太來美，他去Berkeley是向Galenson⑤教授報告他的研究成績，並商量來年研究計劃。Galenson手中握有百萬美元的一個project，是研究中共經濟的大學閥，馬逢華已用了他兩萬六千元，並且討來一個太太，此人可算是他的大恩人了），他反正要去center看書尋材料，我又托他帶給R一小罐（可是價值四元多，其貴重不在香水之下！）foie gras（鵝肝），此物我在小說中常見到，不知是什麼樣的東西。馬逢華更不知道是什麼東西，只知道是吃的，看形狀大小大約頂多值一兩元錢罷了。R接到大喜，說這是真正的Strassburg鵝肝也——其貴重大約可比陽澄湖的大閘蟹吧。馬逢華在香港吃過大閘蟹，真正活的，價五元港幣一隻。最近送了這麼多東西，所以香水隔些時候再送吧。而且讓Grace知道，專程給她帶香水，她心裡也可高興一點。

電影看了 The Organizer⑥，極好。應該買了copy，在蘇聯中共多多放映，讓人民看看真正的socialist realism該是怎麼樣的。8½我

⑤ Galenson（Walter Galenson，沃爾特·蓋爾森，1914-1999），美國經濟學家、史學家，哥倫比亞大學博士，二戰期間任美國戰爭部經濟專家（其中1942-1943年任首席專家），二戰後進入學術界，歷任哈佛大學助理教授、加州大學柏克萊分校教授、中國研究中心主任、康乃爾大學終身教授等，研究領域為勞工史、比較勞工研究、勞工經濟學等。20世紀50年代末至60年代初主持由福特基金會贊助的中國經濟發展研究項目，為最早的有關中國經濟現代化及其對周邊國家影響的研究之一。

⑥ The Organizer（《組織者》，1963），瑪利歐·莫尼切利（Mario Monicelli）導演，馬塞洛·馬斯楚安尼（Mario Monicelli）、尼瓦多·莎瓦特利（Renato Salvatori）主演，義大利Lux Film等出品。

在Berkeley同R一起看過，那天晚上精神不好，稍為疏忽，全片情節發展即不能follow，我深以為憾。發誓要補看，碰到在Seattle重演，聚精會神地重看了一遍。算是看懂了，而且對Fellini⑦的天才很是佩服。全片很像*La Dolce Vita*，但在技巧上比*LDV*有更進一步的發展（多用夢境、幻境、回憶來穿插），但其對於人生的悲觀是一貫的。如此美麗的電影，如此悲觀的意識，叫人看了很難受，但Fellini可算是本世紀一個傑出的藝術家，他的悲觀並非冒充，實在是從極深的認識發出來的——否則他不敢拍這樣一部描寫人生空虛的電影而又採取這麼奇怪的形式的。全片有一點故事，如叫好萊塢拍起來，大約是請Rock Hudson演其中的男主角（*8½*⑧裡的Marcello Mastroianni⑨），他是個導演，要拍片子，但受很多女人糾纏，片子拍不出來，他的太太應該是Doris Day演的，夫妻之間當然有誤會，最後言歸於好。你當然能想像好萊塢這類香豔喜劇的內容的。相形之下，*8½*和那些東西之間實有天淵之別也。

---

⑦ Federico Fellini（費德里科‧費里尼，1920-1993），義大利電影導演、編劇，公認最偉大的電影大師之一。以將奇幻和巴洛克的意象與樸素相結合的風格著稱，與英格瑪‧柏格曼（Ingmar Bergman）、安德烈‧塔可夫斯基（Andrei Tarkovsky）合稱現代藝術電影的「聖三位一體」，代表作《大路》（*La strada*, 1954）、《卡比利亞之夜》（*Le notti di Cabiria*, 1957）、《八又二分之一》（*8½*, 1963）和《阿瑪柯德》（*Amarcord*, 1973）四獲奧斯卡最佳外語片獎，《甜蜜的生活》（*La Dolce Vita*, 1960）獲坎城影展金棕櫚獎。

⑧ *8½*（《八又二分之一》，1963），奇幻劇情片，費德里科‧費里尼導演，馬塞洛‧馬斯楚安尼（Mario Monicelli）、克勞迪亞‧卡汀娜（Claudia Cardinale）主演，義大利Cineriz等出品。該片獲第36屆奧斯卡獎（1964）最佳外語片獎。

⑨ Marcello Mastroianni（馬塞洛‧馬斯楚安尼，1924-1996），義大利演員，享有世界性聲譽，與多名義大利電影大師有廣泛的合作，曾兩次獲坎城影展影帝。代表作包括《甜蜜的生活》（*La Dolce Vita*, 1960）、《夜》（*La Notte*, 1961）、《義大利式離婚》（*Divorzio all'italiana*, 1961）、《昨日、今日、明日》（*Ieri, oggi, domani*, 1963）和《八又二分之一》（*8½*, 1963）等。

　　我不知道有沒有告訴過你們，六月六日慶祝你們十週年紀念的時候，我除請吃飯之外，還連帶請看電影；*Yesterday, Today and Tomorrow*⑩。最近總算看了不少Mastroianni，但比起來他還是在*The Organizer*中演技最好。他演一個癟三教授，去煽動工人罷工，這類人物中國在20's、30's時期一定出現過不少，但中國大約是永遠是不會對這種人物有一個正確而又同情的記錄了。

　　在西雅圖應酬大為減少，除每日三頓外，幾無花費。即使負擔兩地房租，大約仍可省錢。在舊金山與Berkeley，則省錢越來越難了。物價恐怕還是西雅圖高，但西雅圖畢竟是小城，花錢地方少。我總算還是自奉儉樸的，只是在吃飯方面花些錢罷了。吃飯方面最省當然是自己做；其次是吃中國館子，如你和馬逢華、胡世楨都喜歡吃中國館子，中國菜其實不貴；我也喜歡吃中國館子，但又喜歡吃各國館子，各國館子的價錢就難說了。但我很少添衣服，不大買日用品，不買新汽車，不算真正是個消費者——吃掉者，consumed掉也。真正大館子，我自慚形穢也不敢進去的，在美國有正常收入，吃到底還吃不窮的。我早午二餐都在學校cafeteria吃，量少而質劣，我也不在乎。晚餐比較講究，但所謂「講究」，無非多求變化，對質地我還是不考究的。再則我也並無favorite dish，什麼都吃的。

　　我大約八月十五日駕車離西雅圖，餘再談，專頌
　　暑安
　　Carol與Joyce前均此

濟安

八月二日

---

⑩　*Yesterday, Today and Tomorrow*（*Ieri, oggi, domani*，《昨天、今天和明天》，1963），愛情喜劇片，維托里奧・德・西卡（Vittorio De Sica）導演，蘇菲亞・羅蘭（Sophia Loren）、馬塞洛・馬斯楚安尼（Mario Monicelli）主演，義大利Compagnia Cinematografica Champion等出品。

# 648. 夏志清致夏濟安（1964年8月17日）

濟安哥：

好久沒有寫信，你準備十五日動身，所以信寄Berkeley，在Seattle你同R通了不少信，看得她眼淚都笑出來。這情形我可以想像，你文筆好，而且幽默信祇有用英文寫才夠味，用中文寫則不免油滑而帶俗氣。我好久沒有寫幽默信的機會，你同R.兩月通信，也是難得有的enjoyable experience。日常見面當然更好，經過這次通信後，雙方感情更增進，希望有進一步發展。

Carol、Joyce上星期二去Bermuda，明天回來。這星期天氣特別好，照理我可以在家安心工作，但效率並不好。一個人很寂寞，而且胡思亂想，精神不易集中，事實上我也需要一個vacation，但總覺得時間不許可。Carol、Joyce回來了，每天時間受Joyce支配，倒可以定心工作。暑假還有一個月，希望能把寫好的稿子，好好整理，你的蔣光慈chapter想已寫就，這次返Berkeley後即可把書的全稿整理一番，交給U.W Press出版。昨天董保中來看我，他聽你的指導在寫田漢。想不到此人對中國現代文學這樣有興趣，開課也極叫座；劉紹銘下學期也要開一門Mod. Chin. Literature，預先註冊的學生有四十位，想不到小大學教中國文學學生比哥大、Berkeley更多。

Carol來信，Joyce已學會了游泳，總算是個accomplishment，我海邊已十年未去了。去Bermuda前，Carol到Conn.接她母親，同時買了一部新汽車，是最貴的Comet，車身銀灰色而車頂黑色的hardtop，車子我還沒有見到，連1964 comet styling如何，我也不大清楚。

何炳棣愛罵人，所以中國人都有些怕他，不料他見了我，倒是一見如故，什麼話都談（我同楊聯陞就無話可談）。此人記憶力

極強，頗令我佩服。前三四年哥大同時考慮appoint Bielenstein，or 何，結果Bielenstein被聘，何君大氣。此次在summer school表演極好，口碑載道，他同de Bary最後一次lunch，de Bary頗有挖他來的意思，何在芝大當正教授，薪水很高。

當年MacCarthy氣勢極盛的時候，我在美國，即覺得他並不如報章罵他怎樣的可惡。Opperheimer、Lattimore輩是應該被expose的。當時我還痛恨美國出賣中國，所以讀了Utley，*The China Story*後對太平洋學會諸公大無好感。現在Doak Barnett極紅，常常上TV，他在State Dept.有多少勢力也很難說。至少我所見過的去過臺灣的外交文化官員，都並不親共。Barnett是Schurmann的好友，可能很capable（他的書我一本也沒有看過），但他人品學問還不如Howard Boorman，Boorman寫的文章還算是學術性的，Barnett則純是journalism，同《紐約時報》駐香港記者程度相仿，所寫的東西，價值也相仿。在Ditchley時陳世驤曾把Boorman大罵，他對文學是外行，但人很瀟灑，外表彬彬有禮，頗有外交官的風度，他同我還想連絡，Barnett同我則一無交情。

許芥昱今夏在臺灣，他已來信答應讀paper，預備討論一下Auden Poet。你出席Levenson的panel，極為理想。另外四個人中間至少Nelson Wu是很brilliant的，所以Panel有兩篇好paper，已很精彩。我本來曾寫信給Hanan，囑他請你出席他的小說panel，後來你答應出席我的panel，我就教他不必請你了。你後來想退出我的panel我總有些guilty的感覺。Hanan公務極忙，今夏在日本，他的panel入秋後開始arrange。

Encyclopaedia Britannica的事我略有所知，那次在Maryland開會，梅貽寶①問我有沒有興趣給EB寫幾篇文章。可見此次重編中

①　梅貽寶（1900-1997），生於天津，學者、教育家，梅貽琦之弟，梅祖麟之父。

國方面的entries是梅和梅的朋友們主事的，梅是弄哲學的，他想已拜讀過你的文章，所以才請你。

看了派拉蒙的劣片 *The Carpetbaggers* ②，根據 Howard Hughes 的故事可以拍張好電影，可惜庸俗小說家借用了一些較淺的 Freud，故事極不通。Carroll Baker ③ 演 Jean Harlow 是大家所知道的，想不到金髮的 Martha Hyer ④ 影射 Jane Russell，今年派拉蒙同 J. Levine ⑤，Seven Arts ⑥ 合作後，Box Office hits 很多，MGM 今夏 *The*

芝加哥大學博士，歸國後曾任燕京大學文學院院長、代校長等職，1949年後赴美任愛荷華大學東方學教授，1970-73年間任香港新亞書院院長，代表作有《中國思想和實踐中的個人地位》等。

② *The Carpetbaggers*（《江湖男女》，1964），劇情片，愛德華‧迪麥特雷克（Edward Dmytryk）導演，喬治‧佩帕德（George Peppard）、亞倫‧賴德（Alan Ladd）主演，派拉蒙發行。

③ Carroll Baker（卡羅爾‧貝克，1931-），美國演員，出演電影、舞台劇和電視劇，在20世紀50至60年代，因能夠扮演從天真無邪的少女到傲慢豔麗的女人的各種角色而走紅，被名導卡山（Elia Kazan）看中，出演田納西‧威廉斯（Tennessee Williams）編劇的《寶貝兒》（*Baby Doll*, 1956），一舉獲得奧斯卡最佳女主角提名。她在電影《珍‧哈露情史》（*Harlow*, 1965）中扮演早逝的金髮女郎珍‧哈露（Jean Harlow）。

④ Martha Hyer（瑪莎‧海爾，1924-2014），美國演員，憑電影《魂斷情天》（*Some Came Running*, 1958）獲奧斯卡最佳女配角提名。此外還出演《龍鳳配》（*Sabrina*, 1954）、《空城計》（*Wyoming Renegades*, 1954）等。

⑤ J. Levine（Joseph E. Levine, 1905-1987），俄裔猶太人，生於美國麻省波士頓，與歌手Rosalie Harrison結婚，婚後遷居康州紐海文，經營戲院發行電影。1956年創辦大使影業公司，引進歐洲電影。力捧蘇菲亞‧羅蘭。《畢業生》、《冬天的獅子》等名片，皆為該公司製作發行。

⑥ Seven Arts，即Seven Arts Productions，電影公司，由獨立製片人雷‧斯塔克（Ray Stark）和艾略特‧海曼（Eliot Hyman）成立於1957年，其與派拉蒙合作的代表作是《巴黎戰火》（*Is Paris Burning?*, 1966），1967年被博思‧華納影業收購。

*Unsinkable Molly Brown*⑦生意也特別興隆。世驤夫婦近況想好，C.
Birch已回來否？隔幾信［日］再寫信，即頌
　　近安

　　　　　　　　　　　　　　　　　　　　　　弟　志清
　　　　　　　　　　　　　　　　　　　　　　八月十七日


　　那張德文生日卡想已收到，Coral Bermuda回來可能會買些禮
物給你。


---

⑦　*The Unsinkable Molly Brown*（《翠谷奇譚》，1964），歌舞喜劇片，查爾斯·沃爾
　　特斯（Charles Walters）導演，黛比·雷諾（Debbie Reynolds）、哈威·普雷斯
　　內爾（Harve Presnell）主演，米高梅發行。

# 649. 夏濟安致夏志清（1964年8月20日）

志清弟：

　　謝謝寄來的賀柬，Seattle無人知我生辰，故是日悄悄的過去，但那天下午系裡有picnic，晚上適逢勞幹在西雅圖，一起進餐，也算有了慶祝了。

　　〈蔣光慈〉一文越寫越長，欲罷不能，所以遲至昨天（19）下午三點始離開Seattle南下，當晚宿在Portland，今晚擬宿加州北部（未定何處），明晚返Berkeley。21晚陳世驤請客，估計行程我是趕得回去的。陳是宴請Schurmann，渠22日飛香港，去慶賀李卓敏就任中文大學校長之職，同時加大與香港中文大學可能有什麼合作計劃也。

　　蔣光慈著作很多，而文筆拙劣。我不能讚美他好，但是不斷地罵他，讀者看了也要厭煩的（其實他還不值得罵），所以文章開始時，覺得文章很枯窘，不知說些什麼好。後來討論到他的「革命與戀愛」的「公式」，忽然觸機，覺得大有可說，於是大談其「革命與戀愛」。假如我九月回去，再多寫一、二十頁是沒有問題的。我在Seattle最後幾天，一方面用力寫，一方面用力不使文章拉長（但求煞尾有力量），工作相當辛苦。現在原稿留在華大，大約十一月間再提出討論。我自己再想讀一遍都沒有時間（可修改之處一定有不少），回到加大有得忙別的幾篇文章了。蔣文的footnotes還沒有，也得等回加大後再補。

　　馬逢華的新夫人已到，看來年紀很輕，為人很純潔善良，就像臺灣大學剛畢業的女學生模樣。這幾天她的生活還沒有調整過來，一則嫌天氣太涼——臺灣九十度，西雅圖七十度，二則馬逢華的新居連一個鍋都沒有，不要說米麵及佐料了。天天在外面吃，她似乎

吃得很苦。馬逢華是個十分用功之人，忽然接來一個太太，覺得時間忙不過來了——e.g.去買鍋，並採購一切廚房用品，也得花一個下午。我勸他千萬不要在太太前面complain，要永遠裝出興高采烈狀。

　　Carol和Joyce是否已去Bermuda，念念，別的回到Berkeley後再寫，專此　敬
　　暑安

濟安　上
八月廿日晨

你的書進行得想必很順利。念念。

# 650. 夏志清致夏濟安（1964年8月31日）

濟安哥：

八月廿日在Oregon寄出的信已收到。今天接到Martha來卡，盛讚你的駕駛技術，知道你已安抵Berkeley，世驤那次請客，想也能趕上。

〈蔣光慈〉已寫就，可喜可賀。你着重討論他「革命與戀愛」，可講的話一定很多，有了中心題目，文章一定更精彩。我書上曾把「革命與戀愛」的公式帶過幾筆，屠格涅夫小說中已描寫「革命」與「戀愛」衝突的現象，但究竟始作俑的是誰，很難說。你想已把所能找到的蔣氏著作都看完了，他的作品我看得太少，沒有什麼新意見，祇覺得他在《鴨綠江上》和郭沫若早期都曾寫過關於朝鮮的題材，二人可能都沒有去過朝鮮，憑幻想瞎寫，情形很滑稽（張資平想也寫過關於朝鮮的小說的）。

我書初稿算是寫好，但revision進展較慢，每章大約五十頁左右。書算是guide性質，要加一些基本introduction，所以版本也得討論一下，但着重點在評介，每本小說都翻譯兩三段較精彩的文字。希望開學前把文字改得像樣些。七月間我去換了一副眼鏡，那位optometrist說我有astigmatism，他的diagnose我頗為impressed，受罪把新眼鏡戴了三個星期。Vision被distort，頗以為苦，另找眼科醫生，發現沒有astigmatism，重戴舊眼鏡，但戴了新眼鏡後，眼球極易congested with blood，至今得常用眼藥水，頗以為苦。我每次找醫生，身體受到injury，此次也不能例外。我想少做close work，眼睛當作復原。昨天休息一天，下午聽了Don Giovanni全套唱片，生平第一次聽完一次Mozart Opera，義大利文很容易懂，arias可以字字follow，對看英文譯文，意義也很明瞭。惟ensemble

唱的人太多，而且每人唱詞不一，不易follow，晚上讀了Auden，
Chester Kallman①的 *The Magic Flute*②譯文，很感興趣。Auden譯
筆想比德文原本更精彩。*Magic Flute*是fairy tale，theme方面即和
《牡丹亭》也有相像之處，folklore中西themes相似的很多，最可能
給學者作amateurish研究的誘惑。

今天陳穎來訪，聽他一面之辭，覺得他的女友的確厲害得可
怕，據云，她已於昨日在Minnesota同她的另一個相好結婚了。好
像她來美前即有和他結婚的意思的。馬逢華雖工作很忙，但他為人
很「溫柔」，想同他太太關係一定處理得很好的。他太太初來一切
不習慣，每［等］過兩三個星期，當會習慣的。

附上玉瑛妹寄上的焦明近照兩幀，焦明相貌很端正，已頗有男
孩子氣概，母親家用較省，因為沒有父親醫藥費的支出，自動要求
九月起每兩月兩百元即很夠。所以你的家用負擔每年是六百元，你
暑期費用較多，不必整筆寄，隨時先寄一半即可，這是Carol囑我
寫的。Carol、Joyce去Bermuda，其實也沒有什麼好玩，只是伴她
母親換個地方散散心而已。Carol買了一件Jaeger Sweater，作你生
日禮物，已寄出，想已收到。我「火」體，冬天也只能穿sleeveless
sweaters，穿帶袖的太熱，不舒服。你常常sport coat內穿了sweater，
我不習慣。

---

① Chester Kallman（切斯特‧卡爾曼，1921-1975），美國詩人、翻譯家，奧登
（W. H. Auden）的摯友和長期伴侶，與奧登一起為史特拉汶斯基的歌劇《浪子的
歷程》（*The Rake's Progress*）等創作劇本，同時他們也一同翻譯外國歌劇，包
括《魔笛》（*The Magic Flute*）和《唐‧喬瓦尼》（*Don Giovanni*）等。
② *The Magic Flute*（《魔笛》），兩幕歌劇，莫札特（Wolfgang Amadeus Mozart）譜
曲，史肯尼德（Emanuel Schikaneder）編劇，1791年在史肯尼德的劇院維也納
Theater auf der Wieden首演。歌劇取材自詩人維蘭德（C. M. Wieland）的童話集
《金尼斯坦》（*Dschinnistan*）。

R相見後，她已有進一步表示否？甚在念中。其實在美國五十歲以內的男子結婚很容易，如胡世楨、李田意結婚都沒有費多少工夫。他們的結合，雙方都感到需要，可能缺乏「愛情」的味道。你同R真正談情說愛，時間要花得長一些，但R也可能想早結婚的，你可以偶而給些hint，我想不會offend她的。李田意已返，在好好地找房子，過高等華人的生活。

Democrat Convention沒有收聽，Goldwater最近似無特別表現，美國報紙一致反對他，如何能打到LBJ，很成問題。最近電影沒有看。Joyce今夏很結實。匆匆　即祝

　　近安

　　　　　　　　　　　　　　　　　　　　弟 志清

　　　　　　　　　　　　　　　　　　　　八月31日


［又及］前寄Berkeley一信想已收到

# 651. 夏濟安致夏志清（1964年9月9日）

志清弟：

　　回柏克萊後，一直沒有寫信，甚為抱歉。你們送的毛衣，業已收到，謝謝。毛衣十分漂亮而且溫暖柔軟，真是上好之貨。其實你以前也送過一件米色的Jaeger牌毛衣，至今完好如新。這一件比以前的更鬆軟，東西似乎更名貴，顏色更別致，而且仍舊是很大方的。建一生日，我送了一本 *Shirley Temple Story Book* ①，想已收到。該書是'58年出的，你們不知已經有了沒有，如有的話，聽說鋪子裡可以換別的。如不能換，我再另外買別的送上也可。我所以不挑更新的兒童讀物，即是因為秀蘭鄧波兒的大名。但是因為她的大名，你在過去可能也買過這本書，送過給建一了。你我的挑選兒童讀物，這方面的標準想必是很接近的。

　　回來以後，在柏克萊仍算是 on vacation，反而人成了飄飄蕩蕩，做事毫無成績，連信也不寫。Office仍常去，應酬仍很忙，與R常見面。她在暑假中做我們language project的Research Assistant，因此兩人現在同一個office。九月十五日後，她將另有office。兩人在同一office見面後有很多話可以說，於是事情做不出來了。她因此常去圖書館。我也鼓勵她去，因為她很conscientious，不願多說廢話妨礙工作。我是on vacation，做不做事都無所謂也。工餘之後，

---

① *Shirley Temple Story Book*，又名 *Shirley Temple's Storybook*，本為由女演員秀蘭‧鄧波兒（Shirley Temple）主持和講述的單元劇（anthology series），以改編童話故事和家常故事為主題，第二季改名為 *Shirley Temple Story Book*。蘭登書屋先後出版了四本相關圖書，其中包括以第一季內容為基礎的 *Shirley Temple's Storybook*。

出去玩的次數不少。昨晚（九月八日）去聽了 Eugene Ormandy[2] 指揮的 Philadelphia 樂隊，大軸為 Richard Strauss 的 "The Hero"，很雄壯而易懂；相形之下，Beethoven 還是很難懂，Bach 那是更難懂了（program 就是 Bach、Beethoven & R. Strauss）。有兩件事情我是避免的：不同她一塊去吃午飯；下班不一塊出去，免得同事們 gossip。至於正式宴會，兩人一塊去，在美國是認為很正常的社交行為，無所謂避不避嫌疑了。

我的舊 Leica 在 Seattle 修理過一次，並添了一個另件，即連閃光燈的設備（過去我的 Leica 是不能裝用閃光燈的）。回 Berkeley 後，買了一輛德製的 electronic flash，不需換燈泡，大約可閃一萬次，燈泡也不會壞。最近試用過一次，成績不錯。附上相片一張，乃是我給 R 照的，是在她所給的 party 上。B 我從來沒有給她照過相，最近也給照了，俟沖出後再寄上。以後你們來 S.F，或我來紐約，有利器在手，照相更方便了。這架 Flash 價約七十七元。焦明的照片兩張，俱已收到，顯得很可愛。

家用事承蒙客氣，其實我手邊有錢，只是在 Seattle 時，銀行存款有限，不敢動用。在 Berkeley 的錢比較多，今日本來想去買 $600 匯票一紙寄上，適逢九月九日為加州之 Admission Day，銀行不開門。我後天擬搭便車去 L.A. 遊覽數天，十五號回來正式上班。開車的朋友是 Joe Chen，最近在 U.C 拿到歷史系的 Ph.D.，去 San Fernando Valley State College 去教歷史，車子有空，我順便跟他去。L.A. 有兩個朋友要看的，一是胡世楨。此人的婚事很奇怪。七月間我接他信，說他已訂婚，定八月一日結婚。我就去信道賀，

---

[2] Eugene Ormandy（尤金‧奧曼第，1899-1985），美籍匈牙利指揮家、小提琴家，擔任費城交響樂團指揮長達 44 年，帶領樂團獲得三次金唱片（Gold Records）和兩次格萊美獎（Grammy Awards）。

並買了禮物寄去。他根本沒有發「請帖」，我當時也沒有注意這一點。八月初又接信，云婚事決取消，禮物均璧還。我的禮物他則收受了。新娘的姓鄺，不是美國華僑，倒是香港來的。世楨決定取消婚事的原因是小姐的習慣太奢侈，過去的男朋友太多云。以世楨平日為人之穩健會得貿然訂婚，而且定了喜期，再突然宣佈取消婚約，真是咄咄怪事。無論如何，他請我到家去住，已歷有年數，我一直沒有空，最近才有假期，因此決定去一次。還有一位老朋友是勞幹，他現在也是UCLA的教授。這兩位朋友可以順便介紹給Joe Chen。其實蘇中同班同學還有一位汪經憲，也在L.A.。他本來讀中大外文系，轉入外交界，任駐Oregon Portland的副領事。大陸淪陷，他沒有去臺灣，改行讀了Accounting，現在在L.A. County govt. 做accountant，想必亦是「長飯碗」也。蘇中同班同學來美國的恐怕就是這麼三個（連我），都在加州，亦異數也。

David Chen的事情太複雜，我看是雙方都有錯，但David堂堂男子，見人就大罵他過去的女朋友，殊非為人忠厚之道。此人國文根柢很好，希望他能找到一個理想的職業。

別的再談。謝謝Carol費神去Bermuda買來這麼珍貴的禮物，再謝謝她關心我的經濟情形。$600家用定九月十五日返伯克萊後寄上。建一的生日party想必很熱鬧，專此　敬頌

近安

濟安

九月九日

# 652. 夏濟安致夏志清（1964年9月19日）

志清弟：

Alice紀①回來，帶來相片已收到。知道你們都很好，你並且陪Alice跳了twist，想必興致都很高。

我已從Los Angeles回來，在Travel Lodge住了兩晚，在世楨家住了一晚。去是由Joe陳開車子，L.A.公路制度複雜，但我走過一趟之後，大致已有眉目，下回自己開車下去的話，也不至於迷路了。

在L.A.玩事實上只有一天，那是Dolores Levin招待的。Dolores你想還記得，是我們center以前的秘書，後來調到chancellor's office去當秘書。現在她丈夫Jerry去U.C.L.A.讀書，她也調到U.C.L.A. chancellor's office去做事了。那天他們夫婦請Joe與我開車從L.A.往南而行，一直到墨西哥的邊境小鎮Tijuana才回來。

先說Tijuana——那是亂七八糟的，街道與建築等都是像中國內地的小城。那地方恐怕不大下雨，一下雨的話，街上想必都是泥潭了。蒼蠅倒不大看見。也有些漂亮的小洋房、建築在周圍的小山上，那些想是美國人retired之後去住的，因為墨西哥生活程度比較便宜。城裡有跑狗、回力球與鬥牛（跑馬當然也有），我們匆匆巡視一週，都沒有仔細去看。夜總會看樣子都很髒，墨國的女子似乎不漂亮，雖然夜總會裡可能有外地來的美女。我提心吊膽怕扒手：錢扒去倒沒有關係，假如把皮包扒去，那末移民局的green card也要丟了，可能引起大麻煩的。世楨從來沒去過Tijuana，他是怕細菌，怕給小孩子帶病回來。

過了美國國境，忽然到了一個亂七八糟的小城，耳目為之一

---

① Alice紀，即紀雲，紀文勳之女，陳世驤乾女兒。

新，所以覺得還是很好玩。例如街上就有驢子（burro），這種代步的工具在美國大約是看不見的。

再說L.A.一帶。L.A.本身是一味的擺闊，Sunset Boulevard、Wilshire Boulevard的房子的漂亮，在美國是很少見的——前者多私人住宅，後者多公寓房子。紐約的富，比較隱晦。真正大闊老［佬］住的公寓房子，外表看看也平凡得很；L.A.的富人則有點在互相鬥富了。Rockefeller Center如在L.A.，則將不是幾座高樓（使人有莫測高深之感），而是一座一座別緻的房子，可以擺滿一百個blocks。紐約的銀行也不覺特別，L.A.則獨多奇奇怪怪的Saving & Loan Assoc.。生意做得小，可是門面裝潢特別講究。L.A.的生活程度可能很高，階級觀念似更明顯。如Dolores小夫妻一對，住one bed room公寓，房租$150，他們說這樣已經成了lower middle class。在Berkeley的公寓房租百元左右，自己並不覺得身份比人低。

L.A.一直往南，有許多很好的beach（包括有名的Long Beach），這裡的女人都曬得黃黑異常，只有老太太才保持細皮白肉，亦怪現狀也。許多小城之中，我覺得La Jolla為最美，比之Monterey Carmel有過之無不及。La Jolla屬San Diego，該地氣候據說為全美第一：舊金山一帶還是太涼而多霧。La Jolla是天空奇青，沙灘廣大，小城曲折有致，顯得非常幽靜富饒。該處有U.C. Campus，房子不多，尚在建築中。U.C.L.A.有點像哥大與耶魯，雖然有campus，但房子排得很緊而整齊，很少空地。世楨喜歡這樣的campus，他說campus如寬大，空地多，樹多等，只是給參觀的人欣賞，在校內工作的人就得要浪費許多時間在走路上。campus緊湊，則校內工作的人可以少走路了。

世楨的六萬元的房子在Pacific Palisades，該地在Santa Monica之北，房子在小山上，可以遠眺太平洋，環境算是不錯。但那地方是newly developed area，房子顯得太新，缺乏樹木，比起真正闊人

住宅區，還顯得差一大段距離。一個教授能有這樣一座房子，也很像樣了。

他的房子很寬大，一個level，有三間bedroom，他和二個孩子各佔一間。Living room和dining room都是很大的，另外有書房。我買了些花，到霞裳的墳（在Santa Monica）去弔祭了一下。墳只是很小的一塊，石碑平放在地上，說是為了軋草的方便。

世楨最近的浪漫史真是咄咄怪事。他一生為人謹慎，這次差一點吃了大虧，可見人性之難測。他認識那位姓鄺的女子是在今年三四月間，訂婚是糊里〔裏〕糊塗訂的：幾個朋友起哄：你們什麼時候訂婚呀？世楨就揀日子訂婚了。訂婚後越想越不對，毅然解約。

那位鄺女的相片我也看過，我覺得毫不可愛，三十幾歲，非常摩登的港派女子。世楨對她的生平很不清楚，也不知道她結過婚沒有。據說此女與Cary Grant有染，香閨中掛的最大的相片是C.G.的，世楨見了很吃醋。能有Cary Grant為情敵，世楨的浪漫史總算是很不平凡的了。

講起鄺女的extravagance，可以使你咋舌：

①訂婚戒指：一千五百元一carat，該女預備買一隻兩carat的，結果買了一隻四carat的，價七千餘元。世楨付了五千餘元，這只戒指他沒有要回來，莫明〔名〕其妙的大破財。

②訂婚後，鄺女就把行李陸續搬入胡宅：衣服一千餘件！皮鞋一百餘雙！胡宅雖寬大，但也得借用孩子們的wardrobe才有地方可放。

③婚禮後決定在Beverly Hilton舉行reception。Beverly Hilton的場面豈是可以輕易惹得的？鄺女還慫恿他在Beverly Hills一帶買房子。

④訂婚後，鄺女就去定了一部'65的Buick，價五千餘元。該款當然又得世楨付。婚約解除後，他可以不必管這筆帳了。（他現在

的車子是 '59 Ford。）

鄺女過去似乎很有錢，在香港時投資給張善琨（他已死），幫他拍電影，賠去很多。這樣一個女人怎麼會hook住世楨這樣一個男人，令人不解。世楨真的會有一個時期入迷，那才是「人性」的可怕的一面。

相形之下，我還是穩重得多。近年以來，只是給B迷過一個短時期，但很快就過去。和R的好，還只是朋友而已。因為我根本沒有入迷。好在那位小姐，在美國女人中算是cool的型，做事也非常穩當。以前電影雜誌中描寫Grace Kelly等為cool beauty，我不大懂是什麼意思；現在認識了R，漸漸懂得這個意思。最近照了很多相，添印後於下次寄上。上次寄上的R相片，鏡頭似乎太harsh，下次將有更美的，並將有B的照片寄上。Anna那裡已斷掉，她的為人我至今不了解，但她決［絕］非鄺女一型，那是我可以斷言的。什麼女人要向我提出extravagant demands，立刻會把我嚇跑的。Anna從來沒有「點戲」叫我買什麼東西的。

昨天晚上R請我吃晚飯，飯後去看學校演出的 *Dr. Faustus*[2]，也是她去定［訂］的票。一位小姐待我如此好法——請我吃飯看戲——我若在早一些時候，一定會弄得手忙腳亂的，現在我處之泰然。沒有「誰追誰」的問題，這在目前使雙方覺得都很愉快。

*Dr. Faustus* 的演出很成功，臺上有很多小鬼，那是劇本中所沒有的。Helen of Troy作阿拉伯（近東）裝束。Seven Deadly Sins由一個醜陋女鬼一人演出，也是別出心裁的（我不能想像由七個人上

---

[2] *Dr. Faustus*（*The Tragical History of the Life and Death of Doctor Faustus*《浮士德博士的悲劇》），伊麗莎白時代悲劇，克里斯多福・馬洛（Christopher Marlowe）作，「浮士德」的角色源於德國民間故事，在1588至1593年間首次演出，在詹姆士一世時期（Jacobean era）有兩個不同的版本出版。

臺將成什麼局面）。那個女鬼要像京戲裡似的做出種種身段臺步，以表示其先後不同身份——這一點在演出上是十分成功的。

去L.A.前，陪R去看了中國國語電影《梁山伯祝英台》③，邵氏出品，李翰祥④導演。電影極好。中國電影一百部中大約有九十九部要使我覺得難為情，但《梁祝》調子輕快，非常witty，李某的導演，使我十分佩服。故事是不通的，但電影makes sense——這一點就不容易了。演祝女的是樂蒂⑤，十分passionate；演梁男的也是一個女明星，叫做凌波⑥，此人現在在臺灣之紅，遠超過當年的胡蝶⑦、李麗華等，她一出現可以使全城瘋狂，情形猶如Beatles⑧之

---

③《梁山伯祝英台》（1963），黃梅調電影，李翰祥導演，凌波、樂蒂主演，邵氏出品。

④ 李翰祥（1926-1996），生於奉天錦西，香港導演，以宮闈片、歷史片聞名，擅長處理宏大場面，擁有國際性聲譽，以《倩女幽魂》（1960）、《楊貴妃》（1962）、《武則天》（1963）三入坎城影展主競賽單元。其導演的《梁山伯與祝英台》獲得當年金馬獎最佳影片、最佳導演、最佳女主角等多項大獎。

⑤ 樂蒂（1937-1968），本名奚重儀，生於上海，香港演員。從小接受京劇訓練，擅長演繹黃梅調電影中的古典美女，代表作有《倩女幽魂》（1960）、《紅樓夢》（1962）、《玉堂春》（1964）等，以《梁山伯與祝英台》摘得金馬獎影后。1968年12月27日，因服安眠藥過量而身亡。

⑥ 凌波（1939-），生於廣東汕頭，電影演員，早年拍攝閩南語和粵語電影，1962年加入邵氏影業，成為黃梅調電影的巨星。以扮演男性或女扮男裝角色著稱，如《梁山伯與祝英台》中的梁山伯，《花木蘭》中的花木蘭、《西廂記》中的張生等。憑《梁山伯與祝英台》獲金馬獎最佳演員特別獎，《烽火萬里情》獲金馬獎影后。

⑦ 胡蝶（1908-1989），原名胡瑞華，生於上海，民國著名影星，橫跨默片和有聲片時代，被譽為「中國的葛麗泰·嘉寶」，曾在民國「電影皇后」的評選中榮膺「三連冠」。主演了中國第一部有聲片《歌女紅牡丹》，其他代表作還有《啼笑因緣》、《女兒經》、《後門》等。

⑧ Beatles（The Beatles，披頭四樂隊，1960-1970），英國搖滾樂隊，其成員包括約翰·藍儂（John Lennon）、保羅·麥卡尼（Paul McCartney）、喬治·哈里森

叫某些青年男女瘋狂一樣。這是什麼原因，我也不懂。不過片子如到紐約，千萬去看它一看。應該請Carol與Joyce一起去看。（片子差不多全部歌唱。）

　　世楨在太太死後，寫了些悼亡詩，我抄了一些回來，下次寄給你看。想不到他還埋首寫舊詩詞呢。

　　寄上支票$600一張，作為家用，希檢收。別的再談，專此敬頌

　　近安

濟安　上<br>九月十九日

Carol與Joyce前都問好。

---

（George Harrison）和林哥‧史達（Ringo Starr），1960年成立於利物浦。其上承噪音爵士樂（skiffle）和50年代搖滾樂（1950s rock and roll），下啟流行搖滾（pop rock）、迷幻搖滾（psychedelia rock）和硬搖滾（hard rock）等風格。最初以「披頭士熱」（Beatlemania）為表徵，之後成為20世紀60年代反主流文化運動的理想化身，風靡全球。首張專輯*Please Please Me*（1963）即創下連續30週位居英國流行音樂專輯榜榜首的紀錄，先後獲格萊美獎最佳樂隊（1964）、年度最佳專輯（1967）、最佳流行樂隊獎（1996）等，佔據各類音樂榜榜首。1970年解散，1988年進入搖滾名人堂。

# 653. 夏志清致夏濟安（1964年9月25日）

濟安哥：

　　九月九日和從Los Angeles回來後寫的兩封信都已看到。R的近影，雙手捧着酒杯，很看到她一些poised、文靜的樣子。在未來舊金山前，當更可在照片上看到她的美處。你最近遊興很好，並且把Leica舊照相機修理，新裝了electronic flash，表示做人極有朝氣，我想你和R常在一起，她對你顯然很serious，結婚遲早問題耳。想不到胡世楨也會寫舊詩，除吃中國菜、唱京戲外，寫舊詩也是學術界華人戀舊的表示。哥大除我和王際真外，會寫詩的人也不少，蔣彝愛打油，唐德剛去Ditchley Manor開會，歸途上也寫了好幾首詩，胡昌度也會做詩，圖書館中年齡較大［者］也會做詩。看來同我年齡相仿的留美學人，童年時讀過老法書，學過詩詞的不在少數。我中小學時期，曾讀過幾篇古文，《孟子》、《左傳》，根底實在太差。現在詩也讀了些，這學期開了個Seminar：Chinese Poetry，兩星期來多讀些詩評的書（羅根澤①、郭紹虞②），發現舊式的詩話人部份都集在《歷代詩話》③，丁福保④編的《續歷代詩話》⑤、《清代詩

---

① 羅根澤（1900-1960），字雨亭，河北深縣人，古典文學專家，畢業於燕京大學國學研究所，先後任教於清華大學、安徽大學、北京師範大學、重慶中央大學、南京中央大學。1949年後任南京大學中文系教授，代表作有《樂府文學史》、《中國古典文學論集》、《諸子考索》等。

② 郭紹虞（1893-1984），名希汾，字紹虞，江蘇蘇州人，文學家、文學批評家，曾任教於燕京大學、廈門大學、光華大學、同濟大學等高校，並任開明書店編輯。1949年後任復旦大學教授，中文系主任，代表作有《中國文學批評史》、《照隅室古典文學論集》等。

③ 《歷代詩話》，詩話叢書，清何文煥輯，錄南朝梁至明代詩話二十七種，附《歷代詩話考索》，成書於乾隆三十五年（1770），具有很高的史料價值。

話》⑥，三書全部讀一遍，並不要花多少時間。《滄浪詩話》⑦、《人間
詞話》⑧算是最精采的了，讀後覺得嚴王二公頗有見地，但較普通
的observations也不少。《唐詩三百首》中所選詩，尤其是五律，性
質相同的實在太多，這可能是選者個人的偏好，但事實上恐怕舊
詩的題材實在有限。頷聯、頸聯所採用的imagery也大同小異（如
雁、月）。五言律詩可能着重sublime這個mood，味道近似英國十
八世紀詩，而不似浪漫時期的詩，七律似更着重melancholy；《唐
詩三百首》中所選絕句倒有不少雋永可愛、回味較長的好詩。

　　我暑期沒有vacation，紀雲來了，倒給我些diversion。那天星
期六晚上I-House有中國同學舉行的舞會，我帶Alice去，想把她
介紹給我所認識的學生，不料hall四周放滿了桌椅，坐定後無法
mix，Alice真正做了我的date，但好久不跳舞，生平第一次見到競
選美女的節目，很有趣。出席的有一位Miss China田小姐，臺大政

④ 丁福保（1874-1952），字仲祐，江蘇常州人，近代藏書家、目錄學家，建「詁
　 林精舍」，藏書總數達十五萬餘卷。進而依託所藏善本，治目錄訓詁之學，編有
　 《說文解字詁林》、《文選類詁》、《漢魏六朝名家集初刻》、《全漢三國晉南北朝
　 詩》、《歷代詩話續編》、《清詩話》等。
⑤ 《歷代詩話續編》，詩話叢書，近人丁福保輯，補《歷代詩話》之作，收唐代至
　 明代詩話二十九種，其中多有稀見版本，如天一閣藏《觀林詩話》、《永樂大
　 典》本《藏海詩話》等。
⑥ 《清代詩話》，即《清詩話》，詩話叢書，近人丁福保輯，繼《歷代詩話》、《歷代
　 詩話續編》，收清人詩話四十三種，但由於出版倉促，失漏較多，校勘亦不精。
⑦ 《滄浪詩話》，南宋嚴羽著，約成書於宋理宗紹定、淳祐年間，全書分為〈詩
　 辨〉、〈詩體〉、〈詩法〉、〈詩評〉、〈考證〉等五章，針砭宋詩流弊，提出「詩
　 有別材，非關書也，詩有別趣，非關理也」的核心思想，對後世詩話產生很大
　 影響。
⑧ 《人間詞話》，近人王國維著，原載1908年《國粹學報》，全書分為〈人間詞
　 話〉、〈人間詞話刪稿〉和〈人間詞話附錄〉三卷，其論以「境界說」為中心，
　 融合中西方文藝理論而自成體系，對我國文論的發展產生重要影響。

治系學生，另一位中國小姐陳某，是airline hostess，相貌身段比不上田小姐，沒有在場。參加beauty contest的有八位小姐，有些是華僑，有些是香港、臺灣來的，背景很不一致。頭一名名叫Lala，她一家人姊妹很多，大姊叫Dodo，二姊叫Rere，Mimi，Fafa，依此類推。此女身段很好，相貌較天真，我也選她頭票。第二名較白靜［淨］的江南小姐，第三名年紀很輕，makeup很重，旗袍領圈極高，可算是中國型的nymphet。不久前看到臺北《中央日報》，有一家新開的清秀醫院，大登廣告，第一項節目即是「隆乳」，想不到臺灣人會這樣跟日本人學時髦，其實在美國plastic surgery並不多見。

Alice Chi生長在美國，所以有美國女子的優點，見面時請問好；陳世驤有這樣一位乾女兒，很可自傲，那位Maria Chou人品相貌都遠不如她。可告訴紀先生⑨，他的那本readings哥大也採用做教本了。

上星期六（九月十九日）陳秀美同段世堯⑩結婚，我不好意思不去，乘火車去Baltimore參加了她的婚禮。張心漪在Philadelphia，臨時沒有去，陳秀美的同學都已返Iowa了，熟人祇有McCarty、喬志高兩對夫婦。陳秀美同Lucian Wu不睦（他們在VOA是同事），連請帖也沒有給他。段君也是臺大畢業生，讀physics（or工科），明夏可拿Ph.D.，人看來老實可靠。在學校chapel婚禮完成後，在美國人Harris家裡招待來賓，還像樣。我也被邀到新房去吃supper，客人都是些段君的男同學，我吃了兩個sandwiches，即告退。旅館在downtown，附近有兩個blocks，都是些clip joints，很cheap，我

⑨ 紀先生，Alice的父親，名文勳，生平不詳。1950至1960年代，在加大柏克萊教漢語，1964年曾在哥倫比亞大學暑期班教漢語，編有多種漢語教材，但未正式出版。

⑩ 段世堯，陳若曦的前夫，流體力學專家，1966年偕妻子移居大陸，成為當時的重要事件。「文革」中受到波及，獲准舉家移居香港。

也沒有去一坐，翌晨即返紐約。

　　建一的禮物早已收到，她的生日是18日，你特別把書航空寄來，早到了十天。其實送禮物，平郵first class也很快，不必航寄。*Shirley Temple's Storybook*我們沒有買過，所以對Joyce很感新鮮。我們開了兩個parties招待她的小朋友。

　　胡世楨這次訂婚，實是怪事。酈女士那樣俗氣奢華的交際花（？），我們見了面就討厭，他怎麼會想同她結婚的？胡世楨破財是小事，真正結了婚，情形將同Jennings、Dietrich在《藍天使》⑪內的相仿，真不堪設想了。

　　今天收到announcement，知道你的新著*The Commune in Retreat*⑫已出版了，可喜可賀，當去order幾本拜讀。昨晚到55號街影院看了*The World of St. Orient*⑬，兩位女小孩很可愛，尤其那位演Valerie Boyd⑭的（brunette），正片*A Hard Day's Night*⑮，影評

---

⑪《藍天使》（*Der blaue Engel*, 1930），歌舞片，約瑟夫・馮・斯登堡（Josef von Sternberg）導演，愛米爾・強寧斯（Emil Jannings）、瑪琳・黛德麗（Marlene Dietrich）主演，德國Universum Film（UFA）出品。

⑫ *The Commune in Retreat*，即《倒退中的公社，以術語和語義為例證》（*The Commune In Retreat as Evidenced In Terminology and Semantics*），1964年由柏克萊中國研究中心印行。

⑬ *The World of St. Orient*，即*The World of Henry Orient*（《黛綠年華》，1964），喬治・羅伊・希爾（George Roy Hill）導演，彼得・謝勒・寶拉・普林蒂斯（Paula Prentiss）主演，聯美發行。影片改編自諾拉・約翰遜（Nora Johnson）的同名小說。

⑭ Valerie Boyd（瓦萊麗・博伊德），小說*The World of Henry Orient*（《黛綠年華》）中人物，為跟蹤亨利（Henry Orient）的兩名小女孩之一。在電影中的扮演者是Tippy Walker（蒂比・沃克，1947-），美國童星，以Valerie Boyd這個角色一舉成名，此外還主演了《耶穌之旅》（*The Jesus Trip*）等。

⑮ *A Hard Day's Night*（《一夜狂歡》，1964），音樂喜劇片，理查・賴斯特（Richard Lester）導演，約翰・藍儂（John Lennon）、保羅・麥卡尼（Paul

一致很好，我對Beatles的幽默不能欣賞，看了20分鐘，就走出了。第一次在百老匯60街—55街那一帶走動（Columbia Circle），印象很好，有新建的Museum of Modern Art（Huntington）⑯，還有Carnegie Hall⑰、City Center Theater、Carnegie Hall兩傍［旁］有Little Carnegie、Normandie小影院。此外汽車公司showrooms都在這一帶，剛剛新汽車上市，showroom遊客很多，相比之下Times Square⑱實在太庸俗、齷齪。

　　Goldwater看來沒有希望了。紐約州Conservative Party的senatorial candidate Henry Paolucci⑲，我曾見過，他的太太Anne

McCartney）、喬治·哈里森（George Harrison）、林哥·史達（Ringo Starr）主演，聯美發行。影片包括了披頭四樂隊的六首電影原聲歌曲：*You Can't Do That*、*And I Love Her*、*I Should Have Known Better*、*Tell Me Why*、*If I Fell*、*I'm Happy Just to Dance with You*。

⑯ Museum of Modern Art（Huntington），位於哥倫布圓環（西59街與百老匯大道），由美國A&P（大西洋與太平洋茶葉公司）繼承人亨廷頓·哈德福出資所建，展出其個人收藏現代名畫；包括林布蘭、莫內、馬奈、特納等名家作品。該大廈因造型奇特，像棒棒糖，故稱棒棒糖大廈（Lollipop Building），現為現代藝術與設計博物館（Museum of Modern Art & Design）館址。收藏展出現代手工、設計藝術品。

⑰ Carnegie Hall（卡耐基音樂廳），位於紐約市第七大道與西57街轉角，1891年由安德魯·卡耐基（Andrew Carnegie）出資建成，建築由威廉·杜斯爾（William Burnet Tuthill）設計，是世界古典音樂和流行音樂的雙重聖地，以歷史悠久、建築美觀和音效良好的特點享譽全球。

⑱ Times Square（時代廣場），紐約市曼哈頓地區的地標性街區，位於百老匯和第七大道的交匯處。原名朗埃克廣場（Longacre Square），後因《紐約時報》將總部遷入而改名。臨近百老匯，周圍聚集了近四十家商場和劇院，為廣告屏幕和霓虹燈光所環繞，極盡繁華。常常被稱為「世界的十字路口」（The Crossroads of the World）、「宇宙的中心」（The Center of the Universe）。

⑲ Henry Paolucci（亨利·保盧奇，1921-1999），美國政治史學者，馬基維利（Niccolò Machiavelli）研究專家，《曼陀羅》（*Mandragola*）的譯者（與

Paolucci⑳去夏是我seminar的學生，二人寫作很勤；Anne專攻Hegel㉑，也寫詩，寫過一篇Italian電影的文章，想不到她也是Conservative。Henry是Machiavelli㉒專家，在小大學Iona College教書。競選期他們想很忙，否則我想去和他們談談。加州又大火，人口激增，地方太乾，總不是辦法。《祝英台》來N.Y.一定去看，但我不看本地中文報紙，可能錯過。Carol、Joyce皆好，即請

近安

弟 志清 上

九月廿五日

---

妻子Anne Paolucci合譯），著有《政治理論簡史》（*A Brief History Of Political Thought And Statecraft*）。

⑳ Anne Paolucci（安妮・保盧奇，1926-2012），美國學者，亨利・保盧奇的妻子，黑格爾（Hegel）和愛德華・阿爾比（Edward Albee）研究專家，著有《從焦慮到興奮：愛德華・阿爾比的戲劇》（*From Tension to Tonic: The Plays of Edward Albee*），與丈夫合編《黑格爾論悲劇》（*Hegel on Tragedy*）。

㉑ Hegel（Georg Wilhelm Friedrich Hegel，格奧爾格・威廉・弗里德里希・黑格爾，1770-1831），德國哲學家，德國唯心主義哲學運動的重要人物，建立了龐大的客觀唯心主義哲學體系，極大地豐富了辯證法，是哲學史上公認的權威學者。代表作包括《精神現象學》（*Phenomenology of Mind*）、《邏輯學》（*Science of Logic*）、《哲學全書》（*Encyclopedia of the Philosophical Sciences*）等。

㉒ Machiavelli（Niccolò Machiavelli，尼科洛・馬基維利，1469-1527），義大利文藝復興時期歷史學家、政治家、外交家、哲學家和人文主義者。長期擔任佛羅倫斯共和國官員，在梅第奇家族重新掌權後被捕入獄，後流落鄉間，從事著述。著有《君主論》（*The Prince*）、《論李維》（*Discourses on Livy*）等，同時也創作戲劇、歌曲和詩歌。《君主論》中為了政治目的不擇手段的主張被後世稱為「馬基維利主義」（Machiavellianism），其本人也被認為是現代政治學的奠基人。

# 654. 夏濟安致夏志清（1964年10月12日）

志清弟：

又是好些日子沒有寫信，只是因為生活平常，沒有什麼可說的而已。文章沒有寫什麼，日內想動筆者是（一）《左翼》書的〈緒論〉與（二）《魯迅與左聯解散》之改寫。兩題範圍都太散漫，我的學問似乎在某些方面太豐富，在另外方面又覺不夠，但無論如何在不久即要動筆了。

《胡風對文藝問題的意見》最近看到了，那就是1955年《文藝報》附送的那玩意兒。全書一百七十餘頁，恐怕沒有三十萬字，因為每頁即使是一千字，全書不過十七萬言而已；何況每頁是不到一千字的。讀後很受感動，胡適說胡風代表五四新精神，我看胡風還是儒家「為天地立心，為生民立命」與「知其不可為而為之」的精神也。胡風很少用「道德」二字——在該書中只用過一次：「共產黨的道德力量」——其實他的立場是道德的：他關心作家「仁愛的懷抱」etc，而且痛恨共產黨所鼓勵的虛偽投機作風。魯迅曾有文曰《聰明人、奴才與傻子》，我們可能是聰明人，在中共治下很多是奴才，也有一些是聰明人（如Loh所作的 *Escape from Red China* ①即講他如何以資產階級的聰明欺騙中共，弄得中共很高興），若胡風者，乃傻子也。（現在我倒很想看看Goldman的論文。）

前天同R看電影 *Becket* ②，很滿意。片子還不夠深刻，但遠超

---

① *Escape from Red China*（《逃離紅色中國》，1963），由Robert Loh（羅伯特‧洛，1924-）口述，亨弗里‧埃文斯（Humphrey Evans）整理。講述了Loh在中國大陸生活的親身經歷和感受，在當時的美國是十分罕見的來自共產中國內部的聲音，因而引起了人們廣泛的興趣。

② *Becket*（《雄霸天下》，1964），歷史傳記片，彼得‧格蘭微爾（Peter Glenville）

過 *Cleopatra*、*Ben Hur*、*Lawrence of Arabia* 等其他「巨片」。Becket
與 Henry 的決裂，也是關於原則性的問題。Becket 這一角色很難
演，但 Burton 已盡其最大之努力。看電影以來，這是第一部使我滿
意的 Burton 的片子（他在 *Cleopatra* 裡只是一個笨頭笨腦的武人，
在 *Iguana*③ 裡也是笨頭笨腦的），Peter O' Toole 演技生動異常，堪
稱一絕。Jean Anouilh④ 筆下 *Becket* 所 defend 的是 church，還不是
faith；但主要的是講《雙雄絕義》，好像黃天霸惡虎村似的，其動
人的 drama 是在這方面。胡風和 Becket 等都有點像中國古代所傳說
的「忠臣」。

開學以後，同 Alain Renoir⑤ 等吃過一次午飯。Renoir 是「比較
文學系」內定的系主任，該系決定要正式成為「系」了。該系將
來要開什麼課，世驤是參與決策的。中國方面的課很難開，中國
的許多民間文學 genres，也許同歐洲中世紀文學相類似，但是這門
東西，全美國也許只有 Hans Frankel 能教。中國古代的別的文學種
類，要同西洋的來比，都有點牽強；做文章討論有關問題是可以

---

導演，李察‧波頓（Richard Burton）、彼得‧奧圖（Peter O'Toole）主演，派拉
蒙發行。

③ *Iguana*，即 *The Night of the Iguana*（《巫山風雨夜》，1964），驚悚劇情片，約
翰‧休斯頓（John Huston）導演，李察‧波頓、艾娃‧嘉娜（Ava Gardner）主
演，米高梅發行。

④ Jean Anouilh（讓‧阿努伊，1910-1987），法國劇作家，創作了從高雅正劇到荒
誕鬧劇的眾多作品，是二戰後最多產的法國作家之一，其代表作《安提戈涅》
（*Antigone*, 1943）因攻擊飛利浦‧貝當（Philippe Pétain）領導的維希政府（Vichy
government）而聞名。書信中提到其創作的同名戲劇 *Becket* 出版於 1959 年。

⑤ Alain Renoir（阿倫‧雷諾阿，1921-2008），美籍法國作家、文學教授，導演
讓‧雷諾瓦（Jean Renoir）之子，畫家皮埃爾‧雷諾瓦（Pierre-Auguste Renoir）
之孫。二戰後在美國學習英語文學和比較文學，任教於加州大學柏克萊分校，
擅長中古英語文學，尤其是《貝奧武甫》（*Beowulf*）和約翰‧利德蓋特（John
Lydgate）的研究。

的，但要開一門像樣的course很難。劉若愚曾作文曰：「伊利莎白戲曲與元曲」（我未讀過），但元曲為什麼一定要同伊利莎白時代的戲曲來比，是沒有什麼理由的。比較文學系頂振振有辭的科目，大約是浪漫主義時代、現實主義小說、新古典主義，以及中世紀英雄傳奇等，這些題目之下，很多東西可以拿來比較。像你現在在哥大所開的課，雖不說明是「比較文學」，但你一定會用你的智識，從西方的立場來illuminate中國文學，這是最聰明而合理的辦法。真要說明了這是「比較文學」，反而把題目做僵了。我的Western Literary Crosscurrents in 20th China，春天還要開，這是一個很合理的題目。此外還有什麼課目可開，你不妨想想，給我作為參考。假如我有充份時間準備，很想開一門Super-natural Tales，中國有唐人筆記、《聊齋》等，美國有Poe、Hawthorne等，德國也有很多人，中世紀情形如何，那我就不清楚了。我若要研究這個題目，非得把中共方面的問題擱下來不可，所以這種新課，我還是不敢開的。

關於我同Center for Chinese Studies的關係，是非常之愉快。以前李卓敏做主任，我對他還不過是敬而遠之。現在Franz Schurmann做主任，他是好朋友，我不得不盡力擁護他。我若離開Center，該「中心」的productivity，勢必大大減弱。現在可能設法在「比較文學」弄到half time（即名字列在budget內），另一半列在Center。

Center給我很大的自由：我要研究什麼東西，從來沒有人來過問。只要我不斷有貨色拿出來，大家就滿意了。Schurmann是哈佛中文系畢業的，出來教歷史與社會學，興趣很廣，他很贊成我多方面的研究。事實上，關於現代中國任何問題（除了經濟學），我可以做很多人的顧問。Center也需要我這樣一個「博學」而和氣的人，但是再叫我弄古代中國，可就沒有很多時間了。

這學期開始，Birch做Oriental Languages的主任。校長也許企圖用新人來行新政的，但O.L.要行新政也很難。如Schaefer開的

566 夏志清夏濟安書信集：卷五（1962-1965）

《唐詩選讀》是叫學生念唐朝發音的，試想那些美國學生，對於近代國語發音還沒有十分把握，忽然要念「死無對證」的唐朝發音（有幾分像廣東話），學得叫苦連天，而且失去對唐詩的興趣。O.L.潛勢力最大的是Boodberg，他對我很好，Schaefer對我也很好，但他們的治學方法，和我的是格格不入的。Birch和我算是好朋友了，他說歡迎我隨時進O.L.，即使系裡添不出課（因為課目都給Boodberg、Schaefer等前任排死了），我去掛名做research他也歡迎的。這種話我不一定要他兌現，但是多一個地方受歡迎總是好的。

Alain Renoir是大畫家Renoir的孫子，說話法國口音很重（如He讀作ee），但為人精力飽滿，蹦蹦跳跳，不斷地哈哈大笑。這個人我認為可以共事。

關於事業方面的新開展，是Hanan請我明年暑假到Stanford開一門新課：Chinese Literature 1927-1949，教十個星期，每星期八小時（薪水二千二百元），這門課我相信應付得過來。現在Hanan去張羅錢，錢如弄到，此事就定。事成後可就不用去Seattle了。

Stanford的舊系主任陳受榮，為人陰險，同事個個受其害，如Frankel就吃了他不少苦。後來系裡起風潮，主任落到Shively⑥（他已去哈佛）身上。Shively和我無交情可言，想不到Hanan對我倒是真心佩服的。他的小說panel尚未組織就緒，也想請我去，但我已答應Levenson，把這個只好推掉了。

另外Wisconsin的周國平（？）⑦請我去（1965春一夏）教半年

---

⑥ Shively（Donald Shively，唐納德‧夏夫利，1921-2005），美國學者，日本研究專家，先後任教於加州大學柏克萊分校、斯坦福大學、哈佛大學，最終回到加州大學柏克萊分校任東亞研究圖書館館長。代表作有《殉情天網齊島：日本家庭悲劇研究》（*The Love Suicide At Amijima: A Study of a Japanese Domestic Tragedy*）、《給明治天皇講儒學》（*Confucian lecturer to the Meiji Emperor*）等。

⑦ 周國平，應為周國屏（1908-2000），語言學家，密西根大學博士，1952年後一

書，這個我已推辭了。

陳穎明年想參加你的panel，你已同意，很好。陳穎是個忠厚人，只求嘴上痛快，害人的心是沒有的。國學的底子很好，在你我之上。為人還是近乎中國舊式的dilettante，不近乎美國今日的「專家」作風。他的智識很夠，不知道於寫paper一道有多少修養，但我敢斷言，他的paper不會壞到哪裡去的。

世驤的《離騷》想不寫了。他說他願意做個discussant，到你的panel上來湊個熱鬧。我想有他來做discussant，你的panel一定會生色不少。他的考慮是要挪出時間來給陳穎，讓他能好好地發揮。詳細情形，他也許會寫信給你。

港大有個余秉權⑧，要來拜訪你，想已見到。葉維廉編的《臺灣新詩選》，出版商要求「專家意見」，他如來找你幫忙，千萬替他看看稿子，拜託拜託。

和R是每個週末有date，相處得很愉快。附上照片一張，你們看見了想必很高興的。別的照片，以及世楨的詩等，下次寄上吧。世楨指出毛澤東的詩詞，平仄、押韻錯誤很多。家裡好久沒有去信了，下次再寫吧，很是懷念，別的再談，專頌

　　近安

濟安

十月十二日

Carol、Joyce前均此

　　［信封背面］你們買的什麼新車？

---

　　直任教於威斯康辛大學麥迪遜分校，是中文系創系系主任，代表作有《中文結構》等。

⑧　余秉權，史學家，畢業於港大新亞書院，編有哈佛燕京學社《中國史學論文引得》、《中國史學論文引得續編》等。

# 655. 夏志清致夏濟安（1964年11月1日）

濟安哥：

　　十月十二日信早已收到，這兩星期來公私信來往較多，反而沒有空早寫回信。附上你和R、世驤的合照已見到，R的確美豔過人，生得有些像當年福斯的小明星Jean Peters①，Anne Baxter遠不如她。（J. Peters曾同Monroe合演*Niagara*②，Monroe過火賣弄性感，反不及正派美女J. Peters可愛。我初到New Haven即看了T. Power和J. Peters合演的*Captain from Castile*，印象很好，後來Peters嫁了Texas巨富，早已不拍電影。李賦寧也極崇拜J. Peters，他也崇拜相貌平平的Jane Powell。）你同R常date，很好，但希望耶誕節前和她有進一步的表示，否則她把你當作confirmed bachelor看待，自己也不好意思示愛，可能引起誤解。蔣彝新書*S.T. in San Francisco*尚未正式出版，我自己買了一本，另買兩冊由書店寄贈R和你（本來打算寄世驤的，但他是書中要角，書局已有書贈他），R初來舊金山地區，加上書上有作者簽名，對她一定很受用。書想已收到。書中講的都是他的朋友，Boodberg、世驤、趙元任等，R讀了必感興趣。蔣彝其實是極hard working的西方化的職業作家，書中冒充中國philosopher，所發表的許多意見感想，都是很庸俗的。英美第一流的traveller很多，他們學問廣博，對人對物都有新見，蔣彝則販

---

① Jean Peters（珍‧皮特斯，1926-2000），美國演員，20世紀40年代末50年代初福斯旗下著名影星，霍華‧休斯（Howard Hughes）的第二任妻子，代表影片有《南街奇遇》（*Pickup on South Street*）等。

② *Niagara*（《飛爆怒潮》，1953），黑色電影，亨利‧哈撒韋（Henry Hathaway）導演，約瑟夫‧科頓（Joseph Cotten）、珍‧皮特斯、瑪麗蓮‧夢露主演，二十世紀福斯發行。

賣些中國的舊詩舊笑話而已。蔣彝裝得很casual的樣子，其實寫這本書，把舊金山的掌故一定看得不少，而且故意要迎合洋人心理，一定是很吃力的事。蔣彝二十歲時即去遊過海南島，可見當時對旅行的確真有興趣，他的那篇〈海南島〉報告曾在《東方雜誌》發表，文字極老練，最近他找到這篇處女作後，曾把它Xerox印出，我粗略看了一下。

你的新著 *The Commune in Retreat* 已拜讀，你把「人民公社」成立以來數年中組織上的變動問題，調查得清清楚楚，真是虧你的。我為 *China Quarterly* 寫那篇文章讀了不少短篇，但對公社的組織摸不清楚，讀了你的大作後，才能有真正的了解。對研究中共的學者，你《公社》和《下放》兩本書是最有權威性，indispensable的專著。美國學人，請了一大筆錢，集體研究，往往成績有限，你一人單槍匹馬，找難題研究，而收穫異多，這是中共專家不得不嘆服的。全書文字有條不紊，讀來極饒興趣，解釋許多terms，更是極見工夫。我ordered了三本，暫時不想送人。你的四本近著，還沒有人review過，極是憾事。我想寫信去Rhoads Murphey，請他找人review，三本研究terminology的書可合評，5 Martyrs應另請人評。但不知你覺得請什麼人最合適。P. Serruys？Merle Goldman？（Goldman處當去信請她把論文寄給你一看。）

Fokkema現在紐約，昨天把他文稿一部份粗略看了，他把中共文藝界 Third Congress 所發表的言論和蘇聯文壇情形聯在一起，是很有見地的。Fokkema英文較差，但態度反共，和我們是同道。我最近空下來的時間，專是看人家的文章和稿子。先是張愛玲改寫的《金鎖記》，即［接］着是 *Saturday Review* 送來給我評的傳奇小說集 *The Golden Casket* ③（Wolfgang Bauer ④ & Herbert Franke ⑤），

---

③ *The Golden Casket: Chinese Novellas of Two Millennia*（《金匱：兩千年中國傳奇

書評長度被限制，寫得不太好；七八天前又看了柳無忌的文稿
*An Introduction to Chinese Literature*，此稿Indiana U. Press請不到
reader，求了我兩次，祇好答應了。全稿無新見，我寫了五頁單行
的report，柳無忌可能猜得到是我寫的，但我善意suggest了不少
意見，想不至得罪於他。最近林語堂的女婿⑥出版了一本*A History
of Chinese Literature*，認為目前中國最好的小說家是他的太太Lin
Taiyi⑦。

---

小說選》，1959），德國漢學家鮑吾剛（Wolfgang Bauer）與其老師傅海波
（Herbert Franke）合譯的中國古典小說選集，德文版1959年出版，英譯本1964
年出版。

④ Wolfgang Bauer（鮑吾剛，1930-），德國漢學家，兼修日本學、蒙古學等，德
國慕尼黑大學博士，先後執教於慕尼黑大學、海德堡大學，1966年回到慕尼黑
大學，擔任東亞研究所所長。代表作除了《金匱》之外，還有《中國人的幸福
觀：論中國思想史的天堂、空想和理想觀念》（*China und die Hoffnung auf Gluck.
Paradiese, Utopien, I der Idealvorstellungen in des Geistesgeschichte Chinas*）、
《中國人的自我畫像：古今中國自傳體文學、文獻綜述》（*Das Antlitz Chinas.
Autobiographische Selbszeugnisse von den Anfangen bis.zur Gegenwart*）等。

⑤ Herbert Franke（傅海波，1914-2011），又名傅赫伯、傅歐伯等，德國漢學家、
歷史學家，二戰後慕尼黑學派代表人物，柏林大學漢學博士，長期主持慕尼黑
大學漢學講座，先後擔任德國東方學會主席，國際東方學會秘書長等，與漢堡
學派的傅吾康（Wolfgang Franke）同為推動戰後德國漢學發展的核心人物。研
究領域為宋元史和蒙古史，代表作有《蒙古人統治下的中國貨幣和經濟》等，
同時他還是《劍橋中國史》第六卷「遼夏金元」卷的主編。

⑥ 即黎明（Lai Ming, 1920-），廣東梅縣人，哥倫比亞大學師範學院博士，1949年
與林語堂次女林太乙結婚，共同主編林語堂創辦的文學雜誌《天風》，編纂《最
新林語堂漢英字典》等。並曾任職於英國廣播公司、南洋大學、香港中文大學
出版社等。這本《中國文學史》（*A History of Chinese Literature*）由紐約John
Day出版公司1964年出版。

⑦ Lin Taiyi（林太乙，1926-2003），筆名無雙，福建龍溪人，作家、學者，林語
堂次女。1949年結婚後與丈夫共同主編《天風》，並任《讀者文摘》中文版總

中國傳奇小說，Bauer & Franke譯為novella，很妥，你在比較文學系開一本［門］中西novella比較的課，我想材料是夠的。Maurice Valency⑧的 *In Praise of Love* 和他所譯的 *The Palace of Pleasure* 都可作教材。*Decameron* 和伊莉莎白的時代的短篇小說（大都抄襲翻譯歐洲現有的集子），都可供學生閱讀。中國方面，*The Golden Casket* 和以前 C.C. Wang、E.D. Edwards⑨、Giles等所譯的唐代傳奇和《聊齋》，都可作教材。關於愛情、義俠、鬼怪各種themes，西洋參考書可借鑒的一定很多。course title指定novella，似較super natural tales範圍較廣。此外中國的詩評也值得研究，可惜譯文太少，而且似侵佔世驤的領域。我想重讀 *Longinus On the Sublime*，對中國舊詩的了解一定有幫助的地方。你在比較文學系先開Crosscurrents和The Novella兩課再說，以後有時間再添別的

---

編輯，代表作有《丁香遍野》（*The Lilacs Overgrow*）、《金盤街》（*Kampoon Street*）、《林語堂傳》、《林家次女》等。

⑧ Maurice Valency（1903-1996），劇作家、批評家、比較文學教授，以改編讓·季洛杜（Jean Giraudoux）和迪倫特瑪（Friedrich Dürrenmatt）的戲劇著稱，其改編的季洛杜《金屋春宵》（*The Madwoman of Chaillot*）成為傑瑞·霍爾曼（Jerry Herman）的百老匯戲劇 *Dear World*（1969）的藍本。研究性著作則以《愛的輓歌：文藝復興時期的愛情詩歌》（*In Praise of Love: An Introduction to the Love-poetry of the Renaissance*）和《鮮花與城堡：現代戲劇入門》（*The Flower and the Castle: An Introduction to Modern Drama*）等。

⑨ E. D. Edwards（Evangeline Dora Edwards，愛德華茲，1888-1957），英國漢學家、翻譯家，出生於中國的傳教士後代，在英國接受教育，1913年到北京學習漢語，並任奉天師範學院的主管，1918年還獲得北京語言學校的漢語畢業文憑。1931年獲得倫敦大學博士學位，先後任漢語教授、遠東系執行主任、漢語中心主任等，並長期為中國學社服務，兼任《英國遠東研究學刊》（*British Journal of Far Eastern Studies*）編委等職。代表作有《中國唐代散文選》（*Chinese Prose and Literature of the T'ang Period*）、《龍書》（*Dragon Book*）、《竹、蓮與棕櫚》（*Bamboo, Lotus and Palm*）等。

課。Alain Renoir想不是Jean Renoir的兒子。

　　胡風的報告，是否是新印的單行本，還是《文藝報》附選的號外，請指示。我想叫唐德剛去order一份。我那篇討論胡適和中共的對中國文學的看法的短文，覺得棄之可惜，已在 *Literature East & West* 發表，不日寄上。

　　我的panel上又添了Frankel，人情難卻。除Hightower外，對中國詩有研究的學人，差不多已都在我panel上。Carol現在Joyce學校內教一門拉丁，相當tutor性質，每星期五次。我們的汽車是Comet，1964年的，slate color，車頂黑色，upholstery較舊車考究，automotive，但機器似欠佳。*Becket* 尚未去看，看了 *Mary Poppins* [10]、*The Fall of The Roman Empire* [11]，後者沉悶不堪。余秉權尚未見到。又去參加了一次 Goldwater Rally，看來G氏無被選希望。即請

　　近安

弟 志清 上

十一月一日

附上照片三張，阿二那張請寄還。母親、玉瑛、焦良都已發福。

---

[10] *Mary Poppins*（《歡樂滿人間》，1964），歌舞喜劇片，羅伯特‧斯蒂文森（Robert Stevenson）導演，茱莉‧安德魯斯（Julie Andrews）、迪克‧范‧戴克（Dick Van Dyke）主演，迪士尼發行。

[11] *The Fall of The Roman Empire*（《羅馬帝國淪亡錄》，1964），歷史劇情片，安東尼‧曼（Anthony Mann）導演，蘇菲亞‧羅蘭（Sophia Loren）、史蒂芬‧博伊德（Stephen Boyd）主演，派拉蒙發行。

# 656. 夏濟安致夏志清（1964年11月10日）

志清弟：

來信收到。蔣彝的書也已收到，謝謝；R的那一本也收到了，她會寫信來謝你的，我在此也一併道謝。

我的近況如常，不妨談談周圍的事情。這兩天學校在鬧風潮，你們也許會在報上見到。事情起因，是有些左派學生在校門口擺攤子，替黑人、古巴等募捐，學校當局禁止。上月大鬧一陣子，後歸平靜；學生們忽然又要出來擺攤子，學校禁止，因此又鬧起來了。怎麼鬧法，我未曾目睹，因為campus我不常去；知道有人在聚眾喧嘩，我更裹足不前了。

大致情形是在校門口鼓動風潮的人中，有「非學生」在內，他們留了鬍子，衣服敝舊，滿身骯髒，冒充學生，作政治活動。這種人不知哥大有沒有？我想大約NYU一帶也許比在Upper Broadway多些。

校長Clark Kerr是個精明強幹之人，以調解「罷工」出名，他的學術資格，大約就是研究勞資關係吧。現在事情落到他頭上，是相當棘手的。本區主任（Chancellor）Strong①是個老好人，哲學家。聽說事情如果弄僵，教授們將一致擁護Kerr，而犧牲Strong，可能逼他下臺。

教授們的多數立場（看他們所發的文告）是站在學校一方面，

---

① Strong，即Edward W. Strong（愛德華・斯特朗，1901-1990），哥倫比亞大學哲學博士，美國哲學學會主席，1932年進入柏克萊，先後任社會學系創系系主任、文理學院副院長等職，1961年至1965年任加州大學柏克萊分校校長，由於「言論自由運動（Free Speech Movement）」中與校長Clark Kerr（克拉克・克爾）立場不合而辭職，轉任思想與道德哲學教授，1967年退休。

擁護Kerr與Strong的取締在校內的政治活動。教授們之中，當然言論龐雜，約可分三派：

　　一、Assistant Prof.等較年輕的，以及左派人士，認為學生總是對的，不管學生之中有「非學生」在煽動。（其實這種「非學生」也很可憐的，樣子像Marcello Mastroianni在 *The Organizer* 之中也。）

　　二、老派教授可能嫉惡如仇，主張維持學校尊嚴。如我的房東Loeb，最痛恨留鬍子的骯髒學生，尤其痛恨共黨的活動。

　　三、有權力欲的名教授，他們參加校方與學生的談判，滿足他們參加實際政治活動的欲望，同時發揮一下他們自命不凡的抱負。這種人其實也很可憐的，他們耍政治也只是amateurs而已。有一位Martin Seymour Lipset[2]，是我們Institute of International Studies的主任，自以為能做學校當局與學生間的調人，結果學生被開除，他受人唾罵。

　　學生之中情形也複雜，多數人士大約對鬧事毫無興趣，最喧嘩的只是左派，他們不能操縱「學生自治會」（ASUC —— Associated students），自立各種小團體，如CORE（那是幫黑人的）以及目前的FSM（Free Speech Movement）等。「學生自治會」辦的 *Daily Californian* 我不常看，最近留意了一下，發現它言論大致傾左，但在editorial page上常有擁護Goldwater的文章出現。總算做到了「民主」這一步。*Daily Californian* 的社論是擁護Johnson的，但Stanford的 *Daily Stanfordian* 的社論卻是擁護Goldwater的。

---

[2] Martin Seymour Lipset（西蒙・馬丁・李普塞特，1922-2006），美國政治社會學家，哥倫比亞大學博士，先後執教於多倫多大學、哥倫比亞大學、加州大學柏克萊分校、哈佛大學和斯坦福大學，胡佛研究所高級研究員，代表作為《政治人：政治的社會基礎》（*Political Man: The Social Bases of Politics*, 1960）等。

　　說起 Goldwater，我是同情他的，我如有投票權，也會投他一票。但我對他並不佩服，他到底要做些什麼，他說不清楚。講話不顧到講話的環境，表示他的機靈不夠。他是熱誠有餘，聰明不夠。美國有二千六百多萬人投他的票，這些人可能在六月以前（Republican Convention）就是擁護他的，六月以後他沒有拉到多少票。他的「排他性」太強，某些人的擁護，他根本不放在心上，態度好像是「你們來也罷，不來也罷，我反正總是這一套」，這是「民主風度」不夠。其實美國的許多不良現象，如道德崩壞、聯邦權擴大、對外軟弱等，任何人當總統都難有補救。以對付共黨而論，我就不相信G氏對於越南有什麼辦法。G氏競選演講，我不大注意，有一天看見 headline，說G氏要派 Eisenhower 去越南（後來E氏對此未必表示同意），這未能收號召之效，反而顯出G氏對越南之無辦法。越南問題相當複雜，深思熟慮後未必就有辦法，何況G氏並不顯出對這問題有什麼深思熟慮。我看假如共和黨真的採取孤立政策，把越南交給 De Gaulle 去辦，也許是個較好的退卻辦法。民主黨對 Diem 之死當然該負責，現在他們只是拖下去，拖一天算一天——這也是個辦法。美國大多數人無可奈何只好讓局勢拖下去。G氏是不是預備大打呢？這點他似乎從來沒說清楚。很多人不投G氏的票，並非懷疑他的不愛國，而是怕兩點：一怕打原子戰爭，二怕他取消 Social Security ——我們不能笑美國老百姓怕死苟安，貪求倚賴救濟而生存，全世界老百姓大抵皆如此。在美國則道德風氣，更是鼓勵苟安與倚賴的。中國古代對帝王的理想是「作之君，作之師」，G氏不成「君」，尚可成「師」，但他在這方面的條件是不夠的。在美國要恢復堅苦卓絕唯善自從的道德風氣，在野的人也可倡導；國民如能養成風氣，就是為將來的G氏之類的人在政治上鋪路。目前在風氣上的培養還不夠，雖然我是很悲觀的，這種風氣恐怕很難培養。

G氏的失敗所引起的最大的危機是國會制衡權之削弱。保守勢力如能掌控國會，至少可以去限制總統的胡作非為。但國會恐怕要越來越liberal了，如真和總統一鼻孔出氣，那麼錯誤就很難糾正，民主政治面臨危機。唯一希望在於Johnson，此人也許不是胡作非為之人，心理上也許是傾向保守的。

在加州「眉飛」當選為senator，另有proposition 14，即限制州政府的立法干涉房產買賣租賃事，這是代表保守意見的，結果它是通過了。看一般民意，對保守派主張也有很多贊成的，但G氏不能善於利用民意，致遭慘敗。現在共和黨分裂，一時恐怕難以出現一個領袖群倫的人。G氏有勇氣而缺機變，共和黨其他人士（如Nixon、Rockefeller等）都是勇氣不夠的。

相形之下，Khrushchev還是個人才，他把Lenin、Stalin遺傳下來的政治上的恐怖風氣改變過來，不是件容易的事。

十一月三日大選之夕，我和R在蕭俊的Apt.看TV（NBC），越看越乏味，到十點鐘就走了。

R在政治上是liberal的，但我很少同她討論這類問題，因此從未發生過意見不合之事。她的態度和她家庭環境有關係，她家恐怕是美國的「上中」社會，父親替Standard Oil做事，現已退休，父母都是G氏的擁護者。其父大約是個好好先生，精力業已衰退；其母則仍十分活躍，militantly的擁護G氏，這引起女兒的反感，偏偏擁護反G之人。美國家庭關係簡單，青年人所受家庭影響，很容易看出來，而且他們自己也很容易表現出來。中國人所受的家庭影響（歐洲人恐怕亦然）則是微妙之處較多。（R父母住在Palo Alto以南的Los Altos）。

R你評之為正派女子，這大約是對的。她的理想人物大約有二類，一是Jackie Kennedy，過華貴而有藝術修養的生活；二是

Sophia Loren、Melina Mercouri③（我們最近看了 *Topkapi*④）之類女性表示自己獨立個性的人物。二者之間，Jackie的成份重些，Loren等只是一個達不到的理想而已。但男人如不尊重她的個性，她的反叛的一面也會顯露出來的。總之，她不是 Maureen O'Sullivan 一型也。

她的性格，比 undergraduates 已經超過很多，但還是近乎一般的 graduate student。她喜歡游泳、打網球等，我當然從來沒有去陪過她。但她對足球、籃球、棒球等毫無興趣。思想 liberal，但對學校內的政治活動，也毫無興趣。真使她有興趣的是畫展和美國「上中」社會所謂的 culture，那些 culture 活動，我也有興趣的。對於現代繪畫，受了她的影響，也正在培養興趣中。還有一件事，使她最感興趣的，是大的 cocktail party，我帶她去過兩次，一是領事館的雙十國慶酒會，二是金山某地的歡迎蔣彝的 reception（只供給沒有酒精的 punch，我大失望）。她自己當然也喜歡請客，像 Jackie Kennedy 那樣。因為她有 graduate student 的 mentality，對學術界還有點迷信，她應該看看錢鍾書的《圍城》。她因為是女學生派，在 taste 方面是絕不 extravagant 的。

我和她的關係是十分愉快；一直到最近，我才以 mature person 的姿態處理男女關係的問題；她是十分聰明，可是還是脆弱的。我

---

③ Melina Mercouri（瑪麗娜‧墨蔻莉，1920-1994），希臘女演員、歌手，憑《豔娃癡漢》（*Never on Sunday*, 1960）獲第十四屆坎城影展（1960）影后以及第33屆奧斯卡（1961）最佳女主角提名。其他代表作還有《費德拉》（*Phaedra*, 1960）、《土京盜寶記》（*Topkapi*, 1964）等。在希臘軍政府時期（Greek military junta of 1967-1974）成為政治活動家，在軍政府倒台後出任希臘議會（Hellenic Parliament）議員以及希臘第一任女性文化部長。

④ *Topkapi*（《土京盜寶記》，1964），犯罪驚悚片，朱爾斯‧達辛（Jules Dassin）導演，馬麗娜‧墨蔻莉、彼得‧烏斯蒂諾夫（Peter Ustinov）主演，聯美發行。

希望她在感情上堅強起來。男女之事，一有小齟齬，可能引起大緊張。如有大緊張，我就應付不了了。

有兩個因素，可能引起齟齬的：

（一）雖然我很可能是她最親密的男友，而且是她的favorite，但她仍舊會和別的男友來往的。有些男子是我瞧得起的，有些則是我所瞧不起的。我只要說話一不小心，就可能去加以干涉，但我抱定宗旨，根本不管。她有時也許（本能地，並非惡意地）想引起我的妒忌，但我知道妒忌的後果，所以抱定諸事不管的宗旨。因為我的穩重，她才有發揮她聰明的機會，她絕不會使我難堪。我若表現愚蠢，她可能立刻也會變成一個愚蠢的人，事情就難應付了。（我除她之外，現在別無女友，這點她覺得，而且也顯出感激的。）

（二）她最近要去申請Ford Fellowship到臺灣去，我大感痛苦。但我根本不干涉，只是積極的給她advice並幫助她。事實上她也未必去得成，因為明年她要考Ph.D.的qualifying考試，這關如通不過，什麼都不必談；即使通過，Ford方面未必就給她也。我的痛苦只是一天的事，以後就沒有了。當然照浪漫派的看法，偉大的愛情可以使她打消去臺灣留學的想法，但是這種打消只是短暫的事，女人心底下還是有求獨立的意志，一下子壓抑住了，將來還會迸發的。何況在廿世紀，愛情能怎麼偉大，在男女雙方都是不大相信的。

我們現在的關係，雙方關切，雙方體諒，我落落大方，把她帶去任何地方，不感窘迫。邀請出遊，絕無疙瘩（這是我的真正需求），她為了表現她的烹飪技藝，每隔一兩個星期，總是燒一隻菜請我去吃。我們之間，有講不完的話。這種關係，我想是很寶貴的，你說是不是？

當然，你會說女人需要被「征服」，也許女人本能地是需要被「征服」。但「征服」能夠維持多久？而男女之間（即使是夫婦之

間）的hostility卻可能是永恆的。R的感情相當脆弱，她其實並無朋友（尤其沒有知心的女友），目前我算是她最好的朋友；一個朋友可以幫她培植自信，建立健全的內心生活。我這個role也不容易演，但是我相信我對她一直是很誠懇而大方的。她過去一次婚姻，一次戀愛都引起她很大的苦痛，她還需要一個時期能夠對人生恢復信心。

朋友之中，世驤是十分的喜歡她的。Grace是嘴上很甜，心中不喜。Franz Schurmann、Joyce Kallgren大約也都不甚喜歡她。她有點孤芳自賞，女人不喜歡她的多。她prefer男人的社會，但對於男人是有點怕的。

蔣彝的書我還沒有看，我相信你的評語是對的。他的Silent Traveller一套，已出書十種，但對於他自己的真正問題（如寂寞、不結婚、想家等）避而不談，一味地裝出gay philosopher的樣子，這點虛偽的掩飾，註定他的文章好不到哪裡去的。金山一帶的朋友，多的是問題，我相信蔣彝是不會去求了解的。

世驤跟蔣是多年老友，現在關係弄得壞極。此次蔣來推銷書籍，又添了些誤會（世驤的書收到在最後，在別人都收到之後；書上簽名是給Prof. & Mrs.的，語氣太疏遠，請帖又是收到的最後……）。蔣之最大錯誤，是書上對Grace隻字不提，只把世驤當作bachelor來描寫，可是他歷次來金山，都是Grace給他最熱烈的歡迎，Grace的好客，你同Carol都是深知的。Grace說，蔣是妒忌世驤有美滿良緣，而他自己則是形隻影單——這個說法也許有理由。這種話，希望你不要對蔣彝說。世驤這次對蔣甚為冷淡，Grace則嘴上還是很甜的。她把他引去客房，說「look，這間房是留給你的，你為什麼這次不住在我們這兒呢？牆上掛的畫是你的大作呢！」etc.

接Hanan信，知道明年暑期，在Stanford的教書之事，大致已

定。但他的小說 panel，組織不起來，預備取消了。如此事來得及補救，還應該補救一下。因為 AAS 如看見中國文學這門學問不吃香，以後會減少鐘頭的。這種事情當然用不着我來管，但我對世驤說，不妨讓 Frankel 來主持小說 panel——假如把《左傳》、《戰國策》、《莊子》、《列子》都算進去，中國小說是大可一談的。Hanan 新做系主任，兼管外事，時間忙不過來，加以對於美國人地不熟，組織起來很吃力。他心目中的王牌是李田意，如李給他捧場，來一篇 paper，他就覺得滿意了。其實我在 Levenson 的節目之外，再來一篇小說 paper 也無所為［謂］——這種話太像吹牛，只可以對你說說的。

　　別的再談，專此　敬頌
　　近安

　　　　　　　　　　　　　　　　　　　　　　　濟安
　　　　　　　　　　　　　　　　　　　　　十一月十日


Carol 與 Joyce 前均此

# 657. 夏濟安致夏志清（1964年11月25日）

志清弟：

這個週末去西雅圖，在那裡把〈蔣光慈〉一文寄出，日內想可收到。這篇文章在西雅圖的反應很好，在這裡經世驤與R看過，他們都很滿意，我相信你也會滿意的。文章結構，你可以看出來我在開頭的時候，有些躊躇，不知寫些什麼好，後來大討論「愛情與革命」的公式，似乎很得意，希望關於蔣的生活方面，能多寫一點，但是時間不夠，只好就讓文章成為這個樣子了。

關於「書」，我曾經寫過一篇「序」，於暑假中寄上。我想寫一篇introduction，寫來寫去，進度極慢。因為研究幾個個人和他們的作品容易，總講那時的一般心理狀態，需要極正確的英文講那時的混亂情形，很是不易。正在努力嘗試中。

去西雅圖之前，Franz Michael主辦的 Western Seminar on Contemporary China在Berkeley開會。Michael在西雅圖服務逾二十年，近年和George Taylor關係轉惡。今年他在華府的George Washington Univ.做客座教授，也許將留在彼處不返西雅圖了。所謂Western Seminar是他弄出來和東方的JCCC分庭抗禮的，雖然名叫Western Seminar，那會從來沒有在西雅圖開過，大約是M要避免和Taylor發生糾紛的緣故。過去兩次是在Hoover Institution開的，Hoover的主任Glenn Campbell①是Goldwater的顧問，有名的右派，

---

① Glenn Campbell（W. Glenn Campbell，格倫·坎貝爾，1924-2001），美國經濟學家，畢業於哈佛大學，著名的保守主義者，長期任總統顧問與加州大學校董。1960年由當時的胡佛總統親自選定擔任胡佛研究所所長，長達三十年之久。在當時美國學術界自由主義盛行的背景下，坎貝爾將研究所打造成為「自由主義汪洋中的保守主義燈塔」。

可是並不是很有名的學者（他的學問是經濟學）。Michael也是右派，脾氣是火爆的，治學也有欠深思熟慮的地方，但對朋友是赤心忠良的。他要主辦Western Seminar，沒有Berkeley捧場似乎不大像樣。這次虧得世驤幫忙，讓他在Berkeley開成一次會。那些他認為「左派」的人物，對他都很親熱，沒有排斥他的表示，這點他是應該引以為慰的。

開這種會，既無paper present，大家空口說白話，到會的人有何得益，我是很懷疑的。但天下自有人以開會為樂，我雖有廣博的同情，對這方面還得用很大的工夫才能想像得出開會的樂趣安在。

在西雅圖住了兩晚，不斷地下雨，覺得那地方很不可愛，也了解馬逢華為什麼要有一個太太。西雅圖沒有什麼地方好玩的（夏天還有山水可欣賞），像逢華那樣孑然一身，一定覺得寂寞得可怕。逢華的太太（天主教，洋名Theresa）是大陸人，在臺灣長大，可說「貌不驚人，才不出眾」，但是社會與家庭把她養成一個「賢妻良母」型的女性。這類的女子臺灣恐怕還有不少，她們的特點是self denial，本身的欲望（各方面）低，事事讓丈夫佔先。逢華是當然的「一家之主」，她從他那裡得到security，小小的虛榮的滿足，和並不很大的愛撫。他則有個家，有人「服侍」，在社會上像個「人」，少了些「後顧之憂」。雙方都是為結婚而結婚。逢華假如沒有Ph.D.，沒有在美國的好差使（他已有tenure），而留在臺灣做窮公教人員的話，像他現在那樣的太太，不一定肯嫁給他。一切都很現實，說起來也很悲哀的。

拿R和Theresa相比，可以說是中美小資產階級女性的大不同。R自認是a timid girl，她的確是很timid的。但她的生活很複雜，不要說別的，單憑她所讀過的書，與她所耳聞目睹的實際生活，她的生活也就非複雜不可。她知道人生很多的罪惡與心理問題，這些是一個臺灣出身well-sheltered的小資產階級女子所不會

知道的。美國雖然說是男女平等，但小資產階級女子仍有「求獨立」的欲望與意志，單是這個心理因素便可以製造不少笑話與悲劇。R和我來往結果，人大約漸漸變成mature（這點不是我吹牛，她自己也承認的）。主要的是美國一般社會風氣，並不看重「理性」（reason），做事憑一己好惡，甚至有compulsion做出莫明［名］其妙的事，我相信我是很尊重理性的。我稱之為common-sense。R的心理大致正常，但有一點我警告她是很危險的：她多夢，有時候夢做得活龍活現，她不知道夢境是真是假。她對一個人的態度，有時候也受此人在夢裡如何出現而定。她受我的影響，至少不想去看「心理分析家」，但是要她過一種坦蕩蕩的平凡生活，恐怕還是不容易的。

總之，拿Theresa和R相比，T的腦筋裡東西少，問題少。R則常常「百感交集」，而且自己在欣賞自己的「百感」。照中國古書說，這種女子比較是「福薄」的，因為她們會自尋煩惱。我對R自始迄今，沒有以suitor姿態出現，她也許微感失望，但我至少沒有使她的問題複雜化，而是使之單純化。以她的美貌活潑，一輩子碰見的suitors想必不少了。她的情感生活如老在圈子裡轉，對她是沒有好處的。以我看來，在美國社會裡做女子還是並不很快樂的。

看這封信的口氣，你當可知道我不大可能會向R求婚。她有種種美德，但「討」了她回家，還是討了個「問題」回家（當然B的問題更大）。如要結婚，馬逢華那樣是很切實際的辦法，他們經濟學家本來是很切實際的。關於馬太太這類的女子，我至少有一點可說，她們看不懂我的〈蔣光慈〉。〈蔣光慈〉以外，還有好幾百件事情她們不懂也不想懂的。R則我陪她去過Concert、Opera、Ballet、Lectures、Art Exhibit等等，這種伴侶我還是需要的。

馬逢華好辯，上面這些話也許是他逼我說的，但我在他面前當然不好意思說，我只是含糊了事。在訪問他的love nest之後的感

想，就在這裡寫下來了。

　　西雅圖的中國人之中封建勢力大極。逢華叫李方桂太太與施友忠太太都是「伯母」，他對她們也是莫明［名］其妙的「乖」。他的新夫人人地生疏，從臺灣帶來的封建思想更為濃厚，更是少不得伯母們了。Berkeley的封建勢力也很大，我雖對五四運動缺乏好感，但是對於封建勢力，還是不願意看見它滋長的。

　　Thanksgiving時R回Los Altos去和她的父母一起過節，我好久沒有和B來往，也許與她一起玩。（請她吃飯，也許看電影，但S.F.的電影院在罷工。）

　　李又寧來信問起瞿秋白事，請告訴她：go ahead，我對於瞿的研究只此為止，不會再多。她如寫瞿的政治活動，將替我的文章生色，引起大家對他的興趣。我很高興將來能拜讀她的關於瞿秋白的論文。

　　你們想都好，家裡也想都好，信暫時到此為止，專此　敬頌
　　近安

濟安　上<br>十一月廿五日

Carol和Joyce前均此候安

# 658. 夏志清致夏濟安（1964年12月4日）

濟安哥：

　　已有一個月沒有給你信，時間過得真快。你十一月十日信上提到加大學生風潮，今天 *N.Y. Times* front page news 之一即是加大八百學生在 Sproul Hall 實行 sit-in，被 Governor Brown ①差警察把他們關起來。Brown這次做事很有果敢，我很佩服。希望他和Kerr能堅持原則，不向學生讓步。但同報載五百名教授開 faculty meeting，主張讓步，並且 recommend 把犯過的學生，寬宥待遇，不加追究：這些教授大約都是些年青左派教授和有政治欲的名教授，希望Kerr和Strong能不聽他們的話。加大的情形和以前北大學生為爭取建立「民主廣場」事鬧風潮一般無二，甚至和Diem下臺前和尚作怪情形也相仿。Berkeley一向很自由很左傾，這次CORE，和其他共黨、socialist組織全力以赴大鬧，顯然是想把加大當作一個 test case。這次他們成功，別的名大學也得遭殃。哥大 beats 和左傾學生也不少，百老匯校門前經常有CORE會員在那裡發傳單，以前常有黑人在那裡推銷 Black Muslim 印刷的報紙和宣傳品，最近似少見。Mme Nhu 來演講，曾有左派學生 protest，並擲雞蛋的情形。今年正月 Barnard College 有什麼校慶，特請希臘 Queen Frederika ②來領

---

① Governor Brown，即 Pat Brown（派特‧布朗，1905-1996），美國政治家、律師，第32任加州州長（1959-1967），在任期間修建了大量基礎設施，並重新界定了高等教育系統，被譽為現代加州的奠基人。三次參與總統競選，均告失敗。
② Queen Frederika，即 Frederica of Hanover（漢諾威的弗里德莉克，1917-1981），希臘皇后、國王保羅一世（King Paul of Greece）之妻。在希臘內戰期間設立「皇后營」（Queen's Camps）和「孩子城」（Child-cities）收容受戰亂波及的孤兒和窮苦兒童，遭共產黨指責為君主體制的政治作秀以及非法收養兒童送給美

名譽學位。Frederika去英國，到處被左派人harass。她來哥大，左
派人士自然也要protest。結果校長Kirk③下命令，Queen F.是哥大
trustees邀來的客人，同校政無關，不准學生protest，而且trustees
之行動，學生無干涉之權。Queen F.來哥大，平安無事，事後學生
又鬧了一陣，並無結果。金秋CORE members換了tactic，說學校
虐待許多食堂內雇用的黑人和Puerto Rican cooks，要求學校准許他
們unionize起來。那些黑人、Puerto Rican自己不鬧，祇有幾十名
CORE members（有些可能不是學生）在鬧，他們在John Jay Hall④
門前picket了兩星期，唱些什麼 "We Shall Overcome"⑤的歌。有一
天下雨，他們仍在那裡跑圓場。有一位 young mother，一手拿了
傘，一手抱了嬰孩，也在那裡兜圈子，不想想自己孩子受了寒生了

---

國家庭。內戰後多次出訪國外，在保羅一世去世後輔佐其子、末代國王康斯坦
丁二世（Constantine II of Greece），其對政治的影響力受到非議，人稱王座背後
的灰衣主教（éminence grise）。軍政府掌權後流亡海外，出版自傳*A Measure of
Understanding*（《理解的尺度》）。

③ Kirk（Grayson Kirk加里森‧柯克，1903-1997），哥倫比亞大學校長（1951-
1968），1960年代後與學生關係不斷惡化，在1968年哥倫比亞大學大示威中起先
答應了示威者的部份訴求，不過隨後以非法入侵為由報警清場。該事件後拒絕
辭職，但最終還是在新學期開始前宣布退休。

④ John Jay Hall（約翰‧傑伊大樓），位於哥倫比亞大學晨邊高地校區東南端的
十五層大樓，以美國首席大法官約翰‧傑伊（John Jay）的名字命名，也是
McKim, Mead & White建築公司的最後一批作品之一，主要作為新生宿舍以及
生活設施，在1967年的反越戰示威中成為示威學生的大本營。

⑤ We Shall Overcome（〈我們要戰勝一切〉），美國民權運動中的經典歌曲，最早
可以追溯到黑人牧師查爾斯‧阿爾伯特‧廷得利（Charles Albert Tindley）的讚
美歌*I'll Overcome Some Day*（1901），其現代版本最早出現在1945年食品與煙
草工人協會的一次罷工中，女歌手瓊‧貝茲（Joan Baez）在1963年一場25萬人
參加的黑人民權集會中演唱後，該歌曲成為美國黑人民權運動的標誌性歌曲，
時至今日，人們依然在馬丁‧路德‧金恩紀念日中演唱它。

病怎麼辦。後來這二三十人開始在Low Library前門廣場上兜圈子唱歌，接着Kirk寫了封信分發各教職員，說明哥大對食堂雇員待遇極fair，常常自動調整工錢，而且食堂經常雇用學生help，假如食堂unionize以後，許多student jobs就無法再fill了，說得很有理。一兩星期後CORE也印了一份公開信駁Kirk，我沒有看即把它丟了，但一月來似不再有picketing。

哥大本部學生祇有二千人，而且學費很貴，拿不到獎學金的窮學生不能進來，所以不容易鬧事。學生人頭較雜的是School of General Studies，本來是serve community的extension school。近年來full-time年輕學生愈來愈多，人數遠勝半工半讀的成年人。那些住在紐約的青年，不能進Columbia College、Barnard，進G.S.倒很容易，學費雖貴，但用不到讀full program，選一課兩課都可以。G.S. beatniks特別多，左傾人士也不少。一兩年前G.S.的Dean頗有野心把G.S.改成正式的college（名字叫Butler College），和C.C.、Barnard鼎足而立。後來Kirk、Barzun發條命令，學生需在二十一歲以上才可進G.S.，打破了那位Dean自建empire的野心，他一怒辭職，另到別的大學去做校長，其他負責人員也走了不少。這幾次picketing，我想G.S.學生佔大數，以後G.S.縮小範圍後情形或可好轉。G.S.的學生至少有四千。每年commencement，臺上看下來，G.S.那group實在是烏合之眾，黑人也不少，哥大本部絕少有黑人。

昨天收到"The Phenomenon of Chiang"的長文，一口氣看完，極為滿意。有這樣一位作家，有你這樣一位critic和biographer把他的作品和生活聯繫起來分析研究，也可算是文壇上的佳話。你一貫以前研究瞿秋白、五烈士的作風，文字極動人，而且抓住蔣光慈心頭的秘密，把他的文章和為人互相對證，讀後不得不令人叫絕。第一節文字也有條不紊，敘述蔣氏和共黨的關係和他死前死後reputation的升降，是正文必需的introduction。蔣氏的毛病是中

國很多作家的通病，他們都是愛母親愛家裡的小妹妹的。早期的
巴金離家，到上海，革命種種都是和蔣光慈相仿的，雖然巴金痛
恨小資產階級的comfort遠勝於蔣氏。蔣光慈讀書一定很少，究竟
讀了多少拜倫、Dostoevsky很成問題。拜倫很富諷刺天才，而且出
身貴族，頗有自知之明，蔣光慈完全不是這一回事，所學的僅是
拜倫浪漫革命外表而已。你參考書看得很全，可惜有些蔣氏的作
品沒有讀到or全讀。今天發現哥大除我所看過的兩三本書外，另
有《菊芬》（1928）和《最後的微笑》的原版or再版。我先把《菊
芬》和《沖出雲圍的月亮》寄上。《最後的微笑》你如要和1940
edition相比較，也可寄上。哈佛中國新文學的書籍也不少，你所未
看到的可能哈佛有，可寫信問問謝文孫（Winston Hsieh, East Asian
Research Center, Room 306 A, Harvard University, 1737 Cambridge 51,
Cambridge 38.）or李歐梵。

今天收到周策縱索稿的信，想你也收到一份。他在Wisconsin
創辦一種《文林》年刊，專刊有關中國humanities的文章。我回信
提起了我們《西遊》、《西遊補》兩篇文章，一起在《文林》上發
表了，也是好事。不久前我寫信給Rhoads Murphey囑他把三本中
共terminology的書和5 *Martyrs*請人評一下，我suggest的names是
Paul Serruys和Merle Goldman。Murphey一向對你極佩服，回信一
滿頁，已把我的信轉給Ardath Burks⑥（Book Review editor），我想
可以發生效力。有時有書請不到適當的書評人，和有些學者不肯寫
書評，也是實事。

蔣彝不知何故要把一份《海南島》寄你，可能有要你把文章

---

⑥ Ardath Burks，可能是日本研究專家Ardath W. Burks，著有《日本政體》（*The
Government of Japan*）、《日本：後工業的力量》（*Japan: A Postindustrial Power*）
等。

在加大華人間傳觀的意思。我的 *The Golden Casket* 的 review 已在 *Saturday Review*（Dec.5）發表了，並同那一本 *Literature East & West* 一起寄上。*The Golden Casket* 書評最後一句有毛病，楚王神女的幽會並不在「巫山」，但宋玉以後的 reference 都提及「巫山」，少提「高唐」，希望內行不加深究。我寫那篇 review，把譯文和原文細較，發現不少錯誤，對於「傳奇文」也增加了不少心得，這些材料棄之可惜，已獲 Schafer 同意，在 JAOS 上寫 review。在 JAS 上寫 review，篇幅限制，不易表現學問。

MacFarquhar 的書記 Judy Osborn，結婚已一年，不久前她同丈夫 Bill Riches 來紐約，我請他們吃了一頓飯，他們來西岸，一定會來找你、Birch、世驤的。Judy 婚前說婚後他們要遊歷一年，我以為她先生一定很有錢，不料是個窮記者，他倆是大學同學。Bill Riches 說，Kennedy 在 Blockade Cuba 時，英國人心惶恐，真覺得大戰要爆發了。Riches 代表但求苟安、思想左傾的一般英國青年。MacF 即將結婚了，見 clipping。據說 Mancall 以前也追過 Cohen，Mancall 是 MacM 在哈佛時的好友，這種三角戀愛情形，美國不多見。

Joyce 讀書頗有進步，這星期患 mumps，case 很輕，休息幾天後即可上學，望勿念。你無意追求 R，此事也不可勉強，但你們常在一起，可能友誼會更進一步。主要的還是在對方，如她對你表示愛意，我想你也會回心轉意的。那次 date B，結果如何？你的高足石純儀月前結婚了，沒有請客。先生是哥大電機工程 Assistant Professor，Emerson Meadows Jr.[7]。我未見到。此事來得突然，大約 Christa 男友漸漸減少，突然碰到一位可親的洋人，就下決心結婚，

[7] Emerson Meadows Jr.（全名，Henry Emerson Meadows, 1931-2017），美國喬治亞州亞特蘭大市人。亞特蘭大工學院學士、博士，哥倫比亞大學工學院教授。

勇氣可嘉。他們二人已搬進哥大新建的apt. building。她的母親（已來美）和弟弟住在她的舊apt。李友［又］寧本來預備寫袁世凱的，但關於袁公的書愈來愈多，祇好改題目。

　　上星期看了大半本陳寅恪《元白詩箋證稿》，的確很有道理，大學者同普通人寫書畢竟不同。買了一本新出的Eliot的博士論文重印，*Knowledge & Experience in the Philosophy of F.H. Bradley*，一時不會看，恐怕也看不懂。*Becket*已看過，精彩無比，又看了Elia Kazan導演的*The Changeling*⑧，拙劣不堪，小演員不會讀verse，看英國劇本，非看英國劇團不可。世驤夫婦前問好，Hanan來信，特地囑我向哥大學生推薦你夏天的course，我想他有意請你去Stanford教書的。不多談了，即祝

　　近安

志清
十二月四日

---

⑧ *The Changeling*（《調包》），托馬斯・米德爾頓（Thomas Middleton）和威廉・羅利（William Rowley）著，英國文藝復興時期最出色的悲劇之一，1622年獲准演出，1653年首次出版。

# 659. 夏濟安致夏志清（1964年12月17日）

志清弟：

昨日航空寄出《孫悟空三打白骨精》一本，是給Joyce的，又託Mission Pak寄上水果乾果一大包，並日曆一冊，這是給Carol並大家的。我做事情總有點臨事抱佛腳，每年聖誕節的卡片差不多都是航空郵寄的。

送給R的禮物（尚未交給他）是趙元任錄音的國語唱片一套，並*Mandarin Primer*一本。送給世驤與Grace的將是*History of Japan in Art*一冊。遠地的人大致不送禮物，怕麻煩也。吳魯芹與李方桂兩家也許將送Mission Pak去。很怕程靖宇送禮物來，他來了我又得買東西送去。

學校的風潮已為全國所注目，此事關鍵在明天（星期五）的董事會（Regents）。教授會建議五點，對鬧事學生完全讓步；董事會是否接受建議，刻尚不知。如不接受（鬧事學生堅持全部接受，連修改都不容許的），學校又要大鬧了。下星期學校放年假，學生大部回家過節，鬧事恐怕不易，但積極分子傾全力以赴，非堅持主張不可，不惜把學校全部鬧垮。如董事會態度強硬，可能這學期不能大考，不少學生要開除，激烈教授被解聘或辭職。

如董事會接受教授會的建議，這學期可以太平渡［度］過，學校又可以平靜一個時候。

在此期間，我沒有採取任何公開立場，沒有在任何文件上簽字——國內有學潮時，我的態度亦復如此。私人場合，我當然發表意見。我同意你的憎恨左派學生，但事情演變至此，我主張接受教授會的建議。大多數教授所以提出那向學生「屈服」的建議，其一部份的動機也和我相仿：為了息事寧人。

　　這次事件中最可怕的一點是：即左派勢力的增加，與中立勢力的左傾。憶學期開始，Savio①的黨徒不滿千人，學校大多數人不知他在鬧些什麼東西；很多人也不知道有他這麼一小撮人在鬧事。發展至今，非但Savio那小子已經全國聞名，而且中立的學生，中立的教授附和他的已經很多。他們已經committed，如加壓力，祇有使他們日益與Savio同流合污。目前之計，是「釜底抽薪」。沒有辦法可以消滅左派學生，辦法祇是isolate他們，限制他們的影響。「息事寧人」的壞處是給左派學生一個勝利的光榮；好處是消滅free speech這個issue，左派要鬧而且掀動全校地鬧，非得另尋issue不可。他們如祇為黑人與古巴而鬧，他們仍舊祇是一小撮人，與全校師生無關的。可怕的後果（假如董事會採取強硬態度）是中立的師生一起為黑人與古巴而鬧也。那時美國整個社會將大不安定了。

　　少數教授反對那五點建議（即反對給學生「全部」言論自由）者，提出這條意見：假如學生要提出殺人放火的言論則如何？假如學生要鼓吹Ku Klux Klan②則如何？etc.其實學生即使有了「全部」言論自由（「全部」者即訓導處不加干涉，不去處分他們），校外仍有力量制裁他們（警察、司法），而且怪論即使被提出，未必就有號召力。左派人士反正要放怪論，讓他們去放好了。現在這口號

---

① Savio（Mario Savio，馬里奧・薩維奧，1942-1996），美國政治活動家、學生運動領袖，加州大學柏克萊分校哲學系學生，1964年柏克萊「言論自由運動」核心人物，以激情演講著稱，尤其以在史布羅大樓（Sproul Hall）前的演講〈直面齒輪機〉（"Put Your Bodies Upon the Gears"）最為有名。

② Ku Klux Klan，簡稱3K黨，美國民間組織，最早成立於1865年，奉行白人至上主義、白人國家主義以及反對外來移民等教條，後來也包括日耳曼主義、反天主教和反猶主義等。在美國南部尤其盛行，以恐怖手段對待其反對的對象，尤其是黑人。其成員往往頭戴白色尖頂頭罩，身穿白色長袍，如今這一形象已經成為美國種族主義的象徵。

「言論自由」可以號召太多的人。你要說：左派人士何嘗真在爭取「言論自由」？情形的確不是如此。但是在大家情緒激昂的時候，很少人有我們這樣冷靜，去研究「言論自由」這口號的。在這口號底下，左派太可以擴大影響了。所以我的主張是不惜任何代價，先消滅這個口號。先把中間人士已經動搖的安定起來，再想辦法來對付左派人士。

在風潮期間，R也完全置身事外，這點是很叫我欽佩的。因為與Chinese Studies有關的美國學生，態度大多左傾也。她私人態度則是對校方不滿，對於左派學生的幼稚言行，覺得nauseating。她思想還是偏向liberal的（如反對Nixon、Goldwater），但總算有自己的立場，不去隨波逐流。

她有個隱疾——偏頭痛migraine，最近常發，發時痛苦異常。有種藥，吃了可以縮小腦筋裡的血管，可以抑制痛苦。吃了有效，但她不敢多吃；因為血管老是被縮小，可能有惡劣後果，影響整個健康。最近她用電流檢查Brain Wave，結果尚不知。難能可貴的是，她在痛苦之中，總是能強顏歡笑，表示cheerful的。她的痛恐怕祇有中國的針灸可治，但在美國哪裡找得到好的針灸大夫？

Merle Goldman來訪，我盡心招待。請她吃晚飯，請R、Birch夫婦、紀文勳、世驤夫婦（他們還帶來了S）；送她上機場。她慕名而來，我總算表示了我對她盛意的appreciation。我們談了很久，我恰巧對於她的題目，亦略有研究，講的話也許有點道理，使她得益。有一點使我驚奇的是：這位年輕太太興趣何以如此之狹！她來時，加大正在鬧風潮，她對之毫無興趣。世間學問，祇要對她的論文無關的，她也毫無興趣。哈佛培養出來如此的專家，實非liberal education之成功也。哈佛過去的人才如Esther Morrison，寫了全世界最長的博士論文，然後耗時十幾年地去整理她的論文，把一切學問置之不顧，可歎亦復可笑也。Harriet Mills之弄魯迅，大約亦有

點鑽牛角尖的樣子。張琨之流的治學方法，恐怕亦復如此。相形之下，R的興趣，徧及文學、歷史、心理、哲學等等，在美國研究生中，算是難能可貴的了。

《人民日報》十月卅日有長文大罵邵荃麟（自《文藝報》轉載），我複印了一份，送給Goldman。她說她要替 *China Quarterly* 作文論此事，因為關於邵荃麟，她材料搜集了不少，寫起來不會太難。《人民日報》之文，你可檢來一看，你將會驚奇邵某居然亦會走胡風路線的。

她的博士論文，我沒有時間全看，祇看了二、三百頁，因為她要把它帶走。論文的文字並不精彩，觀點方面把周揚的role看作自始至終代表「黨」的一方面，別人（如馮雪峰）代表literati，這是很成問題的。在1942年之前黨的文藝政策很難說，我相信馮雪峰也是代表黨的某些人士的。她題目裡用literati一字，這字亦非得重加定義不可。你用鉛筆寫的批語，很詳盡公平，對她用處一定很大。你在百忙中抽空替她仔細校讀，這種精神亦是很值得佩服的。

周策縱的信亦已收到。《西遊補》一文，因Schaefer的 *JAOS* 約稿，已答應給他，但一直忙於寫我書的序文，此事尚未動手。董說的《昭陽夢史》等，哪裡可以借得到，刻尚不知。周的刊物暫時我大約無暇投稿。蔣光慈那些書你如能借來給我參閱，不勝感激。同時並請留意董說的著作，假如有空的話。

Thanksgiving前夕我約B吃晚飯，飯後去飲啤酒（這家地方完全模仿英國的pub的），談得很愉快。她說她和R的感情不會好，因為both are interested（她的字）in the same man，但我相信R待她是很好的。聖誕節R又將回父母那裡去過節，我對此事處之泰然。小事情可以引起齟齬的實在太多了，假如我不這麼心平氣和的話。R說她所abhor的是 "exploitation & possession of a person, esp. if the person is me"；她的崇自尊、愛自由可想。她待我實在好極，所以

我毫不complain。聖誕節她回家，我也許又將去約B，假如她不去Carmel的話。Xmas eve假如沒有date，一個人躲在屋裡讀書，我也不會覺得痛苦的。至於R的家，我絕不想拜訪；她母親根本反對她讀中文，不要說軋中國男朋友了。去了受人冷淡，真是何苦！最近應酬真多，節前節後能夠空閒一個時候，對我實在也是需要的，但怕還是空閒不出來耳。專此 敬頌

　　快樂

濟安
十二月十七日

Carol、Joyce前均此，家裡也問好。

# 660. 夏志清致夏濟安（1965年1月4日）

濟安哥：

今天開學了，這次年假不知為何社交節目特別多，等於浪費了兩星期。你在假期想也特別忙，聖誕前後和R、B想玩得很痛快，為念。你寄給我們的禮物都已前後收到了，《孫悟空》先收到，圖畫很細緻，建一看得很滿意。即[接]着是日曆，今年的format比去年的大，多花卉。水果乾果最後到，這大包東西你一定花錢不少，乾果分送了些鄰居，已吃得差不多，加州蜜橘正在受用中，比較起來Carol歡喜Oregon的梨，因為紐約吃不到，但大蜜橘我們經常也不買的。這次聖誕我們等於沒有送禮，蔣彝的書早在聖誕前寄出，Carol也沒有替你在衣飾上買些新東西，下次來加州再補送吧。世驤給我們的禮物，請你先代為道謝。Grace送我V.I.P.牌的letter opener，請告訴她，收到刀後，我一直感到很vippy。蔣彝的書，到Xmas前一星期方有*N.Y. Book Review*書評，評者是小腳色（*S.T. in New York*由Christopher Morley①評後而大紅，in *Boston*是蔣公的朋友Van Wyck Brooks寫的書評），而且Norton廣告登得也不大。蔣彝Xmas前一陣脾氣較壞，可能覺得銷路沒有把握。今天知道他的書已銷了一萬五千本，可列入暢銷書之一。

廿二日Ivan Morris開cocktail party歡迎Rod MacF.和Emily Cohen來美結婚（wedding：廿三日）。Emily Cohen猶太閨秀，面貌儀態都有些像Jackie Kennedy，是猶太人中少有的美人兒。她曾

---

① Christopher Morley（克里斯多福‧莫利，1890-1957），美國記者、作家和詩人，《星期六文學評論》（*The Saturday Review of Literature*）的創始人和編輯，代表作有小說《左邊的雷聲》（*Thunder on the Left*）、《凱蒂‧福伊爾》（*Kitty Foyle*）等，其中後者被改編為好萊塢電影，獲五項奧斯卡提名。

在哈佛讀中文，據說 Rod 和 Mancall 都追過她，美國很少有三角戀愛，這是破例。後來 Emily 任 *China Quarterly* 第一任秘書，我以前一直勸 Rod 和 Judy Osborn 結婚，想不到他早已情有所鍾。廿九日晚上 Rod 父親 Sir Alexander② 在 U.N. 舉行 reception，來賓很多，派頭也很大。Supper 時 Emily 同我們坐一桌（有吳百益③——曾教過她中文——和 B. Salomon），我說她去英國將是受 The Anglicization of Emily 的改造。Carol 一年來第一次出席大 party，大為滿意。

廿二日晚上，吳百益送我們兩張 Met 的票，看的是 *Manon* ④（*Manon* 戲有兩種，我們看的是 Massenet⑤ 的 *Manon*，Puccini 另寫 *Manon Lescaut*），Carol 和我都是初次去 Met。戲院很舊，我們坐四樓的前排，但視聽皆極滿意。歐洲式的戲院，花樓包廂三四層，座位排得擠擠的，想不到 acoustics 這樣好。將來新建的 Met，戲院一定面積寬大，花樓層次減少，acoustics 將大有問題。女主角 Mary

---

② Sir Alexander，即 Alexander MacFarquhar，英國外交官，曾供職於印度文職機構（Indian Civil Service），後擔任聯合國高級外交官、人事部副部長等職。

③ 吳百益（1927-2009），美籍華裔漢學家，哥倫比亞大學博士，紐約市立大學皇后區分校教授，哥大東亞系兼任教授。著有《儒者的歷程：中國古代的自傳寫作》（*The Confucian's Progress: Autobiographical Writings in Traditional China*）等。

④ *Manon*（《曼儂》），改編自法國作家普雷厄（Abbé Prévost）的小說《騎士德·格里奧和曼儂·萊斯科》（*L'histoire du chevalier des Grieux et de Manon Lescaut*, 1731）。該劇有眾多版本，包括哈勒維（Fromental Halévy）的芭蕾劇《曼儂·萊斯科》（*Manon Lescaut*, 1830），奧貝（Auber）的喜歌劇（opéra comique）《曼儂·萊斯科》（*Manon Lescaut*, 1856），馬斯奈（Jules Massenet）的喜歌劇《曼儂》（*Manon*, 1884）以及普契尼的《曼儂·萊斯科》（*Manon Lescaut*, 1893）等。

⑤ Massenet（Jules Massenet，儒勒·馬斯奈，1842-1912），法國浪漫主義時期作曲家，以喜歌劇聞名，最著名的是《曼儂》和《維特》（*Werther*, 1892），同時他也創作神劇、芭蕾、管弦樂組曲等。

Costa⑥唱工頗佳，但全劇無特別悅耳的arias。這齣戲我從未聽過，臨時也無法準備。假如先在家裡聽了一次唱片，必更能欣賞。

　　廿八日我參加了N.Y.保守黨落選senator Paolucci的party（我教過他的太太），想不到是某publisher借他們屋子為某本textbook做宣傳的party，出席的一半是來N.Y.開M.L.A.會的英文教授。我見到Leslie Fiedler夫婦，我同Fiedler大談半小時，Fiedler人矮小而身體結實，態度很豪放，家裡有子女六人，不像是他小說裡描寫的unhappy, neurotic Jews。抗戰後他在天津住過一陣，下一本小說是叫*Come Back to China*。又見到Wallace Stevens⑦的兒女，想是未嫁的老處女。

　　最近紐約55號戲院在上映《妲己》⑧，影評一致痛罵。入秋以來，顧恭凱（現在哥大讀書）送了我一份紐約出版的《華美日報》，我每天看看Chinatown的電影廣告，將常見的明星名字，已記很熟。不久前我在Chinatown買了一本1964香港影星年鑑，彩色照片是四五十幅，其他小演員都有小照，才知道林黛、林翠⑨、尤

---

⑥　Mary Costa（瑪麗·科斯塔，1930-），美國演員、歌劇女高音，最著名的表演是在迪士尼動畫片《睡美人》（*Sleeping Beauty*, 1959）中為奧羅拉公主（Princess Aurora）配音。

⑦　Wallace Stevens（華萊士·史蒂文斯，1879-1955），美國現代主義詩人，長時間擔任哈特福德一家保險公司的總經理，1955年以《詩集》（*Collected Poems*）獲普立茲詩歌獎，代表詩作有〈罈子軼事〉（"Anecdote of the Jar"）、〈白日夢〉（"Disillusionment of Ten O'Clock"）、〈冰淇淋皇帝〉（"The Emperor of Ice-Cream"）等。

⑧　《妲己》（1964），劇情片，岳楓導演，林黛、丁紅、申榮均主演，邵氏出品。

⑨　林翠（1936-1995），原名曾懿，廣東中山人，香港女演員，曾江的胞妹。因林黛主演的《翠翠》大獲成功，起藝名林翠。以飾演年輕活潑、古靈精怪的少女形象著稱，被譽為「學生情人」。處女作《女兒心》即大紅，代表影片有《四千金》、《長腿姊姊》等。

敏⑩等長相如何。新年期間兩家影院巨片重映，《啼笑因緣》（上、下集）⑪和《寶蓮燈》⑫，我看《啼笑因緣》祇有林翠、葛蘭⑬兩個女主角，《寶蓮燈》二人外，還有尤敏、白露明⑭等，決定去看《寶蓮燈》。元旦一人去華人街看戲，全片黃梅調歌唱，一直plaintive地唱下去，最後母子重逢，我竟流下淚來（今晚石純儀母親來訪，送我們全套《梁祝》唱片和兩張京劇唱片，才知道《梁祝》唱的也是黃梅調）。葛蘭不美，我要看的兩位美女——尤敏、林翠——都是女扮男裝，當小生。在《啼笑因緣》內，林翠演沈鳳喜，沒有看到，很遺憾。尤敏照片上極甜，是有名的「玉女」，她演女孩子，想更可愛。但林翠生得極清秀，可想是個good actress。以前女明星拍電影，等於上演話劇加上唱幾首歌。現在的女明星得學會了武

---

⑩ 尤敏（1936-1996），原名畢玉儀，生於香港，香港女演員，粵劇名伶白玉堂之女。自幼隨父學藝，被邵氏發掘進入影壇，出演《丹鳳街》、《人約黃昏後》等。1958年轉投電懋，以《家有喜事》獲第一屆金馬獎影后，代表作《玉女私情》更是奠定了其玉女形象。後以《香港之夜》打入國際市場，參演多部港日合拍片，如《香港之星》、《三紳士豔遇》等。

⑪《啼笑姻緣》（上、下集，1964），愛情片，王天林導演，趙林、葛蘭、林翠、喬宏主演，電懋出品。

⑫《寶蓮燈》（1964），黃梅調電影，王天林、吳家驤、唐煌、羅維導演，尤敏、葛蘭、林翠主演，電懋出品。

⑬ 葛蘭（1933-），本名張玉芳，生於上海，香港女演員、歌手，以兼具「演、歌、舞」著稱，1955年與克拉克‧蓋博共同出演《江湖客》（*Soldier of Fortune*）而名聲大噪，隨後被電懋招入旗下，代表影片有《曼波女郎》、《野玫瑰之戀》、《星星太陽月亮》等。1961年美國Capital唱片公司發行唱片《葛蘭之歌》（*Hong Kong's Grace Chang: The Nightingale of the Orient*, 1961），進軍國際歌壇，獲得世界性聲譽。

⑭ 白露明（1937-），電影女演員，生於香港，國泰粵語組當家花旦，與邵氏粵語組的林鳳齊名。主演粵語電影《三鳳求凰》、《薔薇之戀》、《一家之主》等，國語片《南北和》、《南北一家親》等。

功和唱地方戲的做工唱工，真比以前多才多藝。在英國看《白毛女》⑮，全片歌唱，也看得使我流淚。我想電影上話劇式的對白聽上去不自然，改用歌劇方法演出，反能逼真動人。毛澤東所提倡的人民「喜見樂聞」的大眾藝術，歌劇式的電影是最大的成功。據A.C. Scott報導，《寶蓮燈》和《梁祝》都是中共鉅片，香港改拍，而且《梁祝》獲得極大成功，也是受中共的影響。最近歐美電影不注重動人心弦，最有娛樂成份的就是suspense comedy（*James Bond*，*Man From Rio*⑯），此外就是高級表達人的苦悶的巨片，中國人比較天真，祇希望自己的情感得到massive assault，才滿意。日本電影也歐化，中國電影對我有不少吸引力，一方面當然也是好奇，想看到些新鮮的面孔。最近法國名片，*The Umbrellas of Cherbourg*⑰，全片歌唱，全片sentiment，我想是受中國電影的影響，否則是很奇怪的巧合。

那天另一電影是《半壁江山一美人》⑱，由美女南紅⑲主演西施

---

⑮ 《白毛女》，劇情片，王濱、水華導演，陳強、田華、胡朋主演，長春電影製片廠出品。

⑯ *Man from Rio*，即*That Man from Rio*（《里奧追蹤》，1964），動作喜劇片，菲利普・德・普勞加（Philippe de Broca）導演，楊波・貝蒙（Jean-Paul Belmondo）、法蘭索瓦絲・莎岡（Françoise Sagan）主演，義大利Dear Film Produzione等出品。

⑰ *The Umbrellas of Cherbourg*（《秋水伊人》，1964），愛情歌舞片，雅克・德米（Jacques Demy）導演，凱撒琳・丹妮芙（Catherine Deneuve）、尼諾・卡斯泰爾諾沃（Nino Castelnuovo）主演，法國Parc Film等出品。

⑱ 《半壁江山一美人》（1964），戲曲片，馮志剛導演，任劍輝、南紅、任冰兒主演，香港九龍影業出品。

⑲ 南紅（1934-），原名蘇淑眉，廣東順德人，香港女演員，幼年從粵劇宗師紅線女學藝，後參與影視拍攝，1956年入光線旗下，以《唐山阿嫂》一舉成名，其他重要作品還有《天倫情淚》、《神鵰俠侶》、《黑玫瑰》等。

的粵劇片。全片呆板，但加註中文英文字幕，生平第一次聽懂廣東話，也給我不少pleasure。但那天人特別擠，走廊兩邊都站着人，我先退出了。參觀了兩三家戲院，一家預告《愛的教育》[20]，林翠主演，宋淇是製片人；另一家預告《花好月圓》[21]，製片人也是宋奇，想是舊片。《愛的教育》不知是不是新片。宋奇還寄給我賀年片，希望他身體轉健，好好地拍兩張好片子。宋奇的電懋公司，女星有林翠、葛蘭、尤敏，陣容很整理。邵氏公司林黛自殺後，恐怕凌波已是頭號大明星，《梁祝》導演李翰祥已脫離邵氏，其他明星脫離的也不少，可能電懋後來居上，壓倒邵氏，downtown 55號影院專映邵氏巨片，《妲己》後將演《梁祝》。粵片女星林鳳[22]生得也很可愛。

月前林語堂同唐德剛吃午飯，我陪他們坐了一陣。林氏年近七十，看來很年青［輕］。戴黑邊眼鏡，兩頰朵起兩塊肉，相貌和你有相似處。林氏non-fiction我差不多全部看過，他的crotchets我都有數。他痛恨「今文家」，我找題目讓他罵「今文家」，他很得意。林氏寫書速度極快，最近一本小說 *The Flight of the Innocents* [23]祇花了四五星期就寫就了。

年假我們全家看了 *My Fair Lady*，我總覺得除 "I Could Have

---

[20] 《愛的教育》（1961），家庭劇情片，鍾啟文導演，林翠、雷震主演，電懋出品。

[21] 《花好月圓》（1962），古裝戲曲片，唐煌導演，葉楓、雷震、田青主演，電懋出品。

[22] 林鳳（1940-1976），原名馮靜婷，廣東順德人，香港女演員，邵氏旗下，是20世紀60年代最紅的粵語電影明星，以玉女形象著稱，號稱「銀壇玉女」。代表影片有《玉女春情》、《玉女驚魂》、《榴蓮飄香》、《街市皇后》等。1976年因服用安眠藥過量去世。

[23] 林語堂的英文小說《逃向自由城》（*The Flight of Innocents*）1949年由美國Putnam's出版公司出版。

Danced All Night" ㉔外，catchy tunes太少。虧得有 *My Fair Lady*，否
則N.Y. Critics要vote *Dr. Strangelove* 為去年最佳巨片。

　　兩本蔣光慈的書（書寄center）已收到否？甚念。董說著作
查看後當寄上。Schafer來信要我review Lai Ming（林語堂女婿）
的《中國文學史》，我曾求過他一次，這次不好意思拒絕。AAS
的Burks來信，你三本中共文學studies將一併review；5 *Martyrs*
Goldman既已去遠東，我已另推薦董保中 ㉕，他在弄田漢，對30's
文壇情形當很熟悉，給他一個publish的機會也是好的。

　　這次年假，瞎忙了一陣，簡直沒有讀書。27日晚上MLA東西
Literary Relations Group聚餐，我還give了一after-dinner talk，Ivan
Morris和印度人某也講了一陣。加大風潮事想已暫時定頓。你經
常交際忙，日里［裡］還得好好工作，真是虧你的。附上士漳近照
和玉瑛妹寄你的月曆卡。家中情形都好，新年期中可寫封家信。
Carol、Joyce都好，即祝

　　年安

弟 志清 上

正月四日

　　附上玉瑛妹信，問及結婚事是信上老例，請不介意。

---

㉔　I Could Have Danced All Night（〈我可以整晚跳舞〉），百老匯音樂劇《窈窕淑
　　女》（*My Fair Lady*）中膾炙人口的歌曲，節奏歡快，1964年的電影版中保留了
　　這首經典歌曲。
㉕　董保中（1933-），四川人，著名農經專家董士進（1900-1984）的公子。舊金山
　　大學畢業，柏克萊加州大學碩士，加州克萊蒙研究院博士，紐約州水牛城州立
　　大學教授。

# 661. 夏濟安致夏志清（1965年1月23日）

志清弟：

　　來信已收到。我也好久沒寫信給你，很對不起。最近忙的還是所謂研究。《公社》那本東西居然得到倫敦大學的Kenneth Walker [1]（經濟學家）來信讚美，說是fascinating & enlightening，這總算是空谷足音，很難得的鼓勵。我已寫回信去道謝，並問他可否為 China Quarterly 寫一書評。你很關心書評，如能得K.W.氏來評一下，那是比Fath Serruys或Goldman好了，因為他們研究的不是中共經濟，而我的著作是想enlighten經濟學家社會學家主流的。

　　這裡的language project的下一部作品，很快要動手。我本來擬的題目是《中蘇論戰中的rhetoric》，想向language靠攏得近一點。但是中蘇論戰最近幾個月較沉寂（但必將恢復，老毛是痛恨K氏路線，而K氏繼承人還是走K氏路線的），而我對於rhetoric的修養還不夠。我的長處是能夠吸收很多的information，而仍能整理出一個頭緒來。要發揮這方面的長處，還是研究中共的「社會史」。關於中共的農村，我的知識已經多得相當可觀，這一點也是可以利用的。現在決定的題目是《社會主義教育運動》——這個運動乍一看好像是老生常談，其實這是中共進行「階級鬥爭」的幌子。從臺北、香港來的報導，中共在城市進行「新五反」，在鄉村進行「新土改」，整治「資本主義自發勢力」，繼'60-'62之和緩政策後，猙獰面目重又暴露。但《人民日報》等中共報紙關於這方面的具體材

---

[1] Kenneth Walker（Kenneth Richard Walker，肯尼斯·沃克，？），英國倫敦大學亞非學院經濟學教授，著有《中國的農業計劃》（*Planning in Chinese Agriculture: Socialisation and the Private Sector, 1956-1962*）、《中國的食物採購與消費》（*Food Grain Procurement and Consumption in China*）等。

料少極，祇說是在進行「社會主義教育運動」。這個掩飾激發了我研究的興趣，我要用中共的材料，來說明該運動的真相為何。這樣非得大量的讀中共材料不可，即便以前讀過的，現在還得重讀，因為過去讀時，腦筋裡未存有這個題目也。這個工作，別人也無法幫忙，因為天下很少人有我這樣快讀的能力，吸收組織的本事，而且再有關於中共社會的基礎知識。興趣提起來了，所以精神很是煥發，《人民日報》之類的東西，假如不像我這樣有系統地讀，枯燥無比；一有系統地讀了，就成了學問，而且有發掘不盡的寶藏可得。

我這樣全神貫注的研究——我認為這是歷史的研究——當然影響我別方面的研究。以我的精神與努力，如研究中國社會史過去任何一個時期——從周朝到清末——必可成為專家，在學術界佔一席地，不讓楊聯陞、何炳棣（他可能來U.C.，接Bingham之位，B.要退休了）等專美於前。但是研究中共總是為學術界所輕視，這點我是很明白的。我的朋友Schurmann是「中共迷」，他說：「你能把公社弄出這樣一個頭緒來，如弄井田那是兩個禮拜就夠了」，以他的地位，當然可以為「中共研究」辯護。我祇是悄悄地做我的本份工作而已。但是心中也有點害怕：越深入，越和別的學問脫節了。我還有點關心：我到底在美國學術界製造了怎麼樣的一個image？

我越是努力，這里［裡］的language project恐怕將越是沒有人接得下去。吳魯芹當初有來加大的意思，但是我現在做的事情，他是接不上的。以世驤和Schurmann對我的友誼，我當然不忍看見這個language project垮臺。

我的興趣是研究，對出版等等倒是沒有什麼興趣的。有沒有書評，我更不關心。比起你來，我是很不career minded的。你寄來的那兩本蔣光慈，已收到，謝謝，但是還沒有開始看。我的文章，寫完就算，不想再去整理了，因為又有新的題目來把住我的注意力了。

Franz Michael決心辭職，改去華府的George Washington大學；

最近沒接到他信，不知近況如何。想來他心境不很好，因為和多年老友George Taylor決裂，他心里［裡］不會痛快的。我的《左聯》一書，他是sponsor。現在U.W. Press要不要再出它，我也不知道，也懶得去問。一問之下，如是yes，那末我也沒有工夫來整理舊稿。這個事情到暑假時候再說吧。

　　心中慚愧的是：全書的introduction還沒有寫好。已數易其稿，但牽連東西太多，真照我的意思寫出來，恐不容易。

　　這是文債之一，文債之二，是欠Schaefer的那篇《西遊補》，初稿他看後大為滿意，但我不知道董說的《朝陽夢史》etc.，有沒有地方可以借得到，事情就擱下來了，其實發一個憤，一個禮拜就可以把《西遊補》趕出來，現在還是拖着。

　　周策縱那里［裡］還沒有寫回信，我想把〈蔣光慈〉寄給他，你看如何？

　　你的兩篇文章都收到了，都很精彩；當然為篇幅所限，有許多話你沒有地方發揮了。但是你的文筆還是遒勁而to the point的。*Golden Casket*的德文原本，Baner送我一本，但我一直沒有讀，雖然想improve我的德文，一直是我的志願。你所提起的中國小說中的love，也一直是我所想研究的題目之一。

　　我還沒有你這麼多閒差使（寫書評等），所以可以專心研究自己的題目。你擔任教書，指導論文研究，一定是很吃力的。我最近指導了一個女學生（去年在我班上的）研究周作人的M.A.論文，覺得此事很不易做。當然我對周作人的熟悉，不在世驤與Birch（他們也是導師）之下，但是周的全部著作我並未看過，有許多看過了也忘了，真要憑良心行事，我也得把周作人的全部著作看一遍。我相信我這樣指導，那位學生已很滿意了。但周作人是我比較熟悉的作家，真要指導起我所不熟悉（e.g.張資平）的作家來，那一定是很花工夫的。

　　我雖然覺得工作的壓力重，但是做人仍很瀟灑，不慌不忙，晚飯後不用腦筋，就是讀書也是讀比較輕鬆或與「研究」無關的，所以睡眠正常，精神很好。我發覺同事之間，不能睡覺的很多。世驤就依賴安眠藥，雖然他也打太極拳洗冷水浴等做健身活動。有個李卓皓，是個國際聞名的biochemist（研究hormone專家），他因為吃藥安眠加上吃藥提神，身體弄得衰弱不堪。另有一洋人，年輕時聰明非常，二十幾歲得M.D. & Ph.D.（生理學）兩個學位，現在不過三十幾歲，已成廢物，掛名做researcher。他的病源也是吃藥安眠，吃藥提神，二藥夾攻。他自己有行醫執照，可以亂開方子吃藥，所以危險更大。虧得他太太是個賢惠的中國人，服侍他。每晚十點鐘，一定要侍候他上床睡覺，看好他吃安眠藥。否則他糊里[裏]糊塗，不知道自己吃多少，可能惹出大亂子的。我的光華同學蕭俊亦失眠，以前喝酒安眠，後來想戒酒。到醫院驗身體，並請配方買安眠藥。醫生說：吃安眠藥睡覺，不如吃酒睡覺。這句話我很相信，因為人類與酒共存，已有數千年之久，酒的一切壞處，人都知道，出了毛病也查得出。安眠藥（尤其是新出的tranquillizer）歷史均短，到底它們有多少壞處，醫學上還沒有詳細記錄。怎麼出毛病，毛病出在哪裡，一時都無從查起。如安眠藥再加提神藥，那末奇奇怪怪的後果更多了。這些話說來給你參考，要請你「戒藥」那恐怕是很難的。照中國傳統思想，第一是樂天知命，第二是duty比health（or life）重要，所以我也不替你worry。不過美國的生活方式，一般都是緊張，靠吃藥睡覺與提神這個tendency恐怕越來越厲害。我生平沒有吃過提神藥，如No-doz之類我碰都不想碰，因為我精神一直不錯。安眠藥也是來美國以後才吃的，過去一年用了大約不過十次。用的祇是輕微的sleepeez，無需醫生開方子的，這種藥對於世驤已經是無效的了。我祇是在興奮和有心事時才服用，一年沒有幾次機會，平常是無需服藥的。

世驤於28日飛紐約，轉飛Bermuda，那天下午晚上他也許會來找你。Bermuda之會是為組織研究中國文學的工作立基礎，過去的進行，你大約有點知道。將來組織完成，很多事情可以做，但是我對於這種事情並不十分起勁。研究中國文學就是這麼幾個人，大家都忙得很，也做不出什麼額外的工作。青年學者如Maeth等成名後，也無非軋在一起忙而已。將來可做之事，譬如編一部《中國文學史》，我就勸世驤不要答應擔承。因為請些誰來寫？誰來校訂？誰來替很多不同的投稿者劃一水平？小說部份可請你寫或請李田意寫，水準可能大不相同。做主編的忙死，還要得罪人，到時候可能交不出卷。世驤可能主持為《全唐詩》等巨帙做index工作，這種事情嘉惠學子，而且花了錢的確會有成績的，我很贊成。

我和R還是維持很好的友誼關係──就是這麼一點成績也不容易了。我顯不出什麼熱烈的愛，但做人到底比以前穩重機靈成熟多了。過年過節，男女朋友之間可能造成誤會，男的總想跟女的同度佳節，女的如忙，不能答應，男的可能比平常更為hurt。R不喜歡他的父母，但過年過節總要去孝順一番，這種事情我並不介意。說起來很容易，但你知道我並沒有頂頂sweet的脾氣，真能做到不介意也就是做到孔子的「恕」道了。最近出現另一個因素，虧得我心平氣和的對付得很好。即她過去的男友Charles Witke決定離婚，想和R.重拾舊好。按Ch.與R.過去的交情，我和她之間從來沒有做到這一地步；但在一年以前，R.把Ch.恨死，還是我去勸她饒恕他的。我知道此事後，心中不安（今年祇為此事，吃過這麼一次安眠藥），當時反應有二，一則決心退出，對R.表示冷淡，讓他們成全好事；或則加緊進攻，不讓「情敵」插足。總算我修養到家，二者皆未採取。對R.仍很誠懇忠實，既不洩氣，也不發狠。我這種態度，R.是很讚賞的。我的學問與wit，她本來很欣賞；還有一點是mature personality，我非得小心謹慎，不能保持也。Charles找我

吃過一次午飯，長談很久，他和我之間無半點ill feeling（你得相信
我的敏感，有半點ill feeling我就會覺出來的），這是我引以慰的。
R.和Ch.已和解，但仍和我單獨出去。按加州離婚法，Ch.君要等
一年才可離婚獲准，在此期間，他得小心做人，因為他的太太不願
離婚，他如有失德之處，離婚可能不准的。R.自己的志向，還是
去臺灣為第一要務——此事本來也可成為我和她之間的齟齬的因素
的。我自己覺得是個很可愛的人，但戀愛經驗不足，在女人面前反
而可能顯得不可愛。前年對B與Anna，都太慌張，這種缺點，我
自己也了然。過而不能改，枉自為人。現在對於R我一直以可愛的
姿態出現的，請你和Carol放心。以現狀觀之，R.決不願意丟掉我
這麼一個朋友，好消息就是如此而已。

　　雖然我並不自覺陷入情網，看上面的描寫，你可知道我也不能
全然無情。R.既occupy我的mind，所以也沒有工夫去對付別的女
人了。

　　二月開始，我在comparative lit.的課又要開始。Compa. lit.方面
可能以後還要叫我開一課seminar。但我目前忙於中共研究，這種
遠景也不去多想。

　　你在紐約能夠看到中國電影，可以減輕你的思家之苦。對中國
電影（香港拍的）我並無多大胃口。祇有一張凌波、樂蒂的《梁
祝》可算上選（可能還是抄襲中共的東西）。此後看了李麗華、
凌波的《新啼笑因緣》②與李麗華、嚴俊的《秦香蓮》③（包工鍘美
案），看後直搖頭。Tempo都太慢，香港那些製片家對於電影的基
本智識還得學習。

---

② 《新啼笑因緣》（1964），又名《故都春夢》，劇情片，岳楓、陶秦等導演，李麗
　華、關山、凌波主演，邵氏出品。
③ 《秦香蓮》（1964），動作片，嚴俊導演，嚴俊、李麗華主演，邵氏出品。

　　最近和R看了 *My Fair Lady* 與話劇 *Hedda Gabler* ④。前者我覺得很tuneful，值得再看一次。後者女主角Signe Hasso⑤滿身是勁，男主角Farley Granger⑥祇是英俊而已，演技平平，話劇的娛樂成份總很差，像 *Hedda Gabler* 那樣還算是好的。年前加州風雨成災，金山一帶亦陰雨連綿（大雨中世驤的車曾skid一次，車子碰壞，幸虧人無受傷者，我不在車內），幾個禮拜不停，學校方面平靜無事。Xmas假期過後，Savio再要召集大會，到場者據說僅二百人，二百人中不少還是「非學生」（馮雪峰等當年在北大亦是此種人也）。Savio的「群眾」本來就是這麼一些些，因為學校當局措置失當，才把事情鬧大的。

　　附上照片四張（「福祿壽」是在Schurmann家裡），並家信一封，希轉寄。別的再談，專此 敬頌
　　冬安

濟安
一月廿三日


　　Carol與Joyce前均此。

---

④ *Hedda Gabler*（《海達・高布樂》），挪威戲劇家易卜生（Henrik Ibsen）所作戲劇，1891年在慕尼黑的Residenztheater首演。戲劇講述了一名新婚婦女在缺乏激情和魅力的處境中掙扎的故事，被認為是19世紀現實主義戲劇的代表。

⑤ Signe Hasso（西格內・哈索，1915-2002），瑞典女演員、作家和作曲家，出演了《還我自由》（*The Seventh Cross*）、《約翰尼・安格爾》（*Johnny Angel*）和《間諜戰》（*The House on 92nd Street*）等。晚年從事寫作和歌曲創作，並將瑞典民謠翻譯成英語。

⑥ Farley Granger（法利・格蘭傑，1925-2011），美國演員，公開的雙性戀者。最著名的作品是與希區考克合作的《奪魂索》（*Rope*, 1948）和《火車怪客》（*Strangers on a Train*, 1951）。

# 662. 夏濟安致夏志清（1965年2月14日）

志清弟：

昨天接到來信，知日內正在搬家。今天買了木製菓盤一件，平郵寄上，算是給你們的生日禮物並搬家禮物，日內想可收到。宋奇處久未通信，接奉來信很是高興。翻譯的事我想幫他忙，但commitments太多，不知時間是否來得及。他要2/15前有回信，但我回信尚未寫。如回信到得太晚，此事作罷，那麼我也無能為力了。

這幾天的心事當然是R，情形想必你在掛念中。此事現在看來必無好結果，祇看我是用什麼方式撤退耳。

對於R.，很奇怪的，我從來沒有真正fall in love。去年春天，她和Charles鬧翻，需要人安慰的時候，我當然待她很好，但是仍想法和她疏遠。去年暑假，我如真心想念她，中間可以抽一個時間回Berkeley來的；但是我舉止鎮靜，在暑假期間，她如找到別的男友，我可以很瀟灑地撤退。因此我在Seattle不慌不忙，坐觀其變。想不到其間毫無變化，她是真心等着我回來的。

暑假以後，我仍毫無表示。兩人date次數頻繁，一切對我成了routine。我除不表示「愛」以外，一切對她都很好。所以不表示「愛」的原故，第一，我心中並無此感情；第二，如一表示，可能造成緊張局面，破壞了我所享受的routine。

她在秋天決定要去臺灣，決定的時候，似乎很痛苦。因為過去B要去參加什麼Peace Corps，我去挽留也是白費的，所以我對R.不加挽留，雖然我心裡那時已若有所失。一表示挽留就是愛的表示了，此後我便將失去行動的自由。她對我的不加表示，似乎也失望。所謂「行動自由」倒並不是指「結婚」，而是她抓住我了，便可虐待我，我得仰她鼻息。

她雖然申請要去臺灣，當然她也知道去得成去不成與否尚成問題。我是盡力幫她忙的，但一切有賴於她的是否能通過「博士」預試；即便她什麼成績都很好，但名額有限，別人已經等了好幾年的，可能有優先權先去。既然誰都沒有把握她是否能去得成，我也犯不着着急。

此後一直很順利，直到Charles的重現。她是十分喜歡Charles的。她的來Berkeley是C.幫的忙，因為C.在這裡找到事情了，甚至她和她前夫離婚，我猜想C.在其間也有作用。C.並非壞人，讀的是古典文學，為人迂腐，而且拘謹，天才絕不橫溢，守着自己的範圍與career，有點寒酸的樣子。

她和C.在開頭好的時候，我當然絕不曾想到會插足進去。她和C.鬧翻了，把他罵得一文不值。我還勸她不要如此趨於極端，我說C.的痛苦不在她之下，她應該原諒他。同時一個女人如此痛恨一個男人，我也覺得她愛他愛得很厲害。

他們鬧翻的原因是C.的太太忽然殺到Berkeley來。該婦我見過一次，既老且醜，據說甚為潑辣。她到學校系當局去告C.的狀，並到R.的寓所去大鬧。C.君束手無策，護花乏術。R.那時把她［他］恨死了，這大約是整整一年前的事吧。她恨他沒有男人骨氣，不敢和他太太離婚。

此後她和C.在學校里［裡］偶然見面，見面情形她總是告訴我的。他先是不理她，她更恨。後來漸漸講話了，但至少在暑假裡還是沒有什麼動靜的。暑假以後（月份忘記了），她告訴我一件事，當時我沒有在意，因為她祇是重申C.的不中用而已。那時C.忽然決定與太太離異，搬到外面去住了一個星期。一個星期之後，不耐寂寞，又搬回太太那里［裡］去了。R.描寫此事時，對他嗤之以鼻。其實當時情形已經不妙，至少C.的生活情形，R.還是知道的。C.的決定搬出去，也許是受R.的影響，但C君再度表現懦弱，

他和R.感情一時又無法恢復。

　　Thanksgiving R.回到 Los Altos 她家裡，同時去 Stanford 利用假期翻查參考材料。回來告訴我又和C.君見面了。C.君恰巧那時在 Stanford 開會。他們談話情形我不知，但是據事後發展觀之，他之決定離婚大約就是和R.在 Stanford 談話的結果。

　　R.的開始對我表示冷淡是在 '65 年的一月，當時她又要忙着回家，又要忙着準備考試，她又 popular，有各種 parties 要參加，我並不在意。一月十日我發見[現]他們兩人在一起，知道情形有大變化。因為別的追求她的男子，其地位皆遠不如我，我根本不放在心上。C君的出現，對我才是極大的威脅。次日，C君約我吃午飯，告訴我他已決定和太太離婚。

　　我後來見到R.多次，我當然仍裝作瀟灑狀。我說要退出，她不許。她說 We shall all become friends。我說 You prefer Charles to me，她說沒有這回的事。我說 You are committed to Charles，她說 In a way I am committed to you too。我說以後週末不來麻煩你了，她說 Don't be silly！她說她最希望的不是結婚，而是去臺灣留學。話雖如此說，但態度總有點不大對。

　　假如我現在有事情要去 Seattle 幾個月，就此把她丟了，我毫不感覺痛苦。但在學校裡大家常見面，而局面尷尬，使我很為難。我的根本態度是絕不和C君去爭，對於R.則想在好下台的狀況下下台。我的考慮老實說不是愛情，而是「面子」。

　　最近幾天，事情頗有反覆。假如男女雙方是鬥智的話，那麼我失敗得相當的慘。

　　週末我本來已是不去麻煩她了。星期一（二月八日）晚上學校有演講，講完後我開車送她回家。我訴了些苦，她對我很好。她說我們之間的誤會是由於我對 Charles 的 hostility，我說沒有的事。她說：「本來嘛，我相信你 larger than that。」這點誤會講穿，一切都

很好了。我約她星期三吃晚飯。

星期三（二月十日）我們在金山Omar Khayyam吃晚飯，恢復過去的愉快。誤會消失很多，她說她過去幾個星期對我neglectful，她現在plead guilty（那天大談我們要合作編一部*Anthology of Communist Chinese Literature*，她非常高興，預備暑假開始）。最後送她回家，她非常高興地說：You are capable of making people very happy。

情形雖然好轉，當然你可想像我可不是會輕易得意忘形的人。我仍舊預備撤退，但兩人在愉快狀態中漸漸疏遠，這對我將是最好的辦法。

星期五（十二日）晚八點半，她在寓所預備了Venetian Coffee、Coffee Cake、Chocolate Roll舉行Party，客人約十二名，別的都是已婚的，有逐鹿資格的祇有C君與我。她既然說我有hostility，我表現得很大方，相當幽默。經過星期三的事，我心情頗好。我既不存心追求，她能待我如此，我已滿足。我決不和C君去奪美的。

星期六（十三日）忽然局勢大變。原定計劃是我決不去佔有她的週末，也決不去佔有她的Valentine's Day。但V.D.既近在目前，我不能不有所表示。尤其是經過星期三的愉快的談話，我應該表示得熱烈一點。

本來就慶祝V.D.而言，我對於R.可有三個方式，我都考慮過的：一是無所表示（假如她繼續冷淡的話）；二是輕淡表示，三是熱烈表示。在目前狀況之下，我的熱烈當然很有限度，但她既口口聲聲說我們是朋友，我就在「朋友」上做文章。

星期五的Party，我帶去一本厚書：*A History of Japan in Art*，她一直喜歡這本書，從它出版時候開始。我本來可以在聖誕節送她，但聖誕節送她趙元任一套唱片，比它更貴重。這本書我預備留着到她生日時（三月）或其他機會時再送。

同時我精心做了一篇小文章寫在卡片上一併送去。文章是這樣的：

Dear R:

Owing to your sweet & compassionate nature, you perhaps will never exclude me from your blessings on this or any other day. The largesse of your heart, indeed, is the basis of our friendship which I do cherish. But the friendship I am celebrating, in the revivifying air of the early spring, is a friendship whose beauty & strength comes from an intimate & profound understanding, a sharing of confidences & a reciprocation of affection, a mutual inspiration & elevation; it comes from even an idealism in which I believe we share our faith. It is a friendship which adversity may test but which nothing except selfishness can impair, which sensitively responds to cultivation though the blissful enjoyment of it is also a form of cultivation, which enriches life & is enriched by life, & which imparts sweetness & light to the world. Blessed be the name of the saint who provides occasion for the expression of this friendship though, as you well know, as beautiful thing in the world needs expression: it grows in the feeling. As ever,

Yours devotedly,

Tsi An

（你覺得這些話是否過火？望告）

這種話我們平常談話中也說，當然寫下來後，比較漂亮。我把禮物帶去，她打開一看，十分高興。我說「卡片上的話我認為比較更重要，你以為如何？」她微笑說：「I Like it very much，可是晚上我還得仔細看看。」我因為我的英文相當深，她又要招待客人，又忙於翻看那本書，她一下子沒有得到深刻印象，所以我對她的反應沒有放在心上。在party裡，她是個出色的hostess。對任何人都

很好，對我也很體貼。我mood很好，臨走時大家很愉快，我說：I shall call you，她說fine。

星期六的電話使我手足無措。電話裡我先問她碗洗了沒有（她臨睡前就洗的），晚上什麼時候睡的，早上什麼時候起來的等等廢話。她忽然說：「你的禮物很splendid，但是太重了，而且你卡片裡的spirit也不是我所能接受的，所以我想把那書送還給你。」這個晴天霹靂我毫無防備，一切瀟灑歸於泡影。我很生氣，我說：「我看不出卡片上的話有什麼不對，你不喜歡，燒了它好了，書務請留下。退書給我的打擊太重，你想我應該受這個打擊嗎？即便我的話得罪了你，你的反擊也太重了一點，書你先收下，以後的事，一切由你決定，我希望我們是還能維持舊歡的。」她說：「I hope so.」聽她口氣，以後對我又要恢復冷淡了。

假如我真陷入了情網，這個打擊將是十分慘重；即使像現在這樣，失敗也相當的慘。禮物她是喜歡的（她還拿給朋友們看），卡片上的話假如早些時候寫了寄去，她也許會喜出望外，或者也許會尊重禮貌地表示感激，現在居然表示拒絕接受。虧得我說的不是愛，祇是友誼，而且態度大方，無半點肉麻，她要拒絕，實在也說不出理由。

像現在這樣所謂「友誼」云云，實很難維持。友誼之斷絕在我大做「友誼論」之後，也是天下一大諷刺。表面上還不至做到雙方見面不理的程度，但是朋友貴在雙方相知，她若事事挑剔，我將不勝其繁。她第一挑剔是我對Charles的hostility，其實這是毫無根據的（根本有一段時間我沒有見她的面，也沒有見到他的面，她怎麼知道我有hostility？）；現在又來挑剔我的文章態度不對——照我過去所了解的她，完全不是這麼一回事（朋友見面，老是質問或解釋，這種朋友也沒有意思了，是不是？）。

我祇是臉皮嫩，怕朋友間笑談（尤其是Grace），否則的話，要

斷絕是很容易的。和R的下場如此，真是意想不到的。當然，和她這一段友情，也是意想不到的。你總還記得，在一年之前我口口聲聲說要過一個「無女友的生活」了罷。R的出現，並對我事事遷就表示體貼，我當然是感激的。現在緣份已盡，到此為止了。

此事要是給我什麼教訓，那就是：男女來往（不管是否談戀愛）還是誰征服誰的鬥爭。我和R之間，直到最近我是不屈服的，即表示不在乎，不追求，隨她去。她表面上雖處之泰然，心中（也許是下意識的）一定不服氣。C君之重現，我有極短時間還認為她來試我的心的──當然現在是很明顯的表明她心目中是祇有C君的了。但她利用C君出現的新形勢來逼我（可能也是下意識的）有所表示，因此她忽鬆忽緊，開始把我玩弄於股掌之上，等到我一有表示，她立刻在戰略上取得絕對優勢，以後天氣陰晴寒暖全聽她的了。如此關係一緊張，必無好下場。我跟Anna的關係也是如此：經過的階段是（一）她對我大表好感，（二）我那次是為感激，也表示愛情；（三）我冷淡；（四）緊張破裂。

對付緊張狀態一定有一套藝術，大約是同打Poker那樣的「狠，穩，忍，準」四字訣吧。這套藝術我從未學會，而且人生責任太多，無暇去深究；play the game花的精神太多，非我所能應付。還有我的性格裡還是有太多的嚴肅，真是遊戲人間，倒是可以無往而不利的。假如R說：「書我想退還給你」，我哈哈一笑說：「好極了，我現在就來拿吧」，這一下會把她搞得手腳無措了。但是我雖足智多謀，深謀遠慮，能料能斷，但是真逢到事情還是手忙腳亂的。話說得越多，越顯得笨拙；自己越恨自己，就越發的不瀟灑了。（14日附記：她如真把書退給我，我現在預備收下來了──一切順着她！）

事情如此下場當然使你失望，我很抱歉。你來金山開會，我可能還會把她介紹給你，那時你可以想像：我們之間貌既不甚合，神

亦大離的了。但是她很會做人，對人一般而言是很和善親熱的，你可能仍舊會喜歡她。

此事主要關鍵，還是「她不愛我」。為什麼她不愛我，我的解釋是因緣問題。你也許會說：我對她不表示愛，她怎麼來愛我？情形並非完全如此。第一，很多美國青年追她，都以熱烈求愛姿態出現，她都不喜歡，她說她喜歡我就是喜歡我的做人作風。第二，我在卡片上寫的 sharing of confidences & a reciprocation of affection 不是瞎說的，我們之間的交情是達到這個地步。我在西雅圖寫信告訴她說害了重傷風，她特地打長途電話來慰問。但交情祇到此為止，假如她心底下真藏有一份更深的感情，C君根本插不進來；而且我一着急，她應該立刻來安慰我才對。那時的着急雖不算大痛苦，但我是等着她來安慰的。重傷風那時，我根本沒有想念她。

此後可能又是無女友的生活了。當然你會想起B，我們之間還是很好，但是我對她感情日淡。要 date 她還是可以的——當然以後要 date R 還是可以的，就看我肯不肯而已。但近乎敷衍的 date 是沒有什麼意思的。V.D. 日，我叫花店送一盆 Azalea 給B，卡片上祇寫 with best wishes from T.A.，她收到後祇會感激，決不會來說什麼退不退的。

還有一個中國小姐叫 Amy（廣東人講上海話），讀 zoology，現在已在某小大學（Hayward）兼課教書。這位小姐我開始認識她還在1960年，彼此印象都很好。從那時開始，不知多少位青年去追求，敗下陣來，我是冷眼旁觀。最近有機會碰見，我獻了一番慇懃。她明白地表示很願意和我一起出去。我最近有點像驚弓之鳥，對於這位拒絕了很多青年的 Amy 小姐，更得小心翼翼地對付。我現在按兵不動，顯得我作風的穩健——我說「彼此印象很好」，我祇是憑穩健給她好印象而已。但你一定很高興的知道，在R動搖的時候，我在別的地方也放下埋伏了。

　　我現在的心事並不是失戀的痛苦，也不是埋怨老天爺的作弄，祇是覺得有點尷尬（而且我一點也不恨C君，這點恐怕使他很難相信）。祇要男人不陷入情網，女人是拿你沒有辦法的。我相信我沒有真正愛過R，這是我的不是，但是在目前狀況，這又成了我的「資產」了。我還可以穩紮穩打，求一個面面俱到的解決辦法。對於最近那一段慌張，也並不怪自己——任何人碰到這情形，也很難有更好的對付之道。我總算是個有經驗而且能沉得住氣的人了。

　　世驤從Bermuda回來，會議情形對我說了。1967年之會我應邀出席，算是大幸。虧得我的《下放》、《公社》那些作品沒有人寫過書評。假如人人皆知我寫過那些東西，恐怕我的出席資格一定要不被通過的。Hightower反對你，你也許從劉若愚那里［裡］聽到了，希望你不要生氣。你祇是算把你的出席資格讓給你的哥哥了吧。

　　寫到這裡，關於R還有一事可說。即C君的離婚官司在加州打起來將大費周折，蓋C君之妻未必「伏雌」也。此事我可不關心，祇是希望他們之事順利解決，如R牽連在內，她必大感痛苦。R愛C君，我又不愛R，其間本無三角關係在內。我之慊慊於心者，是如何與R維持「友誼」關係也。「友誼」而如此吃力，那可就難以維持了（她三月過生日，我仍會送禮物去）。

　　我工作如舊，精神也很好，請你不要掛念。新居想必使你們身心愉快。別的再談　專頌

　　近安

濟安

二月十三日

Carol與Joyce前均此。

P.S.十四日晨又及

寫上面這封信時，顯得很生氣，昨晚一覺睡得很好（當然不

吃藥），今晨已心平氣和，可以把問題再概括一下。我和R之間交情非淺，而且學問上公務上尚有往來，所以除非雙方有一方決心斷絕，斷絕是很難的。我自以為是個tactful的人，平日少有忤人之事，當然盡可能的不去得罪她。我喜歡R這個人，但是討厭R這個問題。為了要丟開這個問題，寧可丟開這個人。其實對付問題的方法還是「見怪不怪，其怪自敗」——或者老子的「無為」，即：我得少緊張，當它沒有這回事。咬牙切齒的決心這樣決心那樣，都是不對的。我的脾氣還得更為圓通。

說起Amy，或者引起你很大的興趣。1960年Grace舉辦Fashion Show，中國小姐十二（？）名參加。小姐中姿首不一，但談話頂有風趣韻味的，是她。1960年那時，我見什麼小姐都不動心的，而且追一個popular的中國小姐，徒惹大家閒話，引為笑柄而已。事情就一拖四、五年，我們不常見面，見面時談得也不多，但雙方總留點印象吧。'64年底前碰到，她還complain，說我從來沒有去請過她。看樣子她並沒有熱絡的男友——這許多suitors被打退，別人想都寒了心了。她雖然有這麼明顯的表示，我還是按兵不動。這回我非得十分審慎不可。別人（包括有我所認識的）之敗，都是敗在太猴急上。我能等四五年，難道不能再等幾個星期嗎？同時，我可以跟她通電話，拜訪她，先把情形摸清楚了再動。她是歡迎我去date她，但是date的方式與勤度，我還得好好考慮。第一原則：不能露出半絲半毫的「愛」意，露了半點，情形就難辦了。女子大致都是如此，Amy有record在，情形更是如此。你可不要說：小姐越擱越老，難道她們不着急嗎？（'60年時，Amy剛從Bryn Mawr畢業來加大，風頭很健。）這種話對小姐缺乏尊敬，白克萊着急的小姐多的是，她們豈在我眼裡？Amy如着急，當不自今年始。她過去不肯遷就，現在也未必遷就的。她是個頭腦冷靜之人，而且是個虔誠的基督徒，我可以把問題跟她談白了再開始行動。去年Xmas我

送了她一本你的《小說史》。

對於B，我是上來先慌，現在居然還維持一個良好的關係。原因我猜是為了R。祇要R跟我不斷，B一定對我好；B若知道我們間有了變化，她立刻會戒備，我去找她也許沒有這麼容易了。

對於Anna，開頭自以為很穩當，不久即步驟大亂而垮。對於R，我穩當了很久很久，雙方的確維持一個十分愉快的關係。想不到現在步子又亂了。步子已亂，當得冷靜一個時候再說。我真想出門一下，不見她一、兩個月，回來後一定可以恢復很好的關係（當然不如以前了），我心中惱恨的是無法走開，而且常常見面。我的尷尬樣子老在她面前轉，我熱也不是，冷也不是——這就是我所謂「問題」。

當然你還想起S。此人我並不討厭（as a whole），雖然性格上有許多地方太需要修改了，但我絕不會惹她。她現在拜了Grace為乾媽，而Grace一心希望我和R之事垮掉。有許多型的小姐是不能找的，其中之一是「有封建關係的不能找」。惹了S，等於使得我和世驤、Grace的關係增加複雜性。我露出半點對S的興趣，或者露出半點我正在寂寞需人安慰的情形，Grace就來動員了——這個，老天爺，我是受不了的！

今天是V.D.，按理說我可有個date，但是我還是預備安心工作，晚上也許一人去看個電影。R是定給C君了。B和Amy都可以找，但一找B，她立刻會警覺我和R之間出了事；Amy那裡，關係尚未開始，定這麼一個日子來開始，祇是刺激她的警覺性而已（Amy知道我有R）。而且我得假定B和A這一天都有男友約會的——假如被我發現她們沒有男友約會，她們將很失面子。正如我如被她們發現沒有女友約會，我將認為很失面子：己所不欲，勿施於人，此之謂也。

想不到這麼大年紀還在風月場中顛倒，一笑！

# 663. 夏志清致夏濟安（1965年2月19日）

濟安哥：

　　二月十三四日所寫的長信已讀了兩遍，頗多感慨，謝謝你花了整晚的工夫把你和R的近況詳加報導。我想，不管R和Charles進展如何，你暫時或者在長時期內不可能和R恢復到在去西雅圖前後那一段無所不談互相關切的親密友誼，對你對她這都是很可惜的。假如C真如你所說那樣的沒出息（你的觀察不會錯的），即使他爭取到離婚和R結合，R的前途也極平常。你自己可能更切實地交女朋友，但你極enjoy R的company，可能此即是愛，也說不定。*My Fair Lady*內，Eliza出走後，Higgins獨唱"I've grown accustomed to her face"①，中年人不易熱情奔放，但走掉了一個人，感到若有所失，也可算是情有所鍾了。你同R交朋友後，一直自認未嘗fall in love，雖然顯然地她的友誼填滿地〔了〕你精神上的需要。你同她交友一切極順當，所以我經常信上很少出主意，一則你否認是愛情，二則對B，Anna我所出的主意，不管你採用與否，似乎與〔於〕事無補，或者早日促成你情場上的敗退。你對R雖一直未avow愛意，但這次情人節大protest你倆的友誼，作用是一樣的。R覺得你的禮很重，雖然卡片上不涉私愛，但這段文字非但formal，文字的內容即是很正式地affirm一種關係，一種比普通男女私情更進一層的「靈犀一點通」的友情。R突然表示冷待，並不是不知道你一向關心她的一段真心好意，祇是不希望這種ardor字面上變成

---

① I've grown accustomed to her face（〈我已經習慣了她的臉〉），電影《窈窕淑女》中的經典歌曲，表達了希金斯教授在伊莉莎離開後若有所失卻又難以言表的心情。

正式化，尤其當她似乎已決定要再嫁的時候。

　　我想你從這次「事變」上可得到一個教訓，即是，除了初戀的青春少女以外，普通待嫁的女子都是較practical的，較世俗的。美國小姐比中國一般小姐興趣較廣，人頭看得多，外表上易commonflage這種待婚的需要，中國小姐對藝術音樂不大懂，書看得太少，對政治社會問題自己很少有意見，顯然相形見絀。但中西女子面臨嫁人問題，不得不作實際打算，其情形則如一。據我看來，R的確佩服你的才華幽默，你地位高低她也不在乎，人種也不是考慮之一，她不願同你談戀愛我想是因為你年紀比她大。有些女子對年齡的disparity不注意，有的則求對方年齡相仿。相較起來二十五歲以上的中國女子，對對方的年齡不大在乎，在Berkeley一帶許多中國女孩子對你表示好感，我想都真願意同你結婚的。

　　關於R，我想她雖然初同你交往時不抱同你結婚的念頭，但遲早受你感動了，所以暑期前後你求婚，她一定會作serious考慮（你對她一直彬彬有禮，怕被她責罵，但最後寫這個note，仍被她埋怨），如你所說，暑期她可能很寂寞，那時你信上或打長途電話求婚，可能成功，即是緩拒，她的態度一定是很溫柔的。

　　你分析得很對，男女在一起，女方不自知地想爭取mastery。惟其如此，求愛愈早，給女方一個surprise，即使她不鼓勵你追她，她也不會生氣的。你同R友誼的階段延續得太長，對她可能已減少了早期的新鮮愉快。Charles上場後，R說你對C有敵意，這不是以情人看待你嗎？同樣的，你贈書寫note，她不高興，也顯然她以情人目你，否則她決不會責備你。

　　C人並不夠理想，你同他情場鹿逐，也無不可，但我總覺得精神浪費太多，而且你真的沒有fall in love，費氣力犯勿着。信上提到的Amy的確是好消息，因為你對她有興趣，她顯然也盼望你去追她。希望你多找機會date她，而且date數次後，即可試探她有無

婚嫁之意，這樣為求婚而求婚，省精神，也未始不帶來愉快和喜悅。你常date R，同女孩子單獨在一起已不可能再使你緊張，Amy平常date些腦筋簡單的中國男孩，你的wit. 風度當使她傾倒，假如她目前還沒有意思嫁妳的話。我想你決定追Amy（十多年前的名歌"Once in love with Amy, always in love with Amy"②——是Ray Bolger③唱的），成功可博。Courtship期間開始可能對方不如R那樣談笑風生，但女孩子真正誠懇地談愛的時候，情形就不同了。

　　搬場忙了兩三個星期，因為地方大了，一切得重新佈置。我的書房很大，這星期裝了wall & wall書架十層，今昨天把書籍陳列出來，同六樓情形大不相同，明天請客（陳文星夫婦、石純儀夫婦、另外一對），第一次show off新的apt.。謝謝你又破費送禮，生辰卡片已收到，極精美。明後天再寫信，Carol問好，希望你心情愉快。Amy方面早取連絡。許多事明後天續告。在Bermuda世驤為我生氣，請問好，Grace送來的禮物，Carol當去信道謝。即祝

　　好

　　　　　　　　　　　　　　　　　　　　弟 志清

　　　　　　　　　　　　　　　　　　　　二月十九日

---

② 該句歌詞來自歌曲〈一旦愛上艾米〉（Once in love with Amy），這是一首在百老匯十分流行的愛情歌曲，雷・博爾格（Ray Bolger）在音樂劇《查理在哪兒？》（*Where's Charley?*）中的演唱令其家喻戶曉。

③ Ray Bolger（雷・博爾格，1904-1987），美國雜耍演員、音樂劇演員、歌手、舞者，在《綠野仙蹤》（*The Wizard of Oz*, 1939）中扮演的「稻草人」形象最為知名。

# 編後記

季進

　　2014年8月中旬，剛剛辦完聲勢浩大的「第四屆兩岸歷史文化研習營」，我就收到王德威教授的郵件，商量夏志清夏濟安書信整理的事，希望我能夠協助夏師母王洞女士一起來做這件事。當時我還沒有見到這些信件，可還是毫不猶豫地一口答應了下來。我想能夠參與其中，是夏師母和王德威的莫大信任，也是一種緣分，無論如何，我都應該盡力做好。自那以後，我放下了手頭的工作，全身心地投入到了書信的整理與編注之中。經過幾年的辛苦努力，到2018年6月終於全部完成，前後歷時近四年之久。現在《夏志清夏濟安書信集》收入663封往來書信，分成了五卷，電腦篇幅約140萬字（其中正文約116餘萬字，注釋約24餘萬字），分別由香港中文大學出版社、臺北聯經出版公司以及北京活字文化聯合浙江人民出版社和世紀文景在兩岸三地陸續出版。這幾年，我們一直沉浸在書信世界中，與夏氏兄弟同呼吸，共悲歡，現在《夏志清夏濟安書信集》的最後一卷也終於要出版了，回首來時路，實在感慨萬千，難以言表。

　　正如我在〈編注說明〉中所說，我一開始並沒有意識到整理和編注書信會如此地耗費時日，工作量之大，真是超乎想像。尤其是剛開始的時候，在書信辯識方面花了太多的時間，但後來隨著我們對二夏筆跡、書信內容越來越熟悉，辯識率才越來越高，速度也大大加快。在辯識夏氏兄弟筆跡方面，我現在可能是僅次於夏師母的

「權威」。書信注釋的難度也不亞於整理，為了注出某個人名、某個篇名，有時也不得不上天入地找資料，一天下來，做不了幾個注釋，充分感受到了小心求證的艱辛和峰迴路轉的快樂。我曾經舉過一個例子，就是夏志清信中講李賦寧來美四年，論文研究「中世紀的Mss」，剛剛有些眉目，還沒寫完，就不得不匆匆乘船返國，很是為他惋惜。這裡的Mss應該是指手稿，可是指什麼手稿呢？我先是遍查李賦寧的文集，沒有找到他自己關於耶魯論文的說法，然後再到網上找，偶然發現在一篇訪談錄中，李賦寧提到一句，自己以前研究的是中世紀政治抒情詩。於是循此線索，終於發現Mss其實是指Harley Manuscripts，是Robert Harley（1661-1724）和Edward Harley（1689-1741）父子及其家族收藏的大批珍貴的中世紀手稿，現在珍藏於大英博物館。李賦寧的博士論文 *The Political Poems in Harley Ms 2253*，即利用手稿研究用13世紀英國中西部方言所寫的政治抒情詩。類似這樣披沙揀金的曲折和發現，實在還有不少，這也讓書信的整理注釋，變成一件相當愉悅的工作。

這批書信的意義和價值，王德威在第一卷的〈後記〉中已經作了精彩的闡述，讀者可以參考。《夏志清夏濟安書信集》以最原初的面貌，真實記錄了夏氏兄弟在1947至1965年間對於志業理想和人生境況的種種經驗與感觸。這十七年間，正是中國歷史、政治、文化與社會發生巨大變動的年代。在夏氏兄弟這裡，我們可以看到在時代的大歷史之外，作為一介文人，他們如何憑藉個體的努力，書寫了個人的小歷史，不斷對話現實，增延歷史。這些看似家常、瑣碎的個人史，卻為我們回溯和認識那個時代提供了最豐富、最鮮活的材料，也為研究夏氏兄弟的學術思想提供了彌足珍貴的史料。比如書信中大量記錄了兄弟二人與當時眾多名家或漢學家的交往，兩人更是時不時暢聊讀書心得，對中外文學作品率性評說。從夏志清早期的書信中，可以清楚地看到他在耶魯所受到的西方文學

的系統訓練，他不僅親炙布魯克斯、藍蓀、燕卜蓀等「新批評」大家，而且系統扎實地大量閱讀西方文學，甚至讀遍了英國文學史上幾乎所有的大詩人的文集。以這樣的學術訓練，陰差陽錯地進入到中國現代文學研究，寫出來的《中國現代小說史》自然不同凡響，因為他的評價標準是西方文學的大經大典，是將中國現代文學置於世界文學的語境中來加以評析的。這些書信，為我們重新討論夏志清與西方文學提供了第一手的材料，也給《小說史》的發生學研究提供了可能。我們還可以看到夏濟安持續性的關於通俗文學的思考，關於《文學雜誌》的編輯、小說的創作、文學的翻譯的思考，關於左翼文學的思考等等，都是不可多得第一手文獻。更不用說，書信中還涉及相當多的漢學家和當年學界的情況，包括與普實克的交往與論爭，為我們展示了夏氏兄弟廣泛的「朋友圈」，甚至還有不少「學術八卦」。比如《駱駝祥子》的英譯 Evan King 寫了一本頗受好評的英文小說《黎明之兒女》（*Children of the Black-Hairs People*），結果夏志清無意中發現，其實是完全抄襲改寫自趙樹理的小說。諸如此類的內容，都是正經學術史所沒有的「歷史細節」。《書信集》提供了太多的史料與可能，假以時日，或許會成為海外漢學研究取之不竭的一座學術富礦。

如果說以前我們對夏氏兄弟的認知，更多地停留在比較理性的學術範疇，那麼透過書信，展現在我們面前的則是更加真實、立體而生動的手足情深的故事。作為一種典型的私人書寫，它們所記錄的內容都是「私語」，不可能有什麼掩飾、虛構，夏氏兄弟當年也絕無可能想到，這些書信竟然會有出版之日，所以信筆寫來，真情實感，坦露無遺，甚至還常涉隱私。比如書信就詳細記錄了夏濟安不同階段的情感經歷，以及他本人的自我分析，透澈地展現了夏濟安敏感而怯懦、多情又自尊、悲觀卻執著的性格特徵。相比之下，書信中的夏志清則理性得多，一心向學，心無旁騖，面對哥哥的情

感傾訴，更多地在扮演安慰者的角色，不斷地鼓勵、勸勉、告誡。書信中太多的細節讓我們看到了夏志清「犀利」「不羈」的背後，那愛家人、顧家庭的非常「柔軟」的一面。兄弟倆性格不盡相同，但兩人志趣相投，赤誠相對，相互鼓勵，彼此支撐，汩汩溫情流溢於字裡行間。他們一心想在學術界、文學界打下一片天地，以一個中國人的身份，向世界介紹和推廣中國文學和中國文化。面對時代的洪流，他們更相信文學的力量，人文的力量，而不是革命的暴力。當年很多知識分子確實是縮小甚至放棄了個人的悲歡，而應時擴大了國家憂患，投身到拯救國家社會的大業之中，這是應該高度褒揚的，但對於更多的像夏氏兄弟這樣的讀書人的無奈選擇，我們也應該予以尊重，畢竟，任何時代、任何社會的精神賡續與文化傳承，可能更需要像夏氏兄弟這樣「純粹」的人文知識分子來加以承擔。

　　1949年以後，夏氏兄弟最初以為很快就能重新回到上海，回到父母的身邊，但很快就意識到，他們是回不去了。從此，兄弟倆一個在美國，一個臺北，開始了各自離散飄泊的人生。之後，夏濟安也來到了美國，兩人攜手，一起在海外學界打拚，書寫了各自豐富多彩的學術的「黃金時代」。《夏志清夏濟安書信集》生動記錄了歷史時空中兄弟倆的日常行止與思想激盪，對於大時代來說，這是離散的個人史，對於中國文化來說，這是有情的個人史，呈現了1949年大江大海之後，知識分子不同選擇之後的另一幅歷史場景。可以說，這部《書信集》是一部離散之書，溫暖之書，有情之書，讓我們感動，令我們深思。

　　在全書付梓之際，我首先要感謝夏師母和幕後推手王德威，感謝他們的信任，讓我有此機緣與夏氏兄弟產生了如此奇妙的聯繫。王德威雖然沒有署名，但書信整理編注工作，得到了他切實而有力的指導與支持，銘感在心。我與夏師母也是合作無間，十分愉

快，夏師母的敬業和投入，在在令人感動。她不顧年事已高，仔細編排、掃描書信，親自校閱，拾遺補闕，答疑解惑，不僅每卷都寫出精彩的卷首語，而且翻箱倒櫃，給每一卷都配上了不少珍貴的老照片。如果《書信集》的整理工作尚能得到大家的認可，那首先應該歸功於夏師母。其次我要感謝李歐梵老師自始至終的關心，他高度評價書信集的價值，夏氏兄弟的心路歷程和學術奮鬥的甘苦，讓他感同身受。李老師還多次發來勘誤表，指出英文辨識和注釋方面的問題，前後有數十條之多。李老師的博學、嚴謹、細緻，讓我感愧不已。當然，我要再次深深感謝所有參加書信初稿錄入的學生們，他們是：姚婧、王宇林、胡閩蘇、許釔宸、曹敬雅、周雨馨、李琪、彭詩雨、張雨、王愛萍、張立冰、朱媛君、周立棟、居婷婷、李子皿、馮思遠等，特別是姚婧、王宇林、胡閩蘇三位貢獻最大，謝謝他們的無私奉獻。雖然這些同學都已畢業離校，大多也離開了學術界，但我相信《書信集》已經以另一種方式把我們緊緊聯繫在了一起，留下了難忘的美好記憶。最後，還應該感謝臺灣聯經出版公司的胡金倫總編輯、陳逸華編輯主任，香港中文大學出版社的甘琦社長、張煒軒編輯、楊彥妮編輯，北京活字文化的李學軍總編輯，北京世紀文景的姚映然總編輯，謝謝他們的厚愛和精心的編輯。我必須再次說明，書信的整理和注釋，面廣量大，十分龐雜，錯誤定然不少，其責任完全在我，誠懇期待能得到方家的指正，將來有機會修訂出版時再作完善。若有賜教，請直接發至我的郵箱：sdjijin@126.com。先此申謝。

2019 年 4 月 14 日於環翠閣

# 跋

王洞

　　這裡最要感激的是王德威與季進兩位教授及蘇州大學的同學。由於王教授的精心策劃與大力推動，使《書信集》順利出版。他不僅向聯經出版公司推薦本書，並力邀蘇州大學的季進教授協同編著此書。夏氏兄弟來往的信件，由我整理，按日期順序編排掃描，電郵給季教授，季教授率領他的學生再打字重新輸入電腦並作注。這些信件都是手寫的家書，難免字跡潦草，文句欠通，特別是夏志清的字寫得很小，有時很難辨認。幸賴季教授博學細心，不僅能辨認夏志清的字句，更做了簡要的注釋，便利讀者。這裡還要感謝我哥倫比亞大學東亞語言文化系的同事張之丙老師，和我耶魯大學的同學楊慶儀，她們是本書的第一讀者，對本書錯誤多所指正。最後要感謝聯經出版公司發行人林載爵先生的支持，胡金倫總編輯的精心策劃和編輯主任陳逸華先生的細心校正。本書錯誤極少，胡總編用最好的紙張印刷本書，設計精美，厚實而輕便，我敢自豪《書信集》是一套五卷的好書。簡體版由香港中文大學出版社和北京活字文化出版發行，在此一併向甘琦社長、張偉軒先生、李學軍總編輯致謝。

# 夏志清夏濟安書信集：卷五（1962-1965）

2019年5月初版　　　　　　　　　　　　　　　定價：新臺幣750元
有著作權・翻印必究
Printed in Taiwan.

| 主　　　編 | 王 | | 洞 |
| 編　　　注 | 季 | | 進 |
| 叢書主編 | 陳 | 逸 | 華 |
| 校　　　對 | 吳 | 美 | 滿 |
| 封面設計 | 沈 | 佳 | 德 |
| 編輯主任 | 陳 | 逸 | 華 |

| 出　　版　　者 | 聯經出版事業股份有限公司 | 總編輯 | 胡 | 金 | 倫 |
| 地　　　　　址 | 新北市汐止區大同路一段369號1樓 | 總經理 | 陳 | 芝 | 宇 |
| 編輯部地址 | 新北市汐止區大同路一段369號1樓 | 社　長 | 羅 | 國 | 俊 |
| 叢書編輯電話 | (02)86925588轉5305 | 發行人 | 林 | 載 | 爵 |
| 台北聯經書房 | 台北市新生南路三段94號 | | | | |
| 電　　　　　話 | (02)23620308 | | | | |
| 台中分公司 | 台中市北區崇德路一段198號 | | | | |
| 暨門市電話 | (04)22312023 | | | | |
| 台中電子信箱 | e-mail：linking2@ms42.hinet.net | | | | |
| 郵政劃撥帳戶 | 第0100559-3號 | | | | |
| 郵撥電話 | (02)23620308 | | | | |
| 印　　刷　　者 | 世和印製企業有限公司 | | | | |
| 總　　經　　銷 | 聯合發行股份有限公司 | | | | |
| 發　　行　　所 | 新北市新店區寶橋路235巷6弄6號2樓 | | | | |
| 電　　　　　話 | (02)29178022 | | | | |

行政院新聞局出版事業登記證局版臺業字第0130號

本書如有缺頁，破損，倒裝請寄回台北聯經書房更換。　　ISBN　978-957-08-5300-1（精裝）
電子信箱：linking@udngroup.com

**國家圖書館出版品預行編目資料**

夏志清夏濟安書信集：卷五（1962-1965）
/王洞主編．季進編注．初版．臺北市．聯經．2019年
5月（民108年）．632面．14.8×21公分

ISBN　978-957-08-5300-1（精裝）

856.286　　　　　　　　　　　　　　　108004756